中华现代学术名著丛书

中国旧小说考证

胡 适 著

李小龙 编

商務印書館
创于1897 The Commercial Press

2014年·北京

图书在版编目(CIP)数据

中国旧小说考证/胡适著;李小龙编.—北京:商务印书馆,2014
(中华现代学术名著丛书)
ISBN 978-7-100-10052-6

Ⅰ.①中… Ⅱ.①胡…②李… Ⅲ.①古典小说评论—中国 Ⅳ.①I207.41

中国版本图书馆 CIP 数据核字(2013)第135303号

中华现代学术名著丛书

中国旧小说考证

胡适 著
李小龙 编

商务印书馆出版
(北京王府井大街36号 邮政编码 100710)
商务印书馆发行
北京瑞古冠中印刷厂印刷
ISBN 978-7-100-10052-6

2014年6月第1版　　开本 880×1240 1/32
2014年6月北京第1次印刷　　印张 20⅛ 插页1

定价:59.00元

胡　适

(1891—1962)

字字看来皆是血，
十年辛苦不寻常。
甲戌本曹雪芹自题诗

胡適之印

作者手迹

出版说明

百年前，张之洞尝劝学曰："世运之明晦，人才之盛衰，其表在政，其里在学。"是时，国势颓危，列强环伺，传统频遭质疑，西学新知亟亟而入。一时间，中西学并立，文史哲分家，经济、政治、社会等新学科勃兴，令国人乱花迷眼。然而，淆乱之中，自有元气淋漓之象。中华现代学术之转型正是完成于这一混沌时期，于切磋琢磨、交锋碰撞中不断前行，涌现了一大批学术名家与经典之作。而学术与思想之新变，亦带动了社会各领域的全面转型，为中华复兴奠定了坚实基础。

时至今日，中华现代学术已走过百余年，其间百家林立、论辩蜂起，沉浮消长瞬息万变，情势之复杂自不待言。温故而知新，述往事而思来者。"中华现代学术名著丛书"之编纂，其意正在于此，冀辨章学术，考镜源流，收纳各学科学派名家名作，以展现中华传统文化之新变，探求中华现代学术之根基。

"中华现代学术名著丛书"收录上自晚清下至20世纪80年代末中国大陆及港澳台地区、海外华人学者的原创学术名著(包括外文著作)，以人文社会科学为主体兼及其他，涵盖文学、历史、哲学、政治、经济、法律和社会学等众多学科。

出版“中华现代学术名著丛书”，为本馆一大夙愿。自1897年始创起，本馆以“昌明教育，开启民智”为己任，有幸首刊了中华现代学术史上诸多开山之著、扛鼎之作；于中华现代学术之建立与变迁而言，既为参与者，也是见证者。作为对前人出版成绩与文化理念的承续，本馆倾力谋划，经学界通人擘画，并得国家出版基金支持，终以此丛书呈现于读者面前。唯望无论多少年，皆能傲立于书架，并希冀其能与“汉译世界学术名著丛书”共相辉映。如此宏愿，难免汲深绠短之忧，诚盼专家学者和广大读者共襄助之。

商务印书馆编辑部

2010年12月

凡　　例

一、“中华现代学术名著丛书”收录晚清以迄20世纪80年代末，为中华学人所著，成就斐然、泽被学林之学术著作。入选著作以名著为主，酌量选录名篇合集。

二、入选著作内容、编次一仍其旧，唯各书卷首冠以作者照片、手迹等。卷末附作者学术年表和题解文章，诚邀专家学者撰写而成，意在介绍作者学术成就，著作成书背景、学术价值及版本流变等情况。

三、入选著作率以原刊或作者修订、校阅本为底本，参校他本，正其讹误。前人引书，时有省略更改，倘不失原意，则不以原书文字改动引文；如确需校改，则出脚注说明版本依据，以“编者注”或“校者注”形式说明。

四、作者自有其文字风格，各时代均有其语言习惯，故不按现行用法、写法及表现手法改动原文；原书专名（人名、地名、术语）及译名与今不统一者，亦不作改动。如确系作者笔误、排印舛误、数据计算与外文拼写错误等，则予径改。

五、原书为直（横）排繁体者，除个别特殊情况，均改作横排简体。其中原书无标点或仅有简单断句者，一律改为新式标点，专名号从略。

六、除特殊情况外，原书篇后注移作脚注，双行夹注改为单行夹注。文献著录则从其原貌，稍加统一。

七、原书因年代久远而字迹模糊或纸页残缺者，据所缺字数用“□”表示；字数难以确定者，则用“（下缺）”表示。

目　录

卷四　《红楼梦》考证

卷五　其他

附录

从旧小说到新红学*

——代序

上文我曾说过“整理国故”——有系统和带批评性的“整理国故”——是“中国文艺复兴运动”中的一部门。我也曾提出我们致力研究的一方面便是中国思想史。我个人比较欢喜用“思想史”这个名词,那比“哲学史”[更为切当]。我并举出我对禅宗史的研究,以及我如何从头改写禅宗史,用它作例子[来说明我们整理国故的方法和过程]。

今天早晨我想来谈谈中国[传统]小说。那是中国文学史的一部门。在以前诸章里我曾举出那几部小说名著。它们都已经畅销好几百年。由于它们用活文字[白话]来替代文言,对近代中国文学革命运动的贡献至大。我也指出,这些小说名著便是过去几百年,教授我们国语的老师和标准。我并强调那些对这种小说有热爱的中国男女和在学青年,于潜移默化之中,便学会了一种有效率的表达工具。这工具便是这一活的文字——白话。它不只是口语,而且是文字;因为这些小说名著已经把这种活的文字底形式统一了,并且标准化了。

---

* 本文原为《胡适口述自传》第十一章,由唐德刚翻译,文中方括号内文字为译者所加。此外,译者原有长注五条,与胡适先生无关,不备录。——编者注

所以我们这一文学革命运动，事实上是负责把这一大众所酷好的小说，升高到它们在中国活文学上应有的地位。

我在中国文艺复兴运动的初期，便不厌其详的指出这些小说的文学价值。但是只称赞它们的优点，不但不是给予这些名著[应得]的光荣底唯一的方式，同时也是个没有效率的方式。[要给予它们在中国文学上应有的地位，]我们还应该采取更有实效的方式才对。我建议我们推崇这些名著的方式，就是对它们做一种合乎科学方法的批判与研究[也就是寓推崇于研究之中]。我们要对这些名著作严格的版本校勘，和批判性的历史探讨——也就是搜寻它们不同的版本，以便于校订出最好的本子来。如果可能的话，我们更要找出这些名著作者的历史背景和传记资料来。这种工作是给予这些小说名著现代学术荣誉的方式；认定它们也是一项学术研究的主题，与传统的经学、史学平起平坐。

我想我实在不必在这方面去鼓吹，最好的办法还是采取实际的行动。因此从1920年(民国九年)到1936年(民国二十五年)的十六年之间，我就化了很多时间去研究这些传统小说名著。同时我也督促我们的出版商之一的"亚东图书馆"在这方面多出点力。"亚东"是一家小出版商。它除掉陈独秀和我们一般朋友，编写了一些书交给他出版之外，简直没有什么资本[来印其他的东西]。最后我说服了他们来出版我们的……德刚，我应该怎么说？——[德刚答道：]"整理过的本子。"对了，"有系统的整理出来的本子。"意思是包括：一、本文中一定要用标点符号；二、正文一定要分节分段；三、[正文之前]一定要有一篇对该书历史的导言。这三大要项，就是所谓"整理过的本子"了。

第一部“整理过的本子”

“亚东”首先选了两部较短的本子来付印。其一便是那部讽刺小说《儒林外史》。我常用英文把它译成 *An Unofficial History of the Literati Class*（知识阶级稗史）。[德刚插话：大陆上的英文版译为 *The Scholars*。]对的，中共出了部新的英译本叫 *The Scholars*（学问家）。那也是相当正确的译名。

这是一部在十八世纪出版的部头比较小的小说。这部小说在[二十年代]当时并非畅销书。但是它现在却以新姿态——标点本——出现。书前还有陈独秀、钱玄同和我的序言。当这本书在1919年出版时，竟然一纸风行，深为老幼读者所喜爱。这一来我的出版商也相信这也是个生财之道。后来果然如此。

那时陈独秀、钱玄同和我对本书皆甚为推崇。但是我还没有足够的资料，能替本书作者，我的安徽同乡吴敬梓先生作篇全传。因此在该书出版之后，我也就开始收集有关作者传记的资料。这项探幽访贤的工作甚为有趣。因为一般目录学家对吴敬梓的作品都没有著录。所以我把吴氏著作查明交予我的书商，要他们加意搜寻。

有一天，一位书商果然带来了一厚册吴敬梓的诗集[《文木山房诗集》]，集后还有编纂人——吴氏颇有天赋的儿子[吴烺]——一首有关选印诗集的诗。这是全世界唯一的孤本，名著《儒林外史》的作者的诗集。我只花了一块半钱[约合当时美金五角]便买到了。我把吴氏的诗文集和安徽《全椒县志》参校研究，所以在《儒林外史》标点本出版后三年,1922 年冬,我就能写出一篇相当完备的《吴敬梓(1701—1754)年谱》了。

我研究的第二部小说是《水浒传》。《水浒传》很像英国的"罗宾汉"(Robin Hood)那样传奇英雄的故事。赛珍珠(Pearl S. Buck)把它译成"All Men Are Brothers"(四海之内皆兄弟也),实在很差劲。《水浒传》原意是"湖畔强人"或"水边盗贼"(The Bandits of the Marshes)。那是一部谈一百单八条好汉的故事,他们被苛政所迫,不得已违反本意,落草为寇。所以中共今日竟认为他是一部"普罗小说",事实并不如此。不过那是一部反抗意识的文学作品,则是无可讳言的。

这部小说在中国一直是一部畅销书,因为它描述一种"罗宾汉"一流的英雄好汉,为青年读者所喜爱。同时也是因为这一百单八条好汉中几位领袖,都有其特殊的性格的缘故。

我于 1920 年 7 月发表了一篇详尽的《〈水浒传〉考证》;翌年 6 月,我又写完与前文几乎一样长的考证续篇。两篇加起来总共有四万五千多字。算起来比萧伯纳(George Bernard Shaw)为他所写的剧本所加写的导言底平均长度还要长一些。

在这篇序言中,我指出这部小说不是一气呵成的作品。它是中国传统小说中,那种逐渐演变出来的[历史]小说的代表作。

中国[传统]小说大致可以分为两大类。一种是历史小说。这种小说是经过长期演变出来的。每部小说的开始,可能都只是些小故事;但是经过长时期的发展,才逐渐变成一种有复杂性格人物的长篇小说。

《水浒传》便显然是发源于十一世纪一篇描写三十六条好汉的故事。终于由三十六人逐渐演变为一百零八人。从一个短篇逐渐发展成长篇的章回小说。像《水浒传》这类的章回小说，其发展的过程，和中古欧洲那种“罗宾汉”浪漫故事的发展大致是一样的。

中国传统小说中的第二种，便是一些个体作家创作的小说。我在上节所提到的那十八世纪吴敬梓所著的《儒林外史》便属于这一类。

现在我们要研究上述这两种小说，我们对它们的研究方法因而也就大有不同。在我为《水浒传》所写的两篇序言里，我就指出，要研究这种历史小说，我们就要用我所说的历史演变法。我们必须要从它那原始形式开始，然后把通过一些说书人、讲古人所改编改写的长期演变的经过，一一搞清楚。

在1920年，那时市面上所通行的《水浒传》便是那部已流行了三百年的七十一回本。这个本子三百年来一印再印，已不知道印过几百万册了。这部七十一回本，也的确是一部善本。人物性格的描写皆栩栩如生。因此一般读者都视为当然，认为这就是《水浒传》了。但是我指出，这部小说实在是经过长期演变的。正不知有多少无名作家，逐年逐月，东修西改，不断增删，才达成这最后的形式的。我说从早期的纪录看来，明朝的《水浒传》无疑的是有好几种不同的本子。这部大书有一百回本；有廉价通俗的一百十五回本和一百二十回本。我举出这三种本子来说明《水浒传》在不同的时代，却有其不同的发展。

在我第一篇考证发表几个月，我便收到来自日本的通信，说这三种不同的本子，在日本都可以找得到完好的版本。这真使我惊喜交加。在数年之内我们又发现，不但日本有，中国也可以找到。我自己就颇足自豪地买了一部一百二十回本。我又化了一块钱一部，买了好几部一百十五回本，分赠朋友；并以此来说明我的考证，不只是历史的幻想[而是有物证的]。渐渐地其他版本也不断地出现了。例如还有一种粗制滥造的一百二十四回本,便是其中之一。其后十年之内,商务印书馆便出了一部一百二十回的善本,我并且为这部书写了一篇长序。同一时期我的朋友李宗侗,又校印出一部一百回本。所以我研究的结果,发现了《水浒传》是代表一种历史小说。其最后形式是经过几百年的演变才完成的。例如十六七世纪之间所形成的一百回本,原是从十一世纪末年[一种较简单的本子]演变出来的。

可是在十七世纪时,中国出了一位有革命性的文学批评家金圣叹[原姓张,名采,字若采,号人瑞,1627—1662]。圣叹[于康熙元年(1662)]由于领导反抗满清官吏的一些政治迫害,而被贪婪无知的清廷官吏[巡抚朱国治]所杀。金圣叹是一位有眼光的人;一位有文学革命思想的文学批评家。他就能指出《水浒传》是一部足与最上品古典文学平起平坐的杰作;在文学上足与两大史学名著《左传》和《史记》媲美。这部七十一回本——通称"贯华堂本",便是他校评付刻的。这部七十一回本后来甚为流行。在这部书里,每一回都有金圣叹的评语。他对一些精彩的字句,也分别有其批语;这些批语都十分精彩。这部金圣叹批《水浒传》一直被重刻了三百年。这个本子风行之后,其他较早的本子就逐渐被湮没了。

可是我指出《水浒》的故事还有许多更老的本子。最早的一本是仅有数千字的小故事叫做《宣和遗事》。那是一部约在十二三世纪[南宋时代]的作品。但是在元曲盛行的时候,许多剧作家就利用这故事来随意衍伸渲染[创作戏曲]。我便指出后来《水浒》里的许多性格人物,与早期元曲里同一人物的性格描述,却完全不同,有时甚至相反。那也就是说在十四世纪元曲作家采用这一故事时,《水浒传》还无定本去限制作家的构思,所以他们还可根据自己的幻想去创造人物的性格。

时日推移,那些说故事的民间艺人,乃根据元曲和古今各种不同的本子去说书,而这种说书人简直可以随心所欲,有始无终地编造下去。最后在十六世纪[明代中叶],乃逐渐有人综合这各种不同版本的《水浒传》编成一部巨著——例如一百回本;一百十五回本;一百二十回本。至十七世纪[经过金圣叹一批],乃又被缩成七十一回本。在文学内容上说,这七十一回本实在比其他各种版本要高明得很多。但是我们要了解这七十一回本形成经过的历史,我们就必须要体会到它经过正不知有多少无名作家,不断增删而成的长期而缓慢的过程。

以上便是我所提倡[用来整理传统小说]的历史方法;这也是我致力于整理中国传统小说而向广大读者介绍的第二步[也是更实际的]工作。

新红学的诞生

我所致力的另一部小说便是《红楼梦》。这部小说最近曾由我的朋友,哥伦比亚大学的王际真教授稍事删节,译成英文。他以前已经出版过一部节译本。本年[1958]他又加以补译,另出一本比较完备的译本。

我对《红楼梦》的研究就说来话长了!

这里我想稍微多说一点,来解释为什么中共在三十年后的今天,对我有关这部伟大小说的研究还不肯放过的道理。

第一，我要说的便是《红楼梦》是我上面所提过的“第二类小说”的代表。那是个别作家的创作，迥异于长期演变而成的历史小说。对这种第二类的小说，我们必须用一般历史研究的法则，在传记的资料里找出该书真正作者的身世；他的社会背景和生活状况。在许多方面，我对《红楼梦》的研究都是前所未有的。

我的第一篇《〈红楼梦〉考证》是在1921年3月出版的。出版之后我立刻又获得了许多新材料，在许多细节上又加以补充改写。现在我《文存》中所收的那一篇，也是新版《红楼梦》里所附印的那一篇，便是我在1921年11月所改写的。

经过多年的搜寻，我于1922年发现了《红楼梦》的作者曹雪芹的一位友人敦诚的长篇诗文集[《四松堂集》]的抄本。这抄本是部孤本。敦诚出身满洲宗室。他的诗文集有刻本，也有抄本。但是这抄本比刻本有用。因为抄本中有许多有关曹家的事为刻本所无。所以在1922年我就把这一发现写成文章发表了。

五年之后我又购得另外一件重要资料，那是《红楼梦》的一部残缺的抄本，[后来“红学家”通称为“甲戌本”，是现存《红楼梦)最早的抄本。]这抄本只有前十六回[一至八、十三至十六、二十五至二十八]，但是全书却有[“脂砚斋”等人的]详尽的评注。一部分是作者的自注；[刚按：适之先生始终认为“脂砚斋”是作者曹雪芹本人，故曰“自注”。但是继起的“红学家”俞平伯、周汝昌、林语堂、赵冈、潘重规、周策纵诸先生，则认为“脂砚斋”另有其人。周汝昌君认为“脂砚斋”是位女人，甚至是曹雪芹的老伴“史湘云”！林语堂先生也深信此说。其实也都是些证据不足的“假设”而已。]评注的另一部分则为作者曹雪芹的两三位好友[畸笏叟、梅溪、松斋]所作。[刚按：脂砚斋以下的“批书人”，以畸笏叟所批，最多最详。

周汝昌认为这位自称“老朽”畸笏叟是“史湘云”的另一笔名,是耶?总之自适之先生以后,“红学界”值得一提的二世祖、三世祖,以周汝昌君用功最勤,发现也最多,但是胆子也最大。今姑存其说。]我这一发现实是《红楼梦》最早的抄本。

后来我又找到了一部更全的七十七回本,号称八十回本。[此抄本后来红学界通称“庚辰本”,为北平徐星署所藏,书名与“甲戌本”同,亦称《脂砚斋重评石头记》。]我也替这部更全的抄本写了一篇很长的考证[《跋乾隆庚辰本〈脂砚斋重评石头记〉抄本》]于1933年发表了[原文见商务版《胡适论学近著》第1集,第403—415页]。

所以从1921至1933年,我对《红楼梦》的研究历时十二年之久,先后作了五篇考证的文章。这项前所未有的研究的重要性是多方面的。在我作考证之前,研究《红楼梦》而加以诠释的已有多家,简直形成了一门“红学”。让我且举颇有惊人之笔的三家为例:

第一家认为《红楼梦》是反映清朝开国之君顺治皇帝的一段恋爱故事。书中的男主角“宝玉”便是隐射顺治;那美丽而短命的女主角“黛玉”则隐射董鄂妃。

第二家就更离奇了。那是我的上司,北京大学校长蔡元培先生所首倡的。蔡氏认为《红楼梦》是一部隐射汉民族抗满的[政治]小说。[书中的故事]便是整个康熙一朝的政治现象。“宝玉”是隐射康熙皇帝的废太子[胤礽];大观园中的诸美人则是暗指当时的名士。例如“黛玉”便是暗指朱彝尊;黛玉的情敌“宝钗”则是暗指高士奇。诸如此类。

第三家倒是有相当的重要性。这一家说《红楼梦》是描写满族名士纳兰性德的身世。纳兰在英文《清代名人传》(Arthur W.

Hummel, ed., *Eminent Chinese of the Ch'ing Period*, Vol. II, p. 662.)中有专传。我这里不妨顺便说一说。纳兰性德(1654—1685)是一位了不起的人;是[康熙朝]当时一门有权势的满族世家[武英殿大学士(俗称"宰相")纳兰明珠]的公子。这位青年倒是一位文学奇才。他在十几岁的时候,已经颇有才名。他底情诗[《饮水词》],也真是美艳感人;因此才有人把他和《红楼梦》扯在一起。

但是我在我的长篇考证里,便把上述三家斥为无稽之谈。我指出这部名著与上述三大家的惊人之论毫无关系。否定诸说之后我也提出更有建设性的建议。我认为要认识这部巨著,一定要找出作者的身世;并且还要替这部名著的版本问题作出定案。

在寻找作者身世这项第一步工作里,我得到了我许多学生的帮助。这些学生后来在"红学"研究上都颇有名气。其中之一便是后来成名的史学家顾颉刚;另一位便是俞平伯。平伯后来成为文学教授。这些学生——尤其是顾颉刚——他们帮助我找出曹雪芹的身世。雪芹原名曹霑;雪芹是他的别号。

为搜查曹雪芹的家世,我们又找出他的祖父曹寅来。曹寅诗文皆佳,原为康熙皇帝遣往江南来羁縻当地士子的秘密文化特务。作为清廷的秘密文化特务,他获任当时南京、扬州一带收入最丰的优差肥缺。他的收入倒不是去贿赂或收买当时的读书人,而是有意的去救济全国的寒士——特别是长江下游,江、浙一带的贫儒寒士。

我所要特别指出的,则是曹雪芹是曹寅的孙子。曹寅的父亲曹玺——也就是雪芹的曾祖——曾在南京做过二十一年的"江宁织造"[一个直属于皇帝的私家账房,内务府,管辖南京一带丝绸纺织工业以备宫廷御用的财务官］。曹寅本来已在苏州做过四年的“苏州织造”，后来调往南京，又做了二十一年的“江宁织造”。在此同时他又在扬州四度兼任“两淮巡监御史”。这两项官职是当时大清帝国之中最能充实宦囊的优差肥缺。

曹寅死后，其子曹颙又继承父职，做了三年“江宁织造”，死于任上。曹氏殁后，曹寅一位过继的儿子曹頫——可能就是雪芹的父亲——又接着出任“江宁织造”至十三年之久。所以他们曹家三代出了四位“织造”。任期加起来，先后逾五十八年！这件事实便是《红楼梦》上所常常提到的所谓“世袭恩宠”了。［刚按：在适之先生以前的文章里，他总说曹頫是曹寅的次子。在本章中则说是“过继的儿子”，这是他接受周汝昌的说法而改变的。］

任何人读《红楼梦》，都会感觉到那［荣、宁二府里］荣华富贵的气氛；一种官宦世家的传统。所以我们必须先要了解那种五十年不断的“江宁织造”家庭背景，然后才能谈到了解这部小说。这便是我考证的一方面。

但是康熙皇帝死后，诸皇子争位。雍正虽然终承大统，但是他［这位四皇子］也没有什么名正言顺的承继特权。所以他一旦即位之后，便对原先和他争位的弟兄，乃诛囚不遗余力。在这场夺权斗争之中，曹家也受到株连。不但与曹氏有关的皇亲国戚悉被推翻，曹家自己也受了“查抄”之祸。家产充公，婢仆星散，树倒猢狲散，转眼也就穷困不堪。曹雪芹长大之后，正赶上这场不幸，而终至坎坷一生！

这许多遭遇，作者在他的《红楼梦》的前几回中都说得清清楚楚。他也向来没有掩饰这部小说的自传性质。但是我这一自传小说的说法一旦提出之后，却不易为读者所接受。因为一般读者的思想——尤其是知识分子的思想，早已为上述诸家的政治故事、民族意识等说法，先入为主了。因此我和我的朋友们，真是历尽艰辛，找出这些传记资料——不但是曹雪芹的传记资料，而且是曹氏一家的资料——来说明这部小说原是一部自传。

这小说中最令人折服的一项自传性的证据，便是那一段描写贾家在皇帝南巡时曾经“接驾”的故事，而且不只是接驾一次，而是接驾数次。史料在这方面是可以作为佐证的。康熙皇帝曾六度南巡；雪芹的祖父曹寅，便曾“接驾”四次。不但“接”了皇帝的“驾”，而且招待随驾南巡的满朝文武。康熙在扬州和南京皆驻跸曹家。所以不管曹家如何富有，这样的“接驾四次”，也就足够使他们破产了。

我考证的第二步，便是《红楼梦》本文上的问题。我指出根据早期各方资料，《红楼梦》全稿未完曹雪芹就死了。雪芹死后他的遗嘱可能把这部未完的小说，以抄本方式，廉价出售。这抄本大致只有八十回。可是后来我发现，甚至前八十回也非全璧。其中六十七回[“见土仪颦卿思故里，闻秘事凤姐讯家童”]中的一部分，以及其他各回中也都有些残缺之处。这些都说明作者死后，只遗下一部八十回的残稿。这残稿在传阅之中，又经人一再手抄；而抄书的人又可能只是些低能的录事，因而错误百出。

这样经过二十五年的传抄，始由两位有心人来加以整理，赞助付刻。其一[程伟元]出资印刷；另一人为汉军旗人高鹗乃加以续写，把残稿补成全书。高鹗一共补写了四十回，才竟全功。在他程、高二人的序言里，他们便坦然说出他们续了四十回。

他二人所说的故事原是这样的。他们先发现了[八十回以后的残稿]二十回；后来又在一肩挑旧货贩卖的“鼓担”上，无意中又发现其余二十回的残稿。拼凑之下,果然“接榫”。所以据他们说,这部百二十回的《红楼梦》,实是在多少年耐性搜寻之下,忽然喜从天降,果然在一个鼓担小贩的杂货之中发现了。但是这位学者高鹗,倒颇为续写而自豪。他始终没有完全否认那后四十回是他补写的。他曾把此事告诉他的朋友,似乎也是他的姻兄张问陶。张问陶后来写了一首诗[送高鹗,有“艳情人自说红楼”]提到《红楼梦》。在这首诗的小注中,他也提到后四十回[“兰墅所补”]是指高鹗续作的。

这些都是当时人的见证。所以我根据我的青年朋友顾颉刚、俞平伯二人所发现的证据,来说明《红楼梦》后四十回之所以与前八十回不大一致的道理;那实在是出于高鹗的善意作伪之所致。

我同时又找出全书前后更多的矛盾之处来说明《红楼梦》是出诸两位作家的手笔。这第二位作家高鹗,显然是熟读前八十回之后才动笔的。但是没有哪一位作家可以把一部未完成的小说巨著,能补得天衣无缝的。所以高君续稿中的破绽是可以理解的。在高君的破绽中,我们便很容易看出哪些不是原作者的手笔了。[刚按:胡先生这些话不但太武断,而且也“破绽”重重。曹雪芹在乾隆二十一年丙子(1756),已成书八十回;此时距他死还有七八年之久。乾隆二十五年庚辰(1760),该书已经脂砚斋“四阅评过”,此时距雪芹“书未成,泪尽而逝”也还有三年。那么雪芹在“泪尽而逝”之前在写些什么呢?所以林语堂先生断定高鹗是“补”足残稿而不是“续作”,是极有见地的话;也是笔者深信不疑的。见林语堂著《平心论高鹗》,载“中央研究院”历史语言研究所《集刊》,1958年十一月第二十九本《庆祝赵元任先生六十五岁论文集》下册,第327—387页。]

所以我在《红楼梦》考证文章的结论上说，我的工作就是用现代的历史考证法，来处理这一部伟大小说。我同时也指出这个“考证法”并非舶来品。它原是传统学者们所习用的，这便叫做“考证学的方法”。这一方法事实上包括下列诸步骤：避免先入为主的成见；寻找证据；尊重证据；让证据引导我们走向一个自然的，合乎逻辑的结论。

卷一 《水浒传》考证

《水浒传》考证*

一

我的朋友汪原放用新式标点符号把《水浒传》重新点读一遍，由上海亚东图书馆排印出版。这是用新标点来翻印旧书的第一次。我可预料汪君这部书将来一定要成为新式标点符号的实用教本，他在教育上的效能一定比教育部颁行的新式标点符号原案还要大得多。汪君对于这书校读的细心，费的工夫之多，这都是我深知道并且深佩服的；我想这都是读者容易看得出来的，不用我细说了。

这部书有一层大长处，就是把金圣叹的评和序都删去了。

金圣叹是十七世纪的一个大怪杰，他能在那个时代大胆宣言，说《水浒》与《史记》、《国策》有同等的文学价值，说：施耐庵、董解元与庄周、屈原、司马迁、杜甫在文学史上占同等的位置，说"天下之文章无有出《水浒》右者，天下之格物君子无有出施耐庵先生右者！"这是何等眼光！何等胆气！又如他的序里的一段："夫古人之

---

* 本文作于1920年7月27日，载汪原放标点《水浒》，亚东图书馆1920年8月版；收入《胡适文存》一集卷三，亚东图书馆1921年12月版。

才，世不相沿，人不相及：庄周有庄周之才，屈平有屈平之才，降而至于施耐庵有施耐庵之才，董解元有董解元之才。”这种文学眼光，在古人中很不可多得。又如他对他的儿子说：“汝今年始十岁，便以此书（《水浒》）相授者，非过有所宠爱，或者教汝之道当如是也。……人生十岁，耳目渐吐，如日在东，光明发挥。如此书，吾即欲禁汝不见，亦岂可得？今知不可相禁，而反出其旧所批释脱然授之汝手。”这种见解，在今日还要吓倒许多老先生与少先生；何况三百年前呢？

但是金圣叹究竟是明末的人。那时代是“选家”最风行的时代；我们读吕用晦的文集，还可想见当时的时文大选家在文人界占的地位。（参看《儒林外史》）。金圣叹用了当时“选家”评文的眼光来逐句批评《水浒》，遂把一部《水浒》凌迟碎砍，成了一部“十七世纪眉批夹注的白话文范”！例如圣叹最得意的批评是指出景阳冈一段连写十八次“哨棒”，紫石街一段连写十四次“帘子”和三十八次“笑”。圣叹说这是“草蛇灰线法”！这种机械的文评正是八股选家的流毒，读了不但没有益处，并且养成一种八股式的文学观念，是很有害的。

这部新本《水浒》的好处就在把文法的结构与章法的分段来代替那八股选家的机械的批评。即如第五回瓦官寺一段：

智深走到面前那和尚吃了一惊

金圣叹批道：“写突如其来，只用二笔，两边声势都有。”

跳起身来便道请师兄坐同吃一盏智深提着禅杖道你这两

个如何把寺来废了那和尚便道师兄请坐听小僧

圣叹批道:“其语未毕。”

智深睁着眼道你说你说

圣叹批道:“四字气忿如见。”

说在先敝寺……

圣叹批道:“说字与上‘听小僧’本是接着成句,智深自气忿忿在一边夹着‘你说你说’耳。章法奇绝,从古未有。”

现在用新标点符号写出来便成:

智深走到面前,那和尚吃了一惊,跳起身来便道:“请师兄坐,同吃一盏。”智深提着禅杖道:“你这两个如何把寺来废了!”那和尚便道:“师兄请坐,听小僧——”智深睁着眼道:“你说!你说!”“——说:在先敝寺……”

这样点读,便成一片整段的文章,我们不用加什么恭维施耐庵的评语,读者自然懂得一切忿怒的声口和插入的气话;自然觉得这是很能摹神的叙事,并且觉得这是叙事应有的句法,并不是施耐庵有意要作“章法奇绝,从古未有”的文章。

金圣叹的《水浒》评,不但有八股选家气,还有理学先生气。

圣叹生在明朝末年,正当“清议”与“威权”争胜的时代,东南士气正盛，虽受了许多摧残，终不曾到降服的地步。圣叹后来为了主持清议以至于杀身，他自然是一个赞成清议派的人。故他序《水浒》第一回道：

> 一部大书七十回将写一百八人……而先写高俅者，盖不写高俅便写一百八人，则是乱自下生也。不写一百八人先写高俅，则是乱自上作也。……高俅来而王进去矣。王进者，何人也？不坠父业，善养母志，盖孝子也。……横求之四海，竖求之百年，而不一得之。不一得之而忽然有之，则当尊之，荣之，长跽事之——必欲骂之，打之，至于杀之，因逼去之，是何为也？王进去而一百八人来矣。则是高俅来而一百八人来矣。
>
> 王进去后，更有史进。史者，史也。……记一百八人之事而亦居然谓之史也，何居？从来庶人之议皆史也。庶人则何敢议也？庶人不敢议也。庶人不敢议而又议，何也？天下有道，然后庶人不议也。今则庶人议矣。何用知天下无道？曰，王进去而高俅来矣。

这一段大概不能算是穿凿附会。《水浒传》的著者著书自然有点用意，正如楔子一回中说的，“且住！若真个太平无事，今日开书演义，又说著些甚么？”他开篇先写一个人人厌恶不肯收留的高俅，从高俅写到王进，再写到史进，再写到一百八人，他著书的意思自然很明白。金圣叹说他要写“乱自上生”，大概是很不错的。圣叹说，“从来庶人之议皆史也”，这一句话很可代表明末清议的精神。黄梨洲的《明夷待访录》说：

东汉太学三万人，危言深论，不隐豪强，公卿避其贬议。宋诸生伏阙捶鼓，请起李纲。三代遗风惟此犹为相近。使当日之在朝廷者，以其所非是为非是，将见盗贼奸邪慑心于正气霜雪之下，君安而国可保也。

这种精神是十七世纪的一种特色，黄梨洲与金圣叹都是这种清议运动的代表，故都有这种议论。

但是金圣叹《水浒》评的大毛病也正在这个“史”字上。中国人心里的“史”总脱不了《春秋》笔法“寓褒贬，别善恶”的流毒。金圣叹把《春秋》的“微言大义”用到《水浒》上去，故有许多极迂腐的议论。他以为《水浒传》对于宋江，处处用《春秋》笔法责备他。如第二十一回，宋江杀了阎婆惜之后，逃难出门，临行时“拜辞了父亲，只见宋太公洒泪不已，又分付道，你两个前程万里，休得烦恼”。这本是随便写父子离别，并无深意，金圣叹却说：

无人处却写太公洒泪，有人处便写宋江大哭；冷眼看破，冷笔写成。普天下读书人慎勿谓《水浒》无皮里阳秋也。

下文宋江弟兄“分付大小庄客，早晚殷勤伏侍太公，休教饮食有缺”，这也是无深意的叙述，圣叹偏要说：

人亦有言，“养儿防老”。写宋江分付庄客伏侍太公，亦皮里阳秋之笔也。

这种穿凿的议论实在是文学的障碍。《水浒传》写宋江，并没有责备的意思。看他在三十五回写宋江冒险回家奔丧,在四十一回写宋江再冒险回家搬取老父,何必又在这里用曲笔写宋江的不孝呢?

又如五十三回写宋江破高唐州后,“先传下将令,休得伤害百姓,一面出榜安民,秋毫无犯”。这是照例的刻板文章,有何深意?圣叹偏要说:

> 如此言,所谓仁义之师也。今强盗而忽用仁义之师,是强盗之权术也。强盗之权术而又书之者,所以深叹当时之官军反不能然也。彼三家村学究不知作史笔法,而遽因此等语过许强盗真有仁义,不亦怪哉?

这种无中生有的主观见解,真正冤枉煞古人!圣叹常骂三家村学究不懂得“作史笔法”,却不知圣叹正为懂得作史笔法太多了,所以他的迂腐气比三家村学究的更可厌!

这部新本的《水浒》把圣叹的总评和夹评一齐删去,使读书的人直接去看《水浒传》,不必去看金圣叹脑子里悬想出来的《水浒》的“作史笔法”;使读书的人自己去研究《水浒》的文学,不必去管十七世纪八股选家的什么“背面铺粉法”和什么“横云断山法”!

二

我既不赞成金圣叹的《水浒》评,我既主张让读书的人自己直接去研究《水浒传》的文字,我现在又拿什么话来做《水浒传》的新序呢?

我最恨中国史家说的什么"作史笔法",但我却有点"历史癖";我又最恨人家咬文啮字的评文,但我却又有点"考据癖"!因为我不幸有点历史癖,故我无论研究什么东西,总喜欢研究他的历史。因为我又不幸有点考据癖,故我常常爱做一点半新不旧的考据。现在我有了这个机会替《水浒传》做一篇新序,我的两种老毛病——历史癖与考据癖——不知不觉的又发作了。

我想《水浒传》是一部奇书,在中国文学史占的地位比《左传》、《史记》还要重大的多;这部书很当得起一个阎若璩来替他做一番考证的工夫,很当得起一个王念孙来替他做一番训诂的工夫。我虽然够不上做这种大事业——只好让将来的学者去做——但我也想努一努力,替将来的"《水浒》专门家"开辟一个新方向,打开一条新道路。

简单一句话,我想替《水浒传》做一点历史的考据。

《水浒传》不是青天白日里从半空中掉下来的,《水浒传》乃是从南宋初年(西历十二世纪初年)到明朝中叶(十五世纪末年)这四百年的"梁山泊故事"的结晶。——我先说这句武断的话丢在这里,以下的两万字便是这一句话的说明和引证。

我且先说元朝以前的《水浒》故事。

《宋史》二十二,徽宗宣和三年(西历1121)的本纪说:

> 淮南盗宋江等犯淮阳军,遣将讨捕,又犯京东、江北,入楚海州界。命知州张叔夜招降之。

又《宋史》三百五十一:

宋江寇京东，侯蒙上书言："江以三十六人横行齐、魏，官军数万无敢抗者，其才必过人。今清溪盗起，不若赦江，使讨方腊以自赎。"

又《宋史》三百五十三：

宋江起河朔，转略十郡，官军莫敢撄其锋。声言将至[海州]，张叔夜使间者觇所向，贼径趋海濒，劫钜舟十余，载卤获。于是募死士，得千人，设伏近城，而出轻兵距海诱之战，先匿壮卒海旁，伺兵合，举火焚其舟。贼闻之，皆无斗志。伏兵乘之，擒其副贼。江乃降。

这三条史料可以证明宋江等三十六人都是历史的人物，是北宋末年的大盗。"以三十六人横行齐、魏，官军数万无敢抗者"——看这些话可见宋江等在当时的威名。这种威名传播远近，留传在民间，越传越神奇，遂成一种"梁山泊神话"。我们看宋末遗民龚圣与作《宋江三十六人赞》的自序说：

宋江事见于街谈巷语，不足采著。虽有高如、李嵩辈传写，士大夫亦不见黜，余年少时壮其人，欲存之画赞，以未见信书载事实，不敢轻为。及异时见《东都事略》载侍郎侯蒙传，有书一篇，陈制贼之计云："宋江以三十六人横行河朔、京东，官军数万无敢抗者，其材必有过人。不若赦过招降，使讨方腊，以此自赎，或可平东南之乱。"余然后知江辈真有闻于时者。……（周密《癸辛杂识续集》上。）

我们看这段话,可见(1)南宋民间有一种"宋江故事"流行于"街谈巷语"之中,(2)宋、元之际已有高如、李嵩一班文人"传写"这种故事,使"士大夫亦不见黜",(3)那种故事一定是一种"英雄传奇",故龚圣与"少年时壮其人,欲存之画赞"。

这种故事的发生与流传久远,决非无因。大概有几种原因:(1)宋江等确有可以流传民间的事迹与威名;(2)南宋偏安,中原失陷在异族手里,故当时人有想望英雄的心理;(3)南宋政治腐败,奸臣暴政使百姓怨恨,北方在异族统治之下受的痛苦更深,故南北民间都养成一种痛恨恶政治恶官吏的心理,由这种心理上生出崇拜草泽英雄的心理。

这种流传民间的"宋江故事"便是《水浒传》的远祖。我们看《宣和遗事》,便可看见一部缩影的"《水浒》故事"。《宣和遗事》记梁山泊好汉的事,共分六段:

(1)杨志、李进义(后来作卢俊义。)、林冲、王雄(后来作杨雄。)、花荣、柴进、张青、徐宁、李应、穆横、关胜、孙立等十二个押送"花石纲"的制使,结义为兄弟。后来杨志在颍州阻雪,缺少旅费,将一口宝刀出卖,遇着一个恶少,口角厮争。杨志杀了那人,判决配卫州军城。路上被李进义、林冲等十一人救出去,同上太行山落草。

(2)北京留守梁师宝差县尉马安国押送十万贯的金珠珍宝上京,为蔡太师上寿,路上被晁盖、吴加亮、刘唐、秦明、阮进、阮通、阮小七、燕青等八人用麻药醉倒,抢去生日礼物。

(3)"生辰纲"的案子,因酒桶上有"酒海花家"的字样,追究到晁盖等八人。幸得郓城县押司宋江报信与晁盖等,使他们连夜逃走。这八人连结了杨志等十二人,同上梁山泊落草为寇。

(4)晁盖感激宋江的恩义,使刘唐带金钗去酬谢他。宋江把金钗交给娼妓阎婆惜收了,不料被阎婆惜得知来历,那妇人本与吴伟往来,现在更不避宋江。宋江怒起,杀了他们,题反诗在壁上,出门跑了。

(5)官兵来捉宋江,宋江躲在九天玄女庙里。官兵退后,香案上一声响亮,忽有一本天书,上写着三十六人姓名。这三十六人,除上文已见二十人之外,有杜千、张岑、索超、董平都已先上梁山泊了;宋江又带了朱仝、雷横、李逵、戴宗、李海等人上山。那时晁盖已死,吴加亮与李进义为首领。宋江带了天书上山,吴加亮等遂共推宋江为首领。此外还有公孙胜、张顺、武松、呼延绰、鲁智深、史进、石秀等人,共成三十六员。(宋江为帅,不在天书内。)

(6)宋江等既满三十六人之数,"朝廷无其奈何",只得出榜招安。后有张叔夜"招诱宋江和那三十六人归顺宋朝,各受武功大夫诰敕,分注诸路巡检使去也。因此三路之寇悉得平定,后遣宋江收方腊,有功,封节度使"。

《宣和遗事》一书,近人因书里的"惇"字缺笔作"惇"字,故定为宋时的刻本。这种考据法用在那"俗文讹字弥望皆是"的民间刻本上去,自然不很适用,不能算是充分的证据。但书中记宋徽宗、钦宗二帝被虏后的事,记载的非常详细,显然是种族之痛最深时的产物。书中采用的材料大都是南宋人的笔记和小说,采的诗也没有刘后村以后的诗。故我们可以断定《宣和遗事》记的梁山泊三十六人的故事一定是南宋时代民间通行的小说。

周密(宋末人,元武宗时还在。)的《癸辛杂识》载有龚圣与的三十六人赞。三十六人的姓名,大致与《宣和遗事》相同,只有吴加亮改作吴用,李进义改作卢俊义,阮进改为阮小二,李海改为李俊,王雄改为杨雄：这都与《水浒传》更接近了。此外周密记的，少了公孙胜、林冲、张岑、杜千四人，换上宋江、解珍、解宝、张横四人，（《宣和遗事》有张横，又写作李横，但不在天书三十六人之数。）也更与《水浒》接近了。

龚圣与的三十六人赞里全无事实，只在那些"绰号"的字面上做文章，故没有考据材料的价值。但他那篇自序却极有价值。序的上半——引见上文——可以证明宋、元之际有李嵩、高如等人"传写"梁山泊故事，可见当时除《宣和遗事》之外一定还有许多更详细的水浒故事。序的下半很称赞宋江，说他"识性超卓，有过人者"；又说：

> 盗跖与江，与之"盗"名而不辞，躬履"盗"迹而不讳者也。岂若世之乱臣贼子畏影而自走，所为近在一身而其祸未尝不流四海？

这明明是说"奸人政客不如强盗"了！再看他那些赞的口气，都有希望草泽英雄出来重扶宋室的意思。如九文龙史进赞："龙数肖九，汝有九文；盍从东皇，驾五色云？"如小李广花荣赞："中心慕汉，夺马而归；汝能慕广，何忧数奇？"这都是当时宋遗民的故国之思的表现。又看周密的跋语：

> 此皆群盗之靡耳，圣与既各为之赞，又从而序论之，何哉？太史公序游侠而进奸雄，不免后世之讥。然其首著胜、广于列传，且为项羽作本纪，其意亦深矣。识者当能辨之。

这是老实希望当时的草泽英雄出来推翻异族政府的话。这便是元朝"水浒故事"所以非常发达的原因。后来长江南北各处的群雄起兵,不上二十年,遂把人类有历史以来最强横的民族的帝国打破,遂恢复汉族的中国。这里面虽有许多原因,但我们读了龚圣与、周密的议论,可以知道水浒故事的发达与传播也许是汉族光复的一个重要原因哩!

三

元朝水浒故事非常发达,这是万无可疑的事。元曲里的许多水浒戏便是铁证。但我们细细研究元曲里的水浒戏,又可以断定元朝的水浒故事决不是现在的《水浒传》;又可以断定那时代决不能产生现在的《水浒传》。

元朝戏曲里演述梁山泊好汉的故事的,也不知有多少种。依我们所知,至少有下列各种:

1	高文秀的◎	《黑旋风双献功》(《录鬼簿》作《双献头》)
2	又	《黑旋风乔教学》
3	又	《黑旋风借尸还魂》
4	又	《黑旋风斗鸡会》
5	又	《黑旋风诗酒丽春园》
6	又	《黑旋风穷风月》
7	又	《黑旋风大闹牡丹园》
8	又	《黑旋风敷演刘耍和》(4至8五种涵虚子皆无黑旋风三字,今据暖红室新刻的钟嗣成

　　　　　　　　《录鬼簿》为准)

9　杨显之的　《黑旋风乔断案》

10　康进之的◎《梁山泊黑旋风负荆》

11　又　　　　《黑旋风老收心》

12　红字李二的《板踏儿黑旋风》(涵虚子无下三字)

13　又　　　　《折担儿武松打虎》

14　又　　　　《病杨雄》

15　李文蔚的◎《同乐院燕青博鱼》(《录鬼簿》上三字作"报冤台",博字作"扑",今据《元曲选》。)

16　又　　　　《燕青射雁》

17　李致远的◎《都孔目风雨还牢末》

18　无名氏的◎《争报恩三虎下山》

19　又　　　　《张顺水里报怨》

以上关于梁山泊好汉的戏目十九种,是参考《元曲选》、《涵虚子》(《元曲选》卷首附录的)和《录鬼簿》(原书有序,年代为至顺元年,当西历 1330 年;又有题词,年代为至正庚子,当西历 1360 年。)三部书辑成的。不幸这十九种中,只有那加◎的五种现在还保存在臧晋叔的《元曲选》里(下文详说),其余十四种现在都不传了。

但我们从这些戏名里,也就可以推知许多事实出来:第一,元人戏剧里的李逵(黑旋风)一定不是《水浒传》里的李逵。细看这个李逵,他居然能"乔教学",能"乔断案",能"穷风月",能玩"诗酒丽春园"!这可见当时的李逵一定是一个很滑稽的脚色,略像萧士比亚戏剧里的佛斯大夫(Falstaff)——有时在战场上呕人,有时在脂粉队里使人笑死。至于"借尸还魂"、"敷演刘耍和"、"大闹牡丹园"、"老收心"等等事,更是《水浒传》的李逵所没有的了。第二,元曲里的燕青，也不是后来《水浒传》的燕青："博鱼"和"射雁"，都不是《水浒传》里的事实。(《水浒》有燕青射鹊一事，或是受了"射雁"的暗示的。)第三，《水浒》只有病关索杨雄，并没"病杨雄"的话，可见元曲的杨雄也和《水浒》的杨雄不同。

现在我们再看那五本保存的梁山泊戏，更可看出元曲的梁山泊好汉和《水浒传》的梁山泊好汉大不相同的地方了。我们先叙这五本戏的内容：

(1)《黑旋风双献功》。宋江的朋友孙孔目带了妻子郭念儿上泰安神州去烧香，因路上有强盗，故来问宋江借一个护臂的人。李逵自请要去，宋江就派他去。郭念儿和一个白衙内有奸，约好了在路上一家店里相会，各唱一句暗号，一同逃走了。孙孔目丢了妻子，到衙门里告状，不料反被监在牢里。李逵扮做庄家呆后生，买通牢子，进监送饭，用蒙汗药醉倒牢子，救出孙孔目；又扮做祗候，偷进衙门，杀了白衙内和郭念儿，带了两颗人头上山献功。

(2)《李逵负荆》。梁山泊附近一个杏花庄上，有一个卖酒的王林，他有一女名叫满堂娇。一日，有匪人宋刚和鲁智恩，假冒宋江和鲁智深的名字，到王林酒店里，抢去满堂娇。那日李逵酒醉了，也来王林家，问知此事，心头大怒，赶上梁山泊，和宋江、鲁智深大闹。后来他们三人立下军令状，下山到王林家，叫王林自己质对。王林才知道他女儿不是宋江们抢去的。李逵惭愧，负荆上山请罪，宋江令他下山把宋刚、鲁智恩捉来将功赎罪。

(3)《燕青博鱼》。梁山泊第十五个头领燕青因误了限期，被宋江杖责六十，气坏了两只眼睛，下山求医，遇着卷毛虎燕顺把两眼医好，两人结为弟兄。燕顺在家因为与哥哥燕和嫂嫂王腊梅不和，一气跑了。燕和夫妻有一天在同乐院游春，恰好燕青因无钱使用，在那里博鱼。燕和爱燕青气力大，认他做兄弟，带回家同住。王腊梅与杨衙内有奸，被燕青撞破。杨衙内倚仗威势，反诬害燕和、燕青持刀杀人，把他们收在监里。燕青劫牢走出，追兵赶来，幸遇燕顺搭救，捉了奸夫淫妇，同上梁山泊。

(4)《还牢末》。史进、刘唐在东平府做都头。宋江派李逵下山请他们入伙，李逵在路上打死了人，捉到官，幸亏李孔目救护，定为误伤人命，免了死罪。李逵感恩，送了一对匾金环给李孔目。不料李孔目的妾萧娥与赵令史有奸，拿了金环到官出首，说李孔目私通强盗，问成死罪。刘唐与李孔目有旧仇，故极力虐待他，甚至于收受萧娥的银子，把李孔目吊死。李孔目死而复苏，恰好李逵赶到，用宋江的书信招安了刘唐、史进，救了李孔目，杀了奸夫淫妇，一同上山。

(5)《争报恩》。关胜、徐宁、花荣三个人先后下山打探军情。济州通判赵士谦带了家眷上任，因道路难行，把家眷留在权家店，自己先上任。他的正妻李千娇是很贤德的，他的妾王腊梅与丁都管有奸。这一天，关胜因无盘缠在权家店卖狗肉，因口角打倒丁都管，李千娇出来看，见关胜英雄，认他做兄弟。关胜走后，徐宁晚间也到权家店，在赵通判的家眷住屋的稍房里偷睡，撞破丁都管和王腊梅的奸情，被他们认做贼，幸得李千娇见徐宁英雄，认他做兄弟，放他走了。又一天晚间，李千娇在花园里烧香，恰好花荣躲在园里，听见李千娇烧第三炷香"愿天下好男子休遭罗网之灾"，花荣心里感动，向前相见。李千娇见他英雄，也认他做兄弟。不料此时丁都管和王腊梅走过门外，听见花荣说话，遂把赵通判喊来。赵通判推门进来，花荣拔刀逃出，砍伤他的臂膊。王腊梅咬定李千娇有奸，告到官衙，问成死罪。关胜、徐宁、花荣三人得信，赶下山来，劫了法场，救了李千娇，杀了奸夫淫妇，使赵通判夫妻和合。

我们研究这五本戏，可得两个大结论：

第一，元朝的梁山泊好汉戏都有一种很通行的“梁山泊故事”作共同的底本。我们可看这五本戏共同的梁山泊背景：

(1)《双献功》里的宋江说：“某姓宋，名江，字公明，绰号及时雨者是也。幼年曾为郓城县把笔司吏，因带酒杀了阎婆惜，被告到官，脊杖六十，迭配江州牢城。因打此梁山经过，有我八拜交的哥哥晁盖知某有难，领喽啰下山，将解人打死，救某上山，就让我坐第二把交椅。哥哥晁盖三打祝家庄身亡，众兄弟拜某为头领。某聚三十六大伙，七十二小伙，半垓来喽啰。寨名水浒，泊号梁山；纵横河港一千条，四下方圆八百里；东连大海，西接济阳，南通钜野、金乡，北靠青、齐、兖、郓。……”

(2)《李逵负荆》里的宋江自白有“杏黄旗上七个字：替天行道救生民”的话。其余略同上。又王林也说：“你山上头领都是替天行道的好汉。……老汉在这里多亏了头领哥哥照顾老汉。”

(3)《燕青博鱼》里，宋江自白与《双献功》大略相同，但有“人号顺天呼保义”的话，又叙杀阎婆惜事也更详细：有“因带酒杀了阎婆惜，一脚踢翻烛台，延烧了官房”一事。又说“晁盖三打祝家庄，中箭身亡”。

(4)《还牢末》里，宋江自叙有“我平日度量宽洪，但有不得已的好汉，见了我时，便助他些钱物，因此天下人都叫我做及时雨宋公明”的话。其余与《双献功》略同，但无“三十六大伙，七十二小伙”的话。

(5)《争报恩》里，宋江自叙词：“只因误杀阎婆惜，逃出郓州城，占下了八百里梁山泊，搭造起百十座水兵营。忠义堂高搠杏黄旗一面，上写着‘替天行道宋公明’。聚义的三十六个英雄汉，那一个不应天上恶魔星？”这一段只说三十六人，又有“应天上恶魔星”的话，与《宣和遗事》说的天书相同。

看这五条，可知元曲里的梁山泊大致相同，大概同是根据于一种人人皆知的“梁山泊故事”。这时代的“梁山泊故事”有可以推知的几点：(1)宋江的历史，小节细目虽互有详略的不同，但大纲已渐渐固定，成为人人皆知的故事。(2)《宣和遗事》的三十六人，到元朝渐渐变成了“三十六大伙，七十二小伙”，已加到百零八人了。(3)梁山泊的声势越传越张大，到元朝时便成了“纵横河港一千条，四下方圆八百里”的水浒了。(4)最重要的一点是元朝的梁山泊强盗渐渐变成了“仁义”的英雄。元初龚圣与自序作赞的意思，有“将使一归于正，义勇不相戾，此诗人忠厚之心也”的话，那不过是希望的话。他称赞宋江等，只能说他们“名号既不僭侈，名称俨然，犹循故辙”；这是说他们老老实实的做“盗贼”，不敢称王称帝。龚圣与又说宋江等“与之盗名而不辞，躬履盗迹而不讳”。到了后来，梁山泊渐渐变成了“替天行道救生民”的忠义堂了！这一变化非同小可。把“替天行道救生民”的招牌送给梁山泊，这是水浒故事的一大变化，既可表示元朝民间的心理，又暗中规定了后来《水浒传》的性质。

这是元曲里共同的梁山泊背景。

第二，元曲演梁山泊故事，虽有一个共同的背景，但这个共同之点只限于那粗枝大叶的梁山泊略史。此外，那些好汉的个人历史，性情，事业，当时还没有固定的本子，故当时的戏曲家可以自由想象，自由描写。上条写的是“同”，这条写的是“异”。我们看他们的“异”处，方才懂得当时文学家的创造力。懂得当时文学家创造力的薄弱,方才可以了解《水浒传》著者的创造力的伟大无比。

我们可先看元曲家创造出来的李逵。李逵在《宣和遗事》里并没有什么描写,后来不知怎样竟成了元曲里最时髦的一个脚色!上文记的十九种元曲里,竟有十二种是用黑旋风做主人翁的,《还牢末》一名《李山儿生死报恩人》,也可算是李逵的戏。高文秀一个人编了八本李逵的戏,可谓"黑旋风专门家"了!大概李逵这个"脚色"大半是高文秀的想象力创造出来的,正如 Falstaff 是萧士比亚创造出来的。高文秀写李逵的形状道:

> 我这里见客人将礼数迎,把我这两只手插定。哥也,他见我这威凛凛的身似碑亭,他可惯听我这莽壮声?唬他一个痴挣,唬得他荆棘律的胆战心惊!

又说:

> 你这般茜红巾,腥衲袄,乾红褡膊,腿绷护膝,八答麻鞋,恰便似那烟薰的子路,黑染的金刚。休道是白日里,夜晚间揣摸着你呵,也不是个好人。

又写他的性情道:

> 我从来个路见不平,爱与人当道撅坑。我喝一喝,骨都都海波腾!撼一撼,赤力力山岳崩!但恼着我黑脸的爹爹,和他做场的歹斗,翻过来落可便吊盘的煎饼!

但高文秀的《双献功》里的李逵,实在太精细了,不像那卤莽粗豪的黑汉。看他一见孙孔目的妻子便知他不是“儿女夫妻”;看他假扮庄家后生,送饭进监;看他偷下蒙汗药,麻倒牢子;看他假扮祗候,混进官衙:这岂是那卤莽粗疏的黑旋风吗?至于康进之的《李逵负荆》,写李逵醉时情状,竟是一个细腻风流的词人了!你听李逵唱:

饮兴难酬,醉魂依旧。寻村酒,恰问罢王留。王留道,兀那里人家有!可正是清明时候,却言风雨替花愁。和风渐起,暮雨初收。俺则见杨柳半藏沽酒市,桃花深映钓鱼舟。更和这碧粼粼春水波纹绉,有往来社燕,远近沙鸥。

(人道我梁山泊无有景致,俺打那厮的嘴!)

俺这里雾锁着青山秀,烟罩定绿杨洲。(那桃树上一个黄莺儿将那桃花瓣儿啗呵,啗呵,啗的下来,落在水中,——是好看也!我曾听的谁说来?我试想咱。……哦!想起来了也!俺学究哥哥道来。)他道是轻薄桃花逐水流。(俺绰起这桃花瓣儿来,我试看咱。好红红的桃花瓣儿!〔笑科〕你看我好黑指头也!)恰便是粉衬的这胭脂透!(可惜了你这瓣儿!俺放你趁那一般的瓣儿去!我与你赶,与你赶!贪赶桃花瓣儿)。早来到这草桥店垂杨的渡口。(不中,则怕误了俺哥哥的将令。我索回去也。……)待不吃呵,又被这酒旗儿将我来相迤逗。他,他,他舞东风在曲律杆头!

这一段,写的何尝不美?但这可是那杀人不眨眼的黑旋风的心理吗?

我们看高文秀与康进之的李逵,便可知道当时的戏曲家对于梁山泊好汉的性情人格的描写还没有到固定的时候，还在极自由的时代：你造你的李逵，他造他的李逵；你造一本李逵《乔教学》，他便造一本李逵《乔断案》；你形容李逵的精细机警，他描写李逵的细腻风流。这是人物描写一方面的互异处。

再看这些好汉的历史与事业。这十三本李逵戏的事实，上不依《宣和遗事》，下不合《水浒传》，上文已说过了。再看李文蔚写燕青是梁山泊第十五个头领，他占的地位很重要；《宣和遗事》说燕青是劫"生辰纲"的八人之一，他的位置自然应该不低。后来《水浒传》里把燕青派作卢俊义的家人，便完全不同了。燕青下山遇着燕顺弟兄，大概也是自由想象出来的事实。李文蔚写燕顺也比《水浒传》里的燕顺重要得多。最可怪的是《还牢末》里写的刘唐和史进两人。《水浒传》写史进最早，写他的为人也极可爱。《还牢末》写史进是东平府的一个都头，毫无可取的技能；写宋江招安史进乃在晁盖身死之后，也和《水浒》不同。刘唐在《宣和遗事》里是劫"生辰纲"的八人之一，与《水浒》相同。《还牢末》里的刘唐竟是一个挟私怨谋害好人的小人，还比不上《水浒传》的董超、薛霸！萧娥送了刘唐两绽银子，要他把李孔目吊死，刘唐答应了；萧娥走后，刘唐自言自语道：

> 要活的难，要死的可容易。那李孔目如今是我手里物事，搓的圆，捏的匾。拼得将他盆吊死了，一来，赚他几个银子使用；二来，也偿了我平生心愿。我且吃杯酒去，再来下手，不为迟哩。

这种写法，可见当时的戏曲家叙述梁山泊好汉的事迹，大可随意构造;并且可见这些文人对于梁山泊上人物都还没有一贯的,明白的见解。

以上我们研究元曲里的水浒戏,可得四条结论:

(1)元朝是“水浒故事”发达的时代。这八九十年中,产生了无数“水浒故事”。

(2)元朝的“水浒故事”的中心部分——宋江上山的历史,山寨的组织和性质——大致都相同。

(3)除了那一部分之外,元朝的水浒故事还正在自由创造的时代:各位好汉的历史可以自由捏造,他们的性情品格的描写也极自由。

(4)元朝文人对于梁山泊好汉的见解很浅薄平庸,他们描写人物的本领很薄弱。

从这四条上,我们又可得两条总结论:

(甲)元朝只有一个雏形的水浒故事和一些草创的水浒人物,但没有《水浒传》。

(乙)元朝文学家的文学技术,程度很幼稚,决不能产生我们现有的《水浒传》。

(附注)我从前也看错了元人的文学在中国文学史上的位置。近年我研究元代的文学,才知道元人的文学程度实在很幼稚,才知道元代只是白话文学的草创时代,决不是白话文学的成人时代。即如关汉卿、马致远两位最大的元代文豪,他们的文学技术与文学意境都脱不了“幼稚”的批评。故我近来深信《水浒》、《西游》、《三国》都不是元代的产物。这是文学史上一大问题,此处不能细说,我将来别有专论。

四

以上是研究从南宋到元末的水浒故事。我们既然断定元朝还没有《水浒传》，也做不出《水浒传》，那么，《水浒传》究竟是什么时代的什么人做的呢？

《水浒传》究竟是谁做的？这个问题至今无人能够下一个确定的答案。明人郎瑛《七修类稿》说："《三国》、《宋江》二书乃杭人罗贯中所编。"但郎氏又说他曾见一本，上刻"钱塘施耐庵"作的。清人周亮工《书影》说："《水浒传》相传为洪武初越人罗贯中作，又传为元人施耐庵作。田叔禾《西湖游览志》又云，此书出宋人笔。近日金圣叹自七十回之后，断为罗贯中所续，极口诋罗，复伪为施序于前，此书遂为施有矣。"田叔禾即田汝成，是嘉靖五年的进士。他说《水浒传》是宋人做的，这话自然不值得一驳。郎瑛死于嘉靖末年，那时还无人断定《水浒》的作者是谁。周亮工生于万历四十年（1612），死于康熙十一年（1672），正与金圣叹同时。他说，《水浒》前七十回断为施耐庵的是从金圣叹起的；圣叹以前，或说施，或说罗，还没有人下一种断定。

圣叹删去七十回以后，断为罗贯中的，圣叹自说是根据"古本"。我们现在须先研究圣叹评本以前《水浒传》有些什么本子。

明人沈德符的《野获编》说："武定侯郭勋，在世宗朝，号好文多艺。今新安所刻《水浒传》善本，即其家所传，前有汪大函序，托名天都外臣者。"周亮工《书影》又说："故老传闻，罗氏《水浒传》一百回，各以妖异语冠其首，嘉靖时，郭武定重刻其书，削其致语，独存本传。”据此，嘉靖郭本是《水浒传》的第一次“善本”，是有一百回的。

再看李贽的《忠义水浒传》序：

> 《水浒传》者，发愤之作也。……施、罗二公身在元，心在宋，虽生元日，实愤宋事。是故愤二帝之北狩，则称大破辽以泄其愤；愤南渡之苟安，则称灭方腊以泄其愤。敢问泄愤者谁乎？则前日啸聚水浒之强人也，欲不谓之忠义，不可也。是故施、罗二公传《水浒》，而复以忠义名其传焉。……宋公明者，身居水浒之中，心在朝廷之上，一意招安，专图报国，卒致于犯大难，成大功，服毒自缢，同死而不辞。……最后南征方腊，一百单八人者阵亡已过半矣。又智深坐化于六和，燕青涕泣而辞主，二童就计于混江。……（《焚书》卷三。）

李贽是嘉靖、万历时代的人，与郭武定刻《水游传》的时候相去很近，他这篇序说的《水浒传》一定是郭本《水浒》。我们看了这篇序，可以断定明代的《水浒传》是有一百回的；是有招安以后，“破辽”、“平方腊”、“宋江服毒自尽”、“鲁智深坐化”等事的；我们又可以知道明朝嘉靖、万历时代的人，也不能断定《水浒传》是施耐庵做的，还是罗贯中做的。

到了金圣叹，他方才把前七十回定为施耐庵的《水浒》，又把七十回以后，招安平方腊等事，都定为罗贯中续做的《续水浒传》。圣叹批第七十回说：“后世乃复削去此节，盛夸招安，务令罪归朝廷而功归强盗，甚且至于裒然以忠义二字冠其端，抑何其好犯上作乱至于如是之甚也！”据此可见明代所传的《忠义水浒传》是没有卢俊义的一梦的。圣叹断定《水浒》只有七十回，而骂罗贯中为狗尾续貂。他说："古本《水浒》如此，俗本妄肆改窜，真所谓愚而好自用也。"我们对于他这个断定，可有两种态度：（1）可信金圣叹确有一种古本；（2）不信他得有古本，并且疑心他自己假托古本，"妄肆窜改"，称真本为俗本，自己的改本为古本。

第一种假设——认金圣叹真有古本作校改的底子——自然是很难证实的。我的朋友钱玄同先生说："金圣叹实在喜欢乱改古书。近人刘世珩校刊关、王原本《西厢》，我拿来和金批本一对，竟变成两部书。……以此例彼，则《水浒》经老金批校，实在有点难信了。"钱先生希望得着一部明板的《水浒》，拿来考证《水浒》的真相。据我个人看来，即使我们得着一部明板《水浒》，至多也不过是嘉靖朝郭武定的一百回本，就是金圣叹指为"俗本"的，究竟我们还无从断定金圣叹有无"真古本"。但第二种假设——金圣叹假托古本，窜改原本——更不能充分成立。金圣叹若要窜改《水浒》，尽可自由删改，并没有假托古本的必要。他武断《西厢》的后四折为续作，并没有假托古本，又何必假托一部古本的《水浒传》呢？大概文学的技术进步时，后人对于前人的文章往往有不能满意的地方。元人做戏曲是匆匆忙忙的做了应戏台上之用的，故元曲实在多有太潦草，太疏忽的地方，难怪明人往往大加修饰，大加窜改。况且元曲刻本在当时本来极不完备：最下的本子仅有曲文，无有科白，如日本西京帝国大学影印的《元曲三十种》；稍好的本子虽有科白，但不完全，如"付末上见外云云了"，"旦引俫上，外分付云云了"，如董授经君影印的《十段锦》；最完好的本子如臧晋叔的《元曲选》，大概都是已经明朝人大加补足修饰的了。此项曲本，既非"圣贤经传"，并且实有修改的必要，故我们可以断定现在所有的元曲，除了西京的三十种之外，没有一种不曾经明人修改的。《西厢》的改窜，并不起于金圣叹，到圣叹时《西厢》已不知修改了多少次了。周宪王、王世贞、徐渭都有改本，远在圣叹之前，这是我们知道的。比如李渔改《琵琶记》的《描容》一出，未必没有胜过原作的地方。我们现在看见刘刻的《西厢》原本与金评本不同，就疑心全是圣叹改了的，这未免太冤枉圣叹了。在明朝文人中，圣叹要算是最小心的人。他有武断的毛病，他又有错评的毛病。但他有一种长处，就是不敢抹杀原本。即以《西厢》而论，他不知道元人戏曲的见解远不如明末人的高超，故他武断后四出为后人续的。这是他的大错。但他终不因此就把后四出都删去了，这是他的谨慎处。他评《水浒传》也是如此。我在第一节已指出了他的武断和误解的毛病。但明朝人改小说戏曲向来没有假托古本的必要，况且圣叹引据古本，不但用在百回本与七十回本之争，又用在无数字句小不同的地方。以圣叹的才气，改窜一两个字，改换一两句，何须假托什么古本？他改《左传》的句读，尚且不须依傍古人，何况《水浒传》呢？因此我们可以假定他确有一种七十回的《水浒》本子。

我对于"《水浒》是谁做的？"这个问题，颇曾虚心研究，虽不能说有了最满意的解决，但我却有点意见，比较的可算得这个问题的一个可用的答案。我的答案是：

（1）金圣叹没有假托古本的必要。他用的底本大概是一种七十回的本子。

（2）明朝有三种《水浒传》：第一种是一百回本，第二种是七十回本，第三种又是一百回本。

（3）第一种一百回本是原本，七十回本是改本。后来又有人用七十回本来删改百回本的原本，遂成一种新百回本。

(4)一百回本的原本是明初人做的,也许是罗贯中做的。罗贯中是元末明初的人,涵虚子记的元曲里有他的《龙虎风云会》杂剧。

(5)七十回本是明朝中叶的人重做的,也许是施耐庵做的。

(6)施耐庵不知是什么人,但决不是元朝人。也许是明朝文人的假名,并没有这个人。

这六条假设,我且一一解说于下:

(1)金圣叹没有假托古本的必要,上文已说过了,我们可以承认圣叹家藏的本子是一种七十回本。

(2)明朝有三种《水浒传》。第一种是《水浒》的原本,是一百回的。周亮工说:"故老传闻,罗氏《水浒传》一百回,各以妖异语冠其首",即是此本。第二种是七十回本,大概金圣叹的"贯华堂古本"即是此本。第三种是一百回本,是有招安以后"征四寇"等事的,亦名《忠义水浒传》。李贽的序可为证。周亮工又说,"嘉靖时,郭武定重刻其书,削其致语,独存本传",当即是此本。(说见下条。)

(3)第一种百回本是《水浒传》的原本。我细细研究元朝到明初的人做的关于梁山泊好汉的故事与戏曲,敢断定明朝初年决不能产生现有七十回本的《水浒传》。自从《宣和遗事》到周宪王,这二百多年中,至少有三十种关于梁山泊的书,其中保存到于今的,约有十种。照这十种左右的书看来,那时代文学的见解,意境,技术,没有一样不是在草创的时期的,没有一样不是在幼稚的时期的。且不论元人做的关于水浒的戏曲。周宪王死在明开国后七十年,他做杂剧该在建文、永乐的时代,总算"晚"了。但他的《豹子和尚自还俗》与《黑旋风仗义疏财》两种杂剧,固然远胜于元曲里《还牢末》与《争报恩》等等水浒戏,但还是很缺乏超脱的意境和文学的技术。(这两种,现在董授经君刻的杂剧《十段锦》内。)故我觉得周亮工说的"故老传闻,罗氏《水浒传》一百回,各以妖异语冠其首"的话,大概是可以相信的。周氏又说,"嘉靖时,郭武定重刻其书,削其致语,独存本传"。大概这种一百回本的《水浒传》原本一定是很幼稚的。

但我们又可以知道《水浒传》的原本是有招安以后的事的。何以见得呢?因为这种见解和宋、元至明初的梁山泊故事最相接近。我们可举几个例。《宣和遗事》说:"那三十六人归顺宋朝,各受武功大夫诰敕,分注诸路巡检使去也。因此三路之寇悉得平定。后遣宋江收方腊有功,封节度使。"元代宋遗民周密与龚圣与论宋江三十六人也都希望草泽英雄为国家出力。不但宋、元人如此。明初周宪王的《黑旋风仗义疏财》杂剧(大概是改正元人的原本的。)也说张叔夜出榜招安,宋江弟兄受了招安,做了巡检,随张叔夜征方腊,李逵生擒方腊。这戏中有一段很可注意:

(李撇古)今日闻得朝廷出榜招安,正欲上山报知众位首领自首出来替国家出力,为官受禄,不想途次遇见。不知两位哥哥怎生主意?

(李逵)俺山中快乐,风高放火,月黑杀人,论秤分金银,换套穿衣服;千自由,百自在,可不强似这小官受人的气!俺们怎肯受这招安也?

(李撇古)你两个哥哥差见了。……你这三十六个好汉都是有本事有胆量的,平日以忠义为主。何不因这机会出来首官,与官里出些气力,南征北讨,得了功劳,做个大官,……不强似你在牛皮帐里每日杀人,又不安稳,那贼名儿几时脱得?

这虽是帝室贵族的话，但这种话与上文引的宋、元人的水浒见解是很一致的。因此我们可以知道《水浒》的百回本原本一定有招安以后的事。（看下文论《征四寇》一段。）

这是第一种百回本，可叫做原百回本。我们又知道明朝嘉靖以后最通行的《水浒传》是《忠义水浒传》，也是一种有招安以后事的百回本。这是无可疑的。据周亮工说，这个百回本是郭武定删改那每回"各以妖异语冠其首"的原本而成的。这话大概可信。沈德符《野获编》称郭本为"《水浒》善本"，便是一证。这一种可叫做新百回本。

大概读者都可以承认这两种百回本是有的了。现在难解决的问题就是那七十回本的时代。

有人说，那七十回本是金圣叹假托的，其实并无此本。这一说，我已讨论过了，我以为金圣叹无假托古本的必要，他确有一种七十回本。

又有人说，近人沈子培曾见明刻的《水浒传》，和圣叹批本多不相同，可见现在的七十回本《水浒传》是圣叹窜改百回本而成的；若不是圣叹删改的，一定是明朝末年人删改的。依这一说，七十回本应该在新百回本之后。

这一说，我也不相信。我想《水浒传》被圣叹删改的小地方，大概不免。但我想圣叹在前七十回大概没有什么大窜改的地方。圣叹既然根据他的"古本"来删去了七十回以后的《水浒》，又根据"古本"来改正了许多地方，（五十回以后更多）——他既然处处拿"古本"作根据，他必不会有了大窜改而不引据"古本"。况且那时代通行的《水浒传》是新百回本的《忠义水浒传》，若圣叹大改了前七十回，岂不容易被人看出？况且周亮工与圣叹同时，也只说"近日金圣叹自七十回之后断为罗贯中所续，极口诋罗”，且不说圣叹有大窜改之处。如此看来，可见圣叹对于新百回本的前七十回，除了他注明古本与俗本不同之处之外，大概没有什么大窜改的地方。

我且举一个证据。雁宕山樵的《水浒后传》是清初做的，那时圣叹评本还不曾很通行，故他依据的《水浒传》还是百回本的《忠义水浒传》。这书屡次提到“前传”的事，凡是七十回以前的事，没有一处不与圣叹评本相符。最明白的例如说燕青是天巧星，如说阮小七是天败星，位在第三十一，如说李俊在石碣天文上位次在二十六，如说史进位列天罡星数，都与圣叹本毫无差异。（此书证据极多，我不能遍举了。）可见石碣天文以前的《忠义水浒传》与圣叹的七十回本没有大不同的地方。

我们虽不曾见《忠义水浒传》是什么样子的，但我们可以推知坊间现行的《续水浒传》——又名《征四寇》，不是《荡寇志》；《荡寇志》是道光年间人做的——一定与原百回本和新百回本都有很重要的关系。这部《征四寇》确是一部古书，很可考出原百回本和《忠义水浒传》后面小半部是个什么样子。（1）李贽《忠义水浒传序》记的事实，如大破辽，灭方腊，宋江服毒，南征方腊时百八人阵亡过半，智深坐化于六和，燕青涕泣而辞主，二童就计于混江，都是《征四寇》里的事实。（2）《征四寇》里有李逵在寿张县坐衙断案一段事（第三回），当是根据元曲《黑旋风乔断案》的；又有李逵在刘太公庄上捉假宋江负荆请罪的事（第二回），是从元曲《李逵负荆》脱胎出来的；又有《燕青射雁》的事（第十七回），当是从元曲《燕青射雁》出来的；又有李逵在井里通到斗鸡村，遇着仙翁的事（二十五回），当是依据元曲《黑旋风斗鸡会》的。看这些事实，可见《征四寇》和元曲的《水浒》戏很接近。（3）最重要的是《征四寇》叙东京八十万禁军教头王庆遭高俅陷害，迭配淮西，后来造反称王的事（二十九至三十一回）。这个王庆明明是《水浒传》今本里的王进。王庆是“四寇”之一；四寇是辽、田虎、王庆、方腊；“四寇”之名来源很早，《宣和遗事》说宋江等平定“三路之寇”，后来又收方腊，可见“四寇”之说起于《宣和遗事》。但李贽作序时，只说“大破辽”与“灭方腊”两事；清初人做的《水浒后传》屡说“征服大辽，剿除方腊”，但无一次说到田虎、王庆的事。可见新百回本已无四寇，仅有二寇。我研究新百回本删去二寇的原因，忽然明白《征四寇》这部书乃是原百回本的下半部。《征四寇》现存四十九回，与圣叹说的三十回不合。我试删去征田虎及征王庆的二十回，恰存二十九回；第一回之前显然还有硬删去的一回；合起来恰是三十回。田虎一大段不知为什么删去，但我看王庆一段的删去明是因为王庆已变了王进，移在全书的第一回，故此一大段不能存在。这是《征四寇》为原百回本的剩余的第一证据。（4）《征四寇》每回之前有一首荒谬不通的诗，周亮工说的“各以妖异语冠其首”，大概即根本于此。这是第二证据。（5）《征四寇》的文学的技术和见解，确与元朝人的文学的技术和见解相像。更可断定这书是原百回本的一部分。若新百回本还是这样幼稚，决不能得晚明那班名士（如李贽、袁宏道等）那样钦佩。这是第三证据。

以上我主张（1）新百回本的前七十回与今本七十回没有什么大不同的地方；（2）新百回本的后三十回确与原百回本的后半部大不同，可见新百回本确已经过一回大改窜了。（3）*新百回本是嘉

---

* 此处原本无“（3）”，当为疏漏所致。一、前有（1）、（2），后有（4）、（5）、（6），中间理应有（3）；二、胡适后文曾说“这一层我在上文（3）条里说过了”，证明胡适原稿中本即有（3）；三、据文意亦当有（3），因为（1）云“新百回本的前七十回与今本七

靖时代刻的，郎瑛著书也在嘉靖年间，他已见有施、罗两本。况且李贽在万历时作《水浒序》又混称“施、罗两公”。若七十回本出在明末，李贽决没有合称施、罗的必要。因此我想嘉靖时初刻的新百回本已是两种本子合起来的：一种是七十回本，一种是原百回本的后半。因为这新百回本（《忠义水浒传》）是两种本子合起来的，故嘉靖以后人混称施、罗两公，故金圣叹敢断定七十回以前为施本，七十回以后为罗本。

因此，我假定七十回本是嘉靖郭本以前的改本。大概明朝中叶时期，——当弘治、正德的时候，——文学的见解与技术都有进步，故不满意于那幼稚的《水浒》百回原本。况且那时又是个人主义的文学发达的时代。李梦阳、康海、王九思、祝允明、唐寅一班人都是不满意于政府的，都是不满意于当时社会的。故我推想七十回本是弘治、正德时代的出产品。这书大概略本那原百回本，重新改做一番，删去招安以后的事；一切人物的描写，事实的叙述，大概都有许多更改原本之处。如王庆改为王进，移在全书之首，又写他始终不肯落草，便是一例。若原百回本果是像《征四寇》那样幼稚，这七十回本简直不是改本，竟可称是创作了。

这个七十回本是明朝第二种《水浒传》。我们推想此书初出时必定不能使多数读者领会，当时人大概以为这七十回是一种不完全的本子，郭勋是一个贵族，又是一个奸臣，故更不喜欢这七十回

十回没有什么大不同的地方”，（2）云“新百回本的后三十回确与原百回本的后半部大不同，可见新百回本确已经过一回大改窜了”，（4）论百回本的原本及作者，（5）论七十回本的时代，（6）论七十回本的作者施耐庵，而在（2）和（4）之间有千余字在论新百回本的产生时代，不能归属到前后的论题中去，所以自然是独立的题目，而（2）在前引文字后，紧接着便是“新百回本是嘉靖时代刻的”这样的论点，故（3）当从此始。——编者注

本。因此,我猜想郭刻的百回的“《水浒》善本”大概是用这七十回本来修改原百回本的:七十回以前是依七十回本改的,七十回以后是嘉靖时人改的。这个新百回本是第三种《水浒》本子。

这第三种本子——新百回本——是合两种本子而成的,前七十回全采七十回本,后三十回大概也远胜原百回本的末五十回,所以能风行一世。但这两种本子的内容与技术是不同的,前七十回是有意重新改做的,后三十回是用原百回本的下半改了凑数的,故明眼的人都知道前七十回是一部,后三十回又是一部。不但上文说的李贽混称施、罗二公是一证据,还有清初的《水浒后传》的“读法”上说“前传之前七十回中,回目用大闹字者凡十”。现查《水浒传》的回目果有十次用“大闹”字,但都在四十五回以前。既在四十五回以前,何故说“前七十回”呢?这可见分两《水浒》为两部的,不止金圣叹一人了。

(4)如果百回本的原本是如周亮工说的那样幼稚,或是像《征四寇》那样幼稚,我们可以断定他是元末明初的著作。周亮工说罗贯中是洪武时代的人,大概罗贯中到明朝初期还活着。前人既多说《水浒》是罗贯中做的,我们也不妨假定这百回本的原本是他做的。

(5)七十回本一定是明朝*中叶的人删改的,这一层我已在上文(3)条里说过了。嘉靖时郎瑛曾见有一本《水浒传》,是“钱塘施

---

* 此处原本为“明末初期”,既不合情理,亦不合文意,当为“明朝初期”。此或为胡适笔误,因下文(5)论及七十回本删改者时代时又有“明末中叶”,这样同样不合情理及文意的说法,其后标明“这一层我在上文(3)条里说过了”,查前文胡适原话是“我假定七十回是嘉靖郭本以前的改本。大概明朝中叶时期”,下文又有“到了明朝中叶,‘施耐庵’……造成一部永不会磨灭的奇书。这部七十回的《水浒传》……”则此处确为笔误无疑。以此例彼,可证其误。另外,《〈水浒传〉后考》开篇总结此文时亦云“明朝初年”。——编者注

耐庵”做的。可惜郎瑛不曾说这一本是一百回，还是七十回。或者这一本七十回的即是郎瑛看见的施耐庵本。我想：若施本不是七十回本，何以圣叹不说百回本是施本而七十回本是罗本呢？

（6）我们虽然假定七十回本为施耐庵本，但究竟不知施耐庵是谁。据我的浅薄学问，元、明两朝没有可以考证施耐庵的材料。我可以断定的是：（一）施耐庵决不是宋、元两朝人。（二）他决不是明朝初年的人：因为这三个时代不会产出这七十回本的《水浒传》。（三）从文学进化的观点看起来，这部《水浒传》，这个施耐庵，应该产生在周宪王的杂剧与《金瓶梅》之间。——但是何以明朝的人都把施耐庵看作宋、元的人呢？（田汝成、李贽、金圣叹、周亮工等人都如此。）这个问题极有研究的价值。清初出了一部《后水浒传》，是接着百回本做下去的。（此书叙宋江服毒之后，剩下的三十几个水浒英雄，出来帮助宋军抵御金兵，但无成功；混江龙李俊同一班弟兄，渡海至暹罗国，创下李氏王朝。）这书是一个明末遗民雁宕山樵陈忱做的。（据沈登瀛《南浔备志》；参看《荡寇记》前镜水湖边老渔的跋语。）但他托名“古宋遗民”。我因此推想那七十回本《水浒传》的著者删去了原百回本招安以后的事，把《忠义水浒传》变成了“纯粹草泽英雄的《水浒传》”，一定有点深意，一定很触犯当时的忌讳，故不得不托名于别人。“施耐庵”大概是“乌有先生”、“亡是公”一流的人，是一个假托的名字。明朝文人受祸的最多。高启、杨基、张羽、徐贲、王行、孙蕡、王蒙都不得好死。弘治、正德之间，李梦阳四次下狱；康海、王敬夫、唐寅都废黜终身。我们看了这些事，便可明白《水浒传》著者所以必须用假名的缘故了。明朝一代的文学要算《水浒传》的理想最激烈，故这书的著者自己隐讳也最深。书中说的故事又是宋代的故事，又和许多宋、元的小说戏曲有关系，故当时的人或疑施耐庵为宋人，或疑为元人，却不知道宋、元时代决不能产生这样一部奇书。

我们既不能考出《水浒传》的著者究竟是谁，正不妨仍旧认“施耐庵”为七十回本《水浒传》的著者——但我们须要记得，“施耐庵”是明朝中叶一个文学大家的假名！

总结上文的研究，我们可把南宋到明朝中叶的《水浒》材料作一个渊源表如下：

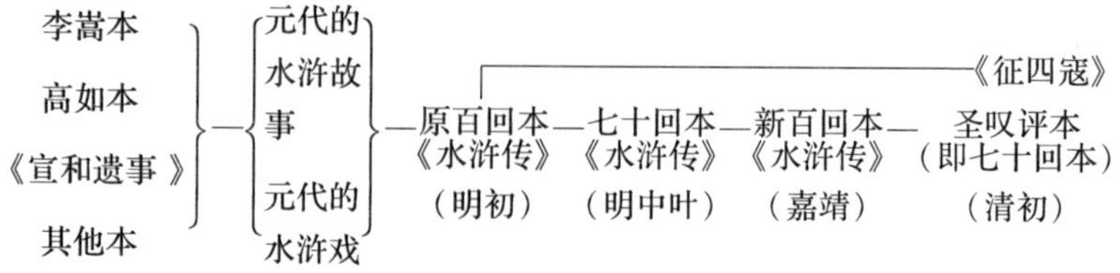

五

自从金圣叹把“施耐庵”的七十回本从《忠义水浒传》里重新分出来，到于今已近三百年了（圣叹自序在崇祯十四年）。这三百年中，七十回本居然成为《水浒传》的定本。平心而论，七十回本得享这点光荣，是很应该的。我们现在且替这七十回本做一个分析。

七十回本除“楔子”一回不计外，共分十大段：

第一段——第一至第十一回。这一大段只有杨志的历史（“做到殿司制使官，因道君皇帝盖万岁山，差一般十个制使去太湖边搬运花石纲赴京交纳。不料洒家……失陷了花石纲，不能回京。”）是根据于《宣和遗事》的，其余都是创造出来的。这一大段先写八十万禁军教头王进被高俅赶走了。王进即是《征四寇》里的王庆，不在百八人之数；施耐庵把他从下半部直提到第一回来，又改名王进，可见他的著书用意。王进之后，接写一个可爱的少年史进，始终不肯落草，但终不能不上少华山去；又写鲁达为了仗义救人，犯下死罪，被逼做和尚，再被逼做强盗；又写林冲被高俅父子陷害，逼上梁山。林冲在《宣和遗事》里是押送“花石纲”的十二个制使之一；但在龚圣与的《三十六人赞》里却没有他的名字，元曲里也不提起他，大概元朝的水浒故事不见得把他当作重要人物。《水浒传》却极力描写林冲，风雪山神庙一段更是能感动人的好文章。林冲之后，接写杨志。杨志在困穷之中不肯落草，后来受官府冤屈，穷得出卖宝刀，以致犯罪受杖，迭配大名府。（卖刀也是《宣和遗事》中有的，但在颍州，《水浒传》改在京城，是有意的。）这一段连写五个不肯做强盗的好汉，他的命意自然是要把英雄落草的罪名归到贪官污吏身上去。故这第一段可算是《水浒传》的“开宗明义”的部分。

第二段——第十二至第二十一回。这一大段写“生辰纲”的始末，是《水浒传》全局的一大关键。《宣和遗事》也记有五花营堤上劫取生辰纲的事，也说是宋江报信，使晁盖等逃走；也说到刘唐送礼谢宋江，以致宋江杀阎婆惜。《水浒传》用这个旧轮廓，加上无数琐细节目，写得格外有趣味。这一段从雷横捉刘唐起，写七星聚义，写智取生辰纲，写杨志、鲁智深落草，写宋江私放晁盖，写林冲火并梁山泊，写刘唐送礼酬谢宋江，写宋江怒杀阎婆惜，直写到宋江投奔柴进避难，与武松结拜做兄弟。《水浒》里的中心人物——须知卢俊义、呼延灼、关胜等人不是《水浒》的中心人物——都在这里了。

第三段——第二十二回到第三十一回。这一大段可说是武松的传。《涵虚子》与《录鬼簿》都记有红字李二的《武松打虎》一本戏曲。红字李二是教坊刘耍和的女婿，刘耍和已被高文秀编入曲里，而《录鬼簿》说高文秀早死，可见红字李二的武松戏一定远在《录鬼簿》成书之前——约在元朝的中叶。可见十四世纪初年已有一种武松打虎的故事。《水浒传》根据这种故事，加上新的创造的想象力，从打虎写到杀嫂，从杀嫂写到孟州道打蒋门神，从蒋门神写到鸳鸯楼、蜈蚣岭，便成了《水浒传》中最精采的一大部分。

第四段——第三十一回到第三十四回。这一小段是勉强插入的文章。《宣和遗事》有花荣和秦明等人，无法加入，故写清风山、清风寨、对影山等一段，把这一班人送上梁山泊去。

第五段——第三十五回到第四十一回。这一大段也是《水浒传》中很重要的文字，从宋江奔丧回家，迭配江州起，写江州遇戴宗、李逵，写浔阳江宋江题反诗，写梁山泊好汉大闹江州，直写到宋江入伙后又偷回家中，遇着官兵追赶，躲在玄女庙里，得受三卷天书。江州一大段完全是《水浒传》的著者创造出来的。《宣和遗事》没有宋江到江州配所的话，元曲也只说他迭配江州，路过梁山泊，被晁盖打救上山。《水浒传》造出江州一大段，不但写李逵的性情品格，并且把宋江的野心大志都写出来。若没有这一段，宋江便真成了一个"虚名"了。天书一事，《宣和遗事》里也有，但那里的天书除了三十六人的姓名，只有诗四句："破国因山木，兵刀用水工；一朝充将领，海内耸威风。"《水浒传》不写天书的内容，又把这四句诗改作京师的童谣："耗国因家木，刀兵点水工。纵横三十六，播乱在山东。"（见三十八回。）这不但可见《宣和遗事》和《水浒》的关系，又可见后来文学的见解和手段的进化。

第六段——第四十二回到第四十五回。这一段写公孙胜下山取母亲，引起李逵下山取母，又引起戴宗下山寻公孙胜，路上引出杨雄、石秀一段。《水浒传》到了大闹江州以后，便没有什么很精采的地方。这一段中写石秀的一节比较是要算很好的了。

第七段——第四十六回到第四十九回。这一段写宋江三打祝家庄。在元曲里，三打祝家庄是晁盖的事。

第八段——第五十回到第五十三回。写雷横、朱仝、柴进三个人的事。

第九段——第五十四回到五十九回。这一大段和第四段相像，也是插进去做一个结束的。《宣和遗事》有呼延灼、徐宁等人，《水浒传》前半部又把许多好汉分散在二龙山、少华山、桃花山等处了，故有这一大段，先写呼延灼征讨梁山泊，次请出一个徐宁，次写呼延灼兵败后逃到青州，慕容知府请他收服桃花山、二龙山、白虎山；次写少华山与芒砀山：遂把这五山的好汉一齐送上梁山泊去。

第十段——第五十九回到七十回。这一大段是七十回本《水浒传》的最后部分，先写晁盖打曾头市中箭身亡，次写卢俊义一段，次写关胜，次写破大名府，次写曾头市报仇，次写东平府收董平，东昌府收张清，最后写石碣天书作结。《宣和遗事》里，卢俊义是梁山泊上最初的第二名头领，《水浒传》前面不曾写他，把他留在最后，无法可以描写，故只好把擒史文恭的大功劳让给他。后来结起帐来，一百零八人中还有董平和张清没有加入，这两人又都是《宣和遗事》里有名字的，故又加上东平、东昌两件事。算算还少一个，只好拉上一个兽医皇甫端！这真是《水浒传》的“强弩之末”了！

这是《水浒传》的大规模。我们拿历史的眼光来看这个大规模，可得两种感想：

第一，我们拿宋、元时代那些幼稚的梁山泊故事，来比较这部《水浒传》，我们不能不佩服"施耐庵"的大匠精神与大匠本领；我们不能不承认这四百年中白话文学的进步很可惊异！元以前的，我们现在且不谈。当元人的杂剧盛行时，许多戏曲家从各方面搜集编曲的材料，于是有高文秀等人采用民间盛行的梁山泊故事，各人随自己的眼光才力，发挥水浒的一方面，或创造一种人物，如高文秀的黑旋风，如李文蔚的燕青之类；有时几个文人各自发挥一个好汉的一片面，如高文秀发挥李逵的一片面，杨显之、康进之、红字李二又各各发挥李逵的一片面。但这些都是一个故事的自然演化，又都是散漫的，片面的，没有计画的、没有组织的发展。后来这类的材料越积越多了，不能不有一种贯通综合的总编，于是元末明初有《水浒传》百回之作。但这个草创的《水浒传》原本，如上节所说，是很浅陋幼稚的。这种浅陋幼稚的证据，我们还可以在《征四寇》里寻出许多。然而这个《水浒传》原本居然把三百年来的水浒故事贯通起来，用宋、元以来的梁山泊故事做一个大纲，把民间和戏台上的"三十六大伙，七十二小伙"的种种故事作一些子目，造成一部草创的大小说，总算是很难得的了。到了明朝中叶，"施耐庵"又用这个原百回本作底本，加上高超的新见解，加上四百年来逐渐成熟的文学技术，加上他自己的伟大创造力，把那草创的山寨推翻，把那些僵硬无生气的水浒人物一齐毁去；于是重兴水浒，再造梁山，画出十来个永不会磨灭的英雄人物，造成一部永不会磨灭的奇书。这部七十回的《水浒传》不但是集四百年水浒故事的大成，并且是中国白话文学完全成立的一个大纪元。这是我的第一个感想。

第二，施耐庵的《水浒传》是四百年文学进化的产儿，但《水浒传》的短处也就吃亏在这一点。倘使施耐庵当时能把那历史的梁山泊故事完全丢在脑背后，倘使他能忘了那“三十六大伙，七十二小伙”的故事，倘使他用全副精神来单写鲁智深、林冲、武松、宋江、李逵、石秀等七八个人，他这部书一定格外有精采，一定格外有价值。可惜他终不能完全冲破那历史遗传的水浒轮廓，可惜他总舍不得那一百零八人。但是一个人的文学技能是有限的，决不能在一部书里创造一百零八个活人物。因此，他不能不东凑一段，西补一块，勉强把一百零八人“挤”上梁山去！闹江州以前，施耐庵确能放手创造，看他写武松一个人便占了全书七分之一，所以能有精采。到了宋江上山以后，全书已去七分之四，还有那四百年传下的“三打祝家庄”的故事没有写，（明以前的水浒故事，都把三打祝家庄放在宋江上山之前。）还有那故事相传坐第二把交椅的卢俊义和关胜、呼延灼、徐宁、燕青等人没有写。于是施耐庵不能不潦草了，不能不杂凑了，不能不敷衍了。最明显的例是写卢俊义的一大段。这一段硬把一个坐在家里亨福的卢俊义拉上山去，已是很笨拙了；又写他信李固而疑燕青，听信了一个算命先生的妖言便去烧香解灾，竟成了一个糊涂汉了，还算得什么豪杰？至于吴用设的诡计，使卢俊义自己在壁上写下反诗，更是浅陋可笑。还有燕青在宋、元的水浒故事里本是一个很重要的人物，施耐庵在前六十回竟把他忘了，故不能不勉强把他捉来送给卢俊义做一个家人！此外如打大名府时，宋江忽然生背疽，于是又拉出一个安道全来；又如全书完了，又拉出一个皇甫端来，这种杂凑的写法，实在幼稚的很。推求这种缺点的原因，我们不能不承认施耐庵吃亏在于不敢抛弃那四百年遗传下来的水浒旧轮廓。这是很可惜的事。后来《金瓶梅》只写几个人，便能始终贯彻，没有一种敷衍杂凑的弊病了。

我这两种感想是从文学的技术上着想的。至于见解和理想一方面,我本不愿多说话,因为我主张让读者自己虚心去看《水浒传》,不必先怀着一些主观的成见。但我有一个根本观念,要想借《水浒传》作一个具体的例来说明,并想贡献给爱读《水浒传》的诸君,做我这篇长序的结论。

我承认金圣叹确是懂得《水浒》的第一大段,他评前十一回,都无大错。他在第一回批道:

> 为此书者之胸中,吾不知其有何等冤苦,而必设言一百八人,而又远托之于水涯。……今一百八人而有其人,殆不止于伯夷、太公居海避纣之志矣。

这个见解是不错的。但他在"读法"里又说:

> 大凡读书先要晓得作书之人是何等心胸。如《史记》须是太史公一肚皮宿怨发挥出来。……《水浒传》却不然。施耐庵本无一肚皮宿怨要发挥出来,只是饱暖无事,又值心闲,不免伸纸弄笔,寻个题目,写出自家许多锦心绣口。故其是非皆不谬于圣人。

这是很误人的见解。一面说他"不知其胸中有何等冤苦",一面又说他"只是饱暖无事,又值心闲,不免伸纸弄笔",这不是绝大的矛盾吗?一面说"不止于居海避纣之志"——老实说就是反抗政府——一面又说"其是非皆不谬于圣人",这又不是绝大的矛盾吗?《水浒传》决不是"饱暖无事,又值心闲"的人做得出来的书。"饱暖无事，又值心闲”的人只能做诗钟，做八股，做死文章，——决不肯来做《水浒传》。圣叹最爱谈“作史笔法”，他却不幸没有历史的眼光，他不知道。《水浒》的故事乃是四百年来老百姓与文人发挥一肚皮宿怨的地方。宋、元人借这故事发挥他们的宿怨，故把一座强盗山寨变成替天行道的机关。明初人借他发挥宿怨，故写宋江等平四寇立大功之后反被政府陷害谋死。明朝中叶的人——所谓施耐庵——借他发挥他的一肚皮宿怨，故削去招安以后的事，做成一部纯粹反抗政府的书。

这部七十回的《水浒传》处处“褒”强盗，处处“贬”官府。这是看《水浒》的人，人人都能得着的感想。圣叹何以独不能得着这个普遍的感想呢？这又是历史上的关系了。圣叹生在流贼遍天下的时代，眼见张献忠、李自成一班强盗流毒全国，故他觉得强盗是不能提倡的，是应该“口诛笔伐”的。圣叹是一个绝顶聪明的人，故能赏识《水浒传》。但文学家金圣叹究竟被《春秋》笔法家金圣叹误了。他赏识《水浒传》的文学，但他误解了《水浒传》的用意。他不知道七十回本删去招安以后事正是格外反抗政府，他看错了，以为七十回本既不赞成招安，便是深恶宋江等一班人。所以他处处深求《水浒传》的“皮里阳秋”，处处把施耐庵恭维宋江之处都解作痛骂宋江。这是他的根本大错。

换句话说，金圣叹对于《水浒》的见解与做《荡寇志》的俞仲华对于《水浒》的见解是很相同的。俞仲华生当嘉庆、道光的时代，洪秀全虽未起来，盗贼已遍地皆是，故他认定“既是忠义便不做强盗，既做强盗必不算忠义”的宗旨，做成他的《结水浒传》，——即《荡寇志》——要使“天下后世深明盗贼忠义之辨，丝毫不容假借！”（看《荡寇志》诸序。俞仲华死于道光己酉，明年洪秀全起事。）俞仲华的父兄都经过匪乱，故他有“孰知罗贯中之害至于此极耶”的话。他极佩服圣叹，尊为“圣叹先生”，其实这都是因为遭际有相同处的缘故。

圣叹自序在崇祯十四年，正当流贼最猖獗的时候，故他的评本努力要证明《水浒传》“把宋江深恶痛绝，使人见之真有狗彘不食之恨”。但《水浒传》写的一班强盗确是可爱可敬，圣叹决不能使我们相信《水浒传》深恶痛绝鲁智深、武松、林冲一班人，故圣叹只能说“《水浒传》独恶宋江，亦是歼厥渠魁之意，其余便饶恕了”。好一个强辩的金圣叹！岂但“饶恕”，简直是崇拜！

圣叹又亲见明末的流贼伪降官兵，后复叛去，遂不可收拾。所以他对于《宋史》侯蒙请赦宋江使讨方腊的事，大不满意，故极力驳他，说他“一语有八失”。所以他又极力表彰那没有招安以后事的七十回本。其实这都是时代的影响。雁宕山樵当明亡之后，流贼已不成问题，当时的问题乃是国亡的原因和亡国遗民的惨痛等等问题，故雁宕山樵的《水浒后传》极力写宋南渡前后那班奸臣误国的罪状；写燕青冒险到金兵营里把青子黄柑献给道君皇帝；写王铁杖刺杀王黼、杨戬、梁师成三个奸臣；写燕青、李应等把高俅、蔡京、童贯等邀到营里，大开宴会，数说他们误国的罪恶，然后把他们杀了；写金兵掳掠平民，勒索赎金；写无耻奸民，装做金兵模样，帮助仇敌来敲吸同胞的脂髓，这更可见时代的影响了。

这**种种不同的时代发生种种不同的文学见解**，**也发生种种不同的文学作物**——这便是我要贡献给大家的一个根本的文学观念。《水浒传》上下七八百年的历史便是这个观念的具体的例证。不懂得南宋的时代，便不懂得宋江等三十六人的故事何以发生。不懂得宋、元之际的时代，便不懂得水浒故事何以发达变化。不懂得元朝一代发生的那么多的水浒故事,便不懂得明初何以产生《水浒传》。不懂得元、明之际的文学史,便不懂得明初的《水浒传》何以那样幼稚。不读《明史》的功臣传,便不懂得明初的《水浒传》何以于固有的招安的事之外又加上宋江等有功被谗遭害和李俊、燕青见机远遁等事。不读《明史》的《文苑传》,不懂得明朝中叶的文学进化的程度,便不懂得七十回本《水浒传》的价值。不懂得明末流贼的大乱,便不懂得金圣叹的《水浒》见解何以那样迂腐。不懂得明末清初的历史,便不懂得雁宕山樵的《水浒后传》。不懂得嘉庆、道光间的遍地匪乱,便不懂得俞仲华的《荡寇志》。——这叫做历史进化的文学观念。

九,七,二七　晨二时脱稿。

参考书举要

《宣和遗事》(商务印书馆本)

《癸辛杂识续集》　周密(在《稗海》中)

《元曲选》　臧晋叔(商务影印本)

《录鬼簿》　钟继先

《杂剧十段锦》(董康影印本)

《七修类稿》　郎瑛

《李氏焚书》　李贽

《茶香室丛钞》,《续钞》,《三钞》　俞樾

《小浮梅槛闲话》　俞樾

《征四寇》

《水浒后传》

《水浒传》后考*

去年七月里，我做了一篇《〈水浒传〉考证》，提出了几个假定的结论：

（1）元朝只有一个雏形的水浒故事和一些草创的水浒人物，但没有《水浒传》。（亚东初版本页一〇一二八）

（2）元朝文学家的文学技术还在幼稚的时代，决不能产生我们现在有的《水浒传》。（页二八—三四）

（3）明朝初年有一部《水浒传》出现，这部书还是很幼稚的。我们叫他做"原百回本《水浒传》"。（页四二—四九）

（4）明朝中叶——约当弘治、正德的时代（西历 1500 上下）——另有一种《水浒传》出现。这部书止有七十回（连楔子七十一回），是用那"原百回本"来重新改造过的，大致与我们现有的金圣叹本相同。这一本，我们叫他做"七十回本《水浒传》"。（页四五—五二）

（5）到了明嘉靖朝，武定侯郭勋刻出一部定本《水浒传》来。这部书是有一百回的。前七十回全采"七十回本"，后三十回是删改"原百回本"后半的四五十回而成的。"原百回本"的后半有征田

* 本文作于 1921 年 6 月 11 日，载汪原放标点《水浒》的再版本；收入《胡适文存》一集卷三。

虎、征王庆两大部分，郭本把这两部分都删去了。这个本子，我们叫他做“新百回书”，或叫做“郭本”。（页四五—五一）

（6）明朝最通行的《水浒传》，大概都是这个“新百回本”。后来李贽评点的《忠义水浒传》也是这个“郭本”。直到明末，金圣叹说他家贯华堂藏有七十回的古本《水浒传》，他用这个七十回本来校改“新百回本”，定前七十回为施耐庵做的，七十回以下为罗贯中续的。有些人不信金圣叹有七十回的古本，但我觉得他没有假托古本的必要，故我假定他有一种七十回本作底本。他虽有小删改的地方，但这个七十回本的大体必与那新百回本《忠义水浒传》的前七十回相差不远，因为我假设那新百回本的前七十回是全采那明朝中叶的七十回本的。（页三五—五二）

（7）我不信金圣叹说七十回以后为罗贯中所续的话。我假定原百回本为明初的出产品，罗贯中既是明初的人，也许他即是这原百回本的著者。但施耐庵大概是一个文人的假名，也许即是那七十回本的著者的假名。（页五一—五四）

这是我十个月以前考证《水浒传》的几条假设的结论。我在这十个月之中先后收得许多关于《水浒》的新材料，有些可以纠正我的假设，有些可以证实我的结论。故我趁这部新式标点的《水浒》再版的机会，把这些新材料整理出个头绪来，作成这篇《后考》。

我去年做《考证》时，只曾见着几种七十回本的《水浒》，其余的版本我都不曾见着。现在我收到的《水浒》版本有下列的各种：

（1）李卓吾批点《忠义水浒传》百回本的第一回至第十回。此书为日本冈岛璞加训点之本，刻于享保十三年（西历1728），是用明刻本精刻的。此书仅刻成二十回，第十一回至第二十回刻于宝历九年，但更不易得。这十回是我的朋友青木正儿先生送我的。

(2)百回本《忠义水浒传》的日本译本。冈岛璞译，日本明治四十年东京共同出版株式会社印行，大正二年再版。明刻百回本《忠义水浒传》现已不可得，日本内阁文库藏有一部，此外我竟不知道有第二本了。冈岛译本可以使我们考见《忠义水浒传》的内容，故可宝贵。

(3)百十五回本《忠义水浒传》。此本与《三国演义》合刻，每页分上下两截，上截为《水浒》，下截为《三国》，合称《英雄谱》。坊间今改称《汉宋奇书》。我买得两种，一种首页有"省城福文堂藏板"字样，我疑心这是福建刻本。此书原本是大字本，有铃木豹轩先生的藏本可参考；但我买到的两种都是翻刻的小本，里面的《三国志》已改用毛宗岗评本了。但卷首有熊飞的序，自述合刻《英雄谱》的理由，中有"东望而三经略之魄尚震，西望而两开府之魂未招；飞鸟尚自知时，嫠妇犹勤国恤"的话，可见初刻时大概在明崇祯末年。

(4)百二十四回本《水浒传》。首页刻"光绪己卯新镌，大道堂藏板"。有乾隆丙午年古杭枚简侯的序。后附有雁宕山樵的《水浒后传》，首页有"姑苏原板"的篆文图章。大概这书是在江苏刻的。《后传》版本颇佳，但那百二十四回的《前传》版本很坏。

此外，还有两种版本，我自己虽不曾见着，幸蒙青木正儿先生替我抄得回目与序例的：

(5)百十回本的《忠义水浒传》(日本京都帝国大学铃木豹轩先生藏)。这也是一种《英雄谱》本，内容与百十五回本略同，合刻的《三国志》还是"李卓吾评本"。铃木先生藏的这一本上有原藏此书的中国商人的跋，有康熙十二年至十八年的年月，可见此书刻于明末或清初，大概即是百十五回本的底本。

（6）百二十回本《忠义水浒全书》（日本京都府立图书馆藏）。这是一种明刻本，有杨定见序，自称为“事卓吾先生”之人，大概这书刻于天启、崇祯年间。这书有“发凡”十一条，说明增加二十回的缘起。这书增加的二十回虽然也是记田虎、王庆两寇事的，但依回目看来，与上文（3）（4）（5）三种本子很有不同的地方。

我现在且把《水浒》各种本子综合的内容，分作六大部分，再把各本的有无详略分开注明：

第一部分，自张天师祈禳瘟疫，到梁山泊发现石碣天文——即今本《水浒传》七十一回的全部。

（1）百回本自第一回到七十一回，内容同，文字略有小差异，多一些骈句与韵语。七十一回无卢俊义的一梦。

（2）百二十回本自第一回到七十一回，与百回本同。也无卢俊义的梦。

（3）百十回本自第一回到六十一回，内容同，文字略有删节之处。回数虽有并省，事实并未删减。发现石碣后，也无卢俊义的梦。

（4）百十五回本自第一回至六十六回，内容同，文字与百十回本略同，回数比百十回本稍多，但事实相同。也无卢俊义的梦。

（5）百二十四回本自第一回至七十回，内容同，但文字删节太多了，有时竟不成文理。也无卢俊义的梦。

第二部分，自宋江、柴进等上东京看灯，到梁山泊全伙受招安——即今《征四寇》的第一回到十一回。

（1）百回本自第七十二回到八十二回，内容同。

（2）百二十回本自第七十二回到八十二回，内容同。

(3)百十回本自第六十二回到七十二回,内容同。

(4)百十五回本自第六十七回至七十七回,内容同。

(5)百二十四回本自第七十一回至八十一回,内容同。

第三部分,自宋江等奉诏征辽,到征辽凯旋时——即今《征四寇》的第十二回到十七回。

(1)百回本自第八十三回到九十回,比《征四寇》多两回,但事实略同。

(2)百二十回本自第八十三回到九十回,与百回本同,但第九十回改"双林渡燕青射雁"为"双林镇燕青遇故"。

(3)百十回本自第七十三回到八十回——内缺第七十五回——内容与《征四寇》同。

(4)百十五回本自第七十八回到八十三回,内容同《征四寇》。

(5)百二十四回本自第八十二回到九十回,回目加多,文字更简,但事实无大差异。

第四部分,自宋江奉诏征田虎,到宋江平了田虎回京——即今《征四寇》第十八回到二十八回。

(1)百回本,无。

(2)百二十回本自第九十一回到一百回。回目与《征四寇》全不同。事实有些相同的,例如琼英匹配张清,花和尚解脱缘缠井,乔道清作法,都是《征四寇》里有的事。也有许多事实大不同,例如此书有陈瓘的事,但《征四寇》不曾提起他。

(3)百十回本自第八十一回到九十一回,全同《征四寇》。

(4)百十五回本自第八十四回到九十四回,全同《征四寇》。

(5)百二十四回本自第九十一回到一百零一回,同《征四寇》。

第五部分,自追叙"高俅恩报柳世雄"起,到宋江讨平王庆回京——即今《征四寇》的第二十九回到四十回。

(1)百回本,无。

(2)百二十回本自第百零一回到百十回,回目与《征四寇》全不同。事实与人物有同有异,写王庆一生与各本大不同。

(3)百十回本自第九十二回到百零一回,事实全同《征四寇》,但回目减少两回。

(4)百十五回本自第九十五回到百零六回,回目与事实全同《征四寇》。

(5)百二十四回本自第百零二回到百十四回,回目多一回,事实全同《征四寇》。

第六部分,自宋江请征方腊,到宋江、李逵、吴用、花荣死后宋徽宗梦游梁山泊——即《征四寇》的第四十一回到四十九回。

(1)百回本自第九十回的下半到一百回,与《征四寇》相同。

(2)百二十回本自第百十回的下半到百二十回,与《征四寇》相同。

(3)百十回本自第百零一回的下半到百十回,与《征四寇》相同。

(4)百十五回本自第百零六回的下半到百十五回,与《征四寇》相同。

(5)百二十四回本自第百十四回的下半到百二十四回,与《征四寇》相同。

这个内容的分析之中,最可注意的约有几点:

第一,今本七十一回的《水浒传》,各本都有,并且内容相同。这一层可以证实我的假设:"新百回本的前七十回与今本七十回没有什么大不同的地方。”

第二,《忠义水浒传》(新百回本)第七十一回以后,果然没有田虎与王庆的两大部分。我在《考证》里(页四八)说新百回本已无四寇,仅有二寇,这个假设也有证明了。

第三,我在《考证》里(页四八)说:“《征四寇》这部书乃是原百回本的下半部。《征四寇》现存四十九回,与圣叹说的三十回不合。我试删去征田虎及征王庆的二十回,恰存二十九回;第一回之前显然还有硬删去的一回,合起来恰是三十回。”这个推算现在得了无数证据,最重要的证据是百廿回本的发凡十一条中有一条说:“郭武定本,即旧本,移置阎婆事甚善。其于寇中去王、田而加辽国,犹是小说家照应之法,不知大手笔者正不尔尔,如本内王进开章而不复收缴,此所以异诸小说而为小说之圣也欤!”这一条明说王、田两寇是删去的,辽国一部分是添入的。删王、田一层可以证实我的假设,添辽国一层可以纠正我的考证。原本是有王、田、方三寇(与宋江为四寇)而没有征辽一部分的。

第四,看上文引的百廿回本的发凡,可知新百回本有和原本《水浒传》不同的许多地方:

(1)阎婆事曾经“移置”,(2)加入征辽一段,(3)删去田虎一段,(4)又删去王庆一段,(5)发凡又说,“古本有罗氏致语,相传灯花婆婆等事,既不可复见”。这又可印证周亮工《书影》说的“故老传闻,罗氏《水浒传》一百回,各以妖异语冠其首;嘉靖时郭武定重刻其书,削其致语,独存本传”的话是可信的。我去年误认《征四寇》每回前面的诗句即是周氏说的妖异语(页四八),那是错了。(《“致语”考》见后。)罗氏原本的致语当刻百廿回本时已不可复见。但《书影》与百廿回本发凡说的话都可以帮助我的两个假设:

“原百回本是很幼稚的”,“原百回本与新百回本大不相同”。

第五,百廿回本的发凡又说:“忠义者,事君处友之善物也。不忠不义,其人虽生,已朽;其言虽美,弗传。此一百八人者,忠义之聚于山林者也;此百廿回者,忠义之见于笔墨者也。失之于正史,求之于稗官;失之于衣冠,求之于草野。盖欲以动君子而使小人亦不得借以行其私。故李氏复加‘忠义’二字,有以也夫!”这样看来,“忠义”二字是李贽加上去的了。但我们细看《忠义水浒传》的刻本与译本,再细看百廿回本的发凡,可以推知《忠义水浒传》是用郭武定本做底本的;虽另加“忠义”二字,虽加评点,(评语甚短,又甚少。)但这个本与郭本可算是一个本子。

第六,新百回本的内容我们现在既已知道了,我们从此就可以断定《征四寇》与其他各本的田虎、王庆两大段是原百回本留剩下来的。原百回本虽已不可见,但我们看这两大段便知《水浒传》的原本的见解与技术实在不高明。我且举例为证。百十五回本第九十五回写高俅要报答柳世雄的旧恩,唤提调官张斌曰:

> 此人是吾恩人,欲与一好差职,代我处置。

张斌禀曰:

> 只有一个,是十万禁军教头王庆,少四个月便出职。原日因六国差开使臣张来勒我朝廷枪手出试,斗敌胜负。做了六国赏罚文字,若胜便不来侵我国;若输与六国,那时每年纳六国岁币。这六国是九子国、都与国、龙驰国、菹泊国、野马国、新建国。却得王庆取了军令状,就金殿下与“六国强”比枪,被

王庆刺死。止有四个月满，便升总管。太尉要报恩人，只要王庆肯让，便好。

这种鄙陋的见解，与今本《水浒》写八十万禁军教头王进一段相比，真有天地的悬隔了。我在《考证》里（页四八，又五五）说王进即是原本的王庆，我现在细看各本记王庆得罪高俅的一段，觉得我那个假设是不错的。即如今本《水浒》第一回写高俅被开封府尹逐出东京之后，来淮西临淮州投奔柳世权，后来大赦之后，柳世权写信把高俅荐给东京开生药铺的董将士。这个临淮州的柳世权即是原本的灵璧县的柳世雄。临淮旧治即在明朝的灵璧县；大概原本作灵璧县，"施耐庵"嫌他不古，故改为临淮州。"施耐庵"把王庆提前八十回，改为王进；又把灵璧县的柳世雄也提前八十回，改为临淮州的柳世权。王庆的事本无历史的根据，六国比武的话更鄙陋无据，故被全删了。田虎的事实也无历史的根据，故也被全删了。方腊是有历史的根据的，故方腊一大段仍保留不删。明朝的边患与宋朝略同，都在东北境上，故新百回本加入征辽一大段，以补那删去的王、田两寇。况且征辽班师时，鲁智深与宋江等同上五台山参拜智真长老，并不曾提及山西有乱事。原本说田虎之乱起于山西沁州，占据河北郡县，都在今山西境内，离五台山很近。故田虎一大段的地理与事实都和征辽一大段不能并立。这大概也是田虎所以删去的一个原因。

第七，但百廿回本的发凡里还有一段话最可注意。他说：

古本有罗氏"致语"，相传"灯花婆婆"等事，既不可复见，乃后人有因四大寇之拘而酌损之者，有嫌一百廿回之繁而淘汰之者，皆失。

这几句话很重要，因为我们从此可以知道李贽评本以前已有一种百二十回本，是我们现在知道的百二十回本的祖宗。这种百二十回本大概是前九十回采用郭本，加入原本的王、田二寇，后十回仍用郭本，遂成百二十回了。大概前七十一回已经在改作时放大了，拉长了，故后来无论如何不能恢复百回之旧，郭本所以不能不删二寇，这也是一个原因；其余各本凡不删二寇的，无论如何删节，总不能不在百十回以外，也是为了这个缘故。

总结起来，我们可以说：

（1）前七十一回，自从郭武定本（新百回本）出来之后，便不曾经过大改动了。文字上的小修正是有的。例如郭本第一回之前有一篇很短的"引首"，专写宋朝开基以至嘉祐三年，底下才是第一回"张天师祈禳瘟疫，洪太尉误走妖魔"；今七十回本把"引首"并入第一回，合称"楔子"。照文字看来，这种归并与修改恐怕是郭本以后的事，也许是金圣叹做的，因为除了金圣叹本之外，没有别本是这样分合的。这是较大的修正。此外，郭本第七十一回发见石碣天文之后便是"梁山泊英雄排坐次"，坐次排定后即是大聚义的宣誓，宣誓后接写重阳大宴，宋江表示希望朝廷招安之意，武松、李逵都不满意，宋江愤怒杀李逵，经诸将力劝始赦了他。此下便是山下捉得莱州解灯上京的人，宋江因此想上东京游玩。各本都有莱州解灯人一段（《征四寇》误删此段），但都没有卢俊义的梦。只有七十回本是有这个梦的。这是最重要的异点。

（2）第二部分——自上东京看灯到招安——各本都有。这一大段之中，有黑旋风乔捉鬼，双献头，乔坐衙等事，都是元曲里很幼稚的故事，大概这些还是原百回本的遗留物。但这一大段里有“燕青月夜遇道君”一节，写的颇好。大概这一大段有潦草因袭的部分，也有用气力改作的部分。自从郭武定本出来之后，这一大段也就不曾有什么大改动了。

(3)第三部分——征辽至凯旋——是郭武定本加入的。这一大段之中，写征辽的几次战事实在平常的很。五台山见智真长老的一节，我疑心是原百回本征田虎的末段，因为田虎在山西作乱，故乱平后鲁智深与宋江乘便往游五台山。郭武定本既删田虎的一大段，故把五台参禅的一节留下，作为征辽班师时的事。这一部分自从郭本加入以后，也就无人敢删去了。

(4)第四部分与第五部分——田虎与王庆两寇——是原百回本有的，郭本始删去，至百二十回本又恢复回来；百十回本、百十五回本、百二十四回本也都恢复回来。这两部分的叙述实在没有文学的价值，但他们的侥幸存留下来也可使我们考见原百回的性质，可以给我们一种比较的材料。最可注意的一点是这两部分的文字有两种大不同的本子：一种是百二十回本，一种是百十回本，百十五回本，《征四寇》本，与百二十四回本。百二十回本是用原百回本的材料来重新做过的。何以知道是用原材料呢？因为这里面的事实如缘缠井一节，即是元曲《黑旋风斗鸡会》的故事，是一证；有许多人物——如琼英、邬梨、乔道清、龚端、段家——皆与各本相同，是二证。何以知是重新做过的呢？因为百二十回本写王庆的事实与各本都不同。各本的回目如下：

高俅恩报柳世雄，王庆被陷配淮西。

王庆遇龚十五郎,满村嫌黄达闹场。

王庆打死张太尉,夜走永州遇李杰。

快活林王庆使棒,段三娘招赘王庆。

百二十回本的回目如下:

谋坟地阴险产逆,踏春阳妖艳生奸。

王庆因奸吃官司,龚端被打师军犯。

张管营因妾弟丧身,范节级为表兄医脸。

段家庄重招新女婿,房山寨双并旧强人。

这里面第四回的回目虽不同,事实却相同;那前三回竟完全不同。大概百二十回本的编纂人也知道"高俅恩报柳世雄"一回的人物事实显然和王进一回的人物事实有重复的嫌疑,故他重造出一种王庆故事,把王庆写成一个坏强盗的样子。这是百二十回本重新做过的最大证据。此外还有一个证据:百回本的第九十回是"双林渡燕青射雁",(即《征四寇》的第十七回。)百二十回本把这一件事分作两回,改九十回为"双林镇燕青遇故",后面接入田虎、王庆的二十回,至百十回方才是"燕青双林渡射雁"。这种穿凿的痕迹更明显了。

百十回本,百十五回本,百二十四回本,《征四寇》本,这四种本子的田虎、王庆两部分好像是用原百回本的原文,虽不免有小改动,但改动的地方大概不多。

(5)第六部分——平方腊一段与卢俊义、宋江等被毒死一段——是郭武定本有的,后来各本也差不多全采郭本,不敢大改动。平方腊一段平常的很，大概是依据原百回本的。出征方腊之前的一段（百回本的第九十回）写宋江等破辽回京，李逵、燕青偷进城去游玩，在一家勾栏里听得一个人说书，说的是《三国志》关云长刮骨疗毒的故事。《三国志》的初次成书也是在明朝初年，这又可见《水浒》的改定必在《三国志》之后了。

平定方腊以后的一段，写鲁智深之死，写燕青之去，写宋江之死，写徽宗梦游梁山泊，都颇有文学意味，可算是《忠义水浒传》后三十回中最精采的部分。这一段写宋江之死一节最好：

> 宋江自饮御酒之后，觉得心腹疼痛，想被下药在酒里，急令人打听，……已知中了奸计，乃叹曰："我自幼学儒，长而通吏，不幸失身于罪人，并不曾行半点欺心之事。今日天子听信奸佞，赐我药酒。我死不争，只有李逵见在润州，他若闻知朝廷行此意，必去啸聚山林，把我等一世忠义坏了。"连夜差人往润州唤取李逵刻日到楚州。……李逵直到楚州拜见，宋江曰："……特请你来商议一件大事。"李逵曰："甚么大事？"宋江曰："你且饮酒。"宋江请进后厅款待，李逵吃了半晌酒食。宋江曰："贤弟，我听得朝廷差人送药酒来赐与我吃。如死，却是怎的好？"李逵大叫"反了罢！"宋江曰："军马都没了，兄弟等又各分散，如何反得成？"李逵曰："我镇江有三千军马，哥哥楚州军马尽点起来，再上梁山泊，强在这里受气！"宋江曰："兄弟，你休怪我。前日朝廷差天使赐药酒与我服了。我死后恐你造反，坏了我忠义之名，因此请你来相见一面，酒中已与你慢药服了。回至润州必死。你死之后，可来楚州南门外蓼儿洼，和你阴魂相聚。"言讫，泪如雨下。李逵亦垂泪曰："生时服

侍哥哥，死了也只是哥哥部下一个小鬼。”言毕，便觉身子有些沉重，洒泪拜别下船。回到润州，果然药发。李逵将死，吩咐从人；“将我灵柩去楚州南门外蓼儿洼与哥哥一处埋葬。”从人不负其言，扶柩而往，……葬于宋江墓侧。

这种见解明明是对于明初杀害功臣有感而发的。因为这是一种真的感慨，故那种幼稚的原本《水浒传》里也会有这样哀艳的文章。

大概《水浒》的末段是依据原百回本的旧本的，改动的地方很少。郭刻本的篇末有诗云：

由来义气包天地，只在人心方寸间。罡煞庙前秋日净，英魂常伴月光寒。

又诗云：

梁山寒日澹无辉，忠义堂深昼漏迟。孤冢有人荐蘋藻，六陵无泪湿冠衣。……

但《征四寇》本，百十五回本，百二十四回本，都没有这两首诗，都另有两首诗，大概是原本有的。其一首云：

莫把行藏怨老天，韩彭当日亦堪怜。一心报国摧锋日，百战擒辽破腊年。煞曜罡星今已矣，佞臣贼子尚依然！早知鸩毒埋黄壤，学取烟波泛钓船。

这里我圈出的五句,很可表现当日做书的人的感慨。最可注意的是这几种本子通篇没有批评,篇末却都有两条评语:

> 评:公明一腔忠义,宋家以鸩饮报之。昔人云,"高鸟尽,良弓藏;狡兔死,走狗烹。"千古名言!
>
> 又评:阅此须阅《南华》"齐物"等篇,始浇胸中块垒。

第一条评明是点出"学取烟波泛钓船"的意思。《水浒》末段写燕青辞主而去,李俊远走海外,都只是这个意思。燕青一段很有可研究之点,我先引百十五回本(百二十四回本与《征四寇》本皆同)这一段:

> 燕青来见卢俊义曰:"小人蒙主人恩德,今日成名,就请主人回去,寻个僻静去处,以终天年。未知如何?"卢俊义曰:"我今日功成名显,正当衣锦还乡封妻荫子之时,却寻个没结果!"燕青笑曰:"小人此去,正有结果。恐主人此去无结果。岂不闻韩信立十大功劳,只落得未央宫前斩首?"卢俊义不听,燕青又曰:"今日不听,恐悔之晚矣。……"拜了四拜,收拾一担金银,竟不知投何处去。

燕青还有留别宋江的一封书,书中附诗一首:

> 情愿自将官诰纳,不求富贵不求荣。
>
> 身边自有君王赦,淡饭黄齑过此生。

那封书和那首诗都被郭本改了,改的诗是:

雁序分飞自可惊,纳还官诰不求荣。
身边自有君王赦,洒脱风尘过此生。

这样一改,虽然更"文"了,但结句远不如原文。那封信也是如此。大概原本虽然幼稚,有时颇有他的朴素的好处。我们拿百十五回本,《征四寇》本,百二十四回本的末段和郭本的末段比较之后,就不能不认那三种本子为原文而郭本的末段为改本了。

以上所说,大概可以使我们知道原百回本与新百回本的内容了,又可以知道明朝末年那许多百十回以上的《水浒》本子所以发生的原故了。但我假设的那个明朝中叶的七十回本究竟有没有,这个问题却不曾多得那些新材料的帮助。我们虽已能证实"郭本《水浒传》的前七十一回与金圣叹本大体相同",但我们还不能确定:(1)嘉靖朝的郭武定本以前,是否真有一个七十一回本,(2)郭本的前七十一回是否真用一种七十回本来修改原百回本的。

我疑心这个本子虽然未必像金圣叹本那样高明,但原百回本与郭本之间,很像曾有一个七十回本。

我的疑心,除了去年我说的理由之外,还有三个新的根据:

(1)明人胡应麟(万历四年举人)的《庄岳委谈》卷下有一段云:"杨用修(1488—1559)《词品》云:'《瓮天脞语》载宋江潜至李师师家,题一词于壁云:

天南地北,问乾坤何处可容狂客?借得山东烟水寨,来买

> 凤城春色。翠袖围香，鲛绡笼玉，一笑千金值！神仙体态，薄幸如何销得？　　想芦叶滩头，蓼花汀畔，皓月空凝碧。六六雁行连八九，只待金鸡消息。义胆包天，忠肝盖地，四海无人识。闲愁万种，醉乡一夜头白！

小词盛于宋，而剧贼亦工如此。'案此即《水浒》词，杨谓《瓮天》，或有别据。第以江尝入洛，则太愦愦也。"杨慎在《明史》里有"书无所不览"之称，又有"明世记诵之博，著作之富，推慎为第一"的荣誉。他引的这词，见于郭本《水浒传》的第七十二回。我们看他在《词品》里引《瓮天脞语》，好像他并不知道此词见于《水浒》。难道他不曾见着《水浒》吗？他是正德六年的状元，嘉靖三年谪戍到云南，以后他就没有离开云南、四川两省。郭本《水浒传》是嘉靖时刻的，刻时杨慎已谪戍了，故杨慎未见郭本是无可疑的。我疑心杨慎那时见的《水浒》是一种没有后三十回的七十回本，故此词不在内。他的时代与我去年猜的"弘治、正德之间"也很相符。这是我的一个根据。

(2)我还可以举一个内证。七十回本的第四回写鲁智深大闹五台山之后，智真长老送他上东京大相国寺去，临别时，智真长老说：

> 我夜来看了，赠汝四句偈言，你可终身受用……遇林而起，遇山而富，遇州而迁，遇江而止。

第三句，《忠义水浒传》作"遇州而兴"，百十五回本与百二十四回本作"遇水而兴"。余三句各本皆同。这四句"终身受用"的偈言在那七十回本里自然不发生问题，因为鲁智深自从二龙山并上梁山见宋江之后，遂没有什么可记的事了。但郭本以后，鲁智深还有擒方腊的大功，这四句偈言遂不能"终身受用"了。所以后来五台山参禅一回又添出"逢夏而擒，遇腊而执，听潮而圆，见信而寂"四句，也是"终身受用"的！我因此疑心"遇林而起……遇江而止"四句是七十回本独有的，故不提到招安以后的事。后来嘉靖时郭刻本采用七十回本，也不曾删去。不然，这"终身受用"的偈言何以不提到七十一回以后的终身大事呢？我们看清初人做的《虎囊弹传奇》中《醉打山门》一出，写智真长老的偈言，便不用前四句而用后四句，可见从前也有人觉得前四句不够做鲁智深的终身偈语的。这也是我疑心嘉靖以前有一种七十回本的一个根据。

（3）但是最大的根据仍旧是前七十回与后三十回的内容。前七十回的见解与技术都远胜于后三十回。田虎、王庆两部分的幼稚，我们可以不必谈了。就单论《忠义水浒传》的后三十回罢。这三十回之中，我在上文已说过，只有末段最好，此外只有燕青月夜遇道君一段也还可读，其余的部分实在都平常的很。那特别加入的征辽一部分，既无历史的根据，又无出色的写法，实在没有什么价值。那因袭的方腊一部分更平凡了。这两部分还比不上前七十回中第四十六回以下的庸劣部分，更不消说那闹江州以前的精采部分了。很可注意的是李逵乔坐衙，双献头，燕青射雁等等自元曲遗传下来的几桩故事，都是七插八凑的硬拉进去的零碎小节，都是很幼稚的作品。更可注意的是柴进簪花入禁院时看见皇帝亲笔写的四大寇姓名：宋江、田虎、王庆、方腊。前七十回里从无一字提起田虎、王庆、方腊三人的事，此时忽然出现。这一层最可以使我们推想前七十一回是一种单独结构的本子，与那特别注重招安以后宋江等立功受谗害的原百回本完全是两种独立的作品。因此，我疑心嘉靖以前曾有这个七十回本，这个本子是把原百回本前面的大半部完全拆毁了重做的，有一部分——王进的事——是取材于后半部王庆的事的。这部七十回本的《水浒传》在当时已能有代替那幼稚的原百回本的势力，故那有"灯花婆婆"一类的致语的原本很早就被打倒了。看百二十回本发凡，我们可以知道那有致语的古本早已"不可复见"。但嘉靖以前也许还有别种本子采用七十回的改本而保存原本后半部的，略如百十回本与百十五回本的样子。至嘉靖时，方才有那加辽国而删田虎、王庆的百回本出现。这个新百回本的前七十一回是全用这七十回本的，因为这七十回本改造的太好了，故后来的一切本子都不能不用他。又因原本的后半部还被保存着，而且后半部也有一点精采动人的地方，故这新百回本又把原本后半的一部分收入，删去王、田，加入辽国，凑成一百回。但我们要注意：辽国一段，至多不过八回（百十五回本只有六回），王、田二寇的两段却有二十回。何以减掉二十回，加入八回，郭本仍旧有一百回呢？这岂不明明指出那前七十一回是用原本的前五十几回来放大了重新做过的吗？因为原本的五十几回被这个无名的"施耐庵"拉长成七十一回了，郭刻本要守那百回的旧回数，故不能不删去田、王二寇；但删二十回又不是百回了，故不能不加入辽国的七八回。依我们的观察，前七十回的文章与后三十回的文章既不像一个人做的，我们就不能不假定那前七十一回原是嘉靖以前的一种单独作品，后来被郭刻本收入——或用他来改原本的前五十几回，这是我所以假定这个七十回本的最大理由。

我们现在可以修正我去年做的《水浒》渊源表（五四）如下。

* * * * * *

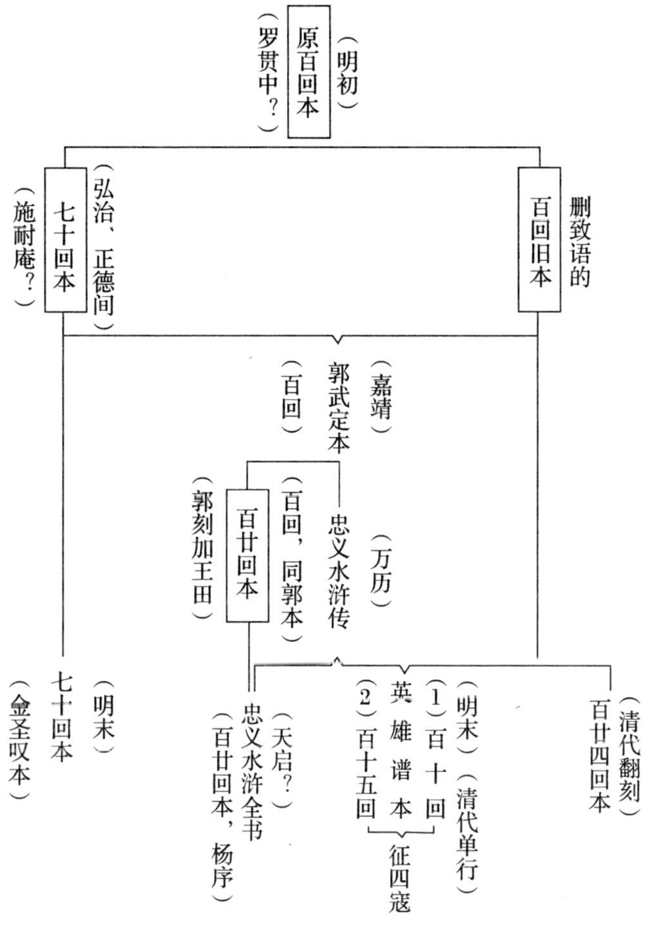

（注）四围加线的皆是我假设的本子。

以上是我的《〈水浒传〉后考》。这十个月以来发现的新材料居然证实了我的几个大胆的假设，这自然是我欢喜的。但我更欢喜的，是我假定的那些结论之中有几个误点现在有了新材料的帮助，居然都得着有价值的纠正。此外自然还不免有别的误点，我很希望国中与国外爱读《水浒》的人都肯随时指出我的错误，随时搜集关于《水浒》的新材料，帮助这个《水浒》问题的解决。我最感谢我的朋友青木正儿先生，他把我搜求《水浒》材料的事看作他自己的事一样；他对于《水浒》的热心，真使我十分感激。如果中国爱读《水浒》的人都能像青木先生那样热心，这个《水浒》问题不日就可以解决了！

青木先生又借给我第一卷第五期《艺文杂志》（明治四十三年四月），内有日本京都帝国大学狩野直喜先生的《水浒传与支那戏曲》一篇。狩野先生用的材料——从《宣和遗事》到元、明的戏曲——差不多完全与我用的材料相同。他的结论是："或者在大《水浒传》之前，恐怕还有许多小《水浒传》，渐渐积聚起来，后来成为像现在这种《水浒传》。……我们根据这种理由，一定要把现在的《水浒传》出现的时代移后。"这个结论也和我的《〈水浒传〉考证》的结论相同。这种不约而同的印证使我非常高兴。因为这种印证可以使我们格外觉悟：如果我们能打破遗传的成见，能放弃主观的我见，能处处尊重物观的证据，我们一定可以得到相同的结论。

我为了这部《水浒传》，做了四五万字的考证，我知道一定有人笑我太不爱惜精神与时间了。但我自己觉得，我在《水浒传》上面花费了这点精力与日力是很值得的。我曾说过：

> 做学问的人当看自己性之所近，拣选所要做的学问；拣定之后，当存一个"为真理而求真理"的态度。……学问是平等的。发明一个字的古义，与发现一颗恒星，都是一大功绩。（《新潮》二卷一号，页五六）

我这几篇小说考证里的结论也许都是错的,但我自信我这一点研究的态度是决不会错的。

十,六,一一,作于北京钟鼓寺。

附录 “致语”考

《考证》引周亮工《书影》云:“故老传闻,罗氏《水浒传》一百回,各以妖异语冠其首。嘉靖时,郭武定重刻其书,削其‘致语’,独存本传。”这段中“致语”二字初版皆误作“叙语”。我怕读者因此误解这两个字,故除在再版里更正外,另做这篇《“致语”考》。

“致语”即是致辞,旧名“乐语”,又名“念语”。《宋文鉴》第一百三十二卷全载“乐语”,中有:

宋祁　教坊致语一套,

王珪　教坊致语一套,

元绛　集英殿秋宴教坊致语一套,

苏轼　集英殿秋宴教坊致语一套,

以上皆皇帝大宴时的“致语”。又有:

欧阳修　会老堂致语一篇,(《宋文鉴》)

陆　游　徐稚山庆八十乐语一篇,致语二篇,(皆见《渭南文集》四十二)

以上皆私家大宴时的“致语”。陆游还有《天申节致语》三篇,也是皇帝大宴时用的。此外宋人文集中还有一些“致语”。

《宋史·乐志》(一四二)记教坊队舞之制,共分两部:一为小儿队，一为女弟子队。每逢皇帝春秋圣节三大宴时，仪节分十九步：

第一，皇帝升坐，宰相进酒，庭中吹觱栗，以众乐和之。赐群臣酒，皆就坐。宰相饮，作《倾杯乐》；百官饮，作《三台》。

第二，皇帝再举酒，群臣立于席后，乐以歌起。

第三，皇帝举酒，如第二之制，以次进食。

第四，百戏皆作。

第五，皇帝举酒。

第六，乐工致辞，继以诗一章，谓之口号，皆述德美及中外蹈咏之情。初致辞，群臣皆起听，辞毕再拜。

第七，合奏大曲。

第八，皇帝举酒，殿上独弹琵琶。

第九，小儿队舞，亦致辞以述德美。

第十，杂剧，罢，皇帝起更衣。

第十一，皇帝再坐，举酒，殿上独吹笙。

第十二，蹴鞠。

第十三，皇帝举酒，殿上独弹筝。

第十四，女弟子队舞，亦致辞如小儿队。

第十五，杂剧。

第十六，皇帝举酒。

第十七，奏《鼓吹曲》，或用《法曲》，或用《龟兹》。

第十八，皇帝举酒，食罢。

第十九，用角觝，宴毕。

这里面，第六，第九，第十四，都有“致语”一篇；此外，第七，第十，第十五，也都有稍短的引子。这些“致语”都是当时的词臣代作的。

这样看来，致语本是舞队奏舞以前的颂辞。皇帝大宴与私家会宴,凡用乐舞的,都有致语。后来大概不但乐舞有致语,就是说平话的也有一种致语。这种小说的致语大概是用四六句调或是韵文的。百二十回本的发凡说:

> 古本有罗氏"致语",相传"灯花婆婆"等事,既不可复见。

"灯花婆婆"是什么东西呢?王国维先生的《戏曲考原》(《国粹学报》第五十期)有一段说:

> 钱曾《也是园书目》戏曲类中,除杂剧套数外,尚有宋人词话十余种。其目为《灯花婆婆》、《种瓜张老》、《紫罗盖头》、《女报冤》、……凡十二种。其书虽不存,然云"词",则有曲;云"话",则有白。其题目或似套数,或似杂剧,要之必与董解元弦索《西厢》相似。

据此看来,《灯花婆婆》等到清朝初年还存在。王先生以为这种"词话"是有曲有白的。但《灯花婆婆》既是古本《水浒》的"致语",大概未必有"曲"。钱曾把这些作品归在"宋人词话","宋人"一层自然是错的了,"词话"的词字大概是平话一类的书词,未必是"曲"。故我以为这十二种词话大概多是说书的引子,与词曲无关。后来明朝的小说,如《今古奇观》,每篇正文之前往往用一件别的事作一个引子,大概这种散文的引子又是那《灯花婆婆》一类的致语的进化了。

十,六,一一。

《水浒续集两种》序*

一

这部《水浒续集》是合两种书做成的。一部是摘取百十五回本《水浒传》的第六十六回以后，是为《征四寇》。一部是清初陈忱做的《水浒后传》。我们的本意是要翻印《水浒后传》；但后传是接着百回本《忠义水浒传》做的，不能直接现行的七十回本。因此，我们就不能不先印行石碣发见以后的半部故事：这是《征四寇》翻印的第一个原因。《征四寇》一书，外间止有石印的劣本。这部书确是百十五回本的后半部；我们现在既知道百十五回本里不但保存了百回本里征辽和征方腊的两大部分，并且还保存了最古本里征田虎和征王庆的两大部分，那么，这部《征四寇》确也有保存流通的价值了。这是翻印《征四寇》的第二个原因。百十五回（《英雄谱》）本的《水浒传》有许多地方用诗词或骈文来描写风景和军容，——例如此本第三十五回内写江上风景的《一萼红》（页四），和三十六回写淮西水军一段（页四），——都是今本《征四寇》所没有的。这

* 本文作于1923年12月20日，载汪原放校点《水浒续集》，亚东图书馆1924年版；收入《胡适文存》二集卷四，亚东图书馆1924年11月版。

种平话的套头还可以考见百十五回本之古，所以我们用百十五回本来校补《征四寇》，弄出这个比较完善的《征四寇》来。这是翻印《征四寇》的第三个原因。

但《征四寇》的部分，除了他的史料价值之外，却也有他自身的文学价值。我在《水浒传后考》里曾引了燕青辞主一段(《文存》三，页一七八)和宋江之死一段(《文存》三，页一六七)。现在我且引鲁智深圆寂一段：

> 却说鲁智深、武松在六和寺中安歇。是夜智深忽听江潮声响，起来持了禅杖抢出来。众僧惊问其故，智深曰，“洒家听得战鼓响，俺要出去厮杀。”众僧笑曰：“师父错听了。此是钱塘江上潮信响。”智深便问：“怎的叫做潮信？”众僧推窗，指着潮头，对智深说曰：“这潮信日夜两番来。今朝是八月十五日，子时潮来。因不失信，谓之潮信。”鲁智深看了，大悟曰，“俺师父智真长老曾嘱咐俺四句偈曰，‘逢夏而擒’，前日捉了夏侯成；‘遇腊而执’，俺生擒方腊；‘听潮而圆，见信而寂’，俺想应了此言。”便问众，如何是圆寂。众僧曰：“佛门中圆寂便是死。”智深笑道，“既死是圆寂，洒家今当圆寂，与我烧桶汤来，洒家沐浴。”众僧即去烧桶汤来。智深洗沐，换一身净衣，令军校去报宋江，“来看洒家。”又写了数句偈语，去法堂焚起真香，在禅椅上，左脚踏右脚，自然而化。
>
> 及宋江引众头领来看时，智深在禅椅上不动了。看其偈曰：
>
> 平生不修善果，只爱杀人放火。忽地顿开金枷，这里扯断玉锁。钱塘江信潮来，今日方知是我。

这种写法，自不是俗手之笔。又在末回写宋徽宗在李师师家中饮酒，醉后入梦，梦游梁山泊一段：

上皇到忠义堂前下马。上皇坐定，见阶下拜伏者许多人。上皇犹豫不定。宋江向前垂泪启奏曰，"臣等不曾抗拒天兵，素秉忠义。自从陛下招安，南征北讨，兄弟十中损八。臣蒙陛下命守楚州，到任以来，陛下赐以药酒，与臣服讫。臣死无怨，但恐李逵知而怀恨，辄生异心，臣亦与药酒饮死。吴用、花荣亦忠义而皆来，在臣冢上俱各自缢身死。……申告陛下，始终无异，乞陛下圣鉴。"

上皇听了大惊，曰："寡人亲差天使，御笔印封黄酒。不知何人换了药酒赐卿。……卿等有此冤屈，何不诣九重深处，显告寡人？"

宋江正待启奏，忽见李逵手把双斧，厉声叫曰，"无道昏君，听信四个贼臣，屈坏我们性命！今日既见，正好报仇！"说罢，轮起双斧，径奔上皇。天子吃这一惊，忽然觉来，乃是一梦。睁开双眼，见灯烛荧煌，李师师犹然未寝。……

这种地方都带有文学意味。

《征四寇》的内容可分六大段：

(1)梁山泊受招安的经过，——第一回至第十一回。

(2)征辽，——第十二回至第十七回。

(3)征田虎，——第十八回至第二十八回。

(4)征王庆，——第二十九回至第四十回。

(5)征方腊，——第四十一回至第四十七回。

(6)结束,——末二回。

关于这几部分的考证与批评,我在前两篇《〈水浒传〉考证》里已约略说过了。(看《文存》三,页一二四——二六;又三,一五七——七一。)我希望读者特别注意此书中写王庆和柳世雄和高俅的关系一大段,用这一段来比较今本《水浒》第一回写高俅、王进、柳世权的关系的一段。(看《文存》三,一五九——六一。)这种比较是很有益的,不但可以看出今本《水浒》的技术上的优点,还可以明了《征四寇》在"《水浒》演进史"上的位置。

我在《〈水浒传〉后考》里曾略述百廿回本《水浒传》的价值,并且指出百廿回本写田虎、王庆的部分,和百十五回本有大不相同的地方。(《文存》三,页一六四——六六。)现在百十五回本已在这里保存了。今年上海涵芬楼收买到百廿回本的《水浒传》,前有"发凡"十一条,有杨定见序,与日本京都府立图书馆所藏本相同。听说此书不久也要排印出版。从此百十五回本与百廿回本都重在人间流通了,研究《水浒传》的人又可添许多比较参证的材料了。

二

《水浒后传》四十卷,原称"古宋遗民著,雁宕山樵评"。俞樾据沈登瀛《南浔备志》,考定此书是雁宕山樵陈忱做的。今年承顾颉刚先生代我在汪曰桢《南浔镇志》里寻出许多关于陈忱的材料,竟使我可以做陈忱的略传了。

《南浔镇志》卷十二,页廿二上云:

陈忱,字遐心,号雁荡山樵。其先自长兴迁浔,阅数传至忱(《研志居琐录》)。读书晦藏,以卖卜自给(范《志》)。究心经史,稗编野乘无不贯穿(董《志》)。好作诗文,乡荐绅咸推重之。惜贫老以终,诗文杂著俱散佚不传(《琐录》)。

这部志的体裁最好,传记材料俱注明出处。《研志居琐录》是范颖通的。董《志》是乾隆五十一年董肇镗的《南浔镇志》,范《志》是道光廿年范来庚续修的。

在"著述"一门里,有

陈忱《雁宕杂著》(佚)

《雁宕诗集》二卷(未见)

汪氏注云:

按范《志》,忱又有《读史随笔》。考……顺治中,秀水又有一陈忱,字用亶,甲午副贡,著《诚斋诗集》,不出户庭,录《读史随笔》、《同姓名录》诸书。……范《志》因以致误。……

《中国人名大辞典》一〇七二页上说:

陈忱,清秀水人,字遐心,有《读史随笔》。

这也是把南浔的陈忱和秀水的陈忱混作一个人了。

汪《志》卷三十,页十七,又云:

浔人所撰,……弹词则有陈忱《续廿一史弹词》,曲本则有

> 陈忱《痴世界》,……演义则有……陈忱《后水浒》。此类旧志不免阑入,今悉不载。

据此看来,陈忱做的通俗文学颇不少,可惜现在只剩这部《后水浒》了。《后水浒》开篇有赵宋一代史事的长歌一首,还可以考见他的《廿一史弹词》的一部分。

汪《志》卷三十五,为“志余”,也有几段关于他的话:

> 〔《南浔备志》〕陈雁宕忱,前明遗老,韩纯玉《近诗兼逸集》以“身名俱隐”称之。生平著述并佚。惟《后水浒》一书,乃游戏之作,托宋遗民刊行。

这就是俞樾所根据的话。《后水浒》绝不是“游戏之作”,乃是很沉痛地寄托他亡国之思,种族之感的书。当时禁网很密,此种书不能不借“古宋遗民”的名字。今本《水浒后传》里还有几处可以看见著者有意托古的痕迹。第一是雁宕山樵的序末尾写“万历戊申秋杪”。万历戊申(1608)在明亡之前三十五年;这明明是有意遮掩亡国之痛的。第二,是原书有“论略”六十多条,末云:“遗民不知何许人。以时考之,当去施、罗之世未远,或与之同时,不相为下,亦未可知。元人以填词小说为事,当时风气如此。”这竟是把此书的著作人硬装在元朝去了。第三,“论略”末又云:“此稿近三百年无一知者。闻向藏括苍民家,又遭伧父改窜,几不可句读。余悬重价,久而得之。……”著者本是湖州南浔人,既自称雁宕山樵,又把此书的来源推到“括苍民间”去,使人不可捉摸。我们看他这样有心避祸,更可以明白他著书的本旨了。

汪《志》卷三十六引沈彤《震泽县志》云：

国初吾邑（震泽）之高蹈而能文者，相率为惊隐诗社，四方同志咸集。今见于叶桓奏诗稿与其他可考者，苕上……陈忱雁宕，……玉峰归庄玄恭，顾炎武宁人，……同邑吴炎赤溟，……王锡阐兆敏，潘柽章力田。……（原文列举四十余人，今仅举其稍知名者六人为例。）于时定乱已四五年；迹其始起，盖在顺治庚寅（七年，西1650，明亡后七年）。诸君以故国遗民，绝意仕进，相与遁迹林泉，优游文酒；角巾方袍，时往来于五湖、三泖之间。……其后史案株连，同社有罹法者，社集遂散。（此指潘、吴史案。）

这一段可见陈忱是明末遗民，绝意不仕清朝的。他的朋友多是这一类的亡国遗民。这一层很可以解释他托名"古宋遗民"的意思了。

颉刚从汪《志》里辑得陈忱的遗诗三首：

明陈忱敬夫（颉刚案，据此，可知其字为敬夫。）

移居西村二首

流离怜杜老，还戗瀼西居。水作孤村抱，门开烟柳疏。裹沙移药草，带雨负残书。世故虽多舛，南薰且晏如。

溪上云林合，茅茨落照边。奇情负山水，杂兴托园田。老去诗真误，贫来家屡迁。苕西清绝处，栖逸在何年？

过长生塔院，访沈云樵、徐松之，兼呈此山师

寺门松动影离离，纵目西郊欲雪时。故国栖迟遗老在，新

亭慷慨几人知？愁深失计三年别，乱极犹谈一日诗。虽是支公超物外，岁寒堂里亦低眉。

这诗里的此山和尚也是一个遗老，原姓周，名廖，字澹城；他本是一个秀才，明亡后便做了和尚。长生塔院是他为他的师父明闻募建的，遗民黄周星题岁寒堂匾额。（汪《志》卷十五。）黄周星字九烟，明朝遗臣，流寓在南浔，康熙间投水死。黄周星和吕留良（晚村）往来最密，晚村的《东庄诗存》里有许多赠他的诗。内有《寄黄九烟》一诗首句云："闻道新修谐俗书，文章卖买价何如？"自注云："时在杭，为坊人著稗官书。"可见当时那一班遗民常常替书坊编小说书为糊口计。这部《水浒后传》也许是陈忱当时替书坊编的。

陈忱的生卒年月，现已不可考了。他的自序假托于 1608，而他们的诗社起于 1650；我们也许可以假定他生于万历中叶，约当 1590；死于康熙初年，约当 1670，年约八十岁。郑成功据台湾在 1660 年。《水浒后传》写的暹罗，似暗指郑氏的台湾，故我们假定陈忱死在康熙时。

三

《水浒后传》里的人物，除了几个后一辈的少年英雄之外，都是《前传》里剩余的人物。《后传》的领袖是混江龙李俊。《忠义水浒传》第九十九回曾说宋江征方腊回来，到了苏州，李俊诈称风疾不起；宋江行后，李俊和童威、童猛三人自来寻费保等；他们到榆柳庄上，把家财卖了，造了大船，多贮盐米，开出太仓港，入海，到外国去。后来李俊做了暹罗国王，童威等俱做官人（此据日本译本）。这就是《后传》里李俊做暹罗王的故事的根据。《后传》因为《前传》有这样的一段故事，故不能不认李俊为主要人物，既认了一个浔阳江上的渔户作主要人物，自不能不极力描写他一番。《后传》第九回里写李俊“不通文墨，识见却是暗合”，这便是古人描写刘邦、石勒的方法了。

但《后传》的主要人物究竟还要算浪子燕青。凡是《后传》里最重要的事业，差不多全是燕青的主谋，所以后来在暹罗国里李俊做了国王，柴进做了丞相，燕青便做了副丞相；燕青是奴仆出身，故首相不能不让给门阀光荣的柴进；然而燕青却特别加封文成侯，特赐“忠贞济美”的金印，这又可见著者对燕青的偏爱了。本来在《前传》里，燕青已立了大功，运动李师师，运动徽宗，以成招安之局，都是他的成绩。末段征方腊回来，燕青独能看透功成身退之旨，飘然远遁，留诗别宋江道：

> 情愿自将官诰纳，不求富贵不求荣。身边自有君主赦，淡饭黄齑过此生。

这种地方，都可见百回本的著者早已极力描摹燕青的才能和人格；《后传》里燕青地位之高也是很自然的。

《水浒后传》是一部泄愤之书，这是著者自己在《论略》里说过的。他说：

> 《后传》为泄愤之书：愤宋江之忠义而见鸩于奸党，故复聚余人而救驾立功，开基创业；愤六贼之误国，而加之以流贬诛

戮；愤诸贵幸之全身远害，而特表草野孤臣重围冒险；愤官宦之嚼民饱壑，而故使其倾倒宦囊，倍偿民利。

这是著者自己对于此书的意见。我们看他举出的四件事，第四事散见各回，不便详举；第一事在第三十七八回，第二事在第二十七回，第三事在第二十四回。这都是著者寄托最深，精神最贯注的地方，我们可以特别提出来，以表示这书的真价值。

（一）救国勤王的运动　《后传》描写北宋灭亡时的情形，处处都是借题发泄著者的亡国隐痛。第七回先写赵良嗣献计，联合金国，夹攻辽国；第十五回写此策之实行，写燕、云的收复；第十九回写宋朝纳张毂之降，与金国开衅，金兵大举征宋。在第十九回里，徽宗传位于太子，改元靖康；呼延灼父子随梁方平出兵防黄河；次回写汪豹内应，献了隘口，呼延灼父子被困，金人长驱渡河。第二十二回里，金兵进围汴京。第二十三回写姚平仲之败，郭京法术不灵，汴京破了，二帝被掳，康王即位于南京。

以上写北宋的灭亡，虽然略加穿插，大体都不违背历史的事实。第二十五回写金人立刘豫为齐帝，大刀关胜不肯降金，刘豫要将他斩首，幸得燕青用计救了他。此事也有历史的根据。《金史·刘豫传》说：

关胜者，济南骁将，屡出城拒敌。豫杀胜出降。

又《宋史·刘豫传》说：

刘豫惩前忿，遂蓄反谋，杀其将关胜，率百姓降金。百姓不从，豫缒城纳款。

又王象春《齐音》云：

> 金兵薄济南，守将关胜善用大刀，屡战兀术。金人贿刘豫，诱胜杀之。（此据梁学昌《庭立记闻》上，页廿五引。原书未见。但梁氏说，“是胜未尝降金也，《宋史》误。”今按《宋史》并未言关胜降金，不误。）

第二十六回写饮马川的好汉李应、燕青等大破刘猊的金兵。大胜之后，他们决议“去投宗留守，共建功业，完我弟兄们一生心事”。他们南行时，在黄河渡口，遇着叛臣汪豹和金国大将乌禄的大兵，打了一仗，杀败金兵，生擒汪豹，用乱箭把他射死。但宗泽已呕血死了，兀术南下，汴京再陷，饮马川的豪杰无处可投奔，只好上登云山去落草，暂作安顿。

《后传》写这班梁山泊旧人屡次想出来勤王救国，虽多是悬空造出的事实，但也不能说是完全没有根据。关胜之死于国事，是正史上有记载的。当时人心思宋，大河南北，豪杰并起，收拾败残之局，以待国家大兵，——这是宗泽、岳飞诸人所常提及的事。直到二三十年后，山东尚有耿京、辛弃疾南归的事。所以我们可以说《水浒后传》所说勤王的豪杰，虽出于虚造，却也可代表当时的人心。

众豪杰后来都到暹罗去了，但他们终不忘故国，第三十七回特写宋高宗在牡蛎滩上被金兵困住，李俊、燕青等领水师，攻破阿黑麻的兵，救了高宗。这一段故事全是虚造的，但著者似乎有意造出此段故事来表现他心里的希望。那时明永历帝流离南中,郑成功出没海上,难怪当日的遗民有牡蛎滩救驾,暹罗国酬勋的希望了。

(二)诛杀奸臣的快事　金兵围汴京时,钦宗用当时的公论,贬逐一班奸臣。《水浒后传》为省事起见,把这班贬逐的奸臣分作两组。王黼、杨戬、梁师成为一组,押赴播州。李纲与开封府尹聂昌商议,派勇士王铁杖跟他们去,到雍丘驿,晚上把他们都刺死了(第二十二回)。这事也有根据。《宋史·王黼传》云:

> 金兵入汴,黼不俟命,载其孥以东。诏贬为崇信军节度副使,籍其家。吴敏、李纲请诛黼,事下开封尹聂山。山方挟宿怨,遣武士蹑及于雍丘南辅固村,戕之民家,取其首以献。帝以初即位,难于诛大臣,托言为盗所杀。

杨戬死于宣和三年,死时还赠太师吴国公。梁师成贬为彰化军节度副使,开封府吏护至贬所,在路上把他缢死了,以暴死奏闻,诏籍其家。这件事似乎也是聂山干的。陈忱把这三人凑在一起,把那善终的杨戬也夹在里面,好叫读者快意。

还有那蔡京、蔡攸、童贯、高俅的一组的结局,却全是陈忱想象出来的了。按《宋史》蔡京贬儋州,行至潭州病死,年八十。蔡攸贬逐后,诏遣使者随所至诛之。高俅得善终,事见宋人笔记。童贯窜英州,未至,诏数他十大罪,命监察御史张徵追至南雄,诛之,函首赴阙,枭于都市。陈忱却把这四个人合在一组,叫蔡京主张改装从小路往贬所去。不料行到了中牟县,被燕青遇见了。燕青走来对李应众人说道:"偶然遇着四位大贵人,须摆个盛筵席待他。"

这个盛筵席果然摆好了。

酒过三巡，蔡京、高俅举目观看，却不认得。……又饮够多时，李应道："太祖皇帝一条杆棒打尽四百军州，挣得万里江山，传之列圣。道君皇帝初登宝位，即拜太师为首相，……怎么一旦汴京失守，二帝蒙尘，两河尽皆陷没，万姓俱受灾殃？是谁之过？"

蔡京等听了，踧踖不安，想道："请我们吃酒，怎说出这大帽子的话来！"面面相觑，无言可答，起身告别。

李应道："虽然简亵，贱名还未通得，怎好就去？"唤取大杯斟上酒，亲捧至蔡京面前，说道："太师休得惊慌。某非别人，乃是梁山泊义士宋江部下扑天雕李应便是。承太师见爱，收捕济州狱中；幸得救出，在饮马川屯聚，杀败金兵；今领士卒去投宗留守，以佐中兴。不意今日相逢，请奉一杯。"……蔡京等惊得魂飞魄散，推辞不饮，只要起身。李应笑道："我等弟兄都要奉敬一杯。且请宽坐。"

接着便是王进和柴进起来数高俅的罪状。裴宣起来，舞剑作歌，歌曰：

皇天降祸兮，地裂天崩。二帝远狩兮，凛凛雪冰。奸臣播弄兮，四海离心。今夕殄灭兮，浩气一伸！

押差官起来告辞，樊瑞圆睁怪眼，倒竖虎须道：

你这甚么干鸟，也来讲话！我老爷们是天不怕地不怕的。这四个奸贼，不要说把我一百单八个弟兄弄得五星四散，你只看那锦绣般江山都被他弄坏，遍天豺虎，满地尸骸，二百年相传的大宋，瓦败冰消，成甚么世界！今日仇人相见，分外眼睁！……你这干鸟，若再开口，先砍你这颗狗头！

底下便是一段很庄严沉痛的文字：

李应叫把筵席搬开，打扫干净，摆设香案，焚起一炉香，率领众人望南拜了太祖武皇帝在天之灵，望北拜了二帝，就像启奏一般，齐声道："臣李应等为国除奸，上报圣祖列宗，下消天下臣民积愤。"都行五拜三叩头礼。礼毕，抬过一张桌子，唤请出牌位来供在上面，却是宋公明、卢俊义、李逵、林冲、杨志的五人名号。点了香烛，众好汉一同拜了四拜，说道："宋公明哥哥与众位英魂在上：今夜拿得蔡京、高俅、童贯、蔡攸四个奸贼在此。生前受他谋害，今日特为伸冤。望乞照鉴！"

蔡京等四人尽皆跪下，哀求道："某等自知其罪；但奉圣旨，去到儋州，甘受国法。望众好汉饶恕。"

李应道："……你今日讨饶，当初你饶得我们过吗？……只是石勒说得好：王衍诸人，要不可加以锋刃。前日东京破了，有人在太庙里看见太祖誓碑：'大臣有罪，勿加刑戮'，载在第三条。我今凛遵祖训，也不加兵刃，只叫你们尝尝鸩酒滋味罢！"

唤手下斟上四大碗。蔡京、高俅、童贯、蔡攸满眼流泪，颤笃速的，再不肯接。李应把手一挥，只听天崩地裂，发了三声大炮；四五千人齐声呐喊，如震山摇岳。两个伏事一个，扯着耳朵，把鸩酒灌下。

不消半刻，那蔡京等四人七窍流血，死于地下。……李应叫把尸骸拖出城外，任从鸟啄狼餐。

这一大段“中牟县除奸”的文章，在第二流小说里是绝无而仅有的。这都因为著者抱亡国的隐痛，深恨明末的贪官污吏，故作这种借题泄愤的文章。他的感情的真挚遂不自由地提高了这部书的文学价值了。

（三）黄柑青子之献　这一段是《水浒后传》里最感动人的文章。徽、钦二帝被掳之后，杨林、戴宗要回到饮马川去了，燕青不肯走，说，“还有一段心事要完。”次早燕青扮做通事模样，拿出一个藤丝织就紫漆小盒儿，口上封固了，不知甚么东西在里面，要杨林捧着，从北而去。他走进金兵大营里去，杨林见了那大营的军容，不觉寒抖不定；燕青神色自若，居然骗得守兵的允许，进去朝见道君皇帝。

……道君皇帝一时想不起，问：“卿现居何职？”燕青道：“臣是草野布衣；当年元宵佳节，万岁幸李师师家，臣得供奉，昧死陈情；蒙赐御笔，赦本身之罪，龙札犹存。”遂向身边锦袋中取出一幅恩诏，墨迹犹香，双手呈上。

道君皇帝看了，猛然想着，道：“元来卿是梁山泊宋江部下。可惜宋江忠义之士，多建大功；朕一时不明，为奸臣蒙敝，致令沉郁而亡。朕甚悼惜。若得还宫，说与当今皇帝知道，重加褒封立庙，子孙世袭显爵。”

燕青谢恩，唤杨林捧过盒盘，又奏道：“微臣仰觐圣颜，已为万幸。献上青子百枚，黄柑十颗，取苦尽甘来的佳谶，少展一点芹曝之意。"

齐眉献上,上皇身边止有一个老内监,接来启了封盖。道君皇帝便取一枚青子纳在口中,说道:"连日朕心绪不宁,口内甚苦;得此佳品,可以解烦。"叹口气道:"朝内文武官僚世受国恩,拖金曳紫;一朝变起,尽皆保惜性命,眷恋妻子,谁肯来这里省视!不料卿这般忠义!可见天下贤才杰士原不在近臣勋戚中!朕失于简用,以致于此。远来安慰,实感朕心。"命内监取过笔砚,将手中一柄金镶玉靶白纨扇儿,吊着一枚海南香雕螭龙小坠,放在红毡之上,写一首诗道:

笳鼓声中藉毳茵,普天仅见一忠臣。若然青子能回味,大赉黄柑庆万春!

写罢,落个款道:"教主道君皇帝御书。"就赐与燕青道:"与卿便面。"燕青伏地谢恩。

上皇又唤内监分一半青子黄柑:"你拿去赐与当今皇帝,说是一个草野忠臣燕青所献的。"

……

两个取路回来,离金营已远,杨林伸着舌头道:"吓死人!早知这个所在,也不同你来。亏你有这胆量!……我们平日在山寨,长骂他(皇帝)无道;今日见这般景象,连我也要落下眼泪来。"

这一大段文章,真当得"哀艳"二字的评语!古来多少历史小说,无此好文章;古来写亡国之痛的,无此好文章;古来写皇帝末路的,无此好文章!

《水浒后传》在坊间传本甚少,精刻本更不易得;但这部书里确有几段很精采的文字,要算是十七世纪的一部好小说。这就是我们现今重新印行这部书的微意了。

十二,十二,二十。

百二十回本《忠义水浒传》序*

一 《水浒》版本出现的小史

这三百年来，大家都读惯了金圣叹的七十一回本《水浒传》，很少人知道《水浒传》的许多古本了。《水浒传》古本的研究只是这十年内的事。十年之中，居然有许多古本出现，这是最可喜的事。

十年前（民国九年七月）我开始做《〈水浒传〉考证》的时候，我只有金圣叹的七十一回本和坊间通行而学者轻视的《征四寇》。那时候，我虽然参考了不少的旁证，我的许多结论都只可算是一些很大胆的假设，因为当时的证据实在太少了。（《胡适文存》初排本卷三，页八一——一四六。）

但我的《〈水浒传〉考证》引起了一些学者的注意，遂开了搜求《水浒传》版本的风气。我的《考证》出版后十个月之内，我便收到了这些版本：

（1）李卓吾批点《忠义水浒传》百回本的第一回到第十回，日本冈岛璞翻明刻本（1728 年刻）。

---

* 本文作于 1929 年 6 月 23 日，载 1929 年 9 月《小说月报》第 20 卷第 9 期；收入《胡适文存》三集卷五，亚东图书馆 1930 年 9 月版。

(2)《忠义水浒传》百回本的日文译本,冈岛璞译(1907年排印)。

(3)《忠义水浒传》百十五回本,与《三国志演义》合刻,名为《英雄谱》,坊间名为《汉宋奇书》(有熊飞的序,似初刻在崇祯末年)。

(4)百二十四回本《水浒传》(光绪己卯,即1879年,大道堂藏版,有乾隆丙午年的序)。

此外我还知道两种版本:

(5)百十回本《忠义水浒传》,也是与《三国志》合刻的《英雄谱》本(日本铃木虎雄先生藏)。

(6)百二十回本《忠义水浒传》,明刻本(日本京都府立图书馆藏,有杨定见序)。

这两种我当时虽未见,却蒙日本学者青木正儿先生把他们的回目和序例都抄录了寄给我。

我有了这六种版本作根据,遂又作了一篇《〈水浒传〉后考》(《胡适文存》初排本卷三,页一四七——八四)。这是民国十年六月的事。

民国十二年左右,我知道有三四部百二十回本《忠义水浒全书》出现,涵芬楼得了一部,我自己得了一部,还有别人收着这本子的。后来北京孔德学校收着一部精刻本,图画精致可爱。

民国十三年,李玄伯先生的侄儿兴秋在北京冷摊上得着一部百回本《忠义水浒传》。据玄伯说(《重刊忠义水浒传序》):

> 观其墨色纸色,的是明本。且第一册图上每有新安刻工姓名,尤足证明即郭英(适按,当作郭勋)在嘉靖年间刻于新安

者。明代《水浒》面目,遂得重睹。

我不曾见着兴秋先生的原本,但此书既名《忠义水浒传》,似非郭武定的旧本,因为我们从百二十回本的发凡上知道“忠义”二字是李卓吾加上去的。新安刻工姓名,算不得证据,因为近几百年的刻图工人,要算徽州工人为最精,至今还有刻墨印的专业。故我们只能认李先生的百回本是李卓吾的《忠义水浒传》的一种本子。(玄伯的本子没有“引首”一段,只从张天师祈禳起,与日本翻刻的李卓吾本稍不同,不知是否偶阙这几页。)

玄伯先生于民国十四年把这部百回本标点排印出来,于是国中遂有百回本的重印本。(北京锡拉胡同一号李宅发行,装五册,价二元七角。)

前年商务印书馆把涵芬楼所藏的百二十回本《水浒传》也排印出来,因为我的序迟迟不能交卷,遂延到今年方才出版。

总计近年所出的《水浒传》版本,共有下列各种:

甲　七十一回本(金圣叹本)

乙　《征四寇》本(亚东图书馆《水浒续集》本)

丙　百十五回本(《英雄谱》本)

丁　百十回本(《英雄谱》本)(铃木虎雄藏)

戊　百二十四回本(胡适藏)

己　李卓吾《忠义水浒传》百回本

(1)李玄伯排印本

(2)日本冈岛璞翻刻前二十回本

(3)日本冈岛璞译本

庚　《忠义水浒全书》百二十回本

二 十年来关于《水浒传》演变的考证

十年前我研究《水浒传》演变的历史，得着一些假设的结论，大致如下：

（1）南宋到元朝之间，民间有种种的宋江三十六人的故事。有《宣和遗事》和龚圣与的《三十六人赞》可证。

（2）元朝有许多水浒故事，但没有《水浒传》。有许多元人杂剧可证。

（3）明初有一部《水浒传》出现，这部书还是很幼稚的。我们叫他做“原百回本《水浒传》”。这部书也许是罗贯中做的。

（4）明朝中叶，约当弘治、正德时代，另有一种七十回本《水浒传》出现。我假定这部书是用“原百回本”来重新改造过的，大致与现行的金圣叹本相同。这部书也许是“施耐庵”作的，但“施耐庵”似是改作《水浒传》者的托名。

（5）到了明嘉靖朝，武定侯郭勋家里传出一部定本《水浒传》来，有新安刻本，共一百回，我们叫他做“百回郭本”。我假定这部书的前七十回全采“七十回本”，后三十回是删改“原百回本”的后半部的。“原百回本”后半有“征田虎”和“征王庆”的两大部分，郭本都删去了，却加入了“征辽国”一大段。据说旧本有“致语”，郭本也删去了。据说郭本还把阎婆事“移置”一番。这几点都是“百二十回本”的发凡里指出的郭本与旧本的不同之点。（郭本已不可得，我们只知道李卓吾的百回本。）

（6）明朝晚年有杨定见、袁无涯编刻的百二十回本《忠义水浒全书》出现。此本全采李卓吾百回本，而加入“征田虎”、“征王庆”两大段；但这两段都是改作之文，事实与回目皆与别本（《征四寇》，百十五回本，百十回本，百二十四回本）绝不相同；王庆的故事改变更大。

（7）到金圣叹才有七十一回本出现，没有招安和以后的事，却多卢俊义的一场梦，其他各本都没有这场梦。

（8）七十一回本通行之后，百回本与其他各本都渐渐稀少，于是书坊中人把旧本《水浒传》后半部印出单行，名为“征四寇”。我认《征四寇》是“原百回本”的后半，至少其中征田虎、王庆的两部分是“原百回本”留剩下来的。

这是我九年十年前的见解的大致。当时《水浒》版本的研究还在草创的时期，最重要的百回本和百二十回本，我都不曾见着，故我的结论不免有错误。最大的错误是我假定明朝中叶有一部七十回本的《水浒传》（《胡适文存》初排本卷三，页一七一——一七六）。但我举出的理由终不能叫大家心服；而我这一种假设却影响到其余的结论，使我对于《水浒传》演变的历史不能有彻底的了解。

六七年来，修正我的主张的，有鲁迅先生，李玄伯先生，俞平伯先生。

鲁迅先生的主张是：

原本《水浒传》今不可得。……现存之《水浒传》，则所知者有六本，而最要者四。

一曰一百十五回本《忠义水浒传》，前署“东原罗贯中编辑”，明崇祯末与《三国演义》合刻为《英雄谱》，单行本未见。……文词蹇拙，体制纷纭，中间诗歌亦多鄙俗，甚似草创初就,未加润色者。虽非原本,盖近之矣。……又有一百十回之《忠义水浒传》,亦《英雄谱》本。……别有一百二十四回之《水浒传》,文词脱略,往往难读,亦此类。

二曰一百回本《忠义水浒传》,……武定侯郭勋家所传之本,……今未见。别有本,亦一百回,有李贽序及批点,殆即出郭氏本,而改题为"施耐庵集撰,罗贯中纂修"。……文辞乃大有增删,几乎改观,除去恶诗,增益骈语,描写亦愈入细微。如述林冲雪中行沽一节,即多于百十五回本者至一倍余。

三曰百二十回本《忠义水浒全书》,亦题"施耐庵集撰,罗贯中纂修"。……全书自首至受招安,事略全同百十五回本;破辽小异,且少诗词,平田虎、王庆,则并事略亦异。而收方腊又悉同。文词与百回本几无别,特于字句稍有更定。……诗词又较多,则为刊时增入。……

发凡云:"古本有罗氏致语,相传灯花婆婆等事,既不可复见,乃后人有因'四大寇'之拘而酌损之者,有嫌一百廿回之繁而淘汰之者,皆失。郭武定本即旧本移置阎婆事,甚善。其于寇中去王、田而加辽国,犹是小家照应之法,不知大手笔者正不尔尔。"是知《水浒》有古本百回,当时"既不可复见";又有旧本,似百二十回,中有"四大寇",盖谓王、田、方及宋江,即柴进见于白屏风上御书者。郭氏本始破其拘,削王、田而加辽国,成百回;《水浒全书》又增王、田,仍存辽国,复为百二十回。……然破辽故事,虑亦非始作于明。宋代外敌凭陵,国政弛废,转思草泽,盖亦人情,故或造野语以自慰;复多异说,不能合符,于是后之小说既以取舍不同而纷歧,所取者又以话本非一而违异。田虎、王庆在百回本与百二十回本,名同而文迥别，殆亦由此而已。惟其后讨平方腊，则各本悉同，因疑在郭本所据旧本之前，当又有别本，即以平方腊接招安之后，如《宣和遗事》所记者，……然而证信尚缺，未能定也。

总上五本观之，知现存之《水浒传》实有两种：其一简略，其一繁缛。胡应麟（《笔丛》四十一）云：

"余二十年前所见《水浒传》本，尚极足寻味。十数载来，为闽中坊贾刊落，止录事实，中间游词余韵神情寄寓处一概删之，遂不堪覆瓿。复数十年，无原本印证，此书将永废。"

应麟所见本，今莫知如何。若百十五回简本，则成就殆当先于繁本，以其用字造句，与繁本每有差违，倘是删存，无烦改作也。……

四曰七十回本《水浒传》。……为金人瑞字圣叹所传，自云得古本，止七十回，于宋江受天书之后，即以卢俊义梦全伙被缚于嵇叔夜终。……其书与百二十回本之前七十回无甚异，惟刊去骈语特多；百廿回本发凡有"旧本去诗词之繁累"语，颇似圣叹真得古本。然文中有因删去诗词而语气遂稍参差者，则所据殆仍是百回本耳。……（《中国小说史略》页一四一——一四八）

鲁迅先生之说，很细密周到，我很佩服，故值得详细征引。他的主张，简单说来，约有几点：

（1）《水浒》古本有两种，其原百回本在晚明已不可复见，但还有一种百二十回的旧本，中有"四大寇"，谓王、田、方及宋江。

（2）也许还有一种古本，招安之后即接叙征方腊。

（3）这些古本的真相已不可考，但百十五回本的文字"虽非原本,盖近之矣”。

(4)一百回的郭刻本与李卓吾本,删田虎、王庆两大段,而加辽国。文字大有增删,几乎改观,描写也更细密。

(5)一百二十回本的文字,与百回本几乎无分别,加入改作的田虎、王庆两大段,仍保存征辽一大段。

(6)总而言之,《水浒传》有繁本与简本两大类:百十五回本,百十回本,与百二十四回本,属于简本;百回本与百二十回本,属于繁本。明人胡应麟(生1551,死在1600以后)以为简本是后起的,是闽中坊贾刊落繁本的结果。鲁迅先生则以为简本近于古本,繁本是后人修改扩大的。

(7)七十回本是金圣叹依据百回本而截去后三十回的,为《水浒传》最晚出的本子。

* * * * * *

俞平伯先生的《论〈水浒传〉七十回古本的有无》(《小说月报》十九卷四号,页五〇五—五〇八)即采用鲁迅先生的主张,不承认有七十回古本。鲁迅先生曾说:

> 又简本撰人止题罗贯中,……比郭氏本出,始著耐庵,因疑施乃演为繁本者之托名,当是后起,非古本所有。

平伯承认此说,列为下表:

简本百回　　罗贯中

繁本百回　　施耐庵　罗贯中

金本七十一回　施耐庵

平伯又指出圣叹七十一回本的特点,除掉伪作施耐庵序之外,只多了第七十一回的卢俊义的一场恶梦。平伯以为这一梦是圣叹添入的。他说：

依适之《后考》的说法，……是各本均无此梦也。适之以为圣叹曾有的古本，岂不成为孤木乎？

*　　*　　*　　*　　*　　*

李玄伯先生（宗侗）重印百回本《水浒传》时，做了一篇很有价值的《读水浒记》，其中第一节是“《水浒》故事的演变”，很有独到的见解。玄伯先生说，《水浒》故事的演变，可分四个时期：

第一个时期，先有口传的故事，不久即变成笔记的《水浒》故事。这时期约当北宋末年以至南宋末年。玄伯说：

这种传说当然是没有系统的，在京东的注意梁山泺，在京西的注意太行山，在两浙的注意平方腊。并且各地还有他所喜爱的中心英雄。

这还是《水浒》故事口传的时期。这时期的经过不甚久，因为南宋时已经有了笔记的《水浒》故事了。

玄伯引龚圣与的《宋江三十六人赞序》和《宣和遗事》为证。他说：

但是那时的记载，……只是短篇的。这种本子现时固然逸失了，我却有几个间接的证据。

（一）现在《水浒传》内，常在一段大节目之后加一句“这个唤作……”，如……“这个唤作《智取生辰纲》”。大约以前有段短篇作品，唤作《智取生辰纲》，所以结成长篇以后，还留了这么一句。

(二)宋江等在梁山,忽然叙写他们去打华州,似乎非常的无道理。但是我们要明白了初一步的《水浒》是短篇的,是无系统的,就可明白了这无道理的理由。上边我说过,梁山左近有梁山的《水浒》故事,京西有京西的《水浒》故事。龚圣与的赞有四处"太行"字样,足可证说宋江等起于京西的,在当时颇盛行。华州事即京西故事之一。后人想综合京东、京西各种为一长篇,想将宋江从京东搬到京西,只好牵出史进被陷,……以作线索了。

玄伯又说:

这些短篇《水浒》故事,是与元代的杂剧同时或稍前的。元曲的《水浒》剧即取材于这些篇。因为他们的传说,作者,产地的不同,所以内容常异,杂剧内人物的性格也因取材的不同而不一致。

第二个时期,约在元、明之间,"许多的短篇笔记,连贯成了长篇,截成一回一回的,变作章回体的长篇《水浒》故事"。玄伯很大胆地假定当时至少有所谓"《水浒》四传":

第一传的事迹,约等于百回本的第一回至第八十回所包含的,就是从误走妖魔起,至招安止。

第二传是百回本的第八十回至第九十回,平辽一段。

第三传是百回本所无,征田虎、王庆一段。

第四传是百回本第九十回至一百回，平方腊一段。

为什么说《水浒》四传，而不说一传呢？

> 重要的理由是四传内的事迹互相冲突。在短篇的时候，各种故事的产生，地点不同，流传不同，互相冲突的地方在所不免。如果当时就直接的成为一传，……自应删去冲突字句，前后照应。现在所以不如此者，恰因是经过四传分立的阶级，在合成一传则冲突者，在四传各身固不必皆冲突也。

玄伯举了几条证据，第一条即是我十年前指出王进即是王庆的化身（《〈水浒传〉考证》页一二五，《后考》页一五九——六一）。玄伯不信我的主张，他的解释是“两传或者同一蓝本”。第二条是我九年前指出智真和尚两次送给鲁智深的四句终身偈语，前后不同，我疑心前四句是七十回本所独有（《后考》页一七三——七四）。玄伯说：“以前大约相传有智真长老赠四句言语的这回事，两传皆窃仿罢了。”第三条证据是前传的蓼儿洼是梁山泊的一部分，而方腊传里却把蓼儿洼认为楚州南门外的一块地方。

玄伯又说：

> 即以文体而论，四传亦不甚相同，且所用地名，亦多古今的分别，皆足证明各传非一人一时之所集，更足证各传集成时的先后。前传及征方腊传，征二寇传较老，征辽传次之。征方腊传所用宋代地名最多。……前传经后人修改处似较多。……

第三时期，约在明代，“即将《水浒》长篇故事，或二传，或三传，或四传，合成更长篇的《水浒传》。百回本即合三传（前传，征辽，征方腊）而成，百二十回本即合四传而成者。……因为他们是分开的，自成一段，所以合二传，三传，四传，皆无不成。”

第四时期，即清初以后，“田、王，征辽，方腊三传皆被删去，前传亦被删去七十一回以后的事迹，加了卢俊义的一梦，变作现行的七十回本。这种变化，完全是独出心裁。他虽假托古本，这个古本却似并未存在过。”

李玄伯先生之说，有很大胆的假设，有很细密的推论，我也很佩服，所以也详细摘抄在这里。

三 我的意见

玄伯先生的四期说，我最赞成他的第一时期。他指出最初的《水浒》故事是短篇的，没有系统的，不一致的，并且各地有各地最喜欢的英雄。玄伯是第一个人发见这种“地方性”，可以解决许多困难。元人杂剧里的《水浒》故事，便是从这种有地方性的短篇来的。

但玄伯说的第二时期，我却不敢完全赞同。他假定最早的长篇《水浒》故事曾经过所谓“四传”的过渡时期。他说：

> 如果当时就直接的成为一传，……自应删去冲突字句，前后照应。……

这个理由，我认为不充分。百回本是结合成一传的了，前后并不冲突，冲突的字句都删去了。百十五回本和百二十四回本也是结成一传的，其中便有前后冲突的地方，如既有王进被高俅陷害，又有王庆被高俅陷害；既有高俅投奔柳世权，又有高俅投奔柳世雄。可见冲突字句的有无，全靠改编的人的本事高低，并不关曾否经过四传的阶级。

况且四传之说，本身就很难成立。第一传从开篇说到招安，还可成一传。第二传单说征辽，第三传单记征田虎、王庆，第四传单记征方腊，似乎都不能单独存在罢？如果真有这三传，他们也不过是三种短篇，与"智取生辰纲"，"大闹江州"，有什么分别？既是独立的短篇，便应该属于玄伯所谓第一时期；不应该别立所谓第二时期了。故"四传"之说，我认为大可不必有，远不如鲁迅先生的"话本不同"说，可以免除更多的困难。

鲁迅与玄伯都主张一种"多元的"说法。鲁迅说：

> 后之小说，既以取舍不同而纷歧，所取者，又以话本不同而违异。

这是说《水浒传》原本有各种"话本不同"，他假定有百回古本，有述四大寇的百二十回本，又有招安之后直接平方腊之别本，又有破辽的故事，其来源也许在明以前。——这便是四种或三种长篇古本了。这个多元的长篇全传说，似乎比玄伯的"四传"说满意得多。

大概最早的长篇，颇近于鲁迅先生假定的招安以后直接平方腊的本子，既无辽国，也无王庆、田虎。这个本子可叫做"X"本。

玄伯先生也认前传与征方腊传用的地名最为近古。不但如此，征辽与征田虎、王庆三次战事都没有损失一个水浒英雄，只有征方腊一役损失过三分之二。这可见征方腊一段成立在先，后人插入的部分若有阵亡的英雄，便须大大的改动原本了。为免除麻烦起见，插入的三大段只好保全一百另八人，一个不叫阵亡。这是一种证据。征田虎、王庆时收的降将，如马灵、乔道清之流，在征方腊一役都用不着了。这也可见征方腊一段是最早的，本来没有这些人，故不能把他们安插进去。这又是一种证据。

这个"X"本，也许就是罗贯中的原本。

后来便有人误读《宣和遗事》里的"三路之寇"一句话，硬加入田虎、王庆两大段，便成了一种更长的本子，也许真有百二十回之多。这个本子可叫做"Y"本。

后来又有一种本子出来，没有王庆、田虎两大段，却插入了征辽国的一大段。这个本子可叫做"Z"本。鲁迅先生疑心征辽的故事起于明以前，也许在南宋时。玄伯先生则以为征辽的一传最晚出。我想玄伯的话，似乎最近事实。

这三种古本的回数，现在已不可考了。大概"X"本不足百回，"Y"本大概在百回以外，"Z"本大概不过百回。

到了明朝嘉靖时代，武定侯郭勋家里传出一部《水浒传》，有新安刻本，有汪太函（道昆）的序，托名"天都外臣"（此据《野获编》）。汪道昆，字伯玉，嘉靖二十六年（1547）进士，与王世贞齐名，是当时的一个大文学家。他是徽州人，此本又刻在徽州，也许汪道昆即是这个本子的编著者。当时武定侯郭勋喜欢刻书，故此本假托为郭家所传。郭勋死在嘉靖二十八年（1549），也许此本刻出时，他已死了，故更容易假托。其时士大夫还不敢公然出名著作白话小说，故此本假托于"施耐庵"。这个本子，因为号称郭勋所传，故我们也称为"郭本"。

近见邓之诚先生的《骨董琐记》卷三有云：

闻缪艺风丈云：光绪初叶，曾以白金八两得郭本于厂肆，书本阔大，至一尺五六寸。内赤发鬼尚作尺八腿，双枪将作一直撞云。（页二二。）

缪先生死后，他的藏书多流传在外，但这部郭本《水浒传》至今无人提及，不知流落在何方了。百二十回本的发凡说：

郭武定本，即旧本，移置阎婆事甚善，其于寇中去王、田而加辽国，犹是小家照应之法，不知大手笔者正不尔尔。如本内王进开章而不复收缴，此所以异于诸小说，而为小说之圣也欤！

又说：

旧本去诗词之烦芜，……颇直截清明。

又说：

订文音字，旧本亦具有功力，然淆讹舛驳处尚多。

总以上所说，郭本可知之点如下：

（1）王进开章，与今所见各本同。

(2)移置阎婆事,不知如何移置法。

(3)去王庆、田虎二段。

(4)加辽国一段。

(5)删去诗词。

(6)有订文音字之功。

(7)据缪荃孙所见,书本阔大,其中双枪将作一直撞,还保存《宣和遗事》的旧样子;赤发鬼作尺八腿,则和龚圣与《宋江三十六人赞》相同。

我们关于郭本,所知不过如此。

胡应麟说:

> 余二十年前所见《水浒传》本,尚极足寻味。十数载来,为闽中坊贾刊落,止录事实,中间游词余韵神情寄寓处,一概删之,遂不堪覆瓿。后数十年,无原本印证,此书将永废。

胡应麟生于1551年(据王世贞《石羊生传》),当嘉靖三十年。他的死年不可考,他的文集(《少室山房类稿》,有《四库全书》本,有《续金华丛书》本)里无万历庚子(1600)以后的文字,他死时大概年约五十岁。他说的“二十年前所见《水浒传》本”,当是他少年时,约当隆庆、万历之间,当西历1572年左右。他所见的本子,正是新安刻的所谓郭本。他说那种本子“尚极足寻味”,中间多有“游词余韵神情寄寓处”,更证以上文所引“王进开章”的话,我们可以断定郭本的文字必定和李贽批点的《忠义水浒传》百回本相差不远。

李贽(卓吾)死在万历三十年(1602),年七十六。今世所传《忠义水浒传》,大概出于李贽死后。因为他爱批点杂书,故坊贾翻刻《水浒传》，也就借重这一位身死牢狱而名誉更大的名人。日本冈岛璞翻刻的《忠义水浒传》，有李贽的《读忠义水浒传序》一篇。此序虽收在《焚书》及《李氏文集》，但《焚书》与《文集》皆是李贽死后的辑本，不足为据。此如《三国演义》之有金圣叹的“外书”，似是书坊选家的假托。若李氏批点本《水浒传》出在1600年以前，胡应麟藏书最多，又很推崇《水浒传》，不应该不见此本。故我疑心李氏批点本是1600年以后刻印的。大概去李氏之死不很久，约当1605年左右。大概郭本流传不多，而闽中坊贾删节的本子却很盛行，当时文学家如胡应麟之流，都曾感觉惋惜，于是坊贾有翻刻郭本的必要，遂假托于李贽批点之本。试看冈岛璞翻刻本所保存的李贽批语，与百二十回本的批语，差不多没有一个字相同的。如第二回，两本各有十几条眉批，但只有一条相同。两本同是所谓李贽批点本，而有这样的大不同，故我们可以断定两本同是假托于李贽的。

这种李氏百回本，大概是根据于郭本的，故我们可以从这种本子上推论郭本的性质。

郭本似是用已有的“X”、“Y”、“Z”等本子来重新改造过的。“X”本的事迹大略，似乎全采用了。“Y”本的田虎、王庆两大段，太幼稚了，太荒唐了，实在没有采用的价值。但郭本的改作者却看中了王庆被高俅陷害的一小段，所以他把这一段提出来，把王庆改作了王进，柳世雄改作了柳世权，把称王割据的王庆改作了一个神龙见首不见尾的孝子，把一段无意识的故事改作了一段最悲哀动人又最深刻的《水浒》开篇。此外，王庆和田虎的两大段便全删去了。

郭本虽根据“X”、“Y”等本子，但其中创作的成分必然很多。

这位改作者(施耐庵或汪道昆)起手确想用全副精力做一部伟大的小说,很想放手做去,不受旧材料的拘束,故起首的四十回(从王进写到大闹江州),真是绝妙的文字。这四十回可以完全算是创作的文字,是《水浒传》最精采的部分。但作者到了四十回以后,气力渐渐不加了,渐渐地回到旧材料里去,草草地把一百零八人都挤进来,草草地招安他们,草草地送他们出去征方腊。这些部分都远不如前四十回的精采了。七十回以下更潦草的厉害,把元曲里许多幼稚的《水浒》故事,如李逵乔坐衙、李逵负荆、燕青射雁等等,都穿插进去。拼来凑去,还凑不满一百回。王庆、田虎两段既全删了,只好把"Z"本中篇幅较短的征辽国一段故事加进去。

故郭本和所谓李卓吾批点的百回本《水浒传》,是用"X"本事迹的全部而大加改造,加上"Z"本的征辽故事,又加上从"Y"本借来重新改造过的王进与高俅的故事作为开篇,但完全删除了王庆、田虎两大部分。

* * * * * *

但据胡应麟所说,十六世纪的晚年,闽中坊贾刻有删节本的《水浒传》(其说引见上文)。邓之诚先生《骨董琐记》卷三引金坛王氏《小品》说:

> 此书每回前各有楔子,今俱不传。予见建阳书坊中所刻诸书,节缩纸板,求其易售,诸书多被刊削。此书亦建阳书坊翻刻时删落者。

每回前各有楔子,是不可能的事;此与周亮工《书影》所说"一百回各以妖异语引其首",同是以讹传讹,后文我另有讨论。王彦泓所记建阳书坊删削《水浒》事,可与胡应麟所记互相印证,同是当时人士的记载。此种删节的《水浒传》,我们现在所见的,有百十五回本,有百二十四回本;虽未见而知道的,有百十回本。这些本子都比李卓吾批点本简略的多。鲁迅先生称这些本子为"简本",但他不信百十五回本就是胡应麟说的闽中坊贾删节本。他以为百十五回简本"文词蹇拙,体制纷纭,中间诗歌亦多鄙俗,甚似草创初就,未加润色者。虽非原本,盖近之矣"。鲁迅主张百十五回简本的成就"殆当先于繁本"。他的理由是:"以其用字造句,与繁本每有差违,倘是删存,无烦改作也。"

鲁迅先生所举的理由,颇不能使我心服。他论金圣叹七十回本时,曾说:

> 然文中有因删去诗词而语气遂稍参差者,则所据殆仍是百回本耳。

这可见"倘是删存,无烦改作"之说不能完全成立。再试看我所得的百二十四回本,删节更厉害了,但改作之处更多。如鲁迅所引林冲雪中行沽的一段:

在百回本(日本翻明本)	有六百零一字(百二十回本同)
在百十五回本	有二百四十八字
在百二十四回本	只有一百四十一字

可见百二十四回本是删节最甚的本子,然而这个本子也有很分明的改作之处。如林冲在天王堂遇着酒生儿李小二,小二夫妻在酒店里偷听得陆虞候同管营差拨的阴谋,他们报告林冲,劝他注意,

林冲因此带了刀,每日上街去寻他的仇人,以后才是接管草料场的文章。这一大段在百回本和百二十回本里都有二千字之多,在百十五回本里也有一千一百多字。但在百二十四回本里,李小二夫妻同他们的酒店都没有了。只说有一天,一个酒保来请管营与差拨吃酒,他们到了店里,见两个军官打扮的人,自称陆谦、富安,把高太尉的书信给管营与差拨看了,他们定下计策,分手而去。全文只有三百五十多个字。故若添上李小二夫妻的故事,须有一千一百到二千字;若删了他们,改造一番,三百多字便够用了。这可见删节也往往正有改作的必要,故鲁迅先生"删存无烦改作"之说不能证明百十五回本之近于古本,也不能证明此种简本成于百回繁本之先。俞平伯先生也主张此说,同一错误。

今日市上最风行的每页插图的节本小说多种,专为小孩子和下流社会做的,俗名"画书"。每页上图画差不多占全页,图画上方印着四五十个字的本文,其中有《水浒传》、《西游记》、《薛仁贵征东》等等,删节之处最多,有时因删节上的需要,往往改动原文,以便删节。看了这些本子,便知"删存无烦改作"之说是不能成立的。

故我主张,百十回本和百二十四回本等等简本大概都是胡应麟所说的坊贾删节本:其中从误走妖魔到招安后征辽的部分,和后文征方腊到卷末,都是删节百回郭本的;其中间插入征田虎、王庆的部分,是采用百回郭本以前的旧本(上文叫做"Y"本)的。加入这两大段,又不曾删去征辽一段,便不止百回了。故有百十回到百二十四回的参差。

外面通行的《征四寇》,即是从这坊贾删节本出来的。我从前认《征四寇》是从"原百回本"出来的,那是我的误解。

四　论百二十回本

这种有田虎、王庆两段的删节本《水浒传》，自然比那些精刻的郭本、李本流行更广，于是一般读者总觉得百回本少了田、王两寇，像是一部不完全的《水浒传》。所以不久便有百二十回本出现，即是现在商务印书馆翻印的"出像评点《忠义水浒全书》"。因为大家感觉百回本的不完全，故这部书叫做"全书"。

这部百二十回本又叫做"新镌李氏藏本《忠义水浒全书》"，卷首有"楚人凤里杨定见"的小引，自称是"事卓吾先生"的，又说"先生殁而名益尊，道益广，书益播传；即片牍单词留向人间者，靡不珍为瑶草，俨然欲倾宇内"。李贽死在万历三十年，此书之刻，当在崇祯初期，去明亡不很远了。

杨序又说，他在吴中，遇着袁无涯，遂取李贽"所批定《水浒传》"付无涯。大概杨定见是改造百二十回本的人，袁无涯是出钱刻印这书的人，可惜都不可考了。

此本有"发凡"十条，其中颇多可供考证的材料，故我在《水浒传后考》里，鲁迅先生在《中国小说史略》里，往往征引"发凡"的话。但十年以来，新材料稍稍出现，可以证明"发凡"中的话有很不可信之处，如第六条说：

> 古本有罗氏致语，相传"灯花婆婆"等事，既不可复见；乃后人有因四大寇之拘而酌损之者，有嫌一百廿回之繁而淘汰之者，皆失。

这些话,十年来我们都信以为真,故我同鲁迅先生都信古本《水浒》有罗氏致语,有相传"灯花婆婆"等事,鲁迅又相信古本真有百二十回本。我现在看来,这些话都没有多大根据,杨定见并不曾见"古本",他说"古本"怎样怎样,大概都是信口开河,假托一个古本,作为他的百二十回改造本的根据而已。

罗氏致语之说,除此本"发凡"之外,还有周亮工《书影》说的。

> 故老传闻,罗氏《水浒传》一百回,各以妖异语冠其首。嘉靖时,郭武定重刻其书,削其致语,独存本传。

又王氏《小品》也说:

> 此书每回前各有楔子,今俱不传。

这都是以讹传讹的话。每回前各有妖异的致语,这是不可能的事。《水浒传》的前面有"洪太尉误走妖魔"的一段,这便是《水浒传》的"致语"。全书只有这一段"妖异语"的致语,别没有什么"灯花婆婆"等事。"灯花婆婆"的故事乃是《平妖传》的致语,其书现存,可以参证。这是因为《水浒传》和《平妖传》相传都是罗贯中做的,两书各有一段妖异的致语,后来有人记错了,遂说"灯花婆婆"的故事是古本《水浒传》的致语。后来的人更张大其词,遂说一百回各有妖异的致语了。(参看胡适《宋人话本八种序》页一—四,又页二七—三十。)

至于古本有百二十回之说,也是"托古改制"的话头,不足凭信。大概古本不止一种,上文所考,"X"本无征辽及王、田二寇,必没有一百回；“Y”本有王、田而无辽国，“Z”本有辽国而无王、田，大概至多不过在百回上下，都没有百二十回之多。坊间的删节本，始合王、田二寇与辽国为一书，文字被删节了，事实却增多了，故有超过百十回的本子。杨定见改造王、田二寇，文字增加不少，成为百二十回本，所以要假托古本有百二十回，以抬高其书；其实他所谓“古本”，不过是建阳书坊的删节本罢了。

* * * * * *

百二十回本的大贡献在于完全改造旧本的田虎、王庆两大寇。原有的田虎、王庆两部分是很幼稚的，我们看《征四寇》或百十五回本，都可以知道这两部分没有文学的价值。郭本与李卓吾本都删去这两部分，大概是因为这些部分太不像样了，不值得保存。况且王庆的故事既然提出来改作了王进，后面若还保留王庆，重复矛盾的痕迹就太明显了，所以更有删除的必要。后来杨定见要想保留田虎、王庆两大段，却也感觉这两段非大大地改作过，不能保存。于是杨定见便大胆把旧有的田虎、王庆两段完全改作了。田虎一段，百十五回本和百二十回本的回目可以列为比较表如下：

百十五回本	百二十回本
（84）宿太尉保举宋江 卢俊义分兵征讨	（91）宋公明兵渡黄河 卢俊义赚城黑夜
（85）盛提辖举义投降 元仲良愤激出家	（92）振军威小李广神箭 打盖郡智多星密筹
（86）众英雄大会唐斌 琼英郡主配张清	（93）李逵梦闹天池 宋江兵分两路
（87）公孙胜访罗真人 没羽箭智伏道清	（94）关胜义降三将 李逵莽陷众人

(88)宋江兵会苏林岭
孙安大战白虎关

(89)魏州城宋江祭诸将
石羊关孙安擒勇士

(90)卢俊义计攻狮子关
段景住暗认玉栏楼

(91)宋江梦中朝大圣
李逵异境遇仙翁

(92)道清法迷五千兵
宋江义释十八将

(93)卞祥卖阵平河北
宋江得胜转东京

(95)宋公明忠感后土
乔道清术败宋兵

(96)幻魔君术窘五龙山
入云龙兵围百谷岭

(97)陈瓘谏官升安抚
琼英处女做先锋

(98)张清缘配琼英
吴用计鸩邬梨

(99)花和尚解脱缘缠井
混江龙水灌太原城

(100)张清琼英双建功
陈瓘宋江同奏捷

旧本写征田虎一役,全无条理,只是无数琐碎的战阵而已。改本认定几个关键的人物,如乔道清,孙安,琼英郡主,用他们作中心,删去了许多不相干的小战阵,故比旧本精密的多多。旧本又有许多不近情理的地方,改本也都设法矫正了。试举张清匹配琼英的故事作例。旧本中此事也颇占重要的地位,但张清所以去假投降者,不过是要打救被乔道清捉去的四将而已。改本看定张清、琼英的故事可作为破田虎的关键,故在第九三回即在李逵的梦里说出神人授与的"要夷田虎族,须谐琼矢镞"十个字,又加入张清梦中被神人引去教授琼英飞石的神话,这便是把这段姻缘提作田虎故事的中心部分了。这是一不同。

旧本既说琼英是乌利国舅的女儿,后文乔道清又说她是"田虎亲妹",这种矛盾是很明显的。况且无论她是田虎的亲妹或表妹,她的背叛田虎,总于她的人格有点损失,至于张清买通医士,毒死她的亲父，也未免太残忍。改本认清了此二点，故不但说琼英“原非邬梨亲生的”，并且说田虎是杀她的父母的仇人。这样一来，琼英的背叛，变成了替父母报仇，毒死邬梨也只是报仇，琼英的身份便抬高多了。这是二不同。

旧本写张清配合琼英，完全是一种军事策略，毫无情义可说。改本借安道全口中说出张清梦中见了琼英，醒来“痴想成疾”；后来琼英在阵上飞石连打宋将多人，张清听说赶到阵前，要认那女先锋，那边她早已收兵回去了，张清只得“立马怅望”。这很像受了当时风行的《牡丹亭》故事的影响，但也抬高张清的身份不少。这是三不同。

这一个故事的改作，很可以表示杨定见改本用力的方向与成绩。此外如乔道清，如孙安，性格描写上都很有进步。田虎部下的将领中有王庆，有范全，都和下文王庆故事中的王庆、范全重复了，所以改本把这些人都删去了。这些地方都是进步。

王庆的故事改造更多。这是因为这里的材料比较更容易改造。田虎一段，只有征田虎的事，而没有田虎本人的历史。百十五回本叙田虎的历史，只有寥寥一百个字。百二十回本稍稍扩大了一点，也只有四百二十字。王庆个人的故事，在百十五回里，便占了四回之多，足足有一万三千多字。材料既多，改造也比较容易了。

不但如此。上文我曾指出王庆故事的原本太像王进的故事了，这分明是百回本《水浒传》的改造者（施耐庵?）把王庆的故事提出来，改成了《水浒传》的开篇，剩下的糟粕便完全抛弃了。百二十回本的改造者也看到了这一点，故他要保存王庆的故事，便不能不根本改造这一大段的故事。

原本的王庆故事的大纲如下：

（1）高俅未遇时，流落在灵璧县，曾受军中都头柳世雄的恩惠。

（2）高俅做殿前太尉时，柳世雄已升指挥使，来见高俅。高俅要报他的大恩，叫八十万禁军教头王庆把他该升补的总管之职让给柳世雄。

（3）高俅教王庆比武时让柳世雄一枪。王庆心中不愿，比枪时把柳世雄的牙齿打落。

（4）高俅怀恨，要替柳世雄报仇，亲自到十三营点名，王庆迟到，诉说家中有香桌香炉飞动进门的怪事，他打碎香桌，闪了臂膊，赎药调治，误了点名。高俅判他捏造妖言，不遵节制，斥去官职，杖二十，刺配淮西李州牢城营安置。

这是王庆故事的第一段，是他刺配淮西的原因。这段故事有几点和王进故事相像：（1）两个故事同说高俅贫贱时流落淮西；（2）高俅的恩人柳世雄，在王进故事里作柳世权，明明是一个人；（3）王庆、王进同是八十万禁军教头，明明是一个人的化身；（4）王庆、王进同因点名不到，得罪高俅。因为这些太相像之点，这两个故事不能同时存在，故百回本索性把王庆故事删了，故百二十回本决定把这个故事完全改作。

这一段的改本的大纲是：

（1）王庆不是八十万禁军教头，只是开封府的一个副排军，是一个赌钱宿娼的无赖。

（2）王庆在艮岳见着蔡攸的儿媳妇，是童贯的侄女，小名唤作娇秀。他们彼此留情，就勾搭上了。

（3）一日王庆醉后把娇秀的事泄漏出去，风声传到童贯耳朵里。童贯大怒，想寻罪过摆布他。

(4)他在家乘凉,一条板凳忽然四脚走动,走进门来。王庆喝声"奇怪"！一脚踢去,用力太猛,闪了胁肋,动弹不得。

(5)王庆因腰痛误了点名,被开封府府尹屈打成招,定了个捏造妖言,谋为不轨的死罪。后来童贯、蔡京怕外面的议论,教府尹速将王庆刺配远恶军州。于是王庆便被刺配到陕州牢城。

这里面高俅不见了,柳世雄也不见了,八十万禁军教头换成了一个副排军,于是旧本的困难都解决了。

王庆故事的第二段,在旧本里,大略如下:

(1)王庆在路上因盘费用尽,便在路口镇使棒乞钱。遇着龚端,送他银子作路费,并且给他介绍信,去投奔他的兄弟龚正。

(2)他到了四路镇龚正店里,龚正请众邻舍来,请王庆使一回棒,请众人各帮一贯钱,共聚得五百贯钱。

(3)不幸被黄达出来拦阻,要和王庆比棒,王庆赢了他,却结下了冤仇。

(4)王庆到了李州牢城,把五百贯钱上下使用,管营教他去管天王堂,每日烧香扫地。

(5)王庆因比棒打伤了本州兵马提辖张世开的妻弟庞元,结下了冤仇。张世开要替庞元报仇,把王庆调去当差,寻事叫他赔钱吃棒,预备要打他九百九十九棒。

(6)王庆吃苦不过,把张世开打死,逃出李州,在吴太公庄上教武艺。又逃到龚正庄上,被黄达叫破,王庆把黄达打死,又逃到镇阳城去投奔他的姨兄范全。

(7)王庆在快活林使朴刀枪棒,打倒了段五虎,又打败了段三娘,段三娘便嫁了他。

(8)恰好庞元在本地做巡检,王庆记念旧仇,把他杀了,同段三娘逃上红桃山做强盗。

(9)王庆故事中处处写一个卖卦的金剑先生李杰;李杰邀了龚正弟兄来助王庆;王庆请他做军师,定下制度,占了秦州,王庆称秦王。

这段故事,人物太多,头绪纷繁,描写的技术也很幼稚。百二十回本的改作者决心把这个故事整理一番,遂变成了这个新样子:

(1)王庆刺配陕州,路过新安县,打伤了使棒的庞元,结识了龚端、龚正弟兄。龚氏弟兄与黄达寻仇,王庆打伤了黄达,在龚家村住了十余日,龚正送他到陕州,上下使用了银钱,管营张世开把王庆发在单身房内,自在出入。

(2)后来张世开忽然把他唤去做买办,不但叫他天天赔钱,还时时寻事打他,前后计打了他三百余棒。王庆后来在棒疮医生处打听得张世开的小夫人便是庞元的姐姐,又知道张世开有意摆布他,代庞元报仇。王庆夜间偷进管营内室,偷听得张世开与庞元阴谋,要在棒下结果他的性命,一时怒起,遂杀了张、庞二人,越城逃走了。

(3)他逃到房州,躲在表兄范全家中,用药销去了脸上的金印。有一天,段家庄的段氏弟兄接了个粉头,搭戏台唱戏,王庆也去看热闹,在戏台下赌博,和段氏弟兄争斗,又打败了段三娘。次日,段太公叫金剑先生李助去做媒,把段三娘嫁给他。成亲之夜,忽有人报到,说新安县的黄达打听得王庆的踪迹,报告房州州尹,就要来捉人了。

(4)李助给他们出主意,教他们反上房山去做强盗。后来他们打破房州,声势浩大,打破附近南丰、荆南各地。王庆自称楚王,在南丰城中建造宫殿,占了八座军州,做了草头天子。

这样大改革，人物与事实虽然大致采用原本，而内容完全变了，地理也完全改换了，描写也变细密了，事迹与人物也集中了。

百二十回本作序的杨定见自称“楚人”，他知道河南、湖北、江西一带的地理，故把王庆故事原本的地理完全改变了。旧本的王庆故事说王庆占据“秦州”，称“秦王”。书中可考的地名，如梁州、洮阳、秦州，皆在陕西、甘肃两省。这便不是“淮西”了！杨定见是湖北人，故把王庆的区域改在河南西南，湖北全境，及江西的建昌一角。（看本书百五回，页四七—四八。）所以王庆不能称“秦王”了，便改成了“楚王”。旧本的卖卦李杰是洮西人，此本也改为“荆南李助”，这也是杨定见认同乡的一证。

原本中的地名，如“天王堂”，和林冲故事的天王堂重复了，如“快活林”，和武松故事的快活林重复了，改本中都一概删改了，这也算一种进步。

改本把王庆早年故事集中在新安，陕州，房州三处，把龚端、龚正放在一处，把李杰的几次卖卦删成一次，把张世开和管营相公并作一个人，把庞元和张世开并在一块被杀，把吴太公等等无关重要的人都删了。——这都是整理集中的本事，都胜于原本。

原本的王庆故事显然分作两截：王庆得罪高俅以至称王的历史，自成一截。宋江征王庆的事，又自成一截。这两截各不相谋，两截中的人物也毫不相干，前截的人物如李杰，段氏兄妹，龚氏弟兄，皆不见于后截。这一点可证明李玄伯先生假定的短篇的《水浒》故事。大概王庆的历史一截，只是一种短篇王庆故事，本没有下文宋江征讨的结局。这个王庆本是一条好汉，可以改作梁山上的一个弟兄，也可以改作《水浒》开篇而不上梁山的王进，也可以改作与宋江等人并立的一寇。后来旧本的一种便把他改作四寇之一，又硬添上宋江征王庆的一段事。百回本的作者便把他改作王进，开篇而不结束。百十五回等本把这两种办法并入一部《水浒传》，便闹出种种矛盾和不照应的笑话来了。杨定见看出了这里面的种种短处，于是重新改作一番，把李助（李杰），段二，段五，段三娘，龚端等人，都插入后截宋江征讨的一段里，使这个故事前后照应。这是百二十回本的大进步。

至于描写的进步，更是百二十回本远胜旧本之处。百十五回本叙王庆的历史只有一万三千字；百二十回本把事迹归并集中了，而描写却更详细了，故字数加至二万字。试举几条例子。如李杰第一次卖卦，百十五回本只有一百六十个字的记载，百二十回本便加到八百字的描写。其中有这样细腻的文字：

> ……王庆接了卦钱，对着炎炎的那轮红日，弯腰唱喏；却是疼痛，弯腰不下，好似那八九十岁老儿，硬着腰半揖半拱的兜了一兜，仰面立着祷告。……
>
> 李助摇着一把竹骨摺叠油纸扇。……王庆对着李助坐地，当不的那油纸扇儿的柿漆臭，把皂罗衫袖儿掩着鼻，听他。（百二回，页十二—十三。）

又如写定山堡段家庄的戏台下的情形：

> 那时粉头还未上台，台下四面有三四十只桌子，都有人围挤着在那里掷骰赌钱。
>
> 那掷骰的名儿非止一端，乃是
>
> 六风儿，五么子，火燎毛，朱窝儿。

又有那撷钱的，蹲踞在地上，共有二十余簇人。那撷钱的名儿也不止一端，乃是

浑沌儿，三背间，八叉儿。

那些掷骰的在那里呼么喝六，撷钱的在那里唤字叫背；或夹笑带骂，或认真厮打。那输了的，脱衣典裳，褫巾剥袜，也要去翻本。……那赢的，意气扬扬，东摆西摇，南闯北趄的寻酒头儿再做；身边便袋里，搭膊里，衣袖里，都是银钱；到后来捉本算帐，原来赢不多；赢的都被把梢的，放囊的，拈了头儿去。……（百四回，页三三。）

这样细密的描写，都是旧本的王庆故事里没有的。

旧本于征王庆的一段之中，忽然插入“宋公明夜游玩景，吴学究帷幄谈兵”一回，前半宋江和卢俊义、吴用、乔道清诸人各言其志，后半吴用背诵《武侯新书》，全是文言的，迂腐的可厌。百二十回本把这一回全删去了。但征讨王庆的战事，无论如何彻底改造，总不见怎样出色；不过比旧本稍胜而已。

*　*　*　*　*　*

我在上文举的这些例子，大概可以表示百二十回本的性质了。百二十回本的改作者，大概就是作序的楚人杨定见，他想把田虎、王庆两部分提高，要使这两段可以和其他的部分相称，故极力修改田虎故事；又发愤改造王庆故事，避免了旧本里所有和百回本重复或矛盾之处，改正了地理上的错误，删除了一切潦草的、幼稚的记载（如王庆与六国使臣比枪），提高了书中主要人物的性格（如张清、琼英等），统一了本书对王庆一群人的见解（王庆在旧本里并不算小人，此本始放手把他写成一个无赖），并且抬高了人物描写的

技术。——这是百二十回本的用意和成绩。

但《水浒传》的前半部实在太好了，其他的各部分都赶不上。最末的部分，——平方腊班师以后，——还有几段很感动人的文字；如写鲁智深之死，燕青之去，宋江之死，徽宗之梦，都还有点文学的意味。百回本里的征辽一段，实在是百回本的最弱部分，毫没有精采。碣石天文以后，征辽以前，那一长段也无甚精采。征方腊的部分也不很高明。至于田虎、王庆两大段，无论是旧本，或百二十回的改本，总不能叫人完全满意。

如果《水浒传》单是一部通俗演义书，那么，百二十回的改本已可算是很成功的了。但《水浒传》在明朝晚年已成了文人共同欣赏赞叹的一部文学作品，故其中各部分的优劣，很容易引起文人的注意。后来删削《水浒传》七十回以下的人，即是最崇拜《水浒传》的金圣叹。圣叹曾说：

> 天下之文章无出《水浒》右者！

他删去《水浒》的后半部，正是因为他最爱《水浒》，所以不忍见《水浒》受"狗尾续貂"的耻辱。

也许还有时代上的原因。我曾说：

> 圣叹生在流贼遍天下的时代，眼见张献忠、李自成一班强盗流毒全国，故他觉得强盗是不可提倡的，是应该口诛笔伐的。……圣叹又亲见明末的流贼伪降官兵，后复叛去，遂不可收拾，所以他对于《宋史》侯蒙请赦宋江使讨方腊的事，大不满意，极力驳他，说他"一语有八失"；所以他又极力表章那没有

招安以后事的七十回本。(《〈水浒传〉考证》)

金圣叹的文学眼光能认识《水浒》七十回以下的文笔远不如前半部,他的时代背景又使他不能赞成招安强盗的政策,所以他大胆地把七十回以下的文字全删了,又加上卢俊义的一个梦,很明显地教人知道强盗灭绝之后天下方得太平。这便是圣叹的七十一回本产生的原因。

圣叹的辩才是无敌的,他的笔锋是最能动人的。他在当日有才子之名,他的被杀又是当日震动全国的一件大惨案。他死后名誉更大,在小说批评界,他的权威直推翻了王世贞、李贽、钟惺等等有名的批评家。那部假托"圣叹外书"的《三国演义》尚且风行三百年之久,何况这部真正的圣叹评本的七十回本《水浒传》呢?无怪乎三百年来,我们只知道七十回本,而忘记了其他种种版本的存在了。

我们很感谢李玄伯先生,使我们得见百回本的真相;我们现在也很感谢商务印书馆,使许多读者得见百二十回本的真相。我个人很感谢商务印书馆要我作序,使我有机会把这十年来考证《水浒》的公案结一笔总帐。万一将来还有真郭本出现的一天,我们对于《水浒传》的历史的种种假设的结论,就可以得着更有力的证实了。

1929,6,23。

《水浒》版本源流沿革表*

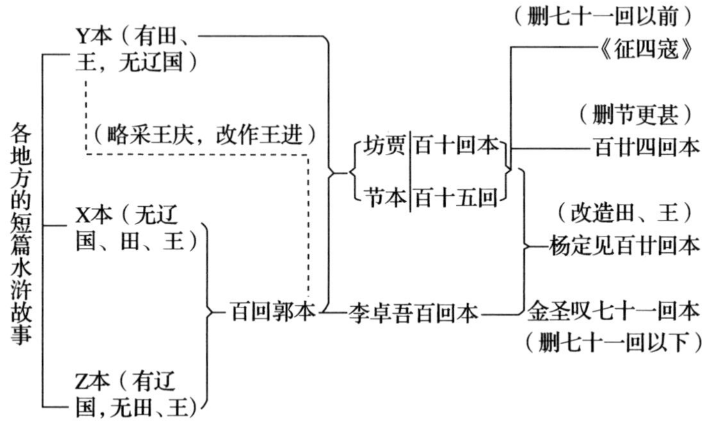

* 此表亚东版在Y本下的线条上原有“（加田、王）”一句附注，然此注不妥，因为Y本原自有田、王之事，此处原想表明后来坊贾节本一方面继承了郭本，另一方面又增加了Y本中的田、王故事，但却误置此处。现据远东版删去此句附注。——编者注

卷二 《西游记》考证

《西游记》考证*

民国十年十二月中，我在百忙中做了一篇《西游记序》，当时搜集材料的时间甚少，故对于考证的方面很不能满足自己的期望。这一年之中，承许多朋友的帮助，添了一些材料；病中多闲暇，遂整理成一篇考证，先在《读书杂志》第六期上发表。当时又为篇幅所限，不能不删节去一部分。这回《西游记》再版付印，我又把前做的《西游记序》和《考证》合并起来，成为这一篇。

一

《西游记》不是元朝的长春真人邱处机作的。元太祖西征时，曾遣使召邱处机赴军中，处机应命前去，经过一万余里，走了四年，始到军前。当时有一个李志常记载邱处机西行的经历，做成《西游记》二卷。此书乃是一部地理学上的重要材料，并非小说。

小说《西游记》与邱处机《西游记》完全无关，但与唐沙门慧立

---

* 本文作于1923年2月4日，载1923年2月4日《读书杂志》（《努力周报》增刊）第6期，并附于亚东图书馆出版汪原放标点《西游记》之前；后收入《胡适文存》二集卷四。

做的《慈恩三藏法师传》(常州天宁寺有刻本)和玄奘自己著的《大唐西域记》(常州天宁寺有刻本)却有点小关系。玄奘是中国史上一个非常伟大的人物。他二十六岁立志往印度去求经,途中经过了无数困难,出游十七年(628—645),经历五十多国,带回佛教经典六百五十七部。归国之后,他着手翻译,于十九年中(645—663),译成重要经论七十三部,凡一千三百三十卷。(参看《改造》四卷一号梁任公先生的《千五百年前之留学生》。)慧立为他做的传记,——大概是根据于玄奘自己的记载的,——写玄奘的事迹最详细,为中国传记中第一部大书。传中记玄奘的家世和求经的动机如下:

玄奘,俗姓陈,缑氏人。兄弟四人,他第四。他的二哥先出家,教他诵习经业。他后来也得出家,与兄同居一寺。他游历各地,访求名师,讲论佛法,后入长安,住大觉寺。他"既遍谒众师,备餐其说;详考其义,各擅宗途;验之圣典,亦隐显有异,莫知适从;乃誓游西方,以问所惑;并取《十七地论》,以释众疑"。

这是玄奘求法的目的。他后来途中有谢高昌王的启,中有云:

> ……远人来译,音训不同;去圣时遥,义类乖舛;遂使双林一味之旨分成当现二常,他化不二之宗析为南北两道。纷纭争论,凡数百年。率土怀疑,莫有匠决。玄奘……负笈从师,年将二纪,……未尝不执卷踌躇,捧经侘傺;望给园而翘足,想鹫岭而载怀,愿一拜临,启伸宿惑;虽知寸管不可窥天,小蠡难为酌海,但不能弃此微诚,是以束装取路。……

这个动机,不幸被做《西游记》的人完全埋没了。但传中说玄奘路上经过的种种艰难困苦，乃是《西游记》的种子。我们且引他初起程的一段：

> 于是结侣陈表，有诏不许。诸人咸退，唯法师不屈。既方事孤游，又承西路艰险，乃自试其心以人间众苦，种种调伏，堪任不退。然始入塔启请，申其意志，愿乞众圣冥加，使往还无梗。……遂即行矣，时年二十六也。……时国政尚新，疆场未远，禁约百姓不许出蕃。……不敢公出，乃昼伏夜行。……[出]玉门关，……孑然孤游沙漠矣。惟望骨聚马粪等，渐进，顷间忽见有军众数百队，满沙碛间，乍行乍息，皆裘褐驼马之像，及旌旗槊纛之形；易貌移质，倏忽千变；遥瞻极著，渐近而微。……见第一烽，恐候者见，乃隐伏沙沟，至夜方发。到烽西见水，下饮盥讫，欲取皮囊盛水，有一箭飒来，几中于膝；须臾，更一箭来。知为他见，乃大言曰："我是僧，从京师来，汝莫射我。"……

第一烽与第四烽的守者待他还好，放他过去。下文云：

> 从此已去，即莫贺延碛，长八百余里，古曰沙河。上无飞鸟，下无走兽，复无水草。是时顾影唯一，心但念观音菩萨及《般若心经》。初法师在蜀，见一病人，身疮臭秽，衣服破污，愍将向寺，施与饮食衣服之直。病者惭愧，乃授法师此经，因常诵习。至沙河间，逢诸恶鬼，奇状异类，绕人前后；虽念观音，不得全去；即诵此经，发声皆散；在危获济，实所凭焉。

下文又云：

> 行百余里，失道，觅野马泉，不得。下水欲饮（下字作“取下来”解），袋重，失手覆之。千里之资，一朝斯罄！……四顾茫然，人鸟俱绝。夜则妖魑举火，烂若繁星；昼则惊风拥沙，散如时雨。虽遇如是，心无所惧；但苦水尽，渴不能前。是时，四夜五日，无一滴沾喉；口腹干焦，几将殒绝，不能复进，遂卧沙中。默念观音，虽困不舍，启菩萨曰，“玄奘此行，不求财利，无冀名誉，但为无上正法来耳。仰惟菩萨慈念群生，以救苦为务。此为苦矣，宁不知耶？”如是告时，心心无辍。至第五夜半，忽有凉风触身，冷快如沐寒水，遂得目明；马亦能起。体既苏息，得少睡眠；……惊寤进发，行可十里，马忽异路，制之不回。经数里，忽见青草数亩，下马恣食。去草十步，欲回转，又到一池，水甘澄镜沏。下而就饮，身命重全，人马俱得苏息。……此等危难，百千不能备叙。……

这种记叙，既符合沙漠旅行的状况，又符合宗教经验的心理，真是极有价值的文字。

玄奘出流沙后，即到伊吾。高昌国王麴文泰闻知他来了，即遣使来迎接。玄奘到高昌后，国王款待极恭敬，坚留玄奘久住国中，受全国的供养，以终一身。玄奘坚不肯留，国王无法，只能用强力软禁住他；每日进食，国王亲自捧盘。

> 法师既被停留，违阻先志，遂誓不食，以感其心。于是端坐，水浆不涉于口，三日。至第四日，王觉法师气息渐惙，深生

> 愧惧，乃稽首礼谢云："任法师西行，乞垂早食。"法师恐其不实，要王指日为言。王曰："若须尔者，请共对佛更结因缘。"遂共入道场礼佛，对母张太妃共法师约为兄弟，任师求法。……仍屈停一月，讲《仁王般若经》，中间为师营造行服。法师皆许，太妃甚欢，愿与师长为眷属，代代相度。于是方食。……讲讫，为法师度四沙弥，以充给侍；给法服三十具，以西土多寒，又造面衣手衣靴袜等各数事，黄金一百两，银钱三万，绫及绢等五百匹，充法师往还二十年所用之资。给马三十匹，手力二十五人，遣殿中侍御史欢信送至叶护可汗衙。又作二十四封书，通屈支等二十四国，每一封书附大绫一匹为信。又以绫绢五百匹、果味两车，献叶护可汗，并书称："法师者，是奴弟，欲求法于婆罗门国。愿可汗怜师如怜奴，仍请敕以西诸国给邬落马递送出境。"

从此以后，玄奘便是"阔留学"了。这一段事，记高昌王与玄奘结拜为兄弟，又为他通书于当时镇服西域的突厥叶护可汗，书中也称玄奘为弟。自高昌以西。玄奘以"高昌王弟"的资格旅行各国。这一点大可注意。《西游记》中的唐太宗与玄奘结拜为弟兄，故玄奘以"唐御弟"的资格西行，这一件事必是从高昌国这一段因缘脱胎出来的。

二

以上略述玄奘取经的故事的本身。这个故事是中国佛教史上一件极伟大的故事;所以这个故事的传播,和一切大故事的传播一样,渐渐的把详细节目都丢开了,都"神话化"过了。况且玄奘本是一个伟大的宗教家,他的游记里有许多事实,如沙漠幻景及鬼火之类,虽然都可有理性的解释,在他自己和别的信徒的眼里自然都是"灵异",都是"神迹"。后来佛教徒与民间随时逐渐加添一点枝叶,用奇异动人的神话来代换平常的事实,这个取经的大故事,不久就完全神话化了。

即如上文所引慧立的《慈恩三藏法师传》中一段说:

> 从此已去,即莫贺延碛,长八百余里,古曰沙河。上无飞鸟,下无走兽,复无水草。是时顾影唯一,心但念观音菩萨及《般若心经》。初法师在蜀,见一病人,身疮臭秽,衣服破污,愍将向寺,施与饮食衣服之直。病者惭愧,乃授法师此经,因常诵习。至沙河间,逢诸恶鬼,奇状异类,绕人前后;虽念观音,不得全去;即诵此经,发声皆散;在危获济,实所凭焉。

这一段话还合于宗教心理的经验;然而宋朝初年(西历978)辑成的《太平广记》,引《独异志》及《唐新语》,已把这一段故事神话化过了。《太平广记》九十二说:

> 沙门玄奘,唐武德初(年代误)往西域取经,行至罽宾国,道险,[多]虎豹,不可过。奘不知为计,乃锁房门而坐。至夕开门,见一老僧,头面疮痍,身体脓血,床上独坐,莫知来由。奘乃礼拜勤求,僧口授《多心经》一卷,令奘诵之;遂得山川平易,道路开辟,虎豹藏形,魔鬼潜迹,遂至佛国,取经六百余部

而归。其《多心经》,至今诵之。

我们比较这两种纪载,可见取经故事"神话化"之速。《太平广记》同卷又说:

初奘将往西域,于灵岩寺见有松一树。奘立于庭,以手摩其枝曰:"吾西去求佛教,汝可西长。若吾归,即却东回,使吾弟子知之。"及去,其枝年年西指,约长数丈。一年,忽东回。门人弟子曰:"教主归矣。"乃西迎之。奘果还。至今众谓此松为摩顶松。

这正是《西游记》里玄奘说的"但看那山门里松枝头向东,我即回来"(第十二回,又第一百回)的话的来源了。这也可证取经故事的神话化。

欧阳修《于役志》说:

景祐三年丙子七月,甲申,与君玉饮寿宁寺(扬州)。寺本徐知诰故第;李氏建国,以为孝先寺;太平兴国改今名。寺甚宏壮,画壁尤妙。问老僧,云:"周世宗入扬州时,以为行宫,尽圬漫之。惟经藏院画玄奘取经一壁独在,尤为绝笔。"叹息久之。

南唐建国离开玄奘死时不过二百多年,这个故事已成为画壁的材料了。我们虽不知此画的故事是不是神话化了的,但这种记载已可以证明那个故事的流传之远。

三

民国四年,罗振玉先生和王国维先生在日木三浦将军处借得一部《大唐三藏取经诗话》,影印行世。此书凡三卷,卷末有“中瓦子张家印”六个字。王先生考定中瓦子为宋临安府的街名,乃倡优剧场的所在(参看吴自牧《梦粱录》卷十九,又卷十五),因定为南宋“说话”的一种。书中共分十七章,每章目有题目,颇似后世小说的回目。书中有诗有话,故名“诗话”。今抄十七章的目录如下:

□□□□第一。(全阙)

行程遇猴行者处第二。

入大梵天王宫第三。

入香山寺第四。

过狮子林及树人国第五。

过长坑大蛇岭处第六。

入九龙池处第七。

“遇深沙神”第八。(题阙)

入鬼子母国处第九。

经过女人国处第十。

入王母池之处第十一。

入沉香国处第十二。

入波罗国处第十三。

入优钵罗国处第十四。

天竺国度海之处第十五。

转至香林寺受《心经》第十六。

到陕西王长者妻杀儿处第十七。

我们看这个目录，可以知道在南宋时，民间已有一种《唐三藏取经》的小说，完全是神话的，完全脱离玄奘取经的真故事了。这部书确是《西游记》的祖宗。内中有三点，尤可特别注意：

（1）猴行者的加入。

（2）深沙神为沙和尚的影子。

（3）途中的妖魔灾难。

先说猴行者。《取经诗话》中，猴行者已成了唯一的保驾弟子了。第二节说：

僧行六人，当日起行。法师语曰："今往西天，程途百万，各人谨慎。"……偶于一日午时，见一白衣秀才，从正东而来，便揖和尚："万福，万福！和尚今往何处？莫不是再往西天取经否？"法师合掌曰："贫僧奉敕，为东土众生未有佛教，是取经也。"秀才曰："和尚生前两回去取经，中路遭难。此回若去，千死万死。"法师曰："你如何得知？"秀才曰："我不是别人。我是花果山，紫云洞，八万四千铜头铁额猕猴王。我今来助和尚取经。此去百万程途，经过三十六国，多有祸难之处。"法师应曰："果得如此，三世有缘，东土众生获大利益。"当便改呼为"猴行者"。

此中可注意的是：（1）当时有玄奘"生前两回取经，中路遭难"的神话。(2)猴行者现白衣秀才相。(3)花果山是后来小说有的,紫云洞后来改为水帘洞了。(4)“八万四千铜头铁额猕猴王”一句,初读似不通,其实是很重要的;此句当解作“八万四千个猕猴之王”。(说详下章。)

第三章说猴行者曾“九度见黄河清”。第十一章里,他自己说:

> 我八百岁时到此中(西王母池)偷桃吃了,至今二万七千岁不曾来也。

法师曰:

> 今日蟠桃结实,可偷三五个吃。

猴行者曰:

> 我因八百岁时偷吃十个,被王母捉下,左肋判八百,右肋判三千铁棒,配在花果山紫云洞。至今肋下尚痛,我今定是不敢偷吃也。

这一段自然是《西游记》里偷吃蟠桃的故事的来源,但又可见南宋“说话”的人把猴行者写的颇知畏惧,而唐僧却不大老实!

唐僧三次要行者偷桃,行者终不敢偷,然而蟠桃自己落下来了。

> 说由未了,撷下三颗蟠桃,入池中去。……师曰,“可去寻取来吃。”猴行者即将金环杖向盘石上敲三下,乃见一个孩儿,

> 面带青色，爪似鹰鹯，开口露牙，向池中出。行者问，"汝年几多？"孩曰，"三千岁。"行者曰，"我不用你。"又敲五下，见一孩儿，面如满月，身挂绣缨。行者曰，"汝年多少？"答曰，"五千岁。"行者曰，"不用你。"又敲数下，偶然一孩儿出来。问曰，"你年多少？"答曰，"七千岁。"行者放下金环杖，叫取孩儿入手中，问和尚，"你吃否？"和尚闻语心惊，便走。被行者手中旋数下，孩儿化成一枚乳枣，当时吞入口中。后归东土唐朝，遂吐出于西川，至今此地中生人参是也。

这时候，偷蟠桃和偷人参果还是一件事。后来《西游记》从此化出，分作两件故事。

上段所说"金环杖"，乃是第三章里大梵天王所赐。行者把唐僧带上大梵天王宫中赴斋，天王及五百罗汉请唐僧讲《法华经》，他"一气讲完，如瓶注水"。大梵天王因赐与猴行者"隐形帽一事，金环锡杖一条，钵盂一只，三件齐全"。这三件法宝，也被《西游记》里分作几段了。（《诗话》称天王为北方毗沙门大梵天王。这是"托塔天王"的本名，梵文为 Vai' sravana，可证此书近古。）

《诗话》第八章，不幸缺了两页，但此章记玄奘遇深沙神的事，确是后来沙僧的根本。此章大意说玄奘前身两世取经，中途都被深沙神吃了。他对唐僧说："项下是和尚两度被我吃你，袋得枯骨在此。"和尚说："你最无知。此回若不改过，教你一门灭绝。"深沙合掌谢恩："伏蒙慈照！"深沙当时哮吼，化了一道金桥；深沙神身长三丈，将两手托定，师行七人便从金桥上过，过了深沙。深沙诗曰：

一堕深沙五百春，浑家眷属受灾殃。金桥手托从师过，乞荐幽神化却身。

法师诗曰：

两度曾经汝吃来，更将枯骨问无才。而今赦法残生去，东土专心次第排。

猴行者诗曰：

谢汝回心意不偏，金桥银线步平安。回归东土修功德，荐拔深沙向佛前。

《西游记》第八回说沙和尚在流沙河做妖怪时，“向来有几次取经人来，都被我吃了。凡吃的人头，抛落流沙，竟沉水底。惟有九个取经人的骷髅，浮在水面，再不能沉。我以为异物，将索儿穿在一处，闲时拿来顽耍。”这正是从深沙神一段变出来的。第二十二回，木吒把沙和尚项下挂的骷髅，用索子结作九宫，化成法船，果然稳似轻舟，浪静风平，渡过流沙河。那也是从《诗话》里的金桥银线演化出来的。不过在南宋时，深沙的神还不曾变成三弟子之一。猪八戒此时连影子都没有呢。

次说《诗话》中叙玄奘路上经过许多灾难，虽没有“八十一难”之多，却是“八十一难”的缩影。第四章猴行者说：

我师莫讶西路寂寥，此中别是一天。前去路途尽是虎狼蛇兔之处。逢人不语，万种恓惶；此去人烟，都是邪法。

全书写这些灾难，写的实在幼稚，全没有文学的技术。如写蛇子国：

大蛇小蛇，交杂无数，攘乱纷纷。大蛇头高丈余，小蛇头高八尺，怒眼如灯，张牙如剑。

如写狮子林：

只见麒麟迅速，狮子峥嵘，摆尾摇头，出林迎接，口衔香花，皆来供养。

这种浅薄的叙述可以使我们格外赏叹明、清两朝小说技术的惊人的进步。

我们选录《诗话》中比较有趣味的一段——火类坳头的白虎精：

……只见岭后云愁雾惨，雨细交霏。云雾之中，有一白衣妇人，身挂白罗衣，腰系白褶，手把白牡丹花一朵，面似白莲，十指如玉。……猴行者一见，高声便喝："想汝是火类坳头白虎精，必定是也！"妇人闻语，张口大叫一声，忽然面皮裂皱，露爪张牙，摆尾摇头，身长丈五。定醒之中，满山都是白虎。被猴行者将金环杖变作一个夜叉，头点天，脚踏地，手把降魔杵，

> 身如蓝靛青，发似朱沙，口吐百丈火光。当时白虎精哮吼近前相敌，被猴行者战退。半时，遂问虎精甘伏未伏。虎精曰，未伏。猴行者曰，"汝若未伏，看你肚中有一个老猕猴。"虎精闻说，当下未伏，一叫猕猴，猕猴在白虎精肚内应，遂教虎开口吐出一个猕猴，顿在面前，身长丈二，两眼火光。白虎精又云，我未伏。猴行者曰："汝肚内更有一个。"再令开口，又吐出一个，顿在面前。白虎精又曰未伏。猴行者曰，"你肚中无千无万个老猕猴，今日吐至来日，今月吐至来月，今年吐至来年，今生吐至来生，也不尽。"白虎精闻语，心生忿怒；被猴行者化一团大石，在肚内渐渐会大；教虎精吐出，开口吐之不得，只见肚皮裂破，七孔流血。喝起夜叉，浑门大杀，虎精大小粉骨尘碎，绝灭除踪。

《西游记》里的孙行者最爱被人吃下肚里去，这是他的拿手戏，大概火类坳头的一个暗示，后来也会用分身法，越变越奇妙有趣味了。我们试看孙行者在狮驼山被老魔吞下肚去，在无底洞又被女妖吞下去；他又住过铁扇公主的肚里，又住过黄眉大王的肚里，又住过七绝山稀柿衕的红鳞大蟒的肚里。巧妙虽各有不同，渊源似乎是一样的。

以上略记《大唐三藏取经诗话》的大概。这一本小册子的出现，使我们明白南宋或元朝已有了这种完全神话化了的取经故事；使我们明白《西游记》小说——同《水浒》、《三国》一样——也有了五六百年的演化的历史：这真是可宝贵的文学史料了。

四

说到这里，我要退回去，追叙取经故事里这个猴王的来历。何以南宋时代的玄奘神话里忽然插入了一个神通广大的猴行者？这个猴子是国货呢？还是进口货呢？

前不多时，周豫才先生指出《纳书楹曲谱》补遗卷一中选的《西游记》四出，中有两出提到"巫枝祇"和"无支祁"。《定心》一出说孙行者"是骊山老母亲兄弟，无支祁是他姊妹"。又《女国》一出说：

> 似摩腾伽把阿难摄在瑶山上，若鬼子母将如来围定在灵山上，巫枝祁把张僧拿在龟山上。不是我魔王苦苦害真僧，如今佳人个个要寻和尚。

周先生指出，作《西游记》的人或亦受这个巫枝祁故事的影响。我依周先生的指点，去寻这个故事的来源；《太平广记》卷四六七"李汤"条下，引《古岳渎经》第八卷云：

> 禹理水，三至桐柏山，惊风走雷，石号木鸣，五伯拥川，天老肃兵，不能兴。……禹因鸿濛氏，章商氏，兜卢氏，犁娄氏，乃获淮涡水神，名无支祁，善应对言语，辨江、淮之浅深，原隰之远近；形若猿猴，缩鼻高额，青躯白首，金目雪牙，颈伸百尺，力逾九象，搏击腾踔，疾奔轻利。……颈锁大索，鼻穿金铃，徙

淮阴之龟山之足下，俾淮水永安流注海也。

这个无支祁是一个“形若猿猴”的淮水神，《词源》引《太平寰宇记》，说略同。周先生又指出朱熹《楚辞辨证·天问》篇下有一条云：

> 此间之言，特战国时俚俗相传之语，如今世俗僧伽降无之祈，许逊斩蛟蜃精之类，本无稽据，而好事者遂假托撰造以实之。

据此，可见宋代民间又有“僧伽降无之祈”的传说。僧伽为唐代名僧，死于中宗景龙四年（710）。他住泗州最久，淮、泗一带产生许多关于他的神话（《宋高僧传》十八，《神僧传》七）。降无之祈大概也是淮、泗流域的僧伽神话之一，到南宋时还流行民间。

但上文引曲词里的无支祁，明是一个女妖怪，他有“把张僧拿在龟山上”的神话。龟山即是无支祁被锁的所在，大概这个无支祁，无论是古的今的，男性女性，始终不曾脱离淮、泗流域。这是可注意的第一点，因为《西游记》小说的著者吴承恩（见下章）是淮安人。第二，《宋高僧传》十八说，唐中宗问万回师，“彼僧伽者，何人也？”对曰，“观音菩萨化身也。”《僧伽传》说他有弟子三人：慧岸、慧俨、木叉。木叉多显灵异，唐僖宗时，赐谥曰真相大师，塑像侍立于僧伽之左，若配飨焉。传末又说“慧俨侍十一面观音菩萨旁”。这也是可注意的一点，因为在《西游记》里，慧岸和木叉已并作一人，成为观音菩萨的大弟子了。第三，无支祁被禹锁在龟山足下，后来出来作怪，又有被僧伽（观音菩萨化身）降伏的传说；这一层和

《取经神话》的猴王，和《西游记》的猴王，都有点相像。或者猴行者的故事确曾从无支祈的神话里得着一点暗示，也未可知。这也是可注意的一点。

以上是猜想猴行者是从中国传说或神话里演化出来的。但我总疑心这个神通广大的猴子不是国货，乃是一件从印度进口的。也许连无支祁的神话也是受了印度影响而仿造的。因为《太平广记》和《太平寰宇记》都根据《古岳渎经》，而《古岳渎经》本身便不是一部可信的古书。宋、元的僧伽神话，更不消说了。因此，我依着钢和泰博士（Baror A. von Staël Holstein）的指引，在印度最古的纪事诗《拉麻传》（Rāmāyana）里寻得一个哈奴曼（Hanumān），大概可以算是齐天大圣的背影了。

《拉麻传》大约是二千五百年前的作品，纪的是阿约爹国王大刹拉达的长子，生有圣德和神力；娶了一个美人西妲为妻。大刹拉达的次妻听信了谗言，离间拉麻父子间的爱情，把拉麻驱逐出去，做了十四年的流人。拉麻在客中，遇着女妖苏白；苏白爱上了拉麻，而拉麻不睬他。这一场爱情的风波，引起了一场大斗争。苏白大败之后，奔到楞伽，求救于他的哥哥拉凡纳，把西妲的美貌说给他听，拉凡纳果然动心，驾了云车，用计赚开拉麻，把西妲劫到楞伽去。

拉麻失了他的妻子，决计报仇，遂求救于猴子国王苏格利法。猴子国有一个大将，名叫哈奴曼，是天风的儿子，有绝大神通，能在空中飞行，他一跳就可从印度跳到锡兰（楞伽）。他能把希玛拉耶山拔起背着走。他的身体大如大山，高如高塔，脸放金光，尾长无比。他替拉麻出力，飞到楞伽，寻着西妲，替他们传达信物。他往来空中，侦探敌军的消息。

有一次，哈奴曼飞向楞伽时，途中被一个老母怪（Su-rasā）一口吞下去了。哈奴曼在这个老魔的肚子里，心生一计，把身子变的非常之高大；那老魔也就不能不把自己的身子变大，后来越变越大，那妖怪的嘴张开竟有好几百里阔了；哈奴曼趁老魔身子变的极大时，忽然把自己身子缩成拇指一般小，从肚里跳上来，不从嘴里出去，却从老魔的右耳朵孔里出去了。

又有一次，哈奴曼飞到希玛拉耶山（刚大马达山）中去访寻仙草，遇着一个假装隐士的妖怪，名叫喀拉，是拉凡纳的叔父，受了密计来害他的。哈奴曼出去洗浴，杀了池子里的一条鳄鱼，从那鳄鱼肚里走出一个受谪的女仙。那女仙教哈奴曼防备喀拉的诡计，哈奴曼便去把喀拉捉住，抓着一条腿，向空一摔，就把喀拉的身体从希玛拉耶山一直摔到锡兰岛，不偏不正，刚刚摔死在他的侄儿拉凡纳的宝座上！

哈奴曼有一次同拉凡纳决斗，被拉凡纳们用计把油涂在他的猴尾巴上，点起火来，那其长无比的尾巴就烧起来了。然而哈奴曼的神通广大，他们不但没有烧死他，反被哈奴曼借刀杀人，用他尾巴上的大火把敌人的都城楞伽烧完了。

我们举这几条，略表示哈奴曼的神通广大，但不能多举例了。哈奴曼保护拉麻王子，征服了楞伽的敌人，夺回西妲，陪他们凯旋，回到阿约爹国。拉麻凯旋之后，感谢哈奴曼之功，赐他长生不老的幸福，也算成了“正果”了。

陶生（John Dowson）在他的《印度古学词典》里（页一一六）说：“哈奴曼的神通事迹，印度人从少至老都爱说爱听的。关于他的绘画，到处都有。”除了《拉麻传》之外，当第十世纪和第十一世纪之间(唐末宋初),另有一部《哈奴曼传奇》(Hanumān Nātaka)出现,是一部专记哈奴曼奇迹的戏剧,风行民间。中国同印度有了一千多年的文化上的密切交通,印度人来中国的不计其数,这样一桩伟大的哈奴曼故事是不会不传进中国来的。所以我假定哈奴曼是猴行者的根本。除上引许多奇迹外,还有两点可注意。第一,《取经诗话》里说,猴行者是"花果山紫云洞八万四千铜头铁额猕猴王"。花果山自然是猴子国。行者是八万四千猴子的王,与哈奴曼的身分也很相近。第二,《拉麻传》里说哈奴曼不但神通广大,并且学问渊深;他是一个文法大家;"人都知道哈奴曼是第九位文法作者"。《取经诗话》里的猴行者初见时乃是一个白衣秀才,也许是这位文法大家堕落的变相呢!

五

现在我可以继续叙述宋以后取经故事的演化史了。

金代的院本里有《唐三藏》之目,但不传于后。元代的杂剧里有吴昌龄做的《唐三藏西天取经》,亦名《西游记》。此书见于《也是园书目》,云四卷;曹寅的《楝亭书目》(京师图书馆抄本)作六卷。这六卷的《西游记》当乾隆末年《纳书楹曲谱》编纂时还存在,现在不知尚有传本否。《纳书楹曲谱》中选有下列各种关于《西游记》的戏曲:

《唐三藏》一出:"回回"。(《续集》二)

《西游记》六出:"撇子,认子,胖姑,伏虎,女还,借扇"。(《续集》三)

又《西游记》四出:“饯行,定心,揭钵,女国”。(《补遗》)

《俗西游记》一出:“思春”。

我们看这些有曲无白的词曲,实在不容易想象当日的原本是什么样子了。《唐三藏》一出,当是元人的作品。但我们在这一出里,只看见一个西夏国的回回皈依顶礼,不能推想全书的内容。只有末段临行时的曲词说:

> 俺只见黑洞洞征云起,更那堪昏惨惨雾了天日!愿恁个大唐师父取经回,再没有外道邪魔可也近得你!

从末句里可以推想全书中定有“外道邪魔”的神话分子了。

吴昌龄的六本《西游记》不知是《纳书楹》里选的这部《唐三藏》,还是那部《西游记》。我个人推想,《唐三藏》是元初的作品,而吴昌龄的《西游记》却是元末的作品,大概即是《纳书楹》里选有十出的那部《西游记》。我的理由有几层:

(1)这部《西游记》曲的内容很和《西游记》小说相接近。焦循《剧说》卷四说:

> 元人吴昌龄《西游》词与俗所传《西游记》小说小异。

小异就是无大异。今看《西游记》曲中,“撇子”一折写殷夫人把儿子抛入江中,“认子”一折写玄奘到江州衙内认母,“饯行”一折写玄奘出发,“定心”一折写紧箍咒收伏心猿,“伏虎”、“女还”二折写行者收妖救刘大姐,“女国”一折写女国王要嫁玄奘,“借扇”一折写火焰山借扇:都是和《西游记》小说很接近的。“揭钵”一折虽是演义所无，但周豫才先生说“火焰山红孩儿当即由此化生”，是很不错的。十折之中，只有“胖姑”一折没有根据。但我们很可以假定这十折都是焦循说的那部“与《西游记》小说小异”的吴昌龄《西游记》了。

(2)吴昌龄的《西游记》曲，颇有文学的荣誉。《虎口余生》(《铁冠图》)的作者曹寅曾说：

> 吾作曲多效昌龄，比于临川之学董解元也。(见焦循《剧说》四。)

我们看《纳书楹》所引十折，确然都很有文学的价值。最妙的是《胖姑》一折，全折曲词虽是从元人睢景臣的《汉高祖还乡》(看《读书杂志》第四期末栏)脱化出来的，但命意措词都可算是青胜于蓝。此折大概是借一个乡下胖姑娘的口气描写唐三藏在一个国里受参拜顶礼临行时的热闹状况。中说：

> (《一纲儿麻》)不是俺胖姑儿心精细，则见那官人们簇拥着一个大擂槌。那擂槌上天生有眼共眉。我则道，匏子头，葫芦蒂：这个人儿也忒煞跷蹊！恰便似不敢道的东西，枉被那旁人笑耻。
>
> ……
>
> (《新水令》)则见那官人们腰屈共头低，吃得个醉醺醺脑门着地；咿咿呜，吹竹管；扑冬冬，打着牛皮。见几个回回，笑他一会，闹一会。
>
> ……

（《川拨棹》）好教我便笑微微，一个汉，木雕成两个腿；见几个武职他舞着面旌旗，忽刺刺口里不知他说个甚的，妆着一个鬼：——人多，我也看不仔细。

……

这种好文字，怪不得曹楝亭那样佩服了。这也是我认这部曲为吴昌龄原作的一个重要理由。

如果我的猜想不错，如果《纳书楹》里保存的《西游记》残本真是吴昌龄的作品，那么，我们可以说，元代已有一个很丰富的《西游记》故事了。但这个故事在戏曲里虽然已很发达，有六本之多，为元剧中最长的戏（《西厢记》只有五本）。然而这个故事还不曾有相当的散文的写定，还不曾成为《西游记》小说。当时若有散文《西游记》，大概也不过是在《取经诗话》与今本《西游记》之间的一种平凡的"话本"。

钱曾《也是园书目》记元、明无名氏的戏曲中，有《二郎神锁齐天大圣》一本，这也是猴行者故事的一部分。大概此类的故事，当日还不曾有大规模的定本，故编戏的人可以运用想象力，敷演民间传说，造为种种戏曲。那六本的《西游记》已可算是一度大结集了。最后的大结集还须等待一百多年后的另一位姓吴的作者。

六

我前年做《西游记序》，还不知道《西游记》的作者是谁，只能说："《西游记》小说之作必在明朝中叶以后"，"是明朝中叶以后一位无名的小说家做的”。后来见《小说考证》卷二，页七六，引山阳丁晏的话，说据淮安府康熙初旧志艺文书目，《西游记》是淮安嘉靖岁贡生吴承恩作的。《小说考证》收的材料最滥，但丁晏是经学家，他的话又是根据《淮安府志》的，所以我们依着他的指引，去访寻关于吴承恩的材料。现承周豫才先生把他搜得的许多材料抄给我，转录于下：

〔天启《淮安府志》十六，人物志二，近代文苑〕吴承恩性敏而多慧，博极群书，为诗文下笔立成，清雅流丽，有秦少游之风。复善谐剧，所著杂记几种名震一时。数奇，竟以明经授县贰，未久，耻折腰，遂拂袖而归。放浪诗酒，卒。有文集存于家。丘少司徒汇而刻之。

〔又同书十九，艺文志一，淮贤文目〕吴承恩：《射阳集》四册，□卷；《春秋列传序》；西游记。

〔康熙《淮安府志》十一，及十二〕与天启志悉同。

〔同治《山阳县志》十二，人物二〕吴承恩字汝忠，号射阳山人，工书。嘉靖中岁贡生（查选举志亦不载何年），官长兴县丞。英敏博洽，为世所推。一时金石之文多出其手。家贫无子，遗稿多散失。邑人邱正纲收拾残缺，分为四卷，刊布于世。太守陈文烛为之序，名曰《射阳存稿》，又《续稿》一卷，盖存其什一云。

〔又十八，艺文〕吴承恩：《射阳存稿》四卷，《续稿》一卷。

光绪《淮安府志》廿八，人物一，又卅八，艺文，所载与上文悉同。又《山阳志》五，职官一，明太守条下云：“黄国华，隆庆二年任。陈文烛字玉叔，沔阳人，进士，隆庆初任。邵元哲，万历初任。”

焦循《剧说》卷五引阮葵生《茶余客话》云：

旧志称吴射阳性敏多慧，为诗文下笔立成，复善谐谑。所著杂记几种，名震一时。今不知“杂记”为何书。惟《淮贤文目》载先生撰《西游通俗演义》。是书明季始大行，里巷细人皆乐道之。……按射阳去修志时不远，未必以世俗通行之小说移易姓氏。其说当有所据。观其中方言俚语，皆淮之乡音街谈，巷弄市井童孺所习闻，而他方有不尽然者，其出淮人之手尤无疑。然此特射阳游戏之笔，聊资村翁童子之笑谑。必求得修炼秘诀，亦凿矣。（此条今通行本《茶余客话》不载。）

周先生考出《茶余客话》此条系根据吴玉搢的《山阳志遗》卷四的，原文是：

天启旧志列先生为近代文苑之首，云“性敏而多慧，博极群书，为诗文下笔立成，复善谐谑。所著杂记几种，名震一时”。初不知杂记为何等书。及阅《淮贤文目》载《西游记》为先生著。考《西游记》旧称为证道书，谓其合于金丹大旨。元虞道园有序，称此书系其国初邱长春真人所撰。而《郡志》谓出先生手。天启时去先生未远，其言必有所本。意长春初有此记，至先生乃为之通俗演义；如《三国志》本陈寿，而《演义》则称罗贯中也。书中多吾乡方言，其出淮人手无疑。或云有《后西游记》，为射阳先生撰。

吴玉搢也误认邱长春的《西游记》了。邱长春的《西游记》，虞集作序的，乃是一部纪行程的地理书，和此书绝无关系。阮葵生虽根据吴说，但已不信长春真人的话；大概乾隆以后，学者已知长春真人原书的性质，故此说已不攻自破了。

吴玉搢的《山阳志遗》卷四还有许多关于吴承恩的材料，今录于下：

> 嘉靖中，吴贡生承恩，字汝忠，号射阳山人，吾淮才士也。英敏博洽，凡一时金石、碑版、嘏祝、赠送之词，多出其手。荐绅台阁诸公皆倩为捉刀人。顾数奇，不偶，仅以岁贡官长兴县丞。贫老乏嗣，遗稿多散佚失传。邱司徒正纲收拾残缺，得其友人马清溪、马竹泉所手录，又益之以乡人所藏，分为四卷，刻之，名曰《射阳存稿》(又有《续稿》一卷)。五岳山人陈文烛为之序。其略云："陈子守淮安时，长兴徐子与过淮。往汝忠丞长兴，与子与善。三人者呼酒韩侯祠内，酒酣论文论诗，不倦也。汝忠谓文自六经后，惟汉、魏为近古。诗自三百篇后，惟唐人为近古。近时学者徒谢朝华而不知畜多识，去陈言而不知漱芳润，即欲敷文陈诗，难矣。徐先生与予深韪其言。今观汝忠之作，缘情而绮丽，体物而浏亮，其词微而显，其旨博而深。收百代之阙文，采千载之遗韵，沈辞渊深，浮藻云骏，张文潜以后一人而已。"其推许之者，可谓至极。读其遗集，实吾郡有明一代之冠。惜其书刊板不存，予初得一抄本，纸墨已渝敝。后陆续收得刻本四卷，并续集一卷，亦全。尽登其诗入《山阳耆旧集》，择其杰出者各体载一二首于此，以志瓣香之意云。

据此，是隆庆初(约1570)陈文烛守淮安时，吴承恩还不曾死。以此推之，可得他的年代：

嘉靖中(约1550)，岁贡生。

嘉靖末(约1560)，任长兴县丞。

隆庆初(约1570)，在淮安与陈文烛、徐子与往来酬应，酒酣论文。

万历初(约1580)，吴承恩死。

他大概生于正德之末(约1520)，死于万历之初。天启《淮安志》修于天启六年，当西历一六二六，去吴承恩死时止有四五十年，自然是可靠的根据了。

最可惜的是我们至今还不曾寻到吴承恩的《射阳存稿》，也不曾见着吴玉搢的《山阳耆旧集》。幸得《山阳志遗》里录有吴承恩的诗十一首，我们转载几首在这里：

平河桥

短篷倦向河桥泊，独对青旗枕臂眠。日落牛蓑归牧笛，潮来鱼米集商船。绕篱野菜平临水，隔岸村炊互起烟。会向此中谋二顷，闲揞藜杖听鸣蝉。

堤上

平湖渺渺漾天光，泻入溪桥喷玉凉。一片蝉声万杨柳，荷花香里据胡床。

对月感秋，四之一

湘波卷桃笙，齐纨扇方歇。秋来本无形，潜报梧桐叶。啼蛩代鸣蝉，其声亦何切！繁霜结珠露，忽已如初雪。六龙驱日车，羲和不留辙。群生总如梦，独尔惊豪杰。大笑仰青天，停杯问明月。

二郎搜山图歌

李在惟闻画山水(李在,明宣德时画家),不谓兼能貌神鬼。笔端变幻真骇人,意态如生状奇诡。少年都美清源公,指挥部从扬灵风。星飞电掣各奉命,搜罗要使山林空。名鹰攫拿犬腾啮,大剑长刀莹霜雪。猴老难延欲断魂,狐娘空洒娇啼血。江翻海搅走六丁,纷纷水怪无留踪。青锋一下断狂虺,金锁交缠禽毒龙。神兵猎妖犹猎兽,探穴捣巢无逸寇。平生气焰安在哉?爪牙虽存敢驰骤!我闻古圣开鸿濛,命官绝地天之通。轩辕铸镜禹铸鼎,四方民物俱昭融。后来群魔出孔窍,白昼搏人繁聚啸。终南进士老钟馗,空向宫闱啗虚耗。民灾翻出衣冠中,不为猿鹤为沙虫。坐观宋室用五鬼,不见虞廷诛四凶。野夫有怀多感激,无事临风三叹息:胸中磨损斩邪刀,欲起平之恨无力。救日有矢救月弓,世间岂谓无英雄?谁能为我致麟凤,长享万年保合清宁功?

这一篇《二郎搜山图歌》很可以表示《西游记》的作者的胸襟和著书的态度了。

七

《西游记》的中心故事虽然是玄奘的取经,但是著者的想象力真不小!他得了玄奘的故事的暗示,采取了金、元戏剧的材料(?),加上他自己的想象力,居然造出一部大神话来!这部书的结构,在中国旧小说之中，要算最精密的了。他的结构共分作三个部分：

第一部分：齐天大圣的传。（第一回至第七回。）

第二部分：取经的因缘与取经的人。（第八回至第十二回。）

第三部分：八十一难的经历。（第十三回至第一百回。）

我们现在分开来说：

第一部分乃是世间最有价值的一篇神话文学。我在上文已略考这个猴王故事的来历。这个神猴的故事，虽是从印度传来的，但我们还可以说这七回的大部分是著者创造出来的。须菩提祖师传法一段自然是从禅宗的六祖传法一个故事上脱化出来的。但著者写猴王大闹天宫的一长段，实在有点意思。玉帝把猴王请上天去，却只叫他去做一个未入流的弼马温；猴王气了，反下天宫，自称“齐天大圣”；玉帝调兵来征伐，又被猴王打败了；玉帝没法，只好又把他请上天去，封他“齐天大圣”，“只不与他事管，不与他俸禄”！后来天上的大臣又怕他太闲了，叫他去管蟠桃园。天上的贵族要开蟠桃胜会了，他们依着“上会的旧规”，自然不请这位前任弼马温。不料这馋嘴的猴子一时高兴，把大会的仙品仙酒一齐偷吃了，搅乱了蟠桃大会，把一座庄严的天宫闹的不成样子，他却又跑下天称王去了！等到玉帝三次调兵遣将，好容易把他捉上天来，却又奈何他不得；太上老君把他放在八卦炉中炼了七七四十九日，仍旧被他跑出来，“不分上下，使铁棒东打西敲，更无一人可敌，直打到通明殿里，灵霄殿外！”玉帝发了急，差人上西天去讨救，把如来佛请下来。如来到了，诘问猴王，猴王答道：

> 花果山中一老猿，……因在凡间嫌地窄，立心端要住瑶天。灵霄宝殿非他有，历代人王有分传。强者为尊该让我，英

雄只此敢争先！

他又说：

他（玉帝）虽年劫修长，也不应久住在此。常言道，"交椅轮流坐，明年是我尊。"只教他搬出去，将天宫让与我，便罢了。若还不让，定要搅乱，不得清平！

前面写的都是政府激成革命的种种原因；这两段简直是革命的檄文了！美猴王的天宫革命，虽然失败，究竟还是一个"虽败犹荣"的英雄！

我要请问一切读者：如果著者没有一肚子牢骚，他为什么把玉帝写成那样一个大饭桶？为什么把天上写成那样黑暗，腐败，无人？为什么教一个猴子去把天宫闹的那样稀糟？

但是这七回的好处全在他的滑稽。著者一定是一个满肚牢骚的人，但他又是一个玩世不恭的人，故这七回虽是骂人，却不是板着面孔骂人。他骂了你，你还觉得这是一篇极滑稽，极有趣，无论谁看了都要大笑的神话小说。正如英文的《阿梨思梦游奇境记》（*Alice in Wonderland*），虽然含有很有意味的哲学，仍旧是一部极滑稽的童话小说（此书已由我的朋友赵元任先生译出，由商务出版）。现在有许多人研究儿童文学，我很郑重的向他们推荐这七回天宫革命的失败英雄《齐天大圣传》。

第二部分（取经因缘与取经人物）有许多不合历史事实的地方。例如玄奘自请去取经，有诏不许；而《西游记》说唐太宗征求取经的人，玄奘愿往：这是一不合。又如玄奘本是缑氏人，父为士族，兄为名僧；他自身出家的事，本传纪叙甚详；而《西游记》说他的父亲是状元，母亲是宰相之女。但是状元的儿子，宰相的外孙如何忽然做了和尚呢？因此有殷小姐忍辱报仇的故事造出来（参看《太平广记》一二二陈义郎的故事），作为玄奘出家的理由。这是二不合。但这种变换，都是很在情理之中的。玄奘的家世与幼年事迹实在太平常了，没有小说的兴趣，故有改变的必要。况且玄奘既被后人看作神人，他的父母也该高升了，故升作了状元与相府小姐。玄奘为经义难明，异说难定，故发愤要求得原文的经典：这种考据家的精神，是科学的精神，在我们眼里自然极可佩服；但这也没有通俗小说的资格，故也有改变的必要。于是有魏徵斩龙与太宗游地府的故事。这一大段是许多小故事杂凑起来的。研究起来，很有趣味。袁天罡的神算，自然是一个老故事（参看《太平广记》七六，又二二一）。秦叔宝、尉迟敬德做门神，大概也是唐人的故事。泾河龙王犯罪的故事，已见于唐人小说。《太平广记》四一八引《续玄怪录》，叙李靖代龙王行雨，误下了二十尺雨，至龙王母子都受天谴。这个故事是很古的。唐太宗游地府的故事，也是很古的。唐人张鷟的《朝野佥载》有一则（王静庵先生引《太平广记》所引）云：

> 唐太宗极康豫。太史令李淳风见上，流泪无言。上问之，对曰，“陛下夕当晏驾。”……太宗至夜半，奄然入定，见一人云，“陛下暂合来，还即去也。”帝问君是何人，对曰，“臣是生人判冥事。”太宗入见判官，问六月四日事，即令还。向见者又迎送引导出。淳风即观乾象，不许哭泣。须臾乃寤。及曙，求昨所见者，令所司与一官，遂注蜀道一丞。

此事最有趣味，因为近年英国人斯坦因（Stein）在敦煌发见唐代的写本书籍中，有一种白话小说的残本，仅存中间一段云：

> “判官懆恶，不敢道名字。”帝曰，“卿近前来。”轻道，“姓崔名子玉。”“朕当识。”言讫，使人引　皇帝至院门，使人奏曰，“伏维陛下且立在此，容臣入报判官速来。”言讫，使者到厅前拜了，启判官，“奉大王处　太宗是生魂到领，判官推勘，见在门外，未敢引。”判官闻言，惊忙起立。（下阙）（引见《东方杂志》十七卷，八号，王静庵先生文中。）

这个故事里已说判官姓崔名子玉。我们疑心那魏徵斩龙及作介绍书与崔判官的故事也许在那损坏的部分里，可惜不传了。崔判官的故事到宋时已很风行，故宋仁宗嘉祐二年加崔府君封号诏有“惠存滏邑，恩结蒲人；生著令猷，没司幽府”等语（引见《东方杂志》，卷页同上）。这个故事可算很古了。

如果上文引的《纳书楹曲谱》里的《西游记》是吴昌龄的原本，那么，殷小姐忍辱复仇，唐太宗征求取经人，等等故事由来已久，不是吴承恩新加入的了。

第三部分（八十一难）是《西游记》本身。这一部分有四个来源。第一个来源自然是玄奘本传里的记载，我们上文已引了最动人的几段。那些困难，本是事实，夹着一点宗教的心理作用。他们最能给小说家许多暗示。沙漠上光线屈折所成的幻影渐渐的成了真妖怪了，沙漠的风沙渐渐的成了黄风大王的怪风和罗刹女的铁扇风了，沙漠里四日五夜的枯焦渐渐的成了周围八百里的火焰山了,烈日炎风的沙河渐渐的又成了八百里"鹅毛飘不起"的流沙河了,高昌国王渐渐的成了大唐皇帝了,高昌国的妃嫔也渐渐的成了托塔天王的假公主和天竺国的妖公主了。这种变化乃是一切大故事流传时的自然命运,逃不了的,何况这个故事本是一个宗教的故事呢?

第二个来源是南宋或元初的《唐三藏取经诗话》和金、元戏剧里的《唐三藏西天取经》故事。这些故事的神话的性质,上文已说明了。依元代杂剧的体例看来,吴昌龄的《西游记》虽为元代最长的六本戏,六本至多也不过二十四折;加上楔子,也不过三十折。这里面决不能纪叙八十一难的经过。故这个来源至多只能供给一小部分的材料。

第三个来源是最古的,是《华严经》的最后一大部分,名为《入法界品》的(晋译第三十四品,唐译第三十九品)。这一品占《华严经》全书的四分之一,说的只是一个善财童子信心求法,勇猛精进,经历一百一十城,访问一百一十个善知识,毕竟得成正果。这一部《入法界品》便是《西游记》的影子,一百一十城的经过便是八十一难的影子。我们试看《入法界品》的布局:

(1)文殊师利告善财言,"善男子;于此南方,有一国土名曰可乐,其国有山名为和合;于彼山中,有一比丘名功德云。汝诣彼问,云何菩萨学菩萨行,修菩萨道,乃至云何具普贤行。"……

(2)功德云比丘告善财言,"善男子,南方有国名曰海门,彼有比丘名曰海云。汝应诣彼问菩萨行。"……

(3)海云比丘告善财言,"善男子,汝诣南方六十由旬,有一国土名曰海岸,彼有比丘名曰善住。应往问彼云何菩萨修清净行。"……

(4)善住比丘言,"善男子,于此南方,有一国土名曰住林,彼有长者名曰解脱。汝诣彼问……"

这样一个转一个的下去,直到一百一十个,直到弥勒佛,又得见文殊师利,遂成就无量大智光明,"不久当与一切佛等,一身充满一切世界。"这一个"信心求法,勇猛精进"的故事,一定给了《西游记》的著者无数的暗示。

第四个来源自然是著者的想象力与创造力了。上面那三个来源都不能供给那八十一难的材料,至多也不过供给许多暗示,或供给一小部分的材料。我们可以说,《西游记》的八十一难大部分是著者想象出来的。想出这许多妖怪灾难,想出这一大堆神话,本来不算什么难事。但《西游记》有一点特别长处,就是他的滑稽意味。拉长了面孔,整日说正经话,那是圣人菩萨的行为,不是人的行为。《西游记》所以能成世界的一部绝大神话小说,正因为《西游记》里种种神话都带着一点诙谐意味,能使人开口一笑,这一笑就把那神话"人化"过了。我们可以说,《西游记》的神话是有"人的意味"的神话。

我们可举几个例。如第三十二回平顶山猪八戒巡山的一段,便是一个好例:

> 那呆子入深山,又行有四五里,只见山凹中有一块桌面大的四四方方青石头。呆子放下钯,对石头唱个大喏。行者暗笑,"看这呆子做甚勾当!"原来那呆子把石头当做唐僧、沙僧、行者三人,朝着他演习哩。他道:"我这回去,见了师父,若问有妖怪,就说有妖怪;他问甚么山,我若说是泥捏的,锡打的,铜铸的,面蒸的,纸糊的,笔画的,——他们见说我呆哩,若说这话,一发说呆了。我只说是石头山。他若问甚洞,也只说是

> 石头洞。他问甚么门,却说是钉钉的铁叶门。他问里边多少远,只说入内有三层。他若再问门上钉子多少,只说老猪心忙记不真。”……

最滑稽的是朱紫国医病降妖一大段。孙行者揭了榜文,却去揣在猪八戒的怀里,引出一大段滑稽文字来。后来行者答应医病了,三藏喝道:

> 你跟我这几年,那会见你医好谁来?你连药性也不知,医书也未读,怎么大胆撞这个大祸?

行者笑道:

> 师父,你原来不晓得,我有几个草头方儿,能治大病。管情医得他好便了。就是医死了,也只问得个庸医杀人罪名,也不该死,你怕怎的?

下文诊脉用药的两段也都是很滑稽的。直到寻无根水做药引时,行者叫东海龙王敖广来“打两个喷嚏,吐些津液,与他吃药罢”。病医好了,在谢筵席上,八戒口快,说出“那药里有马……”行者接着遮掩过去,说药内有马兜铃。国王问众官马兜铃是何品味,能医何症。时有太医院官在旁道:

> 主公,
> 兜铃味苦寒无毒,定喘消痰大有功。通气最能除血蛊,补

虚宁嗽又宽中。

国王笑道：

用的当，用的当。猪长老再饮一杯。

这都是随笔诙谐，很有意味。

我们在上文曾说大闹天宫是一种革命。后来第五十回里，孙行者被独角兕大王把金箍棒收去了，跑到天上，见玉帝。行者朝上唱个大喏道：

启上天尊：我老孙保护唐僧往西天取经，……遇一凶怪，把唐僧拿在洞里要吃。我寻上他门，与他交战。那怪神通广大，把我金箍棒抢去。……我疑是天上凶星下界，为此特来启奏，伏乞天尊垂慈洞鉴，降旨查勘凶星，发兵收剿妖魔，老孙不胜战慄屏营之至！

这种奴隶的口头套语，到了革命党的口里，便很滑稽了。所以殿门旁有葛仙翁打趣他道：

猴子，是何前倨后恭？

行者道：

不是前倨后恭，老孙于今是没棒弄了。

这种诙谐的里面含有一种尖刻的玩世主义。《西游记》的文学价值正在这里。第一部分如此,第三部分也如此。

八

《西游记》被这三四百年来的无数道士、和尚、秀才弄坏了。道士说,这部书是一部金丹妙诀。和尚说,这部书是禅门心法。秀才说,这部书是一部正心诚意的理学书。这些解说都是《西游记》的大仇敌。现在我们把那些什么悟一子和什么悟元子等等的"真诠"、"原旨"一概删去了,还他一个本来面目。至于我这篇考证本来也不必做;不过因为这几百年来读《西游记》的人都太聪明了,都不肯领略那极浅极明白的滑稽意味和玩世精神,都要妄想透过纸背去寻那"微言大义",遂把一部《西游记》罩上了儒、释、道三教的袍子;因此,我不能不用我的笨眼光,指出《西游记》有了几百年逐渐演化的历史;指出这部书起于民间的传说和神话,并无"微言大义"可说;指出现在的《西游记》小说的作者是一位"放浪诗酒,复善谐谑"的大文豪做的,我们看他的诗,晓得他确有"斩鬼"的清兴,而决无"金丹"的道心;指出这部《西游记》至多不过是一部很有趣味的滑稽小说,神话小说;他并没有什么微妙的意思,他至多不过有一点爱骂人的玩世主义。这点玩世主义也是很明白的;他并不隐藏,我们也不用深求。

十二,二,四,改稿。

附录　读《西游记考证》

董作宾

《西游记》的作者，自从丁晏在他底《颐志斋集》续编页二十三《书西游记后》里面，表明是他底同乡吴承恩以后；差不多可以说看《西游记》的人，都不曾注意到作者姓氏；甚至于拿邱处机来顶名冒替。就是善于给小说作考证的胡适之先生，在他底《西游记序》里面也不曾提到作者是谁。这未免令人替吴老先生不平。因此，我们便费了多天功夫，来搜求关于吴承恩的材料，终以为不甚完备，尚不曾着手整理。昨天看见第六期的《读书杂志》里面《西游记考证》，居然把吴老先生表彰出来，并且材料也还不少。从此吴承恩的姓名，藉着他底文学作品得以永远不死。将来再经了适之先生的考索，或者竟替他作出一个年谱来，又何尝不是这位吴老先生的荣幸呢？现在我们索性把搜求所得，未曾见于《考证》里面的材料，写了出来，供献给适之先生，让他作个综合的研究。

同治十二年《长兴县志》，名宦，页十五：

> 吴承恩，字汝忠，山阳人，嘉靖中授长兴县丞。性耽风雅，作为诗，缘情体物，习气悉除；其旨博而深，其辞微而显，张文潜后殆无其伦。官长兴时与邑绅徐中行最善。往还唱和，率自胸臆出之。丞廨浮沉，绝无攀援附丽，其贤于人远矣！著有《射阳先生存稿》。

志中所载，系杂引李本宁《大本山房集》，和陈玉叔（文烛）《射阳存稿序》里面的话；李语也见于《明诗综》卷四十八页二十五，《吴承恩》七首下注：

> 李本宁云，汝忠与徐子与善，往还唱和；今按其集独不类七子，率自胸臆出之。以彼其才，仅为县丞以老！一意独行，无所扳援附丽，岂不贤于人哉？

据此，可知徐中行与吴承恩的交情，并且知道他们曾互相唱和。我们倘若把徐中行的诗文拿来看一看，定然能寻些关于吴承恩的材料；像适之先生在《四松堂诗集》找着曹雪芹的故事一样。徐中行是"后七子"之一，曾入《明史·文苑传》；王世贞的《艺苑卮言》里面，也极口称赞他。他的著作有：

《天目山堂集》二十卷，《附录》一卷。

《青萝馆集》六卷。

以上二种，均见《四库存目》。可惜尚未觅得！

我们看了徐中行的传略，也可以作吴承恩官长兴时代的旁证。按《明诗综》卷四十六（页二十九），说：

> 徐中行，二首。中行字子与，长兴人，嘉靖庚戌进士。除刑部主事，出知汀州府……有《青萝馆集》。

中行成进士在庚戌，当嘉靖二十九年（1550）。而吴承恩得岁贡却不在此年。按光绪《淮安府志》贡举表，岁贡生有：

吴承恩，甲辰。

甲辰是嘉靖二十三年(1544)。周豫才先生看光绪《淮安志》,遗漏了这一条;适之先生假定的年岁,较此相差六年。

《考证》假定吴承恩任长兴县丞在嘉靖末,约当西历1560。乾隆十四年《长兴县志》职官,名宦,皆不载吴承恩之名。同治《长兴志》名宦的次序,系随便列入,不足为依据。他的职官表也无吴承恩作县丞的年岁。但此表中县丞的缺额上,尚有线索可寻。表如下:

嘉靖年	长兴县丞	附记
一六—二〇	李良材	
二一	张梓	
二二		
二三(甲辰)		吴承恩岁贡
二四—二五		
二六	张黼　沈天民	
二七—二八	马万椿	
二九(庚戌)	马万椿	徐中行进士
三〇	马万椿(本年升州判)	
三一—三四		
三五—三六	吴世法　谭以晋	
三七	周杭	
三八	盛忠烈	
三九—四五		

我初以为同治《志》"嘉靖中"的"中"字,当是指二四至二五两年,因为嘉靖在位四十五年,二十五年正在中间。适之先生以为"中"字不当这样拘泥看;况且岁贡在廿三年,而县丞在廿四年,似乎不

合情理。此外只有两个缺额了，一是三一至三四年，一是三九至四五年。吴承恩丞长兴，不出这两个时代。适之先生主张三九至四五年(1560 至 1566)之间；因为文人作县丞，大概是迫于贫老，不得已而为之，故此事似以晚年为适宜。况且《明诗综》引李本宁的话，说：“以彼其才，仅为县丞以老。”这更可见他作县丞是在老年了。若此说不错，则《考证》原拟嘉靖末(约 1560)为丞长兴之年，竟得一有力的旁证了。

适按《明史》二八七云：

> 徐中行，……由刑部主事历员外郎郎中，稍迁汀州知府。广东贼萧五来犯，御之，有功；策其且走，俾武平令徐甫宰邀击之；让功甫宰，甫宰得优擢。寻以父忧归。补汝宁，坐大计，贬长芦盐运判官，迁湖广佥事；……累官江西左布政使，万历六年(1578)卒官。

我们在这时候，材料不完全，不能知道徐中行丁父忧的年岁。但徐中行是嘉靖二九的进士，做到汀州知府，立了功，然后丁忧回家，至少须有十年的时间。大概吴承恩做长兴县丞，和徐中行丁忧回籍，同在嘉靖三九年以后，故他们有往还熟识的机会。

《考证》上又假定：“万历初(约 1580)吴承恩死。”不知何据？但是这里却有一件可靠的证据，写来作他补充的条件。康熙《淮安府志》，卷十二，文艺，页十一，载：

> 吴承恩《瑞龙歌》(原注——事见蜕龙潭)。忆昨淮扬水为

厉，冒郭襄陵汹无际；皆云“龙怒驾狂涛，人力无由杀其势”。忽然溪壑息波澜，细草平沙得龙蜕；峥嵘头角异寻常，犹带祥烟与灵气；神奇自古惊流传，蛰地飞天总成瑞。高家堰报水土平，世运神机关进退；司空驰奏入明光，百辟趋朝笑相慰：独不见，当年神禹治九州，秦绩玄龟动天地；今兹告兆协神龙，千古玄符迥相继；贮看寰宇遍耕桑，万年千年保天佑。

又卷一，《祥异》及《山川》载有：

万历七年三月十八日，申，大雷雨……

蜕龙潭，万历七年。王世贞有记。

蜕龙潭故事，在万历七年（1579），承恩还够上替他作《瑞龙歌》，可以推想他的死在万历七年以后。《考证》约计他的死是（1580），恰恰万历八年，未免太凑巧了。总之：我们虽不能断定他是否死在七年或八年，或者八年以后若干年？然而有了这个证据，却是可以说他的死不在万历七年以前。

在《考证》里面，适之先生说：“花果山是后来小说有的；紫云洞，后来改为水帘洞了。”在这一点，我们也曾寻出来些踪迹。因为看《淮安志》的时候，偶然看见《艺文》里面有“朱世臣题云台山水帘洞”的标题，想到水帘洞是美猴王的发祥地；也算这部《西游记》的出发点；不无研究的价值。于是就加意探访，果然寻到了水帘洞的去处。

嘉庆《海州志》，卷第十一，山川：

> 姚陶《登云台山记》……夜半，呼仆夫乘月登山，观日出。由殿东石径上里许，为水帘洞；洞中石泉极浅，冬夏不竭，泉甚甘美。云为三元弟兄修真处。……

云台山，就是郁州。他有许多名字是：“苍梧山”、“青峰顶”、“青风顶”、“覆釜山”、“逢山”、“郁州”等等。晋、宋之间，南北相争，颇为要地，并曾侨置青、冀二州。云台的名字，是万历年间起的。此山是海边的一个孤岛，周围约有二百余里。《志》又称：

> 云台，向在海中，禁为界外；康熙十六年，奏请复为内地。

此山的形势，也似乎是花果山的背景。游览过此山的吟咏记载，有很多的人，我们一看，就可以知道云台山的价值了。

作赋的：孙斯位，汪枚。

作记的：吴进，姚陶。

作诗的：苏轼，刘峻，王时扬，周于德，张一元，黄九章，武尚行，纪映钟，杨锡绂，张宾鹤，吴恒宣，管韩贞。

此外关于吴承恩的遗诗，除了《山阳志遗》以外，在《明诗综》看见的有七首，题目如下：

对月，《富贵曲》效温飞卿体，杨柳青，田园即事，秋夕，柬未斋陶师，《勾曲》。

见《淮安志》艺文的二首：

堤上，瑞龙歌。

以上所录，为给适之先生凑集材料起见，所以乱杂无章地写了许多。不过可以作《西游记考证》的一点补充的材料罢了，实在够不上说是一种研究。

十二,二,五。

后记一

适

董先生供给我这些好材料,使我十分感谢。他所举的吴承恩遗诗,也都承他抄给我了。《淮安府志》里《堤上》一首,《明诗综》里《杨柳青》一首,皆与《山阳志遗》相重。今补录《田园即事》一首于下:

田园即事　　　　吴承恩

大溪小溪雨已过,前村后村花欲迷。老翁打鼓官社里,野客策杖官桥西。黄鹂紫燕声上下,短柳长桑光陆离。山城春酒绿如染,三百青钱谁为携?

后记二

适

这篇跋登出之后不多时,董先生又去检查康熙年间修的《汝宁府志》,他在卷八"官师(名宦)"里寻得这一条:

徐中行(嘉靖四十一年至四十二年任)……丁巳(嘉靖三六,西1557)出守汀州,以外艰归。壬戌(嘉靖四一,西1562)起补汝宁。……官仅一载,竟中忌者之口,以京察左迁去。

这一条可以证明我上文的假设:徐中行丁忧回籍,果在嘉靖三九至四一年,大概我猜想吴承恩作县丞也在此时,是不错的了。

现在可以修正我《考证》里拟的年表如下:

嘉靖二三(1544),吴承恩岁贡。

二九(1550),徐中行进士。

三九(1560)至四一(1562),徐中行丁父忧,在长兴。

三九(1560)至四五(?),吴承恩作长兴县丞。

隆庆初(约1570),吴承恩在淮安,与陈文烛、徐中行往来酬应,酒酣论文。

万历六(1578),徐中行死于江西布政任上。

七(1579),吴承恩作《瑞龙歌》。

约万历七八年(约1580),吴承恩死;以他岁贡之年推之,他享寿当甚高,约七十多岁。生时当在弘治、正德之间(约1505)。

这个表精密多了。我们不能不感谢董作宾先生的厚意和助力。

十二、三、九。

读吴承恩《射阳文存》*

——吴进辑，冒广生刻，《楚州丛书》本——

此书只有文十七篇，有乾隆丁酉（1777）吴进跋云："《射阳先生集》，予三十年前在朐山友人家见之，仓卒未及录。……乾隆丁酉予过老友书传家，见案上残本，借录数篇，略存吾淮文献。诗，向别有本。家山夫先生谓有此集，惜未见。"

这几篇文殊少考证资料。其有年月可考者，摘抄于下：

嘉靖十一（1532），父死。父名锐，字廷器；《文存》中有《先府宾墓志》，甚可贵。其叙世系如下表：

吴鼎—铭（余姚训导）—贞（仁和教谕）—锐—承恩。

锐生于天顺五年（1461），死时年七十二。《墓志》中云："公壮岁时，置侧室张，实生承恩。"又云："及承恩冠矣，先君且年老。"是张氏来时，当锐三十岁时，即弘治四五年顷（1491 至 1492）。以"承恩冠矣"二句推之，是承恩生当十五世纪之末，或十六世纪之初（约 1500 上下）。此可得旁证二。

旁证一：

嘉靖十九（1540）作《鹤江先生诔》，有云："昔受公知，昉于童

---

* 本文作于 1924 年 12 月 26 日，载《猛进》周刊第 4 期（1925 年 4 月 3 日），收入《胡适文存》三集卷六的时候增加了《后记》。

孺;……有怀雅遇,二纪于兹。”是当正德十年项(1515),他还不过十余岁。

旁证二:

嘉靖二五(1546)作《石鼎联句图题词》,有云,“忆少小时侍客谈此,仆率尔对曰,‘道士既云不解人间书,又何以知礼部韵耶?’客悟而笑。回思此对,二十余年矣。”是当正德末年(约1520),他虽已能作此对,还可说是“少小时”。

我前作《西游记考证》,初定吴承恩生于正德之末(约1520);后于《附记》中改为生当弘治、正德之间(约1505)。以今观之,似尚须提早几年,以1500为稍近事实。

此外《文存》中尚有三个年代可考:

嘉靖三五(1556)作《沈卓亭墓志》。又四三(1564)作《潘熙台神道碑》。万历五(1577)代人作《丁双松墓志》。

此与董作宾君考出他在万历七年尚存的话,可以互证。

大概吴承恩生于1500左右,死于1580左右。

十三、十二、二十六。

《文存》有《祭卮山先生文》,末有编者按语云,“汝忠见知于陈玉叔郡守,卮山必是陈公外号。”此语殊失。《先府宾墓志》说他的父亲终身未尝入州府;“郡太守卮山公闻之,以为贤,乡饮召为宾。”他的父亲死于嘉靖十一年,而陈文烛任淮安在隆庆初(见《山阳志》五),此二人必非一人。

后记

吴承恩的《射阳先生存稿》四卷，近已在北平故宫藏书中发见了。故宫博物院的编辑部已把这书摘抄出来，在《故宫周刊》(第十一期以下)上陆续登载。

此书有万历庚寅(1590)夏日陈文烛的序，第一句说，"吴汝忠卒几十年矣"。此可考见吴承恩死在万历十年(1582)，故说"几十年"。我的《考证》假定他死在万历七八年，应改正。

十九，七，卅。

跋《四游记》本的《西游记传》*

《四游记》四种:《东游志传》,题兰江吴元泰编,记八仙的传说;《西游记传》,题齐云阳至和(鲁迅所见本作杨志和)编,记唐僧取经故事;《南游志传》,题仰止余象斗编,记华光天王的故事;《北游志传》,也题余象斗编,记真武玄天上帝的出身。

这四部书的年代都不可考。只有《北游记》之末记永乐三年真武上帝助国家得胜,受皇帝崇拜,下文说,"至今二百余载,香火如初。"永乐三年当西历1405,加二百余载,已到了万历晚年了。但这一点也许可以暗示《北游记》的年代,却不能考定其余三部书的年代。

依我个人的推测,东,北,南,三种游记之名都出于吴承恩的《西游记》之后。《华光》小说起于民间,吴昌龄《西游记》杂剧中已有华光了,可见此种传说来源很早。《真武》与《八仙》两故事来源很早,是大家知道的。此三书的原本大概各有专名,如《上洞八仙传》,《五显灵官华光天王传》,《真武玄天上帝出身志传》之类;其文字或为宣卷体,或为散文小说,都不可知。到了万历中期以后,《西游记》小说已风行了,始有余象斗本的《华光》和《真武》小说出

---

* 本文作于1931年3月15日,载《北平图书馆馆刊》1931年第5卷第3号,收入《胡适论学近著》一集卷三,商务印书馆1935年12月版。

现。谢肇淛《五杂组》中提及《华光》小说,或即是此本。谢肇淛是万历二十年(1592)进士,他见《华光》小说已在《西游记》风行之后了。《八仙传》中称"齐天大圣"手持铁棒,英雄无敌,可见此书出于《西游记》之后。但《八仙传》中称"温、关、马、赵四将",关帝的地位还不特别高,可见其书尚是晚明作品。

四部书凑成《四游记》,乃是很晚的事。我的一部《四游记》有嘉庆十六年辛未(1811)明轩主人的总序,首云:

> 余肄业家塾,训授诸生,适友人持一帙示余曰,"此吴元泰、余仰止诸先生所纂《四游记》也。敢乞公一序以传。"……

末云:

> 此书之谆谆觉世,……有裨于世道,足以刊行,是以为序。

我所见的本子没有比这本子更古的。这可见《四游记》乃是嘉庆时书坊杂凑牟利的书,远在《西游》小说流行之后了。

《四游记》中的《西游记传》是一个妄人删割吴承恩的《西游记》,勉强缩小篇幅,凑足《四游记》之数的。《西游》小说篇幅太大,决不能和其他三种并列,故不能不硬加删割。但《西游》行世已久,删书者不敢变动书中故事,故其次第全依《西游记》足本。鲁迅先生(《小说史略》页一七七)也说,"《西游记》全书次第与杨志和作四十一回本殆相等。"其实乃是阳本全依吴本的次第。

试看此书前十五回和吴本的前十四回相同,已占了全书的一小半了。可见删书的人起初还不敢多删。到了后来,为篇幅所限,他只好横起心肠,胡乱删削,吴本的后八十五回被他缩成二十六回,所以竟不可读了。

鲁迅先生误信此书为吴本之前的祖本,我试举一例来证明他的错误。此本第十八回(收猪八戒)收了八戒之后,

> 唐僧上马加鞭,师徒上山顶而去。话分两头,又听下回分解。

这下面紧接一诗:

> 道路已难行,巅崖见险谷。……野猪挑担子,水怪前头遇。多年老石猴,那里怀嗔怒。你问那相识,他知西去路。

下面紧接云;

> 行者闻言冷笑,那禅师化作金光,径上乌窠而去。

这里最可看出此本乃是删节吴承恩的详本,而误把前面会见乌窠禅师的一段全删去了,所以有尾无头,不成文理。这是此本删吴本的铁证。

鲁迅说吴本"第九回记玄奘父母遇难及玄奘复仇之事,亦非事实,杨本皆无有,吴所加也"(页一七七)。今按阳本第十二回有玄奘父母遇难的事,但删去了复仇一节。吴昌龄的《西游记》杂剧的第一卷即是叙玄奘的父母遇难及后来复仇之事。吴承恩全沿用此

卷，其中有不近情理之处，都是因袭元剧，未及剪裁的。《四游记》本的删节，全是为篇幅关系，显然在吴承恩之后。又鲁迅说吴本火焰山之战是“取《华光传》中之铁扇公主以配《西游志传》（杨本）中仅见其名之牛魔王”（页一七九），这也是一种错误的猜想。铁扇公主已见于吴昌龄《西游记》剧本的第十八九出，但牛魔王是吴承恩创造的。红孩儿在元剧里是鬼子母的儿子，与铁扇公主、牛魔王无关。吴承恩把红孩儿做了牛魔王的儿子，又叫铁扇公主做了牛魔王的老婆，遂造出几万字的热闹文字（四十至四二回；五九至六一回）。但阳本实在收不下了，遂把火焰山“三调芭蕉扇”的大文章删成了一百三十个字！火焰山的大战只剩了两行半：

> 魔王抵家，闻得行者拐了扇子，星忙赶至中途，多得天神地祇助功，得了扇子，扇开火焰山，径至祭赛国。

明眼的读者，这是阳本硬删吴本呢？还是吴本从“多得天神地祇助功”一句子造出几万字的妙文呢？如果还有人信后一说，我要请问，阳本前面（三十二回）已明说红孩儿是牛魔王的儿子，何以到了后文仇人相见，又不写牛魔王要报儿子的仇恨哩？

所以我断定《四游记》中的《西游记传》是一个妄人硬删吴承恩本缩成的节本，决不是吴本以前的古本。

二十，三，十五夜改稿。

卷三　蒲松龄考证

辨伪举例*

——蒲松龄的生年考

卢见曾的《国朝山左诗钞》卷四十五有蒲松龄小传，引张元的《蒲先生墓表》说：

> 卒年七十六。

张元的《墓表》全文，我那时没见着。鲁迅先生的《小说史略》根据《聊斋文集》附录的《墓表》，说蒲松龄至康熙辛卯始成岁贡生，越四年遂卒，年八十六(1630—1715)。后来我见着上海中华图书馆石印本《聊斋文集》(以下省称“石印本”)，果然有张元的《墓表》的全文，说他：

> 以康熙五十四年正月二十二日(1715年2月25日)卒，享年八十有六。以本年葬村东之原。又十年，为雍正改元之三年(1725)，其孤将为碑以揭其行，而以文属余。以余于先生为同邑后进，且知先生之深也，乃不辞而为之文以表于墓。

* 本文作于1931年9月5日，载1932年3月10日《新月》第4卷第1号；收入《胡适论学近著》一集卷三。

张元于乾隆十七年（1752）作《渔洋感旧集》后序，自署“八十一岁老人”，是他生在康熙十一年（1672），蒲先生死时，张元已四十四岁，作《墓表》时他已五十四岁了。他记蒲松龄死的年月日，决无不可信之理。

但《山左诗钞》引《墓表》作“卒年七十六”，道光《济南府志》（卷五四）也作“卒年七十六”。然而《聊斋文集》所录《墓表》却作“享年八十有六”。究竟是那一本是对的呢？

《山左诗钞》刻于乾隆戊寅（1758），去张元之死（1756）不过两年。卢见曾刻《渔洋感旧集》，张元替他补各人的小传；《山左诗钞》屡引张元所作的碑传，所以我们可以断定卢见曾所据的《蒲先生墓表》，必是张元的原本，应该是最可信的本子。因此，我相信“八十六”是“七十六”之误。从康熙五十四年（1715）上推七十六年，是崇祯十三年（1640）庚辰。

去年十月我到北平，借得清华大学图书馆所藏的《聊斋全集》（以下省称“清华本”），其中有《文集》四册，《诗集》两册。《诗集》中有《降辰哭母》诗，中有云；

> 老母呼我坐，大小绕身旁。……因言庚辰年，岁事似饥荒。尔年（尔字此本作“儿”，后见马立勋抄本作“尔”，尔年即是那一年）于此日，诞汝在北房。……

庚辰正是崇祯十三年，可以证明七十六岁之说不误。

《文集》中有《述刘氏行实》一篇，是他的夫人的小传。刘孺人死于康熙癸巳（1713），年七十一；她生于崇祯十六年（1643），比蒲松龄小三岁。她死时，蒲松龄年七十四岁，《诗集》中有七十四岁的诗,次年七十五岁,有过妻墓的诗。以后就只有几首诗了,最末一首为《除夕》,仍有悼老妻的话,大概是七十五岁除夕的诗。《诗集》里没有七十五岁以后的诗。这也可证聊斋先生死时大概是七十六岁。

*　*　*　*　*　*

淄川马立勋先生(北大学生)不信七十六岁之说,他说,《聊斋诗集》里有“八十述怀”七律两首,诗中明明说“甲子重经又廿年”,他决不止七十六岁。此两诗不载于清华本,止见于石印本。

马君自己在淄川抄得一部《聊斋全集》(以下称“马本”),其中的诗集里也没有这两首“八十述怀”诗。这一点使我很怀疑。

今年我又借了清华本,准备用此本来和马本和石印本互相参校,先请罗尔纲先生把三种《聊斋集》的文、诗、词的篇目列为一个对照表。罗君把这表写成之后,来对我说:“石印本的文和词,除了极少数之外,都是清华本和马本所收的。最奇怪的是石印本的诗,共二百六十二首,没有一首是清华本和马本里面见过的。”这就使我更怀疑石印本的《聊斋诗集》了。

昨夜我取出了石印本的《聊斋诗集》,翻出了那两首“八十述怀”来细细研究。第一首全是泛泛的话,可以不论。第二首如下:

> 甲子重经又廿年,健全腰脚胜从前。论交差喜多名士,著录新成只短篇。春到东菑催力作,夏长北牖傲高眠。恬熙幸际承平日,与世无求便是仙。

我看出破绽来了,第五句有一条小注:“淄东有薄田数十亩。”我笑道:“这首诗是妄人假作的。蒲留仙决不会用‘淄东’来注解‘东菑'!"

于是我又细细翻读全部诗集,看见集中有许多聊斋的朋友的姓名,如王渔洋、王西庄、袁宣四、李约庵、焦石虹、毕公权、毕怡庵、邱行素、张历友……等等,每人都注有名号,籍贯,科举年份,官阶,著作等等。这些人确都是聊斋的朋友,注的又这样详悉清楚,我如何能说这部诗集是假造的呢?

我看下去,又发见了两件极有力的证据,真把我吓倒了!第一件是两首"己未除夕"的诗,有"三万六千场过半","五十知非蘧伯玉"两句,都是五十岁的话。己未是康熙十八年(1679)。依七十六岁的说法,聊斋那时只有四十岁。如果他那年已五十岁,他应该是崇祯三年(1630)生的,死时八十六岁。岂不是八十六岁之说对了吗?

还有一件证据,是一首用苏东坡《石鼓歌》韵的长诗,诗题是:

> 戊寅仲夏,时明府将赴沂州任,同人以诗赠者皆用坡公《石鼓歌》韵,予辞不获,因亦勉成一首,并送毕韦仲之黔,刘乾庵入都,沈燕及往九江。

这个诗题已够吓人了。诗中又有一条小注,说:

> 龄今年六十八矣。

戊寅是康熙三十七年(1698)。依七十六岁说,他只满了五十八岁。如果他那年满六十八岁了,那么,他的生年应该提早十年,死时正是八十六岁了。

*　*　*　*　*　*

我看了这两条吓煞人的证据，很懊悔不该瞎疑心这部石印本诗集。我想，我的七十六岁说只好抛弃了。我请我家中住的胡鉴初先生（他正在研究蒲松龄的全部著作）来看这两条硬证，我说："我认输了。"他也情愿承认八十六岁的说法了。

可是，清华本和马本的"降辰哭母"诗中说的生年在庚辰的话，又怎么讲呢？难道"庚辰"是庚午（1630）之误吗？这一个字的证据，怎么能抵敌那石印本的许多证据呢？

我的心终不死，忽然想起了《聊斋文集》里那篇刘孺人的《行实》——这是三种本子同有的。《行实》说：

> 孺人刘氏，……父季调，……生四女子，孺人其次也。初松龄父处士公敏吾……嫡生男三，庶生男一，……松龄其第三子，十一岁未聘（此依石印本。清华本及马本皆作"十余岁"），闻刘公次女待字，媒通之。……遂文定焉。顺治乙未（1655）间，讹传朝廷将选良家子充掖庭，人情汹动。刘公……亦从众送女诣婿家，时年十三……

我看了这一段，又忍不住大笑了。我指给鉴初看，又翻开年表，我说："刘孺人生于崇祯十六年（1643），是毫无可疑的。如果蒲松龄的生年要提早十岁，那么，他十一岁正当崇祯十三年（1640），他的妻子还没有出世哩！她怎么会'待字'呢？"

这一条新证据足够打倒石印本的那两条证据了。于是我对鉴初说："石印本的诗集全是假造的，所以没有一首诗和清华本或马本相合。这位假造的人误信了那《墓表》的一个误字，深信聊斋活了八十六岁，所以假造那三首假诗，一首'八十述怀'，一首'己未除夕'，一首'戊寅仲夏'。这个人真了不得。他做了二百六十二首假诗来哄骗世人；许多诗是空泛的拟古之作，如《拟陶靖节移居》，如《拟杜荀鹤宫怨》，那是不相干的。但他又查出了聊斋的一些朋友，捏造了许多诗题，又加上了许多详细的注语，这些注语都好像有来历的，所以我们都被他瞒过了。"

鉴初还有点不相信。我说："我要把这些姓字履历的注语的娘家，一条一条都查出来给你看。"我翻出一个诗题：

喜毕公权获解

注云：

毕名世持，淄川人，康熙十七年戊午解元。

我说："这一条注，我记得清清楚楚是《聊斋志异·马介甫》一篇的注语。"我到书架上寻出一部《聊斋志异》来，翻开《马介甫》一篇，果然有这一条：

毕公权名世持，淄川人，康熙戊午解元。

我又指一个诗题：

同毕怡庵绰然堂谈狐，时康熙二十一年腊月十九日夜也。

我说："这个诗题也好像是《聊斋志异》上见过的"。鉴初和我两个人同翻《聊斋》，不到一会儿工夫，果然在《狐梦》一篇寻着了，原文是：

余友毕怡庵……

康熙二十一年腊月十九日，毕子与余抵足绰然堂，细述其异。……

我又指一个诗题：

袁宣四得古瓶，诗以艳之。有序。

序文凡一百四十三字，叙北村甲乙二人淘井得二古瓶的始末，一瓶入张秀才家，一瓶归宣四。我说，“这篇序也像是抄《聊斋》的。”果然在卷十三寻得《古瓶》一篇，序文全是删节这一篇的。还有一条注，记袁宣四的履历，也被这位先生全采去作另一诗题的注语了。

不到一个半钟头，这石印本的诗题的注语差不多全在《聊斋志异》的注语里寻出来了。如李约庵和张历友的履历见于《志异》附录《淄川志》小传的注文，焦石虹的见于卷六《狐联》篇注，邱行素的见于卷十三《秦生》篇，张石年邑侯生祠事见于卷十三《王大》篇*，“淄川古八景”的八个诗题全见于卷十四的《山市》篇的注文。——前后共寻出了十条证据，我可以下判决书了。判决的主文是：

审得有不知名的文人，抄袭了《聊斋志异》的文字和注文，并依据了张元所作《蒲先生墓表》的误字，捏造了蒲松龄和他的朋友们倡和的诗若干首，并且混入许多浮泛的拟古诗歌，总共捏造了二百六十二首歪诗，冒充《聊斋诗集》，石印贩卖，诈欺取财，证据确凿。

*　*　*　*　*　*

这案判决时，已近半夜了，我们都去睡了。今天早起，我又检查《山左诗钞》，才知道这位“被告”不但熟读《聊斋志异》，并且还采用了一些别的材料。石印本《诗集》有一篇“《杖头钱》，同历友作”，并附录张历友的原作《杖头钱》，张诗收入《山左诗钞》的第四十三卷。石印本又有《赠历友》两绝句：

---

* 适按：“大”字不误。张石年又见于《王十》篇。

选政亲操日杜门，穷搜八代溯渊源。一编《肪截》传名著，《高士》同教两汉尊。

山左推君第一人，蒲轮空谷贱红尘。相嬉猿鹤轻轩冕，花落山房春复春。

诗后附注云：

历友学殖淹博，挥洒千言。同时诸前辈称为冠世之才，不虚也。试辄冠曹。时宫定山中丞为学使，以明经荐山左第一人，就京兆试，不遇，归而处昆仑山，不复出，杜门著书，有《八代诗选》、《班范肪》、《五代史肪截》、《两汉高士赞》、《昆仑山房集》等书，卓然可传。岂以名位之有无为轻重耶？

这一条注文，句句有来历，都见于《山左诗钞》卷四十三张笃庆（历友）的小传下的附录。自"宫定山中丞"以下到"杜门著书"，是抄唐豹岩的《昆仑山人集序》；"学殖淹博，挥洒千言"，是用《渔洋诗话》；所著书目五种是全抄卢见曾的跋语；只是《班范肪截》一个书名截去了一个"截"字。我疑心"被告"曾见过《山左诗钞》的第四十三卷的残本。

可是他决没有见着《山左诗钞》的全部。何以见得呢？《山左诗钞》卷四十五有蒲松龄的诗十一首。如果他见了此卷，他决不肯放过这十一首真诗。石印本《诗集》没有这十一首诗，可见他不曾见《山左诗钞》的全书。

*　*　*　*　*　*

我们现在可以推测"被告"为什么要捏造这部《聊斋诗集》。满清末年，上海国学扶轮社印出了一部《聊斋集》，其中有文，有词，而没有诗。民国以来，此书久已绝版了。大概"被告"见了这部扶轮社本，嫌他太少，就捏造了一部《诗集》，又加入了两册来历不明的《聊斋笔记》，材料增添了一倍，凑成了六册的《聊斋全集》，就成了一部定价两元的大书了。《文集》中的《志异自序》和《词集》中的《惜余春慢》也是从《聊斋志异》抄入的。笔记目录后有黄珽的附记，自称是聊斋的儿子东石的门人，在尘箧中得着太夫子的笔录，整理为两卷。笔记中的材料无可供考据的；聊斋生四子，长名箬，有文名，不知是否字东石。

* * * * * *

昨夜查《聊斋志异》时，我又寻得一条证据，证明聊斋七十六岁之说。《志异》卷十六有《折狱》两篇，皆记淄川知县费祎祉的事。费祎祉任淄川是顺治十五年(1658)到任的。聊斋自跋云；

> 我夫子有仁爱名，……方宰淄时，松裁弱冠，过蒙器许，而驽钝不才，竟以不舞之鹤为羊公辱。……

他生于崇祯十三年(1640)，到顺治十六年(1659)正是弱冠之年。这又可见八十六岁之说必不可信了。

我的结论是：

蒲松龄生于崇祯十三年庚辰(1640)，死于康熙五十四年乙未正月二十二日(1715年2月25日)，享年七十六岁。

二十年九月五日。

《醒世姻缘传》考证*

亚东图书馆标点重印的《醒世姻缘》,已排好六七年了;他们把清样本留在我家中,年年催我做序。我因为不曾考出这书的作者"西周生"是谁,所以六七年不能动手做这篇序。我很高兴,这几年之中,材料渐渐增添,到今天我居然可以放胆解答"《醒世姻缘》的作者是谁"的一个难题了。

这个难题的解答,经过了几许的波折,其中有大胆的假设,有耐心的搜求证据,终于得着我们认为满意的证实。这一段故事,我认为可以做思想方法的一个实例,所以我依这几年逐渐解答这问题的次序,详细写出来,给将来教授思想方法的人添一个有趣味的例子。正是:

> 鸳鸯绣取从君看,要把金针度与人。

---

* 本文作于1931年12月13日,载亚东图书馆出版汪乃刚标点《醒世姻缘传》中,原有《后记》一则,并收有张元《柳泉蒲先生墓表》为附录;1932年8月20日又补《后记二》,1935年再补《附录二》,一并收入《胡适论学近著》一集卷三。1986年台湾远流出版公司出版的《胡适作品集》收入此文时又据胡适手批之《胡适论学近著》收入《后记三》。

一　我的假设

《醒世姻缘》刻本首卷有“西周生辑著，然藜子校定”两行字；又有一篇弁语，末尾写着：

> 环碧主人题
>
> 辛丑清和望后午夜醉中书

这都不能供给我们什么考据的材料。辛丑也不能定为那一个辛丑*；我们又无从知道这篇弁语是著书人的自序，还是刻书人的手笔。

书中的事迹托始于明朝英宗正统年间，直到宪宗成化以后，都在十五世纪（约1440—1500）。但我们看这部书里面的事实，就可以知道这部书决不是明朝中期的作品。有几条证据：第一，书中屡次提到杨梅疮。我们知道杨梅疮是西洋人从美洲带回欧洲，又从欧洲流传到中国的。在中国进口的地方是广东，所以杨梅疮在这书里又叫做广东疮。哥仑布发见美洲在弘治五年（1492），已在十五世纪的末年了；所以我们估计《醒世姻缘》应该是十七世纪的书，或是明末，或是清初，不会更早的了。第二，书中屡次提到《水浒传》、《西游记》的典故（如第八十七回的牛魔王夫人，地煞星、顾大嫂、孙二娘等；如第九十八回林冲、武松、卢俊义等）。可见这书的

* 适按：顺治十八（1661），康熙六十（1721），蒲公死在康熙五四。

著作在《水浒传》、《西游记》的定本已很风行之后，这也应该在明末清初的时代了。

我为此事，曾去请教董绶金（康）、孟心史（森）两位先生。孟先生曾给我一封长信，他主张此书大概是清初的作品。我后来推想杨梅疮推行到北方应该需时更久，所以我也倾向于这一说。

但西周生究竟是谁呢？这个问题的解决应该从那一点下手呢？我研究全书的内容，总觉得这部书的结构很像《聊斋志异》里的《江城》一篇。《醒世姻缘》的结构是一个两世的恶姻缘：

（一）前生

晁源射死了一只仙狐，又把狐皮剥了。他又宠爱他的妾珍哥，把他的妻计氏逼的上吊自杀。

（二）今生

晁源托生为狄希陈，死狐托生为他的妻薛素姐，计氏托生为他的妾童寄姐。狄希陈受他的妻妾的种种虐待，素姐的残暴凶悍更是惨无人理。后来幸得高僧胡无翳指出前生的因果，狄希陈念了一万遍《金刚经》，才得销除冤业。

作者在“引起”里指出这一条可怕的通则：

> 大怨大仇，势不能报，今世皆配为夫妻。

他又有诗道：

> ……名虽伉俪缘，实是冤家到。前生怀宿仇，撮合成显报。同床睡大虫，共枕栖强盗。此皆天使命，顺受两毋躁。

全书末回里，胡无翳对狄希陈说：

> 这是你前世里种下的深仇，今世做了你的浑家，叫你无处可逃，才好报复得茁实。如要解冤释恨，除非倚仗佛法，方可忏罪消灾。

我们试把这两个结构来比较《江城》的故事，就可以看出这两个故事是同样的。《江城》的故事是这样的：

（一）前生

一个士人误杀了一个长生鼠。

（二）今生

士人托生为高蕃，死鼠托生为樊江城，两人幼小时相恋爱，结婚后，江城忽变成奇悍，高蕃受了种种奇惨的虐待。后来他的母亲梦中见一位老人告诉她道："此是前世因，……今作恶报，不可以人力为也。每早起，虔心诵《观音咒》一百遍，必当有效。"高家父母都依梦中的话去行，两月余之后，江城果然悔悟了，竟成为贤妇人。

这两个故事太相同了，不能不使我注意。相同之点，可以列举出来作一张对照表：

	《醒世姻缘》	《江城》
（1）	狄希陈前生杀一只仙狐。	高蕃前生杀一只长生鼠。
（2）	仙狐托生为妻（素姐），凌虐狄生。	死鼠托生为妻（江城），凌虐高生。
（3）	素姐之父借住狄翁的房屋。	江城之父借住高翁的房屋。
（4）	素姐未嫁时性情良善，嫁后性情大变。	江城也是嫁后"反眼若不相识"。

（续表）

(5)	素姐气死翁姑父母。	江城的父母也因气愤病死。
(6)	狄希陈的朋友相于廷因笑谑被素姐戏弄。	高生的朋友王子雅因笑谑被江城暗害。
(7)	高僧胡无翳指出前生因果。	老僧用水噀江城，指出她的前生。
(8)	狄希陈念《金刚经》一万遍，冤业才得销除。	高氏父母每日念《观音咒》一百遍，江城竟悔悟了。

《江城》篇有附论，说：

> 人生业果，饮啄必报。而惟果报之在房中者，如附骨之疽，其毒尤惨。

《醒世姻缘》的“引起”也说：

> 大怨大仇，势不能报，今世皆配为夫妻。……那夫妻之中，就如脖项上瘿袋一样，去了愈要伤命，留着大是苦人。日间无处可逃，夜间更是难受。……将一把累世不磨的钝刀在你颈上锯来锯去，教你零敲碎受。这等报复，岂不胜如那阎王的刀山剑树，硙捣磨挨，十八重阿鼻地狱？

这两段议论可算是同一个意思，不过古文翻成了白话罢了。

《醒世姻缘》的作者问题，好像大海里捞针，本来无可下手处。可是《江城》的故事使我得着一个下手的地点了。所以我在四五年前就提出一个假设的理论，说：

> 《醒世姻缘》和《聊斋志异》的《江城》篇太相像了，我们可

以推测《醒世姻缘》的作者也许就是《聊斋》的作者蒲松龄，也许是他的朋友。

二 内证

我有了这个假设，就想设法证实他，或者否证他。不曾证实的假设，只是一种猜测，算不得定论。

证实的工作很困难。我在前几年只能用《聊斋志异》和《醒世姻缘》两部书作比较的研究，想寻出一些“内证”。这些“内证”也有很值得注意的：

第一，《聊斋》的作者十分注意夫妇的问题，特别用气力描写悍妇的凶恶。这一点正是《醒世姻缘》最注意的问题。《聊斋·江城》篇附论说：

> 每见天下贤妇十之一，悍妇十之九，亦以见人世之能修善业者少也。

《醒世姻缘》也说：

> 但从古来贤妻不是容易遭着的，这也即如“王者兴，名世出”的道理一般。

《聊斋》写悍妇的故事有好几篇；《江城》之外，有《马介甫》篇（卷十）的尹氏，《孙生》篇（卷十四）的辛氏，《大男》篇（卷三）的申氏，

《张诚》篇(卷二)的牛氏,《吕无病》篇(卷十二)的王氏,《锦瑟》篇(卷十二)的兰氏,《邵女》篇(卷七)的金氏。十几卷书里写了这么多的奇悍妇人,这还不够表示作者的特别注意这个问题吗?《聊斋》还有一篇《夜叉国》(卷五),写一个母夜叉和人配合,生二子一女;后来一个儿子立了战功,封男爵,那位夜叉母亲也封夫人。附论说:

> 夜叉夫人,亦所罕闻。然细思之,亦不罕也。家家床头有个夜叉在。

最奇怪的是,人见了那位真夜叉虽然"无不战慄",然而究竟因为她受的人类文明的薰染还不很深,她还够不上悍妇的资格。比起上面列举的各位太太们来,这位道地的母夜叉真可以算是一位贤德夫人了!

《醒世姻缘》和《聊斋志异》同样注意描写那些没有人理的悍妇,这一点使我更疑心两部书是同一个人做的。

第二,《醒世姻缘》的伟大,虽然不是《聊斋》的短篇所能比拟的,然而《聊斋》里的一些悍妇,好像都是薛素姐和童寄姐的草稿子,好像先有了这些炭画的小稿本——正面的几幅,背面的又几幅,工笔的几幅,写意的又几幅——然后聚精会神,大笔淋漓,综合成《醒世姻缘》里的两幅伟大的写真。《聊斋》里的悍妇,一个一个都是具体而微的薛素姐、童寄姐,不过因为是古文的短篇,只写得一个小小的方面,不能描写的淋漓尽致。但有许多处的描写,实在太像《醒世姻缘》了,使我们不能认作偶然的巧合,使我们不能不认作稿本与定本的关系。

《聊斋志异》写悍妇，往往用“虚写”的法子，就是不详细写一个妇人凶悍的事实，只说她的丈夫忍受不住了，只好逃走躲开。如《大男》篇写申氏，只说她“终日哓聒”，使她的丈夫“恒不聊生，忿怒亡去”。如《吕无病》篇写王天官的女儿的骄悍，只说她“数相斗阋”，她的丈夫“患苦之，……不能堪，托故之都，逃妇难也”。写丈夫“逃妇难”，正是用虚笔反映悍妇的可怕。在《锦瑟》篇里，作者更尽力运用这种虚写方法：王生的妻子兰氏骄悍极了，“常庸奴其夫”，王生有一次对她说：

> 所遭如此，不如死。

太太更生气了，就问他预备何时死，怎样死法，并且给他一条索，让他好去上吊。

> 王生忿投羹碗，败妇颡；生含愤出，自念良不如死，遂怀带入深壑，至丛树下，方择枝系带，……

他遇见鬼仙了。他刚入门，

> 有横流涌注，气类温泉。以手探之，热如沸汤，亦不知其深几许。疑即鬼神示以死所，遂踊身入，热透重衣，肤痛欲糜。……

他极力爬抓，才得上岸，又

有猛犬暴出，龁衣败袜。

这些痛苦，他都不怕，他只怕回家。他对那女鬼说：

我愿服役，实不以有生为乐。

女鬼说：

吾家无他务，惟淘河，粪除，饲犬，负尸。作不如程，则刵耳劓鼻，敲刖胫趾，君能之乎？

那位“求死郎”说，“能之”。但他

回首欲行，见尸横墙下，近视之，血肉狼藉。〔婢〕曰，“半日未负，已被狗咋。”即使生移去之。生有难色。婢曰，“君如不能，请仍归享安乐。”生不得已，负置秘处。

《锦瑟》一篇是最用气力的虚写法，但写丈夫这样冒死“逃妇难”，就可以使我们想象悍妇之苦真“胜如那阎王的刀山剑树，硙捣磨挨，十八重阿鼻地狱”。

但反面的虚写究竟不好懂，不如正面的实写。《聊斋》实写悍妇的罪恶，有《江城》、《邵女》、《马介甫》等篇。《邵女》篇的金氏的悍状是：

（1）虐待妾，一年而死。

（2）虐待妾林氏，逼她吊死。

(3)鞭妾邵女。“烧赤铁,烙女面,欲毁其容。又以针刺胁二十余下。”

丈夫娶妾,太太逞威,这还在情理之中,所以作者自己也说:

女子狡妒,天性然也,而为妾媵者又复炫美弄机以增其怒,呜呼,祸所由来矣。

《马介甫》篇写杨万石妻尹氏的悍状就比金氏更不近情理了。

(1)她“奇悍,少忤之,辄以鞭挞从事”。

(2)她的公公“年六十余而鳏,尹以齿奴隶数。杨与弟万钟常窃饵翁,不敢令妇知。然衣败絮,恐贻讪笑,不令见客”。

(3)妾王氏有妊五月,她知道了,剥了她的衣裳,痛打几顿,把胎打堕。

(4)她“唤万石跪受巾帼,操鞭逐出。……观者填溢”。马介甫拉住杨万石,替他解下女装,“万石耸身定息,如恐脱落。马强脱之,而坐立不安,犹惧以私脱加罪。”

(5)她要用厨刀在她丈夫的心口画几十下。

(6)她撕毁她公公的衣服,“批颊而摘翁髭”。

(7)她逼死她的小叔杨万钟。

(8)她逼嫁万钟之妻,虐待他的孤儿,日夜鞭打他。

(9)她虐待她公公,“翁不能堪,宵遁,至河南隶道士籍。万石亦不敢寻。”

这位杨尹氏可算是奇悍了。但那位高家江城的凶悍比她更来的奇怪。江城和高蕃本是小朋友,从小就相怜爱,高蕃执意要娶她为妻。结婚之后,她的脾气渐渐发作,“反眼若不相识”。她的悍状

有这些:

(1)她鞭挞她丈夫,“逐出户,阖其扉。生嚅嚅门外,不敢叩关,抱膝宿檐下”。

(2)“其初长跪犹可以解。渐至屈膝无灵。”

(3)“抵触翁姑,不可言状。”

(4)“一日,生不堪挞楚,奔避父所。女横挞追入,竟即翁侧,捉而棰之。翁姑沸噪,略不顾瞻。挞至数十,始悻悻以去。”

(5)她的父母气愤不过,先后病死。

(6)她装作陶家妇,哄骗高蕃,试出了他的私情,捉他回家,“以针刺两股殆遍。乃卧以下床,醒则数骂之。……生日在兰麝之乡,如犴狴中人仰狱吏之尊也。”

(7)她恨她姊姊,带了木杵去,搥她一顿,打的她“齿落唇缺,遗矢溲便”。

(8)高生的同窗王子雅偶然嘲笑他,江城偷听得了,就暗中把巴豆下在汤里,使他大吐大泻,几乎病死。

(9)王子雅邀高生饮酒,招了妓女谢芳兰来陪酒,同座的人故意让她和高生并坐私语。江城扮了男子在邻座侦察,逼他回家,“伏受鞭扑。从此益禁锢之,吊庆皆绝。”

(10)她疑高生与婢女有私情,“以酒坛囊婢首而挞之。已而缚生及婢,以绣剪剪腹间肉,互补之。释缚令其自束。月余,补处竟合为一。”

(11)“江城每以白足踏饼,抛尘土中,叱生摭食之。”

(12)她夜间睡醒,令她丈夫捧进溺盆。

(13)她每“闻门外钲鼓,辄茁发出,憨态引眺,千人共指,不为怪”。“有老僧在门外宣佛果,观者如堵。女奔出,见人众无隙,命婢移行床，翘登其上。众目集视之，女为弗觉也者。”

这几篇的写法都是正面的实写。实写的是工笔细描，虚写的是写意传神。凡此诸篇，或正面，或反面，或虚写，或实写，都可以表见《聊斋志异》的作者用十分气力描写夫妇之间的苦痛。

《醒世姻缘》的作者正是十分用气力描写夫妇之间的苦痛。我们若用两部书里描写悍妇的详细节目来比较，就可以看出这两部书的描写方法很有相同之点；就可以看出《聊斋志异》的写法全都采用在《醒世姻缘》的后六十回里，只不过放大了，集中了，更细密了，更具体了，使人更觉得可怕了。

《醒世姆缘》里的描写，兼用虚实两种笔法。薛素姐和童寄姐的凶悍，都有详细的描写，凡《聊斋志异》里实写的悍状，几乎没有一件不曾被采入这部“悍妇大全”里去（最明显的例外，只有《江城》篇里割肉互补一条）。我们不能逐条引证，只可举一些最明白的例子：

（1）江城的气死父母，忤逆翁姑，尹氏的虐待公公，在《醒世姻缘》里都写在素姐一人身上。狄翁因庇护儿子，被素姐气的风瘫，气的病死。有一次，她竟放火烧屋。婆婆气死在素姐手里。公公纳了妾，素姐怕妾生子，总想把公公阉割了。公公病危了，素姐日夜监视，不许他对家人说一句秘密话。素姐的父亲和嫡母也都被她气死。

（2）尹氏和江城的鞭挞丈夫，也都是素姐的家常便饭。江城用针遍刺丈夫的两股，金氏用针刺邵女的两胁。素姐把丈夫拴在床脚上，用纳鞋底的大针遍身扎刺（第五十二回）。有一次她用嘴咬丈夫的胳膊，咬下一大块肉，咬的他满地打滚（第七十三回）。这都不算重刑。有一次，她用一个大棒椎，关起门来打丈夫，打了六百四十棒椎，只剩一丝油气（第九十五回）！

（3）江城夜间要丈夫捧进溺盆，那也是狄希陈的孝顺工作。一天早起他忘了把溺盆端出去，挨了一顿臭骂，还被他老子教训他道："你可也是个不肯动手的人！你问娘，我不知替他端了多少溺盆子哩！你要早替他端出，为甚么惹他咒这们一顿？"（第五十九回。）

（4）江城的丈夫每夜"如在犴狴之中，仰狱吏之尊"。狄希陈是常坐监的。半步宽的马桶间，一根绳子作界线，一幅门帘作狱门，他就"条条贴贴的坐在地上，就如被张天师的符咒禁住了的一般，气也不敢声喘"。晚上还得"上柙"，用麻绳捆在凳上（第六十回）。还得上"拶子"，把双手拶在竹管做的拶指里，使界尺敲着两边。还得上火焰山，使烟薰他的两眼（第六十三回）。

（5）江城用脚踏饼，抛在尘土里，叫他丈夫拾去吃。素姐把丈夫关在监牢里，"连牢食也断了他的"（第六十三回）。

（6）《邵女》篇的金氏用烧红的烙铁，烙邵女的脸。素姐候狄希陈穿了吉服，把一熨斗的炭火尽数倒在他的衣领里，烧的他要死不活，脊梁上足够蒲扇一块胡焦稀烂（第九十七回）。

（7）金氏虐妾至死，江城也虐待婢女，尹氏也虐打有妊的妾，把胎打掉。童寄姐虐待小珍珠，逼她吊死（第七十九至八十回）。素姐也毒打小玉兰，虐待调羹母子。幸而她的丈夫不敢在家娶妾，娶的妾又比她更辣，所以在这一方面她的威风使不出来，只好把怨毒都结在丈夫身上，下了三次毒手，最后一次用箭把丈夫几乎射死（第九十五至一百回）。

（8）江城扮娼妇试探丈夫的私情，童寄姐也假装婢女小珍珠试探丈夫的私情（第七十九回）。这两件事的写法是一样的。

(9)《江城》篇的妓女谢芳兰一段,和《醒世姻缘》的妓女小娇春一段(第六十六回)的写法是一样的。《江城》篇写高生“颜色惨变,不遑告别,匆匆便去”。《醒世姻缘》里简直把这几句翻成了白话:

> 狄希陈唬的个脸弹子莹白的通长没了人色,忘了作别,披着衣裳,往外飞跑。

这样的字句相同,难道是偶然的巧合吗?这些例子,都可以供我们作比较的研究,都可以使我们相信《醒世姻缘》和《聊斋志异》有很密切的关系。

此外还有一个很可以注意的例子。《聊斋志异》卷十四有《孙生》篇,写一个辛氏女,嫁给孙生,初入门就不肯和丈夫同床,用种种防卫的方法,使孙生不敢亲近她。一个多月之后,有人教他用酒醉的方法。

> 敬以酒煮乌头,置案上。入夜,孙酾别酒,独酌数觥而寝。如此三夕,妻终不饮。一夜,孙卧移时,视妻犹寂坐,孙故作齁声。妻乃下榻,取酒煨炉上。既而满饮一杯,又复酌,约至半杯许,以其余仍纳壶中,拂榻遂寝。久之无声,而灯煌煌尚未灭也。疑其尚醒,故大呼“锡檠熔化矣”!妻不应。再呼,仍不应。……

孙生的方法和《醒世姻缘》第四十五回“薛素姐酒醉疏防”的一大段完全相同。

狄希陈假做睡着，渐渐的打起鼾睡来，其实眯缝了一双眼看她。只见素姐只道狄希陈果真睡着，叫小玉兰拿过那尊烧酒，剥着鸡子，喝茶钟酒，吃个鸡蛋，吃的甚是甜美。吃完了那一尊酒，方才和衣钻进被去。睡不多时，鼾鼾的睡着去了。狄希陈又等了一会，见他睡得更浓，还恐怕他是假装，扬说道："这卓上冷，我待要床上睡去。"一谷碌坐起来，也不见他动弹。……

这种相同的写法，也不会是完全偶然的巧合罢？

三　第一次证实

我有了这个大假设，到处寻求证据，但总寻不着有力的证据。民国十八年，我回到北京，买了一部邓文如先生（之诚）的《骨董琐记》，在第七卷里见着一条"蒲留仙"，其文如下：

《聊斋志异》，乾隆三十一年莱阳赵起杲守睦州，以稿本授鲍以文廷博刊行。余蓉裳集时客于赵，为之校雠是正焉。鲍以文云：留仙尚有《醒世姻缘》小说，实有所指。书成为其家所讦，至褫其衿。易箦时自知后身即平阳徐昆，字后山，登乡榜，撰《柳崖外编》。乾隆庚子其孙某所述如此。……

我看了这一条，高兴的直跳起来。但我细细读了这一段文字，又不免感觉失望。邓文如先生引的鲍廷博的话，究竟到那一句为止呢？

鲍廷博的话见于何书呢？“其孙某”是蒲留仙的孙子，还是徐昆的孙子呢？邓先生此条文字的眉目不清，容易使人误读误解。即如此条所记“易箦时自知后身为平阳徐昆”一节，完全出于后人的传说，只是一种神话，全无根据。聊斋临死时并无“自知后身为平阳徐昆”的事。乾隆晚年有个妄人徐昆，字后山，摹仿《聊斋志异》的短篇文字，做了一部《柳崖外编》，自称为蒲留仙的后身。《柳崖外编》有一篇博陵李金枝的序，年代为乾隆五十六年辛亥（1791），李金枝自称“时年八十有二”，序中说徐昆是蒲留仙的后身，捏造出一大串神话。但李金枝自称“忆余少师蒲柳泉先生，柳泉殁，汩然无所向”。殊不知蒲留仙死在康熙五十四年（1715），见于张元所作《蒲留仙墓表》。从康熙五十四年到乾隆五十六年，凡七十六年，蒲留仙死时，李金枝只有六岁，那能做他的弟子，又那能“汩然无所向”呢！此种神话不值得一笑，也会混入邓先生的札记中，又好像是鲍廷博说的，又好像是“乾隆庚子其孙某所述如此”，真叫人莫名其妙了。

我当时读了这段札记，就托合肥阚霍初先生（铎）去问邓文如先生究竟鲍廷博的话是出于何书，有何根据。邓先生回信说是听见缪荃孙说的。后来孙楷第先生又去当面问过邓先生，邓先生说鲍廷博的话是缪荃孙亲听见丁晏说的，曾记在缪先生的《云自在龛笔记》的稿本里，但这部稿本已不可见了。

丁晏和缪荃孙都是一代的大学者，他们的记载应该可以相信。只可惜邓文如先生当日太疏忽了一点，不曾把缪荃孙的笔记原文全抄下来。我对于此条记载虽然不很满意，但我承认鲍廷博的话，是一个极重要的证据。因为鲍廷博决不会像我这样从《醒世姻缘》和《聊斋志异》的内容上去推想蒲留仙为《醒世姻缘》的作者，他当时既从莱阳赵家得着《聊斋》的稿本，他也许从赵家得着关于《醒世姻缘》的传说。鲍刻《聊斋》，已在蒲留仙死后五十年之后，这个传说已不完全可信了。如说“书成为其家所讦，至褫其衿”，是不可信的。蒲留仙是一个老秀才，到他七十二岁时才补岁贡生（见《淄川县志》），决没有被革去秀才衣衿的事。但当时鲍廷博听见的传说必是从山东传来的，虽有小小讹误，还可证实当时确有人知道《醒世姻缘》是蒲松龄做的。

我凭空设想的一个推论，在几年之后，居然得着这样一条古传说的证明，我不能不感谢邓文如先生的帮助了。

四 孙楷第先生的证据

十九年的夏天，我又到了北平，在中海见着孙楷第先生；我知道他是最研究小说的掌故的，就请他帮我搜查关于《醒世姻缘》的材料。隔了几个月，孙楷第先生寄给我一封长信，报告他研究的结果。他的长信的全文，读者可以参看。他的方法是用《醒世姻缘》所记的地理、灾祥、人物三项，来和济南府属各县的地志参互比较，证明：

（1）书中的地理实是章邱、淄川两县。

（2）著书的时代在崇祯、康熙时，至早不得过崇祯。

（3）作者似是蒲留仙，否则也必是明、清之间的章邱人或淄川人。

孙先生证明书中的绣江县即是章邱，证据确凿，毫无可疑。他在人物的考证，指出书中三十一回所记的救荒好官李粹然是实有的人物,书中说他是河南河内人,丙辰进士,都是事实。这也是很重要的发现。他又特别注意书中第二十七、第二十九、第三十一回记载的种种灾异。他用《济南府志》、《淄川县志》、《章邱县志》的灾祥部来比较,断定书中所记水旱灾荒大都是崇祯、康熙年间淄川的实事。

这时候,我和孙先生都不曾见着蒲松龄的全集。后来我们见了《聊斋文集》的几种本子,读了集中纪灾的诗和几篇纪载康熙四十二三年淄川灾荒的文字,更相信孙先生的方法是很有见识的。我试举一个例,可以补充孙先生的研究。《聊斋文集》有《纪灾前编》,记康熙四十二年的淄川灾情,开篇就说:

> 癸未(1703)四月天雨,二麦歉收。五月二十四日甲子,雨竟日,自此霪霖不休,农苦不得耨,草迷疆界,与稼争雄长。六月十九日始晴,遂不复雨。低田水没胫,久晴不涸,经烈日,汤若煮,禾以尽槁。高田差耐潦,然多蜚,蜚奇臭,族集不擇。……禾被嚼,以枯以秕,秸尽臭,牛马不食。……

此次因官不肯报灾,所以"淄未成灾",不见于《淄川县志》,所以孙楷第先生也不曾记录。但这一段纪灾的文字颇和《醒世姻缘》的考证有关系。《醒世姻缘》第九十回记成化十四年武城县的灾情如下:

> ……谁知到了四月二十前后,麦有七八分将熟的光景,可可的甲子日下起雨来,整日的无夜无明,倾盆如注,一连七八日不住点。刚得住,住不多一时,从新又下。……只因淫雨不

晴，将四乡的麦子连秸带穗弄得稀烂，臭不可当。

这两处写灾情，都注重“甲子日”的大雨，这不是偶然的。我们可以推想两处的记载是出于蒲松龄一个人的手笔，又可以推想《醒世姻缘》第九十回记的灾情，是康熙四十二三年的淄川灾情。这不但可以考证此书的作者，又可以考见此书的著作到康熙四十二三年（1703—1704）——蒲松龄六十四五岁时——还没有完成。这是很重要的一个证据。

五　聊斋的白话韵文的发现

当这个时候，我的朋友们对于我的假设最怀疑的一点就是：《聊斋志异》的古文作者是不是写得出《醒世姻缘》那样生动白描的俗话文学？这个问题若没有圆满的解答，我的假设还算不得已证实了。

民国十八年，北平朴社印出了一册《聊斋白话韵文》，是淄川马立勋先生从淄川一个亲戚家得来的。这一册共有六篇鼓词：

一、《问天词》

二、《东郭外传》

三、《逃学传》

四、《学究自嘲》

五、《除日祭穷神文》

六、《穷神答文》

我看了这些白话的鼓词，高兴极了，因为这些鼓词使我们知道蒲松

龄能做极好的白话文学。这六篇之中,最妙的是《东郭外传》,演唱《孟子》"齐人有一妻一妾"一章,我抄写一两段在这里:

> 这妇人们是极好哄的。听了这话,把个齐妇喜的是心花俱开,说道:
>
> "好!你竟有这样朋友!人生在世,不过是个虚脸;家里的好歹,谁家见来?属驴屎弹子的,全凭外面光。咱家里虽然是没有甚么哇,那众位老爷们全凭俱合你相与,别人谁还不奉承呢?可知人不在富贵,全在创!创出汉子来,就是汉子。"
>
> 齐人说:
>
> "自然么!这当贵人家的酒食,岂是容易给人吃的?全在有点长处,弄到他那拐窝里,才中用。我不才,行动款段段的,言语文番番的,这就是创百家门子抓鳖钩子呢。所以这城里的乡官打上鳔来的合咱相与。一见面,高拱手,短作揖,你兄我弟,实在大弄天下之脸!那些黎民小户,也有大些老瞉搬的,究竟是'狗啃骨头干咽沫',如何上的堆呢?"

单这两段散文的说白,已可以表现那诙谐的风趣,活现的土白,都和《醒世姻缘》的风格最接近。

马立勋先生在《聊斋白话韵文》的序文里曾说,他还有三篇曲词,不幸失落了。我去年到北平,见着马先生,才知道他又搜得了十一种的聊斋遗著,其中一种《墙头记》长篇鼓词,他已在《新晨报》上发表了。承他的好意,这十一种我都读了,目录如下:

七、《和先生揽馆》

八、《俊夜叉曲》

以上两种和前六种同为短篇鼓词。

九、《墙头记》(长篇鼓词)

十、《幸云曲》(长篇鼓词,写正德皇帝嫖院的故事)

十一、《蓬莱宴》(长篇鼓词,写吴彩鸾写韵事)

十二、《寒森曲》(《聊斋·商三官》故事)

十三、《慈悲曲》(《聊斋·张诚》故事)

十四、《姑妇曲》(《聊斋·珊瑚》故事)

十五、《翻魇殃》(《聊斋·仇大娘》故事)

十六、《富贵神仙》(《聊斋·张鸿渐》故事)*

十七、《禳妒咒》(《聊斋·江城》故事)

济南王培荀的《乡园忆旧录》曾说:

> 蒲柳泉先生……就所作《志异》中择《珊瑚》、《张诚》、《江城》,编为小曲,演为传奇,使老妪可解,最足感人。

王培荀自序在道光乙巳(1845),他在当时已知道蒲松龄有这几种"老妪可解"的小曲与传奇了。这几种之中,《江城》一种(《禳妒咒》)是纯粹对话体的戏剧;其余各种都是鼓词。所以王培荀说,"编为小曲,演为传奇",是很正确的。**

这些曲本之中,《江城》独是戏剧体,这也可见作者特别看重这个悍妇故事。全书共分三十三回,约有七万字。《江城》故事的原

---

* 适按:世界书局印的路大荒本,《张鸿渐》故事有两本,一名《磨难曲》,一名《富贵神仙》。碑阴后记作《富贵神仙》,后变《磨难曲》。改见下文第四五页。

** 我太拘泥《传奇》一名了。《传奇》也许是指《醒世姻缘》小说?适之——1951,9,19。

文只有二千九百字，演成了戏曲，就拉长了二十四倍了。在“开场”一回里，作者极力演说老婆是该怕的：

〔《山坡羊》〕不怕天，不怕地，单单怕那“秋胡戏”。性子发了要杀人，进了屋门没了气。尽他作精尽他制，放不出个狗臭屁。顶尖汉子全不济，这里使不的钱合势。

杀了人，放了火，十万银子包里裹，一直送到抚院堂，情管即时开了锁。惟独娘子起了火，没处藏，没处躲，这个衙门罢了我！……

他说一个大将军戚继光怕老婆的故事，唱道：

〔《皂罗袍》〕戚将军忽然反叛，一声声叫杀连天，进去家门气不全，到房中不觉声音变，莺声一口，跪倒床前。——那软弱书生越发看的见！

这已可见蒲松龄的诙谐风趣了。全部剧本的情节是依照《聊斋志异》的故事编排的，事实的次序，人物的姓名，几乎完全没有改动。但因为体裁自由多了，篇幅阔大多了，文体活泼多了，所以《禳妒咒》曲本中，有许多绝妙的文字，是原来的古文短篇万不能有的。如高生见了江城，交换了汗巾，回家要娶她，他的父母不肯，他就病了。古文故事只有“生闻之，闷然，嗌不容粒”九个字，曲本里就大不同了：

〔长命拄杖上云〕腰为相思瘦，带围长一指。若不得江城，此生惟一死。

〔白〕自从见了江城，觉着这三魂出窍，好一似身在半空。那不体情的爷娘，又嫌他贫贱。这两日酒饭不能下咽，难道说就死了罢？

〔还乡韵〕好难害的相思病！也不是痒痒，也不是疼。这口说不出那里的症，情可是大家的情。——怎么丢些相思，叫俺自家哐哼！那茶不知是嗄味，那饭也是腥。颠颠倒倒，睡里是江城，梦里也是江城。江城呀，我为你送了残生命！

剧中第十五回“装妓”，是演江城假装陶家妇，黑夜里去哄骗她的丈夫，高生点灯一照，才知道是江城：

〔点起灯来一照，唬了一跌，把灯吊在地下。江城说〕这来见了你那可意人儿，怎么不看了？〔公子跪下说〕我再不敢了。〔江城说〕你就没怎敢罢呢！

〔虾蟆曲〕哄我自家日日受孤单，你可给人家夜夜做心肝！（强人呀）只说我不好，只说我不贤！不看你那般，只看你这般，没人打骂，你就上天！（强人呀）你那床上吱吱呀呀，好不喜欢！

过来，跟了我去，不许你在没人处胡做！

〔前腔〕我只是要你合我在那里罗，我可又不曾叫你下油锅。（强人呀）俺漫去搜罗，你漫去快活，今日弄出这个，明日弄出那个：——这样可恨，气杀阎罗！（强人呀）俺也叫人家“哥哥呀哥哥”，你心下如何！

这样的干脆漂亮的曲词，在明清文人的传奇里绝不多见，在《聊斋》的曲本里几乎每页都可以见着。蒲松龄有了这十几种曲本，即使没有那更伟大的《醒世姻缘》小说，他在中国的活文学史上也就可以占一席最高的地位了。

六　从聊斋的白话曲词里证明《醒世姻缘》的作者

这十几部白话曲词，固然可以证明蒲松龄是能够著作白话文学的了。但是，我们要问，我们能从这些曲词里寻出文字学上的证据来证明这些曲词和《醒世姻缘》是同一个人的作品吗？

这种文字学上的考证是很困难的，但我在初见《聊斋白话韵文》六种时，就想试做这种比较的研究。当时因为那六种短篇的材料太少，所以我不敢下手。后来见了那十七种的曲词全文，字数不下三四十万，我就决定要做这种研究。

这种研究的方法是要把《醒世姻缘》里最特别的土话列举出来做为标准，然后去看那些聊斋曲本里有没有同样的土话：如有同样的土话，意义是不是相同，用法是不是相同。

这种研究方法用在别种普通文学书上，是不很可靠的。因为两种书里文字上的相同也许是彼此互相抄袭模仿。例如元曲里用“兀的不”，明人清人作曲子也会用“兀的不”。又如《水浒传》用“唱喏”、“剪拂”，后人作小说也会套用“唱喏”、“剪拂”。但是，这种危险在《醒世姻缘》的研究里是不会发生的。第一，《醒世姻缘》用的是一种最特别的土话，别处人都看不懂，所以坊间的翻印本往往任意删改了。看不懂的土话，决不会有人模仿。若有人模仿沿用，必定要闹笑话。（例如《晋书》用的土话“宁馨”、“阿堵”，后人沿用都是大错的。）第二，《醒世姻缘》不是很著名的小说，不会有人模仿书中的土话。第三，聊斋的白话韵文都是未刻的旧写本，决没有人先预料到某年某月有个某人要用他们来考证《醒世姻缘》，就先模仿《醒世姻缘》的土话，做出这些绝妙曲文来等候我们的考证。第四，聊斋的白话文学被埋没了二百多年，决不会有人模仿聊斋的未刻曲文里的土话来做一部长篇的小说。

所以我们如果能够寻出《醒世姻缘》和聊斋的白话曲词有文字学上的关系；如果这部小说的特别土话，别处人不能懂，别的书里见不着，而独独在聊斋的白话曲文里发见出了同样的字句和同样的用法——那么，我们很可以断定这部小说和那些曲文是出于一个作者的手笔了。

今年我的朋友胡鉴初先生住在我家中，重新校读《醒世姻缘》的标点本，同时又校读那十几种的聊斋白话曲文。他是最细心的人，所以我劝他注意这些书里的特别土话。有许多奇特的土话，很不容易懂，只好用归纳的方法，把同类的例子全列举出来，比较着研究，方才可以确定他们的意义。鉴初先从《醒世姻缘》里搜求这样的例子，然后从那些白话曲文里寻求有无相同的例子。这方法一面可以归纳出这些奇怪土话的意义，一面又可以同时试探这部小说和那些曲文有没有关系。

我从鉴初的笔记里摘出这些最有趣又最惊人的例子：

【例一】“待中”（快要）

（《醒世姻缘》）（例子太多，略举五条）

(1)天又待中下雨。（四十一回，页4）

(2)爹待中往坡里看着耕回地来,娘待中也络出两个越子来了。(四五,5)

(3)这是五更么?待中大饭时了。(四五,6)

(4)大嫂把小玉兰丫头待中打死了。(四八,9)

(5)没人帮着你咬人,人也待中不怕你了。(五三,15)

(《幸云曲》)

(1)那客来到家,急敢漉净了茶壶,那客待中去了。

(2)就待中入阁了。

(3)待中死矣,还挣甚么命!

(《慈悲曲》)

不必找他,他待终来家吃晌饭哩。

(《禳妒咒》)

我若是通你通呵,你待中恼了。(九回)

【例一】"中"(好)

(《醒世姻缘》)(例子太多,仅挑了三条)

(1)叫小厮们外边流水端果子咸菜,中上座了。(二一,19)

(2)做中了饭没做?中了拿来吃。(四十,16)

(3)拇量着,中睡觉的时节才进屋里去。(五八,9)

(《东郭外传》)

单说他小婆子在家里,做中了饭,把眼把眼的等候消息。

(《姑妇曲》)

中了饭,二成端给他吃了。

【例三】“魔驼”(迟延)

(《醒世姻缘》)

你们休只管魔驼。中收拾做晌后的饭,怕短工子散的早。(十九,10)

(《墙头记》)

我这里没做你的饭。磨陀会子饥困了,安心又把饭碗端。

(《翻魇殃》)

你从此疾忙回去罢,休只顾在外头魔陀。

【例四】“出上”(拼得)

(《醒世姻缘》)

(1)汪为露发作道:“你也休要去会试,我合你到京中棋盘街上,礼部门前,我出上这个老秀才,你出上你的小举人,我们大家了当!”(一五,17)

(2)程大姐道:“我也不加炉火,不使上钢,出上我这两片不济的皮,不止你郝尼仁一个,……你其余的十几个人,一个个的齐来,……我只吃了一个的亏,也算我输!”(七三,8)

(《墙头记》)

李氏说:“呸,放屁!俺庄里多少好汉子,那里找着你爹并骨!”

张大笑道:“出上你拣那好的并去!”

(《寒森曲》)

大不然人已死了,还觉哩么?出上就抬了去!

(《幸云曲》)

(1)没有金钱,出上我就不叫他。

(2)也只说有名无实,出上他不嫖就是了。

(3)是皇帝不是皇帝,出上就依他说。

(《姑妇曲》)

好合歹难出口,出上个不说话。

(《禳妒咒》)

过了门两家不好,出上俺再不上门。(五回)

【例五】"探业"(孙楷第先生说是"安分"。)

(《醒世姻缘》)

你要不十分探业,我当臭屎似的丢着你;你穿衣,我不管;你吃饭,我也不管;汉子不许离我一步:这是第二等的相处。(九五,3)

(《墙头记》)

天不教我死了!这肚子又不探业,这不是天还不曾晌午,早晨吃了两碗糊突,两泡尿已是溺去了,好饿的紧!

【例六】"流水"(马上,一口气)

(《醒世姻缘》)

不长进的孽种,不流水起来往学里去,你看我掀了被子,趁着光定(腚——臀)上打顿鞋子给你。(三三,19)

(《寒森曲》)

那驴夫只当还要掀,恐防跌着,流水抱下驴来。

(《墙头记》)

好歪货,不流水快走,再近前恶心的我慌。

(《姑妇曲》)

一个拿着杴，一个抗着镬，流水先去刨去。

（《富贵神仙》）

谁与我劝劝打更人，也叫他行点好，流水把更打尽。

（《翻魇殃》）

大姐见他吐了血，流水应承着。

（《禳妒咒》）

咱流水走罢，我还待家里等我那老相厚的哩。（十四回）

【例七】“头信”，“投信”，“投性”（爽性，索性）

（《醒世姻缘》）

（1）咱头信很他一下，己（给）他个翻不得身。（十五，9）

（2）投信不消救他出来，叫他住在监里。（十八，6）

（3）放着这戌时极好，可不生下来，投性等十六日子时罢。（廿一，7）

（《幸云曲》）

这奴才们笑我，我头信妆一妆村给他们看看。

（《禳妒咒》）

割了头，碗那大小一个疤，投信我掘他妈的，要死就死，要活就活。（十回）

【例八】“善查”，“善茬”（好对付的人）

（《醒世姻缘》）

（1）那个主子一团性气，料得也不是个善查。（三九，7）

（2）咱那媳妇不是善茬儿，容他做这个？（七，6）（字典上“茬”字音槎，与查字同音。）

(3)大爷也掴量那老婆不是个善茬儿,故此叫相公替他上了谷价。(十,20)

(《富贵神仙》)

原来那方二相公也不是个善查。

(《慈悲曲》)

看着那赵家姑姑也不是善查。

【例九】“老獾叨”

(《醒世姻缘》)

(1)只是俺公公那老獾叨的嗒嗒哝哝,我受不的他琐碎。(六四,10)

(2)我咬了他下子,老獾儿叨的还嗔我咬了他儿。(七三,18)

(《墙头记》)

王银匠,老獾叨,合咱爹,久相交,头发根儿尽知道。

【例十】“扁”,“贬”(偷藏,暗藏)

(《醒世姻缘》)

(1)连那三成银子尽数扁在腰里。(七十,6)

(2)粮食留够吃的,其余的都粜了银钱,贬在腰里。(五三,17)

(《墙头记》)

老头子筋节的紧,我看他扁了那里去。

(《翻魇殃》)

果然着他粜一石,他就粜三石,大腰贬着钱去赌博。

【例十一】“偏”,“谝”(夸耀)

(《醒世姻缘》)

这腊嘴养活了二三年,养活的好不熟化。情管在酒席上偏(原注“上声”)拉,叫老公公知道,要的去了。(七十,12)

《幸云曲》

(1)这奴才不弹琵琶,光谝他的汗巾子,望我夸他。

(2)这奴才又谝他的扇子哩。

【例十二】“乍”(狂)

(《醒世姻缘》)

素姐说:“小砍头的!我乍大了,你可叫我怎么一时间做小服低的?”(九八,17)

(《俊夜叉曲》)

老婆不要仔顾乍!

(《幸云曲》)

(1)跌了个仰不跶,起不来,就地扒,王龙此时才不乍。

(2)秀才说话就恁么乍。

(《寒森曲》)

当堂说了几句话,歪子诈的头似筐,一心去告人命状。

【例十三】“照”,“朝”(挡,招架)

(《醒世姻缘》)

(1)你又是个单身,照他这众人不过。(廿,1)

(2)我们有十来个人,手里又都有兵器,他总然就是个人,难道照不过他?(二八,8)

(3)要是中合他照,陈嫂子肯抄着手,陈哥肯关着门?(八九,15)

(《幸云曲》)

(1)不是我夸句海口,调嘴头也照住他了。

(2)宝客王龙朝不住,常往手里去夺车。

(《寒森曲》)

(1)你若不能把他朝,还得我去替你告。

(2)摸着嗓子只一刀,他还挣命把我照。

(《姑妇曲》)

您婆婆宜量甚么好!不照着他,他就乍了毛!

【例十四】"长嗓黄"(噤了喉咙)

(《醒世姻缘》)

(1)你两个是折了腿出不来呀,是长了嗓黄言语不的?(九四,16)

(2)不叫我去,你可也回我声话,这长嗓黄一般不言语就罢了么?(九七,14)

(《幸云曲》)

你好似长嗓黄,把个尸丢在床,不知你上那里撞。

胡鉴初先生举的例子还多着哩。但我想这十四组的例子,很够用了。

有人说,这些例子至多只可以证明《醒世姻缘》的作者是蒲松龄的同乡,未必就能证明《醒世姻缘》也是蒲松龄作的。

我不承认这个说法。大凡一个文人用文字把土话写下来时,遇着不常见于文字的话头，就随笔取同音的字写出来，在一个人的作品里，尚且往往有前后不一致的痕迹；今天用的字，明天记不清了，往往用上同音不同形的字。今天用了“王八”，明天也许用“忘八”；今天用了“妈妈虎虎”，明天也许用“麻麻糊糊”；今天用“糊涂”，明天也许用“胡涂”，后天也许用“鹘突”。一个人还不容易做到前后一致，何况两个不同的作家的彼此一致呢？我们研究《醒世姻缘》里的一些特别土语，在这一部近百万字的大书里，也偶然有前后不一致的写法，如“待中”偶然写作“待终”；“魔驼”偶然写作“魔陀”。这都可见统一的困难。然而我们把这几十条最特别的例子合拢来看，我们可以看出这些土语的写法在《醒世姻缘》和那十几种聊斋曲文里都可以说是彼此一致的。最可注意的有两点：（一）最不好懂的奇特土话却有彼此最一致的写法，如“乍”，如“出上”，如“老獾叨”，如“长嗓黄”，如“探业”。（二）《醒世姻缘》里如有两三种不同的写法，聊斋曲文里也有两三种不同的写法，如《醒世姻缘》里“扁”或作“贬”，曲文里也有“扁”、“贬”两种写法；如《醒世姻缘》里“头信”或作“投信”，或作“投性”，曲文里也有“头信”、“投信”两种写法；如《醒世姻缘》里“遭子”（一会儿的意思；此例上文未举）或作“造子”，曲文里也有“遭子”和“噪子”两种写法。这种彼此一致的写定土话，决不是偶然的，也决不是两个人彼此互相抄袭的，也决不是两个人同抄一种通行的土话文学的。偶然的暗合决不能解释这么多的例子的一致。一部不风行的小说和十几种未刻的曲文决没有彼此互相抄袭的可能。（在蒲松龄未死时，《醒世姻缘》大概还没有刻本；那么两组未刻的作品更没有互抄的可能了。）在蒲松龄以前，并没有淄川土话文学的通行作品，所以《醒世姻缘》和聊斋曲文的土话的写法决非同是根据已有的土话文学的。（我们试用那山东白话的《金瓶梅》来作比较的研究，就可以知道我们所举的例子没有一个是《金瓶梅》里有过的。）

把这些可能的结论都一一排除之后，我们不能不下这个结论：从《醒世姻缘》和聊斋的十几种曲文里的种种文字学上的证据看来，从这两组作品里的最奇特的土话的一致写法看来，我们可以断定《醒世姻缘》是蒲松龄的著作。

七　余论

我在四五年前提出的一个大胆的假设，说《醒世姻缘》的作者也许就是蒲松龄，也许是他的朋友。几年来的证据都帮助我证明这书是蒲松龄作的。这些证据是：

（1）《醒世姻缘》写的悍妇和《聊斋志异》写的一些悍妇故事都很像有关系。尤其是《江城》篇的命意与布局都和《醒世姻缘》相符合。

（2）《骨董琐记》引鲍廷博（生 1728—死 1814）的话，说蒲留仙“尚有《醒世姻缘》小说，实有所指”。

（3）孙楷第先生用《济南府志》及淄川、章邱两县的县志来研究《醒世姻缘》的地理和灾荒，证明这部小说的作者必是淄川或章邱人，他的时代在崇祯与康熙之间。蒲松龄最合这些条件，他用章邱来写淄川，和吴敬梓在《儒林外史》里用天长、五河来写全椒是同样的心理。

（4）新发见的聊斋白话曲本证明蒲松龄是能做写实的土话文学的作家。

(5)胡鉴初先生用聊斋的十几种曲本的特别土话来比较《醒世姻缘》里的特别土话,使我们能从文字学上断定《醒世姻缘》的作者必是蒲松龄。

这些证据,我认为很够的了。我们现在可以尝试推测蒲松龄著书的用意。

蒲松龄那样注意怕老婆的故事,那样卖力气叙述悍妇的故事,免不得叫人疑心他自己的结婚生活也许很不快乐,也许他自己就是吃过悍妇的苦痛的人。但我们现在读了他的妻子《刘孺人行实》,才知道她是一个贤惠妇人,他们的结婚生活是同甘苦的互助生活,他们结婚五十六年,她先死两年(1713),聊斋先生不但给她作佳传,还作了许多很悲恸的悼亡诗。诗中有云:

>……分明荆布搴帏出,仿佛频呻入耳闻。五十六年琴瑟好,不图此夕顿离分。

又云:

>烛影昏黄照旧帏,衰残病痛复谁知?伤心把盏浇愁夜,苦忆连床说梦时。无可奈何人似槿,不能自已泪如丝。生平曾未开君箧,此日开来不忍窥。

又云:

>迩来倍觉无生趣,死者方为快活人。

又有《过墓作》云：

……欲唤墓中人，班荆诉烦冤。百叩不一应，泪下如流泉。汝坟即我坟，胡乃先著鞭？只此眼前别，沉痛摧心肝。

又有诗云：

午睡初就枕，忽荆人入，见余而笑。急张目，则梦也。

一自长离归夜台，何曾一夜梦君来。忽然含笑搴帏入，赚我矇胧睡眼开。

这种老年的哀悼可以使我们相信他们夫妻之间的感情和好。

但《刘孺人行实》一篇也可以使我们知道蒲家门里确有一两位不贤的妇人，是聊斋先生少年时代亲自领略过的。《行实》说：

〔孺人〕入门最温谨，朴讷寡言，不及诸宛若慧黠，亦不似他者与姑勃谿也。太孺人谓其有赤子之心，颇加怜爱，到处逢人称道之。冢妇益恚，率娣姒若为党，疑姑有偏私，频侦察之。而太孺人素坦白，即庶子亦抚爱如一，无瑕可蹈也。然时以虚舟之触为姑罪，呶呶者竞长舌无已时。处士公曰："此乌可久居哉！"乃析箸授田二十亩；时岁歉，荞五斗，粟三斗，杂器具。皆弃朽败，争完好者，而孺人嘿若痴。兄弟皆得夏屋，爨舍闲房皆具，松龄独异居，惟农场老屋三间，旷无四壁，小树丛丛，蓬蒿满之。孺人薙荆榛，觅佣作堵，假伯兄一白板扉，聊分外内；出逢入者，则避扉后，俟入之乃出。……

这段文章写刘孺人的贤劳，同时也写出了聊斋先生的大嫂（冢妇）的可怕。这位大嫂大概已被她的小叔子搜进《醒世姻缘》里配享去了。

但蒲家的冢妇决不是江城和素姐的真身，因为聊斋先生曾留下一封书札，使我们知道素姐的真身是一位王家的太太。去年我得读三种本子的《聊斋文集》，一种是坊间的石印本，一种是清华大学藏的旧抄本，一种是马立勋先生抄本。清华本有一篇《与王鹿瞻》的书札，是很严厉的责备的话，全文如下：

> 客有传尊大人弥留旅邸者，兄未之闻耶！其人奔走相告，则亲兄爱兄之至者矣。谓兄必泫然而起，匍匐而行，信闻于帷房之中，履及于寝门之外。即属讹传，亦不敢必其为妄。何漠然而置之也！兄不能禁狮吼之逐翁，又不能如孤犊之从母，以致云水茫茫，莫可问讯，此千人之所共指，而所遭不淑，同人犹或谅之。若闻亲讣，犹俟棋终，则至爱者不能为兄讳矣。请速备材木之资，戴星而往，扶榇来归，虽已不可以对衾影，尚冀可以掩耳目。不然，迟之又久，则骸骨无存，肉葬虎狼，魂迷乡井，兴思及此，俯仰何以为人！闻君诸舅将有问罪之师，故敢漏言于君，乞早自图之。若俟公函一到，则恶名彰闻，永不齿于人世矣。涕泣相道，惟祈原宥不一。

这封信里可以看出王鹿瞻的妻子是一个很可怕的悍妇，闹的把他的父亲赶出门去，“云水茫茫，莫可问讯”，使他成为“千人之所共指”；有人来报说他父亲死在客中，他还不敢去奔丧；所以蒲松龄写这封极严厉的责问书警告他将有“恶名彰闻，永不齿于人世”的危险。这位王鹿瞻明明是《马介甫》篇的杨万石的真身，也就是高蕃、狄希陈的影子。

王鹿瞻的事实已不可考了，但我们知道他是蒲松龄的好朋友，他们都是郢中诗社的创始社员。《聊斋文集》（清华藏本与马氏抄本）有《郢中社序》云：

> 余与李子希梅寓居东郭，与王子鹿瞻，张子历友诸昆仲一埤垸之隔，故不时得相晤，晤时瀹茗倾谈，移晷乃散。因思良朋聚首，不可以清谈了之，约以燕集之余晷，作寄兴之生涯。聚固不以时限，诗亦不以格拘，成时共载一卷。遂以郢中名社。……

这样看来，王鹿瞻也是一个能做诗的文人，能和李尧臣（希梅）、张笃庆（历友）、蒲松龄一班名士往来倡和，决不像狄希陈那样不通的假秀才。大概他的文学地位近于《江城》篇的高蕃，逐父近于《马介甫》篇的杨万石，而怕老婆的秀才相公则是兼有高蕃、杨万石、狄希陈三位的共同资格了。

大概蒲松龄早年在自己家庭里已看饱了他家大嫂的悍样，已受够了她的恶气；后来又见了他的同社朋友王鹿瞻的夫人的奇悍情形，实在忍不住了，所以他发愤要替这几位奇悍的太太和她们压的不成人样的几个丈夫留下一点文学的记录。他主意已定，于是先打下了几幅炭画草稿，在他的古文《志异》里试写了一篇，又试一篇；虚写了几位，又实写了几位。他写下去，越写越进步了；不光是描写悍妇了，还想出一种理论上的解释来了。

我们试取《马介甫》、《邵女》、《江城》三篇来作比较。《马介甫》篇大概是为王鹿瞻的家事做的；一班淄川名士看着王鹿瞻怕老婆怕的把老子也赶跑了，他们气愤不过，纷纷议论这人家的怪事。于是蒲松龄想出这篇文章来，造出一个狐仙马介甫来做些大快人心的侠义行为，又把那悍妇改嫁给一个杀猪的，叫她受种种虐待。这班秀才先生看了这篇，都拍手叫痛快。但一位名士毕世持还不满足，说这篇文章太便宜了那位杨万石了，所以他又在末尾添上几行，把那位怕老婆的丈夫写的更不成个人样。这样一来，这班秀才相公们对于王鹿瞻家的“公愤”总算发泄了。

但蒲松龄先生还不满足，他想把这种事件当作一个社会问题看，想寻出一个意义来：为什么一个女人会变成这样穷凶极恶呢？为什么做丈夫的会忍受这样凶悍的待遇呢？这种怪现状有什么道理可解释呢？这种苦痛有什么法子可救济呢？

《邵女》一篇就是小试的解释。在这一篇里，聊斋认定悍妒是命定的，是由于“宿报”的，是一点一滴都有报应的。如金氏虐杀两妾，都是“宿报”；她又虐待邵女，邵女无罪，故一切鞭挞之刑，以及一烙二十三针，都得一一抵偿。在邵女的方面，她懂得看相，自己知道“命薄”，所以情愿作妾，情愿受金氏的磨折，“聊以泄造化之怒耳”。这都是用命定和宿报之说来解释这个问题。

但《邵女》一篇的解释还不能叫读者满意。金氏杀两妾是“宿报”，宿报就不算犯罪了吗？邵女自知“命薄”，这是命定的；她却能用自由意志去受磨折，让金氏“烙断晦纹”，薄命就成了福相了。究竟人生福禄是在“命”呢？还是在“相”呢？邵女能不能自己烙断自己的晦纹呢？邵女命薄该受罪，那么，金氏虐待她有何罪过呢？岂不是替天行“命”吗？金氏替邵女烙断了晦纹，把薄命变成福命，又岂不是有功于她吗？为什么还得抵偿种种虐待呢？

《江城》一篇，就大不同了。作者似乎把这个问题想通澈了，索性只承认“宿报”一种解释。故《江城》的解释只是“此是前世因，今作恶报，不可以人力为也”。篇末结论云：

人生业果，饮啄必报。而惟果报之在房中者，如附骨之疽，其毒尤惨。

每见天下贤妇十之一，悍妇十之九，亦以见人世之能修善业者少也。

这竟是定下了一条普遍的原则，把人世一切夫妇的关系都归到了“果报”一个简单原则之内。这竟成了一种婚姻哲学了！

这个解释，姑且不论确不确，总算是最简单，最彻底，最容易叫人了解，所以可说是最满意的解释。蒲松龄自己也觉得很得意，所以他到了中年，又把那篇不满三千字的《江城》故事放大了二十四倍，演成了一部七万字的戏曲，题作《禳妒咒》。

他到了晚年，阅历深了，经验多了，更感觉这个夫妇问题的重要，同时又更相信他的简单解释是唯一可能的解释，于是又把这个《江城》故事更放大了，在那绝大的人生画布上，用老练的大笔，大胆的钩勒，细致的描摹，写成了一部百万字的小说，题作《醒世姻缘传》，比那原来的古文短篇放大了三百三十倍！

他做《禳妒咒》时，还完全沿用《江城》故事，连故事里的人物姓名都完全不曾改动。但他改作《醒世姻缘》小说时，他因为书中有些地方的描写未免太细腻了，未免太穷形尽相了，所以他决心不用他的真姓名。他用了“西周生”的笔名，所以他不能不隐讳此书与《聊斋志异》的关系了。况且这书中把前后两世的故事都完全改作过了,也有重换人物姓名的必要。所以《江城》故事里的人物姓名一个也不存留了。

然而《江城》的故事,经过一番古文的写法,又经过一番白话戏曲的写法,和作者的关系太深了,作者就要忘了他,也忘不了。所以他把《江城》故事的人物改换姓名时,处处都留下一点彼此因袭的痕迹。试看:

江城姓樊,而《醒世姻缘》的主角是薛素姐,岂不是暗拆"樊素"的姓名?江城的丈夫名高蕃,而素姐的丈夫名狄希陈,狄希陈字友苏,固然是暗指苏东坡的朋友,那位怕老婆的陈季常;但"希陈"也许原来是因高蕃而想到陈蕃哩。

高蕃的父亲名高仲鸿。而狄希陈的父亲名狄宾梁,岂不是暗拆"梁鸿"的姓名呢?

高蕃恋一妓女,名谢芳兰,而狄希陈最初恋爱的妓女名孙兰姬,似乎也不无关系。

《江城》故事里的人物,有姓名的只有五个(其一为王子雅),而四个都像和《醒世姻缘》里相当的人物有因袭演变的关系,这也许不全是偶然的巧合,也许都是由于心理上一种很自然的联想吧?

《醒世姻缘》的人物虽然改了姓名,换了籍贯,然而这部大书的全部结构仍旧和那短篇的《江城》故事是一样的,也完全建筑在同样一个理论之上。江城的奇悍是由于前世因,素姐的奇悍也是由于前世因。在两书里,这种前世冤业同是无法躲避的,是不能挽救的,只有祈求佛力可以解除。《醒世姻缘》的"引起"里说:

> 这都尽是前生前世的事,冥冥中暗暗造就,定盘星半点不差。(参看本文第一节。)

这是多么简单的一个宗教信仰！然而这位伟大的蒲松龄，从中年到晚年，终不能抛弃这个迷信，始终认定这个简单的信仰可以满意的解答一切美满的姻缘和怨毒的家庭。那些和好的夫妻都是

> 前世中或是同心合意的朋友，或是恩爱相合的知己，或是义侠来报我之恩，或是负逋来偿我之债，或前生原是夫妻，或异世本来兄弟。

那些仇恨的夫妻都是因为

> 前世中以强欺弱，弱者饮恨吞声；以众暴寡，寡者莫敢谁何；或设计以图财，或使奸而陷命；大怨大仇，势不能报，今世皆配为夫妇。

这个根本见解，我们生在二百多年后的人不应该讪笑他，也不应该责怪他。我们应该保持历史演化的眼光，认清时代思潮的绝大势力；无论多么伟大的人物，总不能完全跳出他那时代的思想信仰的影响。何况蒲松龄本来不是一个有特别见识的思想家呢？

蒲松龄（生于1640，死于1715）虽有绝高的文学天才，只是一个很平凡的思想家。他的《聊斋志异·自序》里曾说他自己"三生石上，颇悟前因"，因为，他说：

> 松悬弧时，先大人梦一病瘠瞿昙偏袒入室，药膏如钱，圆贴乳际。寤而松生，果符墨志。且也少羸多病，长命不犹；门庭之栖止则冷淡如僧，笔墨之耕耘则萧条似钵。每搔首自念，

毋亦面壁人果是吾前生耶?

他自信是一个和尚来投生的,所以他虽是儒生,却深信佛法,尤其相信业报之说,和念佛解除灾怨之说。一部《聊斋志异》里,说鬼谈狐,说仙谈佛,无非是要证明业报为实有,佛力为无边而已。难怪他对于夫妇问题也用果报来解释了。

其实《醒世姻缘》的最大弱点正在这个果报的解释。这一部大规模的小说,在结构上全靠这个两世业报的观念做线索,把两个很可以独立的故事硬拉成一块,结果是两败俱伤。其实晁、狄两家的故事都可以用极平常的、人事的、自然的事实来作解释。因为作者的心思专注在果报的迷信,所以他把这些自然的事实都忽略过了;有时候,他还犯了一桩更大的毛病:他不顾事实上的矛盾,只顾果报的灵验。例如晁源的父亲是一个贪官,是一个小人,他容纵一个晚年得来的儿子,养成他的种种下流习性,这是一件自然的事实。晁源的母亲,在这小说的开端部分,并不见得是一个怎样贤明的妇人;如第一回说"其母溺爱";又说晁源小时不学好,"晁秀才夫妇不以为非";第七回竟是大书"老夫人爱子纳娼"了。这也是很自然的事实。但作者到了后来,渐渐把这位晁夫人写成了一个女中圣贤,做了多少好事,得着种种福报。这样一个女圣人怎么会养成晁源那样坏儿子呢?这就成了一件不自然的怪事了。

关于狄家的故事,作者也给了我们无数的自然事实,尽够说明这家人家的历史了。狄希陈本来就是一个不能叫人敬重的男人:家庭教育不高明,学堂教育又撞在汪为露一流的先生的手里,他的资质最配做个无赖,他的命运偏要他做个秀才,还要他做官!他的秀才,谁不知道是别人替他中的?偏不凑巧,他的枪手正是他的未婚夫人的兄弟。这样一只笨牛，学堂里的笑柄，考棚里的可怜虫，偏偏娶了一位美貌的、恃强好胜的、敢作敢为的夫人。他还想受她的敬重吗？他还想过舒服日子吗？素姐说：

我只见了他，那气不知从那里来！

她若是知道了一点"心理分析"，她就会明白那气是从那里来的了。气是从她许配狄家"这们个杭杭子"起的。狄婆子不曾说吗？

守着你两个舅子，又是妹夫，学给你丈人，叫丈人丈母恼不死么？

两个舅子也许不敢学给薛教授听，可是他们一定不肯放过他们的姐姐，天天学他们姐夫的尊样给她听，取笑她，奚落她，叫她哭不得，笑不得，回嘴不得，只好把气往自己胸脯里咽。她不咽，有什么法子呢？她好向爹娘提议退亲吗？咽住罢，总有出这口气的一天！

其实连心理分析都用不着，只消一点点"遗传"的道理就够了。薛素姐自己骂她婆婆道：

"槽头买马看母子"，这们娘母子也生的出好东西来哩？（五二回，页10）

这就是遗传的道理。素姐自己的生母龙氏是一个下贱的丫头，她的女婿这样形容她：

> 我见那姓龙的撒拉着半片鞋,趃拉着两只蹄膀,倒是没后跟的哩!要说那姓龙的根基,笑吊人大牙罢了!(四八回,页12)

她生的两个大儿子,禀受母性的遗传还少,又有贤父明师的教育,所以都成了好人。素姐是个女儿,受不着教育的好处,又因长在家门里,免不了日夜受她那没根基的生母的薰陶。遗传之上加了早年的恶劣薰染,造成了一个暴戾的薛素姐:这是最自然的解释。

薛教授说的最中肯:

> 叫我每日心昏,这孩子可是怎么变得这们等的?原来是这奴才(龙氏)把着口教的!你说这不教他害杀人么!要是小素姐骂婆婆打女婿问了凌迟,他在外头剐,我在家里剐你这奴才!(四八回,18)

这个自然的解释,比蒲松龄的果报论高明多了。作者在这书里曾经好几次用气力描写龙氏的怪相(四八回,17—18;五二回,14,又21;五六回,7—9;五九回,10,又22;六十回,9—12;六三回,10—11,又13;六八回,18;七三回—七四回),我们若要懂得薛素姐,必须先认识这位龙姨。我们看她的盛妆:

> 龙氏穿着油绿绉纱衫,月白湖罗裙,纱白花膝裤,沙蓝绸扣的满面花弯弓似的鞋,从里边羞羞涩涩的走出来。(五九,10)

我们听她的娇声:

贼老强人割的！贼老强人吃的！贼老天杀的！怎么得天爷有眼死那老砍头的！我要吊眼泪，滴了双眼！从今以后，再休指望我替你做活！我抛你家的米，撒你家的面，我要不豁邓的你七零八落的，我也不是龙家的丫头！（四八，18）

我们听狄员外对她说：

你家去罢！你算不得人呀。（七三，21）

这还不够解释狄希陈的令正吗？还用得着那前世业报的理论吗？

童寄姐的为人，更容易解释了。她也正是那黑心的童银匠和那精明能干的童奶奶的闺女，碰着了狄希陈那样颟顸的男子，她不欺负他，待欺负谁！这还用得着前世的冤孽吗？

* * * * * *

话虽如此说，我们终不免犯了"时代倒置"的大毛病。我们错怪蒲松龄了。这部书是一部十七世纪的写实小说，我们不可用二十世纪的眼光去批评他。徐志摩说的最好：

这书是一个时代（那时代至少有几百年）的社会写生。……我们的蒲公才是一等写实的大手笔！

他要是谈遗传，谈心理分析，就算不得那个时代的写生了。那因果的理论的本身也就是那个时代的社会生活的最重要部分。我们的蒲公是最能了解这个夫妻问题的重要的；他在"引起"里告诉我们，孟夫子说君子有三件至乐之事，比做皇帝还快乐；可是孟老先生忽

略一个更基本的一乐：依作者的意见，

> 还得再添一乐，居于那三乐之前，方可成就那三乐之事。若不添此一乐，总然父母俱存，搅乱的那父母生不如死；总然兄弟无故，将来必竟成了仇雠；也做不得那仰不愧天俯不怍人的品格，也教育不得那天下的英才。——你道再添那一件？第一要紧再添一个贤德妻房，可才成就那三件乐事。

这样承认贤德妻房的"第一要紧"，不能不说是我们的蒲公的高见。然而这位高见的蒲公把这个夫妻问题提出来研究了一世的工夫，总觉得这个问题太复杂了，太奇怪了，太没有办法了；人情说不通，法律管不了，圣贤经传也帮不得什么忙。他想了一世，想不出一个满意的解释来，只好说是前世的因果；他写了一百多万字的两部书，寻不出一个满意的救济方案来*，只好劝人忍受，只好劝人念佛诵经。

这样不成解释的解释，和这样不能救济的救济方案，都正是最可注意的社会史料，文化史料。我们生在二百多年后，读了这部专讲怕老婆的写实小说，都忍不住要问：为什么作者想不到离婚呢？是呀！为什么狄希陈不离婚呢？为什么杨万石不离婚呢？为什么高蕃休了江城之后不久又复收她回来，为什么她回来之后就无人提议再休她呢？为什么《聊斋志异》和《醒世姻缘》里的痛苦丈夫都只好"逃妇难"而远游，为什么想不到离婚呢？现今人人都想得

---

* 适按：《马介甫》篇："兄不能威，独不能断出耶？殴父杀弟，安然忍受，何以为人？"

到的简单办法，为什么那时代的人们都想不到，或不敢做，或不肯做呢？

《醒世姻缘》里有几处地方提到“休妻”的问题，都是社会史料。第一是晁源要休计氏（八回），理由是说她“养和尚道士”。晁源对他丈人说：

> 你女诸凡不贤惠，这是人间老婆的常事，我捏着鼻子受。你的女儿越发干起这事（养和尚道士）来了。……请了你来商议，当官断已（给）你也在你，你悄悄领了他去也在你。

这一番话很可注意。依明朝的法律：

> 凡妻无应出及义绝之状而出之者，杖八十。虽犯七出，有三不去，而出之者，减二等（杖六十），追还完聚。

又有条例说：

> 妻犯七出之状，有三不出之理，不得辄绝。犯奸者不在此限。

清朝初年修《大清律例》，全依此文。七出之条虽然很像容易出妻，但是有了“三不去”的消极条件（一，曾经夫家父母之丧；二，夫家先贫贱，后富贵；三，女人嫁时有家，出时已无家可归），那七出之条就成了空文了。晁源家正犯了三不去的第二条，所以不能休妻，只有“犯奸”一项罪名可以提出，想不到计氏是个有性气的妇人，不甘冒这恶名,所以宁可自杀,不肯被休。

第二件是薛素姐在通仙桥上受了一班光棍的欺辱,又把狄希陈的胳膊咬去了一大块肉,狄员外气极了,要他儿子休妻(七三回)。可是后来狄员外又对龙氏说:

> 要我说你闺女该休的罪过,说不尽!说不尽!如今说到天明,从天明再说到黑,也是说不了的。从今日休了,也是迟的!只是看那去世的两位亲家情分,动不的这事。刚才也只是气上来,说说罢了。

素姐并没有三不去的保障,然而狄员外顾念死友的"情分",终不肯走这一条路。

第三是龙氏要她儿子薛如兼休妻(七三回),她儿子回答道:

> 休不休也由不得你,也由不得我。这是俺爹娘与我娶的,他替爹合娘(嫡母)持了六年服,送的两个老人家入了土,又不打汉子,降妯娌,有功无罪的人,休不的了!

这是说他媳妇"无应出及义绝之状",所以是"休不的了"。

第四是更可注意的一件事。素姐打了狄希陈六七百棒槌,又用火烧他的背脊,两次都几乎送了他的性命。成都府太尊知道了,叫狄希陈来,逼他补一张呈子,由官断离,递解回籍(九八回)。这真是狄友苏先生脱离火坑的绝好机会了。然而他回到衙门里,托幕宾周相公起呈稿,周相公是每日亲自看见狄家的惨剧的,偏偏坚决的不肯起稿,说:

这是断离的呈稿，我是必然不肯做的。天下第一件伤天害理的事是与人写休书，写退婚文约，合那拆散人家的事情。

他说出了一大串不该休妻不该替人写休书的理由，最后的结论是：

如此看来，这妻是不可休的，休书也是不可轻易与人写的。这呈稿我断然不敢奉命。

按《大明律》（《大清律》同），离婚不是不可能的，并且法律有强迫离婚的条文：

若犯义绝应离而不离者，亦杖八十。若夫妻不相和谐，而两愿离者，不坐。

从表面上看来，这条文可算是鼓励离婚了。但这条文细看实在很有漏洞。“不相和谐”即可以离婚，岂非文明之至？然而必须“两愿离”方才不犯法。在那个女子无继承财产权又无经济能力的时代，弃妇在母家是没有地位的，在社会是不齿于人类的，所以“两愿离”是绝对不可能的事，除非女家父母有钱并且愿意接她回家过活。两愿离既不可能，只好一方请求离婚，由官断离了。然而怎样才算是“义绝”呢？律文并无明文，只有注家曾说：

义绝而可离可不离者，如妻殴夫，及夫殴妻至折伤之类。义绝而不许不离者，如纵容抑勒与人通奸，及典雇与人之类（《大清律例辑注》）。

夫殴妻"非折伤,勿论",所以此条必须说"夫殴妻至折伤"。至于"妻殴夫",一殴就犯大罪了。律文说:

> 凡妻妾殴夫者,杖一百。夫愿离者,听。至折伤以上,各加凡斗伤三等。至笃疾者,绞。死者,斩。

依此律文,素姐不但应该断离,还可以判定很重的刑罚。所以周相公对她说:

> 太尊晓得,……差了人逼住狄友苏,叫他补呈要拿出你去,加你的极刑,也要叫你生受,当官断离,解你回去。

这并不是仅仅吓骗她的话。所以素姐也有点着慌了,她只好说好话,赌下咒誓,望着狄希陈拜了二十多年不曾有过的两拜,认了"一向我的不是"。居然这件断离案子就这样打消了。

这件案子的打消,第一是因为周相公的根本反对休妻,第二是因为素姐自认改悔,但还有第三个原因,就是童寄姐说的:

> 你见做着官,把个老婆拿出官去当官断离,体面也大不好看。

其实这才是真正重要的原因。痛苦是小事,体面才是大事!岂但狄经历一个人这样想?天下多少丈夫不是这样想的吗?

所以《醒世姻缘》真是一部最有价值的社会史料。他的最不近情理处,他的最没有办法处,他的最可笑处,也正是最可注意的社会史实。蒲松龄相信狐仙,那是真相信;他相信鬼,也是真相信;他相信前生业报,那也是真相信;他相信"妻是休不得的",那也是真相信;他相信家庭的苦痛除了忍受和念佛以外是没有救济方法的,那也是真相信。这些都是那个时代的最普遍的信仰,都是最可信的历史。

读这部大书的人,应该这样读,才可算是用历史眼光去读古书。有了历史的眼光,我们自然会承认这部百万字的小说不但是志摩说的中国"五名内的一部大小说",并且是一部最丰富又最详细的文化史料。我可以预言:将来研究十七世纪中国社会风俗史的学者,必定要研究这部书;将来研究十七世纪中国教育史的学者,必定要研究这部书;将来研究十七世纪中国经济史(如粮食价格,如灾荒,如捐官价格,等等)的学者,必定要研究这部书;将来研究十七世纪中国政治腐败,民生苦痛,宗教生活的学者,也必定要研究这部书。

1931年,12月13日。

后记一

我本想在这篇序里,先考证作者是谁,其次写一篇蒲松龄的传记,其次讨论这书的文学价值,其次讨论这书的史料价值。不料我单做考证,就写了三万字,其余的部分都不能做了。

关于蒲松龄的传记,将来我大概可以补作。现在我先把几件传记材料抄在后面作附录。

关于《醒世姻缘》的文学价值，徐志摩先生在他的长序里已有很热心并且很公平的评判了。志摩这篇序，长九千字，是他生平最长的，最谨严的议论文字。今年七月初，我把他关在我家中，关了四天，他就写成了这篇长序。可惜他这样生动的文字，活泼的风趣，聪明的见解，深厚的同情，我们从此不能再得了！我痴心妄想这篇长文不过是志摩安心做文学工作的一个小小的开始；谁也料不到我的考证还不曾写到一半，他已死了！

回想八年前（1923），我们同住在西湖上，他和我约了一同翻译曼殊斐儿的小说，我翻了半篇，就搁下了。那是我们第一次的合作尝试。这一次翻印《醒世姻缘》，他做文学的批评，我做历史的考据，可算是第二次的合作，不幸竟成了最后一次的合作了！

志摩死后二十四日，适之。

后记二

我从前曾引邓之诚先生的《骨董琐记》一条，记鲍廷博说蒲松龄是《醒世姻缘》小说的作者。我当时曾写信去问邓先生鲍廷博的话见于何书，邓先生已不记得了。

今年八月，我的朋友罗尔纲先生从广西贵县寄信来，说，邓先生那一条琐记的娘家被他寻着了*，原来在《昭代丛书》癸集杨复吉的《梦阑琐笔》里（页五三），全文如下：

---

* 邓记的第一段，出于赵起杲刻《志异》自序。适之。

> 蒲留仙《聊斋志异》脱稿后百年，无人任剞劂。乾隆乙酉（1765）、丙戌（1766）楚中、浙中同时授梓。楚本为王令君某，浙本为赵太守起杲所刊。鲍以文云，留仙尚有《醒世姻缘》小说，盖实有所指；书成，为其家所讦，至褫其衿。易箦时，自知其托生之所。后登乙榜而终。（原注："留仙后身平阳徐昆，字后山，登乡榜，撰有《柳崖外编》。亦以文云"）。岁庚子（乾隆四五，1780），赵太守之子曾与留仙之孙某遇于棘闱，备述其故；且言《志异》有未刊者数百余篇，尚藏于家。

此中关于蒲留仙的后身一段神话，我在考证里已指出他的谬误了。蒲留仙被人告讦，至于革去秀才，这一段也不可信，我也说过了。但是这一条记载的重要在于证明鲍廷博确指蒲留仙为《醒世姻缘》的作者。鲍廷博是代赵起杲刻《聊斋志异》的人，他的话一定是从赵起杲得来的。赵是山东莱阳人，这话至少代表山东人在当时的传说。

《梦阑琐笔》的著者杨复吉是震泽人，字列欧，号慧楼，乾隆庚寅（1770）举人，辛卯（1771）进士，曾续辑《昭代丛书》的丁、戊、己、庚、辛五集。据《疑年补录》，他生于乾隆十二年（1747），死于嘉庆二十五年（1820），与鲍廷博（生1728—死1814）正同时，又是很相熟的朋友。《琐笔》中两次记乾隆壬寅（1782）鲍廷博到他家中去访他。他记的话应该是他亲自听鲍廷博说的，其时去蒲松龄死时（1715）不过六十多年，虽然其中已夹有神话的成分，还可算是很重要的证据。我很感谢罗尔纲先生替我寻着这一件很重要的材料。

1932，8，20夜。

附录一　柳泉蒲先生墓表

张元

先生讳松龄，字留仙，一字剑臣，别号柳泉。以文章意气雄一时。学者无问亲疏远迩，识与不识，盖无不知有柳泉先生者。由是先生之名满天下。

先生初应童子试，即以县府道三第一补博士弟子员，文名藉藉诸生间。然入棘闱辄见斥，慨然曰："其命也夫！"用是决然舍去，而一肆力于古文，奋发砥淬，与日俱新。而其生平之侘傺失志，濩落郁塞，俯仰时事，悲愤感慨，又有以激发其志气，故其文章颖发苕竖，恢诡魁垒，用能绝去町畦，自成一家。而蕴结未尽，则又搜抉奇怪，著为《志异》一书；虽事涉荒幻，而断制谨严，要归于警发薄俗，而扶树道教，则犹是其所以为古文者而已，非漫作也。

先生性朴厚，笃交游，重名义，而孤介峭直，尤不能与时相俯仰。少年与同邑李希梅及余从伯父历友、视旋诸先生结为郢中诗社，以风雅道义相劘切，始终一节无少间。乡先生给谏孙公，为时名臣，而风烈所激，其厮役佃属或阴为恣睢。乡里莫敢言，先生独毅然上书千余言以讽。公得书惊叹，立饬其下，皆敛戢。新城王司寇先生素奇先生才，屡寓书，将一致先生于门下，卒以病谢，辞不往。

呜呼，学者目不见先生，而但读其文章，耳其闻望，意其人必雄谈博辨风义激昂不可一世之士。及进而接乎其人，则恂恂然长者；听其言，则讷讷如不出诸口；而窥其中则蕴藉深远，要皆可以取诸怀而被诸世。然而阨穷困顿，终老明经，独其文章意气，犹可以耀当时而垂后世。先生之不幸也，而岂足以尽先生哉！

先生祖讳□讷（讷字上一字不可辨认，国学扶轮社本《聊斋集》作“生讷”），父讳檠；娶刘氏，增广生刘公季调女。子四人，孙八人，曾孙四人，五世孙才一人。所著文集四卷，诗集六卷，《聊斋志异》八卷。以康熙五十四年正月二十二日卒，享年七十有六。以本年葬村东之原。

又十一年，为雍正改元之三年，其孤将为碑以揭其行，而以文属余。以余于先生为同邑后进，且知先生之深也，不乃辞而为之文以表于墓。铭曰：

有文不显，有积不施。蓄久而炽，为后之基。以征以信，视此铭辞。

同邑后学张元撰。

雍正三年岁次乙巳二月　清明日立。

附碑阴

□生□崇祯十五年四月十六日戌时，卒于康熙五十四年正月二十二日酉时。

母生于崇祯十八年十一月二十六日申时，卒于康熙五十二年九月二十六日未时。

附记杂著五册

□身语录　怀刑录　历字文　日用俗字　农桑经各一册

戏三出　考词九转货郎儿　钟妹庆寿　闹馆

通俗俚曲十四种

墙头记　姑妇曲　慈悲曲　翻魇殃　寒森曲　琴瑟乐
蓬莱宴　俊夜叉　穷汉词　丑俊巴　快曲(各一册)　禳妒咒
富贵神仙曲后变磨难曲　增补幸云曲(各二册)

廪生笏　　立懿　立忠　　一□
首贡生箬　庠生　立德　立愁　　一泓
奉祀男　　孙　　　曾孙　　元孙　庭槐
篪　　立愚　立宪　　一□
庠生筠　　立志　立悊　　一湜

附录二　跋张元的《柳泉蒲先生墓表》

胡适

关于蒲松龄的事迹,最早的记载是张元作的《柳泉蒲先生墓表》。不幸诸书引此篇,都不是全抄原文,往往有妄删妄改之处,又往往有误抄之处,因此引起了不少的笑话。去年淄川的路大荒先生在蒲松龄的墓上寻得此碑,拓了一份寄给我,我拿来细校各种传本,知道路先生的拓本每行底下缺四个字,大概是埋在泥土中了。所以我请他把泥土挖开,再拓一份。路先生接到了我的信,正当十二月寒冷的天气,他冒大风去挖土拓碑,“水可结冰,蜡墨都不能用;往返四次,才勉强拓成。”他的热心使我们今日得读此碑的全文,得知蒲松龄的事实,得解决许多校勘和考据的疑难,这是我最感激的。

此碑正文凡十五行,每行五十字,共六百七十六个字。碑阴刻蒲松龄夫妇的生死年月日时,和他的著作目录。下刻奉祀男四人,孙八人，曾孙四人，玄孙一人的名字。

碑文中说蒲松龄死时“享年七十有六”，与《山左诗钞》及《淄川志》所记相合，可证各本作“年八十六”之误。这一字之误，关系不小。前几年有一个妄人捏造了二百多首假诗，托名为“聊斋诗集”，石印行世，其中有五首诗，全是根据这一个误字假造出来的！（看我的《辨伪举例》。）

《山左诗钞》摘抄此碑，中有一句云：

> 少与同邑李希梅及从父历友结郢中诗社。

清末上海国学扶轮社铅印本《聊斋文集》附有节本墓表，此句乃作：

> 与同邑李希梅及余从伯父历视友，旋结为郢中诗社。

这里“历视”是人名，“友”是动词，“旋”是表时间的副词。坊间石印本《聊斋文集》是翻印扶轮社本的，编者熟读《聊斋志异》，知道张历友是人名，所以把此句改为：

> 与同邑李希梅及余从伯父历友亲，旋结为郢中诗社。

这里改“视”为“亲”，作动词用，文理也可通。但现在我们看拓本，此句原文是：

> 与同邑李希梅及余从伯父历友、视旋诸先生结为郢中诗社。

原本有“诸先生”三字，所以一望可知“历友，视旋”是两个人名。《山左诗钞》的诗人有张笃庆，字历友；张履庆，字视旋。“视旋”之字出于《周易》履卦的“视履考祥，其旋元吉”。后来抄写本删去“诸先生”三字，所以后人不知“视旋”也是人名，就有种种妄钩妄改的读法了。我们若不曾亲见拓本，决不会发现这一句的错误。这个小小的故事最可以使我们明白校勘之学必须搜求最早最好的底本。没有最古的底本，单凭私人的小聪明去猜测，去妄改，那是猜想的校勘，不是科学的校勘。

可是我们翻看此碑的背阴，又使我们得着一个反面的教训！这个教训是：碑上刻的字也可以有错误。碑阴刻的是：

> 父生于崇祯十五年四月十六日戌时，卒于康熙五十四年正月二十二日酉时。
>
> 母生于崇祯十八年*十一月二十六日申时，卒于康熙五十二年九月二十六日未时。

这里分明有两三个错字。蒲松龄死于康熙五十四年(1715)正月二十二日，年七十六，见于墓表，很清楚的。从康熙五十四年推上去，他的生年应该是崇祯十三年庚辰(1640)。清华大学所藏旧抄本《聊斋全集》中有《降辰哭母》诗，其中有云：

> 老母呼我坐，大小绕身旁。……因言庚辰年，岁事似饥荒。尔年于此日，诞汝在北房。……(淄川马立勋抄本也有

* 适按：崇祯那有十八年。

此诗。)

这可证碑阴的"崇祯十五年"当作"十三年"。

还有他的夫人死的月是八月二十六日,不是九月二十六日。文集中有《元配刘孺人行实》,记她的死如下:

> 癸巳(康熙五十二年),七十有一,中秋与女及诸妇把酒语,刺刺至午漏,翼日而病,未遽怪也。逾数日,惫不起,始共忧之。体灼热可以炙手,医投寒凉,热益剧。……诸儿为市巴绢作殉衣,方成,二十六日尚卧理家政,灯方张,频索衣,曰:"我行矣。他无所嘱,但勿作佛事而已。"俄而气绝。……

据此文,她死在八月二十六日张灯以后,碑阴刻的"九月"与"未时"都是误记的。

我记出这两处刻文的错误,使我们明白石刻也不是完全可靠的。古本当然可贵,但用古本时,我们还得小心。

碑阴最可宝贵的是蒲松龄的著作表。此表的排列很零乱,用的大小字也没有一定的规律,初读去颇不易懂得,今考定如下:

杂著五册:

□身语录(缺字是"省"字,清华大学藏抄本。)

怀刑录(清华藏抄本。)

历字文(清华藏抄本,题为《时宪文》,是乾隆以后避清帝讳改题的;书尾有"历文一卷,教尔童娃",可证原作《历文》或《历字文》。)

日用俗字(亚东图书馆藏抄本。)

农桑经（清华藏抄本，胡适藏抄本。）

〔以上〕各一册

戏三出：

考词九转货郎儿（未见）

钟妹庆寿（未见）

闹馆（未见）

通俗俚曲十四种：

（1）墙头记（北平《新晨报》登过；亚东图书馆藏抄本。）

（2）姑妇曲（演《珊瑚》故事；亚东藏抄本。）

（3）慈悲曲（演《张诚》故事；亚东藏抄本。）

（4）翻魇殃（演《仇大娘》故事；亚东藏抄本。）

（5）寒森曲（演《商三官》故事；亚东藏抄本；近日济南《华北新闻》逐日登载。）

（6）琴瑟乐（未见）

（7）蓬莱宴（演“吴彩鸾写韵”故事；亚东藏抄本。）

（8）俊夜叉（演一个赌鬼回头的故事；亚东藏抄本。）

（9）穷汉词（未见。也许即是朴社出版《聊斋白话韵文》中的《除日祭穷神文》？）

（10）丑俊巴（未见）

（11）快曲（未见）

〔以上〕各一册

（12）禳妒咒（演《江城》故事；亚东藏抄本。）

（13）富贵神仙曲，后变磨难曲（此题当是说，原题《富贵神仙曲》，后改为《磨难曲》。演《张鸿渐》故事；亚东藏抄本，题为《富贵神仙》。）

(14)增补幸云曲(演正德皇帝嫖院故事;亚东藏抄本。)

〔以上〕各二册

这个著作表可以考见现存的各种俗曲确是他的作品,这是石刻的根据,最可宝贵的。

但这张表中显然有很大的遗漏。最重要的有这些:

(1)文集(墓表作四卷;清华藏旧抄本;马立勋藏抄本;胡适藏抄本。)

(2)诗集(墓表作六卷;清华,马立勋,胡适各藏抄本。)

(3)聊斋志异(墓表作八卷;通行本。)

这都是载于墓表的。此外还有一些,墓表与碑阴都不曾记载的:

(1)问天词(朴社铅印本;据路大荒先生考证,此书是蒲松龄的孙子立德的作品。路君文见《国闻周报》第十一卷第三十期。)

(2)东郭外传(朴社铅印本)*

(3)逃学传(朴社铅印本)

(4)学究自嘲(朴社铅印本)

(5)除日祭穷神文,穷神答文(朴社铅印本)

(以上五种,见朴社印马立勋本《聊斋白话韵文》。)

(6)醒世姻缘小说(通行本;亚东铅印本。鲍廷博说此书是蒲氏作的。)

(7)婚嫁全书(文集有自序。其书未见。)

(8)药祟书(文集有自序,其书未见。)

* 路大荒说,《东郭传》是千乘遗民印徵翠(二斋)作的。胡适后记。1951,3,19。

(9)家政内篇，家政外篇(据路大荒先生引益都王洪谋《柳泉居士行略》所记。其书未见。)

(10)小学节要(文集有自跋。其书未见。)

我们看了这些著作书目，读过今日还保存着的各种遗著，不能不承认这一位穷老秀才真是十七世纪的一个很伟大的新旧文学作家了。

二十四，十，一。

后记三*

我读了世界书局印出的《聊斋全集》，是路大荒编校的，其中收了《磨难曲》(二五三，四三一)，又收了《富贵神仙》(五〇九，六〇〇)。这是路君的疏忽，他不知道《富贵神仙》是初稿，《磨难曲》是后来放大的定本。碑阴说“富贵神仙曲，后变磨难曲”，我的解说大致不错，但我没有知道“后变”二字不但是题名的改换，实有内容的大改动。《富贵神仙》止有九二页，《磨难曲》则扩大到一七九页，增加了一倍的篇幅。内容也大有进步。最精采的是篇首《百姓流亡》、《贪官比较》两篇，古今无此大文字。

---

* 《后记三》写于 1951 年 3 月 19 日，是胡适在其《胡适论学近著》自校本上写下的，1984 年胡颂平《胡适之先生年谱长编初稿》据此收入。1986 年台湾远流出版公司出版《胡适作品集》，将其收录。——编者注

卷四 《红楼梦》考证

《红楼梦》考证(改定稿)*

一

《红楼梦》的考证是不容易做的,一来因为材料太少,二来因为向来研究这部书的人都走错了道路。他们怎样走错了道路呢?他们不去搜求那些可以考定《红楼梦》的著者,时代,版本等等的材料,却去收罗许多不相干的零碎史事来附会《红楼梦》里的情节。他们并不曾做《红楼梦》的考证,其实只做了许多《红楼梦》的附会!这种附会的"红学"又可分作几派:

第一派说《红楼梦》"全为清世祖与董鄂妃而作,兼及当时的诸名王奇女"。他们说董鄂妃即是秦淮名妓董小宛,本是当时名士冒辟疆的妾,后来被清兵夺去,送到北京,得了清世祖的宠爱,封为贵妃。后来董妃夭死,清世祖哀痛的很,遂跑到五台山去做和尚去了。依这一派的话,冒辟疆与他的朋友们说的董小宛之死,都是假的;清史上说的清世祖在位十八年而死,也是假的。这一派说《红

* 本文初稿写于1921年3月27日,载于1921年5月亚东图书馆出版社汪原放标点《红楼梦》中,后于11月12日改定,收入《胡适文存》一集卷三。

楼梦》里的贾宝玉即是清世祖，林黛玉即是董妃。"世祖临宇十八年，宝玉便十九岁出家；世祖自肇祖以来为第七代，宝玉便言'一子成佛，七祖升天'，又恰中第七名举人；世祖谥'章'，宝玉便谥'文妙"，文章两字可暗射。""小宛名白，故黛玉名黛，粉白黛绿之意也。小宛是苏州人，黛玉也是苏州人，小宛在如皋，黛玉亦在扬州。小宛来自盐官，黛玉来自巡盐御史之署。小宛入宫，年已二十有七；黛玉入京，年只十三余，恰得小宛之半。……小宛游金山时，人以为江妃踏波而上，故黛玉号'潇湘妃子'，实从'江妃'二字得来。"（以上引的话均见王梦阮先生的《红楼梦索隐）的《提要》。）

这一派的代表是王梦阮先生的《红楼梦索隐》。这一派的根本错误已被孟莼荪先生的《董小宛考》（附在蔡孑民先生的《石头记索隐》之后，页一三一以下）用精密的方法一一证明了。孟先生在这篇《董小宛考》里证明董小宛生于明天启四年甲子，故清世祖生时，小宛已十五岁了；顺治元年，世祖方七岁，小宛已二十一岁了；顺治八年正月二日，小宛死，年二十八岁，而清世祖那时还是一个十四岁的小孩子。小宛比清世祖年长一倍，断无入宫邀宠之理。孟先生引据了许多书，按年分别，证据非常完备，方法也很细密。那种无稽的附会，如何当得起孟先生的摧破呢？例如《红楼梦索隐》说：

> 渔洋山人《题冒辟疆妾圆玉、女罗画》三首之二末句云："洛川淼淼神人隔，空费陈王八斗才。"亦为小琬而作。圆玉者，琬也；玉旁加以宛转之义，故曰圆玉。女罗，罗敷女也。均有深意。神人之隔，又与死别不同矣。（《提要》页一三。）

孟先生在《董小宛考》里引了清初的许多诗人的诗来证明冒辟疆的妾并不止小宛一人;女罗姓蔡,名含,很能画苍松墨凤;圆玉当是金晓珠,名玥,昆山人,能画人物。晓珠最爱画洛神,(汪舟次有《晓珠手临洛神图卷跋》,吴薗次有《乞晓珠画洛神启》。)故渔洋山人诗有"洛川淼淼神人隔"的话。我们若懂得孟先生与王梦阮先生两人用的方法的区别,便知道考证与附会的绝对不相同了。

《红楼梦索隐》一书,有了《董小宛考》的辨正,我本可以不再批评他了。但这书中还有许多绝无道理的附会,孟先生都不及指摘出来。如他说:"曹雪芹为世家子,其成书当在乾、嘉时代。书中明言南巡四次,是指高宗时事,在嘉庆时所作可知。……意者此书但经雪芹修改,当初创造另自有人。……揣其成书亦当在康熙中叶。……至乾隆朝,事多忌讳,档案类多修改。《红楼》一书,内廷索阅,将为禁本。雪芹先生势不得已,乃为一再修订,俾愈隐而愈不失其真。"(《提要》页五至六)但他在第十六回凤姐提起南巡接驾一段话的下面,又注道:"此作者自言也。圣祖二次南巡,即驻跸雪芹之父曹寅盐署中,雪芹以童年召对,故有此笔。"下面赵嬷嬷说甄家接驾四次一段的下面,又注道:"圣祖南巡四次,此言接驾四次,特明为乾隆时事。"我们看这三段"索隐",可以看出许多错误。(1)第十六回明说二三十年前"太祖皇帝"南巡时的几次接驾;赵嬷嬷年长,故"亲眼看见"。我们如何能指定前者为康熙时的南巡而后者为乾隆时的南巡呢?(2)康熙帝二次南巡在二十八年(西历1689),到四十二年曹寅才做两淮巡盐御史。《索隐》说康熙帝二次南巡驻跸曹寅盐院署,是错的。(3)《索隐》说康熙帝二次南巡时,"曹雪芹以童年召对";又说雪芹成书在嘉庆时。嘉庆元年(西历1796),上距康熙二十八年,已隔百零七年了。曹雪芹成书时,他可不是一百二三十岁了吗？(4)《索隐》说《红楼梦》成书在乾、嘉时代，又说是在嘉庆时所作：这一说最谬。《红楼梦》在乾隆时已风行，有当时版本可证(详考见后文)。况且袁枚在《随园诗话》里曾提起曹雪芹的《红楼梦》；袁枚死于嘉庆二年，诗话之作更早的多，如何能提到嘉庆时所作的《红楼梦》呢？

第二派说《红楼梦》是清康熙朝的政治小说。这一派可用蔡孑民先生的《石头记索隐》作代表。蔡先生说：

> 《石头记》……作者持民族主义甚挚。书中本事在吊明之亡，揭清之失，而尤于汉族名士仕清者寓痛惜之意。当时既虑触文网，又欲别开生面，特于本事之上，加以数层障幂，使读者有"横看成岭侧成峰"之状况(《石头记索隐》页一)。
>
> 书中"红"字多隐"朱"字。朱者，明也，汉也。宝玉有"爱红"之癖，言以满人而爱汉族文化也；好吃人口上胭脂，言拾汉人唾余也。……当时清帝虽躬修文学，且创开博学鸿词科，实专以笼络汉人，初不愿满人渐染汉俗，其后雍、乾诸朝亦时时申诫之。故第十九回袭人劝宝玉道："再不许吃人嘴上擦的胭脂了，与那爱红的毛病儿。"又黛玉见宝玉腮上血渍，询知为淘澄胭脂膏子所溅，谓为"带出幌子，吹到舅舅耳里，又大家不干净惹气"，皆此意。宝玉在大观园中所居曰怡红院，即爱红之义。所谓曹雪芹于悼红轩中增删本书，则吊明之义也。……(页三至四。)
>
> 书中女子多指汉人，男子多指满人。不但"女子是水作的骨肉，男人是泥作的骨肉"与"汉"字"满"字有关系也；我国古

代哲学以阴阳二字说明一切对待之事物,《易》坤卦彖传曰,“地道也,妻道也,臣道也”,是以夫妻君臣分配于阴阳也。《石头记》即用其义。第三十一回,……翠缕说:“知道了!姑娘(史湘云)是阳,我就是阴。……人家说主子为阳,奴才为阴。我连这个大道理也不懂得!”……清制,对于君主,满人自称奴才,汉人自称臣。臣与奴才,并无二义。以民族之对待言之,征服者为主,被征服者为奴。本书以男女影满、汉,以此。(页九至十。)

这些是蔡先生的根本主张。以后便是“阐证本事”了。依他的见解,下面这些人是可考的:

(1)贾宝玉,伪朝之帝系也;宝玉者,传国玺之义也,即指胤礽(康熙帝的太子,后被废)。(页十至二三。)

(2)《石头记》叙巧姐事,似亦指胤礽,巧字与礽字形相似也。……(页二三至二五。)

(3)林黛玉影朱竹垞(朱彝尊)也。绛珠,影其氏也。居潇湘馆,影其竹垞之号也。……(页二五至二七。)

(4)薛宝钗,高江村(高士奇)也。薛者,雪也。林和靖诗,“雪满山中高士卧,月明林下美人来”。用薛字以影江村之姓名(高士奇)也。……(页二八至四二。)

(5)探春影徐健庵也。健庵名乾学,乾卦作“☰”,故曰三姑娘。健庵以进士第三人及第,通称探花,故名探春。……(页四二至四七。)

(6)王熙凤影余国柱也。王即柱字偏旁之省,國字俗写作

“国”，故熙凤之夫曰琏，言二王字相连也。……（页四七至六一。）

（7）史湘云，陈其年也。其年又号迦陵。史湘云佩金麒麟，当是“其”字“陵”字之借音。氏以史者，其年尝以翰林院检讨纂修《明史》也。……（页六一至七一。）

（8）妙玉，姜西溟（姜宸英）也。姜为少女，以妙代之。《诗》曰“美如玉”，“美如英”。玉字所以代英字也。（从徐柳泉说）……（页七二至八七。）

（9）惜春，严荪友也。……（页八七至九一。）

（10）宝琴，冒辟疆也。……（页九一至九五。）

（11）刘老老，汤潜庵（汤斌）也。……（页九五至百十。）

蔡先生这部书的方法是：每举一人，必先举他的事实，然后引《红楼梦》中情节来配合。我这篇文里，篇幅有限，不能表示他的引书之多和用心之勤：这是我很抱歉的。但我总觉得蔡先生这么多的心力都是白白的浪费了，因为我总觉得他这部书到底还只是一种很牵强的附会。我记得从前有个灯谜，用杜诗“无边落木萧萧下”来打一个“日”字。这个谜，除了做谜的人自己，是没有人猜得中的。因为做谜的人先想着南北朝的齐和梁两朝都是姓萧的；其次，把“萧萧下”的“萧萧”解作两个姓萧的朝代；其次，二萧的下面是那姓陈的陈朝。想着了“陈”字，然后把偏旁去掉（无边）；再把“东”字里的“木”字去掉（落木）。剩下的“日”字，才是谜底！你若不能绕这许多弯子，休想猜谜！假使做《红楼梦》的人当日真个用王熙凤来影余国柱，真个想着“王即柱字偏旁之省，國字俗写作国，故熙凤之夫曰琏，言二王字相连也，”——假使他真如此思想，他岂不真成了一个大笨伯了吗？他费了那么大气力，到底只做了“国”字和“柱”字的一小部分；还有这两个字的其余部分和那最重要的“余”字，都不曾做到“谜面”里去！这样做的谜，可不是笨谜吗？用麒麟来影“其年”的其，“迦陵”的陵；用三姑娘来影“乾学”的乾：假使真有这种影射法，都是同样的笨谜！假使一部《红楼梦》真是一串这么样的笨谜那就真不值得猜了！

我且再举一条例来说明这种“索隐”(猜谜)法的无益。蔡先生引蒯若木先生的话，说刘老老即是汤潜庵：

> 潜庵受业于孙夏峰(孙奇逢，清初的理学家)，凡十年。夏峰之学本以象山(陆九渊)阳明(王守仁)为宗。《石头记》，“刘老老之女婿曰王狗儿，狗儿之父曰王成。其祖上曾与凤姐之祖，王夫人之父认识；因贪王家势利，便连了宗。”似指此。

其实《红楼梦》里的王家既不是专指王阳明的学派，此处似不应该忽然用王家代表王学。况且从汤斌想到孙奇逢，从孙奇逢想到王阳明学派，再从阳明学派想到王夫人一家，又从王家想到王狗儿的祖上，又从王狗儿转到他的丈母刘老老，——这个谜可不是比那“无边落木萧萧下”的谜还更难猜吗？蔡先生又说《石头记》第三十九回刘老老说的“抽柴”一段故事是影汤斌毁五通祠的事；刘老老的外孙板儿影的是汤斌买的一部《廿一史》；他的外孙女青儿影的是汤斌每天吃的韭菜。这种附会已是很滑稽的了。最妙的是第六回凤姐给刘老老二十两银子，蔡先生说这是影汤斌死后徐乾学赙送的二十金；又第四十二回凤姐又送老老八两银子，蔡先生说这是影汤斌死后惟遗俸银八两。这八两有了下落了，那二十两也有了下落了；但第四十二回王夫人还送了刘老老两包银子，每包五十两，共是一百两；这一百两可就没有下落了！因为汤斌一生的事实没有一件可恰合这一百两银子的，所以这一百两虽然比那二十八两更重要，到底没有“索隐”的价值！这种完全任意的去取，实在没有道理，故我说蔡先生的《石头记索隐》也还是一种很牵强的附会。

第三派的《红楼梦》附会家，虽然略有小小的不同，大致都主张《红楼梦》记的是纳兰成德的事。成德后改名性德，字容若，是康熙朝宰相明珠的儿子。陈康祺的《郎潜纪闻二笔》（即《燕下乡脞录》）卷五说：

> 先师徐柳泉先生云：“小说《红楼梦》一书即记故相明珠家事；金钗十二，皆纳兰侍卫（成德官侍卫）所奉为上客者也。宝钗影高澹人，妙玉即影西溟（姜宸英）。……”徐先生言之甚详，惜余不尽记忆。

又俞樾的《小浮梅闲话》（《曲园杂纂》三十八）说：

> 《红楼梦》一书，世传为明珠之子而作。……明珠子名成德，字容若。《通志堂经解》每一种有纳兰成德容若序，即其人也。恭读乾隆五十一年二月二十九日上谕：“成德于康熙十一年壬子科中式举人，十二年癸丑科中式进士，年甫十六岁。”（适按此谕不见于《东华录》，但载于《通志堂经解》之首。）然则其中举人止十五岁，于书中所述颇合也。

钱静方先生的《红楼梦考》(附在《石头记索隐》之后,页一二一至一三〇)也颇有赞成这种主张的倾向。钱先生说:

> 是书力写宝、黛痴情。黛玉不知所指何人。宝玉固全书之主人翁,即纳兰侍御也。使侍御而非深于情者,则焉得有此倩影?余读《饮水词钞》,不独于宾从间得䜣合之欢,而尤于闺房内致缠绵之意。即黛玉葬花一段,亦从其词中脱卸而出。是黛玉虽影他人,亦实影侍御之德配也。

这一派的主张,依我看来,也没有可靠的根据,也只是一种很牵强的附会。(1)纳兰成德生于顺治十一年(西历1654),死于康熙二十四年(1685),年三十一岁。他死时,他的父亲明珠正在极盛的时代(大学士加太子太傅,不久又晋太子太师),我们如何可说那眼见贾府兴亡的宝玉是指他呢?(2)俞樾引乾隆五十一年上谕说成德中举人时止十五岁,其实连那上谕都是错的。成德生于顺治十一年;康熙壬子,他中举人时,年十八;明年癸丑,他中进士,年十九。徐乾学做的《墓志铭》与韩菼做的《神道碑》,都如此说。乾隆帝因为硬要否认《通志堂经解》的许多序是成德做的,故说他中进士时年止十六岁。(也许成德应试时故意减少三岁,而乾隆帝但依据履历上的年岁。)无论如何,我们不可用宝玉中举的年岁来附会成德。若宝玉中举的年岁可以附会成德,我们也可以用成德中进士和殿试的年岁来证明宝玉不是成德了!(3)至于钱先生说的纳兰成德的夫人即是黛玉,似乎更不能成立。成德原配卢氏,为两广总督兴祖之女,续配官氏,生二子一女。卢氏早死,故《饮水词》中有几首悼亡的词。钱先生引他的悼亡词来附会黛玉,其实这种悼亡的诗词,在中国旧文学里,何止几千首?况且大致都是千篇一律的东西。若几首悼亡词可以附会林黛玉,林黛玉真要成"人尽可夫"了!(4)至于徐柳泉说的大观园里十二金钗都是纳兰成德所奉为上客的一班名士,这种附会法与《石头记索隐》的方法有同样的危险。即如徐柳泉说妙玉影姜宸英,那么,黛玉何以不可附会姜宸英?晴雯何以不可附会姜宸英?又如他说宝钗影高士奇,那么,袭人也可以影高士奇了,凤姐更可以影高士奇了。我们试读姜宸英祭纳兰成德的文:

兄一见我,怪我落落,转亦以此,赏我标格。……数兄知我,其端非一。我常箕踞,对客欠伸,兄不余傲,知我任真。我时嫚骂,无问高爵,兄不余狂,知余疾恶。激昂论事,眼睁舌挢,兄为抵掌,助之叫号。有时对酒,雪涕悲歌,谓余失志,孤愤则那?彼何人斯,实应且憎,余色拒之,兄门固扃。

妙玉可当得这种交情吗?这可不更像黛玉吗?我们又试读郭琇参劾高士奇的奏疏:

……久之,羽翼既多,遂自立门户。……凡督抚藩臬道府厅县以及在内之大小卿员,皆王鸿绪等为之居停哄骗而夤缘照管者,馈至成千累万;即不属党护者,亦有常例,名之曰平安钱。然而人之肯为贿赂者,盖士奇供奉日久,势焰日张,人皆谓之门路真,而士奇遂自忘乎其为撞骗,亦居之不疑,曰,我之门路真。……以觅馆餬口之穷儒,而今忽为数百万之富翁。试问金从何来?无非取给于各官。然官从何来?非侵国帑,

即剥民膏。夫以国帑民膏而填无厌之谿壑,是士奇等真国之蠹而民之贼也。……(清史馆本传,《耆献类征》六十)

宝钗可当得这种罪名吗?这可不更像凤姐吗?我举这些例的用意是要说明这种附会完全是主观的,任意的,最靠不住的,最无益的。钱静方先生说的好:“要之,《红楼》一书,空中楼阁。作者第由其兴会所至,随手拈来,初无成意。即或有心影射,亦不过若即若离,轻描淡写,如画师所绘之百像图,类似者固多,苟细按之,终觉貌是而神非也。”

二

我现在要忠告诸位爱读《红楼梦》的人:“我们若想真正了解《红楼梦》,必须先打破这种种牵强附会的《红楼梦》谜学!”

其实做《红楼梦》的考证,尽可以不用那种附会的法子。我们只须根据可靠的版本与可靠的材料,考定这书的著者究竟是谁,著者的事迹家世,著书的时代,这书曾有何种不同的本子,这些本子的来历如何。这些问题乃是《红楼梦》考证的正当范围。

我们先从“著者”一个问题下手。

本书第一回说这书原稿是空空道人从一块石头上抄写下来的,故名《石头记》;后来空空道人改名情僧,遂改《石头记》为《情僧录》;东鲁孔梅溪题为《风月宝鉴》;后因曹雪芹于悼红轩中,披阅十载，增删五次，纂成目录，分出章回，又题曰《金陵十二钗》，并题一绝，即此便是《石头记》的缘起：诗云：

> 满纸荒唐言，一把辛酸泪。都云作者痴，谁解其中味？

第百二十回又提起曹雪芹传授此书的缘由。大概“石头”与空空道人等名目都是曹雪芹假托的缘起，故当时的人多认这书是曹雪芹做的。袁枚的《随园诗话》卷二中有一条说：

> 康熙间，曹练亭（练当作楝）为江宁织造，每出拥八驺，必携书一本，观玩不辍。人问：“公何好学？”曰：“非也。我非地方官而百姓见我必起立，我心不安，故借此遮目耳。”素与江宁太守陈鹏年不相中，及陈获罪，乃密疏荐陈。人以此重之。
>
> 其子雪芹撰《红楼梦》一书，备记风月繁华之盛。中有所谓大观园者，即余之随园也。明我斋读而羡之（坊间刻本无此七字）。当时红楼中有某校书尤艳，我斋题云（此四字坊间刻本作“雪芹赠云”，今据原刻本改正）：
>
> 病容憔悴胜桃花，午汗潮回热转加；犹恐意中人看出，强言今日较差些。
>
> 威仪棣棣若山河，应把风流夺绮罗，不似小家拘束态，笑时偏少默时多。

我们现在所有的关于《红楼梦》的旁证材料，要算这一条为最早。近人征引此条，每不全录；他们对于此条的重要，也多不曾完全懂得。这一条纪载的重要，凡有几点：

(1)我们因此知道乾隆时的文人承认《红楼梦》是曹雪芹做的。

(2)此条说曹雪芹是曹楝亭的儿子。(又《随园诗话》卷十六也说“雪芹者,曹练亭织造之嗣君也”。但此说实是错的,说详后。)

(3)此条说大观园即是后来的随园。

俞樾在《小浮梅闲话》里曾引此条的一小部分,又加一注,说:

> 纳兰容若《饮水词集》有《满江红》词,为曹子清题其先人所构楝亭,即雪芹也。

俞樾说曹子清即雪芹,是大谬的。曹子清即曹楝亭,即曹寅。

我们先考曹寅是谁。吴修的《昭代名人尺牍小传》卷十二说:

> 曹寅,字子清,号楝亭,奉天人,官通政司使,江宁织造。校刊古书甚精,有扬州局刻《五韵》、《楝亭十二种》盛行于世。著《楝亭诗钞》。

《扬州画舫录》卷二说:

> 曹寅,字子清,号楝亭,满洲人,官两淮盐院。工诗词,善书,著有《楝亭诗集》。刊秘书十二种,为《梅苑》、《声画集》、《法书考》、《琴史》、《墨经》、《砚笺》、刘后山(当作刘后村)《千家诗》、《禁扁》、《钓矶立谈》、《都城纪胜》、《糖霜谱》、《录鬼簿》。今之仪征余园门牓“江天传舍”四字,是所书也。

这两条可以参看。又韩菼的《有怀堂文稿》卷八里有《楝亭记》一篇说：

荔轩曹使君性至孝。自其先人董三，服官来江宁，于署中手植楝树一株，绝爱之，为亭其间，尝憩息于斯。后十余年，使君适自苏移节，如先生之任，则亭颇坏，为新其材，加垩焉，而亭复完。……

据此可知曹寅又字荔轩，又可知《饮水词》中的楝亭的历史。

最详细的纪载是章学诚的《丙辰札记》：

曹寅为两淮巡盐御史，刻古书凡十五种，世称“曹楝亭本”是也。康熙四十三年，四十五年，四十七年，四十九年，间年一任，与同旗李煦互相番代。李于四十四年，四十六年，四十八年，与曹互代；五十年，五十一年，五十二年，五十五年，五十六年，又连任，较曹用事为久矣。然曹至今为学士大夫所称，而李无闻焉。

不幸章学诚说的那“至今为学士大夫所称”的曹寅，竟不曾留下一篇传记给我们做考证的材料，《耆献类征》与《碑传集》都没有曹寅的碑传。只有宋和的《陈鹏年传》（《耆献类征》卷一六四，页一八以下）有一段重要的纪事：

乙酉（康熙四十四年），上南巡（此康熙帝第五次南巡）。总督集有司议供张，欲于丁粮耗加三分。有司皆慑服，唯唯。独鹏年（江宁知府陈鹏年）不服，否否。总督怏怏，议虽寝，则欲抉去鹏年矣。

无何,车驾由龙潭幸江宁。行宫草创(按此指龙潭之行宫),欲抉去之者因以是激上怒。时故庶人(按此即康熙帝的太子胤礽,至四十七年被废)从幸,更怒,欲杀鹏年。车驾至江宁,驻跸织造府。一日,织造幼子嬉而过于庭,上以其无知也,曰,"儿知江宁有好官乎?"曰:"知有陈鹏年。"时有致政大学士张英来朝,上……使人问鹏年,英称其贤。而英则庶人之所傅,上乃谓庶人曰,"尔师傅贤之,如何杀之?"庶人犹欲杀之。

织造曹寅免冠叩头,为鹏年请。当是时,苏州织造李某伏寅后,为寅婕(婕字不见于字书,似有儿女亲家的意思),见寅血被额,恐触上怒,阴曳其衣,警之。寅怒而顾之曰,"云何也?"复叩头,阶有声,竟得请。出,巡抚宋荦逆之曰:"君不愧朱云折槛矣!"

又我的朋友顾颉刚在《江南通志》里查出江宁织造的职官如下表:

康熙二年至二十三年	曹玺
康熙二十三年至三十一年	桑格
康熙三十一年至五十二年	曹寅
康熙五十二年至五十四年	曹颙
康熙五十四年至雍正六年	曹頫
雍正六年以后	隋赫德

又苏州织造的职官如下表:

康熙二十九年至三十二年	曹寅
康熙三十二年至六十一年	李煦

这两表的重要，我们可以分开来说：

(1)曹玺，字元璧，是曹寅的父亲。颉刚引《上元江宁两县志》道："织局繁剧，玺至，积弊一清。陛见，陈江南吏治极详，赐蟒服，加一品，御书'敬慎'扁额。卒于位。子寅。"

(2)因此可知曹寅当康熙二十九年至三十二年时，做苏州织造；三十一年至三十二年，他兼任江宁织造；三十二年以后，他专任江宁织造二十年。

(3)康熙帝六次南巡的时代，可与上两表参看：

康熙二三	一次南巡	曹玺为苏州织造
二八	二次南巡	
三八	三次南巡	曹寅为江宁织造
四二	四次南巡	同上
四四	五次南巡	同上
四六	六次南巡	同上

(4)颉刚又考得"康熙南巡，除第一次到南京驻跸将军署外，余五次均把织造署当行宫"。这五次之中，曹寅当了四次接驾的差。又《振绮堂丛书》内有《圣驾五幸江南恭录》一卷，记康熙四十四年的第五次南巡，写曹寅既在南京接驾，又以巡盐御史的资格赶到扬州接驾；又记曹寅进贡的礼物及康熙帝回銮时赏他通政使司通政使的事，甚详细，可以参看。

(5)曹頫与曹頫都是曹寅的儿子。曹寅的《楝亭诗钞》别集有郭振基序，内说"侍公函丈有年，今公子继任织部，又辱世讲"。是曹颙之为曹寅儿子，已无可疑。曹頫大概是曹颙的兄弟。(说详下。)

又《四库全书提要》谱录类食谱之属存目里有一条说:

《居常饮馔录》一卷。(编修程晋芳家藏本。)

国朝曹寅撰。寅字子清,号楝亭,镶蓝旗汉军。康熙中,巡视两淮盐政,加通政司衔。是编以前代所传饮膳之法汇成一编:一曰,宋王灼《糖霜谱》;二三曰,宋东溪遁叟《粥品》及《粉面品》;四曰,元倪瓒《泉史》;五曰,元海滨逸叟《制脯鲊法》;六曰,明王叔承《酿录》;七曰,明释智舷《茗笺》;八九曰,明灌畦老叟《蔬香谱》及《制蔬品法》。中间《糖霜谱》,寅已刻入所辑《楝亭十种》;其他亦颇散见于《说郛》诸书云。

又《提要》别集类存目里有一条:

《楝亭诗钞》五卷,附《词钞》一卷。(江苏巡抚采进本。)

国朝曹寅撰。寅有《居常饮馔录》,已著录。其诗一刻于扬州,计盈千首;再刻于仪征,则寅自汰其旧刻,而吴尚中开雕于东园者。此本即仪征刻也。其诗出入于白居易、苏轼之间。

《提要》说曹家是镶蓝旗人,这是错的。《八旗氏族通谱》有曹锡远一系,说他家是正白旗人,当据以改正。但我们因《四库提要》提起曹寅的诗集,故后来居然寻着他的全集,计《楝亭诗钞》八卷,《文钞》一卷,《词钞》一卷,《诗别集》四卷,《词别集》一卷(天津公园图书馆藏)。从他的集子里,我们得知他生于顺治十五年戊戌(1658)九月七日,他死时大概在康熙五十一年(1712)的下半年,那时他五十五岁。他的诗颇有好的,在八旗的诗人之中,他自然要算一个大家了。(他的诗在铁保辑的《八旗人诗钞》——改名《熙朝雅颂集》——里,占一全卷的地位。)当时的文学大家,如朱彝尊、姜宸英等,都为《楝亭诗钞》作序。

以上关于曹寅的事实,总结起来,可以得几个结论:

(1)曹寅是八旗的世家,几代都在江南做官。他的父亲曹玺做了二十一年的江宁织造;曹寅自己做了四年的苏州织造,做了二十一年的江宁织造,同时又兼做了四次的两淮巡盐御史。他死后,他的儿子曹颙接着做了三年的江宁织造,他的儿子曹頫接下去做了十三年的江宁织造。他家祖孙三代四个人总共做了五十八年的江宁织造。这个织造真成了他家的"世职"了。

(2)当康熙帝南巡时,他家曾办过四次以上的接驾的差。

(3)曹寅会写字,会做诗词,有诗词集行世;他在扬州曾管领《全唐诗》的刻印,扬州的诗局归他管理甚久;他自己又刻有二十几种精刻的书。(除上举各书外,尚有《周易本义》、《施愚山集》等;朱彝尊的《曝书亭集》也是曹寅捐赀倡刻的,刻未完而死。)他家中藏书极多,精本有三千二百八十七种之多(见他的《楝亭书目》,京师图书馆有抄本),可见他的家庭富有文学美术的环境。

(4)他生于顺治十五年,死于康熙五十一年(1658—1712)。

以上是曹寅的略传与他的家世。曹寅究竟是曹雪芹的什么人呢?袁枚在《随园诗话》里说曹雪芹是曹寅的儿子。这一百多年以来,大家多相信这话,连我在这篇《考证》的初稿里也信了这话。现在我们知道曹雪芹不是曹寅的儿子,乃是他的孙子。最初改正这个大错的是杨钟羲先生。杨先生编有《八旗文经》六十卷,又著有《雪桥诗话》三编,是一个最熟悉八旗文献掌故的人。他在《雪桥诗话》续集卷六,页二三,说:

> 敬亭(清宗室敦诚字敬亭)……尝为《琵琶亭传奇》一折,曹雪芹(霑)题句有云:“白傅诗灵应喜甚,定教蛮素鬼排场。”雪芹为楝亭通政孙,平生为诗,大概如此,竟坎坷以终。敬亭挽雪芹诗有“牛鬼遗文悲李贺,鹿车荷锸葬刘伶”之句。

这一条使我们知道三个要点:

> (一)曹雪芹名霑。
>
> (二)曹雪芹不是曹寅的儿子,是他的孙子。(《中国人名大辞典》页九九〇作“名霑,寅子”,似是根据《雪桥诗话》而误改其一部分。)
>
> (三)清宗室敦诚的诗文集内必有关于曹雪芹的材料。

敦诚字敬亭,别号松堂,英王之裔。他的轶事也散见《雪桥诗话》初二集中。他有《四松堂集》诗二卷,文二卷,《鹪鹩轩笔麈》一卷。他的哥哥名敦敏,字子明,有《懋斋诗钞》。我从此便到处访求这两个人的集子,不料到如今还不曾寻到手。我今年夏间到上海,写信去问杨钟羲先生,他回信说,曾有《四松堂集》,但辛亥乱后遗失了。我虽然很失望,但杨先生既然根据《四松堂集》说曹雪芹是曹寅之孙,这话自然万无可疑。因为敦诚兄弟都是雪芹的好朋友,他们的证见自然是可信的。

我虽然未见敦诚兄弟的全集，但《八旗人诗钞》(《熙朝雅颂集》)里有他们兄弟的诗一卷。这一卷里有关于曹雪芹的诗四首，我因为这种材料颇不易得，故把这四首全抄于下：

赠曹雪芹　　敦　敏

碧水青山曲径遐，薜萝门巷是烟霞。寻诗人去留僧壁，卖画钱来付酒家。燕市狂歌悲遇合，秦淮残梦忆繁华。新愁旧恨知多少，都付酕醄醉眼斜。

访曹雪芹不值　　敦　敏

野浦冻云深，柴扉晚烟薄。山村不见人，夕阳寒欲落。

佩刀质酒歌　　敦　诚

秋晓遇雪芹于槐园，风雨淋涔，朝寒袭袂。时主人未出，雪芹酒渴如狂，余因解佩刀沽酒而饮之。雪芹欢甚，作长歌以谢余。余亦作此答之。

我闻贺鉴湖，不惜金龟掷酒垆。又闻阮遥集，直卸金貂作鲸吸。嗟余本非二子狂，腰间更无黄金珰。秋气酿寒风雨恶，满园榆柳飞苍黄。主人未出童子睡，斝干瓮涩何可当！相逢况是淳于辈，一石差可温枯肠。身外长物亦何有？鸾刀昨夜磨秋霜。且酤满眼作软饱，……令此肝肺生角芒。曹子大笑称“快哉”！击石作歌声琅琅。知君诗胆昔如铁，堪与刀颖交寒光。我有古剑尚在匣，一条秋水苍波凉。君才抑塞倘欲拔，不妨斫地歌王郎。

寄怀曹雪芹　　敦　诚

少陵昔赠曹将军，曾曰魏武之子孙。嗟君或亦将军后，于今环堵蓬蒿屯。扬州旧梦久已绝,且著临邛犊鼻裈。爱君诗笔有奇气,直追昌谷披篱樊。当时虎门数晨夕,西窗剪烛风雨昏。接䍦倒著容君傲,高谈雄辨虱手扪。感时思君不相见,蓟门落日松亭尊。劝君莫弹食客铗,劝君莫叩富儿门。残杯冷炙有德色,不如著书黄叶村。

我们看这四首诗,可想见他们弟兄与曹雪芹的交情是很深的。他们的证见真是史学家说的"同时人的证见",有了这种证据,我们不能不认袁枚为误记了。

这四首诗中,有许多可注意的句子。

第一,如"秦淮残梦忆繁华",如"于今环堵蓬蒿屯。扬州旧梦久已绝,且著临邛犊鼻裈",如"劝君莫弹食客铗,劝君莫叩富儿门。残杯冷炙有德色,不如著书黄叶村",都可以证明曹雪芹当时已很贫穷,穷的很不像样了,故敦诚有"残杯冷炙有德色"的劝戒。

第二,如"寻诗人去留僧壁,卖画钱来付酒家",如"知君诗胆昔如铁",如"爱君诗笔有奇气,直追昌谷披篱樊",都可以使我们知道曹雪芹是一个会作诗又会绘画的人。最可惜的是曹雪芹的诗现在只剩得"白傅诗灵应喜甚,定教蛮素鬼排场"两句了。但单看这两句,也就可以想见曹雪芹的诗大概是很聪明的,很深刻的。敦诚弟兄比他做李贺,大概很有点相像。

第三,我们又可以看出曹雪芹在那贫穷潦倒的境遇里,很觉得牢骚抑郁,故不免纵酒狂歌,自寻排遣。上文引的如"雪芹酒渴如狂",如"相逢况是淳于辈,一石差可温枯肠",如"新愁旧恨知多少,都付酕醄醉眼斜",如"鹿车荷锸葬刘伶",都可以为证。

我们既知道曹雪芹的家世和他自身的境遇了,我们应该研究他的年代。这一层颇有点困难,因为材料太少了。敦诚有挽雪芹的诗,可见雪芹死在敦诚之前。敦诚的年代也不可详考。但《八旗文经》里有几篇他的文字,有年月可考:如《拙鹊亭记》作于辛丑初冬,如《松亭再征记》作于戊寅正月,如《祭周立厓文》中说:"先生与先公始交时在戊寅己卯间;是时先生……每过静补堂,……诚尝侍几杖侧。……迨庚寅先公即世,先生哭之过时而哀。……诚追述平生,……回念静补堂几杖之侧,已二十余年矣。"今作一表,如下:

乾隆二三,戊寅(1758)。

乾隆二四,己卯(1759)。

乾隆三五,庚寅(1770)。

乾隆四六,辛丑(1781)。自戊寅至此,凡二十三年。

清宗室永忠(臞仙)为敦诚作葛巾居的诗,也在乾隆辛丑。敦诚之父死于庚寅,他自己的死期大约在二十年之后,约当乾隆五十余年。纪昀为他的诗集作序,虽无年月可考,但纪昀死于嘉庆十年(1805),而序中的语意都可见敦诚死已甚久了。故我们可以猜定敦诚大约生于雍正初年(约1725),死于乾隆五十余年(约1785—1790)。

敦诚兄弟与曹雪芹往来,从他们赠答的诗看起来,大概都在他们兄弟中年以前,不像在中年以后。况且《红楼梦》当乾隆五十六七年时已在社会上流通了二十余年了(说详下)。以此看来,我们可以断定曹雪芹死于乾隆三十年左右(约1765)。至于他的年纪,更不容易考定了。但敦诚兄弟的诗的口气,很不像是对一位老前辈的口气。我们可以猜想雪芹的年纪至多不过比他们大十来岁,大约生于康熙末叶(约 1715—1720);当他死时,约五十岁左右。

以上是关于著者曹雪芹的个人和他的家世的材料。我们看了这些材料,大概可以明白《红楼梦》这部书是曹雪芹的自叙传了。这个见解,本来并没有什么新奇,本来是很自然的。不过因为《红楼梦》被一百多年来的红学大家越说越微妙了,故我们现在对于这个极平常的见解反觉得他有证明的必要了。我且举几条重要的证据如下:

第一,我们总该记得《红楼梦》开端时,明明的说着:

> 作者自云曾历过一番梦幻之后,故将真事隐去,而借"通灵"说此《石头记》一书也。……自己又云:今风尘碌碌,一事无成,忽念及当日所有之女子,一一细考较去,觉其行止见识皆出我之上。我堂堂须眉,诚不若彼裙钗。……当此日,欲将已往所赖天恩祖德,锦衣纨袴之时,饫甘餍肥之日,背父兄教育之恩,负师友规训之德,以致今日一技无成半生潦倒之罪,编述一集,以告天下。

这话说的何等明白!《红楼梦》明明是一部"将真事隐去"的自叙的书。若作者是曹雪芹,那么,曹雪芹即是《红楼梦》开端时那个深自忏悔的"我"!即是书里的甄、贾(真假)两个宝玉的底本!懂得这个道理,便知书中的贾府与甄府都只是曹雪芹家的影子。

第二,第一回里那石头说道:

> 我想历来野史的朝代，无非假借汉、唐的名色；莫如我这石头所记，不借此套，只按自己的事体情理，反到新鲜别致。

又说：

> 更可厌者，“之乎者也”，非理即文，大不近情，自相矛盾：竟不如我这半世亲见亲闻的这几个女子，虽不敢说强似前代书中所有之人，但观其事迹原委，亦可消愁破闷。

他这样明白清楚的说“这书是我自己的事体情理”，“是我这半世亲见亲闻的”；而我们偏要硬派这书是说顺治帝的，是说纳兰成德的！这岂不是作茧自缚吗？

第三，《红楼梦》第十六回有谈论南巡接驾的一大段，原文如下：

> 凤姐道：“……可恨我小几岁年纪。若早生二三十年，如今这些老人家也不薄我没见世面了。说起当年太祖皇帝仿舜巡的故事，比一部书还热闹，我偏偏的没赶上。”
>
> 赵嬷嬷（贾琏的乳母）道：“嗳哟，那可是千载难逢的！那时候我才记事儿。咱们贾府正在姑苏、扬州一带，监造海船，修理海塘。只预备接驾一次，把银子花的像淌海水是的。说起来——”
>
> 凤姐忙接道：“我们王府里也预备过一次。那时我爷爷专管各国进贡朝贺的事，凡有外国人来，都是我们家养活。粤、闽、滇、浙所有的洋船货物，都是我们家的。”

赵嬷嬷道:“那是谁不知道的?……如今还有现在江南的甄家,——嗳哟,好势派!——独他们家接驾四次。要不是我们亲眼看见,告诉谁也不信的。别讲银子成了粪土;凭是世上有的,没有不是堆山积海的。‘罪过可惜’四个字,竟顾不得了。”

凤姐道:“我常听见我们太爷说,也是这样的。岂有不信的?只纳罕他家怎么就这样富贵呢?”

赵嬷嬷道:“告诉奶奶一句话:也不过拿着皇帝家的银子往皇帝身上使罢了。谁家有那些钱买这个虚热闹去?”

此处说的甄家与贾家都是曹家。曹家几代在江南做官,故《红楼梦》里的贾家虽在“长安”,而甄家始终在江南。上文曾考出康熙帝南巡六次,曹寅当了四次接驾的差,皇帝就住在他的衙门里。《红楼梦》差不多全不提起历史上的事实,但此处却郑重的说起“太祖皇帝仿舜巡的故事”,大概是因为曹家四次接驾乃是很不常见的盛事,故曹雪芹不知不觉的——或是有意的——把他家这桩最阔的大典说了出来。这也是敦敏送他的诗里说的“秦淮旧梦忆繁华”了。但我们却在这里得着一条很重要的证据。因为一家接驾四五次,不是人人可以随便有的机会。大官如督抚,不能久任一处,便不能有这样好的机会。只有曹寅做了二十年江宁织造,恰巧当了四次接驾的差。这不是很可靠的证据吗?

第四,《红楼梦》第二回叙荣国府的世次如下:

自荣国公死后,长子贾代善袭了官,娶的是金陵世家史侯的小姐为妻,生了两个儿子:长名贾赦,次名贾政。如今代善早已去世，太夫人尚在。长子贾赦袭了官，为人平静中和，也不管理家务。次子贾政，自幼酷喜读书，为人端方正直；祖父钟爱，原要他以科甲出身的。不料代善临终时，遗本一上，皇上因恤先臣，即时令长子袭官外，问还有几子，立刻引见；遂又额外赐了这政老爷一个主事之职，令其入部学习；如今已升了员外郎。

我们可用曹家的世系来比较：

曹锡远，正白旗包衣人。世居沈阳地方，来归年月无考。其子曹振彦，原任浙江盐法道。

孙：曹玺，原任工部尚书；曹尔正，原任佐领。

曾孙：曹寅，原任通政使司通政使；曹宜，原任护军参领兼佐领；曹荃，原任司库。

元孙：曹颙，原任郎中；曹頫，原任员外郎；曹颀，原任二等侍卫，兼佐领；曹天祐，原任州同。（《八旗氏族通谱》卷七十四）

这个世系颇不分明。我们可试作一个假定的世系表如下：

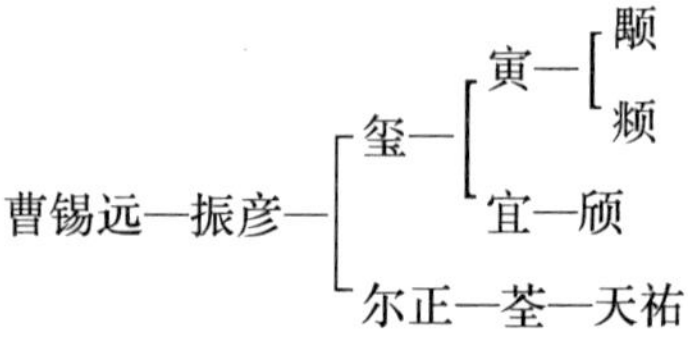

曹寅的《楝亭诗钞别集》中有《辛卯三月闻珍儿殇，书此忍恸，兼示

四侄寄东轩诸友》诗三首,其二云:"世出难居长,多才在四三。承家赖犹子,努力作奇男。"四侄即颀,那排行第三的当是那小名珍儿的了。如此看来,颙与頫当是行一与行二。曹寅死后,曹颙袭织造之职。到康熙五十四年,曹颙或是死了,或是因事撤换了,故次子曹頫接下去做。织造是内务府的一个差使,故不算做官,故《氏族通谱》上只称曹寅为通政使,称曹頫为员外郎。但《红楼梦》里的贾政,也是次子,也是先不袭爵,也是员外郎。这三层都与曹頫相合。故我们可以认贾政即是曹頫;因此,贾宝玉即是曹雪芹,即是頫之子,这一层更容易明白了。

第五,最重要的证据自然还是曹雪芹自己的历史和他家的历史。《红楼梦》虽没有做完(说详下),但我们看了前八十回,也就可以断定:(1)贾家必致衰败,(2)宝玉必致沦落。《红楼梦》开端便说,"风尘碌碌,一事无成";又说,"一技无成,半生潦倒";又说,"当此蓬牖茅椽,绳床瓦灶",这是明说此书的著者——即是书中的主人翁——当著书时,已在那穷愁不幸的境地。况且第十三回写秦可卿死时在梦中对凤姐说的话,句句明说贾家将来必到"树倒猢狲散"的地步。所以我们即使不信后四十回(说详下)抄家和宝玉出家的话,也可以推想贾家的衰败和宝玉的流落了。我们再回看上文引的敦诚兄弟送曹雪芹的诗,可以列举雪芹一生的历史如下:

(1)他是做过繁华旧梦的人。

(2)他有美术和文学的天才,能做诗,能绘画。

(3)他晚年的境况非常贫穷潦倒。

这不是贾宝玉的历史吗?此外,我们还可以指出三个要点。第一是曹雪芹家自从曹玺、曹寅以来,积成一个很富丽的文学美术的环境。他家的藏书在当时要算一个大藏书家,他家刻的书至今推为精刻的善本。富贵的家庭并不难得；但富贵的环境与文学美术的环境合在一家，在当日的汉人中是没有的，就在当日的八旗世家中，也很不容易寻找了。第二，曹寅是刻《居常饮馔录》的人，《居常饮馔录》所收的书，如《糖霜谱》、《制脯鲊法》、《粉面品》之类，都是专讲究饮食糖饼的做法的。曹寅家做的雪花饼，见于朱彝尊的《曝书亭集》（二十一，页十二），有"粉量云母细，糁和雪糕匀"的称誉。我们读《红楼梦》的人，看贾母对于吃食的讲究，看贾家上下对于吃食的讲究，便知道《居常饮馔录》的遗风未泯，雪花饼的名不虚传！第三，关于曹家衰落的情形，我们虽没有什么材料，但我们知道曹寅的亲家李煦在康熙六十一年已因亏空被革职查追了。雍正《朱批谕旨》第四十八册有雍正元年苏州织造胡凤翚奏折内称：

> 今查得李煦任内亏空各年余剩银两，现奉旨交督臣查弼纳查追外，尚有六十一年办六十年分应存剩银六万三百五十五两零，并无存库，亦系李煦亏空。……所有历年动用银两数目，另开细折，并呈御览。……

又第十三册有两淮巡盐御史谢赐履奏折内称：

> 窃照两淮应解织造银两，历年遵奉已久。兹于雍正元年三月十六日，奉户部咨行，将江苏织造银两停其支给；两淮应解银两，汇行解部。……前任盐臣魏廷珍于康熙六十一年内未奉部文停止之先，两次解过苏州织造银五万两。……再本年六月内奉有停止江宁织造之文。查前盐臣魏廷珍经解过江宁织造银四万两，臣任内……解过江宁织造银四万五千一百

> 二十两。……臣请将解过苏州织造银两在于审理李煦亏空案内并追;将解过江宁织造银两行令曹𫖯解还户部。……

李煦做了三十年的苏州织造,又兼了八年的两淮盐政,到头来竟因亏空被查追。胡凤翚折内只举出康熙六十一年的亏空,已有六万两之多;加上谢赐履折内举出应退还两淮的十万两:这一年的亏空就是十六万两了!他历年亏空的总数之多,可以想见。这时候,曹𫖯(曹雪芹之父)虽然还未曾得罪,但谢赐履折内已提及两事:一是停止两淮应解织造银两,一是要曹𫖯赔出本年已解的八万一千余两。这个江宁织造就不好做了。我们看了李煦的先例,就可以推想曹𫖯的下场也必是因亏空而查追,因查追而抄没家产。关于这一层,我们还有一个很好的证据。袁枚在《随园诗话》里说《红楼梦》里的大观园即是他的随园。我们考随园的历史,可以信此话不是假的。袁枚的《随园记》(《小仓山房文集》十二)说随园本名隋园,主人为康熙时织造隋公。此隋公即是隋赫德,即是接曹𫖯的任的人。(袁枚误记为康熙时,实为雍正六年。)袁枚作记在乾隆十四年己巳(1749),去曹𫖯卸织造任时甚近,他应该知道这园的历史。我们从此可以推想曹𫖯当雍正六年去职时,必是因亏空被追赔,故这个园子就到了他的继任人的手里。从此以后,曹家在江南的家产都完了,故不能不搬回北京居住。这大概是曹雪芹所以流落在北京的原因。我们看了李煦、曹𫖯两家败落的大概情形,再回头来看《红楼梦》里写的贾家的经济困难情形,便更容易明白了。如第七十二回凤姐夜间梦见人来找他,说娘娘要一百匹锦,凤姐不肯给,他就来夺。来旺家的笑道:"这是奶奶日间操心常应候宫里的事。"一语未了,人回夏太监打发了一个小内监来说话。贾琏听了,忙皱眉道："又是什么话！一年他们也够搬了。"凤姐道："你藏起来，等我见他。"好容易凤姐弄了二百两银子把那小内监打发开去，贾琏出来，笑道："这一起外祟，何日是了？"凤姐笑道："刚说着，就来了一股子。"贾琏道："昨儿周太监来，张口就是一千两。我略慢应了些，他不自在。将来得罪人之处不少。这会子再发三二百万的财，就好了！"又如第五十三回写黑山村庄头乌进孝来贾府纳年例，贾珍与他谈的一段话也很可注意：

贾珍皱眉道："我算定你至少也有五千银子来。这够做什么的！……真真是叫别过年了！"

乌进孝道："爷的地方还算好呢。我兄弟离我那里只有一百多里，竟又大差了。他现管着那府(荣国府)八处庄地，比爷这边多着几倍，今年也是这些东西，不过二三千两银子，也是有饥荒打呢。"

贾珍道："如何呢？我这边到可已，没什么外项大事，不过是一年的费用。……比不得那府里(荣国府)这几年添了许多化钱的事，一定不可免是要化的，却又不添银子产业。这一二年里赔了许多。不和你们要，找谁去？"

乌进孝笑道："那府里如今虽添了事，有去有来。娘娘和万岁爷岂不赏吗？"

贾珍听了，笑向贾蓉等道："你们听听，他说的可笑不可笑？"

贾蓉等忙笑道："你们山坳海沿子上的人，那里知道这道理？娘娘难道把皇上的库给我们不成？……就是赏，也不过一百两金子，才值一千多两银子，够什么？这二年，那一年不赔出几千两银子来?头一年省亲,连盖花园子,你算算那一注化了多少,就知道了。再二年,再省一回亲,只怕精穷了!……"

贾蓉又说又笑,向贾珍道:"果真那府里穷了。前儿我听见二婶娘(凤姐)和鸳鸯悄悄商议,要偷老太太的东西去当银子呢。"

借当的事又见于第七十二回:

鸳鸯一面说,一面起身要走。贾琏忙也立起身来说道:"好姐姐,略坐一坐儿,兄弟还有一事相求。"说着,便骂小丫头,"怎么不泡好茶来!快拿干净盖碗,把昨日进上的新茶泡一碗来!"说着,向鸳鸯道:"这两日因老太太千秋,所有的几千两都使完了。几处房租地租统在九月才得。这会子竟接不上。明儿又要送南安府里的礼,又要预备娘娘的重阳节;还有几家红白大礼,至少还要二三千两银子用,一时难去支借。俗语说的好,求人不如求己。说不得,姐姐担个不是,暂且把老太太查不着的金银家伙,偷着运出一箱子来,暂押千数两银子,支腾过去。"

因为《红楼梦》是曹雪芹"将真事隐去"的自叙,故他不怕琐碎,再三再四的描写他家由富贵变成贫穷的情形。我们看曹寅一生的历史,决不像一个贪官污吏;他家所以后来衰败,他的儿子所以亏空破产,大概都是由于他一家都爱挥霍,爱摆阔架子;讲究吃喝,讲究场面;收藏精本的书,刻行精本的书;交结文人名士,交结贵族大官，招待皇帝，至于四次五次；他们又不会理财，又不肯节省；讲究挥霍惯了，收缩不回来：以致于亏空，以致于破产抄家。《红楼梦》只是老老实实的描写这一个"坐吃山空""树倒猢狲散"的自然趋势。因为如此，所以《红楼梦》是一部自然主义的杰作。那班猜谜的红学大家不晓得《红楼梦》的真价值正在这平淡无奇的自然主义的上面，所以他们偏要绞尽心血去猜那想入非非的笨谜，所以他们偏要用尽心思去替《红楼梦》加上一层极不自然的解释。

总结上文关于"著者"的材料，凡得六条结论：

(1)《红楼梦》的著者是曹雪芹。

(2)曹雪芹是汉军正白旗人，曹寅的孙子，曹頫的儿子，生于极富贵之家，身经极繁华绮丽的生活，又带有文学与美术的遗传与环境。他会做诗，也能画，与一班八旗名士往来。但他的生活非常贫苦，他因为不得志，故流为一种纵酒放浪的生活。

(3)曹寅死于康熙五十一年。曹雪芹大概即生于此时，或稍后。

(4)曹家极盛时，曾办过四次以上的接驾的阔差；但后来家渐衰败，大概因亏空得罪被抄没。

(5)《红楼梦》一书是曹雪芹破产倾家之后，在贫困之中做的。做书的年代大概当乾隆三十年左右*，书未完而曹雪芹死了。

(6)《红楼梦》是一部隐去真事的自叙：里面的甄、贾两宝玉，

---

* 亚东图书馆本原文为"大概当乾隆初年到乾隆三十年左右"，而远东本则校改为"大概当乾隆三十年左右"，《红楼梦考证》初稿此处又作"大概当雍正末年或乾隆初年"，可知作者对曹雪芹著书时间的看法随着资料的发现而有变化。故此处从远东本校改。——编者注

即是曹雪芹自己的化身;甄、贾两府即是当日曹家的影子。(故贾府在“长安”都中,而甄府始终在江南。)

现在我们可以研究《红楼梦》的“本子”问题。现今市上通行的《红楼梦》虽有无数版本,然细细考较去,除了有正书局一本外,都是从一种底本出来的。这种底本是乾隆末年间程伟元的百二十回全本,我们叫他做“程本”。这个程本有两种本子:一种是乾隆五十七年壬子(1792)的第一次活字排本,可叫做“程甲本”。一种也是乾隆五十七年壬子程家排本,是用“程甲本”来校改修正的,这个本子可叫做“程乙本”。“程甲本”我的朋友马幼渔教授藏有一部,“程乙本”我自己藏有一部。乙本远胜于甲本,但我仔细审察,不能不承认“程甲本”为外间各种《红楼梦》的底本。各本的错误矛盾,都是根据于“程甲本”的。这是《红楼梦》版本史上一件最不幸的事。

此外,上海有正书局石印的一部八十回本的《红楼梦》,前面有一篇德清戚蓼生的序,我们可叫他做“戚本”。有正书局的老板在这部书的封面上题着“国初钞本《红楼梦》”,又在首页题着“原本《红楼梦》”。那“国初钞本”四个字自然是大错的。那“原本”两字也不妥当。这本已有总评,有夹评,有韵文的评赞,又往往有“题”诗,有时又将评语抄入正文(如第二回),可见已是很晚的抄本,决不是“原本”了。但自程氏两种百二十回本出版以后,八十回本已不可多见。戚本大概是乾隆时无数展转传抄本之中幸而保存的一种,可以用来参校程本,故自有他的相当价值,正不必假托“国初钞本”。

《红楼梦》最初只有八十回,直至乾隆五十六年以后始有百二十回的《红楼梦》。这是无可疑的。程本有程伟元的序,序中说:

《石头记》是此书原名,……好事者每传抄一部置庙市中,昂其值得数十金,可谓不胫而走者矣。然原本目录一百二十卷,今所藏只八十卷,殊非全本。即间有称全部者,及检阅仍只八十卷,读者颇以为憾。不佞以是书既有百二十卷之目,岂无全璧?爰为竭力搜罗,自藏书家甚至故纸堆中,无不留心。数年以来,仅积有二十余卷。一日,偶于鼓担上得十余卷,遂重价购之,欣然翻阅,见其前后起伏尚属接榫(榫音笋,削木入窍名榫,又名榫头)。然漶漫不可收拾。乃同友人细加厘剔,截长补短,抄成全部,复为镌板,以公同好。《石头记》全书至是始告成矣。……小泉程伟元识。

我自己的程乙本还有高鹗的一篇序,中说:

予闻《红楼梦》脍炙人口者,几廿余年,然无全璧,无定本。……今年春,友人程子小泉过予,以其所购全书见示,且曰:"此仆数年铢积寸累之苦心,将付剞劂,公同好。子闲且惫矣,盍分任之?"予以是书虽稗官野史之流,然尚不谬于名教,欣然拜诺,正以波斯奴见宝为幸,遂襄其役。工既竣,并识端末,以告阅者。时乾隆辛亥(1791)冬至后五日铁岭高鹗叙,并书。

此序所谓"工既竣",即是程序说的"同友人细加厘剔,截长补短"的整理工夫,并非指刻板的工程。我这部程乙本还有七条"引言",比两序更重要,今节抄几条于下:

(一)是书前八十回,藏书家抄录传阅,几三十年矣。今得后四十回,合成完璧。缘友人借抄争睹者甚伙,抄录固难,刊板亦需时日,姑集活字刷印。因急欲公诸同好,故初印时不及细校,间有纰缪。今复聚集各原本,详加校阅,改订无讹。惟阅者谅之。

(一)书中前八十回,抄本各家互异。今广集核勘,准情酌理,补遗订讹。其间或有增损数字处,意在便于披阅,非敢争胜前人也。

(一)是书沿传既久,坊间缮本及诸家所藏秘稿,繁简歧出,前后错见。即如六十七回此有彼无,题同文异,燕石莫辨。兹惟择其情理较协者,取为定本。

(一)书中后四十回系就历年所得,集腋成裘,更无他本可考,惟按其前后关照者,略为修辑,使其有应接而无矛盾。至其原文,未敢臆改。俟再得善本,更为厘定,且不欲尽掩其本来面目也。

引言之末,有"壬子花朝后一日,小泉兰墅又识"一行。兰墅即高鹗。我们看上文引的两序与引言,有应该注意的几点:

(1)高序说"闻《红楼梦》脍炙人口者,几廿余年"。引言说"前八十回,藏书家抄录传阅,几三十年"。从乾隆壬子上数三十年,为乾隆二十七年壬午(1762)。今知乾隆三十年间此书已流行,可证我上文推测曹雪芹死于乾隆三十年左右之说大概无大差错。

(2)前八十回,各本互有异同。例如引言第三条说“六十七回此有彼无,题同文异”。我们试用戚本六十七回与程本及市上各本的六十七回互校,果有许多同异之处,程本所改的似胜于戚本。大概程本当日确曾经过一番“广集各本核勘,准情酌理,补遗订讹”的工夫,故程本一出即成为定本,其余各抄本多被淘汰了。

(3)程伟元的序里说,《红楼梦》当日虽只有八十回,但原本却有一百二十卷的目录。这话可惜无从考证。(戚本目录并无后四十回。)我从前想当时各抄本中大概有些是有后四十回目录的,但我现在对于这一层很有点怀疑了(说详下)。

(4)八十回以后的四十回,据高、程两人的话,是程伟元历年杂凑起来的,——先得二十余卷,又在鼓担上得十余卷,又经高鹗费了几个月整理修辑的工夫,方才有这部百二十回本的《红楼梦》。他们自己说这四十回“更无他本可考”;但他们又说:“至其原文,未敢臆改。”

(5)《红楼梦》直到乾隆五十六年(1791)始有一百二十回的全本出世。

(6)这个百二十回的全本最初用活字版排印,是为乾隆五十七年壬子(1792)的程本。这本又有两种小不同的印本:(一)初印本(即程甲本),“不及细校,间有纰缪”。此本我近来见过,果然有许多纰缪矛盾的地方。(二)校正印本,即我上文说的程乙本。

(7)程伟元的一百二十回本的《红楼梦》,即是这一百三十年来的一切印本《红楼梦》的老祖宗。后来的翻本,多经过南方人的批注,书中京话的特别俗语往往稍有改换;但没有一种翻本(除了戚本)不是从程本出来的。

这是我们现有的一百二十回本《红楼梦》的历史。这段历史里有一个大可研究的问题,就是"后四十回的著者究竟是谁?"

俞樾的《小浮梅闲话》里考证《红楼梦》的一条说:

> 《船山诗草》有《赠高兰墅鹗同年》一首云:"艳情人自说《红楼》。"注云:"《红楼梦》八十回以后,俱兰墅所补。"然则此书非出一手。按乡会试增五言八韵诗,始乾隆朝。而书中叙科场事已有诗,则其为高君所补,可证矣。

俞氏这一段话极重要。他不但证明了程排本作序的高鹗是实有其人,还使我们知道《红楼梦》后四十回是高鹗补的。船山即是张船山,名问陶,是乾隆、嘉庆时代的一个大诗人。他于乾隆五十三年戊申(1788)中顺天乡试举人;五十五年庚戌(1790)成进士,选庶吉士。他称高鹗为同年,他们不是庚戌同年,便是戊申同年。但高鹗若是庚戌的新进士,次年辛亥他作《红楼梦序》不会有"闲且惫矣"的话;故我推测他们是戊申乡试的同年。后来我又在《郎潜纪闻二笔》卷一里发见一条关于高鹗的事实:

> 嘉庆辛酉京师大水,科场改九月,诗题《百川赴巨海》,……闱中罕得解。前十本将进呈,韩城王文端公以通场无知出处为憾。房考高侍读鹗搜遗卷,得定远陈黻卷,亟呈荐,遂得南元。

辛酉(1801)为嘉庆六年。据此,我们可知高鹗后来曾中进士,为侍读,且曾做嘉庆六年顺天乡试的同考官。我想高鹗既中进士,就有法子考查他的籍贯和中进士的年份了。果然我的朋友顾颉刚先生替我在《进士题名录》上查出高鹗是镶黄旗汉军人,乾隆六十年乙卯(1795)科的进士,殿试第三甲第一名。这一件引起我注意《题名录》一类的工具,我就发愤搜求这一类的书。果然我又在清代《御史题名录》里,嘉庆十四年(1809)下,寻得一条:

> 高鹗,镶黄旗汉军人,乾隆乙卯进士,由内阁侍读考选江南道御史,刑科给事中。

又《八旗文经》二十三有高鹗的《操缦堂诗稿跋》一篇,末署乾隆四十七年壬寅(1782)小阳月。我们可以总合上文所得关于高鹗的材料,作一个简单的《高鹗年谱》如下:

乾隆四七(1782),高鹗作《操缦堂诗稿跋》。

乾隆五三(1788),中举人。

乾隆五六—五七(1791—1792),补作《红楼梦》后四十回,并作序例。《红楼梦》百廿回全本排印成。

乾隆六〇(1795),中进士,殿试三甲一名。

嘉庆六(1801),高鹗以内阁侍读为顺天乡试的同考官,闱中与张问陶相遇,张作诗送他,有"艳情人自说《红楼》"之句;又有诗注,使后世知《红楼梦》八十回以后是他补的。

嘉庆一四(1809),考选江南道御史,刑科给事中。——自乾隆四七至此,凡二十七年。大概他此时已近六十岁了。

后四十回是高鹗补的,这话自无可疑。我们可约举几层证据

如下:

第一,张问陶的诗及注,此为最明白的证据。

第二,俞樾举的"乡会试增五言八韵诗始乾隆朝,而书中叙科场事已有诗"一项。这一项不十分可靠,因为乡会试用律诗,起于乾隆二十一二年,也许那时《红楼梦》前八十回还没有做成呢。

第三,程序说先得二十余卷,后又在鼓担上得十余卷。此话便是作伪的铁证,因为世间没有这样奇巧的事!

第四,高鹗自己的序,说的很含糊,字里行间都使人生疑。大概他不愿完全埋没他补作的苦心,故引言第六条说:"是书开卷略志数语,非云弁首,实因残缺有年,一旦颠末毕具,大快人心;欣然题名,聊以记成书之幸。"因为高鹗不讳他补作的事,故张船山赠诗直说他补作后四十回的事。

但这些证据固然重要,总不如内容的研究更可以证明后四十回与前八十回决不是一个人作的。我的朋友俞平伯先生曾举出三个理由来证明后四十回的回目也是高鹗补作的。他的三个理由是:(1)和第一回自叙的话都不合,(2)史湘云的丢开,(3)不合作文时的程序。这三层之中,第三层姑且不论。第一层是很明显的:《红楼梦》的开端明说"一技无成,半生潦倒";明说"蓬牖茅椽,绳床瓦灶";岂有到了末尾说宝玉出家成仙之理?第二层也很可注意。第三十一回的回目"因麒麟伏白首双星"确是可怪!依此句看来,史湘云后来似乎应该与宝玉做夫妇,不应该此话全无照应。以此看来,我们可以推想后四十回不是曹雪芹做的了。

其实何止史湘云一个人?即如小红,曹雪芹在前八十回里极力描写这个攀高好胜的丫头;好容易他得着了凤姐的赏识,把他提拔上去了；但这样一个重要人才，岂可没有下场？况且小红同贾芸的感情，前面既经曹雪芹那样郑重描写，岂有完全没有结果之理？又如香菱的结果也决不是曹雪芹的本意。第五回的“十二钗副册”上写香菱结局道：

> 根并荷花一茎香，平生遭际实堪伤。自从两地生孤木，致使芳魂返故乡。

两地生孤木，合成“桂”字。此明说香菱死于夏金桂之手，故第八十回说香菱“血分中有病，加以气怨伤肝，内外挫折不堪，竟酿成干血之症，日渐羸瘦，饮食懒进，请医服药无效”。可见八十回的作者明明的要香菱被金桂磨折死。后四十回里却是金桂死了，香菱扶正：这岂是作者的本意吗？此外，又如第五回“十二钗”册上说凤姐的结局道：“一从二令三人木，哭向金陵事更哀。”这个谜竟无人猜得出，许多批《红楼梦》的人也都不敢下注解。所以后四十回里写凤姐的下场竟完全与这“二令三人木”无关。这个谜只好等上海灵学会把曹雪芹先生请来降坛时再来解决了！此外，又如写和尚送玉一段，文字的笨拙，令人读了作呕。又如写贾宝玉忽然肯做八股文，忽然肯去考举人，也没有道理。高鹗补《红楼梦》时，正当他中举人之后，还没有中进士。如果他补《红楼梦》在乾隆六十年之后，贾宝玉大概非中进士不可了！

以上所说，只是要证明《红楼梦》的后四十回确然不是曹雪芹做的。但我们平心而论，高鹗补的四十回，虽然比不上前八十回，也确然有不可埋没的好处。他写司棋之死，写鸳鸯之死，写妙玉的遭劫,写凤姐的死,写袭人的嫁,都是很有精采的小品文字。最可注意的是这些人都写作悲剧的下场。还有那最重要的"木石前盟"一件公案,高鹗居然忍心害理的教黛玉病死,教宝玉出家,作一个大悲剧的结束,打破中国小说的团圆迷信。这一点悲剧的眼光,不能不令人佩服。我们试看高鹗以后,那许多续《红楼梦》和补《红楼梦》的人,那一人不是想把黛玉、晴雯都从棺材里扶出来,重新配给宝玉?那一个不是想做一部"团圆"的《红楼梦》的?我们这样退一步想,就不能不佩服高鹗的补本了。我们不但佩服,还应该感谢他,因为他这部悲剧的补本,靠着那个"鼓担"的神话,居然打倒了后来无数的团圆《红楼梦》,居然替中国文学保存了一部有悲剧下场的小说!

*　　*　　*　　*　　*　　*

以上是我对于《红楼梦》的"著者"和"本子"两个问题的答案。我觉得我们做《红楼梦》的考证,只能在这两个问题上着手;只能运用我们力所能搜集的材料,参考互证,然后抽出一些比较的最近情理的结论。这是考证学的方法。我在这篇文章里,处处想撇开一切先入的成见;处处存一个搜求证据的目的;处处尊重证据,让证据做向导,引我到相当的结论上去。我的许多结论也许有错误的,——自从我第一次发表这篇《考证》以来,我已经改正了无数大错误了,——也许有将来发见新证据后即须改正的。但我自信:这种考证的方法,除了《董小宛考》之外,是向来研究《红楼梦》的人不曾用过的。我希望我这一点小贡献,能引起大家研究《红楼梦》的兴趣,能把将来的《红楼梦》研究引上正当的轨道去:打破从前种种穿凿附会的“红学”；创造科学方法的《红楼梦》研究！

十，三，二七，初稿。

十，十一，十二，改定稿。

（附记）初稿曾附录《寄蜗残赘》一则：

> 《红楼梦》一书，始于乾隆年间。……相传其书出汉军曹雪芹之手。嘉庆年间，逆犯曹纶即其孙也。灭族之祸，实基于此。

这话如果确实，自然是一段很重要的材料。因此我就去查这一桩案子的事实。

嘉庆十八年癸酉（1813），天理教的信徒林清等勾通宫里的小太监，约定于九月十五日起事，乘嘉庆帝不在京城的时候，攻入禁城，占据皇宫。但他们的区区两百个乌合之众，如何能干这种大事？所以他们全失败了，林清被捕，后来被磔死。

林清的同党之中，有一个独石口都司曹纶和他的儿子曹幅昌都是很重要的同谋犯。那年十月己未的上谕说：

> 前因正黄旗汉军兵丁曹幅昌从习邪教，与知逆谋。……兹据讯明，曹幅昌之父曹纶听从林清入教，经刘四等告知逆谋，允为收众接应。曹纶身为都司，以四品职官习教从逆，实属猪狗不如，罪大恶极！……

那年十一月中，曹纶等都被磔死。

清礼亲王昭梿是当日在紫禁城里的一个人,他的《啸亭杂录》卷六记此事有一段说:

> 有汉军独石口都司曹纶者,侍郎曹瑛后也(瑛字一本或作寅),家素贫,尝得林清佽助,遂入贼党。适之任所,乃命其子曹福昌勾结不轨之徒,许为城中内应。……曹福昌临刑时,告刽子手曰:"我是可交之人,至死不卖友以求生也!……"

《寄蜗残赘》说曹纶是曹雪芹之孙,不知是否根据《啸亭杂录》说的。我当初已疑心此曹瑛不是曹寅,况且官书明说曹瑛是正黄旗汉军,与曹寅不同旗。前大承陈筱庄先生(宝泉)借我一部《靖逆记》(兰簃外史纂,嘉庆庚辰刻),此书记林清之变很详细。其第六卷有《曹纶传》,记他家世系如下:

> 曹纶,汉军正黄旗人。曾祖金铎,官骁骑校;伯祖瑛,历官工部侍郎;祖瑊,云南顺宁府知府;父廷奎,贵州安顺府同知。……廷奎三子,长绅,早卒;次维,武备院工匠;次纶,充整仪卫,擢治仪正,兼公中佐领,升独石口都司。

此可证《寄蜗残赘》之说完全是无稽之谈。

十,十一,十二。

跋《红楼梦考证》*

一

我在《红楼梦考证》的改定稿(《胡适文存》卷三,页一八五—二四九)里,曾根据于《雪桥诗话》、《八旗文经》、《熙朝雅颂集》三部书,考出下列的几件事:

(1)曹雪芹名霑,不是曹寅的儿子,是曹寅的孙子。(页二一二)

(2)曹雪芹后来很贫穷,穷的很不像样了。

(3)他是一个会作诗又会绘画的人。

(4)他在那贫穷的境遇里,纵酒狂歌,自己排遣那牢骚的心境。(以上页二一五—二一六。)

(5)从曹雪芹和他的朋友敦诚弟兄的关系上看来,我说"我们可以断定曹雪芹死于乾隆三十年左右(约1765)"。又说"我们可以猜想雪芹……大约生于康熙末叶(约1715—1720);当他死时,约五十岁左右"。

---

* 本文作于1922年5月3日至10日,载于1922年5月7—14日的《努力周报》第1—2期,收入《胡适文存》二集卷四。

我那时在各处搜求敦诚的《四松堂集》,因为我知道《四松堂集》里一定有关于曹雪芹的材料。我虽然承认杨钟羲先生(《雪桥诗话》)确是根据《四松堂集》的,但我总觉得《雪桥诗话》是"转手的证据",不是"原手的证据"。不料上海、北京两处大索的结果,竟使我大失望。到了今年,我对于《四松堂集》,已是绝望了。有一天,一家书店的伙计跑来说,"《四松堂诗集》找着了!"我非常高兴,但是打开书来一看,原来是一部《四松草堂诗集》,不是《四松堂集》。又一天,陈肖庄先生告诉我说,他在一家书店里看见一部《四松堂集》。我说,"恐怕又是四松草堂罢?"陈先生回去一看,果然又错了。

今年4月19日,我从大学回家,看见门房里桌子上摆着一部退了色的蓝布套的书,一张斑剥的旧书笺上题着"四松堂集"四个字!我自己几乎不信我的眼力了,连忙拿来打开一看,原来真是一部《四松堂集》的写本!这部写本确是天地间唯一的孤本。因为这是当日付刻的底本,上有付刻时的校改,删削的记号。最重要的是这本子里有许多不曾收入刻本的诗文。凡是已刻的,题上都印有一个"刻"字的戳子。刻本未收的,题上都帖着一块小红笺。题下注的甲子,都被编书的人用白纸块帖去,也都是不曾刻的。——我这时候的高兴,比我前年寻着吴敬梓的《文木山房集》时的高兴,还要加好几倍了!

卷首有永忠(也是清宗室里的诗人,有《神清室诗稿》)、刘大观、纪昀的序,有敦诚的哥哥敦敏作的小传。全书六册,计诗两册,文两册,《鹪鹩庵笔麈》两册。《雪桥诗话》、《八旗文经》、《熙朝雅颂集》所采的诗文都是从这里面选出来的。我在《考证》里引的那首《寄怀曹雪芹》,原文题下注一"霑"字,又"扬州旧梦久已绝"一句,原本绝字作觉,下帖一笺条,注云:“雪芹曾随其先祖寅织造之任。”《雪桥诗话》说曹雪芹名霑,为楝亭通政孙,即是根据于这两条注的。又此诗中“蓟门落日松亭尊”一句,尊字原本作樽,下注云:“时余在喜峰口。”按敦敏作的小传,乾隆二十二年丁丑(1757),敦诚在喜峰口。此诗是丁丑年作的。又《考证》引的《佩刀质酒歌》虽无年月,但其下第二首题下注“癸未”,大概此诗是乾隆二十七年壬午作的。这两首之外,还有两首未刻的诗:

(1)赠曹芹圃(注)即雪芹

满径蓬蒿老不华,举家食粥酒常赊。衡门僻巷愁今雨,废馆颓楼梦旧家。司业青钱留客醉,步兵白眼向人斜。阿谁买与猪肝食,日望西山餐暮霞。

这诗使我们知道曹雪芹又号芹圃。前三句写家贫的状况,第四句写盛衰之感。(此诗作于乾隆二十六年辛巳。)

(2)挽曹雪芹(注)甲申

四十年华付杳冥,哀旌一片阿谁铭?孤儿渺漠魂应逐,(注:前数月,伊子殇,因感伤成疾。)新妇飘零目岂瞑?牛鬼遗文悲李贺,鹿车荷锸葬刘伶。(适按,此二句又见于《鷦鷯庵笔麈》,杨钟羲先生从《笔麈》里引入《诗话》;杨先生也不曾见此诗全文。)故人惟有青山泪,絮酒生刍上旧坰。

这首诗给我们四个重要之点:

(1)曹雪芹死在乾隆二十九年甲申(1764)。我在《考证》说他死在乾隆三十年左右，只差了一年。

（2）曹雪芹死时只有“四十年华”。这自然是个整数，不限定整四十岁。但我们可以断定他的年纪不能在四十五岁以上。假定他死时年四十五岁，他的生时当康熙五十八年（1719）。《考证》里的猜测还不算大错。

关于这一点，我们应该声明一句。曹寅死于康熙五十一年（1713），下距乾隆甲申，凡五十一年。雪芹必不及见曹寅了。敦诚《寄怀曹雪芹》的诗注说“雪芹曾随其先祖寅织造之任”，有一点小误。雪芹曾随他的父亲曹頫在江宁织造任上。曹頫做织造，是康熙五十四年到雍正六年（1715—1728）；雪芹随在任上大约有十年（1719—1728）。曹家三代四个织造，只有曹寅最著名。敦诚晚年编集，添入这一条小注，那时距曹寅死时已七十多年了，故敦诚与袁枚有同样的错误。

（3）曹雪芹的儿子先死了，雪芹感伤成病，不久也死了。据此，雪芹死后，似乎没有后人。

（4）曹雪芹死后，还有一个“飘零”的“新妇”。这是薛宝钗呢，还是史湘云呢？那就不容易猜想了。

《四松堂集》里的重要材料，只是这些。此外还有一些材料，但都不重要。我们从敦敏作的小传里，又可以知道敦诚生于雍正甲寅（1734），死于乾隆戊申（1791），也可以修正我的考证里的推测。

我在四月十九日得着这部《四松堂集》的稿本。隔了两天，蔡孑民先生又送来一部《四松堂集》的刻本，是他托人向晚晴簃诗社里借来的。刻本共五卷：

卷一，诗一百三十七首。

卷二,诗一百四十四首。

卷三,文三十四篇。

卷四,文十九篇。

卷五,《鷦鷯庵笔麈》八十一则。

果然凡底本里题上没有“刻”字的,都没有收入刻本里去。这更可以证明我的底本格外可贵了。蔡先生对于此书的热心,是我很感谢的。最有趣的是蔡先生借得刻本之日,差不多正是我得着底本之日。我寻此书近一年多了,忽然三日之内两个本子一齐到我手里!这真是“踏破铁鞋无觅处,得来全不费工夫”了。

十一,五,三。

二
——答蔡孑民先生的商榷

蔡孑民先生的《石头记索隐第六版自序》是对于我的《红楼梦考证》的一篇“商榷”。他说:

> 知其(《红楼梦》)所寄托之人物,可用三法推求:一,品性相类者。二,轶事有征者。三,姓名相关者。于是以湘云之豪放而推为其年,以惜春之冷僻而推为荪友:用第一法也。以宝玉逢魔魇而推为允礽,以凤姐哭向金陵而推为余国柱:用第二法也。以探春之名与探花有关而推为健庵,以宝琴之名与孔子学琴于师襄之故事有关而推为辟疆:用第三法也。然每举

一人，率兼用三法或两法，有可推证，始质言之。其他如元春之疑为徐元文，宝蟾之疑为翁宝林，则以近于孤证，姑不列入。自以为审慎之至，与随意附会者不同。近读胡适之先生《红楼梦考证》，列拙著于“附会的红学”之中，谓之“走错了道路”，谓之“大笨伯”，“笨谜”；谓之“很牵强的附会”；我实不敢承认。

关于这一段“方法论”，我只希望指出蔡先生的方法是不适用于《红楼梦》的。有几种小说是可以采用蔡先生的方法的。最明显的是《孽海花》。这本是写时事的书，故书中的人物都可用蔡先生的方法去推求：陈千秋即是田千秋，孙汶即是孙文，庄寿香即是张香涛，祝宝廷即是宝竹坡，潘八瀛即是潘伯寅，姜表字剑云即是江标字剑霞，成煜字伯怡即是盛昱字伯熙。其次，如《儒林外史》，也有可以用蔡先生的方法去推求的。如马纯上之为冯粹中，庄绍光之为程绵庄，大概已无可疑。但这部书里的人物，很有不容易猜的；如向鼎，我曾猜是商盘，但我读完《质园诗集》三十二卷，不曾寻着一毫证据，只好把这个好谜牺牲了。又如杜少卿之为吴敬梓，姓名上全无关系；直到我寻着了《文木山房集》，我才敢相信。此外，金和跋中举出的人，至多不过可供参考，不可过于信任。（如金和说吴敬梓诗集未刻，而我竟寻着乾隆初年的刻本。）《儒林外史》本是写实在人物的书，我们尚且不容易考定书中人物，这就可见蔡先生的方法的适用是很有限的了。大多数的小说是决不可适用这个方法的。历史的小说如《三国志》，传奇的小说如《水浒传》，游戏的小说如《西游记》，都是不能用蔡先生的方法来推求书中人物的。《红楼梦》所以不能适用蔡先生的方法，顾颉刚先生曾举出两个重要理由：

（1）别种小说的影射人物，只是换了他姓名，男还是男，女还是女，所做的职业还是本人的职业。何以一到《红楼梦》就会男变为女，官僚和文人都会变成宅眷？

（2）别种小说的影射事情，总是保存他们原来的关系。何以一到《红楼梦》，无关系的就会发生关系了？例如蔡先生考定宝玉为允礽，黛玉为朱竹垞，薛宝钗为高士奇，试问允礽和朱竹垞有何恋爱的关系？朱竹垞与高士奇有何吃醋的关系？

顾先生这话说的最明白，不用我来引申了。蔡先生曾说："然而安徽第一大文豪（指吴敬梓）且用之，安见汉军第一大文豪必不出此乎？"这个比例（类推）也不适用，正因为《红楼梦》与《儒林外史》不是同一类的书。用"品性、轶事、姓名"三项来推求《红楼梦》里的人物，就像用这个方法来推求《金瓶梅》里西门庆的一妻五妾影射何人：结果必是一种很牵强的附会。

我对于蔡先生这篇文章，最不敢赞同的是他的第二节。这一节的大旨是：

> 惟吾人与文学书，最密切之接触，本不在作者之生平，而在其著作。
>
> 著作之内容，即胡先生所谓"情节"者，决非无考证之价值。

蔡先生的意思好像颇轻视那关于"作者之生平"的考证。无论如何，他的意思好像是说，我们可以不管"作者之生平"，而考证"著作之内容"。这是大错的。蔡先生引《托尔斯泰传》中说的"凡其著作无不含自传之性质；各书之主人翁……皆其一己之化身；各书中所叙他人之事，莫不与其己身有直接之关系”。试问作此传的人若不知“作者之生平”，如何能这样考证各书的“情节”呢？蔡先生又引各家关于Faust的猜想，试问他们若不知道Goethe的“生平”，如何能猜想第一部之Gretchen为谁呢？

我以为作者的生平与时代是考证“著作之内容”的第一步下手工夫。即如《儿女英雄传》一书，用年羹尧的事做背景，又假造了一篇雍正年间的序，一篇乾隆年间的序。我们幸亏知道著者文康是咸丰、同治年间人；不然，书中提及《红楼梦》的故事，又提及《品花宝鉴》（道光中作的）里的徐度香与袁宝珠，岂不都成了灵异的预言了吗？即如旧说《儒林外史》里的匡超人即是汪中。现在我们知道吴敬梓死于乾隆十九年，而汪中生于乾隆九年，我们便可以断定匡超人决不是汪中了。又旧说《儒林外史》里的牛布衣即是朱草衣。现在我们知道朱草衣死在乾隆二十一二年，那时吴敬梓已死了二三年了，而《儒林外史》第二十回已叙述牛布衣之死，可见牛布衣大概另是一人了。

因此，我说，要推倒“附会的红学”，我们必须搜求那些可以考定《红楼梦》的著者、时代、版本等等的材料。向来《红楼梦》一书所以容易被人穿凿附会，正因为向来的人都忽略了“作者之生平”一个大问题。因为不知道曹家有那样富贵繁华的环境，故人都疑心贾家是指帝室的家庭，至少也是指明珠一类的宰相之家。因为不深信曹家是八旗的世家，故有人疑心此书是指斥满洲人的。因为不知道曹家盛衰的历史，故人都不信此书为曹雪芹把真事隐去的自叙传。现在曹雪芹的历史和曹家的历史既然有点明白了，我很盼望读《红楼梦》的人都能平心静气的把向来的成见暂时丢开，大家揩揩眼镜来评判我们的证据是否可靠，我们对于证据的解释

是否不错。这样的批评,是我所极欢迎的。我曾说过:

> 我在这篇文章里,处处想撇开一切先入的成见;处处存一个搜求证据的目的;处处尊重证据,让证据做向导,引我到相当的结论上去。

此间所谓“证据”,单指那些可以考定作者、时代、版本等等的证据;并不是那些“红学家”随便引来穿凿附会的证据。若离开了作者、时代、版本等项,那么,引《东华录》与引《红礁画桨录》是同样的“不相干”;引许三礼、郭琇与引冒辟疆、王渔洋是同样的“不相干”。若离开了“作者之生平”而别求“性情相近,轶事有征,姓名相关”的证据,那么,古往今来无数万有名的人,那一个不可以化男成女搬进大观园里去?又何止朱竹垞、徐健庵、高士奇、汤斌等几个人呢?况且板儿既可以说是《廿四史》,青儿既可以说是吃的韭菜,那么,我们又何妨索性说《红楼梦》是一部《草木春秋》或《群芳谱》呢?

亚里士多德在他的《尼可马铿伦理学》里(部甲,四,一〇九九a),曾说:

> 讨论这个学说(指柏拉图的“名象论”)使我们感觉一种不愉快,因为主张这个学说的人是我们的朋友。但我们既是爱智慧的人,为维持真理起见,就是不得已把我们自己的主张推翻了,也是应该的。朋友和真理既然都是我们心爱的东西,我们就不得不爱真理过于爱朋友了。

我把这个态度期望一切人，尤其期望我所最敬爱的蔡先生。

十一，五，十。

附录 《石头记索隐》第六版自序

——对于胡适之先生《红楼梦考证》之商榷

蔡孑民

余之为此索隐也，实为《郎潜二笔》中徐柳泉之说所引起。柳泉谓宝钗影高澹人，妙玉影姜西溟。余观《石头记》中，写宝钗之阴柔，妙玉之孤高，正与高、姜二人之品性相合。而澹人之赗金豆，以金锁影之；其假为落马坠积潴中，则以薛蟠之似泥母猪影之。西溟之热中科第，以妙玉走魔入火影之，其瘐死狱中，以被劫影之。又如以妙字影姜字；以玉字影英字；以雪字影高士字，知其所寄托之人物，可用三法推求：一，品性相类者；二，轶事有征者；三，姓名相关者。于是以湘云之豪放而推为其年；以惜春之冷僻而推为荪友；用第一法也。以宝玉逢魔魇而推为允礽；以凤姐哭向金陵而推为余国柱；用第二法也。以探春之名与探花有关，而推为健庵；以宝琴之名，与孔子学琴于师襄之故事有关而推为辟疆；用第三法也。然每举一人，率兼用三法或两法，有可推证，始质言之。其他如元春之疑为徐元文；宝蟾之疑为翁宝林；则以近于孤证，姑不列入。自以为审慎之至，与随意附会者不同。近读胡适之先生《红楼梦考证》，列拙著于“附会的红学”之中，谓之“走错了道路”；谓之“大笨伯”、“笨谜”；谓之“很牵强的附会”；我实不敢承认。意者我亦不免有“敝帚千金”之

俗见。然胡先生之言,实有不能强我以承认者。今贡其疑于左:

(一)胡先生谓“向来研究这部书的人都走错了道路……不去搜求那些可以考定《红楼梦》的著者、时代、版本等等的材料,却去收罗许多不相干的零碎史事来附会《红楼梦》里的情节”。又云:“我们只须根据可靠的版本,与可靠的材料,考定这书的著者究竟是谁;著者的事迹家世;著者的时代;这书曾有何种不同的本子?这些本子的来历如何?这些问题,乃是《红楼梦考证》的正当范围。”案考定著者、时代、版本之材料,固当搜求。从前王静庵先生作《红楼梦评论》,曾云:“作者之姓名(遍考各书,未见曹雪芹何名)与作书之年月,其为读此书者所当知,似更比主人公之姓名为尤要。顾无一人为之考证者,此则大不可解者也。”又云:“苟知美术之大有造于人生,而《红楼梦》自足为我国美术上之唯一大著述,则其作者之姓名,与其著书之年月,固为惟一考证之题目。”今胡先生对于前八十回著作者曹雪芹之家世及生平,与后四十回著作者高兰墅之略历,业于短时期间,搜集多许材料,诚有功于《石头记》,而可以稍释王静庵先生之遗憾矣。惟吾人与文学书,最密切之接触,本不在作者之生平,而在其著作。著作之内容,即胡先生所谓“情节”者,决非无考证之价值。例如我国古代文学中之《楚辞》,其作者为屈原、宋玉、景差等。其时代,在楚怀王、襄王时,即西历纪元前三世纪间。久为昔人所考定。然而“善鸟香草,以配忠贞;恶禽臭物,以比谗佞;灵修美人,以媲于君;虙妃佚女,以譬贤臣;虬龙鸾凤,以托君子;飘风云霓,以为小人”:如王逸所举者,固无非内容也。其在外国文学,如 Shakespeare 之著作,或谓出 Bacon 手笔,遂生作者究竟是谁之问题。至于 Goethe 之 Faust,则其所根据的神话与剧本,及其六十年间著作之经过,均为文学史所详载。而其内容，则第一部之 Gretchen 或谓影 Elsassirin Friederike（Bielschowsky 之说）；或谓影 Frankfurter Gretchen（Kuno Fischer 之说）。第二部之 Walpurgisnacht 一节为地质学理论。Helena 一节为文化交通问题。Euphorion 为英国诗人 Byron 之影子。（各家所同。）皆情节上之考证也。又如俄之托尔斯泰，其生平，其著作之次第，皆无甚疑问。近日张邦铭、郑阳和两先生所译 Salolea 之《托尔斯泰传》，有云："凡其著作无不含自传之性质。各书之主人翁，如伊尔屯尼夫、鄂仑玲、聂乞鲁多夫、赖文、毕索可夫等，皆其一己之化身。各书中所叙他人之事，莫不与其己身有直接之关系。……《家庭乐》叙其少年时情场中之一事，并表其情爱与婚姻之意见；书中主人翁既求婚后，乃将少年狂放时之恶行，缕书不讳，授所爱以自忏。此事，托尔斯泰于《家庭乐》出版三年后，向索利亚柏斯求婚时，实尝亲自为之。即《战争与和平》一书，亦可作托尔斯泰之家乘观。其中老乐斯脱夫，即托尔斯泰之祖。小乐斯脱夫，即其父。索利亚，即其养母达善娜，尝两次拒其父之婚者。拿特沙乐斯脱夫，即其姨达善娜柏斯。毕索可夫与赖文，皆托尔斯泰用以自状。赖文之兄死，即托尔斯泰兄的米特利之死。《复活》书中聂乞鲁多夫之奇特行动，论者谓依心理未必能有者，其实即的米特利生平留于其弟心中之一记念；的米特利娶一娼，与聂乞鲁多夫同也。"亦情节上之考证也。然则考证情节，岂能概目为附会而拒斥之？

（二）胡先生谓拙著《索隐》所阐证之人名，多是"笨谜"，又谓"假使一部《红楼梦》真是一串这么样的笨谜，那就真不值得猜了"。但拙著阐证本事，本兼用三法，具如前述。所谓姓名关系者，仅三法中之一耳；即使不确，亦未能抹杀全书。况胡先生所谥谓笨谜者，正是中国文人习惯，在彼辈方谓如此而后"值得猜"也。《世说新书》称曹娥碑后有“黄绢幼妇外孙赍臼”八字,即以当“绝妙好辞”四字。古绝句“藁砧今何在?山上复有山。何当大刀头,破镜飞上天”。以藁砧为夫,以大刀头为还。《南史》记梁武帝时童谣有“鹿子开城门,城门鹿子开”等句,谓鹿子开者反语为来子哭,后太子果薨。自胡先生观之,非皆笨谜乎?《品花宝鉴》,以侯公石影袁子才,侯与袁为猴与猿之转借,公与子同为代名词,石与才则自“天下才有一石,子建独占八斗”之语来。《儿女英雄传》,自言十三妹为玉字之分析,已不易猜;又以纪献唐影年羹尧,纪与年,唐与尧,虽尚简单,而献与羹则自“犬曰羹献”之文来。自胡先生观之,非皆笨谜乎?即如《儒林外史》之庄绍光即程绵庄,马纯上即冯粹中,牛布衣即朱草衣,均为胡先生所承认(见胡先生所著《吴敬梓传》及附录)。然则金和跋所指目,殆皆可信。其中如因范蠡曾号陶朱公,而以范易陶;萬字俗作万,而以萬代方;亦非“笨谜”乎?然而安徽第一大文豪且用之,安见汉军第一大文豪必不出此乎?

(三)胡先生谓拙著中刘老老所得之八两及二十两有了下落,而第四十二回王夫人所送之一百两,没有下落;谓之“这种完全任意的去取,实在没有道理”。案《石头记》凡百二十回,而余之索隐,不过数十则;有下落者记之,未有者姑阙之,此正余之审慎也。若必欲事事证明而后可,则《石头记》自言著作者有石头、空空道人、孔梅溪、曹雪芹诸人,而胡先生所考证者惟有曹雪芹;《石头记》中有许多大事,而胡先生所考证者惟南巡一事;将亦有“任意去取没有道理”之诮与?

(四)胡先生以曹雪芹生平,大端既已考定;遂断定《石头记》是“曹雪芹的自叙传”,“是一部将真事隐去的自叙的书”,“曹雪芹即是《红楼梦》开端时那个深自忏悔的我,即是书里甄、贾(真假)两个宝玉的底本”。案书中既云真事隐去，并非仅隐去真姓名，则不得以书中所叙之事为真。又使宝玉为作者自身之影子，则何必有甄、贾两个宝玉？（鄙意甄、贾二字，实因古人有正统伪朝之习见而起。贾雨村举正邪两赋而来之人物，有陈后主、唐明皇、宋徽宗等，故吾疑甄宝玉影宏光，贾宝玉影允礽也。）若以赵嬷嬷有甄家接驾四次之说，而曹寅适亦四次接驾，为甄家即曹家之确证，则赵嬷嬷又说贾府只预备接驾一次，明在甄家四次以外，安得谓贾府亦指曹家乎？胡先生以贾政为员外郎，适与员外郎曹頫相应，谓贾政即影曹頫。然《石头记》第三十七回，有贾政任学差之说；第七十一回有“贾政回京覆命，因是学差，故不敢先到家中”云云，曹頫固未闻曾放学差也。且使贾府果为曹家影子，而此书又为雪芹自写其家庭之状况，则措词当有分寸。今观第十七回，焦大之谩骂，第六十六回柳湘莲道：“你们东府里，除了那两个石头狮子干净罢了”，似太不留余地。且许三礼奏参徐乾学，有曰：“伊弟拜相之后，与亲家高士奇，更加招摇。以致有‘去了余秦桧（余国柱），来了徐严嵩，乾学似庞涓，是他大长兄’之谣；又有‘五方宝物归东海，万国金珠贡澹人”之对云云。今观《石头记》第五十五回，有“刚刚倒了一个巡海夜叉，又添了三个镇山太岁”之说。第四回，有“贾不假，白玉为堂金作马；阿房宫，三百里，住不下金陵一个史；东海缺少白玉床，龙王来请金陵王；丰年好大雪，珍珠如土金如铁”之护官符。显然为当时一谣一对之影子，与曹家何涉？故鄙意《石头记》原本，必为康熙朝政治小说，为亲见高、徐、余、姜诸人者所草。后经曹雪芹增删，或亦许插入曹家故事。要未可以全书属之曹家也。

民国十一年一月三十日。

重印乾隆壬子本《红楼梦》序*

从前汪原放先生标点《红楼梦》时,他用的是道光壬辰(1832)刻本。他不知道我藏有乾隆壬子(1792)的程伟元第二次排本。现在他决计用我的藏本做底本,重新标点排印。这件事在营业上是一件大牺牲,原放这种研究的精神是我很敬爱的,故我愿意给他做这篇新序。

《红楼梦》最初只有抄本,没有刻本。抄本只有八十回。但不久就有人续作八十回以后的《红楼梦》了。俞平伯先生从戚本八十回的评注里看出当时有一部"后三十回的《红楼梦》"(《红楼梦辨》下卷,一一三七),这便是续书的一种。高鹗续作的四十回,也不过是续书的一种。但到了乾隆五十六年至五十七年之间,高鹗和程伟元串通起来,把高鹗续作的四十回同曹雪芹的原本八十回合并起来,用活字排成一部,又加上一篇序,说是几年之中搜集起来的原书全稿。从此以后,这部百二十回的《红楼梦》遂成了定本,而高鹗的续本也就"附骥尾以传"了。(看我的《红楼梦考证》,页五三一六七;俞平伯《红楼梦辨》上卷,一一一六二。)

程伟元的活字本有两种。第一种我曾叫做"程甲本",是乾隆

* 本文作于1927年11月14日,原载亚东图书馆1927年出版汪原放重新据程乙本标点整理的《红楼梦》中,后收入《胡适文存》三集卷五。

五十六年(1791)排印,次年发行的。第二种我曾叫做"程乙本",是乾隆五十七年改订的本子。

程甲本,我的朋友马幼渔教授藏有一部。此书最先出世,一出来就风行一时,故成为一切后来刻本的祖本。南方的各种刻本,如道光壬辰的王刻本等,都是依据这个程甲本的。

但这个本子发行之后,高鹗就感觉不满意,故不久就有改订本出来。程乙本的"引言"说:

> ……因急欲公诸同好,故初印时不及细校,间有纰缪。今复聚集各原本,详加校阅,改订无讹。惟阅者谅之。

马幼渔先生所藏的程甲本就是那"初印"本。现在印出的程乙本就是那"聚集各原本,详加校阅,改订无讹"的本子,可说是高鹗、程伟元合刻的定本。

这个改本有许多改订修正之处,胜于程甲本。但这个本子发行在后,程甲本已有人翻刻了;初本的一些矛盾错误仍旧留在现行各本里,虽经各家批注里指出,终没有人敢改正。我试举一个最明显的例子为证。第二回冷子兴说贾家的历史,中有一段道:

> 第二胎生了一位小姐,生在大年初一,就奇了。不想次年又生了一位公子,说来更奇,一落胞胎,嘴里便衔下一块五彩晶莹的玉来,还有许多字迹。

后来评读此书的人,都觉得这里必有错误,因为后文第十八回贾妃省亲一段里明说"宝玉未入学之先,三四岁时,已得贾妃口传授教了几本书，识了数千字在腹中；虽为姊弟，有如母子”。这样一位长姊，何止大他一岁？所以戚本便改作：

> 第二胎生了一位小姐，生在大年初一日，就奇了。不想后来又生了一位公子。

这是一种改法。程甲本也作“次年”。我的程乙本便大胆地改作了：

> 第二胎生了一位小姐，生在大年初一，就奇了。不想隔了十几年，又生了一位公子。

这三种说法，究竟那一种是原本呢？

前年我的朋友容庚先生在冷摊上买得一部旧抄本的《红楼梦》，是有百二十回的。他不但认这本是在程本以前的抄本，竟大胆地断定百二十回本是曹雪芹的原本。他做了一篇《〈红楼梦〉的本子问题，质胡适之、俞平伯先生》（北京大学《国学周刊》第五、六、九期），举出他的抄本文字上与程甲本及亚东本不同的地方，要证明他的抄本是程本以前的曹氏原本。我去年夏间答他一信，曾指出他的抄本是全抄程乙本的，底本正是高鹗的二次改本，决不是程刻以前的原本。他举出的异文，都和程乙本完全相同。其中有一条异文就是第二回里宝玉的生年。他的抄本也作：

> 不想隔了十几年，又生了一位公子。

我对容先生说：凡作考据，有一个重要的原则，就是要注意可能性的大小。可能性（Probability）又叫做“几数”，又叫做“或然数”，就是事物在一定情境之下能变出的花样。把一个铜子掷在地上，或是龙头朝上，或是字朝上，可能性都是百分之五十，是均等的。把一个“不倒翁”掷在地上，他的头轻脚重，总是脚朝下的，故他有一百分的站立的可能性。试用此理来观察《红楼梦》里宝玉的生年，有二种可能：

（1）原本作“隔了十几年”而后人改作了“次年”。

（2）原本作“次年”，而后人改为“隔了十几年”。

以常理推之，若原本既作“隔了十几年”，与第十八回所记正相照应，决无反改为“次年”之理。程乙本与抄本之改作“十几年”，正是他晚出之铁证。高鹗细察全书，看出第二回与十八回有大相矛盾的地方，他认定那教授宝玉几千字和几本书的姊姊，既然“有如母了”，至少应该比宝玉大十几岁，故他就假托参校各原本的结果，大胆地改正了。

直到今年夏间，我买得了一部乾隆甲戌（1754）抄本《脂砚斋重评石头记》残本十六回，这是曹雪芹未死时的抄本，为世间最古的抄本。第二回记宝玉的生年，果然也是：

> 第二胎生了一位小姐，生在大年初一，这就奇了。不想次年又生了一位公子。

这就证实了我的假定了。我曾考清朝的后妃，深信康熙、雍正、乾隆三朝没有姓曹的妃子。大概贾元妃是虚构的人物，故曹雪芹先说她比宝玉大一岁，后来越造越不像了，就不知不觉地把元妃的年纪加长了。

我再举一条重要的异文。第二回冷子兴又说：

> 当日宁国公、荣国公是一母同胞弟兄两个。宁公居长，生了四个儿子。

程甲本、戚本都作“四个儿子”。我的程乙本却改作了“两个儿子”。容庚先生的抄本也作“两个儿子”。这又是高鹗后来的改本，容先生的抄本又是抄高鹗改订本的。我的《脂砚斋石头记》残本也作“四个儿子”，可证“四个”是原文。但原文于宁国公的四个儿子，只说出长子是代化，其余三个儿子都不曾说出名字，故高鹗嫌“四个”太多，改为“两个”。但这一句却没有改订的必要。《脂砚斋》残本有夹缝朱批云：

> 贾蔷、贾菌之祖，不言可知矣。

高鹗的修改虽不算错，却未免多事了。

我在《红楼梦考证》里曾说：

> 程伟元的序里说，《红楼梦》当日虽只有八十回，但原本却有一百二十卷的目录。这话可惜无从考证（戚本目录并无后四十回）。我从前想当时各抄本中大概有些是有后四十回目

录的,但我现在对于这一层很有点怀疑了。

俞平伯先生在《红楼梦辨》里,为了这个问题曾作一篇长文(卷上,一一—二六)辨"原本回目只有八十"。他的理由很充足,我完全赞同。但容庚先生却引他的抄本第九十二回的异文作证据,很严厉地质问平伯道:

> 我们读第九十二回"评《女传》巧姐慕贤良,玩母珠贾政参聚散",只觉得宝玉评《女传》,不觉得巧姐慕贤良的光景;贾政玩母珠,也不觉得参什么聚散的道理。这不是很大的漏洞吗?
>
> 使后四十回的回目系曹雪芹做的,高鹗补作,不大了解曹雪芹的原意,故此说不出来,尚可勉强说得过去。无奈俞先生想证明后四十回系高鹗补作,不能不把后四十回目一并推翻,反留下替高鹗辩护的余地。
>
> 现在把抄本关于这两段的抄下。后四十回既然是高鹗补的,干么他自己一次二次排印的书都没有这些的话?没有这些话是否可以讲得去?请俞先生有以语我来?(《国学周刊》第六期,页十七。)

容先生的抄本所有的两段异文,都是和这个程乙本完全一样的,也都是高鹗后来修改的。容先生没有看见我的程乙本,只看见了幼渔先生的程甲本,他不该武断地说高鹗"自己一次二次排印的书都没有这些话"。我们现在知道高鹗的初稿(程甲本)与现行各本同没有这两段;但他第二次改本(程乙本)确有这两段。我们把这两段分抄在这里:

(1)第一段"慕贤良":

(程甲本与后来翻此本的各本)

宝玉道:"那文王后妃,是不必说了,想来是知道的。那姜后脱簪待罪;齐国的无盐虽丑,能安邦定国:是后妃里头的贤能的。若说有才的,是曹大家、班婕妤、蔡文姬、谢道韫诸人。孟光的荆钗布裙,鲍宣妻的提瓮出汲,陶侃母的截发留宾,还有画荻教子的:这是不厌贫的。那苦的里头有乐昌公主破镜重圆,苏蕙的回文感主。那孝的是更多了:木兰代父从军,曹娥投水寻父的尸首等类也多,我也说不得许多。那个曹氏的引刀割鼻,是魏国的故事。那守节的更多了,只好慢慢的讲。若是那些艳的,王嫱、西子、樊素、小蛮、绛仙等;妒的是,'秃妾发,怨洛神'……等类。文君、红拂,是女中的豪侠。"

贾母听到这里,说:"够了;不用说了。你讲的太多,他那里还记得呢?"

(程乙本)(容抄本同)

宝玉便道:"那文王后妃,不必说了。那姜后脱簪待罪,和齐国的无盐安邦定国:是后妃里头的贤能的。"巧姐听了,答应个"是"。宝玉又道:"若说有才的,是曹大家、班婕妤、蔡文姬、谢道韫诸人。"巧姐问道:"那贤德的呢?"宝玉道:"孟光的荆钗布裙,鲍宣妻的提瓮出汲,陶侃母的截发留宾:这些不厌贫的,就是贤德的了。"巧姐欣然点头。宝玉道:"还有苦的像那乐昌破镜，苏蕙回文。那孝的木兰代父从军，曹娥投水寻尸等类，也难尽说。”巧姐听到这些，却默默如有所思。宝玉又讲那曹氏的引刀割鼻，及那些守节的。巧姐听着，更觉肃敬起来。宝玉恐他不自在，又说：“那些艳的，如王嫱、西子、樊素、小蛮、绛仙、文君、红拂都是女中的……”尚未说出，贾母见巧姐默然，便说：“够了，不用说了。讲的太多，他那里记得？”

(2)第二段“参聚散”：

(程甲本与后来翻此本的各本)

冯紫英道：“人世的荣枯，仕途的得失，终属难定。”贾政道：“像雨村算便宜的了。还有我们差不多的人家，就是甄家，从前一样的功勋，一样的世袭，一样的起居，我们也是时常来往。不多几年，他们进京来，差人到我这里请安，还很热闹。一会儿抄了原籍的家财，至今杳无音信。不知他近况若何，心下也着实惦记。看了这样，你想做官的怕不怕？”贾赦道：“咱们家里再没有事的。”

(程乙本)(容抄本同)

冯紫英道：“人世的荣枯，仕途的得失，终属难定。”贾政道：“天下事都是一个样的理哟！比如方才那珠子：那颗大的就像有福气的人是的。那些小的都托赖着他的灵气护庇着。要是那大的没有了，那些小的也就没有收揽了。就像人家儿当头人有了事，骨肉也都分离了，亲戚也都零落了，就是好朋友也都散了，转瞬荣枯，真似春云秋叶一般。你想做官有什么趣儿呢？像雨村算便宜的了。还有我们差不多的人家儿，就是甄家；从前一样功勋，一样世袭，一样起居，我们也是时常来往，不多几年，他们进京来，差人到我这里请安，还很热闹。一会儿抄了原籍的家财，至今杳无音信。不知他近况若何，心下也着实惦记着。"贾赦道："什么珠子？"贾政同冯紫英又说了一遍给贾赦听。贾赦道："咱们家是再没有事的。"

容庚先生想用这两大段异文来证明，不但后四十回的回目是曹雪芹原稿有的，并且后四十回的全文也是曹雪芹的原文。他不知道这两大段异文便是高鹗续书的铁证，也是他伪作回目的铁证。

高鹗的"引言"里明明说：

（一）书中前八十回，抄本各家互异。今广集核勘，准情酌理，补遗订讹。其间或有增损数字处，意在便于披阅，非敢争胜前人也。

（二）书中后四十回系就历年所得，集腋成裘，更无他本可考，惟按其前后关照者，略为修辑，使其有应接而无矛盾。至其原文，未敢臆改。俟再得善本，更为厘定，且不欲尽掩其本来面目也。

前八十回有"抄本各家互异"，故他改动之处，如上文举出第二回里的改本，还可以假托"广集核勘"的结果。但他既明明承认"后四十回更无他本可考"，又既明明宣言这四十回的原文"未敢臆改"，何以又有第九十二回的大改动呢？岂不是因为他刻成初稿（程甲本）之后，自己感觉第九十二回的内容与回目不相照应，故偷偷地自己修改了，又声明“未敢臆改”以掩其作伪之迹吗？他料定读小说的人决不会费大工夫用各种本子细细校勘。他那里料得到一百三十多年后居然有一位容庚先生肯用校勘学的工夫去校勘《红楼梦》，居然会发现他作伪的铁证呢？

这个程乙本流传甚少；我所知的，只有我的一部原刻本和容庚先生的一部旧抄本。现在汪原放标点了这本子，排印行世，使大家知道高鹗整理前八十回与改订后四十回的最后定本是个什么样子，这是我们应该感谢他的。

1927，11，14，在上海。

考证《红楼梦》的新材料*

一　残本《脂砚斋重评石头记》

去年我从海外归来，便接着一封信，说有一部抄本《脂砚斋重评石头记》愿让给我。我以为“重评”的《石头记》大概是没有价值的，所以当时竟没有回信。不久，新月书店的广告出来了，藏书的人把此书送到店里来，转交给我看。我看了一遍，深信此本是海内最古的《石头记》抄本，遂出了重价把此书买了。

这部脂砚斋重评本（以下称“脂本”）只剩十六回了，其目如下：

第一回至第八回

第十三回至第十六回

第二十五回至第二十八回

首页首行有撕去的一角，当是最早藏书人的图章。今存图章三方，一为“刘铨畐子重印”，一为“子重”，一为“髣眉”。第二十八回之后幅有跋五条。其一云：

---

* 本文作于1928年2月12至16日，载1928年3月10日《新月》第1卷第1期；收入《胡适文存》三集卷五。

《红楼梦》虽小说，然曲而达，微而显，颇得史家法。余向读世所刊本，辄逆以己意，恨不得起作者一谭。睹此册，私幸予言之不谬也。子重其宝之。青士、椿余同观于半亩园并识。乙丑孟秋。

其一云：

《红楼梦》非但为小说别开生面，直是另一种笔墨。昔人文字有翻新法，学《梵夹书》。今则写西法轮齿，仿《考工记》。如《红楼梦》实出四大奇书之外，李贽、金圣叹皆未曾见也。戊辰秋记。

此条有"福"字图章，可见藏书人名刘铨福，字子重。以下三条跋皆是他的笔迹。其一云：

《红楼梦》纷纷效颦者无一可取。唯《痴人说梦》一种及二知道人《红楼梦说梦》一种尚可玩，惜不得与佟四哥三弦子一弹唱耳。此本是《石头记》真本，批者事皆目击，故得其详也。癸亥春日白云吟客笔。（有"白云吟客"图章。）

李伯盂郎中言翁叔平殿撰有原本而无脂批，与此文不同。

又一条云：

脂砚与雪芹同时人，目击种种事，故批笔不从臆度。原文与刊本有不同处，尚留真面，惜止存八卷。海内收藏家更有副

本,愿抄补全之,则妙矣。五月廿七日阅又记。(有"铨"字图章)

另一条云:

近日又得妙复轩手批十二巨册。语虽近凿,而于《红楼梦》味之亦深矣。云客又记。(有"阿瘖瘖"图章)

此批本丁卯夏借与绵州孙小峰太守,刻于湖南。

第三回有墨笔眉批一条,字迹不像刘铨福,似另是一个人;跋末云:

同治丙寅(五年,1866)季冬月左绵痴道人记。

此人不知即是上条提起的绵州孙小峰吗。但这里的年代可以使我们知道跋中所记干支都是同治初年。刘铨福得此本在同治癸亥(1863),乙丑(1865)有椿余一跋,丙寅有痴道人一条批,戊辰(1868)又有刘君的一跋。

刘铨福跋说"惜止存八卷",这一句话不好懂。现存的十六回,每回为一卷,不该说止存八卷。大概当时十六回分装八册,故称八卷;后来才合并为四册。

此书每半页十二行,每行十八字。楷书。纸已黄脆了,已经了一次装衬。第十三回首页缺去小半角,衬纸与原书接缝处印有"刘铨畐子重印"图章,可见装衬是在刘氏收得此书之时,已在六十年前了。

二 脂砚斋与曹雪芹

脂本第一回于“满纸荒唐言，一把辛酸泪”一诗之后，说：

> 至脂砚斋甲戌抄阅再评，仍用《石头记》。出则既明，且看石上是何故事。

“出则既明”以下与有正书局印的戚抄本相同。但戚本无此上的十五字。甲戌为乾隆十九年(1754)，那时曹雪芹还不曾死。

据此，《石头记》在乾隆十九年已有“抄阅再评”的本子了。可见雪芹作此书在乾隆十八九年之前。也许其时已成的部分止有这二十八回。但无论如何，我们不能不把《红楼梦》的著作时代移前。俞平伯先生的《红楼梦年表》(《红楼梦辨》八)把作书时代列在乾隆十九年至二八年(1754—1763)，这是应当改正的了。

脂本于“满纸荒唐言”一诗的上方有朱评云：

> 能解者方有辛酸之泪哭成此书。壬午除夕，书未成，芹为泪尽而逝。余尝哭芹，泪亦待尽。每意觅青埂峰再问石兄，余不遇癞头和尚何！怅怅！……甲午八月泪笔。(乾隆三九，1774)

壬午为乾隆二十七年，除夕当西历1763年2月12日(据陈垣《中西回史日历》)。

我从前根据敦诚《四松堂集》“挽曹雪芹”一首诗下注的“甲申”二字，考定雪芹死于乾隆甲申（1764），与此本所记，相差一年余。雪芹死于壬午除夕，次日即是癸未，次年才是甲申。敦诚的挽诗作于一年以后，故编在甲申年，怪不得诗中有“絮酒生刍上旧垌”的话了。现在应依脂本，定雪芹死于壬午除夕。再依敦诚挽诗“四十年华付杳冥”的话，假定他死时年四十五，他生时大概在康熙五十六年（1717）。我的《考证》与平伯的《年表》也都要改正了。

这个发现使我们更容易了解《红楼梦》的故事。雪芹的父亲曹𫖯卸织造任在雍正六年（1728），那时雪芹已十二岁，是见过曹家盛时的了。

脂本第一回叙《石头记》的来历云：

> 空空道人……从头至尾抄录回来，问世传奇：因空见色，由色生情，传情入色，自色悟空，遂易名为情僧，改《石头记》为《情僧录》。至吴玉峰题曰《红楼梦》；东鲁孔梅溪则题曰《风月宝鉴》。后因曹雪芹于悼红轩中披阅十载，增删五次，纂成目录，分出章回，则题曰《金陵十二钗》。……

此上有眉评云：

> 雪芹旧有《风月宝鉴》之书，乃其弟棠村序也。今棠村已逝，余睹新怀旧，故仍因之。

据此，《风月宝鉴》乃是雪芹作《红楼梦》的初稿，有其弟棠村作序。此处不说曹棠村而用“东鲁孔梅溪”之名，不过是故意作狡狯。梅溪似是棠村的别号，此有二层根据：第一，雪芹号芹溪，脂本屡称芹溪，与梅溪正同行列。第二，第十三回“三春去后诸芳尽，各自须寻各自门”二句上，脂本有一条眉评云：“不必看完，见此二句，即欲堕泪。梅溪。”顾颉刚先生疑此即是所谓“东鲁孔梅溪”。我以为此即是雪芹之弟棠村。

又上引一段中，脂本比别本多出“至吴玉峰题曰《红楼梦》”九个字。吴玉峰与孔梅溪同是故设疑阵的假名。

我们看这几条可以知道脂砚斋同曹雪芹的关系了。脂砚斋是同雪芹很亲近的，同雪芹弟兄都很相熟。我并且疑心他是雪芹同族的亲属。第十三回写秦可卿托梦于凤姐一段，上有眉评云：

> “树倒猢狲散”之语，全犹在耳，曲指三十五年矣。伤哉！宁不恸杀！

又可卿提出祖茔置田产附设家塾一段上有眉评云：

> 语语见道，字字伤心。读此一段，几不知此身为何物矣。松斋。

又此回之末凤姐寻思宁国府中五大弊，上有眉评云：

> 旧族后辈受此五病者颇多。余家更甚。三十年前事，见书于三十年后，今（令？）余想恸血泪盈□。（此处疑脱一字。）

又第八回贾母送秦钟一个金魁星，有朱评云：

作者今尚记金魁星之事乎？抚今思昔，肠断心摧。

看此诸条，可见评者脂砚斋是曹雪芹很亲的族人，第十三回所记宁国府的事即是他家的事，他大概是雪芹的嫡堂弟兄或从堂弟兄，——也许是曹颙或曹颀的儿子。松斋似是他的表字，脂砚斋是他的别号。

这几条之中，第十三回之一条说：

曲指三十五年矣。

又一条说：

三十年前事，见书于三十年后。

脂本抄于甲戌(1754)，其“重评”有年月可考者，有第一回(抄本页十)之“丁亥春”(1767)，有上文已引之“甲午八月”(1774)。自甲戌至甲午，凡二十年。折中假定乾隆二十九年(1764)为上引几条评的年代，则上推三十五年为雍正七年(1729)，曹雪芹约十三岁，其时曹頫刚卸任织造(1728)，曹家已衰败了，但还不曾完全倒落。

此等处皆可助证《红楼梦》为记述曹家事实之书，可以摧破不少的怀疑。我从前在《红楼梦考证》里曾指出两个可注意之点：

第一，十六回凤姐谈“南巡接驾”一大段，我认为即是康熙南巡，曹寅四次接驾的故事。我说：

曹家四次接驾乃是很不常见的盛事，故曹雪芹不知不觉

的——或是有意的——把他家这桩最阔的大典说了出来。(《考证》页四一)

脂本第十六回前有总评,其一条云:

借省亲事写南巡,出脱心中多少忆昔感今!

这一条便证实了我的假设。我又曾说赵嬷嬷说的贾家接驾一次,甄家接驾四次,都是指曹家的事。脂本于本回"现在江南的甄家……接驾四次"一句之旁,有朱评云:

甄家正是大关键,大节目。勿作泛泛口头语看。

这又是证实我的假设了。

第二,我用《八旗氏族通谱》的曹家世系来比较第二回冷子兴说的贾家世次,我当时指出贾政是次子,先不袭职,又是员外郎,与曹頫一一相合,故我认贾政即是曹頫(《考证》四三—四四)。这个假设在当时很受朋友批评。但脂本第二回"皇上……赐了这政老爹一个主事之衔,令其入部习学,如今现已升了员外郎"一段之旁有朱评云:

嫡真实事,非妄拥也。

这真是出于我自己意料之外的好证据了!

故《红楼梦》是写曹家的事,这一点现在得了许多新证据,更是颠扑不破的了。

三 秦可卿之死

第十三回记秦可卿之死,曾引起不少人的疑猜。今本(程乙本)说:

> ……人回东府蓉大奶奶没了。……彼时合家皆知,无不纳闷,都有些伤心。

戚本作

> 彼时合家皆知,无不纳叹,都有些伤心。

坊间普通本子有一种却作

> 彼时合家皆知,无不纳闷,都有些疑心。

脂本正作

> 彼时合家皆知,无不纳罕,都有些疑心。

上有眉评云:

九个字写尽天香楼事,是不写之写。

又本文说:

这四十九日,单请一百单八众禅僧在大厅上拜大悲忏。……另设一坛于天香楼上。

此九字旁有夹评云:

删却,是未删之笔。

又本文云:

又听得秦氏之丫嬛名唤瑞珠者,见秦氏死了,他也触柱而亡。

旁有夹评云:

补天香楼未删之文。

天香楼是怎么一回事呢?

此回之末,有朱笔题云:

"秦可卿淫丧天香楼",作者用史笔也。老朽因有魂托凤姐贾家后事二件嫡是安富尊荣坐享人能想得到处,其事虽未漏，其言其意则令人悲切感服，姑赦之，因命芹溪删去。

又有眉评云：

此回只十页，因删去天香楼一节，少却四五页也。

这可见此回回目原本作

秦可卿淫丧天香楼，
王熙凤协理宁国府。

后来删去天香楼一长段，才改为“死封龙禁尉”，平仄便不调了。

秦可卿是自缢死的，毫无可疑。第五回画册上明明说

画着高楼大厦，有一美人悬梁自缢。（此从脂本）其判云：
情天情海幻情身，情既相逢必主淫。
漫言不肖皆荣出，造衅开端实在宁。

俞平伯在《红楼梦辨》里特立专章，讨论可卿之死。（中卷，页一五九——一七八。）但顾颉刚引《红楼佚话》说有人见书中的焙茗，据他说，秦可卿与贾珍私通，被婢撞见，羞愤自缢死的。平伯深信此说，列举了许多证据，并且指出秦氏的丫嬛瑞珠触柱而死，可见撞见奸情的便是瑞珠。现在平伯的结论都被我的脂本证明了。我们虽不得见未删天香楼的原文，但现在已知道

（1）秦可卿之死是“淫丧天香楼”。

(2)她的死与瑞珠有关系。

(3)天香楼一段原文占本回三分之一之多。

(4)此段是脂砚斋劝雪芹删去的。

(5)原文正作"无不纳罕,都有些疑心",戚本始改作"伤心"。

四 《红楼梦》的"凡例"

《红楼梦》各本皆无"凡例"。脂本开卷便有"凡例",又称"《红楼梦》旨义",其中颇有可注意的话,故全抄在下面:

凡例

《红楼梦》旨义。是书题名极多。□□《红楼梦》,是总其全部之名也。又曰《风月宝鉴》,是戒妄动风月之情。又曰《石头记》,是自譬石头所记之事也。此三名皆书中曾已点睛矣。如宝玉作梦,梦中有曲,名曰《红楼梦十二支》,此则《红楼梦》之点睛。又如贾瑞病,跛道人持一镜来,上面即錾"风月宝鉴"四字,此则《风月宝鉴》之点睛。又如道人亲眼见石上大书一篇故事,则系石头所记之往来,此则《石头记》之点睛处。然此书又名曰《金陵十二钗》,审其名则必系金陵十二女子也。然通部细搜检去,上中下女子岂止十二人哉?若云其中自有十二个,则又未尝指明白系某某。极(?)至《红楼梦》一回中亦曾翻出金陵十二钗之簿籍,又有十二支曲可考。

书中凡写长安,在文人笔墨之间,则从古之称;凡愚夫妇儿女子家常口角,则曰中京,是不欲着迹于方向也。盖天子之邦，亦当以中为尊。特避其东南西北四字样也。

此书只是着意于闺中。故叙闺中之事切，略涉于外事者则简，不得谓其不均也。

此书不敢干涉朝廷。凡有不得不用朝政者，只略用一笔带出，盖实不敢以写儿女之笔墨唐突朝廷之上也。又不得谓其不备。

以上四条皆低二格抄写。以下紧接“此书开卷第一回也，作者自云……”一长段，也低二格抄写。今本第一回即从此句起；而脂本的第一回却从“列位看官，你道此书从何而来”起。“此书开卷第一回也”以下一长段，在脂本里，明是第一回之前的引子，虽可说是第一回的总评，其实是全书的“旨义”，故紧接“凡例”之后，同样低格抄写。其文与今本也稍稍不同，我们也抄在“凡例”之后，凡脂本异文，皆加符号记出：

此〔书〕开卷第一回也。作者自云，〔因〕曾历过一番梦幻之后，故将真事隐去，而撰此《石头记》一书也，故曰“甄士隐梦幻识通灵”。但书中所记何事，〔又因何而撰是书哉?〕自云，〔今〕风尘碌碌，一事无成，忽念及当日所有之女子，一一细推了去，觉其行止见识皆出〔于〕我之上，〔何〕堂堂之须眉诚不若彼〔一干〕裙钗，实愧则有余，悔则无益〔之〕大无可奈何之日也！当此时，〔则〕自欲将已往所赖〔上赖〕天恩，〔下承〕祖德，锦衣纨袴之时，饫甘餍美之日，背父母教育之恩，负师兄（今本作友）规训之德，已致今日一事（今本作技）无成，半生潦倒之罪，编述一记（今本作集）以告普天下〔人〕。虽（今本作知）我之罪固不能免，(此五字今本作“负罪固多”。)然闺阁中〔本自〕历历有人，万不可因我不肖，(此处各本多“自护己短”四字。)则一并使其泯灭也。虽今日之茅椽蓬牖，瓦灶绳床，其风晨月夕，阶柳庭花，亦未有伤于我之襟怀笔墨者，何为不用假语村言，敷演出一段故事来，以悦人之耳目哉？(此一长句与今本多不同。)故曰“风尘怀闺秀”，〔乃是第一回题纲正义也。开卷即云“风尘怀闺秀”，则知作者本意原为记述当日闺友闺情，并非怨世骂时之书矣。虽一时有涉于世态，然亦不得不叙者，但非其本旨耳。阅者切记之。

诗曰：

浮生着甚苦奔忙？盛席华筵终散场。
悲喜千般同幻渺，古今一梦尽荒唐。
谩言红袖啼痕重，更有情痴抱恨长。
字字看来皆是血，十年辛苦不寻常。〕

我们读这几条凡例，可以指出几个要点：(1)作者明明说此书是“自譬石头所记之事”，明明说“系石头所记之往来”。(2)作者明明说“此书只是着意于闺中”，又说“作者本意原为记述当日闺友闺情，并非怨世骂时之书”。(3)关于此书所记地点问题，凡例中也有明白的表示。曹家几代住南京，故书中女子多是江南人，凡例中明明说“此书又名曰《金陵十二钗》，审其名则必系金陵十二女子也”。我因此疑心雪芹本意要写金陵，但他北归已久，虽然“秦淮残梦忆繁华”(敦敏赠雪芹诗)，却已模糊记不清了，故不能不用北京作背景。所以贾家在北京，而甄家始终在江南。所以凡例中说：“书中凡写长安，……家常口角则曰中京，是不欲着迹于方向也。……特避其东南西北字样也。”平伯与颉刚对于这个地点问题曾有很长的讨论(《红楼梦辨》,中,五九—八十),他们的结论是“说了半天还和没有说一样,我们究竟不知道《红楼梦》是在南或是在北”(页七九)。我的答案是:雪芹写的是北京,而他心里要写的是金陵:金陵是事实所在,而北京只是文学的背景。

至如大观园的问题,我现在认为不成问题。贾妃本无其人,省亲也无其事,大观园也不过是雪芹的“秦淮残梦”的一境而已。

五 脂本与戚本

现行的《红楼梦》本子,百廿回本以程甲本(高鹗本)为最古,八十回本以戚蓼生本为最古,戚本更古于高本,那是无可疑的。平伯在数年前对于戚本曾有很大的怀疑,竟说他“决是辗转传抄后的本子,不但不免错误,且也不免改窜”(《红楼梦辨》,上,一二六)。但我曾用脂砚斋残本细校戚本,始知戚本一定在高本之前,凡平伯所疑高本胜于戚本之处(一三五——三七),皆戚本为原文,而高本为改本。但那些例子都很微细,我在此文里不及讨论,现在要谈几个更重要之点。

我用脂本校戚本的结果,使我断定脂本与戚本的前二十八回同出于一个有评的原本,但脂本为直接抄本,而戚本是间接传抄本。

何以晓得两本同出于一个有评的原本呢?戚本前四十回之中,有一半有批评,一半没有批评;四十回以下全无批评。我仔细研究戚本前四十回,断定原底本是全有批评的,不过抄手不止一个

人,有人连评抄下,有人躲懒便把评语删了。试看下表:

第一回　有评	第二回　无评
第三回　有评	第四回　无评
第五回　有评	第六回　无评
第七回　有评	第八回　无评
第九回　有评	第十回　无评
第十一回　无评	
第十二回至廿六回　有评	
第廿七回至卅五回　无评	
第卅六回至四十回　有评	

看这个区分,我们可以猜想当时抄手有二人,先是每人分头抄回,故甲抄手专抄奇数,便有评;乙抄手抄偶数,便无评;至十二回以下甲抄手连抄十五回,都有评;乙抄手连抄九回,都无评。

戚本前二十八回,所有评语,几乎全是脂本所有的,意思与文字全同,故知两本同出于一个有评的原底本。试更举几条例为铁证。戚本第一回云:

> 一家乡官,姓甄(真假之甄宝玉亦借此音,后不注)名费废,字士隐。

脂本作

> 一家乡官,姓甄(真〇后之甄宝玉亦借此音,后不注)名费(废),字士隐。

戚本第一条评注误把“真”字连下去读，故改“后”为“假”，文法遂不通。第二条注“废”字误作正文，更不通了。此可见两本同出一源，而戚本传抄在后。

第五回写薛宝钗之美，戚本作

> 品格端方，容貌丰美，人多谓黛玉所不及。(此句定评。)想世人目中各有所取也。按黛玉、宝钗二人一如娇花，一如纤柳，各极其妙，此乃世人性分甘苦不同之故耳。

今检脂本，始知“想世人目中”以下四十二字都是评注，紧接“此句定评”四字之后。此更可见二本同源，而戚本在后。

平伯说戚本有脱误，上举两例便可证明他的话不错。

我因此推想得两个结论：

(1)《红楼梦》的最初底本是有评注的。

(2)最初的评注至少有一部分是曹雪芹自己作的，其余或是他的亲信朋友如脂砚斋之流的。

何以说底本是有评注的呢？脂本抄于乾隆甲戌，那时作者尚生存，全书未完，已是“重评”的了，可以见甲戌以前的底本便有评注了。戚本的评注与脂本的一部分评注全同，可见两本同出的底本都有评注。又高鹗所据底本也有评注。平伯指出第三十七回贾芸上宝玉的书信末尾写着

> 男芸跪书一笑

检戚本始知“一笑”二字是评注，误入正文。程甲本如此，程乙本也

如此。平伯说:“高氏所依据的抄本也有这批语,和戚本一样,这都是奇巧的事。”(《红楼梦辨》,上,一四四。)其实这并非“奇巧”,只证明高鹗的底本也出于那有评注的原本而已。(高、程刻本合删评注。)

原底本既有评注,是谁作的呢?作者自加评注本是小说家的常事;况且有许多评注全是作者自注的口气,如上文引的第一回“甄”字下注云:

> 真〇后之甄宝玉亦借此音,后不注。

这岂是别人的口气吗?又如第四回门子对贾雨村说的“护官符”口号,每句下皆有详注,无注便不可懂,今本一律删去了。今抄脂本原文如下。

> 上面皆是本地大族名宦之家的谚俗口碑,其口碑排写得明白,下面皆注着始祖官爵并房次。石头亦曾照样抄写一张。今据石上所抄云:
>
> 贾不假,白玉为堂金作马。(宁国、荣国二公之后,共二十房分,除宁、荣亲派八房在都外,现原籍住者十二房。)(适按,二十房,误作十二房,今依戚本改正。)
>
> 阿房宫,三百里,住不下金陵一个史。(保龄侯尚书令史公之后,房分共十八,都中现住者十房,原籍现住八房。)(适按,十八,戚本误作二十。)
>
> 丰年好大雪,珍珠如土金如铁。(紫微舍人薛公之后,现领内府帑银行商,共八房分。)

东海缺少白玉床，龙王来请金陵王。（都太尉统制县伯王公之后，共十二房，都中二房，余在籍。）（适按，在籍二字误脱，今据戚本补。）

这四条注都是作者原书所有的，现在都被删去了。脂本里，这四条注也都用朱笔写在夹缝，与别的评注一样抄写。我因此疑心这些原有的评注之中，至少有一部分是作者自己作的。又如第一回“无材补天，幻形入世”两句有评注云：

八字便是作者一生惭恨。

这样的话当然是作者自己说的。

*　*　*　*　*　*

以上说脂本与戚本同出于一个有评注的原本，而戚本传抄在后。但因为戚本传抄在后，《红楼梦》的底本已经过不少的修改了，故戚本有些地方与脂本不同。有些地方也许是作者自己改削的；但大部分的改动似乎都是旁人斟酌改动的；有些地方似是被抄写的人有意删去，或无意抄错的。

如上文引的全书“凡例”，似是抄书人躲懒删去的，如翻刻书的人往往删去序跋以节省刻资，同是一种打算盘的办法。第一回序例，今本虽保存了，却删去了不少的字，又删去了那首“字字看来皆是血，十年辛苦不寻常”很好的诗。原本不但有评注，还有许多回有总评，写在每回正文之前，与这第一回的序例相像，大概也是作者自己作的。还有一些总评写在每回之后，也是墨笔楷书，但似是评书者加的，不是作者原有的了。现在只有第二回的总评保存在戚本之内,即戚本第二回前十二行及诗四句是也。此外如第六回,第十三回,十四回,十五回,十六回,每回之前皆有总评,戚本皆不曾收入。又第六回,二十五回,二十六回,二十七回,二十八回,每回之后皆有“总批”多条,现在只有四条(廿七回及廿八回后)被收在戚本之内。这种删削大概是抄书人删去的。

有些地方似是有意删削改动的。如第二回说元春与宝玉的年岁,脂本作

> 第二胎生了一位小姐,生在大年初一,这就奇了。不想次年又生了一位公子。

戚本便改作了

> 不想后来又生了一位公子。

这明是有意改动的了。又戚本第一回写那位顽石

> 一日正当嗟悼之际,俄见一僧一道远远而来,生得骨格不凡,丰神迥异,来至石下,席地而坐,长谈,见一块鲜明莹洁美玉,且又缩成扇坠大小的可佩可拿。那僧托于掌上,……

这一段各本大体皆如此;但其实文义不很可通,因为上面明说是顽石,怎么忽已变成宝玉了?今检脂本,此段多出四百二十余字,全被人删掉了。其文如下:

俄见一僧一道远远而来，生得骨格不凡，丰神迥别，说说笑笑，来至峰下，坐于石边，高谈快论。先是说些云山雾海、神仙玄幻之事，后便说到红尘中荣华富贵。此石听了，不觉打动凡心，也想要到人间去享一享这荣华富贵，但自恨粗蠢，不得已，便口吐人言，向那僧道说道："大师，弟子蠢物，不能见礼了。适问(闻)二位谈那人世间荣耀繁华，心切慕之。弟子质虽粗蠢，性却稍通。况见二师仙形道体，定非凡品，必有补天济世之材，利物济人之德。如蒙发一点慈心，携带弟子，得入红尘，在那富贵场中，温柔乡里，受享几年，自当永佩洪恩，万劫不忘也。"二仙师听毕，齐憨笑道："善哉，善哉！那红尘中有却有些乐事，但不能永远依恃。况又有'美中不足，好事多魔'八个字紧相连属，瞬息间则又乐极悲生，人非物换。究竟是到头一梦，万境归空。倒不如不去的好。"这石凡心已炽，那里听得进这话去？乃复苦求再四，二仙知不可强制，乃叹道："此亦静极思动，无中生有之数也。既如此，我们便携你去受享受享。只是到不得意时，切莫后悔。"石道："自然，自然。"那僧又道："若说你性灵，却又如此质蠢，并更无奇贵之处。如此，也只好踮脚而已。也罢，我如今大施佛法，助你〔一〕助。待劫终之日，复还本质，以了此案。你道好否？"石头听了，感谢不尽。那僧便念咒书符，大展幻术，将一块大石登时变成一块鲜明莹洁的美玉，且又缩成扇坠大小的可佩可拿。

这一长段，文章虽有点噜苏，情节却不可少。大概后人嫌他稍繁，遂全删了。

六 脂本的文字胜于各本

我们现在可以承认脂本是《红楼梦》的最古本，是一部最近于原稿的本子了。在文字上，脂本有无数地方远胜于一切本子。我试举几段作例。

第一例 第八回

（1）脂砚斋本

宝玉与宝钗相近，只闻一阵阵凉森森甜丝丝的幽香，竟不知系何香气。

（2）戚本

宝玉此时与宝钗就近，只闻一阵阵凉森森甜甜的幽香，竟不知是何香气。

（3）翻王刻诸本（亚东初本）（程甲本）

宝玉此时与宝钗相近，只闻一阵香气，不知是何气味。

（4）程乙本（亚东新本）

宝玉此时与宝钗挨肩坐着，只闻一阵阵的香气，不知何味。

戚本把“甜丝丝”误抄作“甜甜”，遂不成文。后来各本因为感觉此句有困难，遂索性把形容字都删去了。高鹗最后定本硬改“相近”为“挨肩坐着”，未免太露相，叫林妹妹见了太难堪！

第二例　第八回

（1）脂本

话犹未了，林黛玉已摇摇的走了进来。

（2）戚本

话犹未了，林黛玉已走了进来。

（3）翻王刻本

话犹未了，林黛玉已摇摇摆摆的来了。

（4）程乙本

话犹未完，黛玉已摇摇摆摆的进来。

原文“摇摇的”是形容黛玉的瘦弱病躯。戚本删了这三字，已是不该的了，高鹗竟改为“摇摇摆摆的”，这竟是形容詹光、单聘仁的丑态了，未免太唐突林妹妹了！

第三例　第八回

(1)脂本与戚本

黛玉……一见了(戚本无“了”字)宝玉,便笑道,“嗳哟,我来的不巧了!”宝玉等忙起身笑让坐。宝钗因笑道,“这话怎么说?”黛玉笑道,“早知他来,我就不来了。”宝钗道,“我更不解这意。”黛玉笑道:“要来时一群都来,要不来一个也不来。今儿他来了,明儿我再来(戚本作“明日我来”),如此间错开了来着,岂不天天有人来了,也不至于太冷落,也不至于太热闹了?姐姐如何反不解这意思?”

(2)翻王刻本

黛玉……一见宝玉,便笑道:“嗳呀,我来的不巧了!”宝玉等忙起身让坐。宝钗因笑道:“这话怎么说?”黛玉道:“早知他来,我就不来了。”宝钗道:“我不解这意。”黛玉笑道:“要来时,一齐来;要不来,一个也不来。今儿他来,明儿我来,如此间错开了来,岂不天天有人来了,也不至太冷落,也不至太热闹?姐姐如何不解这意思?”

(3)程乙本

黛玉……一见宝玉,便笑道:“哎哟!我来的不巧了!”宝玉等忙起身让坐。宝钗笑道:“这是怎么说?”黛玉道:“早知他来,我就不来了。”宝钗道:“这是什么意思?”黛玉道:“什么意思呢？来呢，一齐来；不来，一个也不来。今儿他来，明儿我来，间错开了来，岂不天天有人来呢？也不至太冷落，也不至太热闹。姐姐有什么不解的呢？”

高鹗最后改本删去了两个“笑”字，便像林妹妹板起面孔说气话了。

第四例 第八回

(1)脂本

宝玉因见他外面罩着大红羽缎对衿褂子，因问，“下雪了么？”地下婆娘们道，“下了这半日雪珠儿了。”宝玉道，“取了我的斗篷来了不曾？”黛玉便道，“是不是！我来了，你就该去了！”宝玉笑道，“我多早晚说要去了？不过是拿来预备着。”

(2)戚本

……地下婆娘们道，“下了这半日雪珠儿。”宝玉道，“取了我的斗篷来了不曾？”黛玉道，“是不是！我来了，他就讲去了！”宝玉笑道，“我多早晚说要去来着？不过拿来预备。”

(3)翻王刻本

……地下婆娘们说，“下了这半日了。”宝玉道：“取了我的斗篷来。”黛玉便笑道：“是不是？我来了，你就该去了！”宝玉道：“我何曾说要去？不过拿来预备着。”

(4)程乙本

……地下老婆们说,“下了这半日了。”宝玉道:“取了我的斗篷来。”黛玉便笑道:“是不是?我来了,他就该走了!”宝玉道:“我何曾说要去?不过拿来预备着。”

戚本首句脱一“了”字,末句脱一“着”字,都似是无心的脱误。“你就该去了”,戚本改的很不高明,似系误“该”为“讲”,仍是无心的错误。“我多早晚说要去了?”这是纯粹北京话。戚本改为“我多早晚说要去来着?”这还是北京话。高本嫌此话太“土”,加上一层翻译,遂没有味儿了。(“多早晚”是“什么时候”。)

最无道理的是高本改“取了我的斗篷来了不曾”的问话口气为命令口气。高本删“雪珠儿”也无理由。

第五例　第八回

(1)脂本与戚本

李嬷嬷因说道,“天又下雪,也好早晚的了,就在这里同姐姐妹妹一处顽顽罢。”

(2)翻王刻本

天又下雪,也要看早晚的,就在这里和姐姐妹妹一处顽顽罢。

(3)程乙本

天又下雪，也要看时候儿，就在这里和姐姐妹妹一处顽顽儿罢。

这里改的真是太荒谬了。“也好早晚的了”，是北京话，等于说“时候不很早了”。高鹗两次改动，越改越不通。高鹗是汉军旗人，应该不至于不懂北京话。看他最后定本说“时候儿”，又说“顽顽儿”，竟是杭州老儿打官话儿了！

这几段都在一回之中，很可以证明脂本的文学的价值远在各本之上了。

七　从脂本里推论曹雪芹未完之书

从这个脂本里的新证据，我们知道了两件已无可疑的重要事实：

（1）乾隆甲戌（1754），曹雪芹死之前九年，《红楼梦》至少已有一部分写定成书，有人“抄阅重评”了。

（2）曹雪芹死在乾隆壬午除夕（1763 年 2 月 13 日）。

我曾疑心甲戌以前的本子没有八十回之多，也许止有二十八回，也许止有四十回。为什么呢？因为如果甲戌以前雪芹已成八十回，那么，从甲戌到壬午，这九年之中雪芹做的是什么书？难道他没有继续此书吗？如果他续作的书是八十回以后之书，那些书稿又在何处呢？

如果甲戌已有八十回稿本流传于朋友之间，则他以后十年间续作的稿本必有人传观抄阅，不至于完全失散。所以我疑心脂本当甲戌时还没有八十回。

戚本四十回以下完全没有评注。这一点使我疑心最初脂砚斋所据有评的原本至多也不过四十回。

高鹗的壬子本引言有一条说：

> 如六十七回，此有彼无，题同文异。

平伯曾用戚本校高本，果见此回很大的异同。这一点使我疑心八十回本是陆续写定的。

但我仔细研究脂本的评注，和戚本所无而脂本独有的“总评”及“重评”，使我断定曹雪芹死时他已成的书稿决不止现行的八十回，虽然脂砚斋说：

> 壬午除夕，书未成，芹为泪尽而逝。

但已成的残稿确然不止这八十回书。我且举几条证据看看。

(1)史湘云的结局，最使人猜疑。第三十一回目“因麒麟伏白首双星”一句话引起了无数的猜测。平伯检得戚本第三十一回有总评云：

> 后数十回，若兰在射圃所佩之麒麟，正此麒麟也。提纲伏于此回中，所谓草蛇灰线在千里之外。

平伯误认此为“后三十回的《红楼梦》”的一部分，他又猜想：

> 在佚本上，湘云夫名若兰，也有个金麒麟，或即是宝玉所失，湘云拾得的那个麒麟，在射圃里佩着。(《红楼梦辨》，下，二四。)

但我现在替他寻得了一条新材料。脂本第二十六回有总评云：

> 前回倪二、紫英、湘莲、玉菡四样侠文，皆得传真写照之笔。惜卫若兰射圃文字迷失无稿，叹叹！

雪芹残稿中有"卫若兰射圃"一段文字，写的是一种"侠文"，又有"佩麒麟"的事。若兰姓卫，后来做湘云的丈夫，故有"伏白首双星"的话。

(2)袭人与蒋琪官的结局也在残稿之内。脂本与戚本第二十八回后都有总评云：

> 茜香罗，红麝串，写于一回。棋官(戚本作"盖琪官"。脂本一律作棋官)虽系优人，后回与袭人供奉玉兄、宝卿，得同终始者，非泛泛之文也。

平伯也误认这是指"后三十回"佚本。这也是雪芹残稿之一部分。大概后来袭人嫁琪官之后，他们夫妇依旧"供奉玉兄、宝卿，得同终始"。高鹗续书大失雪芹本意。

(3)小红的结局，雪芹也有成稿。脂本第二十七回总评云：

> 凤姐用小红，可知晴雯等埋没其人久矣，无怪有私心私

情。且红玉后有宝玉大得力处，此于千里外伏线也。

二十六回小红与佳蕙对话一段有朱评云：

红玉一腔委曲怨愤，系身在怡红，不能遂志，看官勿错认为芸儿害相思也。狱神庙红玉、茜雪一大回文字，惜迷失无稿。

又二十七回凤姐要红玉跟她去，红玉表示情愿。有夹缝朱评云：

且系本心本意。狱神庙回内方见。

狱神庙一回，究竟不知如何写法。但可见雪芹曾有此"一大回文字"。高鹗续书中全不提及小红，遂把雪芹极力描写的一个大人物完全埋没了。

（4）惜春的结局，雪芹似也有成文。第七回里，惜春对周瑞家的笑道：

我这里正和智能儿说，我明儿也剃了头，同他作姑子去呢？

有朱评云：

闲闲笔，却将后半部线索提动。

这可见评者知道雪芹"后半部"的内容。

(5)残稿中还有"误窃玉"的一回文字。第八回,宝玉醉了睡下,袭人摘下通灵玉来,用手帕包好,塞在褥下,这一段后有夹评云:

> 交代清楚。塞玉一段又为"误窃"一回伏线。

误窃宝玉的事,今本无有,当是残稿中的一部分。

从这些证据里,我们可以知道雪芹在壬午以前,陆续作成的《红楼梦》稿子决不止八十回,可惜这些残稿都"迷失"了。脂砚斋大概曾见过这些残稿,但别人见过此稿的大概不多了,雪芹死后遂完全散失了。

《红楼梦》是"未成"之书,脂砚斋已说过了。他在二十五回宝玉病愈时,有朱评云:

> 叹不得见玉兄悬崖撒手文字为恨。

戚本二十一回宝玉续《庄子》之前也有夹评云:

> 宝玉之情,今古无人可比,固矣。然宝玉有情极之毒,亦世人莫忍为者。看至后半部则洞明矣。……宝玉看此为世人莫忍为之毒,故后文方有"悬崖撒手"一回。若他人得宝钗之妻,麝月之婢,岂能弃而为僧哉?

脂本无廿一回,故我们不知道脂本有无此评。但看此评的口气,似也是原底本所有。如此条是两本所同有,那么,雪芹在早年便已有了全书的大纲,也许已"纂成目录"了。宝玉后来有"悬崖撒手""为僧"的一幕,但脂砚斋明说"叹不得见"这一回文字,大概雪芹止有此一回目,尚未有书。

以上推测雪芹的残稿的几段,读者可参看平伯《红楼梦辨》里论"后三十回的《红楼梦》"一长篇。平伯所假定的"后三十回"佚本是没有的。平伯的错误在于认戚本的"眉评"为原有的评注,而不知戚本所有的"眉评"是狄楚青先生所加,评中提及他的"笔记",可以为证。平伯所猜想的佚本其实是曹雪芹自已的残稿本,可惜他和我都见不着此本了!

1928,2,12—16。

附录　跋乾隆甲戌《脂砚斋重评石头记》影印本*

我在民国十七年已有长文报告这个脂砚斋甲戌本是"海内最古的《石头记》抄本"了。今天我写这篇介绍脂砚甲戌影印本的跋文,我止想谈谈三个问题:第一,我要指出这个甲戌本在四十年来《红楼梦》的版本研究上曾有过划时代的贡献。第二,我要指出曹雪芹在乾隆甲戌年(1754)写定的《石头记》初稿本止有这十六回。第三,我要介绍原藏书人刘铨福,并附带介绍此本上用墨笔加批的孙桐生。

---

* 本文作于1961年5月18日,载台北商务印书馆1961年5月出版《乾隆甲戌脂砚斋重评石头记影印本》;又载1961年6月1日台北《作品》第2卷第6期;收入《胡适选集》考据分册,台北文星书店1966年版。

一 甲戌本在《红楼梦》版本史上的地位

我们现在回头检看这四十年来我们用新眼光、新方法搜集史料来做“《红楼梦》的新研究”总成绩，我不能不承认这个脂砚斋甲戌本《石头记》是最近四十年内“新红学”的一件划时代的新发见。

这个脂砚斋甲戌本的重要性就是：在此本发见之前，我们还不知道《红楼梦》的“原本”是什么样子；自从此本发见之后，我们方才有一个认识《红楼梦》“原本”的标准，方才知道怎样访寻那种本子。

我可以举我自己做例子。我在四十年前发表的《红楼梦考证》里，就有这一大段很冒失的话：

> 上海有正书局石印的一部八十回本的《红楼梦》，前面有一篇德清戚蓼生的序，我们可叫他做“戚本”。……这部书的封面上题着“国初钞本红楼梦”，……首页题着“原本红楼梦”。“国初钞本”四个字自然是大错的。那“原本”两字也不妥当。这本已有总评、有夹评、有韵文的评赞，又往往有“题”诗，有时又将评语抄入正文（如第二回），可见已是很晚的抄本，决不是“原本”了……“戚本”大概是乾隆时无数展转传抄本之中幸而保存的一种，可以用来参校程本，故自有他的相当价值，正不必假托“国初钞本”。

我当时就没有想象到《红楼梦》的最早本子已都有总评，有夹评，又有眉评的！所以我看见“戚本”有总评，有夹评，我就推断他已是很晚的展转传抄本，决不是“原本”。（俞平伯先生在《红楼梦辨》里也曾说“戚本”“决是展转传抄后的本子，不但不免错误，且也不免改窜”。）

因为我没有想到《红楼梦》原本就是已有评注的，所以我在民国十六年差一点点就错过了收买这部脂砚甲戌本的机会！我曾很坦白的叙说我当时是怎样冒失，怎样缺乏《红楼梦》本子的知识：

> 去年（民国十六年）我从海外归来，接着一封信，说有一部抄本《脂砚斋重评石头记》愿让给我。我以为“重评”的《石头记》大概是没有价值的，所以当时竟没有回信。不久，新月书店的广告出来了，藏书的人把此书送到店里来，转交给我看。我看了一遍，深信此本是海内最古的《石头记》抄本，就出了重价把此书买了。

近年上海中华书局出版的“一粟”编著的《红楼梦书录》新一版，记录我买得《乾隆甲戌脂砚斋重评石头记》的故事已曲解成了这个样子：

> 此本刘铨福旧藏，有同治二年、七年等跋；后归上海新月书店，已发出版广告，为胡适收买，致未印行。

大概三十多年后的青年人已看不懂我说的“新月书店的广告出来了”。这句话是说：当时报纸上登出了胡适之、徐志摩、邵洵美一班文艺朋友开办新月书店的新闻及广告。那位原藏书的朋友（可惜我把他的姓名地址都丢了)就亲自把这部脂砚甲戌本送到新开张的新月书店去,托书店转交给我。那位藏书家曾读过我的《红楼梦考证》,他打定了主意要把这部可宝贝的写本卖给我,所以他亲自寻到新月书店去留下这书给我看。如果报纸上没有登出胡适之的朋友们开书店的消息,如果他没有先送书给我看,我可能就不回他的信,或者回信说我对一切"重评"的《石头记》不感兴趣,……于是这部世界最古的《红楼梦》写本就永远不会到我手里,很可能就永远被埋了!

我举了我自己两次的大错误,只是要说明我们三四十年前虽然提倡搜求《红楼梦》的"原本"或接近"原本"的早期写本,但我们实在不知道曹雪芹的稿本是个什么样子,所以我们见到了那种本子,未必就能"识货",可能还会像我那样差一点儿"失之交臂"哩。

所以这部"脂砚斋甲戌抄阅再评"的《石头记》的发见,可以说是给《红楼梦》研究划了一个新的阶段,因为从此我们有了"石头记真本"(这五个字是原藏书人刘铨福的话)做样子,有了认识《红楼梦》"原本"的样准,从此我们方才走上了搜集研究《红楼梦》的"原本"、"底本"的新时代了。

在报告脂砚甲戌本的长文里,我就指出了几个关于研究方法上的观察:

①我用脂砚甲戌本校勘戚本有评注的部分,我断定戚本是出于一部有评注的底本。

②程伟元、高鹗的活字排印本是全删评语与注语的,但我用甲戌本与戚本比勘程甲本与程乙本,我推断程、高排本的前八十回的底本也是有评注的抄本。

> ③我因此提出一个概括的结论:《红楼梦》的最初底本就是有评注的。那些评注至少有一部分是曹雪芹自己要说的话;其余可能是他的亲信朋友如脂砚斋之流要说的话。

这几条推断都只是要提出一个辨认曹雪芹的原本的标准。一方面,我要扫清"有总评、有夹评,决不是原本"的成见;一方面,我要大家注意像脂砚甲戌本的那样"有总评、有眉评、有夹评"的旧抄本。

果然,甲戌本发见后五六年,王克敏先生就把他的亲戚徐星署先生家藏的一部《脂砚斋重评石头记》抄本八大册借给我研究。这八大册,每册十回,每册首叶题"脂砚斋凡四阅评过";第五册以下,每册首叶题"庚辰秋月定本",庚辰是乾隆二十五年(1760),此本我叫做"乾隆庚辰本",我有《跋乾隆庚辰本脂砚斋重评石头记抄本》长文(收在《胡适论学近著》第一集,即台北版《胡适文存》第四集)讨论这部很重要的抄本。这八册抄本是徐星署先生的旧藏书,徐先生是俞平伯的姻丈,平伯就不知道徐家有这部书。后来因为我宣传了脂砚甲戌如何重要,爱收小说杂书的董康、王克敏、陶湘诸位先生方才注意到向来没人注意的《脂砚斋重评本石头记》一类的抄本。大约在民国二十年,叔鲁就向我谈及他的一位亲戚家里有一部脂砚斋评本《红楼梦》。直到民国二十二年我才见到那八册书。

我细看了庚辰本,我更相信我在民国十七年提出的"《红楼梦》的最初底本是有评注的"一个结论。我在那篇跋文里就提出了一个更具体也更概括的标准,我说:

依甲戌本与庚辰本的款式看来，凡是最初的抄本《红楼梦》必定都称为“脂砚斋重评石头记”。

我们可以用这个辨认的标准去推断“戚本”的原本必定也是一部“脂砚斋重评本”；我们也可以推断程伟元、高鹗用的前八十回“各原本”必定也都题着“脂砚斋重评本”。

近年武进陶洙家又出来了一部《乾隆己卯（二十四年，1759年）冬月脂砚斋四阅评本石头记》，止残存三十八回：第一至第二十回，第三十一至第四十回，第六十一至第七十回，其中第十七、十八回还没有分开，又缺了第六十四回、六十七回，是补抄的。这个己卯本我没有见过。俞平伯的《脂砚斋红楼梦辑评》说，己卯本三十八回，其中二十九回是有脂评的。据说此本原是董康的藏书，后来归陶洙。这个己卯本比庚辰本止早一年，形式也近于庚辰本。

近年山西又出了一部乾隆四十九年甲辰（1784）菊月梦觉主人序的八十回本，没有标明“脂砚斋重评本”。

但我看俞平伯辑出的一些评语，这个甲辰本的底本显然也是一个脂砚斋重评本。此本第十九回前面有总评，说：“原本评注过多，……反扰正文。删去以俟观者凝思入妙，愈显作者之灵机耳。”

总计我们现在知道的红楼梦的“古本”，我们可以依各年代的先后，作一张总表如下：

①乾隆十九年甲戌（1754）脂砚斋抄阅再评本，止有十六回。有今年胡适影印本。

②乾隆二十四年己卯（1759）冬月脂砚斋四阅评本，存三十八回：第一至二十回（其中第十七、第十八两回未分开），第三十一至

四十回，第六十一至七十回（缺第六十四、六十七回）。

③乾隆二十五年庚辰（1760）秋月定本“脂砚斋凡四阅评过”，共八册，止有七十八回。其中第十七、第十八两回没有分开，第十七回首叶有批云：“此回宜分二回方妥。”第十九回尚无回目，第八十回也尚无回目。第七册首叶有批云：“内缺六十四、六十七两回。”又第二十二回未写完，末尾空叶有批云：“此回未成而芹逝矣！叹叹！丁亥（乾隆三十二年，1767）夏，畸笏叟。”第七十五回的前叶有题记：“乾隆二十一年（1756）五月初七日对清。缺中秋诗，俟雪芹。”此本有1955年“文学古籍刊行社”影印本，用己卯本补抄了第六十四、六十七回。民国四十八年有台北文渊出版社翻影印本。

④上海有正书局石印的戚蓼生序的八十回本，即“戚本”。此本也是一部脂砚斋评本，石印时经过重抄。原底本的年代无可考。此本已有第六十四、六十七回了；第二十二回已补全了，故年代在庚辰本之后。因为戚蓼生是乾隆三十四年己丑（1769）的进士，我们可以暂定此本为己丑本。此本有宣统末年（1911）石印大字本，每半叶九行，每行二十字；又有民国九年（1920）及民国十六年（1927）石印小字本，半叶十五行，每行三十字。小字本是用大字本剪黏石印的。大字本前四十回有狄葆贤的眉批，指出此本与今本文字不同之处。小字本的后四十回也加上眉批，那是有正书局悬赏征文得来的校记。

⑤乾隆四十九年甲辰（1784）梦觉主人序的八十回本。此本虽然有意删削评注，但保留的评注使我们知道此本的底本也是一部脂砚斋重评本。

⑥乾隆五十六年辛亥（1791）北京萃文书屋木活字排印的《新镌全部绣像红楼梦》。这是程伟元、高鹗第一次排印的一百二十回

本,我叫他做“程甲本”。“程甲本”的前八十回是依据一部或几部有脂砚斋评注的底本,后四十回是高鹗续作的。此本是后来南方各种雕刻本、铅印本、石印本的祖本。

⑦乾隆五十七年(1792)北京萃文书屋木活字排印的《新镌全部绣像红楼梦》。这是程伟元、高鹗第二次排印的“详加校阅,改订无讹”的一百二十回本,我叫他“程乙本”。因为“程甲本”一到南方就有人雕板翻刻了,这个校阅改订过的“程乙本”向来没有人翻板,直到民国十六年(1927)上海亚东图书馆才用我的“程乙本”去标点排印了一部。这部亚东排印的“程乙本”是近年一些新版的《红楼梦》的祖本,例如台北远东图书公司的排印本,香港友联出版社的排印本,台北启明书局的影印本,都是从亚东的“程乙本”出来的。

这一张《红楼梦》古本表可以使我们明白:从乾隆十九年(1754)曹雪芹还活着的时期,到乾隆五十七年(1792)——就是曹雪芹死后的第三十年,在这三十八、九年之中,《红楼梦》的本子经过了好几次重大的变化:

第一,乾隆甲戌(1754)本:止写定了十六回,虽然此本里已说“曹雪芹披阅十载,增删五次”;已有“十年辛苦不寻常”的诗句。

第二,乾隆己卯(二十四年,1759)、庚辰(二十五年,1760)之间,前八十回大致写定了,故有“庚辰秋月定本”的检订。现存的“庚辰本”最可以代表雪芹死之前的前八十回稿本没有经过别人整理添补的状态。庚辰本仍旧有“披阅十载,增删五次”的话,但八十回还没有完全,还有几些残缺情形:

①第十七回还没有分作两回。

②第十九回还没有回目,还有未写定而留着空白之处(影印本二〇二叶上)。

③第二十二回还没有写完。

④第六十四回、六十七回,都还没有写。

⑤第七十五回还缺宝玉、贾环、贾兰的中秋诗。

⑥第八十回还没有定目。

第三,曹雪芹死在乾隆二十七年壬午除夕。周汝昌先生曾发现敦敏的《懋斋诗钞》残本有《小诗代简,寄曹雪芹》的诗,其前面第三首诗题着"癸未"(乾隆二十八年)二字,故他相信雪芹死在癸未除夕。我曾接受汝昌的修正。但近年那本《懋斋诗钞》影印出来了,我看那残本里的诗,不像是严格依年月编次的;况且那首"代简"止是约雪芹"上巳前三日"(三月初一)来喝酒的诗,很可能那时敦敏兄弟都还不知道雪芹已死了近两个月了。所以我现在回到甲戌本(影印本九叶至十叶)的记载,主张雪芹死在"壬午除夕"。

第四,从庚辰秋月到壬午除夕,止有两年半的光阴,在这一段时间里,雪芹(可能是因为儿子的病,可能是因为他的心思正用在试写八十回以后的书)好像没有在那大致写成的前八十回的稿本上用多大功夫,所以他死时,前八十回的稿本还是像现存的庚辰本的残缺状态。最可注意的是庚辰本第二十二回之后(影印本二五四叶)有这一条记录:

> 此回未成而芹逝矣!叹叹!丁亥(1767)夏。畸笏叟。

这就是说,在雪芹死后第五年的夏天,前八十回本的情形还大致像现存的庚辰本的样子。

第五,在雪芹死后的二十几年之中——大约从乾隆三十二年丁亥(1767)以后,到五十六年辛亥(1791)——有两种大同而有小异的《红楼梦》八十回稿本在北京少数人的手里流传抄写:一种稿本流传在雪芹的亲属朋友之间,大致保存雪芹死时的残缺情形,没有人敢作修补的工作,此种稿本最近于现存的庚辰本。另一种稿本流传到书坊庙市去了——"好事者每传抄一部,置庙市中,昂其值,(可)得数十金"——就有人感觉到有修残补缺的需要了,于是先修补那些容易修补的部分(第十七回分作两回,加上回目;十九回也加上回目,抹去待补的空白;二十二回潦草补充;七十五回仍缺中秋诗三首;八十回补了回目);其次补作那些比较容易补的第六十四回。最后,那很难补作的第六十七回就发生问题了。高鹗在"程乙本"的引言里说;"六十七回,此有彼无,题同文异,燕石莫辨。"可见当时庙市流传的本子,有不补六十七回的,也有试补此回而文字不相同的,戚本的六十七回就和高鹗的本子大不相同,而高本远胜于戚本。

第六,据浙江海宁学人周春(1729—1815)的《阅红楼梦随笔》,他在乾隆庚戌(五十五年,1790)秋已听人说,有人"以重价购抄本两部,一为《石头记》八十回,一为《红楼梦》一百二十回,微有异同。……壬子(五十七年,1792)冬,知吴门坊间已开雕矣。……"周春在乾隆甲寅(五十九年,1794)七月记载这段话,应该可信,高鹗续作后四十回,合并前八十回,先抄成了百二十回的"全部《红楼梦》",可能在乾隆庚戌秋天已有一百二十回的抄本出卖了。到次年辛亥(五十六年,1791),才有程伟元出钱用木活字排印,是为"程甲本"。周春说的"壬子冬,知吴门坊间已开雕矣",那是苏州书坊得到了"程甲本"就赶紧雕版印行,他们等不及高兰墅先生"聚集各原本详加校阅,改订无讹”的“程乙本”了。

这是《红楼梦》小说从十六回的甲戌(1654)本变到一百二十回的辛亥(1791)本和壬子(1792)本的版本简史。如果没有三十多年前甲戌本的出现,如果我们没有认识《红楼梦》原本或最早写本的标准,如果没有这三十多年陆续发见的各种“脂砚斋重评本”,我们也许不会知道《红楼梦》本子演变的真相这样清楚吧?

二　试论曹雪芹在乾隆甲戌年写定的稿本止有这十六回

我在三十四年前还不敢说曹雪芹在乾隆十九年甲戌(1754)——在他死之前九年多——止写成了或写定了这十六回书。我在那时只敢说:

> 我曾疑心甲戌以前的本子没有八十回之多,也许止有二十八回,也许止有四十回。……如果甲戌以前雪芹已成八十回,那么,从甲戌到壬午(除夕),这九年之中雪芹做的是什么书?……

我在当时看到的《红楼梦》古本很少,但我注意到高鹗的乾隆壬子(1792)本——即“程乙本”——的引言里说的“如六十七回,此有彼无,题同文异”。我就推论:“这一点使我疑心八十回本是陆续写定的。”

后来我看到了庚辰(1760)本,我仔细研究了那个“庚辰秋月定本”的残缺状态——如六十四、六十七回的全缺,如第二十二回的未写完——我更相信那所谓“八十回本”不是从头一气写下去的，实在是分几个段落，断断续续写成的；到了壬午除夕雪芹死时，八十回以后止有一些无从整理的零碎残稿，就是那比较成个片段的前八十回也还没有完全写完。

最近半年里，因为我计画要影印这个甲戌本，我时常想到这个很工整的清抄本为什么止有十六回，为什么这十六回不是连续的，为什么中间缺少第九到第十二回，又缺少第十七回到第二十四回。

在我进医院的前一天，我写了一封短信给香港友联出版社的赵聪先生，在那封信里我第一次很简单的指出我的新看法：就是说，曹雪芹在乾隆十九年甲戌写成的《红楼梦》初稿止有这十六回。我说：

> ……故我现在不但回到我民国十七年的看法：“甲戌以前的本子没有八十回之多，也许止有二十八回，也许只有四十回。”我现在进一步说：甲戌本虽然已说“披阅十载，增删五次”，其实止写成了十六回。……故我这个甲戌本真可以说是雪芹最初稿本的原样子。所以我决定影印此本流行于世。

这封短信的日子是“五十，二，二十四日下午”。在二十六七小时之后，我就因心脏病被送进台湾大学医学院的附属医院了。

今天我要把那封信里的推论及证据稍稍扩充发挥，写在这里，请研究《红楼梦》本子沿革的朋友不客气的讨论教正。

甲戌本的十六回是这样的：

第一回到八回，

缺第九到第十二回，

第十三到第十六回，

缺第十七到二十四回。

第二十五回到第二十八回。

我可以先证明第十七回到第二十四回是甲戌本没有的，是后来补写的。试看乾隆庚辰（二十五年，1760）秋月定本的状态：

①第十七回“大观园试才题对额，荣国府归省庆元宵”有二十七叶半之多，首叶题作“第十七回至十八回”。前面空叶上有批语一行：“此回宜分二回方妥。”

②第十九回虽然另起一叶，但还没有回目，也还没有标明“第十九回”。

③庚辰本的第二十二回没有写完，只写到元春、迎春、探春、惜春的四个灯谜，下面就没有了。下面有一叶白纸，上面写着：

> 暂记宝钗制谜云：
>
> “朝罢谁携两袖烟？琴边衾里总无缘。晓筹不用鸡人报，五夜无烦侍女添。焦首朝朝还暮暮，煎心日日复年年。光阴荏苒须当惜，风雨阴晴任变迁。”
>
> 此回未成而芹逝矣！叹叹！丁亥夏，畸笏叟。

这都可见第十七、十八、十九回是很晚才写成的，所以在庚辰秋月的“定本”里，那三回还止有一个回目。第二十二回写的更晚了，直到雪芹死后多年还在未完成的状态，所以后人有不同的补本，戚本补的第二十二回就和高鹗补的大不相同。（戚本保存惜春的谜，也用了宝钗的谜，还接近庚辰本；高鹗本删了惜春的谜，把宝钗的谜送给黛玉，又另作了宝钗、宝玉两人的谜。）

这样看来,甲戌本原缺的第十七到第二十四回是甲戌以后才写的,其中最晚写的是第二十二回:“此回未成而芹逝矣!”

其次,我要指出甲戌本原缺的第九到第十二回也是后来补写的,写的都很潦草,又有和甲戌本显然冲突的地方。

这回的内容是这样的:

第九回写贾氏家塾里胡闹的情形,是八十回里很潦草的一回。

第十回写秦可卿忽然病了,写张太医诊脉开方,说“这病尚有三分治得”,又说,“今年一冬是不相干的,总是过了春分,就可望全愈了。”这就是说,秦氏不能活过春分了。

第十一回写秦氏病危了。“这年正是十一月三十日冬至。到交节的那几日,贾母、王夫人、凤姐儿,日日差人去看秦氏。”王夫人向贾母说,“这个症候遇着这样大节,不添病,就有好大的指望了”。过了冬至,十二月初二,凤姐奉命去看秦氏,“那脸上身上的肉全瘦干了”。凤姐儿从秦氏屋里出来,到尤氏上房坐下,尤氏道,“你冷眼瞧媳妇是怎么样?”凤姐儿低了半日头,说道,“这实在没法儿了。你也该将一应的后事用的东西料理料理,冲一冲也好。”

这是很明白清楚的说秦氏病危了,“实在没法儿了”,“一应的后事用的东西”都暗暗的预备好了。

这就到了第十一回的末尾了,忽然接上贾瑞“合该作死”的故事,于是第十二回整回写的是“贾瑞正照风月宝鉴”的故事,——这一回里,贾瑞受了凤姐儿两次欺骗,得了种种重病,“诸如此症、不上一年都添全了。……倏又腊尽春回”,……这分明又过了整一年了。这整一年里,竟没有人提起秦可卿的病了!

我们试把这四回的内容和甲戌本第十三回关于秦氏之死的正文、总评、眉评,对照着看,我们就可以明白前面的四回是后来补加进去的，所以其中有讲不通的重要冲突。

甲戌本的第十三回是这本子里最有史料价值的一卷，此回有几条朱笔的总评、眉评、夹评，是一切古本《红楼梦》都没有保存的资料。此回末尾有一条总评，说：

> "秦可卿淫丧天香楼"，作者用史笔也。老朽因有魂托凤姐贾家后事二件，嫡是安富尊荣坐享人能（难？）想得到处；其事虽未漏，其言其意则令人悲切感服，姑赦之。因命芹溪删去。

同叶又有眉评一条：

> 此回只十页。因删去天香楼事，少却四五页也。

"秦可卿淫丧天香楼"的"史笔"是删去了，那八个字的旧回目也改成"秦可卿死封龙禁尉"了。但甲戌本此回的本文和脂砚评语都还保存一些"不写之写"，都是其他古本《红楼梦》没有的，甲戌本写凤姐在梦里：

> 还欲问时，只听得二门传事云牌连叩四下，正是丧钟，将凤姐惊醒。人回东府蓉大奶奶没了。凤姐闻听，吓了一身冷汗。出了一会神，只得忙忙的穿衣服往王夫人处来。彼时合家皆知，无不纳罕，都有些疑心。

此本"无不纳罕，都有些疑心"之上有眉评说：

九个字写尽天香楼事，是不写之写。

那九个字，庚辰本与甲戌本完全相同。己卯本我未得见，但据俞平伯“红楼梦八十回校本”的“校字记”九五页，己卯本与庚辰本都作：

无不纳罕，都有些疑心。

戚本改作了：

无不纳叹，都有些伤心。

程甲本原作：

无不纳闷，都有些疑心。

程乙本就改作了：

无不纳闷，都有些伤心。

但因为南方的最早雕本都是依据程甲本作底本的，所以后来的刻本和铅印本、石印本，也还有作“都有些疑心”的（看俞平伯《红楼梦研究》“论秦可卿之死”，一七七—一七八页）。但多数的流行本都改成了“无不纳闷，都有些伤心”。

我们现在看了甲戌、己卯、庚辰三个最古的脂砚斋评本，我们可以确知雪芹在甲戌年决心删去了“淫丧天香楼”四五叶原稿之后，还保留了“彼时合家皆知，无不纳罕，都有些疑心”十五个字的“不写之写”的史笔。

秦可卿是自缢死的，《红楼梦》的第五回画册上本来说的很清楚。画册的正册最后一幅：

画着高楼大厦，有一美人悬梁自缢（此句文字从甲戌、庚辰两本及戚本）。其判云：

情天情海幻情身，情既相逢必主淫。漫言不肖皆荣出，造衅开端实在宁。

曹雪芹在原稿里对于这位东府蓉大奶奶的种种罪过，原抱着一种很严厉的谴责态度。画册判词是一证。第五回写宝玉在秦氏屋里睡觉，是二证。第七回写焦大乱嚷乱叫：“我要往祠堂里哭大爷去。那里承望到如今生下这些畜生来，……爬灰的爬灰，养小叔子的养小叔子！我什么不知道！咱们胳膊折了往袖子藏。”是三证。第十三回原标“秦可卿淫丧天香楼”的回目，又直写天香楼事至四五叶之多，是四证。在甲戌本写定之前，雪芹听了他最亲信的朋友（？）的劝告，决心“姑赦之”，才删去了那四五叶直写天香楼的事，才改十三回的回目作“秦可卿死封龙禁尉”。四证之中，删去了一证。但其余三证，都保存在甲戌本及后来几个写本里。在第十三回里，雪芹还故意留着“无不纳罕，都有些疑心”九个字的史笔。

我们不必追问天香楼事的详细情形了。我现在只要指出第十三回写秦可卿突然死去，无论是甲戌以前最初稿本直写“淫丧天香楼”的史笔，或是甲戌、己卯、庚辰各本保存的“无不纳罕，都有些疑心"的委婉写法,都可以用作证据,证明甲戌写定的《石头记》稿本还没有第十回到第十一回那样详细描写秦可卿病重到垂危的几回文字。如果可卿早已病重了,早已病到"一应的后事用的东西"都已"暗暗的预备了",这样病到垂危的一个女人死了,怎么会叫人"无不纳罕,都有些疑心"呢?

所以我们很可以推断:曹雪芹写"秦可卿淫丧天香楼"的原稿的时候,他压根儿就没有想写秦氏是病死的。后来他决定删去了"淫丧天香楼"的四五叶,他才感觉到不能不给秦氏捏造出"很大的一个症候",在很短的一个冬天,就病到了要预备后事的地步。在那原空着的四回里,秦氏的病况就占了两回的地位。但因为写秦氏病状的许多文字不是雪芹原来的计画,所以越想越不像了!本来要写秦氏活过了冬至,活不过春分的,中间插进了"正照风月宝鉴"的雪芹旧稿,于是贾瑞病了一年,秦氏也就得以挨过整整一年,到贾琏送林黛玉回南去之后,凤姐儿才梦见秦氏,接着就是丧钟四下,人回东府蓉大奶奶没了。

试看第八回末尾写贾氏家塾"现今司塾的贾代儒乃当代之老儒",是何等郑重的描写!再看第十三回凤姐儿梦里秦氏说贾氏家塾,又是何等郑重的想法!何以第九回写贾氏家塾竟是那样儿戏、那样潦草呢?何以第十一回写那位"当代之老儒"和他的长孙又是那样的不堪呢?

甲戌本第一回有一长段叙说《石头记》的来历,其中说:

……空空道人……遂易名为"情僧",改《石头记》为《情僧录》。至吴玉峰题曰《红楼梦》。东鲁孔梅溪则题曰《风月宝鉴》。……

甲戌本这里有朱笔眉评一条，说：

> 雪芹旧有《风月宝鉴》之书，乃其弟棠村序也。今棠村已逝，余睹新怀旧，故仍因之。

这一条评语是各种脂砚斋评本都没有的。这句话好像是说，《风月宝鉴》是曹雪芹写的一本短篇旧稿，有他弟弟棠村作序；那本旧稿可能是一种小型的《红楼梦》；其中可能有"正照风月宝鉴"一类的戒淫劝善的故事，故可以说是一本幼稚的《石头记》。雪芹在甲戌年写成十六回的小说初稿的时候，他"睹新怀旧"，就把《风月宝鉴》的旧名保留作《石头记》许多名字的一个。在甲戌之后，他需要补作那原来缺了许久的第九回到第十二回，他不能全用那四回地位来捏造秦氏的病情，于是他很潦草的采用了他的《风月宝鉴》旧稿来填满那缺卷的一部分。因为这个故事本是从前写的，勉强插在这里，所以就顾不到前面叙说秦氏那样垂死的病情，在那时间上就不得不拖延了一整年了。

我提出这四回的内容和第十三回的种种冲突，来证明第九回到第十二回是甲戌初稿没有的，是后来补写的。

所以我近来的看法是，曹雪芹在甲戌年写定的稿本只有这十六回——第一到第八回，第十三到第十六回，第二十五回到第二十八回。中间的缺卷，第九到第十二回，第十七到第二十四回，都是雪芹晚年才补写的。

三 介绍原藏书人刘铨福，附记墨笔批书人孙桐生

我在民国十六年夏天得到这部世间最古的《红楼梦》写本的时候，我就注意到首叶前三行的下面撕去了一块纸：这是有意隐没这部抄本从谁家出来的踪迹，所以毁去了最后收藏人的印章。我当时太疏忽，没有记下卖书人的姓名住址，没有和他通信，所以我完全不知道这部书在那最近几十年里的历史。

我只知道这部十六回的写本《石头记》在九十多年前是北京藏书世家刘铨福的藏书。开卷首叶有"刘铨畐子重印"、"子重"、"髣眉"三颗图章；第十三回首叶总评缺去大半叶，衬纸与原书接缝处印有"刘铨畐子重印"，又衬纸上印"专祖斋"方印。第二十八回之后，有刘铨福自己写的四条短跋，印有"铨"、"福"、"白云吟客"、"阿癐癐"四种图章。"髣眉"可能是一位女人的印章？"阿癐癐"不是别号，是苏州话表示大惊奇的叹词，见于唐寅题《白日升天图》的一首白话诗："只闻白日升天去，不见青天降下来。有朝一日天破了，大家齐喊'阿癐癐！'"刘铨福刻这个图章，可以表示他的风趣。

十四回首叶的"专祖斋"方印，是刘铨福家两代的书斋，"专祖"就是"砖祖"，因为他家收藏有汉朝河间献王宫里的"君子馆砖"，所以他家住宅称为"君子馆砖馆"，又称"砖祖斋"。叶昌炽《藏书纪事诗》卷六有一首记载刘铨福和他父亲刘位坦的诗，有"河间君子馆砖馆，厂肆孙公园后园"之句，叶氏自注说：

> 刘宽夫先生名位坦，(其子)子重名铨福，大兴人，藏弆极富。……先生……因得河间献王君子馆砖，名其居曰君子馆砖馆，又曰砖祖斋。所居在后孙公园。其门帖云"君子馆砖馆，孙公园后园"。今其孙尚守旧宅，而藏书星散矣。

"专祖"就是说那是砖的老祖宗。刘位坦是道光五年乙酉(1825)的拔贡，经过庭试后，"爰自比部，逮掌谏垣"，咸丰元年(1851)由御史出任湖南辰州府知府。咸丰七年(1857)他从辰州府告病回京，他死在咸丰十一年(1861)。他是一位博学的金石书画收藏家，能画花鸟，又善写篆隶。刘位坦至少有一个儿子，四个女儿。有一个女儿嫁给太原乔松年，一个女儿嫁给贵筑黄彭年，这两位刘小姐都能诗能画，他们的夫婿都是当时的名士。黄彭年《祭外舅刘宽夫先生文》(《陶楼文钞》十四)说他"博嗜广究，语必穷源，书惟求旧"。又说他"广坐论学，谓有直横，横浩以博，直一以精"，这就颇像章学诚的"横通"论了。

刘铨福字子重，号白云吟客，曾做到刑部主事。他大概生在嘉庆晚年，死在光绪初年(约当1818—1880)。在咸丰初年，他曾随他父亲到湖南辰州府任上。我在台北得看见陶一珊先生家藏的刘子重短简墨迹两大册，其中就有他在辰州写的书札，一珊在1954年影印《明清名贤百家书札真迹》两大册(也是"中央印制厂"承印的)。其中(四四八页)收了刘铨福的短简一叶，是咸丰六年(1856)年底写的，也是辰州时期的书简。这些书简真迹的字都和他的《石头记》四条跋语的字相同，都是秀挺可喜的。《百家书札真迹》有丁念先先生所撰的小传，其中刘铨福小传偶然有些错误(一为说"刘畐字铨福"；一为说"咸同时官刑部，转湖南辰州知府"，是

误把他家父子认作一个人了),但传中说他

> 博学多才艺;金石、书画、诗词,无不超尘拔俗;旁及谜子、联语,亦皆匠心独运。

这几句话最能写出刘铨福的为人。

刘铨福收得这部乾隆甲戌本《石头记》是在同治二年癸亥(1863),他有癸亥春日的一条跋,说:

> ……此本是《石头记》真本。批者事皆目击,故得其详也。癸亥春日,白云吟客笔。

几个月之后,他又写了一跋:

> 脂砚与雪芹同时人,目击种种事,故批语不从臆度。原文与刊本有不同处,尚留真面。……五月二十七日阅,又记。

这两条跋最可以表示刘铨福能够认识这本子有两种特点:第一,“此本是石头记真本”。“原文与刊本有不同处,尚留真面”。第二,“批者事皆目击,故得其详”。“脂砚与雪芹同时人,目击种种事,故批笔不从臆度”。这两点都是很正确的认识。一百年前的学人能够有这样透辟的见解,的确是十分难得的。

他所以能够这样认识这个十六回写本《红楼梦》,是因为他是一个不平凡的收藏家,收书的眼光放大了,他不但收藏了各种本子的《红楼梦》,并且能欣赏《红楼梦》的文学价值。甲戌本还有他的一条跋语：

> 《红楼梦》非但为小说别开生面，直是另一种笔墨。昔人文字有翻新法，学梵夹书。今则写西法轮齿，仿《考工记》。如《红楼梦》实出四大奇书之外，李贽、金圣叹皆未曾见也。戊辰（同治七年，1868）秋记。

这是他得此本后第六年的跋语。他曾经细读《红楼梦》，又曾细读这个甲戌本，所以他能够欣赏《红楼梦》"直是另一种笔墨，……李贽、金圣叹皆未曾见"；所以他也能够认识这部十六回的《红楼梦》残本是"《石头记》真本"，又能承认"脂砚与雪芹同时人，目击种种事，故批笔不从臆度"。

甲戌本还有两条跋语，我要作一点说明。

此本有一条跋语，是刘铨福的两个朋友写的：

> 《红楼梦》虽小说，然曲而达，微而显，颇得史家法。余向读世所刊本，辄逆以己意，恨不得作者一谭。睹此册，私幸予言之不谬也。子重其宝之。青士、椿余同观于半亩园，并识。乙丑（同治四年，1865）孟秋。

青士是濮文暹，同治四年三甲十二名进士；椿余是他的弟弟文昶，同治四年三甲五十九名进士。他们是江苏溧水人。半亩园是侍郎崇实家的园子。濮氏兄弟都是半亩园的教书先生。

还有一条跋语是刘铨福自己写的，因为这条跋提到在这个甲戌本上写了许多墨笔批语的一位四川绵州孙桐生，所以我留在最后作介绍。刘君跋云：

> 近日又得“妙复轩”手批十二册，语虽近凿，而于《红楼梦》味之亦深矣。云客又记。

此跋“云客又记”，大概写在癸亥两跋之后，此跋旁边有后记一条，说：

> 此批本丁卯(同治六年，1867)夏借与绵州孙小峰太守，刻于湖南。

我们先说那个“妙复轩”批本《红楼梦》十二巨册。“妙复轩”评本即“太平闲人”评本，果然有光绪七年(1881)湖南“卧云山馆”刻本，有同治十二年(1872)孙桐生的长序，序中说：

> 丙寅(同治五年，1866)寓都门，得友人刘子重贻以“妙复轩”《石头记》评本。逐句疏栉，细加排比，……如是者五年。……

刻本又有光绪辛巳(七年，1881)孙桐生题诗二首，其诗有自注云：

> 忆自同治丁卯得评本于京邸，……而无正文；余为排比，添注刻本之上；又亲手合正文评语，编次抄录。……竭十年心力，始克成此完书。……

这两条都可以印证刘铨福的跋语。

刻本有光绪二年(1876)孙桐生的跋文,他因为批书的“太平闲人”自题诗有“道光三十年秋八月在台湾府署评《石头记》成”的自记,就考定“太平闲人”是道光末年做台湾知府的仝卜年。这是大错的。

近年新出的一粟的《红楼梦书录》新一版(页四八—五七)著录《妙复轩评石头记》抄本一百二十回,有五桂山人的道光三十年跋文,明说批书的人是张新之,道光二十一年(1841)和他同客莆田;二十四年(1844)评本成五十卷,新之回北京去了;四五年之后,“同游台湾,居郡署,……阅一载,百二十回竟脱稿。……”张新之的籍贯生平无可考,可能是汉军旗人,但他不是台湾府知府,只是知府衙门里的一位幕客,这一点可以改正孙桐生的错误。

孙桐生,字小峰,四川绵州人,咸丰二年(1852)三甲一百十八名进士,翰林散馆后出知郿县,后来做到湖南永州府知府。他辑有《国朝全蜀诗钞》。

这部甲戌本第三回二叶下贾政优待贾雨村一段,有墨笔眉评一条,说:

> 予闻之故老云,贾政指明珠而言,雨村指高江村(高士奇)。盖江村未遇时,因明珠之仆以进身,旋膺奇福,擢显秩。及纳兰执败,反推井而下石焉。玩此光景,则宝玉之为容若(纳兰成德)无疑。请以质之知人论世者。
>
> 同治丙寅(五年)季冬,左绵痴道人记。(此下有“情主人”小印)

这位批书人就是绵州孙桐生。(刻本“妙复轩”批《红楼梦》的孙桐生也说“访诸故老,或以为书为近代明相而作,宝玉为纳兰容若。……若贾雨村,即高江村也。……”)我要请读者认清他这一条长批的笔迹,因为这位孙太守在这个甲戌本上批了三十多条眉批,笔迹都像第三回二叶这条签名盖章的长批。(此君的批语,第五回有十七条,第六回有五条,第七回有四条,第八回有四条,第二十八回有两条。)他又喜欢校改字,如第二回九叶上改的“疑”字;第三回十四叶上九行至十行,原本有空白,都被他填满了;又如第二回上十一行,原作“偶因一着错,便为人上人”,墨笔妄改“着错”为“回顾”,也是他的笔迹。(庚辰本此句正作“偶然一着错”。)孙桐生的批语虽然没有什么高明见解,我们既已认识了他的字体,应该指出这三十多条墨笔批语都是他写的。

一九六一年,五月十八日。

跋乾隆庚辰本《脂砚斋重评石头记》抄本*

我在民国十六年买得大兴刘铨福家旧藏《脂砚斋重评石头记》残本十六回(一至八,十三至十六,二十五至二十八回),我曾作长文(《考证红楼梦的新材料》,《胡适文存三集》,页五六五—六〇六)考证那本子的价值,并且用那本子上的评语作证据,考出了一些关于曹雪芹和《红楼梦》的事实。

今年在北平得见徐星署先生所藏的《脂砚斋重评石头记》全部,凡八册。我曾用我的残本对勘了一部分,并且细检全书的评语,觉得这本子确是一个很值得研究的本子。

此本每半页十行,每行三十字**。每册十回,但第二册第十七回即今本第十七、十八两回,首页有批云:"此回宜分二回方妥。"第十九回另页抄写,但无回目。又第七册缺两回,首页题云:"内缺六十四、六十七两回。"按高鹗作百二十回《红楼梦》"引言"中说:

> 是书沿传既久,坊间缮本及诸家秘稿繁简歧出,前后错见。即如六十七回此有彼无,题同文异,燕石莫辨。兹惟择其情理较协者,取为定本。

---

* 本文作于1933年1月22日,收入《胡适近学论著》一集卷三。

** 适按:后半部每行二十八字。

此可见此本正是当日缺六十七回之一个本子。六十四回亦缺*，可见此本应在高鹗所见各本之前。有正书局本已不缺此两回，当更在后了。

又第三册二十二回只到惜春的谜诗为止，其下全阙。上有朱批云：

> 此后破失，俟再补。

其下为空白一页，次页上有这些记录：

> 暂记宝钗制谜云：
>
> 朝罢谁携两袖烟，琴边衾里总无缘。
>
> 晓筹不用鸡人报，五夜无烦侍女添。
>
> 焦首朝朝还暮暮，煎心日日复年年。
>
> 光阴荏苒须当惜，风雨阴晴任变迁。
>
> 此回未成而芹逝矣。叹叹。
>
> 丁亥夏　畸笏叟。

有正本此回稍有补作，用了此诗做宝钗制的谜，已是改本了。今本皆根据高鹗本，删去惜春之谜，又把此诗改作黛玉的，另增入宝玉一谜，宝钗一谜，这是更晚的改补本了。

---

* 适按：六十四、六十七两回写尤二姐与贾琏、与凤姐的辣手，故是作者用心之作，写成最后，似是因此。（六十四回写黛玉作"五美珍"，后写贾琏送"九龙佩"给尤二姐。六十七回上半回似是杂凑，下半写凤姐知道尤二姐的事，是很重要的半回。）

此本每册首页皆有“脂砚斋凡四阅评过”一行；第五册以下，每册首页皆有“庚辰秋定本”一行。庚辰是乾隆二十五年（西历1760）。八册之中，只有第二、三册有朱笔批语，其中有九十三条批语是有年月的：

己卯冬　（乾隆二四，西1759）　二十四条

壬午　（乾隆二七，西1762）　四十二条

乙酉　（乾隆三十，西1765）　一条

丁亥　（乾隆三二，西1767）　二十六条

这些批语不是原有的，是从另一个本子上抄过来的。中如“壬午”抄成了“王文”，可见转抄的痕迹。不但批语是转抄的，这本子也只是当时许多“坊间缮本”之一，错字很多，最荒谬者如“真”写成“十六”。但依二十二回及六十四、六十七回的阙文看来，此本的底本大概是一部“庚辰秋定本”，其时《红楼梦》的稿本有如下的状况：

一、二十二回未写完。

二、六十四、六十七两回未写成。

三、十七与十八两回未分开。

四、十九回尚未有回目。八十回也未有回目。

写者又从另一本上过录了许多朱笔批语，最早的有乾隆己卯（1759）的批语，是在庚辰（1760）写定本之前；其次有壬午年（1762）批语，其时作者曹雪芹还生存，他死在壬午除夕。其余乙酉（1765）、丁亥（1767）的批语，都是雪芹死后批的了。

故我们可以说此本是乾隆庚辰秋写定本的过录本，其第二、三两册又转录有乾隆己卯至丁亥的批语。这是此本的性质。

和现在所知的《红楼梦》本子相比，有如下表：

（1）过录甲戌（1754）脂砚斋评本。（胡适藏。）

(2)过录庚辰秋(1760)脂砚斋四阅评本。(即此本。)

(3)有正书局石印戚蓼生序本。(八十回皆已补全,其写定年代当更晚。)

(4)乾隆辛亥(1791)活字本。(百二十回本,我叫他做“程甲本”。)

(5)乾隆壬子(1792)活字本。(“程乙本”。)

我的甲戌本与此本有许多不同之点,如第一回之前的“凡例”,此本全无;如“凡例“后的七言律诗,此本亦无;如第一回写顽石一段,甲戌本多四百二十余字,此本全无,与有正石印戚本全同。此本与戚本最相近,但戚本已有补足的部分,故知此本的底本出于戚本之前,除甲戌本外,此本在今日可算最古本了。

甲戌本也是过录之本,其底本写于“庚辰秋定本”之前六年,尚可以考见写定之前的稿本状况,故最可宝贵。甲戌本所录批语,其年代有“甲午八月”(1774),又在此本最晚的批语(丁亥)之后七年,其中有很重要的追忆,使我们因此知道曹雪芹死在壬午除夕,知道《红楼梦》所记本事确指曹家,知道原本十三回“秦可卿淫丧天香楼”的故事,知道八十回外此书尚有一些已成的残稿。(看《胡适文存三集》页五六五—六〇六;或《胡适文选》页四二八—四七〇。)

但此本的批语里也有极重要的材料,可以帮助我们考证《红楼梦》的掌故。此本的批语有本文的双行小字夹评,有每回卷首和卷尾的总评,有朱笔的行间夹评,有朱笔的眉批,有墨笔的眉批。墨笔的眉批签名“鉴堂”及“漪园”,大概是后来收藏者的批语,无可供考证的材料。朱笔眉批签名的共有四人:

脂砚　　梅溪

松斋　　畸笏（或作畸笏叟，亦作畸笏老人）

畸笏批的最多，松斋有两条，其余二人各有一条。梅溪与松斋所批与甲戌本所录相同。脂砚签名的一条批在第二十四回倪二醉遇贾芸一段上：

这一节对《水浒》记杨志卖刀遇没毛大虫一回看，觉好看多矣。

己未冬夜　脂砚。

我从前曾说脂砚斋是"同雪芹很亲近的，同雪芹弟兄都很相熟；我并且疑心他是雪芹同族的亲属"。我又说，"脂砚斋大概是雪芹的嫡堂弟兄或从堂弟兄——也许是曹颙或曹頫的儿子。松斋似是他的表字，脂砚斋是他的别号。"现在我看了此本，我相信脂砚斋即是那位爱吃胭脂的宝玉，即是曹雪芹自己。此本第二十二回记宝钗生日，凤姐点戏，上有朱批云：

凤姐点戏，脂砚执笔事，今知者聊聊（寥）矣。不怨夫！（末句大概当作"宁不悲夫"！）

此下又另行批云：

前批书（似是"知"字之误）者聊聊（寥），今丁亥夏，只剩朽物一枚，宁不痛乎！

丁亥（1767）的批语凡二十六条，其中二十四条皆署名"畸笏"，此二条大概也是畸笏批的。凤姐不识字,故点戏时须别人执笔;本回虽不曾明说是宝玉执笔,而宝玉的资格最合。所以这两条批语使我们可以推测脂砚斋即是《红楼梦》的主人,也即是他的作者曹雪芹。本书第一回本来说此书是空空道人记的,“后因曹雪芹于悼红轩中披阅十载,增删五次,纂成目录,分出章回,则题曰《金陵十二钗》。并题一绝云:

> 满纸荒唐言,一把辛酸泪。
> 都云作者痴,谁解其中味?

至脂砚斋甲戌抄阅再评,仍用《石头记》。”(最后十五字,各本皆无,是据甲戌本的。)甲戌本此段上有朱批云:

> 若云雪芹披阅增删,然后(则)开卷至此这一篇楔子又系谁撰?足见作者之笔狡猾之甚。后文如此处者不少,这正是作者用画家烟云模糊处。观者万不可被作者瞒蔽了去,方是巨眼。

此评明说雪芹是作者,而“披阅增删”是托词。在甲戌本里,作者还想故意说作者是空空道人,披阅增删者是曹雪芹,再评者另是一位脂砚斋。至庚辰写定时,删去“脂砚斋甲戌抄阅再评”字样,只称为“脂砚斋重评《石头记》”了。依甲戌本与庚辰本的款式看来,凡最初的抄本《红楼梦》必定都称为“脂砚斋重评《石头记》”。后人不知脂砚斋即是曹雪芹,又因高鹗排本全删原评,所以删去原题,后人又有改题“悼红轩原本”的,殊不知脂砚斋重评本正是悼红轩原本，如此改题正是“被作者瞒蔽了”。

“脂砚”只是那块爱吃胭脂的顽石，其为作者托名，本无可疑。原本有作者自己的评语和注语，我在前几年已说过了。今见此本，更信原本有作者自加的评注。如此本第七十八回之《芙蓉女儿诔》有许多解释文词典故的注语：如“鸠鸩恶其高，鹰鸷翻遭罦罬”，下注云：

> 《离骚》：“鸷鸟之不群兮”，又“吾令鸩为媒兮，鸩告余以不好。雄鸠之鸣逝兮，余犹恶其佻巧”。注：鸷特立不群。鸩羽毒杀人。鸠多声，有如人之多言不实。罦罬音孚拙。《诗经》：“雉罹于罦。”《尔雅》：鸠谓之罦。（抄本多误，今校正。）

如“钳诐奴之口，讨（戚本作罚。程甲乙本作讨，与此本同）岂从宽？”下注云：

> 《庄子》：“钳杨墨之口。”《孟子》：“诐辞知其所蔽。”

此类注语甚多，明明是作者自加的注释。其时《红楼梦》刚写定，决不会已有“红迷”的读者肯费这么大的气力去作此种详细的注释。所谓“脂砚斋评本”即是指那原有作者评注的底本，不是指那些有丁亥甲午评语的本子，因为甲戌本和庚辰本都已题作“脂砚斋重评”本了。

此本使我们知道脂砚即是雪芹，又使我们因此证明原底本有作者自加的评语，这都是此本的贡献。

此本有一处注语最可证明曹雪芹是无疑的《红楼梦》作者。第

五十二回末页写晴雯补裘完时，

只听自鸣钟已敲了四下。

下有双行小注云：

按四下乃寅正初刻。寅此样(写)法，避讳也。

雪芹是曹寅的孙子，所以避讳“寅”字。此注各本皆已删去，赖有此本独存，使我们知道此书作者确是曹寅的孙子。（此注大概也是自注；因已托名脂砚斋，故注文不妨填讳字了。）

我从前曾指出《红楼梦》十六回风姐谈“南巡接驾”一大段即是追忆康熙南巡时曹寅四次接驾的故事。这个假设，在甲戌本的批语上已得着一点证据了(《文存三集》五七四；或《文选》四三七—四三八)。此本的南巡接驾一段也有类似的批语：“咱们贾府只预备接驾一次”一句旁有朱批云：

又要瞒人。

“现在江南的甄家……独他家接驾四次”一段旁有朱批云：

点正题正文。

又批云：

真有是事,经过见过。

这更可证实我的假设了。甄家在江南,即是三代在南京做织造时的曹家;贾家即是小说里假托在京城的曹家。《红楼梦》写的故事的背景即是曹家,这南巡接驾的回忆是一个铁证,因为当时没有别的私家曾做过这样的豪举。

关于秦可卿之死,甲戌本的批语记载最明白(《文存三集》五七五—五七九;或《文选》四三九—四四二)。此本也有松斋、梅溪两条朱批,也有"树倒猢狲散"一条朱批,但无"秦可卿淫丧天香楼"一条总评。此本十三回末有朱笔总评云:

通回将可卿如何死故隐去,是大发慈悲心也。叹叹。壬午春。

此条与甲戌本的总评正相印证。

我跋甲戌本时,曾推论雪芹未完的书稿,推得五六事:

(1)史湘云似嫁与卫若兰,原稿有卫若兰射圃拾得金麒麟的故事。

(2)原稿有袭人与琪官的结局,他们后来供奉宝玉、宝钗,"得同终始"。

(3)原稿有小红、茜雪在狱神庙的"一大回文字"。

(4)惜春的结局在"后半部"。

(5)残稿中有"误窃玉"一回文字。

(6)原稿有"悬崖撒手"一回的回目。

此本的批语,除甲戌本及戚本所有各条之外,还有一些新材料。二十回李嬷嬷一段有朱批云：

茜雪至狱神庙方呈正文。袭人正文标昌(疑是"目曰"二字误写成"昌"字)"花袭人有始有终"，余只见有一次誊清时与狱神庙慰宝玉等五六稿，被借阅者迷失，叹叹。

又二十七回凤姐要挑红玉(小红在甲戌本与此本皆作红玉)跟她去一段，上有朱批云：

奸邪婢岂是怡红应答者，故即逐之。前良儿，后篆儿，便是却证作者又不得可也(有误字)。己卯冬夜。

其下又批云：

此系未见抄没狱神庙诸事，故有是批。　　丁亥夏畸笏。

此诸条可见在遗失之残稿里有这些事：

(甲)茜雪与小红在狱神庙一回有"慰宝玉"的事。

(乙)残稿有"花袭人有始有终"一回的正文。

(丙)残稿中有"抄没"的事。

此外第十七八合回中妙玉一段下有长注，其上有朱批云：

树(?)处引十二钗，总未的确，皆系漫拟也。至末回警幻情榜，方知正副再副及三四副芳讳。壬午季春畸笏。

壬午季春雪芹尚生存。他所拟的"末回"有警幻的"情榜",有十二钗及副钗、再副、三四副的芳讳。这个结局大似《水浒传》的石碣,又似《儒林外史》的"幽榜"。这回迷失了,似乎于原书的价值无大损失。

又第四十二回前面有总评云:

> 钗、玉名虽二人,人却一身,此幻笔也。今书至三十八回时已过三分之一而有余,故写是回,使二人合而为一。请看黛玉逝后宝钗之文字,便知余言不谬矣。

这一条有可注意的几点:

(1)此本之四十二回在原稿里为三十八回,相差三回之多。就算十七八九三回合为一回,尚差两回。

(2)三十八回"已过三分之一而有余",可见原来计画全书只有一百回。

(3)原稿已有"黛玉死后宝钗之文字",也失去了。

徐先生所藏这部庚辰秋定本,其可供考证的材料,大概不过如此。此本比我的甲戌本虽然稍晚,但甲戌本只剩十六回,而此本为八十回本,只缺两回。现今所存八十回本可以考知高鹗续书以前的《红楼梦》原书状况的,有正石印戚本之外,只有此本了。此本有许多地方胜于戚本。如第二十二回之末,此本尚保存原书残阙状态,是其最大长处。其他长处,我已说过。现在我要举出一段很有趣的文字上的异同,使人知道此本的可贵。六十八回凤姐初见尤二姐时,凤姐说的一大篇演说,在有正石印本里有涂改的痕迹;原文是半文言的,不合凤姐的口气;石印本将此段演说用细线圈去,

旁注白话的改本。如原文

怎奈二爷错会奴意。眠花卧柳之事瞒奴或可。今娶姐姐二房之大事,亦人家大礼,亦不曾对奴说。奴亦曾劝过二爷,早行此礼,以备生育。……

涂改之后,成了这样的白话:

怎奈二爷错会了我的意。若是在外包占人家姐妹,瞒着家里也罢了。今娶了妹妹作二房,这样正经大事,也是人家大礼,却不曾对我说。我也曾劝过二爷,早办这件事,果然生个一男半女,连我后来都有靠。……

这种涂改是谁的手笔呢?究竟文言改成白话是戚本已有的呢?还是狄平子先生翻印时改的呢?我们现在检查徐先生的抄本,凤姐演说的文字完全和石印本涂去的文字一样。而石印本改定的文字又完全和高鹗排印本一样。这可见雪芹原本有意把这段演说写作半文言的客套话,表示凤姐的虚伪。高鹗续书时,觉得那不识字的凤姐不应该说这种文诌诌的话,所以全给改成了白话。狄平子先生石印戚本时,也觉得此段戚本不如刻本的流畅,所以采用刻本来涂改戚本。但狄先生很不彻底,改了不上一叶,就不改了;所以原文凤姐叫尤二姐做"姐姐",石印本依刻本改为"妹妹";但下文不曾照改之处,又仍依原文叫"姐姐",凡八九处之多。这可证石印本确是用刻本来改原本的。然而若没有此本的印证,谁能判此涂改一案呢?

我很感谢徐星署先生借给我这本子的好意。我盼望将来有人肯费点功夫，用石印戚本作底子，把这本的异文完全校记出来。

二十二，一，二十二夜。

卷五　其他

《三国志演义》序*

三国的故事向来是很能引起许多人的想象力与兴趣的。这也是很自然的。中国历史上只有七个分裂的时代:(1)春秋到战国,(2)楚汉之争,(3)三国,(4)南北朝,(5)隋、唐之际,(6)五代、十国,(7)宋、金分立的时期。这七个时代之中,南北朝与南宋都是不同的民族分立的时期,心理上总有一点“华夷”的观念,大家对于“北朝”的史事都不大注意,故南北朝不成演义的小说,而南宋时也只配做那偏于“攘夷”的小说(如《说岳》)。其余五个分立的时期都是演义小说的好题目。分立的时期,人才容易见长,勇将与军师更容易见长,可以不用添枝添叶,而自然有热闹的故事。所以《东周列国志》、《七国志》、《楚汉春秋》、《三国志》、《隋唐演义》、《五代史平话》、《残唐五代》等书的风行,远胜于《两汉演义》、《两晋演义》等书。但这五个分立时期之中,春秋、战国的时代太古了,材料太少;况且头绪太纷烦,不容易做的满意。楚汉与隋唐又太短了,若不靠想象力来添材料,也不能做成热闹的故事。五代、十国头绪也太繁,况且人才并不高明,故关于这个时代的小说都不能做好,只有三国时代,魏、蜀、吴的人才都可算是势均力敌的,陈寿、裴松

---

* 本文作于1922年5月16日,载汪原放标点《三国演义》,亚东图书馆1922年5月版;又收入《胡适文存》二集卷四。

之保存的材料也很不少；况且裴松之注《三国志》时，引了许多杂书的材料，很有小说的趣味。因此，这个时代遂成了演义家的绝好题目了。

《三国志演义》不是一个人做的，乃是五百年的演义家的共同作品。唐朝已有说三国故事的了。段成式《酉阳杂俎》说："予太和末，因弟生日观剧，有市人小说，呼扁鹊作褊鹊字，上声。"又李商隐《骄儿》诗云："或谑张飞胡，或笑邓艾吃。"这都可证晚唐已有说三国的。宋朝"说话"的风气更发达了。孟元老《东京梦华录》说北宋晚年的"说话"，共有许多科，内中"说三分"是一种独立科目，不属于"讲史"一科，竟成了一种专科了。苏轼《志林》说：

> 涂巷中小儿薄劣，其家所厌苦，辄与钱，令聚坐听说古话。至说三国事，闻刘玄德败，辄蹙眉，有出涕者；闻曹操败，即喜，唱快。以是知君子小人之泽，百世不斩。

宋、金分立的时代，南方的平话，北方的院本，都有这一类的历史故事。现在可考见的，只有金院本中的《襄阳会》。到了元朝，我们的材料便多了。《录鬼簿》与《涵虚子》记的杂剧名目中，至少有下列各种是演三国故事的：

王　晔　《卧龙冈》。

朱　凯　《黄鹤楼》。

王实甫　《陆绩怀橘》、《曹子建七步成章》。

关汉卿　《管宁割席》、《单刀会》。

尚仲贤　《诸葛论功》。（《录鬼簿》作《武成庙诸葛论功》，不知是否三国故事。）

高文秀　《周瑜谒鲁肃》、《刘先主襄阳会》。

郑德辉　《王粲登楼》、《三战吕布》(二本)。

武汉臣　《三战吕布》(二本)(按《录鬼簿》,武作的是一部分,余为郑作。)

王仲文　《诸葛祭风》、《五丈原》。

于伯渊　《斩吕布》。

石君宝　《哭周瑜》。

赵文宝　《烧樊城糜竺收资》。

无名氏　《连环计》、《博望烧屯》、《隔江斗智》。

这十九种之中,现在只有《单刀会》、《博望烧屯》(日本京都文科大学影刻的《元人杂剧三十种》之二)、《连环计》、《隔江斗智》、《王粲登楼》(臧刻《元曲选》百种之一),五种存在。明朝宗室周宪王的杂剧《十段锦》之中,有《关云长义勇辞金》一种,现在也有传本(董康刻的)。

我们研究这几种现存的杂剧,可以推知宋至明初的三国故事大概与现行的《三国演义》里的故事相差不远。内中只有《王粲登楼》一本是捏造出来的情节;如说蔡邕做丞相,曹子建和他同朝为学士,王粲上万言策,得封天下兵马大元帅:都是极浅薄的捏造。其余的几本,虽有小节的不同,但大体上都与《三国演义》相差不多。我们从这些杂剧的名目和现存本上,可以推知元朝的三国故事至少有下列各部分:

(1)吕布故事:《虎牢关三战吕布》、《连环计》、《斩吕布》。

(2)诸葛亮故事:《卧龙冈》、《博望烧屯》、《烧樊城》、《襄阳会》、《祭风》、《隔江斗智》、《哭周瑜》、《五丈原》。

(3)周瑜故事:《谒鲁肃》、《隔江斗智》、《哭周瑜》。

(4)刘、关、张故事:《三战吕布》、《斩吕布》及以上诸剧。

(5)关羽故事:《义勇辞金》、《单刀会》。

(6)曹植、管宁等小故事。

最可注意的是曹操在宋朝已成了一个被人痛恨的人物(见上引苏轼的话),诸葛亮在元朝已成了一个足计多谋的军师,而关羽已成了一个神人。(《义勇辞金》里称他为“关大王”;《单刀会》是元初的戏,题目已称“关大王单刀会”了。)

散文的《三国演义》自然是从宋以来“说三分”的“话本”变化演进出来的。宋时已有很好的短篇小说,如新发现的《京本通俗小说》(在《烟画东堂小品》中),便是很明白的例。但宋时有无这样长篇的历史话本,还不可知。旧说都以为《三国演义》是元末明初一个杭州人罗贯中做的。罗贯中,或说是名贯,字本中(《七修类稿》);或说是名本,字贯中(《续文献通考》)。《水浒传》、《三国志》、《隋唐演义》、《平妖传》等书,相传都是他做的。大概他是当时的一个演义家,曾做了一些演义体的小说。明初的《三国演义》也许真是他做的。但那个本子和现行的《三国演义》不同。当明万历年间,《水浒传》的改本已风行了,但《三国演义》还是很浅劣的。胡应麟在《庄岳委谈》里说《三国演义》“绝浅陋可嗤”,又说此书与《水浒》“二书浅深工拙,若霄壤之悬”。可见此书在明朝并不曾受文人的看重。

明朝末年有一个“李卓吾评本”的《三国演义》出现。此本现在也不易得了;日本京都帝国大学铃木豹轩教授藏的一部《英雄谱》,上栏是百十回本的《忠义水浒传》,下栏是这个本子的《三国演义》。我们不知道这个本子和那明初传下来的本子有什么不同的地方,但我们可以断定这个本子仍旧是很幼稚的。后来清朝初年,有一个毛宗岗(序始),把这个本子大加删改,加上批评,就成了现在通行的《三国志演义》。毛宗岗假托一种“古本”,但我们称他做“毛本”。毛宗岗把明末的本子叫做“俗本”,但我们要称他做“明本”。

毛本有“凡例”十条,说明他删改明本之处。最重要的有几点:

(1)文字上的修正:“俗本(即明本,下同)之乎者也等字,大半龃龉不通;又词语冗长,每多复沓处。今悉依古本改正。”

(2)增入的故事:“如关公秉烛达旦,管宁割席分坐,曹操分香卖履,于禁陵阙见画,以至武侯夫人之才,康成侍儿之慧,邓艾凤兮之对,钟会不汗之答,杜预《左传》之癖:今悉依古本存之。”

(3)增入的文章:“如孔融荐祢衡表,陈琳讨曹操檄,……今悉依古本增入。”

(4)削去的故事:“如诸葛亮欲烧魏延于上方谷,诸葛瞻得邓艾书而犹豫未决之类:……今皆削去。”

(5)削去的诗词:“俗本每至‘后人有诗叹曰’,便处处是周静轩先生,而其诗又甚俚鄙可笑。今此编悉取唐、宋名人作以实之。”“俗本往往捏造古人诗句,如钟繇、王朗颂铜雀台,蔡瑁题诗馆驿屋壁,皆伪作七言律体。……今悉依古本削去。”

(6)辨正的故事:“俗本纪事多讹。如昭烈闻雷失箸,及马腾入京遇害,关公封汉寿亭侯,之类,皆与古本不合。又曹后骂曹丕,而俗本反书其党恶;孙夫人投江而死,而俗本但纪其归吴。今悉依古本辨定。”

我们看了这些改动之处,便可以推想明本《三国演义》的大概情形了。

我们再总说一句:《三国演义》不是一个人做的,乃是自宋至清初五百多年的演义家的共同作品。

这部书现行本（毛本）虽是最后的修正本，却仍旧只可算是一部很有势力的通俗历史讲义，不能算是一部有文学价值的书。为什么《三国演义》不能有文学价值呢？这也有几个原因：

第一，《三国演义》拘守历史的故事太严，而想象力太少，创造力太薄弱。此书中最精彩、最有趣味的部分在于赤壁之战的前后，从诸葛亮舌战群儒起，到三气周瑜为止。三国的人才都会聚在这一块，"三分"的局面也定于这一个短时期，所以演义家尽力使用他们的想象力与创造力，打破历史事实的束缚，故能把这个时期写的很热闹。我们看元人的《隔江斗智》与此书中三气周瑜的不同，便可以推想演义家运用想象力的自由。因为想象力不受历史的拘束，所以这一大段能见精采。但全书的大部分都是严守传说的历史，至多不过能在穿插琐事上表现一点小聪明，不敢尽量想象创造，所以只能成一部通俗历史，而没有文学的价值。《水浒传》全是想象，故能出奇出色；《三国演义》大部分是演述与穿插，故无法能出奇出色。

第二，《三国演义》的作者、修改者、最后写定者，都是平凡的陋儒，不是有天才的文学家，也不是高超的思想家。他们极力描写诸葛亮，但他们理想中只晓得"足计多谋"是诸葛亮的大本领，所以诸葛亮竟成一个祭风祭星，神机妙算的道士。他们又想写刘备的仁义，然而他们只能写一个庸懦无能的刘备。他们又想写一个神武的关羽，然而关羽竟成了一个骄傲无谋的武夫。这固是时代的关系（参看《胡适文存》卷一，页五二—五三），但《三国演义》的作者究竟难逃"平凡"的批评。毛宗岗的"凡例"里说：

俗本谬托李卓吾先生评阅，……其评中多有唐突昭烈，漫骂武侯之语，今俱削去。

这种见地便是“平凡”的铁证。至于文学的技术，更“平凡”了。我们试看第四十三回诸葛亮舌战群儒一大段；在作者的心里，这一段总算是极力抬高诸葛亮了；但我们读了，只觉得平凡浅薄，令人欲呕。后来写“三气周瑜”一大段，固然比元人的《隔江斗智》高的多了，但仍是很浅薄的描写，把一个风流儒雅的周郎写成了一个妒忌阴险的小人，并且把诸葛亮也写成了一个奸刁险诈的小人。这些例都是从《三国演义》的最精采的部分里挑出来的，尚且是这样，其余的部分更不消说了。文学的技术最重剪裁。会剪裁的，只消极力描写一两件事，便能有声有色。《三国演义》最不会剪裁；他的本领在于搜罗一切竹头木屑，破烂钢铁，不肯遗漏一点。因为不肯剪裁，故此书不成为文学的作品。

话虽如此，然而《三国演义》究竟是一部绝好的通俗历史。在几千年的通俗教育史上，没有一部书比得上他的魔力。五百年来，无数的失学国民从这部书里得着了无数的常识与智慧，从这部书里学会了看书写信作文的技能，从这部书里学得了做人与应世的本领。他们不求高超的见解，也不求文学的技能，他们只求一部趣味浓厚，看了使人不肯放手的教科书。《四书》、《五经》不能满足这个要求，《廿四史》与《通鉴》、《纲鉴》也不能满足这个要求，《古文观止》与《古文辞类纂》也不能满足这个要求。但是《三国演义》恰能供给这个要求。我们都曾有过这样的要求，我们都曾尝过他的魔力，我们都曾受过他的恩惠。我们都应该对他表示相当的敬意与感谢！

十一，五，十六。在北京。

（注）作此序时，曾参用周豫才先生的《小说史讲义》稿本，不及一一注出，特记于此。

吴敬梓年谱*

我的朋友汪原放近来用我的嘉庆丙子本的《儒林外史》标点出来，作为《儒林外史》的第四版。这一番工夫，在时间上和金钱上，都是一大牺牲。他这一点牺牲的精神，竟使我不能不履行为吴敬梓作新传的旧约了。因此，我把这两年搜集的新材料整理出来，作成这一篇年谱。古来的中国小说大家，如《水浒传》、《金瓶梅》、《红楼梦》的作者，都不能有传记：这是中国文学史上一件最不幸的事。现在吴敬梓的文集居然被我找着，居然使我能给他做一篇一万七八千字的详传，我觉得这是我生平很高兴的一件事了。

（一） 家世

全椒吴氏，远祖以永乐时"从龙"的功劳，"赐千户之实封，邑六合而剖符。迨转弟而让袭，历数叶而迁居"（《文木山房集·移家赋》）。按先生自注，转弟是迁到全椒的始祖。他家起先业农，后来

---

* 本文作于1922年11月3日，原载《努力周报》第31、33、34、38、39、45、47、52期，1922年12月3日至1923年5月13日；收入《胡适文存》二集卷四。

行医;《移家赋》说:

> 爰负耒而横经,治青囊而业医。……翻玉版之真切,研《金匮》之奥奇。(参看《儒林外史》三十四回高老先生说,"他家祖上几十代行医,广积阴德"。)

吴敬梓的高祖吴沛,沛父吴谦,谦父吴凤(陈廷敬《吴国对墓志》,见《耆献类征》卷百十五)。吴沛字海若,是一个廪生;陈廷敬说他"道德文学为东南学者宗师"。他的事迹见《全椒志》卷十,页四四。《移家赋》写他的高祖很详细;有云:

> 自束发而能文,及胜衣而稽古;绍绝学于关、闽,问心源于邹、鲁。……贫居有等身之书,干时无通名之谒。

吴沛著有《诗经心解》六卷,《西墅草堂集》十二卷(《志》,卷十五)。

吴沛生子五人,"四成进士;一为农,终布衣"。这五人的名字是:国鼎,国器,国缙,国对,国龙(次第见《吴国对墓志》)。

吴国鼎,字玉铉,崇祯癸未进士(《明进士题名录》注六合籍),授中书舍人。有《遁园集》及《诗经讲义》(《志》十,参《志》十五)。

吴国龙,字玉騧,也是崇祯癸未进士,授户部主事。清顺治时,他降了清朝;康熙初,授工科给事中,改授河南道监察御史,后来转到礼科掌印给事中。他虽是《贰臣传》中人物,但做谏官时颇有声名,有《吴给谏奏稿》八卷,《心远堂集》三十四卷(《志》十,页十六;参《志》十五)。

吴国缙,字玉林,顺治壬辰进士,改教职,做江宁府教授。《志》

上称他"性开敏，于书无所不读"。有《诗韵正》五卷，《世书堂集》四十卷(《志》十，又十五)。

吴国器，字玉质，以布衣终老，道德甚高，王士祯有"用韦左司寄全椒道士韵，追赠国器，甚称美之"(《志》十一)。《移家赋》自注云："布衣公无疾而终，人传仙去。"

这四人是吴敬梓的伯叔曾祖。他本身的曾祖吴国对，字玉随，号默岩，和国龙是双生的。国对排行第四，但他登第却在最后，直到顺治甲午中举人，戊戌中第一甲第三人(俗称探花)。《移家赋》说：

> 似子固兄弟四人，吾先人独伤晚遇。常发愤而揣摩，遂遵道而得路。三殿胪传，九重温语；宫烛宵分，花砖月午。张珊网于海隅，悬藻鉴于畿辅。诏分玉局之书，渴饮金茎之露。羡白首之词臣，久赤墀之记注。

海隅的珊网指他典试福建，畿辅的藻鉴指他提督顺天学政。末两联指他由编修做到侍读。赋中说他"发愤揣摩，遵道得路"，也是写实的。他是一个八股大家，方嶟做《文木山房集序》，曾说：

> 全椒吴侍读公以顺治戊戌登一甲第三人进士及第，其所为制义，衣被海内；一时名公巨卿多出其门，李文贞公其一也。

但方嶟又说他的"诗古文辞与新城王阮亭先生齐名"，《全椒志》(十，页四五)也说他"才学优赡，工诗赋，善书；言论丰采为一时馆阁所推重"(全椒新修的《志》，末尾附有他的序)。陈廷敬作他的

《墓志》，说：

> 君于古文研论最深，而工于骚赋之作，故独喜多为诗；其愁忧欢愉离合讽谕警戒之旨，恒发之于诗，名曰《诗乘》。

他的遗集后来编为《赐书楼集》二十四卷（《全椒志）十五）。

据陈廷敬的《吴国对墓志》，国对生三子，长了名旦，次名勖，次名昇。吴旦即是吴敬梓的祖父，字卿云，增监生，考授州同知，是一个孝子，事迹见《全椒志·孝友传》。陈廷敬说："旦贤而有文。"但他死的很早，故《移家赋》不提到他的历史。《全椒志·艺文志》说他有《月潭集》。

吴旦的亲弟吴勖也在《孝友传》，幼弟吴昇是一个举人。吴国龙的儿子吴昺，中康熙三十年榜眼，很有文名，著有《卓望山房集》及《玉堂应奉集》，曾充宋、金、元、明四朝诗选掌局官。他的哥哥吴晟也是康熙年间的进士，也有文学的名誉。

所以吴敬梓自己写他曾祖以后的家世道：

> 五十年中，家门鼎盛。陆氏则机、云同居，苏家则轼、辙并进。子弟则人有凤毛，门巷则家夸马粪。绿野堂开，青云路近。……巵茜有千亩之荣，木奴有千头之庆。……故物唯存于簪笏，旧业不系于貂珰。……图史与肘案相错，绮襦与轩冕俱忘。……鼎文有证谬之辨，金根无误改之伤。羡延陵之啁子，擅海内之文章。……（《移家赋》）

这一段可以比较《儒林外史》第三十回郭铁笔说的"尊府是一门三

鼎甲,四代六尚书"一大段。三鼎甲其实只有两个:一个榜眼,一个探花。杜少卿的曾祖,《外史》说是状元,其实是探花吴国对。国对有《赐书楼集》,《外史》第三十一回写杜少卿的家中,"左边一个楼,便是殿元公的赐书楼",可以互证。

吴敬梓的父亲生在这个环境里,看惯了富贵与文学,觉得不很可贵,所以他立志要做圣贤了。《移家赋》注里说他父亲曾做"赣榆教谕,捐赀破产兴学宫"。我们靠这一点线索,在《全椒志》卷十二,页二四上,寻出他名叫吴霖起(陈廷敬也说吴旦生一子,名霖起),是康熙丙寅(1686)的拔贡,做江苏赣榆县的教谕。《志》里没有他的传,但《移家赋》说他的生平很详细:

> 吾父于是仰而思,坐以待;网罗于千古,纵横于百代;为天下之楷模,识前贤之纪载。……讲学邹峄,策名帝都。摩石鼓之文,听圜桥之书。当捧檄之未决,念色养之堪娱。……方遂茅容之愿,遽下皋鱼之泣;肝干肺焦,形变骨立。……丧葬既毕,精业维勤;卷之万象,挥之八垠;守子云之玄,安黔娄之贫。观使才于履屐,作表帅于人伦。……马帐溢执经之客,鹿车骈问字之人。

赣榆在江苏的东北海边,故赋中说:

> 暮年黉舍,远在海滨;时矩世范,律物正身。……鲑菜萧然,引觞徐酌;既横舍之既修,歌泮水而思乐。

末二句指他捐产修学宫的事。后文又有注云:

先君于壬寅年(1722)去官,次年辞世。

《儒林外史》里写杜少卿的父亲“中个进士,做一任太守”(第三十四回),又说他做“江西赣州府知府”(第三十一回)。赣州是暗射赣榆县;因为要说他做知府,所以不能不说中进士了。第三十一回杜慎卿说:

我那伯父是个清官,家里还是祖宗丢下的些田地。

第三十四回高老先生说:

到他父亲,还有本事中个进士,做一任太守——已经是个呆子了:做官的时候,全不晓得敬重上司,只是一味希图着百姓说好;又逐日讲那些“敦孝弟,劝农桑”的呆话。这些话是教养题目文章里的词藻,他竟拿着当了真;惹的上司不喜欢,把个官弄掉了。

这一段说他父亲丢官的原因,可以补志传的不完。

吴霖起死后,家业遂衰。《移家赋》接着说:

于是君子之泽,斩于五世。兄弟参商,宗族诟谇。假荫而带狐令,卖婚而缔鸡肆。……侯景以儿女作奴,王源之姻好唯利。贩鬻祖曾,窃赀皂隶。若敖之鬼馁而,广平之风衰矣!

总结上文,作为一表:

吴凤——谦——沛
- 国鼎
- 国器
- 国缙
- 国对——
  - 旦——霖起——敬梓
  - 勖
  - 昇
- 国龙

（二） 年谱

吴敬梓，字敏轩，一字文木。他的事迹略见程晋芳做的传，和我前年做的小传。近年我买得了他的《文木山房集》四卷。这是意外的发见，不可不说是“吴迷”的报酬。因此，我用此书做底本，参考别的书，做成这篇年谱，略补我的前传缺漏的罪过。

康熙四十，辛巳（1701），先生生。

是时，顾炎武已死了二十年，黄宗羲已死了六年。

先生的朋友程廷祚（生1691）已生了十年。

康熙四一，壬午（1702），先生二岁。

是年万斯同死。

康熙四三，甲申（1704），先生四岁。

阎若璩死，颜元死，尤侗死。

康熙四四，乙酉（1705），先生五岁。

全祖望生。

康熙四八，己丑（1709），先生九岁。

朱彝尊死。

康熙五十，辛卯（1711），先生十一岁。

王士祯死。

康熙五二，癸巳（1713），先生十三岁。母死。

集中《赠僧宏明》诗，“昔余十三龄，丧母失所恃”。

康熙五三，甲午（1714），先生十四岁，随父到赣榆县教谕任所。

《赠僧宏明》诗，“十四从父宦，海上一千里”。

康熙五五，丙申（1716），先生十六岁。

毛奇龄死。袁枚生。

康熙五七，戊戌（1718），先生十八岁。

友人程晋芳生。同里亲友金兆燕（棕亭）生。

康熙五九，庚子（1720），先生二十岁。中秀才。

《庚戌除夕》词，“落魄诸生十二年”。

康熙六一，壬寅（1722），先生二十二岁。父去官。

《移家赋》注：“先君于壬寅年去官，次年辞世。”

雍正元年，癸卯（1723），先生二十三岁。父死。

是年戴震生。

雍正三，乙巳（1725），先生二十五岁。

蒋士铨生。

雍正八，庚戌（1730），先生三十岁。有《庚戌除夕客中》的〔减字木兰花〕词八首。八首词里，颇多传记材料，今摘录一些：

第一首云：

> 今年除夕，风雪漫天人作客。三十年来，那得双眉时暂开？

第二首云：

昔年游冶，淮水钟山朝复夜。金尽床头，壮士逢人面带羞。王家昙首，伎识歌声春载酒。白板桥西，赢得才名曲部知。

第三首云：

田庐尽卖，乡里传为子弟戒。年少何人，肥马轻裘笑我贫！

依这两首看来，吴敬梓的财产是他在秦淮河上嫖掉了的。《儒林外史》里的杜少卿，似乎还少写了这一方面。但第三十四回高老先生说他

混穿，混吃；和尚道士，工匠花子，都拉着相与；却不肯相与一个正经人。不到十年内，把六七万银子弄得精光。……学生在家里，往常教子侄们读书，就以他为戒。每人读书的桌子上写一纸条贴着，上面写道，“不可学天长杜仪”！

这就是“田庐尽卖，乡里传为子弟戒”一句的说明了！

第五首云：

哀哀我父，九载乘箕天上去(按先生之父死于癸卯，至庚戌只有八年，此云九年，是算到次年元旦)。弓冶箕裘，手捧遗经血泪流。劬劳慈母，野屋荒棺抛露久。未卜牛眠，何日泷冈共一阡？

据此，先生之母也死了几年了，到庚戌还不曾安葬。

第六首云：

> 闺中人逝，取冷中庭伤往事。买得厨娘，消尽衣边荀令香。愁来览镜，憔悴二毛生两鬓。欲觅良缘，谁唤江郎一觉眠？

据此，先生之妻也死了。此时只有一妾，尚未续娶。集中有《挽外舅叶草窗翁》诗云：

> 吴中有耆硕，转徙淮南地，自号草窗翁，所师僦贷季。爱女适狂生，时人叹高义。……

是先生之妻姓叶，是一个儒医的女儿。

第八首云：

> 奴逃仆散，孤影尚存渴睡汉。明日明年，踪迹浮萍剧可怜。秦淮十里，欲买数椽常寄此。风雪喧豗，何日笙歌画舫开？

这一首前半说的是王胡子拐了银子逃走的影子；后半已有移家南京的意思了。末句还是做“歌笙画舫”的梦！

雍正九，辛亥（1731），先生三十一岁。

友人严长明生。

雍正十一，癸丑（1733），先生三十三岁。二月，移家至南京，寄居秦淮水亭。

有《买陂塘》二首，序云："癸丑二月，自全椒移家，寄居秦淮水亭。诸君子高宴，各赋看新涨二截见赠；余既依韵和之，复为诗余二阕，以志感焉。"第一首上半云：

少年时，青溪九曲，画船曾记游冶。绋缅维处闻箫管，多在柳堤月榭。朝复夜，费蜀锦吴绫，那惜缠头价！臣之壮也，似落魄相如，穷居仲蔚，寂寞守蓬舍。

第二首下半云：

人间世，只有繁华易委；关情固自难已。偶然买宅秦淮岸，殊觉胜于乡里。饥欲死；也不管干时似淅矛头米。身将隐矣；召阮籍嵇康，披襟箕踞，把酒共沉醉。

先生又作《移家赋》：序五百七十二字，赋二千五百二十九字，可说是他文集中的第一巨作。序中有云：

晏婴爽垲，先君所置；烧杵掘金，任其易主。百里驾此艋艇，一日达于白下。……梓家本膏华，性耽挥霍。生值承平之世，本无播迁之忧。乃以郁伊既久，薪缧成疾。枭将东徙，浑未解于更鸣；乌巢南枝，将竟托于恋燠。……虽无扬意之荐达之天子，桓谭之赏传于后人，优哉游哉，聊以卒岁。……千户之侯，百工之技，天不予梓也，而独文梓焉。追为此赋，歌以永言。悲切怨愤，涕唾流沫。……

全赋先叙吴氏远祖，次写他的高祖，次写曾祖弟兄，次写曾祖，次写曾祖以下五十年的家门盛况，次写他的父亲，次写父死后家门不振的状况（以上略引见前篇）。次写全椒乡土风俗的浇薄：

> 彼互郎与列肆，乃贩脂而削脯；既到处而辄留，能额瞬而目语。鱼盐漆丝，齿革毛羽；……漉沙搆白，熬波出素；积雪中春，飞霜暑路。迁其地而仍良，皆杂处于吾土。山魈人面，穷奇锯牙；细旃广厦，锦帷香车。马首之金匼帀，腰间之玉辟邪。……昔之列戟鸣珂，加以紫标黄榜，莫不低其颜色，增以凄怆；口嗫嚅而不前，足盘辟而欲往。……

《儒林外史》里的宋为富、万雪斋、方老六、彭老五，大概都在这一段里了。以下一长段，写他自己：

> 梓少有六甲之诵，长余四海之心。推鸡坊而为长，戏鹅栏而忿深。嗟早年之集蓼，托毁室于冤禽。淳于恭之自箠不见，陈太邱之家法难寻。熏炉茗碗，药臼霜碪；竟希酒圣，聊托书淫；旬锻季炼，月弄风吟。谈谐不为塞默，交游不入佥壬。……有瑰意与琦行，无捷径以窘步；吾独好此姱修，乃众庶之不誉。……闭户而学书空，叩门而拙言辞。至于眷念乡人，与为游处，似以冰而致蝇，若以狸而致鼠。见几而作，逝将去汝！……既而名纸毛生，进退维谷。叹积案而成箱，亦连篇而累牍，虽浚发于巧心，终受嗤于拙目。鬼嗤谋利之刘龙，人笑苦吟之周朴。竟有造请而不报，或至对宾而杖仆。谁为倒屣之迎？空有溺庐之辱。……五世长者知饮食，三世长者知

被服。彼钱癖与宝精，枉秤珠而量玉。遂所如而龃龉，困穷途而悉缩。……

全椒人只晓得他是一个败子，不认得他是一个名士。故他最不满意于他的本乡人。《外史》中借五河县来痛骂他的本县（看第四十七回）。他所以要离开乡土，寄居南京，大半也是由于他厌恶全椒人的心理。

雍正十二，甲寅（1734），先生三十四岁。

有《除夕·乳燕飞》词：

令节穷愁里，念先人生儿不孝，他乡留滞。风雪打窗寒彻骨，冰结秦淮之水。自昨岁移居住此。三十诸生成底用？赚虚名，浪说攻经史！捧卮酒，泪痕涔。　　家声科第从来美。叹颠狂，齐竽难合，胡琴空碎。数亩田园生计好，又把膏腴轻弃。应愧煞谷贻孙子。倘博将来椎牛祭，总难酬罔极恩深矣，也略解，此时耻。

此词写他的忏悔，见解却不甚高明。

雍正十三，乙卯（1735），先生三十五岁。

是时政府诏令内外大臣荐举“博学鸿词”的学者。

乾隆元年，丙辰（1736），先生三十六岁。三月，安徽巡抚赵国麟考取先生，行文到全椒，取具结状，将正式荐举他入京应博学宏辞的考试。先生病了，不能上路，才作罢（《文集》唐时琳序）。先生从此不应乡举考试（程晋芳作的传）。

《儒林外史》写杜少卿装病辞荐辟（第三十三回），《全椒志》

（十，页四七）也说他“乾隆间以博学鸿词征，辞不就”。程晋芳给他作传，说：

> 安徽巡抚赵公国麟闻其名，招之试，才之，以博学鸿词荐；竟不赴廷试，亦自此不应乡举。

这三种说法，都不很确实。我只采取唐时琳的序，因为他当时做江宁教授，又是推荐吴敬梓的人，他说的话应该最可靠。况且唐序又说：

> 两月后，敏轩病愈，至余斋。……余察其容憔悴，非托为病辞者。……

况且先生自己有《丙辰除夕述怀》诗，也说：

> 相如封禅书，仲舒天人策。夫何采薪忧，遽为连茹阨！人生不得意，万事皆愬愬。有如在网罗，无由振羽翮。

可见他的病是真病，不是装病。当时他还很叹惜他因病不得被荐。事后追思，落得弄真成假，说：

> 我做秀才，有了这一场结局，将来乡试也不应，科岁也不考，逍遥自在，做些自己的事罢！（《外史》三十四回）

我这样说法，并不是要降低吴敬梓的人格。做秀才希望被荐做博学鸿词，这也算不得什么卑鄙的事。现在《文木山房集》里，赋中有《正声感人赋》，题下注“抚院取博学鸿词试帖”；又有《继明照四方赋》，下注“学院取博学鸿词试帖”。诗中有试帖诗三首，下分注“督院”、“抚院”、“学院”取博学鸿词试帖。可见吴先生自己并不讳饰他曾去应考省中博学鸿词的考试；又可见他确然觉得这是做秀才的一场很光荣的结局。至于程晋芳说赵国麟“以博学鸿词荐，竟不赴廷试”，那是错的。赵国麟后来并不曾荐他。杭世骏的《词科掌录》记赵国麟保举的，只有《文木集》中（卷三，页三）说的江若度、梅淑伊、李岑森三人，而没有吴敬梓的名字。这是铁证。

是年词科被荐者，有先生的从兄吴檠（字青然，号岑华，有《咫闻斋诗钞》、《阳局词钞》、《清耳珠谈》等书；即《外史》中的杜慎卿）和友人程廷祚（绵庄，即《外史》中的庄征君），皆不第，程晋芳作程廷祚的《墓志铭》，说：

> 雍正十三年，举博学鸿词科。……乾隆元年至京师。有要人慕其名。欲招致门下，属密友达其意曰：“主我，翰林可得也。”先生正色拒之。卒不往，亦竟试不用，归江宁。（《勉行堂文集》卷六。）

这一件事，可与《儒林外史》第三十五回大学士太保公一节参看。

《文木集》有《减字木兰花》词一首，注云：

> 识舟亭阻风，喜遇朱乃吾，王道士昆霞。

词云：

卸帆窗下，一带江城浑似画。羽客凭阑，指点行舟杳霭间。故人白首，解赠青铜沽浊酒。话别匆匆，万里连樯返照红。

这就是《外史》第三十三回杜少卿在识舟亭遇来霞士和韦四太爷的一件故事。

乾隆二，丁巳（1737），先生三十七岁。

先生有关于词科的诗几篇。一篇《酬青然兄》，中有云：

兄昔膺荐牍，驱车赴长安，待诏三殿下，簪笔五云端。月领少府钱，朝赐大官餐。卿士交口言，"屈宋堪衙官"！如何不上第，蕉萃归江干？酌酒呼弟言，"却聘尔良难"！……

这是杜少卿不满意于杜慎卿的口气了。

又有《贫女行》二首：

蓬鬓荆钗黯自羞，嘉时曾以礼相求。自缘薄命辞征币，那敢逢人怨蹇修？阿姊居然贾佩兰！踏歌连臂曲初残。归来细说深宫事，村女如何敢正看！

这似乎也是嘲玩杜慎卿的诗。

赵国麟原取四人，吴敬梓因病作罢，余三人入京应试。试毕，三人中之李岑淼病死在京。先生因作《伤李秀才》诗，大有"塞翁失马，安知非福"之意（诗不佳，不录）。那时词科落第的一些名士，纷纷回南，演出种种丑态；先生冷眼旁观，格外觉悟了。所以他又作

《美女篇》：

> 夷光与修明，艳色天下殊。一朝入吴宫，权与人主俱。不妒比螽斯，妙选聘名姝。红楼富家女，芳年春华敷。头上何所有？木难问珊瑚。身上何所有？金缕绣罗襦。佩间何所有？环珥皆瑶瑜。足下何所有？龙缟覆氍毹。歌舞君不顾，低头独长吁。遂疑入宫嫉，毋乃此言诬？何若汉皋女，丽服佩两珠，独赠郑交甫，奇缘千载无？

丁巳以前，先生还有穷秀才气；丁巳以后，先生觉悟了，便是《儒林外史》的作者吴敬梓了。试看他宁可作自由解珮的汉皋神女，不愿作那红氍毹上的吴宫舞腰：这便是大觉悟的表示了。

是年纪昀生。

乾隆三，戊午(1738)，先生三十八岁。

有《送别曹明湖》诗，可考定为是年作的。因此推知前后诸诗大概也是这时候作的。中有《病中忆儿烺》一首，前四句云：

> 自汝辞余去，身违心不违。有如别良友，独念少寒衣。

"有如别良友"五个字，没有人道过。

烺字荀叔，号杉亭，后来成为一个大算学家，《畴人传》四十二有他的传。他少年时就很聪明，《文木集》附有他的诗一卷，词一卷。诗中有三首是他十五岁时做的。怪不得《儒林外史》三十二回里娄太爷对杜少卿说："你生的个小儿子，尤其不同。"他们家已贫了，故吴烺少年时即出门谋生活。《文木集》还有一首《除夕宁国旅店忆儿烺》诗，自注云："儿年最幼，已自力于衣食。"

是年章学诚生，任大椿生。

乾隆四，己未（1739），先生三十九岁。

有《真州客舍》诗，中有云："七年羁建业，两度客真州。细雨僧庐晚，寒花江岸秋。"

有《生日·内家娇》词云：

> 行年三十九，悬弧日酹酒泪同倾。叹故国几年，草荒先垅；寄居百里，烟暗台城。空消受征歌招画舫，赌酒醉旗亭。壮不如人，难求富贵。老之将至，羞梦公卿。　　行吟憔悴久，灵氛告，须历吉日将行。拟向洞庭北渚，湘沅南征。见重华协帝，陈词敷衽；有娀佚女，弭节扬灵。恩不甚兮轻绝，休说功名！

这一首词在《词集》的最末。大概这一部《文木山房集》是编到这一年为止了。

《文木山房集》前有黄河一篇序，中说：

> 余方谋付之剞劂，以垂不朽。而敏轩薄游真州，可村方先生爱为同调，遽损囊中金，先我成此盛举。

又方嶟序云：

> 敏轩今将薄游四方，余遂捐箧中金，梓其有韵之文。

这一年先生正在真州,此集当刻于此年,或下一年。集中无三十九岁以下的诗词,正是因此。

乾隆五,庚申(1740),先生四十岁。

是年赵翼生。

《全椒志》云:

> 江宁雨花台有先贤祠,祀吴泰伯以下五百余人(金和跋作二百三十人)。祠圮久,敬梓倡捐复其旧。赀罄,则鬻江北老屋成之。

此事不知在何年。以《志》有“年四十而产尽”一语,故附于此。

乾隆六,辛酉(1741)先生四十一岁。

是年惠士奇死。

是年吴檠中举人(《全椒志》十二)。杜慎卿果然“中了”(参看《外史》三十一回杜慎卿对鲍廷玺说的话)!

先生始见程晋芳,时年二十四(程晋芳《严东有诗序》)。

程晋芳的族伯祖丽山与先生有姻连。先生在南京,常常绝粮;丽山时时周济他。程晋芳说:

> 方秋,霖潦三四日。族祖告诸子曰:“比日城中米奇贵,不知敏轩作何状。可持米三斗,钱二千,往视之。”至,则不食二日矣。然先生得钱,则饮酒歌呶,未尝为来日计。(《文木先生传》)

这位程丽山,他处无可考。《外史》第四十一回写庄濯江是杜少卿的表叔，也许就是此人。（庄濯江是庄征君之侄，必也是姓程的。我初疑是程晋芳；但程晋芳见先生时，还是二十四岁的少年，而庄濯江四十年前与杜少卿的父亲相聚，此时已是“清清疏疏，三绺白须”了。）

程晋芳又写先生的贫状如下：

> ［先生］移居江城东之大中桥，环堵萧然，拥故书数十册，日夕自娱。穷极则以书易米。或冬日苦寒，无酒食，邀同好汪京门、樊圣□辈五六人，乘月出城南门，绕城堞行数十里，歌吟啸呼，相与应和。逮明，入水西门，各大笑散去。夜夜如是，谓之“暖足”。（《文木先生传》）

汪京门不可考。樊圣□原缺一字，今考定为樊圣谟。按《江宁府志·文苑传》：

> 樊明徵，字圣谟，一字轸亭，句容人。博学而精思。其于古人礼乐车服，皆考核而制其器。有受教者，举器以示之，不徒为空言也。著书四十余种，尤详金石之学。

这自然是《外史》里的迟衡山了。

乾隆七，壬戌（1742），先生四十二岁。

程晋芳说：

> 辛酉壬戌间，延［先生］至余家，与研诗赋，相赠答，惬意无间。而性不耐久客，不数月，别去。

程家是淮安盐商，袁枚作程晋芳的《墓志》说：

> 乾隆初，两淮殷富；程氏尤豪侈，多畜声色狗马。君独愔愔好儒，罄其赀购书五万卷，招致方闻缀学之士，与共讨论。海内之略识字、能握笔者，俱走下风，如龙鱼之趋大壑。……

先生到程家时，程家尚在这样兴盛的时代。

乾隆九，甲子(1744)，先生四十四岁。

是年姚鼐生，钱坫生，汪中生。有人疑《外史》中的匡超人即是汪中，那是错的。

乾隆十，乙丑(1745)，先生四十五岁。

是年吴檠中进士。

余萧客生，武亿生。

乾隆十一，丙寅(1746)，先生四十六岁。

是年洪亮吉生。

乾隆十四，己巳(1749)，先生四十九岁。

是年方苞死，黄景仁生。

程晋芳《春帆集》(起戊辰，尽庚午之二月，故系于此年)有《怀人诗)十八首，中有一首注"全椒吴敬梓，字敏轩"。诗云：

> 寒花无冶姿，贫士无欢颜。嗟嗟吴敏轩，短褐不得完。家世盛华缨，落魄中南迁。偶游淮海间，设帐依空园。飕飕窗纸响，槭槭庭树喧。山鬼忽调笑，野狐来说禅。心惊不得寐，归去澄江边(此指先生到程家住数月之事)。白门三日雨，灶冷囊无钱。逝将乞食去，亦且赁舂焉。《外史》纪儒林，刻画何工

> 妍！吾为斯人悲，竟以稗说传！

这一首诗极有用，因为我们因此可以知道当这个时候，——戊辰至庚午（1748—1750）——《儒林外史》已成书了，已有朋友知道了。《外史》刻本有“乾隆元年春二月闲斋老人”的一篇序。这个年月是不可靠的。先生于乾隆元年三月在安庆应考博学鸿词的省试，前一月似无作小说序之余暇。况且书中写杜少卿、庄绍光应试事，都是元年的事；决无元年二月已成书之理。况且那时的吴敬梓只有三十六岁，见解还不曾成熟，还不脱热心科名的念头，元年《除夕述怀》诗可以为证。那时的吴敬梓决做不出一部空前的《儒林外史》来！

我们看他对于科第功名的大觉悟，起于乾隆二年以后（说见上文）。我们可以推测他这部《儒林外史》大概作于乾隆五年至十五年（1740—1750）之间；到程晋芳作《怀人诗》时，《外史》已成功了——至少大部分已成功了。

吴敬梓是一个八股大家的曾孙，自己也在这里面用过一番工夫来，经过许多考试，一旦大觉悟之后，方才把八股社会的真相——丑态——穷形尽致的描写出来。他是八股国里的一个叛徒。程晋芳说他

> 生平见才士，汲引如不及。独嫉时文士如仇；其尤工者，则尤嫉之。

他为什么这样痛恨八股呢？我们在他的诗集里寻出一篇《哭舅氏》的诗，大概是乾隆五六年间做的；这诗大可以表出他那时候对于科

举时文的态度：

> 河干屋三楹，丛桂影便娟。缘以荆棘篱，架以蒿床眠。南邻侈豪奢，张烛奏管弦。西邻精心计，秉烛算缗钱。吁嗟吾舅氏，垂老守残编。弱冠为诸生，六十犹屯邅。皎皎明月光，扬辉屋东偏。秋虫声转悲，秋藜烂欲然。主人既抱病，强坐芸窗前。其时遇宾兴，力疾上马鞯。夜沾荒店露，朝冲隔江烟。射策不见收，言归泣涕涟。严冬霜雪凝，偃卧小山巅。酌酒不解欢，饮药不获痊。百忧摧肺肝，抱恨归重泉。吾母多弟兄，惟舅友爱专。诸舅登仕籍，俱已谢尘缘。有司操尺度，所持何其坚！士人进身难，底用事丹铅？贵为乡人畏，贱受乡人怜。寄言名利者，致身须壮年。

他这一位母舅简直是一位不得志的周进、范进。认得了这一位六十岁“抱恨归重泉”的老秀才，我们就可以明白吴敬梓发愤做《儒林外史》的心理了。

有人说，“清朝是古学昌明的时代，八股的势力并不很大，八股的毒焰并不曾阻碍经学、史学与文学的发达。何以吴敬梓单描写那学者本来都瞧不起的八股秀才呢？那岂不是俗话说的打死老虎吗？”我起初也如此想，也觉得《儒林外史》的时代不像那康熙、乾隆的时代。但我现在明白了。看我这篇年谱的人，可以看出吴敬梓的时代恰当康熙大师死尽而乾、嘉大师未起的过渡时期。清朝第一个时期的大师，毛奇龄最后死。学问方面，顾炎武、黄宗羲、阎若璩、胡渭都死了。文学方面，尤侗、朱彝尊、王士祯也死了。当吴敬梓三十岁时，戴震只有八岁，袁枚只有十五岁，《四库全书》的发起人朱筠只有两岁，汪中、姚鼐都还不曾出世呢。

当这个青黄不接的时代，八股的气焰忽然又大盛起来了。我可以引章学诚的话来作证：

> 前明制义盛行，学问文章远不古若，此风气之衰也。国初崇尚实学，特举词科；史馆需人，待以不次；通儒硕彦，磊落相望，可谓一时盛矣。其后史事告成，馆阁无事，自雍正初年至乾隆十许年，学士又以四书文义相为矜尚。仆年十五六时（1752—1753，当吴敬梓将死的时候），犹闻老生宿儒自尊所业，至目通经服古谓之杂学，诗古文辞谓之杂作。士不工四书文，不得为通——又成不可药之蛊矣！（"四书文"即八股诗文。）（《章氏遗书》卷四，《答沈枫墀论学书》。）

这正是吴敬梓做《儒林外史》的时代。懂得这一层，我们格外可以明白《儒林外史》的真正价值了。

乾隆十五，庚午（1750），先生五十岁。

金兆燕有《寄吴文木先生》诗：

> 文木先生何嵚崎！行年五十仍书痴。航头屋壁搜姚姒，酱翁蔑叟访孔羲。昔岁鹤版下纶扉，严徐车马纷猋驰。蒲轮觅径过蓬户，凿坏而遁人不知。有时倒著白接䍦，秦淮酒家杯独持。乡里小儿或见之，皆言狂疾不可治。晚年说诗更鲜匹，师伏翼萧俱辟易。《小雅》之材七十四，《大雅》之材三十一。一言解颐妙义出，《凯风》为洗万古诬，《乔木》思举百神职（先生注诗，力辟《凯风》原注"不能安室"之谬。《南有乔木》云，祀

汉神也)。沟犹瞀儒删郑卫,何异索涂冥擿埴?昨闻天子坐明堂,欲祡衡霍巡南方,特重经术求贤良,伸让讲义夸两行。钦明八风舞回翔。负薪老子露印绶,妻孥竦息趋路旁。先生何为独深藏,企脚高卧向栩床?金陵美酒一千斛,粼粼素盌皴红玉。何时典我青绮裘,共君复醉钟山麓?申公辕公老且秃,驱之不堪填硎谷。先生速起为我折五鹿。秋风多,江水波,寄君一曲之高歌。歌残星斗横秋河。屠贩唾手亦富贵,安能佐治无偏颇?先生抱经老岩阿,吁嗟如此苍生何!

诗中说先生"晚年说诗"一段,可与《儒林外史》第三十四回杜少卿论《诗经》一大段参看。《全椒志》卷十二说先生有《诗说》七卷。但现在不传了。我们现在只知道他的五条《诗说》:

(1)《汉广》(《南有乔木》);"为祀汉江神女之词。"(金和《儒林外史·跋》。)

(2)《凯风》:"古人二十而嫁,养到第七个儿子,又长大了,那母亲也该有五十多岁了,那有想嫁之理?所谓'不安其室'者,不过因衣服饮食不称心,在家吵闹;七子所以自认不是。"(《外史》。)

(3)《女曰鸡鸣》:"这夫妇两个绝无一点心想到功名富贵上去;弹琴饮酒,知命乐天:这便是三代以上修身齐家之君子。"(《外史》。)

(4)《溱洧》:"也只是夫妇同游。"(《外史》。)

(5)《爰采唐矣》:"为戴妫答庄姜《燕燕于飞》而作。"(金和《跋》。)

程晋芳说:

[先生]与余族绵庄(程廷祚)为至契。绵庄好治经,先生晚年

亦好治经，曰："此人生立命处也。"

程廷祚与吴敬梓都是乾、嘉经学的先锋。

乾隆十六，辛未(1751)，先生五十一岁。

是年乾隆帝南巡，先生之子吴烺迎銮，召试奏赋，赐举人，授内阁中书。烺习算学，师事刘湘溎。后来吴烺做到宁夏府同知，署过一回知府，因病告归。他著有《周髀算经图注》，乾隆戊子刊成，沈大成作序，序文引见《畴人传》。此外还有《勾股算法》、《五音反切图说》、《杉亭诗文棠》、《词集》。我所见的《春华小草》一卷、《靓妆词钞》一卷，是他少年时代的诗词。

是年程廷祚六十一岁，被举"经明行修"，入京，复报罢(程晋芳《绵庄先生墓志》)。

是年严长明二十一岁。严是江宁人，少年有才名，先生很称许他(程晋芳《严东有诗序》)。严长明的诗集久不传，近年(1911)叶德辉刻出他的诗集十卷，其中《归求草堂诗集》六卷，是编年的。辛未年有"吴丈敏轩招集文木山房，分咏《南史·隐逸传》，得雷次宗、陶宏景，各赋一首"二篇，又有"过顾氏息庐，和敏轩丈韵"一篇。壬申年有"晤程二鱼门，有赠"一首，起句云："昨年倾盖阜陵吴(自注，敏轩丈)，道汝声名似'顾'、'厨'。"据此，先生识严长明，始于辛未。

乾隆十七，壬申(1752)，先生五十二岁。

程晋芳到南京乡试，先生同严长明去访他。严爱程诗，为他作骈体序，千余言。程自叙："风晨雨夕，余三人往来最密也。"(程《严东有诗序》)严赠程诗，有"意气直凌沧海日，须眉如对列仙图"之句；程有《寄怀严东有》诗，有"今年游江南，快意觏才子"之句。程晋芳《寄怀严东有》诗共三首，第二首专说吴敬梓：

敏轩生近世，而抱六代情：风雅慕建安，斋栗怀昭明。囊无一钱守，腹作干雷鸣。时时坐书牖，发咏惊鹂庚。阿郎虽得官，职此贫更增。近闻典衣尽，灶突无烟青。频蜡雨中屐，晨夕追良朋，孤棹驶烟水，杂花拗芬馨。惟君与独厚，过从欣频仍，酌酒破愁海，觅句镂寒冰。西窗应念我，余话秋灯青。（《勉行堂诗集》五。）

此诗可考见先生当时的生活情形。

程晋芳是年又有“闻滁州冯粹中没于京师，诗以哭之，并告诸友，谋归其丧”二诗。滁州冯粹中即是《儒林外史》中的处州马纯上。程诗第一首有云：

海上松期方本幻（原注，“冯曾遇假仙于浙水”），冢中文字焰犹腾。

此可证《外史》第十五回马二先生遇洪憨仙的事。程诗第二首有“泾流渭水浊兼清”之语，又有“侠魄”之称，可以考见冯粹中虽只是一个八股选家，确是浊中有清，确有一点侠气，可以使程晋芳、吴敬梓一班名士恭敬他。吴敬梓虽痛恨八股文家，但他对于马二先生，刻画尽管尽致，却始终是褒词多于贬词。这也可见冯粹中的人格，又可见吴敬梓的公允了。（金兆燕《棕亭诗钞》卷七也有《哭冯粹中》一诗。）

乾隆十九，甲戌（1754），先生五十四岁。

是年先生在扬州，遇程晋芳。程家本很富，那几年盐务大亏耗，晋芳又不能治生产，家遂贫（参看袁枚作的《墓志》）。晋芳自

叙此会,说:

> 岁甲戌,与余遇于扬州,知余益贫,执余手以泣,曰:"子亦到我地位!此境不易处也。奈何!"
>
> 余返淮,将解缆,先生登船言别,指新月谓余曰:"与子别,后会不可期;即景悢悢,欲构句相赠,而涩於思;当俟异日耳。"时十月七日也。又七日而先生殁矣。

据此,是先生死于十月十四日。但金兆燕是当日亲见先生死的人,他说是"孟冬晦前夕",是十月二十九日。我们似当信金说。

程晋芳记云:

> 先数日,裒囊中余钱,召友朋酣饮。醉,辄诵樊川"人生只合扬州死"之句,而竟如所言,异哉!先是,先生子烺已官内阁中书舍人;其同年王又曾縠原适客扬,告转运使卢公,殓而归其殡于江宁。

王又曾《丁辛老屋集》卷十二(《儒林外史评》引)有"书吴敏轩先生《文木山房诗集》后"十绝句,序云:

> 慕文木名数年不得见。乾隆甲戌,始相见于扬州馆驿前舟中。其夕即无疾而终。

那时金兆燕在扬州,和先生往来最密,并且亲见先生临死的情形。他有《甲戌仲冬送吴文木先生旅榇于扬州城外登舟归金陵》长诗一篇，我们全抄于此：

寒霜栖城闉，白日照江湄。送君登孤舟，千载从此辞。布帆乘风张，一觋惊骡驰。三号不可见，我行将安之？自我来芜城，旅舍恒苦饥。客中遇所亲，欢若龙躨跜。我居徐宁门，君邻后土祠，昕夕相过从，风雨无愆期。峨峨琼花台，郁郁冬青枝。与君攀寒条，泪下如连丝。愤来揎短袂，作达靡不为：金屋戏新妇（吴一山纳妾，招同饮），碧观寻髡缁（石庄上人寓碧天观，屡同访之）；饱啖"肉笑靥"，酣引"玉练槌"：柜坊与茶阁，到处随狂嬉。薮薮贾人子，广厦拥厚赀。牢盆牟国利，质库朘民脂；高楼明月中，笙歌如沸糜。谁识王明歘，斋钟愧阇黎？嗟哉末俗颓，满眼魍魉魑。执手涉万里，对面森九嶷。丈夫抱经术，进退触藩羝。于世既不用，穷饿乃其宜。何堪伍群小，颠倒肆诋欺！先生豁达人，餔糟而啜醨。小事聊糊涂，大度乃滑稽。安所庸芥蒂，且可食蛤蜊。逝将买扁舟，卒岁归茅茨。梅花映南荣，曝背乐无涯。小子闻斯言，背面挥涕洟。未见理归装，已愁临路歧。谁知近死别，乃与悲生离。孟冬晦前夕，寒风入我帷。独客卧禅关，昏灯对牟尼。忽闻叩门声，奔驰且惊疑。中衢积寒冰，怒芒明参旗。踉跄至君前，瞪目无一词。左右为余言，顷刻事太奇：今晨饱朝餐，雄谈尽解颐；乘暮谒客归，呼尊酾一卮；薄醉遂高眠，自解衫与綦。安枕未终食，痰壅如流澌；圭匕不及投，撒手在片时。幼子哭床头，痛若遭鞭笞。作书与两兄，血泪纷淋漓。仲兄其速来，待汝视楄杝。伯兄闻赴奔，何日发京师？擗踊如坏墙，见者为酸嘶。燕也骨肉亲，能不摧肝脾！忆昔丸髻年，残烛同裁诗。每言雏凤声，定不侪伏雌。岁月何飘忽，逝景不可追。蹭蹬一无成，干时钝如锤。负米无长策，高堂艰晨炊。四海诚茫茫，举足皆𡺸㟼。奔走困饥寒，惭彼壹容錐。羡君解弢衮，万事掷若遗。著书寿千秋，岂在骨与肌？江山孙伯符，风月郗僧施。生平爱秦淮，吟魂应恋兹。一笑看凌云，横江天四垂。

三　后记

先生有子三人（金《诗》，又程《传》），长即吴烺，余二子不可考。

先生所著的书，《全椒志》载有

《诗说》七卷。
《文木山房诗文集》十二卷。
《儒林外史》五十卷。

金和跋《儒林外史》，说：

《诗说》七卷。《诗文集》及《诗说》俱未付梓（余家旧藏抄本，乱后遗失）。是书（《儒林外史》）为金棕亭先生官扬州府教授时梓行。自后刻本非一。先生著书皆奇数；是书本五十五卷。于琴棋书画四士既毕，即接《沁园春》一词。何时何人妄增“幽榜”一卷？……宜删之。

金和的话也有小错。(1)诗文集有两本:先生四十岁左右曾刻过一本,凡赋一卷,诗二卷,词一卷,共四卷;后附吴烺诗词各一卷。此本无先生四十岁以后的诗词。此外尚有一种全集,即《全椒志》所记之十二卷本。王又曾《书文木山房诗集后》十首之一云:

> 古风慷慨迈唐音,字字卢仝《月食》心。但诋父师专制举,此言便合铸黄金。

原注云:

> "如何父师训,专储制举材!"诗中句也。

这两句极有关系的诗,我的一部《文木山房集》里竟没有。可见此本不曾收先生晚年的诗。(2)无论诗文集四卷或十二卷,这都是偶数,金和"先生著书皆奇数"的通则,已不能成立了。况且《儒林外史》原本止有五十卷,程晋芳和《全椒志》都是如此说的。同治年间的六十回本固是后人增加的;五十六回本的末一回,确如金和所说,是后人增加的;余下的五十五回之中,大概还有后人增加的五回。

金和说,《儒林外史》是金兆燕做扬州府教授时刻板印行的。金兆燕于乾隆三十三年做扬州府教授,直做到乾隆四十四年(1768—1779)。这部书当是这十年内刻的,是为初刻本。初刻本和原稿本有什么异同,初刻本是否五十回,这两个问题我们都不能解决了。现存的最古本是嘉庆丙子(1816)的五十六回本(就是汪原放君这一次标点的底本)。到了七十年后,光绪十四年(1888)的补本出现,方添了四回,叙沈琼枝的事,共六十回。

《诗说》七卷,大概先生死时尚无刻本,故王又曾诗有"《诗说》纷纷妙注笺,好凭枣木急流传"的话。不知后来有无刻本。

关于《儒林外史》的书,有下列的各种:

(1)《儒林外史评》二卷。此书是天目山樵的评语和当涂黄小田的评语合刻的;有光绪乙酉(1885)刻书者当涂黄安谨的序。

(2)《儒林外史评语》。南汇张文虎啸山著。未见。朱记荣《行素堂目睹书录》丙四十二载有此书。

本篇的参考书举要:

(1)吴敬梓,《文木山房集》四卷,附吴烺诗词各一卷。有上海唐时琳、会昌吴湘皋、上元程廷祚、仪征方嶟、江宁黄河、江都李本宣、山阴沈宗淳的七篇序。以方、黄二序考之,是书大概刻于乾隆五年左右。

(2)程晋芳,《勉行堂全集》,诗二十四卷,文六卷。嘉庆戊寅(1818)刻。

(3)严长明,《严东有诗集》十卷。宣统辛亥(1911)长沙叶德辉刻。

(4)金兆燕,《国子先生全集》,古文十卷,骈文八卷,诗钞十八卷,词钞七卷。道光丙申(1836)刻。

(5)《全椒县志》十六卷。民国九年排印。

此外如《疑年录》四种,《明清进士题名录》等,不备举了。

十一,十一,三。

《镜花缘》的引论*

(一) 李汝珍

《镜花缘》刻本有海州许乔林石华的序,序中说"《镜花缘》一书,乃北平李子松石以十数年之力成之"。其余各序及题词中,也都说是李松石所作。但很少人能说李松石是谁的。前几年,钱玄同先生告诉我李松石是一个音韵学家,名叫李汝珍,是京兆大兴县人,著有一部《李氏音鉴》。后来我依他的指示,寻得了《李氏音鉴》,在那部书的本文和序里,钩出了一些事迹。

李汝珍,字松石,大兴人。《顺天府志》的《选举表》里,举人进士队里都没有他,可见他大概是一个秀才,科举上不曾得志。《顺天府志》的《艺文志》里没有载他的著作,《人物志》里也没有他的传。《中国人名大辞典》(页三八九)有下列的小传:

> 李汝珍,【清】大兴人,字松石。通声韵之学,撰《李氏音鉴》,定"春满尧天"等三十三母。征引浩繁,浅学者多为所震,

* 本文作于1923年2月至5月,载于亚东图书馆版汪原放标点《镜花缘》,后收入《胡适文存》二集卷四。

然实未窥等韵门径。又有《镜花缘》，及李刻《受子谱》。

此传不知本于何书，但这种严酷的批评实在只足以表示批评者自身的武断。（关于李汝珍在音韵学上的成绩，详见下文。）

乾隆四十七年壬寅（1782），李汝珍的哥哥汝璜（字佛云）到江苏海州做官，他跟到任所。那时歙县凌廷堪（生1757，死1809）家在海州，李汝珍从他受业。论文之暇，兼及音韵（《音鉴》五，页十九）。那时凌廷堪年仅二十六岁；以此推之，可知李汝珍那时也不过二十岁上下，他生年约当乾隆二十八年（1763）。凌廷堪是《燕乐考原》的作者，精通乐理，旁通音韵，故李汝珍自说"受益极多"。

自乾隆四十七年至嘉庆十年（1782—1805），凡二十三年，李汝珍只在江苏省内，或在淮北，或在淮南（《音鉴》石文煃序）。他虽是北京人，而受江南北的学者的影响最大；他的韵学能辨析南北方音之分，也全靠这长期的居住南方。嘉庆十年石文煃序中说："今松石行将官中州矣。"但嘉庆十九年（1814）他仍在东海（《音鉴》题词跋），似乎他不曾到河南做官。

乾隆五十八年（1793），凌廷堪补殿试后，自请改教职，选得宁国府教授；六十年（1795）赴任。此后，李汝珍便因道路远隔，不常通问了（《音鉴》五，页十九）。他的朋友同他往来切磋的，有

许乔林，字石华，海州人。

许桂林，字月南，海州人，嘉庆举人。于诸经皆有发明，通古音，兼精算学。著有《许氏说音》、《音鹄》、《宣夜通》、《味无味斋集）（《人名大辞典》页一〇三四）。许桂林是李汝珍的内弟（《音鉴》五，页十九）。

徐铨,字藕船,顺天人。著有《音绳》(《音鉴》书目)。

徐鉴,字香垞,顺天人。著有《韵略补遗》(同上)。

吴振勃,字容如,海州人。

洪□□,字静节。

这一班人都是精通韵学的人。《华严字母谱》列声母四十二,韵母十三。李汝珍把声母四十二之中,删去与今音异者十九个,而添上未备的及南音声母十个,共存三十三个声母。他又把韵母十三之中,删去与今音异者两个,而添上今音十一个,共存韵母二十二个。他自己说,新添的十一个韵母之中,一个(麻韵)是凌廷堪添的,徐鉴与许桂林各添了两个,徐铨添了一个;他自己添的只有五个(《音鉴》五,页十九)。

嘉庆十年(1805),《音鉴》成书(《音鉴》李汝璜序)。

嘉庆十五年(1810),《音鉴》付刻,是年刻成(吴振勷后序)。

嘉庆十九年(1814),李汝珍在东海,与许桂林同读山阴俞杏林的《传声正宗》。俞氏书中附有《音鉴》题词四首。其第四首云:

松石全书绝等伦,月南后序更精醇。拊膺我愧无他技,开卷羞为识字人。

此可见《音鉴》出版不久,已受读者的推重。

嘉庆二十一年(1816),他把俞杏林的题词附刻在《音鉴》之后,并作一跋。自此年以后,他的事迹便无可考了。

自乾隆四十七年至此年,凡三十五年,他大概已是五十五岁左右的人了。这三十五年中,他的踪迹似乎全在大江南北;他娶的夫人是海州人，或者他竟在海州住家了。

《镜花缘》之著作，不知在于何年。孙吉昌的题词说：

> ……咄咄北平子，文采何陆离！……而乃不得意，形骸将就衰，耕无负郭田，老大仍驱饥。可怜十数载，笔砚空相随，频年甘兀兀，终日惟孳孳。心血用几竭，此身忘困疲。聊以耗壮心，休言作者痴。穷愁始著书，其志良足悲。……古今小说家，应无过于斯。……传抄纸已贵，今已付剞劂，不胫且万里，堪作稗官师。从此堪自慰，已为世所推。……

从这上面，我们可得两点：

(1)《镜花缘》是李汝珍晚年不得志时作的。

(2)《镜花缘》刻成时，李汝珍还活着。

最可惜的是此诗和许乔林的序都没有年月可考。但坊刻本有道光九年(1829)麦大鹏序，他说：

> 李子松石《镜花缘》一书，耳其尽善，三载于兹矣。戊子(道光八年,1828)清和，偶过张子燮亭书塾，得窥全豹，不胜舞蹈。复闻芥子园新雕告竣，遂购一函，如获异宝。……

麦氏在1829，已知道此书三年了；1828他所见的"全豹"，不知是否刻本；但同年已有芥子园新雕本；次年麦氏又托谢叶梅摹绘一百八人之像，似另有绘像精雕本，为后来王韬序本的底本。我们暂时假定1828年的芥子园本为初刻本，而麦氏前三年闻名的《镜花缘》为抄本。如此，我们可以说：

1805,《音鉴》成书。

1810,《音鉴》刻成。(以上均考见上文。)

约1810—1825,——“十数年之力”——为《镜花缘》著作的时期。

约1825,《镜花缘》成书。

1828,芥子园雕本《镜花缘》刻成。

1829,麦刻谢像本(广东本)付刻。

假定芥子园本即是孙吉昌题词里说的“今已付剞劂”之本,那么,李汝珍还不曾死,但已是很老的人了。依前面的推算,他的生年大约在乾隆中叶(约1763);他死时约当道光十年(约1830),已近七十岁了。

(二) 李汝珍的音韵学

关于李汝珍的《音鉴》,我们不能详细讨论,只能提出一些和《镜花缘》有关系的事实。《镜花缘》第三十一回,唐敖等在歧舌国,费了多少工夫,才得着一纸字母,共三十三行,每行二十二字,只有第一个字是有字的,或用反切代字;其余只有二十一个白圈。只有“张”字一行之下是有字的。每行的第一个字代表声类(Consonants),每行直下的二十二音代表韵部(Vowels)。这三十三个声母,二十二个韵母,是李汝珍的《音鉴》的要点。《音鉴》里把三十三声母作成一首《行香子》词,如下:

春满尧天,溪水清涟,嫩红飘,粉蝶惊眠。松峦空翠,鸥鸟盘翾。对酒陶然,便博个醉中仙。

这就是《镜花缘》里的

昌,茫,秧,"梯秧",羌,商,枪,良,囊,杭,"批秧",方,"低秧",姜,"妙秧",桑,郎,康,仓,昂,娘,滂,香,当,将,汤,瓤,"兵秧",帮,冈,臧,张,厢。(次序两处一一相同。)

承钱玄同先生音注如下

春 ㄔ,ㄔㄨ(ch',ch'u)

满 ㄇ(m)

尧 ㄧ(齐),ㄩ(撮)(y, yü)

天 ㄊㄧ(t'i)

溪 ㄑㄧ,ㄑㄩ(ch'i,ch'ü)

水 ㄕ,ㄕㄨ(sh,shu)

清 ㄘㄧ,ㄘㄩ(ts'i,ts'ü)

涟 ㄌㄧ,ㄌㄩ(li,lü)

嫩 ㄋ,ㄋㄨ(n,nu)

红 ㄏ,ㄏㄨ(h,hu)

飘 ㄆㄧ(p'i)

粉 ㄈ(f)

蝶 ㄉㄧ(ti)

惊 ㄐㄧ,ㄐㄩ(chi,chü)

眠 ㄇㄧ(mi)

松 ㄙ,ㄙㄨ(s,su)

峦　ㄌ,ㄌㄨ(l,lu)

空　ㄎ,ㄎㄨ(k',k'u)

翠　ㄘ,ㄘㄨ(ts',ts'u)

鸥　□(开),ㄨ(合)(□,w)

鸟　ㄋㄧ,ㄋㄩ(ni,nü)

盘　ㄆ(p')

翾　ㄒㄧ,ㄒㄩ(hsi,hsü)

对　ㄉ,ㄉㄨ(t,tu)

酒　ㄗㄧ,ㄗㄩ(tsi,tsü)

陶　ㄊ,ㄊㄨ(t',t'u)

然　ㄖ,ㄖㄨ(j,ju)

便　ㄅㄧ(pi)

博　ㄅ(p)

个　ㄍ,ㄍㄨ(k,ku)

醉　ㄗ,ㄗㄨ(ts,tsu)

中　ㄓ,ㄓㄨ(ch,chu)

仙　ㄙㄧ,ㄙㄩ(si,sü)

他的二十二个韵母,和钱玄同先生的音注,如下:

《镜花缘》	《音鉴》		钱玄同先生的音注
(1)张	张	ㄤ,ㄧㄤ	ang,uang
(2)真	真	ㄣ,ㄧㄣ	en,in
(3)中	中	ㄨㄥ,ㄩㄥ	ung,iung
(4)珠	珠	ㄨ,ㄩ	u,ü
(5)招	招	ㄠ,ㄧㄠ	ao,iao
(6)斋	斋	ㄞ,ㄧㄞ	ai,iai

(7)知	知	ㄧ,ㄖ,ㄙ,	i,ih,ŭ
(8)遮	遮	ㄝ,ㄧㄝ,ㄩㄝ	eh,ieh,üeh
(9)詀	詀真衫切	ㄢ	an
(10)毡	毡		ɛn,ɛin
(11)专	专		uoen,yoen
(12)张鸥	周	ㄡ,ㄧㄡ	ou,iu
(13)张婀	○张歌切	ㄛ,ㄧㄛ	o,io
(14)张鸦	渣	ㄚ,ㄧㄚ	a,ia
(15)珠逶	追	ㄨㄟ	uei
(16)珠均	谆珠均切	ㄨㄣ,ㄩㄣ	uen,ün
(17)张莺	征	ㄥ,ㄧㄥ	êng,ing
(18)珠帆	○珠莺切	ㄨㄢ	uan
(19)珠窝	○珠窝切	ㄨㄛ,ㄩㄛ	uo,üo
(20)珠洼	挝	ㄨㄚ	ua
(21)珠歪	○珠歪切	ㄨㄞ	uai
(22)珠汪	庄	ㄨㄤ	uang

附注:第十和第十一两韵,注音字母与罗马字皆不方便,故用语音学字母标之。ɛn略如上海读"安"之音;iɛn略如长江流域中的官音读"烟",不得读北京读"烟"之音。uoen,yoen二音当如苏州读"碗"、"远"之音,须作圆唇之势,方合。

在我们这个时候,有种种音标可用,有语音学可参考,所以我们回看李汝珍最得意的这点发明,自然觉得很不希奇了。但平心而论,他的音韵学却也有他的独到之处。他生于清代音韵学最发达的时代;但当时的音韵学偏于考证古韵的沿革,而忽略了今音的分类。北方的音韵学者,自从元朝周德清的《中原音韵》以来,中间如吕坤、刘继庄等，都是注重今音而不拘泥于古反切的。李汝珍虽颇受南方韵学家的影响，但他究竟还保存了北方音韵学的遗风，所以他的特别长处是(1)注重实用，(2)注重今音，(3)敢于变古。他在“凡例”里说：“是编所撰字母，期于切音易得其响，故粗细各归一母。”他以实用为主，故“非，敷，奉”并入“粉”，只留 f 音，而大胆的删去了国音所无的 v 音；故“泥，娘”并入“鸟”，另分出一个“嫩”，两母都属 n 音，而那官音久不存在的 ng 与 gn 两音就被删去了。这种地方可以见他的眼光比近年制造注音字母的先生们还要高明一点。他分的韵母也有很可注意的。例如“麻”韵分为“遮”(eh)、“鸦”(a，ia)、“挝”(ua)三韵；而那个向来出名的“该死十三元”竟被他分入四韵。这都是他大胆的地方。

本来这些问题不应该在这篇里讨论；不过因为《人名大辞典》很武断的说李汝珍“实未窥等韵门径”，所以我在这里替他略说几句公道话。要知道实用的音韵学本和考古的音韵学不同道，谁也不必骂谁。考古派尽管研究古音之混合，而实用派自不能不特别今音的微细分别。许桂林作《音鉴后序》，曾说：

> 顾宁人言古无麻韵，半自歌戈韵误入，半自鱼模韵误入(适按，此说实不能成立；看北京大学《国学季刊》第一卷第二期汪荣宝先生所著长文，及钱玄同先生跋语)。然则必欲从古，并麻韵亦可废。若可随时变通，麻嗟何妨为二部乎？

这句话正可写出考古派与实用派的根本不同。李汝珍在《音鉴》卷四里曾论他的“著述本意”道：

> 苟方音之不侔，彼持彼音而以吾音为不侔，则不唾之者几希矣。岂直覆瓿而已哉？珍之所以著为此篇者，盖抒管见所及，浅显易晓，俾吾乡初学有志于斯者，藉为入门之阶，故不避谫陋之诮。……至于韵学精微，前人成书具在，则非珍之所及矣。（四，页二六。）

他是北京人，居南方，知道各地方音之不同，所以知道实用的音韵学是一件极困难的事。我们看他著述的本意只限于“吾乡”，可以想见他的慎重。他在同篇又说：

> 或曰：子以南北方音，辨之详矣，所切之音亦可质之天下乎？
>
> 对曰：否，不然也。……天下方音之不同者众矣。珍北人也，于北音宜无不喻矣；所切之音似宜质于北矣，而犹曰未可，况质于天下乎？（四，页二五。）

他对于音韵学上地理的重要，何等明了呀！只此一点，已足以“前无古人”了。

（三）　李汝珍的人品

我们现在要知道李汝珍是怎样的一个人。关于这一点，《音鉴》的几篇序很可以给我们许多材料。余集说：

大兴李子松石少而颖异，读书不屑屑章句帖括之学；以其暇旁及杂流，如壬遁，星卜，象纬，篆隶之类，靡不日涉以博其趣。而于音韵之学，尤能穷源索隐，心领神悟。

石文煃说：

松石先生忼爽遇物，肝胆照人。平生工篆隶，猎图史，旁及星卜弈戏诸事，靡不触手成趣。花间月下，对酒征歌，兴至则一饮百觥，挥霍如志。

这两个同时人的见证，都能写出《镜花缘》的作者的多才多艺。许乔林在《镜花缘序》里说此书"枕经葄史，子秀集华；兼贯九流，旁涉百戏；聪明绝世，异境天开"。我们看了余集、石文煃的话，然后可以了解《镜花缘》里论卜（六十五回又七十五回），谈弈（七十三回），论琴（同），论马吊（同），论双陆（七十四回），论射（七十九回），论筹算（同），以及种种灯谜，和那些双声叠韵的酒令，都只是这位多才多艺的名士的随笔游戏。我们现在读这些东西，往往嫌他"掉书袋"。但我们应该记得这部书是清朝中叶的出产品；那个时代是一个博学的时代，故那时代的小说也不知不觉的挂上了博学的牌子。这是时代的影响，谁也逃不过的。

关于时代的影响，我们在《镜花缘》里可以得着无数的证据。如唐敖、多九公在黑齿国女学堂里谈经，论"鸿雁来宾"一句应从郑玄注，《论语》宜用古本校勘，"车马衣轻裘"一句驳朱熹读衣字为去声之非，又论《易经》王弼注偏重义理，"既欠精详，而又妄改古字"：这都是汉学时代的自然出产品。后来五十二回唐闺臣论注

《礼》之家，以郑玄注为最善，也是这个道理。至于全书说的那些海外国名，一一都有来历；那些异兽奇花仙草的名称，也都各有所本（参看钱静方《小说丛考》卷上，页六八至七二）：这种博览古书而不很能评判古书之是否可信，也正是那个时代的特别现象。

（四）《镜花缘》是一部讨论妇女问题的书

现在我们要回到《镜花缘》的本身了。

《镜花缘》第四十九回，泣红亭的碑记之后，有泣红亭主人的总论一段，说：

> 以史幽探、哀萃芳冠首者，盖主人自言穷探野史，尝有所见，惜湮没无闻，而哀群芳之不传，因笔志之。……结以花再芳、毕全贞者，盖以群芳沦落，几至澌灭无闻，今赖斯而得不朽，非若花之再芳乎？所列百人，莫非琼林琪树，合璧骈珠，故以全贞毕焉。

这是著者著书的宗旨。我们要问，著者自言“穷探野史，尝有所见”，究竟他所见的是什么？

我的答案是：李汝珍所见的是几千年来忽略了的妇女问题。他是中国最早提出这个妇女问题的人，他的《镜花缘》是一部讨论妇女问题的小说。他对于这个问题的答案是，男女应该受平等的待遇，平等的教育，平等的选举制度。

这是《镜花缘》著作的宗旨。我是最痛恨穿凿附会的人，但我研究《镜花缘》的结果，不能不下这样的一个结论。

我们先要指出，李汝珍是一个留心社会问题的人。这部《镜花缘》的结构，很有点像司威夫特（Swift）的《海外轩渠录》（*Gulliver's Travels*），是要想借一些想象出来的“海外奇谈”来讥评中国的不良社会习惯的。最明显的是第十一第十二回君子国的一大段；这里凡提出了十二个社会问题：

（1）商业贸易的伦理问题（第十一回）。

（2）风水的迷信（以下均第十二回）。

（3）生子女后的庆贺筵宴。

（4）送子女入空门。

（5）争讼。

（6）屠宰耕牛。

（7）宴客的肴馔过多。

（8）三姑六婆。

（9）后母。

（10）妇女缠足。

（11）用算命为合婚。

（12）奢侈。

这十二项之中，虽然也有迂腐之谈——如第一、第五，诸项——但有几条确然是很有见解的观察。内中最精采的是第十和第十一两条。第十条说：

吾闻尊处向有妇女缠足之说。始缠之时，其女百般痛苦，抚足哀号，甚至皮腐肉败，鲜血淋漓。当此之际，夜不成寐，食不下咽；种种疾病，由此而生。小子以为此女或有不肖，其母不忍置之于死，故以此法治之。谁知系为美观而设！若不如此，即不为美！试问鼻大者削之使小，额高者削之使平，人必谓为残废之人。何以两足残缺，步履艰难，却又为美？即如西子、王嫱皆绝世佳人，彼时又何尝将其两足削去一半？况细推其由，与造淫具何异？此圣人之所必诛，贤者之所不取。

第十一条说：

婚姻一事，关系男女终身，理宜慎重，岂可草草？既要联姻，如果品行纯正，年貌相当，门第相对，即属绝好良姻，何必再去推算？……尤可笑的，俗传女命，北以属羊为劣，南以属虎为凶。其说不知何意，至今相沿，殊不可解。人值未年而生，何至比之于羊？寅年而生，又何至竟变为虎？且世间惧内之人，未必皆系属虎之妇。况鼠好偷窃，蛇最阴毒，那属鼠属蛇的岂皆偷窃阴毒之辈？牛为负重之兽，自然莫苦于此；岂丑年所生都是苦命？此皆愚民无知，造此谬论。往往读书人亦染此风，殊为可笑。总之，婚姻一事，若不论门第相对，不管年貌相当，惟以合婚为准，势必将就勉强从事，虽有极美良姻，亦必当面错过，以致日后儿女抱恨终身，追悔无及。为人父母的倘能洞察合婚之谬，惟以品行年貌门第为重，至于富贵寿考，亦惟听之天命，即日后别有不虞，此心亦可对住儿女，儿女似亦无怨了。

这两项都是妇女问题的重要部分；我们在这里已可看出李汝珍对于妇女问题的热心了。

大凡写一个社会问题，有抽象的写法，有具体的写法。抽象的写法，只是直截指出一种制度的弊病，和如何救济的方法。君子国里的谈话，便是这种写法，正如牧师讲道，又如教官讲《圣谕广训》，扯长了面孔讲道理，全没有文学的趣味，所以不能深入人心。李汝珍对于女子问题，若单有君子国那样干燥枯寂的讨论，就不能算是一个文学家了。《镜花缘》里最精采的部分是女儿国一大段。这一大段的宗旨只是要用文学的技术，诙谐的风味，极力描写女子所受的不平等的，惨酷的，不人道的待遇。这个女儿国是李汝珍理想中给世间女子出气伸冤的乌托邦。在这国里，

历来本有男子；也是男女配合，与我们一样。其所异于人的，男子反穿衣裙，作为妇人，以治内事；女子反穿靴帽，作为男人，以治外事。

唐敖看了那些男人，说道：

九公，你看他们原是好妇人，却要装作男人，可谓矫揉造作了。

多九公笑道：

唐兄，你是这等说。只怕他们看见我们，也说我们放着好好妇人不做，却矫揉造作，充作男人哩。

唐敖点头道：

> 九公此话不错。俗语说的，习惯成自然。我们看他们虽觉异样，无如他们自古如此，他们看见我们，自然也以我们为非。

这是李汝珍对于妇女问题的根本见解：今日男尊女卑的状况，并没有自然的根据，只不过是“自古如此”的“矫揉造作”，久久变成“自然”了。

请看女儿国里的妇人：

> 那边有个小户人家，门内坐着一个中年妇人，一头青丝黑发，油搽的雪亮，真可滑倒苍蝇；头上梳一盘龙鬏儿，鬓旁许多珠翠，真是耀花人眼睛；耳坠八宝金环，身穿玫瑰紫的长衫，下穿葱绿裙儿；裙下露着小小金莲，穿一双大红绣鞋，刚刚只得三寸；伸着一双玉手，十指尖尖，在那里绣花；一双盈盈秀目，两道高高蛾眉，面上许多脂粉：再朝嘴上一看，原来一部胡须，是个络腮胡子。

这位络腮胡子的美人，望见了唐敖、多九公，大声喊道：

> 你面上有须，明明是个妇人，你却穿衣戴帽，混充男人。你也不管男女混杂。你明虽偷看妇女，你其实要偷看男人。你这臊货，你去照照镜子，你把本来面目都忘了。你这蹄子也不怕羞！你今日幸亏遇见老娘，你若遇见别人，把你当作男人偷看妇女，只怕打个半死哩！

以上写“矫揉造作”的一条原理，虽近于具体的写法，究竟还带

一点抽象性质。第三十三回写林之洋选作王妃的一大段,方才是富于文学趣味的具体描写法。那天早晨,林之洋说道:

幸亏俺生中原。若生这里,也教俺缠足,那才坑死人哩。

那天下午,果然就"请君入瓮"!女儿国的国王看中了他,把他关在宫里,封他为王妃。

早有宫娥预备香汤,替他洗浴,换了袄裤,穿了衫裙,把那一双大金莲暂且穿了绫袜,头上梳了鬏儿,搽了许多头油,戴上凤钗,搽了一脸香粉,又把嘴唇染的通红,手上戴了戒指,腕上戴了金镯,把床帐安了,请林之洋上坐。

这是"矫揉造作"的第一步。第二步是穿耳:

几个中年宫娥走来,都是身高体壮,满嘴胡须。内中一个白须宫娥,手拿针线,走到床前跪下道。"禀娘娘,奉命穿耳。"早有四个宫娥上来,紧紧扶住。那白须宫娥上前,先把右耳用指将那穿针之处碾了几碾,登时一针穿过。林之洋大叫一声"痛杀俺了!"望后一仰,幸亏宫娥扶住。又把左耳用手碾了几碾,也是一针直过。林之洋只痛的喊叫连声。两耳穿过,用些铅粉涂上,揉了几揉,戴了一副八宝金环。白须宫娥把事办毕退去。

第三步是缠足:

> 接着，有个黑须宫人，手拿一匹白绫，也向床前跪下道："禀娘娘，奉命缠足。"又上来两个宫娥，都跪在地下，扶住金莲，把绫袜脱去。那黑须宫娥取了一个矮凳，坐在下面，将白绫从中撕开，先把林之洋右足放在自己膝盖上，用些白矾洒在脚缝内，将五个脚指紧紧靠在一处，又将脚面用力曲作弯弓一般，即用白绫缠裹。才缠了两层，就有宫娥拿着针线上来密密缝口。一面狠缠，一面密缝。林之洋身旁既有四个宫娥紧紧靠定，又被两个宫娥把脚扶住，丝毫不能转动。及至缠完，只觉脚上如炭火烧的一般，阵阵疼痛，不觉一阵心酸，放声大哭道："坑死俺了！"两足缠过，众宫娥草草做了一双软底大红鞋替他穿上。林之洋哭了多时。

林之洋——同一切女儿一样——起初也想反抗。他就把裹脚解放了，爽快了一夜。次日，他可免不掉反抗的刑罚了。一个保母走上来，跪下道："王妃不遵约束，奉命打肉。"

> 林之洋看了，原来是个长须妇人，手捧一块竹板，约有三寸宽，八尺长，不觉吃了一吓道："怎么叫作打肉？"只见保母手下四个微须妇人，一个个膀阔腰粗，走上前来，不由分说，轻轻拖翻，褪下中衣。保母手举竹板，一起一落，竟向屁股大腿一路打去。林之洋喊叫连声，痛不可忍。刚打五板，业已肉绽皮开，血溅茵褥。

"打肉"之后，

林之洋两只金莲被众宫人今日也缠，明日也缠，并用药水薰洗，未及半月，已将脚面弯曲，折作凹段，十指俱已腐烂，日日鲜血淋漓。

他——她　实在忍不住了，又想反抗了，又把裹脚的白绫乱扯去了。这一回的惩罚是：“王妃不遵约束，不肯缠足，即将其足倒挂梁上。”

林之洋此时已将生死付之度外，即向众宫娥道：“你们快些动手，越教俺早死，俺越感激。只求越快越好。”于是随着众人摆布。

好一个反抗专制的革命党！然而——

谁知刚把两足用绳缠紧，已是痛上加痛。及至将足吊起，身子悬空，只觉眼中金星乱冒，满头昏晕，登时疼的冷汗直流，两腿酸麻。只得咬牙忍痛，闭口合眼，只等早早气断身亡，就可免了零碎吃苦。吊了片时，不但不死，并且越吊越觉明白，两足就如刀割针刺一般，十分痛苦。咬定牙关，左忍右忍，那里忍得住！不因不由杀猪一般喊叫起来，只求国王饶命。保母随即启奏，放了下来。从此只得耐心忍痛，随着众人，不敢违拗。众宫娥知他畏惧，到了缠足时，只图早见功效，好讨国王欢喜，更是不顾死活，用力狠缠。屡次要寻自尽，无奈众人日夜堤防，真是求生不能，求死不得。不知不觉那足上腐烂的血肉都已变成脓水，业已流尽，只剩几根枯骨，两足甚觉瘦小。

一个平常中国女儿十几年的苦痛，缩紧成几十天的工夫，居然大功告成了！林之洋在女儿国御设的“矫揉造作速成科”毕业之后，

> 到了吉期，众宫娥都绝早起来，替他开脸梳裹，搽脂抹粉，更比往日加倍殷勤。那双金莲虽觉微长，但缠的弯弯，下面衬了高底，穿着一双大红凤头鞋，却也不大不小。身上穿了蟒衫，头上戴了凤冠，浑身玉佩叮当，满面香气扑人；虽非国色天香，却是嫋嫋婷婷。
>
> 不多时，有几个宫人手执珠灯，走来跪下道：“吉时已到，请娘娘先升正殿，伺候国主散朝，以便行礼进宫。就请升舆。”林之洋听了，倒像头顶上打了一个霹雳，只觉耳中嘤的一声，早把魂灵吓的飞出去了。众宫娥不由分说，一齐搀扶下楼，上了凤舆，无数宫人簇拥来到正殿。国王业已散朝，里面灯烛辉煌，众宫人搀扶，林之洋颤颤巍巍，如鲜花一枝，走到国王面前，只得弯着腰儿拉着袖儿，深深万福叩拜。

几十天的“矫揉造作”，居然使一个天朝上国的堂堂男子，向那女儿国的国王，颤颤巍巍地“弯着腰儿，拉着袖儿，深深万福叩拜”了！

几千年来，中国的妇女问题，没有一人能写的这样深刻，这样忠厚，这样怨而不怒。《镜花缘》里的女儿国一段是永远不朽的文学。

女儿国唐敖治河一大段，也是寓言，含有社会的、政治的意义。请看唐敖说那处河道的情形：

以彼处形势而论，两边堤岸高如山陵，而河身既高且浅，形像如盘，受水无多，以至为患。这总是水大之时，惟恐冲决漫溢，且顾目前之急，不是筑堤，就是培岸。及至水小，并不预为设法挑挖疏通。到了水势略大，又复培壅，以致年复一年，河身日见其高。若以目前形状而论，就如以浴盆置于屋脊之上，一经漫溢，以高临下，四处皆为受水之区，平地即成泽国。若要安稳，必须将这浴盆埋在地中，盆低地高，既不畏其冲决，再加处处深挑，以盘形变成釜形。受水既多，自然可免漫溢之患了。

这里句句都含有双关的意义，都是暗指一个短见的社会或短见的国家，只会用"筑堤"、"培岸"的方法来压制人民的能力，全不晓得一个"疏"字的根本救济法。李汝珍说的虽然很含蓄，但他有时也很明显：

多九公道："治河既如此之易，难道他们国中就未想到么？"唐敖道："昨日九公上船安慰他们，我唤了两个人役细细访问。此地向来铜铁甚少，兼且禁用利器，以杜谋为不轨。国中所用，大约竹刀居多。惟富家间用银刀，亦甚希罕。所有挑河器具一概不知……"

这不是明明的一个秦始皇的国家吗？他又怕我们轻轻放过这一点，所以又用诙谐的写法。叫人不容易忘记：

多九公道："原来此地铜铁甚少，禁用利器。怪不得此处药店所挂招牌，俱写‘咬片’、‘咀片’。我想好好药品，自应切片，怎么倒用牙咬？腌臜姑且不论，岂非舍易求难么？老夫正疑此字用的不解。今听唐兄之言，无怪要用牙咬了。……”

请问读者，如果著者没有政治的意义，他为什么要在女儿国里写这种压制的政策？女儿国的女子，把男子压伏了，把他们的脚缠小了，又恐怕他们造反，所以把一切利器都禁止使用，“以杜谋为不轨”。这是何等明显的意义！

女儿国是李汝珍理想中女权伸张的一个乌托邦，那是无可疑的。但他又写出一个黑齿国，那又是他理想中女子教育发达的一个乌托邦了。

黑齿国的人是很丑陋的：

其人不但通身如墨，连牙齿也是黑的。再加一点朱唇，两道红眉，一身黑衣，其黑更觉无比。

然而黑齿国的教育制度，却与众不同。唐敖、多九公一上岸，便看见一所“女学塾”。据那里的先生说：

至敝乡考试历来虽无女科，向有旧例，每到十余年，国母即有观风盛典。凡有能文处女，俱准赴试，以文之优劣，定以等第，或赐才女匾额，或赐冠带荣身，或封其父母，或荣及翁姑，乃吾乡胜事。因此，凡生女之家，到了四五岁，无论贫富，莫不送塾攻书，以备赴试。

再听林之洋说：

> 俺因他们脸上比炭还黑，俺就带了脂粉上来。那知这些女人因搽脂粉反觉丑陋，都不肯买，倒是要买书的甚多。俺因女人不买脂粉，倒要买书，不知甚意；细细打听，才知这里向来分别贵贱就在几本书上。
>
> 他们风俗，无论贫富，都以才学高的为贵，不读书的为贱。就是女人也是这样。到了年纪略大，有了才名，方有人求亲。若无才学，就是生在大户人家，也无人同他配婚。因此，他们国中不论男女，自幼都要读书。

这是不是一个女学发达的乌托邦？李汝珍要我们特别注意这个乌托邦，所以特别描写两个黑齿国的女子，亭亭和红红，把天朝来的那位多九公考的"目瞪口呆"，"面上红一阵，白一阵，头上只管出汗"。那女学堂的老先生，是个聋子，不曾听见他们的谈论，只当多九公怕热，拿出汗巾来替他揩汗，说道：

> 斗室屈尊，致令大贤受热，殊抱不安。但汗为人之津液，也须忍耐少出才好。大约大贤素日喜吃麻黄，所以如此。今出这场痛汗，虽痢疟之症，可以放心，以后如麻黄发汗之物，究以少吃为是。

后来，多九公们好容易逃出了这两个女学生的重围，唐敖说道：

> 小弟约九公上来，原想看他国人生的怎样丑陋。谁知只

顾谈文，他们面上好丑我们还未看明，今倒被他们先把我们腹中丑处看去了。

这样恭维黑齿国的两个女子，只是著者要我们注意那个提倡女子教育的乌托邦。

李汝珍又在一个很奇怪的背景里，提出一个很重大的妇女问题：他在两面国的强盗山寨里，提出男女贞操的“两面标准”（Double standard）的问题。两面国的人，“个个头戴浩然巾，都把脑后遮住，只露一张正面”；那浩然巾的底下却另“藏着一张恶脸，鼠眼鹰鼻，满面横肉”（第二十五回）。他们见了穿绸衫的人，也会“和颜悦色，满面谦恭”；见了穿破布衫的人，便“陡然变了样子，脸上的笑容也收了，谦恭也免了”（第二十五回）。这就是一种“两面标准”。然而最惨酷的“两面标准”却在男女贞操问题的里面。男子期望妻子守贞操，而自己却可以纳妾嫖娼；男子多妻是礼法许可的，而妇人多夫却是绝大罪恶；妇人和别的男子有爱情，自己的丈夫若宽恕了他们，社会上便要给他“乌龟”的尊号；然而丈夫纳妾，妻子却“应该”宽恕不妒，妒是妇人的恶德，社会上便要给他“妒妇”、“母夜叉”等等尊号。这叫做“两面标准的贞操”。在中国古史上，这个问题也曾有人提起，例如谢安的夫人说的“周婆制礼”。和李汝珍同时的大学者俞正燮，也曾指出“妒非妇人恶德”。但三千年的议礼的大家，没有一个人能有李汝珍那样明白爽快的。《镜花缘》第五十一回里，那两面国的强盗想收唐闺臣等作妾，因此触动了他的押寨夫人的大怒。这位夫人把他的丈夫打了四十大板，还数他的罪状道：

既如此，为何一心只想讨妾？假如我要讨个男妾，日日把你冷淡。你可欢喜？你们作男子的，在贫贱时，原也讲些伦常之道。一经转到富贵场中，就生出许多炎凉样子，把本来面目都忘了；不独疏亲慢友，种种骄傲，并将糟糠之情也置度外。这真是强盗行为，已该碎尸万段。你还只想置妾，那里有个忠恕之道？我不打你别的，我只打你只知有己不知有人。把你打的骄傲全无，心里冒出一个忠恕来，我才甘心。今日打过，嗣后我也不来管你。总而言之，你不讨妾则已，若要讨妾，必须替我先讨男妾，我才依哩。我这男妾，古人叫作"面首"。面哩，取其貌美；首哩，取其发美。这个故典，并非是我杜撰，自古就有了。

读者应该记得，这一大段训词是对着那两面国的强盗说的。在李汝珍的眼里，凡一切"只知有己，不知有人"的男子，都是强盗，都是两面国的强盗，都应该"碎尸万段"，都应该被他们的夫人"打的骄傲全无，心里冒出一点忠恕来"。——什么叫做"忠恕之道"？推己及人，用一个单纯的贞操标准：男所不欲，勿施于女；所恶于妻，毋以取于夫：这叫做"忠恕之道"！

然而女学与女权，在我们这个"天朝上国"，实在不容易寻出历史制度上的根据。李汝珍不得已，只得从三千年的历史上挑出武则天的十五年（690—705）做他的历史背景。三千年的历史上，女后垂帘听政的确然不少，然而妇人不假借儿子的名义，独立做女皇帝的，却只有吕后与武后两个人。吕后本是一个没有学识的妇人，他的政治也实在不足称道。武则天却不然；他是一个有文学天才并且有政治手腕的妇人，他的十几年的政治，虽然受了许多腐儒的诬谤，究竟要算唐朝的治世。他能提倡文学，他能提倡美术，他能赏识人才，他能使一班文人政客拜倒在他的冕旒之下。李汝珍抓住了这一个正式的女皇帝，大胆的把正史和野史上一切污蔑武则天人格的谣言都扫的干干净净。《镜花缘》里，对于武则天，只有褒词，而无谤语：这是李汝珍的过人卓识。

李汝珍明明是借武则天皇帝来替中国女子出气的。所以他在第四十回，极力描写他对于妇女的德政。他写的那十二条恩旨是：

(1)旌表贤孝的妇女。

(2)旌奖"悌"的妇女。

(3)旌表贞节。

(4)赏赐高寿的妇女。

(5)"太后因大内宫娥，抛离父母，长处深宫，最为凄凉，今命查明，凡入宫五年者，概行释放，听其父母自行择配。嗣后采选释放，均以五年为期。其内外军民人等，凡侍婢年二十以外尚未婚配者，令其父母领回，为之婚配。如无父母亲族，即令其主代为择配。"

(6)推广"养老"之法，"命天下郡县设造养媪院。凡妇人四旬以外，衣食无出，或残病衰颓，贫无所归者，准其报名入院，官为养赡，以终其身。"

(7)"太后因贫家幼女，或因衣食缺乏，贫不能育，或因疾病缠绵，医药无出，非弃之道旁，即送入尼庵，或卖为女优，种种苦况，甚为可怜，今命郡县设造育女堂。凡幼女自襁褓以至十数岁者，无论疾病残废，如贫不能育，准其送堂，派令乳母看养。有愿领回抚养者，亦听其便。其堂内所育各女，候年至二旬，每名酌给妆资，官为婚配。"

(8)“太后因妇人一生衣食莫不倚于其夫，其有夫死而孀居者，既无丈夫衣食可恃，形只影单，饥寒谁恤？今命查勘，凡嫠妇苦志守节，家道贫寒者，无论有无子女，按月酌给薪水之资，以养其身。”

(9)“太后因古礼女子二十而嫁，贫寒之家往往二旬以外尚未议婚，甚至父母因无力妆奁，贪图微利，或售为侍妾，或卖为优娼，最为可悯，今命查勘，如女年二十，其家实系贫寒无力，妆奁不能婚配者，酌给妆奁之资，即行婚配。”

(10)“太后因妇人所患各症，如经癸带下各疾，其症尚缓，至胎前产后，以及难产各症，不独刻不容缓，并且两命攸关，故孙真人著《千金方》，特以妇人为首，盖即《易》基乾坤，《诗》首《关雎》之义，其事岂容忽略？无如贫寒之家，一经患此，既无延医之力，又乏买药之资，稍为耽延，遂至不救。妇人由此而死者，不知凡几。亟应广沛殊恩，命天下郡县延访名医，各按地界远近，设立女科。并发御医所进经验各方，配各药料，按症施舍。”

(11)(略)

(12)(略)

这十二条之中，如(5)(7)(10)都是很重要的建议。第十条特别注重女科的医药，尤其是向来所未有的特识。

但李汝珍又要叫武则天创办男女平等的选举制度。注意，我说的是选举制度，不单是一个两个女扮男装的女才子混入举子队里考取一名科第。李汝珍的特识在于要求一种制度，使女子可以同男子一样用文学考取科第。中国历史上并不是没有上官婉儿和李易安，只是缺乏一种正式的女子教育制度；并不是没有木兰和秦良玉，吕雉和武则天，只是缺乏一种正式的女子参政制度。一种女子选举制度，一方面可提倡女子教育，一方面可引到女子参政。所以李汝珍在黑齿国说的也是一种制度。在武则天治下说的也只是一种制度。这真是大胆而超卓的见解。

他拟的女子选举制度,也有十二条,节抄于下:

(1)考试先由州县考取,造册送郡;郡考中式,始与部试;部试中式,始与殿试。……

(2)县考取中,赐文学秀女匾额,准其郡考。郡考取中,赐文学淑女匾额,准其部试。部试取中,赐文学才女匾额,准其殿试。殿试名列一等,赏女学士之职,二等赏女博士之职,三等赏女儒士之职,俱赴红文宴,准其年支俸禄。其有情愿内廷供奉者,俟试俸一年,量材擢用。……

(3)殿试一等者,其父母翁姑及本夫如有官职在五品以上,各加品服一级。在五品以下,俱加四品服色。如无官职,赐五品服色荣身。二等者赐六品服色,三等者赐七品服色。余照一等之例,各为区别,女悉如之。

(5)试题,自郡县以至殿试,俱照士子之例,试以诗赋,以归体制(因为唐朝试用诗赋)。

(6)凡郡考取中,女及夫家,均免徭役。其赴部试者,俱按程途远近,赐以路费。

但最重要的宣言,还在那十二条规例前面的谕旨:

> 大周金轮皇帝制曰:朕惟天地英华,原不择人而畀;帝王辅翼,何妨破格而求?丈夫而擅词章,固重圭璋之品;女子而娴文艺,亦增蘋藻之光。我国家储才为重,历圣相符;朕受命维新,求贤若渴。辟门吁俊,桃李已属春官;《内则》遴才,科第尚遗闺秀。郎君既膺鹗荐,女史未遂鹏飞,奚见选举之公,难

语人才之盛。昔《帝典》将坠，伏生之女传经；《汉书》未成，世叔之妻续史。讲艺则纱幮绫帐，博雅称名；吟诗则柳絮椒花，清新独步。群推翘秀，古今历重名媛。慎选贤能，闺阁宜彰旷典。况今日灵秀不钟于男子，贞吉久属于坤元。阴教咸仰敷文，才藻益征竞美。是用博谘群议，创立新科。于圣历三年，命礼部诸臣特开女试。……从此珊瑚在网，文博士本出宫中。玉尺量才，女相如岂遗苑外？丕焕新猷，聿昭盛事。布告中外，咸使闻知！

前面说"天地英华，原不择人而畀"，后面又说"况今日灵秀不钟于男子"（此是用陆象山的门人的话）。这是很明显的指出男女在天赋的本能上原没有什么不平等。所以又说："郎君既膺鹗荐，女史未遂鹏飞，奚见选举之公，难语人才之盛。"这种制度便是李汝珍对于妇女问题的总解决。

有人说："这话未免太恭维李汝珍了。李汝珍主张开女科，也许是中了几千年科举的遗毒，也许仍是才子状元的鄙陋见解。不过把举人进士的名称改作淑女才女罢了。用科举虚荣心来鼓励女子，算不得解决妇女问题。"

这话固也有几分道理。但平心静气的读者，如果细读了黑齿国的两回，便可以知道李汝珍要提倡的并不单是科第，乃是学问。李汝珍也深知科举教育的流毒，所以他写淑士国（第二十三四回）极端崇拜科举，——"凡庶民素未考试的，谓之游民"——而结果弄的酸气遍于国中，酒保也带着儒巾，戴着眼镜，嘴里哼着之乎者也！然而他也承认科举的教育究竟比全无教育好的多多，所以他说淑士国的人：

> 自幼莫不读书。虽不能身穿蓝衫，名列胶庠，只要博得一领青衫，戴个儒巾，得列名教之中，不在游民之内。从此读书上进固妙，如或不能，或农或工，亦可各安事业了。

人人“自幼莫不读书”，即是普及教育！他的最低限度的效能是：

> 读书者甚多，书能变化气质；遵着圣贤之教，那为非作歹的，究竟少了。

况且在李汝珍的眼里，科举不必限于诗赋，更不必限于八股。他在淑士国里曾指出：

> 试考之例，各有不同。或以通经，或以明史，或以词赋，或以诗文，或以策论，或以书启，或以乐律，或以音韵，或以刑法，或以历算，或以书画，或以医卜，要精通其一，皆可取得一顶头巾，一领青衫。若要上进，却非能文不可。至于蓝衫，亦非能文不可得。

这岂是热中陋儒的见解！

况且我在上文曾指出，女子选举的制度，一方面可以提倡女子教育，一方面可以引到女子参政。关于女子教育一层，有黑齿国作例，不消说了。关于参政一层，李汝珍在一百年前究竟还不敢作彻底的主张，所以武则天皇帝的女科规例里，关于及第的才女的出身，偏重虚荣与封赠，而不明言政权，至多只说“其有情愿内廷供奉者，俟试俸一年，量才擢用”。内廷供奉究竟还只是文学侍从之官，不能算是彻底的女子参政。

然而我们也不能说李汝珍没有女子参政的意思在他的心里。何以见得呢？我们看他于一百个才女之中，特别提出阴若花、黎红红、卢亭亭、枝兰音四个女子；他在后半部里尤其处处优待阴若花，让他回女儿国做国王，其余三人都做他的大臣。最可注意的是他们临行时亭亭的演说：

> 亭亭正色道："……愚姊志岂在此？我之所以欢喜者，有个缘故。我同他们三位，或居天朝，或回本国，无非庸庸碌碌虚度一生。今日忽奉太后敕旨，伴送若花姊姊回国，正是千载难逢际遇。将来若花姊姊做了国王，我们同心协力，各矢忠诚，或定礼制乐，或兴利剔弊，或除暴安良，或举贤去佞，或敬慎刑名，或留心案牍，扶佐他做一国贤君，自己也落个女名臣的美号。日后史册流芳，岂非千秋佳话！……"

这是不是女子参政？

三千年的历史上，没有一个人曾大胆的提出妇女问题的各个方面来作公平的讨论。直到十九世纪的初年，才出了这个多才多艺的李汝珍，费了十几年的精力来提出这个极重大的问题。他把这个问题的各方面都大胆的提出，虚心的讨论，审慎的建议。他的女儿国一大段，将来一定要成为世界女权史上的一篇永永不朽的大文；他对于女子贞操，女子教育，女子选举等等问题的见解，将来一定要在中国女权史上占一个很光荣的位置：这是我对于《镜花缘》的预言。也许我和今日的读者还可以看见这一日的实现。

十二年，二月至五月，陆续草完。

《三侠五义》序*

一　包公的传说

历史上有许多有福之人。一个是黄帝，一个是周公，一个是包龙图。上古有许多重要的发明，后人不知道是谁发明的，只好都归到黄帝的身上，于是黄帝成了上古的大圣人。中古有许多制作，后人也不知道究竟是谁创始的，也就都归到周公的身上，于是周公成了中古的大圣人，忙的不得了，忙的他“一沐三握发，一饭三吐哺”！

这种有福的人物，我曾替他们取个名字，叫做“箭垛式的人物”；就同小说上说的诸葛亮借箭时用的草人一样，本来只是一扎干草，身上刺猬也似的插着许多箭，不但不伤皮肉，反可以立大功，得大名。

包龙图——包拯——也是一个箭垛式的人物。古来有许多精巧的折狱故事，或载在史书，或流传民间，一般人不知道他们的来历，这些故事遂容易堆在一两个人的身上。在这些侦探式的清官之中，民间的传说不知怎样选出了宋朝的包拯来做一个箭垛，把许

---

* 本文作于1925年3月15日，原载亚东图书馆出版俞平伯点校《三侠五义》中，后收入《胡适文存》三集卷六。

多折狱的奇案都射在他身上。包龙图遂成了中国的歇洛克·福尔摩斯了。

包拯在《宋史》里止有一篇短传(卷三一六),说他“立朝刚毅,贵戚宦官为之敛手,闻者皆惮之。人以包拯笑比黄河清。童稚妇女亦知其名,呼曰包待制。京师为之语曰:‘关节不到,有阎罗包老。’旧制,凡讼诉不得径造庭下。拯开正门,使得至前陈曲直,吏不敢欺”。这是包拯故事的根源。他在当日很得民众的敬爱,故史称“童稚妇女皆知其名”。后来民间传说,遂把他提出来代表民众理想中的清官。他却也有这种代表资格,如上文引的《宋史》所说“笑比黄河清”,“关节不到”等事,都可见他的为人。《宋史》又说他:

> 性峭直,恶吏苛刻,务敦厚;虽甚嫉恶,而未尝不推以忠恕也。与人不苟合,不伪辞色悦人。平居无私书,故人亲党皆绝之。虽贵,衣服器用饮食如布衣时。尝曰:“后世子孙仕宦有犯赃者,不得放归本家;死,不得葬大茔中。不从吾志,非吾子若孙也。”

他的长处在于峭直而“务敦厚”,嫉恶而“未尝不推以忠恕”。《宋史》本传纪载他的爱民善政很多,大概他当日所以深得民心,也正是因为这个原故。不过后世传说,注重他的刚毅峭直处,遂埋没了他的敦厚处了。

关于包拯断狱的精明,《宋史》只记他:

> 知天长县,有盗割人牛舌者。主来诉,拯曰:“第归,杀而

䶑之。”寻复有来告私杀牛者。拯曰:“何为割牛舌而又告之?”盗惊服。

他大概颇有断狱的侦探手段。民间传说,愈传愈神奇,不但把许多奇案都送给他,并且造出“日断阳事,夜断阴事”的神话。后世佛、道混合的宗教遂请他做了第五殿的阎王。这种神话的源流是很可供社会史家的研究的。

大概包公断狱的种种故事,起于北宋,传于南宋;初盛于元人的杂剧,再盛于明、清人的小说。

《元曲选》一百种之中,有十种是包拯断狱的故事,其目如下:

①包待制陈州粜米　(无名氏)

②包龙图智赚合同文字　(无名氏)

③包龙图单见黑旋风

　神奴儿大闹开封府　(无名氏)

④包待制三勘蝴蝶梦　(关汉卿)

⑤包待制智斩鲁斋郎　(关汉卿)(以上两本《录鬼簿》记关氏所著杂剧目中不载,疑是无名氏之作,《元曲选》误收为关氏之作。)

⑥包龙图智勘后庭花　(郑庭玉)

⑦包待制智赚灰阑记　(李行道)

⑧王月英元夜留鞋记　(曾瑞卿)

⑨玎玎珰珰盆儿鬼　(无名氏)

⑩包待制智赚生金阁　(武汉臣)

这都是保存至今的。此外还有不传的杂剧:

⑪糊突包待制　(江泽民)(见《录鬼簿》)

⑫包待制判断烟花鬼　(张鸣善)(同上)

⑬风雪包待制　(无名氏)(见《太和正音谱》)

⑭包待制双勘丁　(无名氏)(同上)

我们看《元曲选》中保存的包公杂剧,可以知道宋、元之间包公的传说不但很盛行,并且已有了一个大同小异的中心。例如各剧都说:

> 老夫姓包,名拯,字希文,乃庐州金斗郡四望乡老儿村人氏。

《宋史》说他字希仁,王铚《默记》也称包希仁;而传说改称字希文。《宋史》只说他是庐州合肥人,而传说捏造出“金斗郡四望乡老儿村”来。这些小节都可证当日必有一种很风行的包公故事作一种底本。又如《灰阑记》云:

> 敕赐势剑金牌,体察滥官污吏。

《留鞋记》云:

> 因为老夫廉能清正,奉公守法,圣人敕赐势剑金牌,着老夫先斩后奏。

《盆儿鬼》云:

> 敕赐势剑金牌,容老夫先斩后奏,专一体察滥官污吏,与百姓伸冤理枉。

《陈州粜米》云：

〔范学士云〕待制再也不必过虑。圣人的命敕赐与你势剑金牌，先斩后闻。

这就是后来"赐御铡三刀"的传说的来源。元人杂剧里已有"铜鍘"的名称，如《后庭花》云：

〔赵廉访云〕与你势剑铜鍘，限三日便与我问成这桩事。……〔正末云〕是好一口剑也呵！〔唱〕

这剑冷飕飕，取次不离匣。这恶头儿揣与咱家。我若出公门，小民把我胡扑搭，莫不是这老子卖弄这势剑铜鍘？

在"音释"里，鍘字注"音查"，即是铡字。又《灰阑记》也说：

若不是呵，就把铜鍘来切了这个驴头。

这都可见"敕赐势剑铜铡"已成了那时的包公故事的公认的部分了。又如《盆儿鬼》云：

上告待制老爷听端的：
人人说你白日断阳间，
到得晚时又把阴司理。

可见"日断阳事，夜断阴事"在那时已成了公认的中心部分了。

以上所说,都可见当时必有一种通行的底本。最可注意的是《盆儿鬼》中张憋古列举包公的奇案云:

也曾三勘王家蝴蝶梦,
也曾独粜陈州老仓米,
也曾智赚灰阑年少儿,
也曾诈斩斋郎衙内职,
也曾断开双赋《后庭花》,
也曾追还两纸合同笔。

这里面举的六件事即是《元曲选》里六本杂剧的故事。这事可有两种解释。也许这些故事在当日早已成了包公故事的一部分,杂剧家不过取传说中的材料,加上结构,演为杂剧。也许是杂剧家彼此争奇斗巧,你出一本《鲁斋郎》,他出一本《陈州粜米》;你出一本《智赚灰阑记》,他又出一本《智赚合同文字》;正如英国伊里沙白女王时代的各戏园争奇斗巧,莎士比亚出一本《丹麦王子》悲剧,吉德(Kyd)就出一本《西班牙悲剧》(Spanish Tragedy);马罗(Marlowe)出一本《福司特博士》(Doctor Faustus),格林(Greene)就出一本《倍根教士与彭该教士》(Friar Bacon and Friar Bungay)。这两说之中,似后说为较近情理。大概元代杂剧家的争奇斗巧是包公故事发展扩大的一个重要原因;《盆儿鬼》似最晚出,故列举当日已出的包公杂剧中的故事,而后来《盆儿鬼》的故事——即《乌盆记》——却成了包公故事中最通行的部分。

* * * * * *

元朝的包公故事,略如上述。坊间现有一部《包公案》,又名

《龙图公案》,乃是一部杂记体的小说。这书是晚出的书,大概是明、清的恶劣文人杂凑成的,文笔很坏;其中的地理、历史、制度,都是信口开河,鄙陋可笑。书中地名有南直隶,可证其为明朝的书。但我们细看此书,似乎也有一小部分,来历稍古。如《乌盆子》一条,即是元曲《盆儿鬼》的故事,但人物姓名不同罢了。又如《桑林镇》一条,记包公断太后的事,与元朝杂剧《抱妆盒》(说见下)虽不同,却可见民间的传说已将李宸妃一案也堆到包拯身上去了。又如《玉面猫》一条,记五鼠闹东京的神话,五鼠先化两个施俊,又化两个王丞相,又化两个宋仁宗,又化两个太后,又化两个包公;后来包公奏明玉帝,向西方雷音寺借得玉面猫,方才收服了五鼠。这五鼠的故事大概是受了《西游记》里六耳猕猴故事的影响;五鼠闹东京的故事又见于《西洋记》(即《三保太监下西洋》),比《包公案》详细的多,大概《包公案》作于明末,在《西游》、《西洋》之后。五鼠后来成为五个义士,玉猫后来成为"御猫"展昭,这又可见传说的变迁与神话的人化了。

杂记体的《包公案》后来又演为章回体的《龙图公案》,那大概是清朝的事。《三侠五义》即是从这里面演化出来。但《龙图公案》仍是用包公为主体,而《三侠五义》却用几位侠士作主体,包公的故事不过做个线索,做个背景:这又可见传说的变迁;而从《包公案》演进到《三侠五义》,真不能不算是一大进步了。

二　李宸妃的故事

宋仁宗生母李宸妃的故事,在当日是一件大案,在后世遂成为一大传说,元人演为杂剧,明人演为小说,至《三侠五义》而这个故事变的更完备了;《狸猫换太子》在前清已成了通行的戏剧(包括《断后》、《审郭槐》等出),到近年竟演成了连台几十本的长剧了。这个故事的演变也颇有研究的价值。

《宋史》卷二四二云:

李宸妃,杭州人也。……初入宫,为章献太后(刘后)侍儿。庄重寡言,真宗以为司寝。既有娠,从帝临砌台。玉钗坠。妃恶之。帝心卜:"钗完,当为男子。"左右取以进,钗果不毁。帝甚喜。已而生仁宗。……仁宗即位,为顺容,从守永定陵。……

初仁宗在襁褓,章献(刘后)以为己子,使杨淑妃保视之。仁宗即位,妃嘿处先朝嫔御中,未尝自异。人畏太后,亦无敢言者。终太后世,仁宗不自知为妃所出也。

明道元年,疾革,进位宸妃。薨,年四十六。初章献太后欲以宫人礼治丧于外。丞相吕夷简奏礼宜从厚。太后遽引帝起。有顷,独坐帘下,召夷简问曰:"一宫人死,相公云云,何欤?"夷简曰:"臣待罪宰相,事无内外,无不当预。"太后怒曰:"相公欲离间吾母子耶?"夷简从容对曰:"陛下不以刘氏为念,臣不敢言。尚念刘氏,则丧礼宜从厚。"太后悟,遽曰:"宫人,李宸妃也。且奈何?"夷简乃请治丧用一品礼,殡洪福院。夷简又谓入内都知罗崇勋曰:"宸妃当以后服殓,用水银实棺。异时勿谓夷简未尝道及。"崇勋如其言。

后章献太后崩,燕王为仁宗言:"陛下乃李宸妃所生,妃死以非命。"仁宗号恸,顿毁,不视朝累日,下哀痛之诏自责,尊宸

> 妃为皇太后，谥庄懿（后改章懿）。幸洪福寺祭告，易梓宫，亲哭视之。妃玉色如生，冠服如皇太后；以水银养之，故不坏。仁宗叹曰："人言其可信哉？"遇刘氏加厚。……

这传里记李宸妃一案，可算是很直率的了。章献刘后乃是宋史上一个很有才干的妇人；真宗晚年，她已预闻政事了；真宗死后，仁宗幼弱，刘后临朝专政，前后当国至十一年之久。李宸妃本是她的侍儿，如何敢和她抵抗？所以宸妃终身不敢认仁宗是她生的，别人也不敢替她说话。宸妃死于明道元年，刘后死于明道二年。刘后死后，方有人说明此事。当时有人疑宸妃死于非命，但开棺验看已可证宸妃不曾遭谋害；况且刘后如要谋害她，何必等到仁宗即位十年之后？但当时仁宗下哀痛之诏自责，又开棺改葬，追谥陪葬，这些大举动都可以引起全国的注意，唤起全国的同情，于是种种传说也就纷纷发生，历八九百年而不衰。

宋人王铚作《默记》，也曾记此事，可与《宋史》所记相参证：

> 章懿李太后生昭陵（仁宗），而终章献之世，不知章懿为母也。章懿卒，先殡奉先寺。昭陵以章献之崩，号泣过度。章惠太后（即杨淑妃）劝帝曰："此非帝母；帝自有母宸妃李氏，已卒，在奉先寺殡之。"仁宗即以犊车亟走奉先寺，撤殡观之。在一大井上，四铁索维之。既启棺，而形容如生，略不坏也。时已遣兵围章献之第矣；既启棺，知非鸩死，乃罢遣之。（涵芬楼本，上，页七。）

王铚生当哲宗、徽宗时，见闻较确；他的记载很可代表当时的传说。

然而他的记载已有几点和《宋史》不同：

①宸妃死后，殡于洪福院；《默记》作奉先寺（《仁宗本纪》作法福院）。

②《宋史》记告仁宗者为燕王，而《默记》说是杨淑妃。

③《默记》记仁宗"即以犊车亟走奉先寺"，这种具体的写法便已是民间传说的风味了。（据《仁宗本纪》，追尊宸妃在三月，幸法福寺在九月。）

《默记》又记有两件事，和宸妃的故事都有点关系。其一为张茂实的历史：

张茂实太尉，章圣（真宗）之子，尚宫朱氏所生。章圣畏惧刘后，凡后宫生皇子公主，俱不留。以与内侍张景宗，令养视，遂冒姓张。即长，景宗奏授三班奉职；入谢日，章圣曰："孩儿早许大也。"

昭陵（仁宗）出阁，以为春坊谒者，后擢用副富郑公使虏，作殿前步帅。……

厚陵（英宗）为皇太子，茂实入朝，至东华门外，居民繁用者迎马首连呼曰："亏你太尉！"茂实惶恐，执诣有司，以为狂人而黥配之。其实非狂也。

茂实缘此求外郡。至厚陵即位，……自知蔡州坐事移曹州，忧恐以卒，谥勤惠。

滕元发言，尝因其病问之，至卧内。茂实岸帻起坐，其头角巉然，真龙种也，全类奇表。盖本朝内臣养子未有大用至节帅者。于此可验矣。(上,页十二。)

其二为记冷青之狱:

> 皇祐二年有狂人冷青言母王氏,本宫人,因禁中火,出外。已尝得幸有娠,嫁冷绪而后生青。……诣府自陈,并妄以英宗(涵芬楼本误作神宗)与其母绣抱肚为验。知府钱明逸……以狂人,置不问,止送汝州编管。
>
> 推官韩绛上言:"青留外非便,宜按正其罪,以绝群疑。"翰林学士赵概亦言:"青果然,岂宜出外?若其妄言,则匹夫而希天子之位,法所当诛。"
>
> 遂命概并包拯按得奸状,……处死。钱明逸落翰林学士,以大龙图知蔡州;府推张式、李舜元皆补外。
>
> 世妄以宰相陈执中希温成(仁宗的张贵妃,死后追册为温仁皇后)旨为此,故诛青时,京师昏雾四塞。殊不知执中已罢,是时宰相乃文、富二贤相,处大事岂有误哉?(下,页四。)

这两件事都很可注意。前条说民人繁用迎着张茂实的马首喊叫,后条说民间传说诛冷青时京师昏雾四塞。这都可见当时民间对于刘后的不满意,对于被她冤屈的人的不平。这种心理的反感便是李宸妃故事一类的传说所以流行而传播久远的原因。张茂实和冷青的两案究竟在可信可疑之间,故不能成为动听的故事。李宸妃的一案,事实分明,沉冤至二十年之久,宸妃终身不敢认儿子,仁宗二十三年不知生母为谁(仁宗生于1010,刘后死于1033);及至昭雪之时,皇帝下诏自责,闹到开棺改葬,震动全国的耳目:——

这样的大案子自然最容易流传，最容易变成街谈巷议的资料，最容易添枝添叶，以讹传讹，渐渐地失掉本来的面目，渐渐地神话化。

《宋史》记宸妃有娠时玉钗的卜卦，已是一种神话了。坠钗时的"心卜"，谁人听见？谁人传出？可见李宸妃的传记已采有神话化的材料了。元朝有无名氏做的"李美人御苑拾弹丸，金水桥陈琳抱妆盒"杂剧，可以表见宋、元之间这个故事已变到什么样子，此剧情节如下：

楔子：真宗依太史官王弘之奏，打造金弹丸一枚，向东南方打去，令六宫妃嫔各自寻觅；拾得金丸者，必生贤嗣。

第一折：李美人拾得金丸，真宗遂到西宫游幸。

第二折：李美人生下一子，刘皇后命寇承御去把孩子骗出来弄死。寇承御骗出了太子，只见"红光紫雾罩定太子身上"；遂和陈琳定计，把太子放在黄封妆盒里，偷送出宫，交与八大王抚养。恰巧刘皇后走过金水桥，撞见陈琳，盘问妆盒中装的何物，几乎揭开盒盖。幸得真宗请刘后回宫，陈琳才得脱身。

楔子：陈琳把太子送到南清宫，交与八大王。

第三折：八大王领太子去见真宗；刘后见他面似李美人，遂生疑心，回宫拷问寇承御，寇承御熬刑不过，撞阶而死。

第四折：真宗病重时，命取楚王（即八大王）第十二子承继大统，即是陈琳抱出的太子。太子即位后，细问陈琳，才知李美人为生母。那时刘后与李美人都活着，仁宗不忍追究，只"将西宫改为合德宫，奉李美人为纯圣皇太后，寡人每日问安视膳"。

这里的李宸妃故事有可注意的几点：（1）玉钗之卜已变成了金弹之卜，神话的意味更重了。（2）"红光紫雾"的神话。（3）写刘皇后要害死太子，与《宋史》说刘后养为己子大不同。这可见民间传说不知不觉地已加重了刘后的罪过，与古史上随时加重桀、纣的罪过一样。(4)造出了一个寇承御和一个陈琳，但此时还没有郭槐。(5)李美人生子，由陈琳送与八大王抚养，后来入继大统；这也可见民间传说不愿意让刘后有爱护仁宗之功，所以不知不觉地把这件功劳让与八大王了。(6)仁宗问出这案始末时，刘后与李妃都还不曾死。这也可见民间心理希望李妃享点后福，故把一件悲剧改成一件喜剧了。(7)没有狸猫换太子的话，只说“诈传万岁爷要看，诓出宫来”。(8)没有包公的事。这时期里，这个故事还很简单；用不着郭槐，也用不着包龙图的侦探术。

我们再看《包公案》里的李宸妃故事，便不同了。《包公案》的“桑林镇”一条说包公自陈州赈济回来，到桑林镇歇马放告。有一个住破窑的婆子来告状，那婆子两目昏眊，衣服垢污，放声大哭，诉说前事。其情节如下：

①李妃生下一子，刘妃也生下一女。六宫大使郭槐作弊，把女儿换了儿子。

②李妃一时气闷，误死女儿，被困冷宫。有张园子知此事冤屈，见天子游苑，略说情由；被郭槐报知刘后，绞死张园子，杀他一十八口。

③真宗死后，仁宗登极，大赦冷宫罪人，李妃方得出宫，来到桑林镇乞食度日。

④有何证据呢？婆子说，生下太子时，两手不开；挽开看时，左手有“山河”二字，右手有“社稷”二字。

⑤后来审问郭槐，郭槐抵死不招。包公用计，请仁宗假扮阎罗天子，包公自扮判官，郭槐说出真情，罪案方定。

⑥李后入宫，“母子二人悲喜交集，文武庆贺”。仁宗要令刘后

受油熬之刑，包公劝止，只“着人将丈二白丝帕绞死”。郭槐受鼎镬之刑。

这是这个故事在明、清之间的大概模样。这里面有几点可注意：

①造出了一个坏人郭槐和一个好人张园子，却没有寇承御与陈琳。

②包公成了此案的承审官与侦探家。

③八大王抚养的话抛弃了，变为男女对换的法子，但还没有狸猫之计。

④李妃受的冷宫与破窑之苦，是元曲里没有的。先写她很痛苦，方可反衬出她晚年的福气。

⑤破案后，李后享福，刘后受绞死之刑。这也可见民众的心理。

我们可以把宋、元、明三个时期的李宸妃故事的主要分子列为一个比较表：

	主　文	坏人	好　人	破　案　人	结　局
宋	刘后养李氏子为己子			燕王（《宋史》） 杨淑妃（《默记》）	追尊李妃为太后，与刘后平等
元	刘后要杀李氏子，遇救而免，养于八大王家	刘后	寇承御 陈琳 八大王	陈琳	两后并奉养
明	刘后生女，换了李氏所生子	刘后 郭槐	张园子	包公	李后尊荣，刘后绞死

《三侠五义》里的“狸猫换太子”故事是把元、明两种故事参合起来，调和折衷，组成一种新传说，遂成为李宸妃故事的定本。（看

本书第一回及第十五至十九回。)我们看上面的表,可以知道这个故事有两种很不同的传说;这两种传说不像是同出一源逐渐变成的,乃是两种独立的传说。前一种——元曲《抱妆盒》——和《宋史》还相去不很远,大概是宋、元之间民间演变的传说。后一种——《包公案》——是一个不懂得历史掌故的人编造出来的,他只晓得宋朝有这件事,他也不曾读过《宋史》,也不曾读过元曲,所以凭空造出一条包公断后的故事来。这两种不同的传说,一种靠戏本的流传,一种靠小说的风行,都占有相当的势力。后来的李宸妃故事遂不得不选择调和,演为一种折衷的定本。

《三侠五义》里的李宸妃故事的情节如下:

①钦天监文彦博奏道:“夜观天象,见天狗星犯阙,恐于储君不利。”时李、刘二妃俱各有娠,真宗因各赐玉玺龙袱一个,镇压天狗星;又各赐金丸一枚,内藏九曲珠子一颗,将二妃姓名宫名刻在上面,随身佩带。

②李妃生下一子;刘妃与郭槐定计,将狸猫剥去皮毛,换出太子,叫寇珠送到销金亭用裙带勒死。

③寇珠与陈琳定计,把太子放在妆盒里,偷送出宫。路上碰见郭槐与刘妃,几乎被他们查出。

④八大王收藏太子,养为己子。

⑤李妃因产生妖孽,贬入冷宫。刘妃生下一子,立为太子。

⑥刘妃所生子六岁时得病死了,真宗因立八大王之第三世子为太子,即是李妃所生。太子无意中路过冷宫,见着李妃,怜她受苦,回去替她求情。刘后生疑,拷问寇珠,寇珠撞阶而死。

⑦刘后对真宗说李妃怨恨咒诅,真宗大怒,赐白绫七尺,令她自尽。幸得小太监余忠替死,李妃扮作余忠,逃至陈州安身。

⑧包公自陈州回来，在草州桥歇马放告。有住破窑的瞎婆子来告状，诉说前事，始知为李宸妃，有龙袱金丸为证。

⑨包公之妻李夫人用“古今盆”医好李妃的双目。李妃先见八大王的狄后，说明来历；狄后引她见仁宗，母子相认。

⑩包公承审郭槐，郭槐熬刑不招。包公灌醉郭槐，假装森罗殿开审，套出郭槐的口供，方能定案。

⑪刘后正在病危的时候，闻知此事，病遂不起。

这个故事把元、明两朝不同的传说的重要分子都容纳在里面了。《抱妆盒》杂剧里的分子是：

①金弹丸变成了藏珠的金丸了。

②寇承御得一个新名字，名寇珠。

③陈琳不曾变。

④抱妆盒的故事仍保存了。

⑤八大王仍旧。

⑥寇承御骗太子，元剧不曾详说；此处改为郭槐与产婆尤氏用狸猫换出太子。

⑦陈琳捧妆盒出宫之时，路上遇刘妃查问。此一节全用元剧的结构。

但《包公案》的说法也被采取了不少部分：

①郭槐成了重要脚色。

②包公成了重要脚色。

③用女换男，改为用狸猫换太子。

④冷宫与破窑的话都被采取了。

⑤瞎婆子告状的部分。

⑥审郭槐，假扮阎罗王的部分。

此外便是新添的部分了:

①狸猫换太子是新添的。

②刘后也生一子,六岁而死,是新添的。

③产婆尤氏,冷宫总管秦凤,替死太监余忠是新添的。张园子太寒伧了,所以他和他的一十八口都被淘汰了。

④李夫人医治李妃双目复明,是新添的。

⑤狄后的转达,是新添的。

我们看这一个故事在九百年中变迁沿革的历史,可以得一个很好的教训。传说的生长,就同滚雪球一样,越滚越大,最初只有一个简单的故事作个中心的"母题"(Motif),你添一枝,他添一叶,便像个样子了。后来经过众口的传说,经过平话家的敷演,经过戏曲家的剪裁结构,经过小说家的修饰,这个故事便一天一天的改变面目:内容更丰富了,情节更精细圆满了,曲折更多了,人物更有生气了。《宋史·后妃传》的六百个字在八九百年内竟演成了一部大书,竟演成了几十本的连台长戏。这件事的本身本不值得多大的研究。但这个故事的生长变迁,来历分明,最容易研究,最容易使我们了解一个传说怎样变迁沿革的步骤。这个故事不过是传说生长史的一个有趣味的实例。此事虽小,可以喻大。包公身上堆着许多有主名或无主名的奇案,正如黄帝、周公身上堆着许多大发明大制作一样。李宸妃故事的变迁沿革也就同尧、舜、桀、纣等等古史传说的变迁沿革一样,也就同井田禅让等等古史传说的变迁沿革一样。就拿井田来说罢。孟子只说了几句不明不白的井田论;后来的汉儒,你加一点,他加一点,三四百年后便成了一种详密的井田制度,就像古代真有过这样的一种制度了(看《胡适文存》初排本卷二,页二六四—二八一)。尧、舜、桀、纣的传说也是如此的。

古人说的好，“爱人若将加诸膝，恶人若将坠诸渊。”人情大抵如此。古人又说：“纣之不善，不如是之甚也。是以君子恶居下流，天下之恶皆归之。”古人把一切罪恶都堆到桀、纣身上，就同古人把一切美德都堆到尧、舜身上一样。这多是一点一点地加添起来的，同李宸妃的故事的生长一样。尧、舜就是李宸妃，桀、纣就是刘皇后。稷、契、皋陶就是寇珠、陈琳、余忠、张园子；飞廉、恶来、妲己、妹喜就是郭槐、尤氏；许由、巢父，伯夷、叔齐也不过像玉钗金弹、红光紫雾，随人的心理随时添的枝叶罢了。我曾说：

> 其实古史上的故事没有一件不曾经过这样的演进，也没有一件不可用这个历史演进的方法去研究。尧、舜、禹的故事，黄帝、神农、庖牺的故事，汤的故事，伊尹的故事，后稷的故事，文王的故事，太公的故事，周公的故事，都可以做这个方法的实验品。（《胡适文存》二集卷一，页一五三——一五七）

三　《三侠五义》与《七侠五义》

《三侠五义》原名《忠烈侠义传》，是从《龙图公案》变出来的。我藏的一部《三侠五义》（即亚东此本的底本），光绪八年壬午（1882）活字排本，有三篇短序。问竹主人（著者自号）序说：

> 是书本名《龙图公案》，又曰《包公案》，说部中演了三十余回，从此书内又续成六十多本；虽是传奇志异，难免怪力乱神。兹将此书翻旧出新，添长补短，删去邪说之事，改出正大之文，

> 极赞忠烈之臣，侠义之事，……故取传名曰“忠烈侠义”四字，集成一百二十回。……

又有退思主人序说：

> 原夫《龙图》一传，旧有新编；貂续千言，新成其帙。补就天衣无缝，独具匠心；裁来云锦缺痕，别丌生面。百二回之通络贯脉，三五人之义胆侠肠，……

这可见当时作者和他的朋友都承认这书是用《龙图公案》作底本的。但《龙图公案》“虽是传奇志异，难免怪力乱神”，所以改作的人“将此书翻旧出新，添长补短，删去邪说之事，改出正大之文”，遂成了一部完全不同的新书。《龙图公案》里闹东京的五鼠是五个妖怪，玉猫是一只神猫；改作之后，五鼠变成了五个侠士，玉猫变成了“御猫”展昭，神话变成了人话，志怪之书变成了写侠义之书了。这样的改变真是“翻旧出新”，可算是一种极大的进步。

可惜我们现在还不能知道这部书的作者究竟是什么样的人。依壬午活字本的三篇序看来，这书的原作者自号“问竹主人”。但壬午本还有两篇序，一篇是入迷道人做的，他说：

> 辛未春(1871)，由友人问竹主人处得是书而卒读之。……草录一部而珍藏之。乙亥(1875)司榷淮安，公余时从新校阅，另录成编，订为四函。年余始获告成。去冬(1878)有世好友人退思主人者，……携去，……付刻于聚珍板。……

退思主人序也说：

> 戊寅冬(1878)于友人入迷道人处得是书写本，知为友人问竹主人互相参合删定，汇而成卷。

是此书曾经入迷道人的校阅删定。

壬午本首页题“忠烈侠义传，石玉昆述”。我们因此知道问竹主人即是石玉昆。石玉昆的事迹，现在还无从考起。后来光绪庚寅(1890)北京文光楼续刻《小五义》及《续小五义》，序中说有“友人与石玉昆门徒素相往来，……将石先生原稿携来”。这话大概不可相信。《三侠五义》的末尾有续集的要目，其中不提及徐良；而《小五义》以下，徐良为最重要的人。这是一可疑。《三侠五义》已写到军山的聚义，而《小五义》仍从颜按院上任叙起，重述至四十一回之多；情节多与前书不同，文章又很坏，远不如前集。这是二可疑。《小五义》中，沈仲元架走颜按院一件事是最重要的关键。然而前集百零六回叙邓车行刺的事并无气走沈仲元的话；末尾的要目预告里也没有沈仲元架跑按院的话。这是三可疑。《三侠五义》末尾预告续集“也有不足百回”，而《小五义》与《续小五义》共有二百几十回。这是四可疑。从文章上看来，《三侠五义》与《小五义》决不是一个人做的。所以《小五义序》里的话是不可靠的。然而《小五义序》却使我们得一个消息：大概石玉昆此时(1890)已死了。他若不曾死，文光楼主人决不敢扯这个大谎。

> (附记)我从前曾疑心石玉昆的原本也许是很幼稚的，文字略如《小五义》。如果《小五义序》所说可信，那么，入迷道人修改年余的功劳真不小了。

*　*　*　*　*　*

《三侠五义》成书在1871年以前，至1879年始出版。十年后（1889），俞曲园先生（樾）重行改订一次，把第一回改撰过，改颜查散为颜昚敏，改书名《三侠五义》为《七侠五义》。《七侠五义》本盛行于南方，近年来《三侠五义》旧排本已不易得，南方改本的《七侠五义》已渐渐侵入京、津的书坊，将来怕连北方的人也会不知道《三侠五义》这部书了。其实《三侠五义》原本确有胜过曲园先生改本之处。就是曲园先生最不满意的第一回也远胜于改本。近年上海戏园里编《狸猫换太子》新戏，第一本用《三侠五义》第一回作底本，这可见京班的戏子还忘不了《三侠五义》的影响，又可见改本的第一回删去了那有声有色的描写部分便没有文学的趣味，便不合戏剧的演做了。这回亚东图书馆请俞平伯先生标点此书，全用《三侠五义》作底本，将来定可以使这个本子重新流行于国中，使许多读者知道这部小说的原本是个什么样子。平伯是曲园先生的曾孙。《三侠五义》因曲园先生的表章而盛行于南方，现在《三侠五义》的原本又要靠平伯的标点而保存流传，这不但是俞家的佳话，也可说是文学史上的一段佳话了。

曲园先生对于此书曾有很热烈的赏赞。他的序里说：

> ……及阅至终篇，见其事迹新奇，笔意酣恣，描写既细入毫芒，点染又曲中筋节，正如柳麻子说“武松打店”，初到店内无人，蓦地一吼，店中空缸空甏皆瓮瓮有声：闲中着色，精神百倍。如此笔墨方许作平话小说；如此平话小说方算得天地间另是一种笔墨！

这篇序虽没有收入《春在堂集》里去，然而曲园先生的序跋很少有这样好的文章，也没有第二篇流传这样广远的。曲园先生在学术史上自有位置，正不必靠此序传后；然而他以一代经学大师的资格来这样赞赏一部平话小说，他的眼力总算是很可钦佩的了。

* * * * * *

《三侠五义》有因袭的部分，有创造的部分。大概写包公的部分是因袭的居多，写各位侠客义士的部分差不多全是创造的。

第一回狸猫换太子的故事，其中各部分大抵是因袭元朝以来的各种传说，我们在上章已分析过了。这一回里最有精采的部分是写陈琳抱妆盒出宫，路遇刘皇后盘诘的一段。这一段是沿用元曲《抱妆盒》第二折的。我摘抄几段来做例：

〔刘皇后引宫女冲上云〕休将我语同他语，未必他心似我心。那寇承御这小妮子，我差他干一件心腹事去，他去了大半日才来回话，说已停当了。我心中还信不过他。如今自往金水桥河边看去：有甚么动静，便见分晓。〔做见科，云〕兀的垂杨那壁不是陈琳？待我叫他一声。陈琳！〔正末慌科，云〕是刘娘娘叫，我死也。〔唱〕……（曲删）……〔做放盒见科〕〔刘皇后云〕陈琳，你那里去？〔正末云〕奴婢往后花园采办时新果品来。〔刘皇后云〕别无甚公事么？〔正末云〕别无甚公事。〔刘皇后云〕这等，你去罢。〔正末做捧盒急走科〕〔刘皇后云〕你且转来。〔正末回，放盒，跪科，云〕娘娘有甚分付？〔刘皇后云〕这厮，我放你去，就如弩箭离弦，脚步儿可走的快。我叫你转来，就如毡上拖毛，脚步儿可这等慢。必定有些蹊跷。我问你，……待我揭开盒儿看个明白。果然没有夹带，我才放你出去。……取盒儿过来，待我揭开看波。［正末用手按盒科，云］娘娘，这盒盖开不的。上有黄封御笔，须和娘娘同到万岁爷跟前面说过时，方才敢开这盒盖你看。〔刘皇后云〕我管甚么黄封御笔！则等我揭开看看。〔正末按住科〕……〔刘皇后做怒科，云〕陈琳，你不揭开盒儿我看，要我自动手么？〔正末唱〕

呀！见娘娘走向前，唉！

可不我陈琳呵，这死罪应该？

〔刘皇后云〕我只要辩个虚实，

觑个真假，

审个明白。〔正末唱〕

他待要辩个虚实，觑个真假，审个明白！

〔寇承御慌上科，云〕请娘娘回去。圣驾幸中宫要排筵宴哩。〔刘皇后云〕陈琳，恰好了你。若不是驾幸中宫，我肯就放了你出去？……〔并下〕

我们拿这几段来比较《三侠五义》第一回写抱妆盒的一段，可以看出石玉昆沿用元曲，只加上小小的改动，删去了“驾幸中宫”的话，改成这样更近情理的写法：

……刘妃听了，瞧瞧妆盒，又看看陈林，复又说道：“里面可有夹带？……”陈林当此之际，把死付于度外，将心一横，不但不怕，反倒从容答道：“并无夹带。娘娘若是不信，请去皇封，当面开看。”说着话，就要去揭皇封。刘妃一见，连忙拦住道：“既是皇封封定，谁敢私行开看？难道你不知规矩么？”陈林叩头说：“不敢！不敢！”刘妃沉吟半晌；因明日果是八千岁寿辰，便说："既是如此，去罢！"陈林起身，手提盒子，才待转身；忽听刘妃说："转来！"陈林只得转身。刘妃又将陈林上下打量一番，见他面上颜色丝毫不漏，方缓缓的说道："去罢。"

读者不要小看了这一点小小的改动。须知道从"刘皇后匆匆而去"改到"刘妃缓缓的说道，去罢"，这便是六百年文学技术进化的成绩。

这书中写包公断案的各段大都是沿袭古来的传说，稍加上穿插与描写的工夫。最有名的"乌盆鬼"一案便是一个明显的例。我们试拿本书第五回来比较元曲《盆儿鬼》，便可以知道这一段故事大段是沿用元朝以来的传说，而描写和叙述的技术都进步多了。在元曲里，盆儿鬼的自述是：

孩儿叫做杨国用，就是汴梁人，贩些南货做买卖去，赚得五六个银子。前日回来，不期天色晚了，投到瓦窑村"盆罐赵"家宵宿。他夫妻两个图了我财，致了我命，又将我烧灰捣骨，捏成盆儿。

在《三侠五义》里，他的自述是：

我姓刘名世昌，在苏州阊门外八宝乡居住。家有老母周氏，妻子王氏，还有三岁的孩子乳名百岁。本是缎行生理。只因乘驴回家，行李沉重，那日天晚，在赵大家借宿；不料他夫妻好狠，将我杀害，谋了资财，将我血肉和泥焚化。

张懒古只改了一个“别”字，盆罐赵仍姓赵，只是杨国用改成了刘世昌。此外，别的部分也是因袭的多，创造的少。例如张别古告状之后，叫盆儿不答应，被包公撵出两次，这都是抄袭元曲的。元曲里，盆儿两次不应：一次是鬼“恰才口渴的慌，去寻一钟儿茶吃”，一次是鬼“害饥，去吃个烧饼儿”；直到张别古不肯告状了，盆儿才说是“被门神户尉挡住不放过去”。这种地方未免太轻薄了，不是悲剧里应有的情节。所以《三侠五义》及后来京戏里便改为第一次是门神拦阻，第二次是赤身裸体不敢见“星主”。

元曲《盆儿鬼》很多故意滑稽的话，要博取台下看戏的人的一笑，所以此剧情节虽惨酷，而写的像一本诙谐的喜剧。石玉昆认定这个故事应该着力描写张别古的任侠心肠，应该写的严肃郑重，不可轻薄游戏，所以他虽沿用元曲的故事，而写法大不相同。他一开口便说张三为人鲠直，好行侠义，因此人都称他为别古。“与众不同谓之别，不合时宜谓之古”。同一故事，见解不同，写法便不同了。书中写告状一段云：

> 老头儿为人心热。一夜不曾合眼，不等天明，爬起来，挟了乌盆，拄起竹杖，锁了屋门，竟奔定远县而来。出得门时，冷风透体，寒气逼人，又在天亮之时；若非张三好心之人，谁肯冲寒冒冷，替人鸣冤？
>
> 及至到了定远县，天气过早，尚未开门，只冻〔的〕他哆哆嗦嗦，找了个避风的所在，席地而坐。喘息多时，身上觉得和暖。老头子又高兴起来了，将盆子扣在地下，用竹杖敲着盆底儿，唱起《什不闲》来了。刚唱句“八月中秋月照台”，只听的一声响，门分两扇，太爷升堂。……

这种写法正是曲园先生所谓"闲中着色,精神百倍"。

写包公的部分,虽然沿袭旧说的地方居多,然而作者往往"闲中着色",添出不少的文学趣味。如乌盆案中的张别古,如阴错阳差案中的屈申,如先月楼上吃河豚的一段,都是随笔写来,自有风趣。

* * * * * *

《三侠五义》本是一部新的《龙图公案》,但是作者做到了小半部之后,便放开手做去,不肯仅仅做一部《新龙图公案》了。所以这书后面的大半部完全是创作的,丢开了包公的故事,专力去写那班侠义。在这创作的部分里,作者的最成功的作品共有四件:一是白玉堂,二是蒋平,三是智化,四是艾虎。作者虽有意描写南侠与北侠,但都不很出色。只有那四个人真可算是石玉昆的杰作了。

白玉堂的为人很多短处。骄傲,狠毒,好胜,轻举妄动,——这都是很大的毛病。但这正是石玉昆的特别长处。向来小说家描写英雄,总要说的他像全德的天神一样,所以读者不能相信这种人材是真有的。白玉堂的许多短处,倒能教读者觉得这样的一个人也许是可能的;因为他有这些近情近理的短处,我们却格外爱惜他的长处。向来小说家最爱教他的英雄福寿全归;石玉昆却把白玉堂送到铜网阵里去被乱刀砍死,被乱箭射的"犹如刺猬一般,……血渍淋漓,漫说面目,连四肢俱各不分了"。这样的惨酷的下场便是作者极力描写白玉堂的短处,同时又是作者有意教人爱惜这个少年英雄,怜念他的短处,想念他的许多好处。

这书中写白玉堂最用力气的地方是三十二回至三十四回里他和颜查散的订交。这里突然写一个金生,"头戴一顶开花儒巾,身上穿一件零碎蓝衫,足下穿一双无根底破皂靴头儿,满脸尘土";直到三十七回里方才表出他就是白玉堂。这种突兀的文章,是向来旧小说中没有的，只有同时出世的《儿女英雄传》写十三妹的出场用这种笔法。但《三侠五义》写白玉堂结交颜查散的一节，在诙谐的风趣之中带着严肃的意味，不但写白玉堂出色，还写一个可爱的小厮雨墨；有雨墨在里面活动，读者便觉得全篇生动新鲜，近情近理。雨墨说的好：

> 这金相公也真真的奇怪。若说他是讵嘴吃的，怎的要了那些菜来，他连筷子也不动呢？就是爱喝好酒，也不犯上要一坛来；却又酒量不很大，一坛子喝不了一零儿，就全剩下了，白便宜了店家。就是爱吃活鱼，何不竟要活鱼呢？说他有意要冤咱们，却又素不相识，无仇无恨。饶白吃白喝，还要冤人，更无此理。小人测不出他是甚么意思来。

倘使书中不写这一件结交颜生的事，径写白玉堂上京寻展昭，大闹开封府，那就减色多多了。大闹东京只可写白玉堂的短处，而客店订交一大段却真能写出一个从容整暇的任侠少年。这又是曲园先生说的"闲中着色，精神百倍"了。

蒋平与智化有点相像，都是深沉有谋略的人才。旧小说中常有这一类的人物，如诸葛亮、吴用之流，但都是穿八卦衣、拿鹅毛扇的军师一类，很少把谋略和武艺合在一个人身上的。石玉昆的长技在于能写机警的英雄，智略能补救武力的不足，而武力能使智谋得实现。法国小说家大仲马著《侠隐记》(*Three Musketeers*)，写达特安与阿拉密，正是这一类。智化似达特安，蒋平似阿拉密。《侠隐记》写英雄，往往诙谐可喜；这种诙谐的意味，旧小说家最缺乏。诸葛亮与吴用所以成为可怕的阴谋家，只是因为那副拉长的军师面孔，毫无诙谐的趣味。《三侠五义》写蒋平与智化都富有滑稽的风趣；机诈而以诙谐出之，故读者只觉得他们聪明可喜，而不觉得阴险可怕了。

本书写蒋平最好的地方，如一百十四五回偷簪还簪一段，是读者容易赏识的。九十四回写他偷听得翁大、翁二的话，却偏要去搭那只强盗船；他本意要救李平山，后来反有意捉弄他，破了他的奸情，送了他的性命。这种小地方都可以写出他的机变与游戏。书中写智化，比蒋平格外出色。智化绰号黑妖狐，他的机警过人，却处处妩媚可爱。一百十二回写他与丁兆蕙假扮渔夫偷进军山水寨，出来之后，丁二爷笑他“妆甚么，像甚么，真真呕人”。智化说：

> 贤弟不知，凡事到了身临其境，就得搜索枯肠，费些心思。稍一疏神，马脚毕露。假如平日原是你为你，我为我。若到今日，你我之外又有王二、李四。他二人原不是你我；既不是你我，必须将你之为你，我之为我，俱各撇开，应是他之为他。既是他之为他，他之中决不可有你，亦不可有我。能够如此设身处地的做去，断无不像之理。

这岂但是智化自己说法？竟可说是一切平话家、小说家、戏剧家的技术论了。写一个乡下老太婆的说《史》、《汉》古文，这固是可笑；写一个叫化子满口欧化的白话文，这也是可笑。这种毛病都只是因为作者不知道“他之中决不可有你，亦不可有我”。一切有志作文学的人都应该拜智化为师，努力“设身处地的”去学那“他之为他”。

智化扮乞丐进皇城偷盗珠冠的一长段是这书里的得意文字，

挖御河的工头王大带他去做工，

> 到了御河，大家按档儿做活。智爷拿了一把铁锹，撮的比人多，掷的比人远，而且又快。旁边作活的道："王第二的！"（智化的假名）智爷道："什么？"旁边人道："你这活计不是这么做。"智爷道："怎么？挖的浅咧？做的慢咧？"旁边人道："这还浅！你一锹，我两锹也不能那样深。你瞧，你挖了多大一片，我才挖了这一点儿。俗语说的，'皇上家的工，慢慢儿的蹭。'你要这们做，还能吃的长么？"智爷道："做的慢了，他们给饭吃吗？"旁边人道："都是一样慢了，他能不给谁吃呢？"智爷道："既是这样，俺就慢慢的。"（八十回。）

这样的描写，并不说智化装的怎样像，只描写一堆作工人的空气，真可算是上等的技术了。这一段谈话里还含有很深刻的讥讽；"都是一样慢了，他能不给谁吃呢？"这一句话可抵一部《官场现形记》。然而这句话说的多么温和敦厚呵！

这书中写一个小孩子艾虎，粗疏中带着机警，烂漫的天真里带着活泼的聪明，也很有趣味。

*　*　*　*　*　*

《三侠五义》本是一部新的《龙图公案》，后来才放手做去，撇开了包公，专讲各位侠义。我们在上文已说过，包公的部分是因袭的居多，侠义的部分是创作的居多。我们现在再举出一个区别。包公的部分，因为是因袭的，还有许多"超于自然"的迷信分子；如狐狸报恩，乌盆诉冤，红衣菩萨现化，木头人魇魔，古今盆医瞎子，游仙枕示梦，阴阳镜治阴错阳差，等等事都在前二十七回里。二十八回以后，全无一句超于自然的神话（第三十七回柳小姐还魂，只是说死而复苏，与屈申、白氏的还魂不同）。在传说里，大闹东京的五鼠本是五个鼠怪，玉猫也本是一只神猫。石玉昆“翻旧出新”，把一篇志怪之书变成了一部写侠义行为的传奇，而近百回的大文章里竟没有一点神话的踪迹，这真可算是完全的“人话化”，这也是很值得表彰的一点了。

十四，三，十五，北京。

《海上花列传》序*

一 《海上花列传》的作者

《海上花列传》的作者自称"花也怜侬",他的历史我们起先都不知道。蒋瑞藻先生的《小说考证》卷八引《谭瀛室笔记》说:

> 《海上花》作者为松江韩君子云。韩为人风流蕴藉,善弈棋,兼有阿芙蓉癖;旅居沪上甚久,曾充报馆编辑之职。所得笔墨之资悉挥霍于花丛。阅历既深,此中狐媚伎俩洞烛无遗,笔意又足以达之。……

《小说考证》出版于民国九年;从此以后,我们又无从打听韩子云的历史了。民国十一年,上海清华书局重排的《海上花》出版,有许廑父先生的序,中有云:

> 《海上花列传》……或曰松江韩太痴所著也。韩初业幕,

* 本文作于1926年6月30日,原载亚东图书馆出版汪原放标点《海上花列传》中,后收入《胡适文存》三集卷六。

> 以伉直不合时宜，中年后乃匿身海上，以诗酒自娱。既而病穷，……于是乎有《海上花列传》之作。

这段话太浮泛了，使人不能相信。所以我去年想做《海上花序》时，便打定主意另寻可靠的材料。

我先问陈陶遗先生，托他向松江同乡中访问韩子云的历史。陶遗先生不久就做了江苏省长；在他往南京就职之前，他来回覆我，说韩子云的事实一时访不着；但他知道孙玉声先生（海上漱石生）和韩君认识，也许他能供给我一点材料。我正想去访问孙先生，恰巧他的《退醒庐笔记》出版了。我第一天见了广告，便去买来看；果然在《笔记》下卷（页十二）寻得"海上花列传"一条：

> 云间韩子云明经，别篆太仙，博雅能文，自成一家言，不屑傍人门户。尝主《申报》笔政，自署曰大一山人，太仙二字之拆字格也。辛卯（1891）秋应试北闱，余识之于大蒋家胡同松江会馆，一见有若旧识。场后南旋，同乘招商局海定轮船，长途无俚，出其著而未竣之小说稿相示，颜曰《花国春秋》，回目已得二十有四，书则仅成其半。时余正撰《海上繁华梦》初集，已成二十一回；舟中乃易稿互读，喜此二书异途同归，相顾欣赏不置。惟韩谓《花国春秋》之名不甚惬意，拟改为《海上花》。而余则谓此书通体皆操吴语，恐阅者不甚了了；且吴语中有音无字之字甚多，下笔时殊费研考，不如改易通俗白话为佳。乃韩言：
>
> "曹雪芹撰《石头记》皆操京语，我书安见不可以操吴语？"并指稿中有音无字之[嫑]（左女右曾）[嫑]诸字，谓"虽出自臆造，然当日仓颉

造字，度亦以意为之。文人游戏三昧，更何妨自我作古，得以生面别开？”余知其不可谏，斯勿复语。逮至两书相继出版，韩书已易名曰《海上花列传》，而吴语则悉仍其旧，致客省人几难卒读，遂令绝好笔墨竟不获风行于时。而《繁华梦》则年必再版，所销已不知几十万册。于以慨韩君之欲以吴语著书，独树一帜，当日实为大误。盖吴语限于一隅，非若京语之到处流行，人人畅晓，故不可与《石头记》并论也。

我看了这一段，便写信给孙玉声先生，请问几个问题：

(1)韩子云的“考名”是什么？

(2)生卒的时代？

(3)他的其他事迹？

孙先生回信说这几个问题他都不能回答；但他允许我托松江的朋友代为调查。

直到今年二月初，孙玉声先生亲自来看我，带来《小时报》一张，有“松江颠公”的一条《懒窝随笔》，题为“《海上花列传》之著作者”。据孙先生说，他也不知道这位“松江颠公”是谁；他托了松江金剑华先生去访问，结果便是这篇长文。孙先生又说，松江雷君曜先生（瑨）从前作报馆文字时署名“颠”字，大概这位颠公就是他。

颠公说：

……作者自署为“花也怜侬’，因当时风气未开，小说家身价不如今日之尊贵，故不愿使世人知真实姓名，特仿元次山“漫郎聱叟”之例，随意署一别号。自来小说家固无不如此也。

按作者之真姓名为韩邦庆，字子云，别号太仙，又自署大一山人，即太仙二字之拆字格也。籍隶旧松江府属之娄县。本生父韩宗文，字六一，清咸丰戊午(1858)科顺天榜举人，素负文誉，官刑部主事。作者自幼随父宦游京师，资质极聪慧，读书别有神悟。及长，南旋，应童试，入娄庠为诸生。越岁，食廪饩，时年甫二十余也。屡应秋试，不获售。尝一试北闱，仍铩羽而归。自此遂淡于功名。为人潇洒绝俗，家境虽寒素，然从不重视"阿堵物"；弹琴赋诗，怡如也。尤精于弈；与知友楸枰相对，气宇闲雅；偶下一子，必精警出人意表。至今松人之谈善弈者，犹必数作者为能品云。

作者常年旅居沪渎，与《申报》主笔钱忻伯、何桂笙诸人暨沪上诸名士互以诗唱酬。亦尝担任《申报》撰著；顾性落拓不耐拘束，除偶作论说外，若琐碎繁冗之编辑，掉头不屑也。与某校书最昵，常日匿居其妆阁中。兴之所至，拾残纸秃笔，一挥万言。盖是书即属稿于此时。初为半月刊，遇朔望发行，每次刊本书一回，余为短篇小说及灯谜酒令谐休诗文等(适按，此语不很确，说详后)。承印者为点石斋书局，绘图甚精，字亦工整明朗。按其体裁，殆即现今各小说杂志之先河。惜彼时小说风气未尽开，购阅者鲜，又以出版屡屡愆期，尤不为阅者所喜。销路平平，实由于此。或谓书中纯用苏白，吴侬软语，他省人未能尽解，以致不为普通阅者所欢迎，此犹非洞见症结之论也(适按，此指《退醒庐笔记》之说)。

书共六十四回，印全未久，作者即赴召玉楼，寿仅三十有九。殁后诗文杂著散失无存，闻者无不惜之。妻严氏，生一子，三岁即夭折；遂无嗣。一女字童芬，嫁聂姓，今亦夫妇双亡。惟严氏现犹健在，年已七十有五，盖长作者五岁云。……

据颠公的记载，韩子云的夫人严氏去年（旧历乙丑）已七十五岁；我们可以推算她生于咸丰辛亥（1851），韩子云比她少五岁，生于咸丰丙辰（1856），他死时年仅三十九岁，当在光绪甲午（1894）。《海上花》初出在光绪壬辰（1892）；六十四回本出全时有自序一篇，题"光绪甲午孟春"。作者即死在这一年，与颠公说的"印全未久，即赴召玉楼"的话正相符合。

过了几个月，《时报》（四月廿二日）又登出一条《懒窝随笔》，题为"太仙漫稿"，其中也有许多可以补充前文的材料。我们把此条的前半段也转载在这里：

> 小说《海上花列传》之著作者韩子云君，前已略述其梗概。某君与韩为文字交，兹又谈其轶事云：君小名三庆，及应童试，即以庆为名，嗣又改名奇。幼时从同邑蔡蔼云先生习制举业，为诗文聪慧绝伦。入泮时诗题为"春城无处不飞花"。所作试帖微妙清灵，艺林传诵。逾年应岁试，文题为"不可以作巫医"，通篇系游戏笔墨，见者惊其用笔之神妙，而深虑不中程式。学使者爱其才，案发，列一等，食饩于庠。君性落拓，年未弱冠，已染烟霞癖。家贫不能佣仆役，惟一婢名雅兰，朝夕给使令而已。时有父执谢某，官于豫省，知君家况清寒，特函招入幕。在豫数年，主宾相得。某岁秋闱，辞居停，由豫入都，应顺天乡试。时携有短篇小说及杂作两册，署曰《太仙漫稿》。小说笔意略近《聊斋》，而诙诡奇诞，又类似庄、列之寓言。都中同人皆啧啧叹赏，誉为奇才。是年榜发，不得售，乃铩羽而归。君生性疏懒，凡有著述，随手散弃。今此二册，不知流落何所矣。稿末附有酒令灯谜等杂作，无不俊妙，郡人士至今犹

能道之。

二 替作者辩诬

关于韩子云的历史，我们只有这些可靠的材料。此外便是揣测之词了。这些揣测之词，本不足辩；但内中有一种传闻，不但很诬蔑作者的人格，并且伤损《海上花》的价值，我们不可以轻轻放过。这种传闻说：

> 书中赵朴斋以无赖得志，拥资巨万。方堕落时，致鬻其妹于青楼中，作者尝救济之云。会其盛时，作者侨居窘苦，向借百金，不可得，故愤而作此以讥之也。然观其所刺褒瑕瑜，常有大于赵某者焉。然此书卒厄于赵，挥巨金，尽购而焚之。后人畏事，未敢翻刊。……（清华排本《海上花》的许廑父序）

鲁迅先生的《中国小说史略》也引有一种传说。他说：

> 书中人物亦多实有，而悉隐其真姓名，惟不为赵朴斋讳。相传赵本作者挚友，时济以金，久而厌绝，韩遂撰此书以谤之。印卖至第二十八回，赵急致重赂，始辍笔，而书已风行。已而赵死，乃续作贸利，且放笔至写其妹为倡云。（《中国小说史略》页三〇九）

我们试比较这两条，便可断定这种传闻是随意捏造的了。前一条说赵朴斋挥金尽买此书而焚之,是全书出版时赵尚未死。后一条说赵死之后,作者乃续作全书。这是一大矛盾。前条说作者曾救济赵氏,后条说赵氏时救济作者:这是二大矛盾。前条说赵朴斋之妹实曾为倡;后条说作者"放笔至写其妹为倡",是她实不曾为倡而作者诬她为倡:这是三大矛盾。——这些矛盾之处,都可以教我们明白这种传说是出于揣测臆造。譬如汉人讲《诗经》,你造一说,他造一说,都自夸有师传;但我们试把齐、鲁、韩、毛四家的说法排列在一块,看他们互相矛盾的可笑,便可以明白他们全是臆造的了。

我这样的断案也许不能叫人心服。且让我从积极方面提出证据来给韩子云辩诬。韩子云在光绪辛卯年(1891)北上应顺天乡试,与孙玉声先生同行南归。他那时不是一个穷急无赖靠敲竹杠度日的人,有孙先生可作证。那时他的《海上花》已有二十四回的稿子了。次年壬辰(1892)二月,《海上花》的第一第二回就出版了。我们明白这一层事实,便知道韩子云决不至于为了借一百块钱不成而做一部二十五万字的书来报仇的。

况且《海上花》初出在壬辰二月,到壬辰十月出到第二十八回,方才停版,改出单行石印本。单行的全部六十四回本出版在光绪甲午(1894)年正月,距离停版之时,仅十四个月。写印一部二十五万字的大书要费多少时间?中间那有因得了"重赂"而辍笔的时候?懂得了这一层事实,更可以明白"印卖至第二十八回,赵急致重赂,始辍笔;……赵死乃续作贸利"的话全是无根据的诬蔑了。

其实这种诬蔑的话头,很容易看出破绽。许廑父的序里也说:

然观其所刺褒瑕瑜,常有大于赵某者焉。

鲁迅也说：

然二宝沦落，实作者豫定之局。（页三〇九）

这都是从本书里寻出的证据。许君所说，尤为有理。《海上花》写赵朴斋不过写他冥顽麻木而已，并没有什么过分的贬词。最厉害的地方如写赵二宝决计做妓女的时候，

朴斋自取红笺，亲笔写了“赵二宝寓”四个大字，粘在门首。（第三十五回）

又如

赵二宝一落堂子，生意兴隆，接二连三的碰和吃酒，做得十分兴头。赵朴斋也趾高气扬，安心乐业。（同上回）

这不过是有意描写一个浑沌没有感觉的人，把开堂子只看作一件寻常吃饭事业，不觉得什么羞耻。天地间自有这一种糊涂人，作者不过据实描写罢了。造谣言的人，神经过敏，偏要妄想赵朴斋是“作者挚友”，“拥资巨万”，——这是造谣的人自己的幻想，与作者无关。作者写的是一个开堂子的老板的历史：这一点我们须要认清楚了，然后可以了解作者描写赵朴斋真是“平淡而近自然”，恰到好处。若上了造谣言的人的当，误认赵朴斋是作者的挚友或仇家，那就像张惠言、周济一班腐儒向晚唐、五代的艳词里去寻求“微言大义”一般，永远走入魔道，永远不能了解好文学了。

聪明的读者！请你们把谣言丢开，把成见撇开，跟我来重读这一部很有文学风趣的小说。

这部书决不是一部谤书，决不是一部敲竹杠的书。韩子云是熟悉上海娼妓情形的人；颠公说他“与某校书最昵，常日匿居其妆阁中”。他天天住在堂子里，所以能实地观察堂子里的情形，所以能描写的那样深刻真切。他知道赵二宝（不管她的真姓名是什么）一家的人物历史最清楚详细，所以这部书虽采用合传体，却不能不用“赵氏世家”做个大格局。这部书用赵朴斋做开场，用赵二宝做收场，不但带写了洪氏姊弟，连赵朴斋的老婆阿巧在第二回里也就出现了。我们试仔细看这一大篇《赵氏家传》，便可以看出作者对于赵氏一家，只忠实地叙述他们的演变历史，忠实地描写他们的个性区别，并没有存心毁谤他们的意思。岂但不毁谤他们？作者处处都哀怜他们，宽恕他们，很忠厚地描写他们一家都太老实了，太忠厚了，简直不配吃堂子饭。作者的意思好像是说：这碗堂子饭只有黄翠凤、黄二姐、周兰一班人还配吃，赵二宝的一家门都是不配做这行生意的。洪氏是一个浑沌的乡下老太婆，决不配做老鸨。赵朴斋太浑沌无能了，正如吴松桥说的，“俚要做生意！耐看陆里一样生意末俚会做嗄？”阿巧也是一个老实人，客人同她“噪”，她就要哭；作者在第二十三回里出力描写阿巧太忠厚了，太古板了，不配做大姐，更不配做堂子的老板娘娘。其中赵二宝比较最能干了；但她也太老实了，太忠厚了，所以处处上当。她最初上了施瑞生的当，遂致流落为娼妓。后来她遇着史三公子，感觉了一种真切的恋爱，决计要嫁他。史三公子走时，她局帐都不让他开销；自己还去借了几千块钱的债，置办四季嫁衣，闭门谢客，安心等候做正太太了。史三公子一去不回，赵朴斋赶到南京打听之后，始知他已负心另娶妻子了。赵二宝气的倒跌在地,不省人事;然而她睡在床上,还只回想“史三公子……如何契合情投,……如何性儿浃洽,意儿温存。”(第六十二回)。后来她为债务所逼迫,不得已重做生意,——只落得她的亲娘舅洪善卿鼓掌大笑(六十二回末)!二宝刚做生意,便受“赖头鼋”的蹂躏;她在她母亲的病床前,“朴斋隅坐执烛,二宝手持药碗,用小茶匙喂与洪氏”,楼上赖三公子一时性发,把“满房间粗细软硬,大小贵贱”,都打的精光。二宝受了这样大劫之后,

> 思来想去,上天无路,入地无门,暗暗哭泣了半日,觉得胸口隐痛,两腿作酸,踅向烟榻,倒身偃卧。

她入梦了。她梦见史三公子做了扬州知府,差人来接太太上任;她梦见她母亲

> 洪氏头戴凤冠,身穿霞帔,笑嘻嘻叫声“二宝”,说道:“我说三公子个人陆里会差!故歇阿是来请倪哉!”

这个时候,二宝心头的千言万语,挤作了一句话。她只说道:

> 无娒,倪到仔三公子屋里,先起头事体,勠去说起。

这十九个字,字字是血,是泪,真有古人说的“温柔敦厚,怨而不怒”的风格!这部《海上花列传》也就此结束了。

聪明的读者,你们请看,这一大篇《赵氏家传》是不是敲竹杠的

书？做出这样"温柔敦厚，怨而不怒"的绝妙文章的韩子云先生是不是做书敲竹杠报私仇的人？

三　《海上奇书》

去年十月底，我同高梦旦先生、郑振铎先生去游南京。振铎天天去逛旧书摊，寻得了不少旧版的小说。有一天他跑回旅馆，高兴的很，说："我找到一部宝贝了！"我们看时，原来他买得了一部《海上奇书》。这部《海上奇书》是一种有定期的"绣像小说"，他的第一期的封面上印着：

> 光绪壬辰二月朔日，每本定价一角。申报馆代售。
> 第一期《海上奇书》三种合编目录：
> 《太仙漫稿》○《陶佃妖梦记》　自一图至八图，此稿未完。
> 《海上花列传》○第一回　赵朴斋咸瓜街访舅
> 　　　　　　　　　　　　洪善卿聚秀堂做媒
> 　　　　　　　　第二回　小伙子装烟空一笑
> 　　　　　　　　　　　　清倌〔人〕吃酒杠相讥
> 《卧游集》○雰园主人《海市》　林嗣环《口技》

《海上奇书》共出了十四期，《海上花列传》出到第二十八回。先是每月初一、十五，各出一期的；到第十期以后，改为每月初一日出一期，直到壬辰(1892)十月朔日以后才停刊。

这三种书之中，《卧游集》专收集前人纪远方风物的小品文字，我们可以不谈。《太仙漫稿》是作者用古文做的短篇小说，其中很多狂怪的见解，可以表现作者的文学天才的一方面，所以我们把他们重抄付印，附在这部《海上花》的后面，作一个附录。《海上花列传》二十八回即是此书的最初版本，甚可宝贵。每回有两幅图，技术不很好，却也可以考见当时的服饰风尚。文字上也有可以校正现行各本的地方，汪原放君已细细校过了。最可注意的是作者自己的浓圈；凡一回中的精采地方，作者自己都用浓圈标出。这些符号至少可以使我们明了作者自己最得意或最用气力的字句。我们因此可以领会作者的文学欣赏力。

但最可宝贵的是《海上奇书》保存的《海上花列传例言》。每一期的封面后幅上，印有一条例言。这些例言，我们已抄出印在这书的前面了。其中很多可以注意的。如云：

> 全书笔法自谓从《儒林外史》脱化出来，惟穿插藏闪之法则为从来说部所未有。一波未平，一波又起；或竟接连起十余波，忽东忽西，忽南忽北；随手叙来，并无一事完全，却并无一丝挂漏；阅之觉其背面无文字处尚有许多文字，虽未明明叙出，而可以意会得之：此穿插之法也。劈空而来，使阅者茫然不解其如何缘故，急欲观后文，而后文又舍而叙他事矣；及他事叙毕，再叙明其缘故，而其缘故仍未尽明；直至全体尽露，乃知前文所叙并无半个闲字：此藏闪之法也。

这是作者自写他的技术。作者自己说全书笔法是从《儒林外史》脱化出来的。“脱化”两个字用的好，因为《海上花》的结构实在远胜于《儒林外史》，可以说是脱化，而不可说是模仿。《儒林外史》是一段一段的记载，没有一个鸟瞰的布局，所以前半说的是一班人，后半说的另是一班人——并且我们可以说，《儒林外史》每一个大段落都可以截作一个短篇故事，自成一个片段，与前文后文没有必然的关系。所以《儒林外史》里并没有什么“穿插”与“藏闪”的笔法。《海上花》便不同了。作者大概先有一个全局在脑中，所以能从容布置，把几个小故事都折叠在一块，东穿一段，西插一段，或藏或露，指挥自如。所以我们可以说，在结构的方面，《海上花》远胜于《儒林外史》；《儒林外史》只是一串短篇故事，没有什么组织；《海上花》也只是一串短篇故事，却有一个综合的组织。

然而许多不相干的故事——甲客与乙妓，丙客与丁妓，戊客与己妓……的故事——究竟不能有真正的、自然的组织。怎么办呢？只有用作者所谓“穿插，藏闪”之法了。这部书叫做《海上花列传》，命名之中就表示这书是一种“合传”。这个体裁起于《史记》；但在《史记》里，这个合传体已有了优劣之分。如《滑稽列传》每段之末用“其后若干年，某国有某人”一句作结合的关键，这是很不自然的牵合。如《魏其武安侯列传》全靠事实本身的连络，时分时合，便自然成一篇合传。这种地方应该给后人一种教训：凡一个故事里的人物可以合传；几个不同的故事里的人物不可以合传。窦婴、田蚡、灌夫可以合传，但淳于髡、优孟、优旃只可以“汇编”在一块，而不可以合传。《儒林外史》只是一种“儒林故事的汇编”，而不能算作有自然连络的合传。《水浒传》稍好一点，因为其中的主要人物彼此都有点关系；然而有几个人——例如卢俊义——已是很勉强的了。《海上花》的人物各有各的故事，本身并没有什么关系，本不能合传，故作者不能不煞费苦心，把许多故事打通，折叠在一块，让这几个故事同时进行，同时发展。主脑的故事是赵朴斋兄妹的历史，从赵朴斋跌交起，至赵二宝做梦止。其中插入罗子富与黄翠凤的故事，王莲生与张蕙贞、沈小红的故事，陶玉甫与李漱芳、李浣芳的故事，朱淑人与周双玉的故事，此外还有无数小故事。作者不愿学《儒林外史》那样先叙完一事，然后再叙第二事，所以他改用“穿插，藏闪”之法，“一波未平，一波又起”，阅者“急欲观后文，而后文又舍而叙他事矣”。其中牵线的人物，前半是洪善卿，后半是齐韵叟。这是一种文学技术上的试验，要试试几个不相干的故事里的人物是否可以合传。所谓“穿插，藏闪”的笔法，不过是实行这种试验的一种方法。至于这个方法是否成功，这却要读者自己去评判。看惯了西洋那种格局单一的小说的人，也许要嫌这种“折叠式”的格局有点牵强，有点不自然。反过来说，看惯了《官场现形记》和《九尾龟》那一类毫无格局的小说的人，也许能赏识《海上花》是一部很有组织的书。至少我们对于作者这样自觉地作文学技术上的试验，是应该十分表敬意的。

《例言》另一条说：

> 合传之体有三难。一曰无雷同：一书百十人，其性情言语面目行为，此与彼稍有相仿，即是雷同。一曰无矛盾：一人而前后数见，前与后稍有不符，即是矛盾。一曰无挂漏：写一人而无结局，挂漏也；叙一事而无收场，亦挂漏也。知是三者，而后可与言说部。

这三难之中，第三项并不重要，可以不论。第一第二两项即是我们现在所谓“个性的描写”。彼与此无雷同，是个性的区别；前与后无矛盾，是个人人格的一致。《海上花》的特别长处不在他的“穿插，藏闪”的笔法，而在于他的“无雷同，无矛盾”的描写个性。作者自己也很注意这一点，所以第十一期上有《例言》一条说：

> 第廿二回如黄翠凤、张蕙贞、吴雪香诸人皆是第二次描写，所载事实言语自应前后关照；至于性情脾气态度行为有一丝不合之处否？阅者反覆查勘之，幸甚。

这样自觉地注意自己的技术，真可令人佩服。前人写妓女，很少能描写他们的个性区别的。十九世纪的中叶（1848）邗上蒙人的《风月梦》出世，始有稍稍描写妓女个性的书。到《海上花》出世，一个第一流的作者用他的全力来描写上海妓家的生活，自觉地描写各人的“性情，脾气，态度，行为”，这种技术方才有充分的发展。《海上花》写黄翠凤之辣，张蕙贞之庸凡，吴雪香之憨，周双玉之骄，陆秀宝之浪，李漱芳之痴情，卫霞仙之口才，赵二宝之忠厚，……都有个性的区别，可算是一大成功。这些地方，读者大概都能领会，不用我们详细举例了。

四　《海上花》是吴语文学的第一部杰作

但是《海上花》的作者的最大贡献还在他的采用苏州土话。我们在今日看惯了《九尾龟》一类的书，也许不觉得这一类吴语小说是可惊怪的了。但我们要知道，在三十多年前，用吴语作小说还是破天荒的事。《海上花》是苏州土话的文学的第一部杰作。苏白的文学起于明代；但无论为传奇中的说白，无论为弹词中的唱与白，都只居于附属的地位,不成为独立的方言文学。苏州土白的文学的正式成立,要从《海上花》算起。

我在别处(《吴歌甲集序》)曾说:

> 老实说罢,国语不过是最优胜的一种方言;今日的国语文学在多少年前都不过是方言的文学。正因为当时的人肯用方言作文学,敢用方言作文学,所以一千多年之中积下了不少的活文学,其中那最有普遍性的部分遂逐渐被公认为国语文学的基础。我们自然不应该仅仅抱着这一点历史上遗传下来的基础就自己满足了。国语的文学从方言的文学里出来,仍须要向方言的文学里去寻他的新材料,新血液,新生命。
>
> 这是从"国语文学"的方面设想。若从文学的广义着想,我们更不能不倚靠方言了。文学要能表现个性的差异;乞婆娼女人人都说司马迁、班固的古文固是可笑,而张三、李四人人都说《红楼梦》、《儒林外史》的白话也是很可笑的。古人早已见到这一层,所以鲁智深与李逵都打着不少的土话,《金瓶梅》里的重要人物更以土话见长。平话小说如《三侠五义》、《小五义》都有意夹用土话。南方文学中自晚明以来昆曲与小说中常常用苏州土话,其中很有绝精彩的描写。试举《海上花列传》中的一段作个例:
>
> ……双玉近前,与淑人并坐床沿。双玉略略欠身,两手都搭着淑人左右肩膀,教淑人把右手勾着双玉头项,把左手按着双玉心窝,脸对脸问道:"倪七月里来里一笠园,也像故歇实概样式一淘坐来浪说个闲话,耐阿记得?"……(六十三回)
>
> 假如我们把双玉的话都改成官话;"我们七月里在一笠

园，也像现在这样子坐在一块说的话，你记得吗？”——意思固然一毫不错，神气却减少多多了。……

中国各地的方言之中，有三种方言已产生了不少的文学。第一是北京话，第二是苏州话（吴语），第三是广州话（粤语）。京话产生的文学最多，传播也最远。北京做了五百年的京城，八旗子弟的游宦与驻防，近年京调戏剧的流行：这都是京语文学传播的原因。粤语的文学以“粤讴”为中心；粤讴起于民间，而百年以来，自从招子庸以后，仿作的已不少，在韵文的方面已可算是很有成绩的了。但如今海内和海外能说广东话的人虽然不少，粤语的文学究竟离普通话太远，他的影响究竟还很少。介于京语文学与粤语文学之间的，有吴语的文学。论地域，则苏、松、常、太、杭、嘉、湖都可算是吴语区域。论历史，则已有了三百年之久。三百年来，凡学昆曲的无不受吴音的训练；近百年中，上海成为全国商业的中心，吴语也因此而占特殊的重要地位。加之江南女儿的秀美久已征服了全国的少年心；向日所谓南蛮鴃舌之音久已成了吴中女儿最系人心的软语了。故除了京语文学之外，吴语文学要算最有势力又最有希望的方言文学了。……

这是我去年九月里说的话。那时我还没有见着孙玉声先生的《退醒庐笔记》，还不知道三四十年前韩子云用吴语作小说的困难情形。孙先生说：

余则谓此书通体皆操吴语，恐阅者不甚了了；且吴语中有音无字之字甚多，下笔时殊费研考，不如改易通俗白话为佳。

> 乃韩言："曹雪芹撰《石头记》，皆操京语，我书安见不可以操吴语？"并指稿中有音无字之"覅、嫑"诸字，谓"虽出自臆造，然当日仓颉造字，度亦以意为之。文人游戏三昧，更何妨自我作古，得以生面别开？"

这一段记事大有历史价值。韩君认定《石头记》用京话是一大成功，故他也决计用苏州话作小说。这是有意的主张，有计划的文学革命。他在《例言》里指出造字的必要，说，若不如此，"便不合当时神理"。这真是一针见血的议论。方言的文学所以可贵，正因为方言最能表现人的神理。通俗的白话固然远胜于古文，但终不如方言的能表现说话的人神情口气。古文里的人物是死人；通俗官话里的人物是做作不自然的活人；方言土话的人物是自然流露的活人。

我们试引本书第二十三回里卫霞仙对姚奶奶说的一段话做一个例：

> 耐个家主公末，该应到耐府浪去寻哘。耐倽辰光交代拨倪，故歇到该搭来寻耐家主公？倪堂子里倒勿曾到耐府浪来请客人，耐倒先到倪堂子里来寻耐家主公，阿要笑话！倪开仔堂子做生意，走得进来，总是客人，阿管俚是倽人个家主公！……老实搭耐说仔罢：二少爷来里耐府浪，故末是耐家主公；到仔该搭来，就是倪个客人哉。耐有本事，耐拿家主公看牢仔；为倽放俚到堂子里来白相？来里该搭堂子里，耐再要想拉得去，耐去问声看，上海夷场浪阿有该号规矩？故歇覅说二少爷勿曾来，就来仔，耐阿敢骂俚一声，打俚一记！耐欺瞒耐

家主公，勿关倪事；要欺瞒仔倪个客人，耐当心点！

这种轻灵痛快的口齿，无论翻成那一种方言，都不能不失掉原来的神气。这真是方言文学独有的长处。

但是方言的文学有两个大困难。第一是有许多字向来不曾写定，单有口音，没有文字。第二是懂得的人太少。

关于第一层困难，苏州话有了几百年的昆曲说白与吴语弹词做先锋，大部分的土话多少总算是有了文字上的传写。试举《金锁记》的《思饭》一出里的一段说白：

（丑）阿呀，我个儿子，弗要说哉。啰里去借点偖得来活活命嘿好嘘？

（付）叫我到啰里去借介？

（丑）唔介朋友是多个耶。

（付）我张大官人介朋友是实在多勾，才不拉我顶穿哉。

（丑）阿呀，介嘿，直脚要饿杀个哉！阿呀，我个天吓！天吓！

（付）来，阿姆，弗要哭。有商量里哉。到东门外头三娘姨厾（哚）去借点偖来活搭活搭罢。

然而方言是活的语言，是常常变化的；语言变了，传写的文字也应该跟着变。即如二百年前昆曲说白里的代名词，和现在通用的代名词已不同了。故三十多年前韩子云作《海上花》时，他不能不大胆地作一番重新写定苏州话的大事业。有些音是可以借用现成的字的。有时候，他还有创造新字的必要。他在《例言》里说：

苏州土白弹词中所载多系俗字；但通行已久，人所共知，故仍用之。盖演义小说不必沾沾于考据也。

这是采用现成的俗字。他又说：

惟有有音而无字者。如说“勿要”二字，苏人每急呼之，并为一音。若仍作“勿要”二字，便不合当时神理；又无他字可以替代。故将“勿要”二字并写一格。阅者须知“覅”字本无此字，乃合二字作一音读也。……

读者请注意：韩子云只造了一个“覅”字；而孙玉声去年出版的笔记里却说他造了“嘞”、“覅”等字。这是什么缘故呢？这一点可以证明两件事：(1)方言是时时变迁的。二百年前的苏州人说：

弗要说哉。那说弗曾？（《金锁记》）

三十多年前的苏州人说：

故歇覅。说二少爷勿曾来。（《海上花》二十三回）

现在的人便要说

故歇覅。说二少爷嘞来。

孙玉声看惯了近年新添的“嘞”字，遂以为这也是韩子云创造的了

(《海上奇书》原本可证)。(2)这一点还可以证明这三十多年中吴语文学的进步。当韩子云造"□"字时,他还感觉有说明的必要。近人造"□"字时,便一直造了,连说明都用不着了。这虽是《九尾龟》一类的书的大功劳,然而韩子云的开山大魄力是我们不可忘记的。(我疑心作者以"子云"为字,后又改名"奇",也许是表示仰慕那喜欢研究方言奇字的扬子云罢?)

关于方言文学的第二层困难——读者太少,我们也可以引证孙先生的笔记:

> 逮至两书(《海上花》与《繁华梦》)相继出版,韩书……吴语悉仍其旧,致客省人几难卒读,遂令绝好笔墨竟不获风行于时。而《繁华梦》则年必再版,所销已不知几十万册。于以慨韩君之欲以吴语著书,独树一帜,当日实为大误。盖吴语限于一隅,非若京语之到处流行,人人畅晓,故不可与《石头记》并论也。

"松江颠公"似乎不赞成此说。他说《海上奇书》的销路不好,是因为"彼时小说风气未尽开,购阅者鲜,又以出版屡屡愆期,尤不为阅者所喜"。但我们想来,孙先生的解释似乎很近于事实。《海上花》是一个开路先锋,出版在三十五年前,那时的人对于小说本不热心,对于方言土话的小说尤其不热心。那时道路交通很不便,苏州话通行的区域很有限;上海还在轿子与马车的时代,还在煤油灯的时代,商业远不如今日的繁盛;苏州妓女的势力范围还只限于江南,北方绝少南妓。所以当时传播吴语文学的工具只有昆曲一项。在那个时候,吴语的小说确然没有风行一世的可能。所以《海上花》出世之后，销路很不见好，翻印的本子绝少。我做小学生的时候，只见着一种小石印本，后来竟没有见别种本子。以后二十年中，连这种小石印本也找不着了。许多爱读小说的人竟不知有这部书。这种事实使我们不能不承认方言文学创始之难，也就使我们对于那决心以吴语著书的韩子云感觉格外的崇敬了。

然而用苏白却不是《海上花》不风行的唯一原因。《海上花》是一部文学作品，富有文学的风格与文学的艺术，不是一般读者所能赏识的。《海上繁华梦》与《九尾龟》所以能风行一时，正因为他们都只刚刚够得上"嫖界指南"的资格，而都没有文学的价值，都没有深沉的见解与深刻的描写。这些书都只是供一般读者消遣的书，读时无所用心，读过毫无余味。《海上花》便不然了。《海上花》的长处在于语言的传神，描写的细致，同每一故事的自然地发展；读时耐人仔细玩味，读过之后令人感觉深刻的印象与悠然不尽的余韵。鲁迅先生称赞《海上花》"平淡而近自然"。这是文学上很不易做到的境界。但这种"平淡而近自然"的风格是普通看小说的人所不能赏识的。《海上花》所以不能风行一世，这也是一个重要原因。

然而《海上花》的文学价值究竟免不了一部分人的欣赏。即如孙玉声先生，他虽然不赞成此书的苏州方言，却也不能不承认他是"绝好笔墨"。又如我十五六岁时就听见我的哥哥绍之对人称赞《海上花》的好处。大概《海上花》虽然不曾受多数人的欢迎，却也得着了少数读者的欣赏赞叹。当日的不能畅销，是一切开山的作品应有的牺牲；少数人的欣赏赞叹，是一部第一流的文学作品应得的胜利。但《海上花》的胜利不单是作者私人的胜利，乃是吴语文学的运动的胜利。我从前曾说：

有了国语的文学，方才可以有文学的国语。……有了文学的国语，方才有标准的国语。(《建设的文学革命论》)

岂但国语的文学是这样的！方言的文学也是这样的。必须先有方言的文学作品，然后可以有文学的方言。有了文学的方言，方言有了多少写定的标准，然后可以继续产生更丰富更有价值的方言文学。三百年来，昆曲与弹词都是吴语文学的预备。但三百年中还没有一个第一流文人完全用苏白作小说的。韩子云在三十多年前受了曹雪芹的《红楼梦》的暗示，不顾当时文人的谏阻，不顾造字的困难，不顾他的书的不销行，毅然下决心用苏州土话作了一部精心结构的小说。他的书的文学价值终久引起了少数文人的赏鉴与模仿；他的写定苏白的工作大大地减少了后人作苏白文学的困难。近二十年中遂有《九尾龟》一类的吴语小说相继出世。《九尾龟》一类的书的大流行便可以证明韩子云在三十多年前提倡吴语文学的运动此时已到了成熟时期了。

我们在这时候很郑重地把《海上花》重新校印出版。我们希望这部吴语文学的开山作品的重新出世能够引起一些说吴语的文人的注意，希望他们继续发展这个已经成熟的吴语文学的趋势。如果这一部方言文学的杰作还能引起别处文人创作各地方言文学的兴味，如果从今以后有各地的方言文学继续起来供给中国新文学的新材料，新血液，新生命，——那么，韩子云与他的《海上花列传》真可以说是给中国文学开一个新局面了。

十五，六，三十，在北京。

《儿女英雄传》序*

《儿女英雄传》原本有两篇假托的序，一篇为“雍正阏逢摄提格（十二年）上巳后十日观鉴我斋甫”的序，一篇为“乾隆甲寅（五十九年）暮春望前三日东海吾了翁”的序。这两篇序都是假托的，因为书中屡提到《红楼梦》，观鉴我斋序中也提及《红楼梦》，雍正朝那里有《红楼梦》？书中又提到《品花宝鉴》中的人物，徐度香与袁宝珠（第三十二回）；《品花宝鉴》是咸丰朝出的，雍正、乾隆时的人那会知道这书里的人物呢？

蜚英馆石印本还有光绪戊寅（四年）古辽马从善的一篇序，这篇序却有点历史考证的材料。他说：

> 《儿女英雄传》一书，文铁仙先生（康）所作也。先生为故大学士勒文襄公（保）次孙，以赀为理藩院郎中，出为郡守，洊擢观察，丁忧旋里，特起为驻藏大臣，以疾不果行，遂卒于家。
>
> 先生少席家世余荫；门第之盛，无有伦比。晚年诸子不肖，家道中落；先时遗物斥卖略尽。先生块处一室，笔墨之外无长物，故著此书以自遣。其书虽托于稗官家言，而国家典

* 本文作于1925年12月，载亚东图书馆出版汪东原标点《儿女英雄传》中，后收入《胡适文存》三集卷六。

> 故,先世旧闻,往往而在。且先生一身亲历乎盛衰升降之际,故于世运之变迁,人情之反覆,三致意焉。先生殆悔其已往之过而抒其未遂之志欤?

我后来曾向北京的朋友打听这书的作者,他们说的话也可以证实马从善序中的话。志赞希先生(志锜)并且说:光绪中叶时,还有人见过《儿女英雄传》里的长姐儿,已不止半老的徐娘了。

文康的事迹,马从善序里已略述了。我的朋友李玄伯先生(宗侗)曾考证文康的家世,列有一表(《猛进》第二十二期),如下:

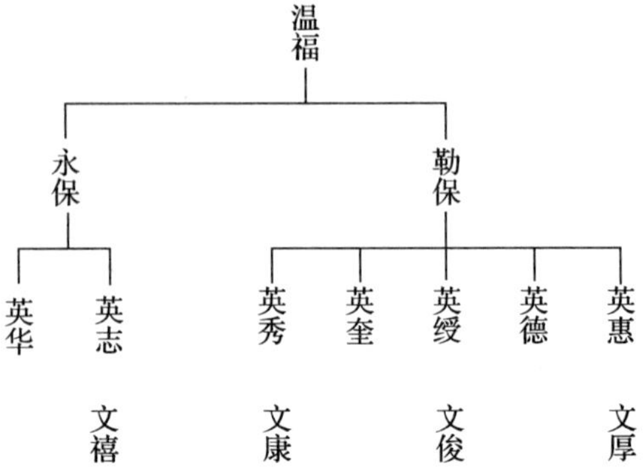

玄伯说,他不能定文康是英字辈那一个的儿子。这一家确曾有很阔的历史;马从善说他家"门第之盛,无有伦比",也不算太过。他家姓费莫氏,镶红旗人。温福做到工部尚书,在军机处行走;乾隆三十六年征金川,他是副将军,中枪阵亡,赏伯爵,由他的次子永保承袭。勒保做到陕甘总督,调云贵总督;嘉庆初年,他有平狆苗之功,封威勤侯;后来又有平定川、陕教匪之功,升至经略大臣,节制川、楚、陕、甘、豫五省军务,晋封公爵。永保也署过陕甘总督,做过云南巡抚，两广总督，死后谥恪敏。

英字一辈里也出过好几个大官；文字一辈中，文俊做到江西巡抚。

玄伯说："他家有几个人上过西北；温福、永保皆在乌里雅苏台效过力，所以安骥也几乎上了乌里雅苏台。内阁学士兼礼部侍郎衔，勒保、英惠各做过一次，英绶二次，所以安骥也升了这官。"

玄伯这几句话固然不错——如第四十回里安太太问乌里雅苏台在那儿，舅太太道：'咻，姑太太，你怎么忘了呢？家里四大爷不是到过这个地方儿吗？"这是一证——但我们不可因此就说《儿女英雄传》是作者叙述他家历史的书。马从善说："书中所指，皆有其人；余知之而不欲明言之。悉先生家世者自为寻绎可耳。"此言亦不可全信。所谓"皆有其人"者，如长姐儿是有人见过的；如三十二回邓九公说的那班戏子与"老斗"，——"四大名班里的四个二簧硬脚儿"，状元公史莲峰等——大概都实有其人（虞太白即程长庚）。此外如十三妹，如邓九公，必是想象虚构的人物。安学海、安骥也不是作者自身的写照，至多只可说是文康晚年忏悔时的理想人物罢了。

依我个人看来，《儿女英雄传》与《红楼梦》恰是相反的。曹雪芹与文铁仙同是身经富贵的人，同是到了晚年穷愁的时候才发愤著书。但曹雪芹肯直写他和他的家庭的罪恶，而文铁仙却不但不肯写他家所以败落的原因，还要用全力描写一个理想的圆满的家庭。曹雪芹写的是他的家庭的影子；文铁仙写的是他的家庭的反面。文铁仙自序（假名"观鉴我斋"的序）也说：

修道之谓教。与其隐教以"不善降殃"为背面敷粉，曷若显教以“作善降祥”为当头棒喝乎？

这是很明白的供状。马从善自称“馆于先生家最久”，他在那篇序里也说：

先生殆悔其已往之过，而抒其未遂之志欤？

这可见文铁仙是有“已往之过”的；不过他不肯老实描写那些“已往之过”，偏要虚构一个理想的家庭来“抒其未遂之志”。于是《儿女英雄传》遂成一部传奇的而非写实的小说了。

我们读《儿女英雄传》，不可不记得这一点。《儿女英雄传》是有意写“作善降祥”一个观念的；是有意写一个作善而兴旺的家庭来反映作者身历的败落状况的。书中的情节处处是作者的家世的反面。文康是捐官出身的，而安学海与安骥都是科甲出身。文康做过大官而家道败落；安学海止做了一任河工知县，并且被参追赔，后来教子成名，家道日盛。文康是有“已往之过”的；安学海是个理学先生，是个好官，是个一生无疵的完人。文康晚年“诸子不肖，家道中落”；而安学海“夫妻寿登期颐，子贵孙荣”，安骥竟是“政声载道，位极人臣”。——这些地方都可以看出文康在最穷愁无聊的时候虚构一个美满的家庭，作为一种精神上的安慰：凡实际上他家最缺乏的东西，在那幻想的境地里都齐全了。古人说：“过屠门而大嚼，虽不得肉，固且快意。”一部《儿女英雄传》大可以安慰那“垂白之年重遭穷饿”的作者了。

*　*　*　*　*　*

我在《五十年来中国之文学》（《胡适文存》二集卷二）里，曾泛论五十年内的白话小说：

> 这五十年内的白话小说……可以分作南北两组：北方的评话小说，南方的讽刺小说。北方的评话小说可以算是民间的文学；他的性质偏向为人的方面，能使无数平民听了不肯放下，看了不肯放下；但著书的人多半没有什么深刻的见解，也没有什么浓挚的经验。他们有口才，有技术，但没有学问思想。他们的小说……只能成一种平民的消闲文学。《儿女英雄传》、《七侠五义》等书属于这一类。南方的讽刺小说便不同了。他们的著者多是文人，往往是有思想有经验的文人。他们的小说，在语言的方面，往往不如北方小说那样漂亮活动；……但思想见解的方面，南方的几部重要小说都含有讽刺的作用，都可以算是社会问题的小说。他们既能为人，又能有我。《官场现形记》、《老残游记》……都属于这一类。

《儿女英雄传》本叫做《儿女英雄评话》，是一部评话的小说。他有评话小说的长处，也有评话小说的短处。短处在思想的浅陋，长处在口齿的犀利，语言的漂亮。

这部书的作者虽做过几任官，究竟是一个迂陋的学究，没有高尚的见解，没有深刻的经验。他自己说他著书的主旨是要写“作善降祥”的一个观念。从这个迂陋的根本观念上出发，这部书的内容就可想而知了。最鄙陋恶劣的部分是第三十五回“何老人示棘闱异兆”的一回。在前一回里，安公子在“成字第六号”熟睡，一个老号军眼见那第六号的房檐上挂着碗来大的盏红灯；他走到跟前，却早不见了那盏灯。这已是很可笑的迷信了。三十五回里，那位同

考官娄养正梦中恍惚间忽见

帘栊动处,进来了一位清癯老者,……把拐杖指定方才他丢开的那本卷子说道:“……此人当中!”

娄主政还不肯信,

窗外又起了一阵风。这番不好了,竟不是作梦了。只听那阵风头过处,……门外明明的进来了一位金冠红袍的长官。……只听那神道说道:“……吾神的来意也是为着成字六号,这人当中!”

这种谈“科场果报”的文字,本是常见的;说也奇怪,在一部冒充写实的小说里,在实写制度典章的部分里,这种文字便使人觉得格外恶劣,格外迂陋。

这部书又要写“儿女英雄”两个字。作者说:

儿女无非天性,英雄不外人情。最怜儿女最英雄,才是人中龙凤。

他又说:

如今世上人……误把些使气角力好勇斗狠的认作英雄;又把些调脂弄粉断袖余桃的认作儿女。……殊不知有了英雄至性,才成就得儿女心肠;有了儿女真情,才作得出英雄事业。

> 譬如世上的人立志要作个忠臣，这就是个英雄心；忠臣断无不爱君的，爱君这便是个儿女心。立志要作个孝子，这就是个英雄心；孝子断无不爱亲的，爱亲这便是个儿女心。……这纯是一团天理人情，没得一毫矫揉造作。浅言之，不过英雄儿女常谈；细按去，便是大圣大贤身份。

这是全部书的“开宗明义”。然而作者究竟也还脱不了那“世上人”的俗见。他写的“英雄”，终脱不了那“使气角力”的邓九公、十三妹一流人。他写的“儿女”，也脱不了那才子佳人夫荣妻贵的念头。这书的前半写十三妹的英雄：

> 挽了挽袖子，……把那石头撂倒在平地上，用右手推着一转，找着那个关眼儿，伸进两个指头去勾住了，往上只一悠，就把那二百多斤的石头碌碡单撒手儿提了起来。……一手提着石头，款动一双小脚儿，上了台阶儿，那只手撩起了布帘，跨进门去，轻轻的把那块石头放在屋里南墙根儿底下；回转头来，气不喘，面不红，心不跳。（第四回）

又写她在能仁寺，

> 片刻之间，弹打了一个当家的和尚，一个三儿；刀劈了一个瘦和尚，一个秃和尚；打倒了五个作工的僧人，结果了一个虎面行者：一共整十个人。她这才抬头望着那一轮冷森森的月儿，长啸了一声，说：“这才杀得爽快！”（第六回）

这里的十三妹竟成了“超人”了！“超人”的写法，在《封神传》或《三宝太监下西洋》或《七剑十三侠》一类的书里，便不觉得刺目；但这部书写的是一个近代的故事，作者自言要打破“怪，力，乱，神”的老套，要“以眼前粟布为文章”，怎么仍要夹入这种神话式的“超人”写法呢？

这样一个“超人”的女英雄在这书的前半部里曾对张金凤说：

> 你我不幸托生个（做？）女孩儿，不能在世界上烈烈轰轰作番事业，也得有个人味儿。有个人味儿，就是乞婆丐妇，也是天人；没些人味儿，让他紫诰金闺，也同狗彘。小姐又怎样？大姐又怎样？（第八回）

这是多么漂亮的见解啊！然而这位“超人”的十三妹结婚之后，“还不曾过得十二日”，就会行这样的酒令：

> 赏名花：名花可及那金花？
> 酌旨酒：旨酒可是琼林酒？
> 对美人：美人可得作夫人？（第三十回）

这位“超人”这一跌未免跌的太低了罢？其实这并不是什么“超人”的堕落；这不过是那位迂陋的作者的“马脚毕露”。这位文康先生那里够得上谈什么“人味儿”与“超人”味儿？他只在那穷愁潦倒之中做那富贵兴隆的甜梦，梦想着有乌克斋、邓九公一班门生朋友，“一帮动辄是成千累万”；梦想着有何玉凤、张金凤一类的好女子来配他的纨袴儿子；梦想着有这样的贤惠媳妇来劝他的脓包儿子用功上进,插金花,赴琼林宴,进那座清秘堂!

一部《儿女英雄传》里的思想见解都应该作如是观:都只是一个迂腐的八旗老官僚在那穷愁之中作的如意梦。

* * * * * *

我们已说过,《儿女英雄传》不是一部讽刺小说;但这书中有许多描写社会习惯的部分,在当日虽不是有意的讥讽,在今日看来却很像是作者有意刻画形容,给后人留下不少的社会史料。正因为作者不是有意的,所以那些部分更有社会史料的价值;这种不打自招的供状,这种无心流露的心理,是最可宝贵的,比那些有意的描写还更可宝贵。

《儒林外史》极力描摹科举时代的社会习惯与心理,那是有意的讽刺。《儿女英雄传》的作者却没有吴敬梓的思想见解;他的思想见地正和《儒林外史》里的范进、高老先生差不多,所以他崇拜科举功名也正和范进、高老先生一班人差不多。《儿女英雄传》的作者正是《儒林外史》里的人物,所以《儿女英雄传》里的心理也正是《儒林外史》攻击讥讽的心理。不过吴敬梓是有意刻画,而文康却是无心流露罢了。

《儒林外史》里写周进、范进中举人的情形,是读者都不会忘记的。我们试看《儿女英雄传》里写安公子中举人的时候(第三十五回):

> 安老爷看了〔报单〕,乐得先说了一句"谢天地!不料我安学海今日竟会盼到我的儿子中了!"手里拿着那张报单,回头就往屋里跑。这个当儿,太太早同着两个媳妇也赶出当院子来了。太太手里还拿着根烟袋。老爷见太太赶出来,便凑到

太太面前道："太太，你看这小子，他中也罢了，亏他怎么还会中的这样高！太太，你且看这个报单。"太太乐得双手来接，那双手却攥着根烟袋，一时忘了神，便递给老爷。妙在老爷也乐得忘了，便拿着那根烟袋，指着报单上的字，一长一短，念给太太听。……

那时候的安公子呢？

原来他自从听得"大爷高中了"一句话，怔了半天，一个人儿站在屋里旮旯儿里，脸是漆青，手是冰凉，心是乱跳，两泪直流的在那里哭呢。……

连他们家里的丫头长姐儿，也是

从半夜里就惦着这件事。才打寅正，他就起来了。心里又模模糊糊记得老爷中进士的时候，是天将亮报喜的就来了；可又记不真是头一天，是当天。因此，从半夜里盼到天亮，还见不着个信儿，就把他急了个红头涨脸。及至服侍太太梳头，太太看见这个样子……忙伸手摸了摸他的脑袋，说："真个的热呼呼的！你给我梳了头，回来到下屋里静静儿的躺一躺儿去罢。看时气不好！"他……因此扎在他那间屋里，却坐又坐不安，睡又睡不稳。没法儿，只拿了一床骨牌，左一回右一回的过五关儿，心里要就那拿的开拿不开上算占个卦。……

还有那安公子的干丈母娘——舅太太——呢？

只听舅太太从西耳房一路唠叨着就来了，口里只嚷道："那儿这么巧事！这么件大喜的喜信儿来了，偏偏儿的我这个当儿要上茅厕！才撒了泡溺，听见，忙的我事也没完，提上裤子，在那凉水盆里汕了汕手，就跑了来了。我快见见我们姑太太。"……他拿着条布手巾，一头走，一头说，一头擦手，一头进门。及至进了门，才想起……还有个张亲家老爷在这里。那样的敞快爽利人，也就会把那半老秋娘的脸儿臊了个通红。……

顶热心至诚的，要算安公子的丈母张太太了。这时候，

满屋里一找，只不见这位张太太。……上上下下三四个茅厕都找到了，也没有亲家太太。……里头两位少奶奶带着一群仆妇丫鬟，上下各屋里，甚至茶房，哈什房，都找遍了。甚么人儿，甚么物儿都不短，只不见了张亲家太太。

原来张亲家太太一个人爬上魁星楼去了。她

听得人讲究，魁星是管念书赶考的人中不中的，他为女婿，初一十五必来望着楼磕个头。……今日在舅太太屋里听得姑爷果然中了，便如飞的……直奔到这里来，……大着胆子上去，要当面叩谢魁星的保佑。及至……何小姐……三步两步跑上楼去一看，张太太正闭着两只眼睛，冲着魁星，把脑袋在那楼板上碰的山响，嘴里可念的是"阿弥陀佛"合"救苦救难观世音菩萨"。

这一长段，全文约有五千字，专写安家的人听见报安公子中举人时候的心理。文康绝对想不到嘲讽挖苦安老爷以至张亲家太太一班人：他只是一心至诚地要做一篇赞叹歌颂科举的文字，他只是老老实实地要描摹他自己歆羡崇拜科举的心理，所以有这样淋漓尽致，自然流露的好文章。

文康极力赞颂科举，而我们读了只觉得科举流毒的格外可怕；他诚心诚意地描写科第的可歆羡，而我们在今日读了只觉得他给我们留下了一大篇科举制度之下崇拜富贵利禄的心理的绝好供状。所以我们说：《儿女英雄传》的作者自己正是《儒林外史》要刻画形容的人物，而《儿女英雄传》的大部分真可叫做一部不自觉的《儒林外史》。

*　　*　　*　　*　　*　　*

《儿女英雄传》是一部评话，他的特别长处在于言语的生动，漂亮，俏皮，诙谐有风趣。这部书的内容是很浅薄的，思想是很迂腐的；然而生动的语言与诙谐的风趣居然能使一般的读者感觉愉快，忘了那浅薄的内容与迂腐的思想。旗人最会说话；前有《红楼梦》，后有《儿女英雄传》，都是绝好的记录，都是绝好的京语教科书。《儿女英雄传》的作者有意模仿说评话的人的口气，叙事的时候常常插入许多“说书人打岔”的话，有时颇觉讨厌，但往往很多诙谐的风味。

最好的例是能仁寺的凶僧举刀要杀安公子时，忽然一个弹子飞来，那和尚把身一蹲，

谁想他的身子蹲得快，那白光儿来得更快，噗的一声，一个铁弹子正着在左眼上。那东西进了眼睛，敢是不住要站，一

直的奔了后脑杓子的脑瓜骨,咯噔的一声,这才站住了。

那凶僧虽然凶横,他也是个肉人。这肉人的眼珠子上要着上这等一件东西,大概比揉进一个沙子去利害,只疼得他"哎哟"一声,咕咚往后便倒;噹啷啷,手里的刀子也扔了。

那时三儿在旁边止呆呆的望着公子的胸膛子,要看这回刀尖出彩,只听咕咚一声,他师傅跌倒了,吓了一跳,说:"你老人家怎么了?这准是使猛了劲,岔了气了。等我腾出手来扶起你老人家来啵。"才一转身,毛着腰,要把那铜镟子放在地下好去搀他师傅。这个当儿,又是照前噗的一声,一个弹子从他左耳朵眼儿里打进去,打了个过膛儿,从右耳朵眼里儿钻出来,一直打到东边那个厅柱上,吧挞的一声打了一寸来深,进去嵌在木头里边。那三儿只叫得一声"我的妈呀"!镗,把个铜镟子扔了,咕咕,也窝在那里了。那铜镟子里的水泼了一台阶子。那镟子哐啷哐啷一阵乱响便滚下台阶去了。(第六回)

这种描写法,虽然全不是写实的,却很有诙谐趣味;这种风趣乃是北方评话小说的一种特别风趣。

第二十七回写何玉凤将出嫁之前,独自坐在屋里,心里越想越烦闷起来,——

可煞作怪!不知怎的,往日这两道眉毛一拧就锁在一块儿了,此刻只管要往中间儿拧,那两个眉梢儿他自己会往两边儿展;往日那脸一沉就绷住了,此刻只管往下瓜搭,那两个孤拐他自己会往上逗。不禁不由,就是满脸的笑容儿。益发不得主意。

这样有风致的描写，在中国小说中很不多见。

不但记叙的部分如此，这书里的谈话的漂亮生动，也是别的小说不容易做到的，小说里最难的部分是书中人物的谈话口气。什么官僚乞丐都谈司马迁、班固的古文腔调，固是不可；什么小姐小孩子都打着“欧化”式的谈话，也是不可；就是像《儒林外史》那样人人都说着长江流域的普通话，也叫人起一种单调的感觉，有时还叫人感觉这种谈话的不自然，不能传神写实。做小说的人要使他书中人物的谈话生动漂亮，没有别的法子，只有随时随地细心学习各种人的口气，学习各地人的方言，学习各地方言中的熟语和特别语。简单说来，只有活的方言可用作小说戏剧中人物的谈话：只有活的方言能传神写生。所以中国小说之中，只有几部用方言土语做谈话的小说能够在谈话的方面特别见长。《金瓶梅》用山东方言，《红楼梦》用北京话，《海上花列传》用苏州话：这些都是最有成绩的例。《儿女英雄传》也用北京话；但《儿女英雄传》出世在《红楼梦》出世之后一百二三十年，风气更开了，凡曹雪芹时代不敢采用的土语，于今都敢用了。所以《儿女英雄传》里的谈话有许多地方比《红楼梦》还更生动。如张亲家太太，如舅太太，她们的谈话都比《红楼梦》里的刘老老更生动。甚至于能仁寺中的王八媳妇，以至安老爷在天齐庙里碰着的两个妇人，他们的谈话，充满着土话，充满着生气，也都是曹雪芹不敢写或不能写的。

我们试举天齐庙里那个四十来岁的矮胖女人的说话作个例。她说：

那儿呀？才刚不是我们大伙儿从娘娘殿里出来吗？瞧见你一个人儿仰着个颏儿尽着瞅着那碑上头，我只打量那上头有个甚么希希罕儿呢,也仰着个颏儿,一头儿往上瞧,一头儿往前走。谁知脚底下横不楞子爬着条浪狗,叫我一脚就造了他爪子上了。要不亏我躲的溜扫,一把抓住你,不是叫他敬我一乖乖,准是我自己闹个嘴吃屎。你还说呢!(第三十八回)

又如在能仁寺里,那王八媳妇夸说那大师傅待她怎么好,她说:

要提起人家大师傅来,忒好咧!……天天的肥鸡大鸭子,你想咱们配么?

那女子(十三妹)说道:

别咱们!你!

这四个字多么响亮生动!

第二十六回张金凤劝何玉凤嫁人的一长段,无论思想内容如何不高明,在言语的方面确然要算是很流利的辩论。在小说里,这样长篇的谈论是很少见的。《儿女英雄传》里的人物之中,安老爷与安公子的谈话最令人感觉迂腐可厌;然而那位安公子有时也居然能说几句有风趣的话。他和何玉凤成亲的那一晚,何小姐打定主意不肯睡,他

因被这位新娘磨得没法儿了,心想这要不作一篇偏锋文章,大约断入不了这位大宗师的眼,便站在当地向姑娘说道:"你只把身子赖在这两扇门上,大约今日是不放心这两扇门。

果然如此，我倒给你出个主意，你索性开开门出去。”

不想这句话才把新姑娘的话逼出来了。他把头一抬，眉一挑，眼一睁，说：“啊，你叫我出了这门到那里去？”公子道：“你出了这屋里便出房门；出了房门便出院门；出了院门便出大门。”姑娘益发着恼，说道：“你，吭，待轰我出大门去？我是公婆娶来的，我妹子请来的，只怕你轰我不动！”公子道：“非轰也；你出了大门，便向正东青龙方，奔东南巽地，那里有我家一个大大的场院，场院里有高高的一座土台儿，土台儿上有深深的一眼井。”

姑娘不觉大怒，说道：“哇！安龙媒！我平日何等待你，亏了你那些儿！今日才得进门，坏了你家那桩事，你叫我去跳井！”公子道：“少安无躁，往下再听。那井口边也埋着一个碌碡，那碌碡上也有个关眼儿。你还用你那两个小指头儿扣住那关眼儿，把他提了来，顶上这两扇门，管保你就可以放心睡觉了。”

姑娘听了这话，追想前情，回思旧景，眉头儿一逗，腮颊儿一红，不觉变嗔为喜，嫣然一笑。

总之，《儿女英雄传》的最大长处在于说活的生动与风趣。为了这点子语言上的风趣，我们真愿意轻轻地放过这书内容上的许多陋见与腐气了。

* * * * * *

《儿女英雄传》的纪献唐自然是年羹尧的假名。但这部书不过是借一个“天大地大无大不大的大脚色”来映射十三妹的英雄，年羹尧不过是一个不登台的配角，与作者著书的本意毫无关系。蒋瑞藻先生说：

> 意者年氏之死出于同僚诬蔑而非其罪，燕北闲人特隐约其词，记之小说，以表明之耶？（《小说考证》百四十三）

这是排满空气最盛的时代的时髦话。文康是一个八旗陋儒，他决没有替年羹尧伸冤的见解。况且这书中明说年羹尧有“谋为不轨”的行为（十八回），如何可说是代他“表明”的书呢？

我们读这种评话小说，要知他只是一种消闲的文学，没有什么微言大义。至多不过是带着“福善祸淫”一类的流俗信仰罢了。

年羹尧是历史的人物。十三妹的故事却全是捏造的。她的祖父名叫何焯：我们难道可信她是何义门（焯）的孙女吗？在《儿女英雄传》里，十三妹姓何，她父亲名叫何杞，是年大将军的中军副将。后来清朝晚年另有人编出一部《年公平西纪事》，又名《平金川》，书中也插入十三妹的故事。但十三妹在那书里却不姓何了，她父亲名叫裕周，是个都司。这书叙裕周被年大将军杀死之后，十三妹奉了母亲，“隐姓埋名，以待机会，再行报仇。语在《儿女英雄传》”（《平金川》第十八回）。这可见《平金川》是沿袭《儿女英雄传》的，不能证明当日确有这个故事。

十四年十二月病中作此自遣。

《官场现形记》序*

《官场现形记》的著者自称“南亭亭长”，人都知道他是李伯元，却很少人知道他的历史的。前几年因蒋竹庄先生（维乔）的介绍，我收到著者的侄子李祖杰先生的一封长信，才知道他的生平大概。

他的真姓名是李宝嘉，字伯元，江苏上元人，生于清同治六年（1867）。少年时，他在时文与诗赋上都做过工夫。他中秀才时，考的是第一名。他曾应过几次乡试，终不得中举人。后来在上海办《指南报》，不久就停了；又办《游戏报》，是上海“小报”中最早的一种。他后来把《游戏报》卖了，另办《繁华报》。他主办的《游戏报》，我不曾见过。我到上海时（1904），还见着《繁华报》。当时上海已有好几种小报专记妓女的起居，嫖客的消息，戏馆的角色等事。《繁华报》在那些小报之中，文笔与风趣都算得第一流。

他是一个多才艺的人。他的诗词小品散见当时的各小报；他又会刻图章，有《芋香印谱》行于世。他作长篇小说似乎多在光绪庚子（1900）拳祸以后。《官场现形记》是他的最长之作，起于光绪辛丑（1901），至癸卯年（1903）成前三编，每编十二回。后二年

* 本文作于1927年11月12日，原载亚东图书馆出版汪协如标点《官场现形记》中，后收入《胡适文存》三集卷六。

(1904—1905)又成一编。次年(光绪丙午,1906)他就死了。此书的第五编也许是别人续到第六十回勉强结束的。他死时,《繁华报》上还登著他的一部长篇小说,写的是上海妓家生活,我不记得书名了;他死后此书听说归一位姓欧阳的朋友续下去,后来就不知下落了。他的长篇小说只有一部《文明小史》是做完的,先在商务印书馆的《绣像小说》里分期印出,后来单印发行。

李宝嘉死时只有四十岁,没有儿子,身后也很萧条。当时南方戏剧界中享盛名的须生孙菊仙,因为对他有知己之感,出钱替他料理丧事。(以上记的,大体根据鲁迅的《中国小说史略》,页三二七—三二八。鲁迅先生自注,他的记载是根据周桂笙《新庵笔记》三,及李祖杰致胡适书。我现在客中,李先生原书不在我身边,故不及参校。《小说史略》初版记李氏死于光绪三十三年三月,年四十,而下注西历为"1867—1906"。1906为光绪三十二年丙午,我疑此系印时误排为三十三年。今既不及参校,姑且改为丙午,俟将来用李先生原书订正。)

* * * * * *

《官场现形记》是一部社会史料。它所写的是中国旧社会里最重要的一种制度与势力——官。它所写的是这种制度最腐败、最堕落的时期——捐官最盛行的时期。这书有光绪癸卯(1903)茂苑惜秋生的序,痛论官的制度;这篇序大概是李宝嘉自己作的。他说:

> ……选举之法兴,则登进之途杂。士废其读,农废其耕,工废其技,商废其业,皆注意于官之一字。盖官者,有士农工商之利而无士农工商之劳者也。天下爱之至深者,谋之必善;

慕之至切者,求之必工。于是乎有脂韦滑稽者,有夤缘奔竞者,而官之流品已极紊乱。

限资之例,始于汉代。……开捐纳之先路,导输助之滥觞。所谓衣食足而知荣辱者,直是欺人之谈!……乃至行博弈之道,掷为孤注;操贩鬻之行,居为奇货。其情可想,其理可推矣。沿至于今,变本加厉,凶年饥馑,旱干水溢,皆得援救助之例,邀奖励之恩。而所谓官者乃日出而未有穷期,不至充塞宇宙不止!……

官者,辅天子则不足,厌百姓则有余。……有语其后者,刑罚出之;有诮其旁者,拘系随之。……于是官之气愈张,官之焰愈烈。羊狠狼贪之技,他人所不忍出者,而官出之;蝇营狗苟之行,他人所不屑为者,而官为之。下之,声色货利则嗜若性命,般乐饮酒则视为故常。观其外,偭规而错矩;观其内,逾闲而荡检。种种荒谬,种种乖戾,虽罄纸墨,不能书也。得失重则妒忌之心生。倾轧甚则睚眦之怨起。……或因调换而龃龉,或因委署而龃龉,所谓投骨于地,犬必争之者,是也。其柔而害物者,且出全力以搏之,设深心以陷之,攻击过于勇夫,蹈袭逾于强敌。……

国衰而官强,国贫而官富。孝弟忠信之旧败于官之身,礼义廉耻之遗坏于官之手。……南亭亭长有东方之谐谑,与淳于之滑稽,又熟知夫官之龌龊卑鄙之要凡,昏瞶糊涂之大旨。……因喟然叹曰:"……我之于官,既无统属,亦鲜关系,惟有以含蓄蕴酿存其忠厚,以酣畅淋漓阐其隐微,则庶几近矣。"穷年累月,殚精竭诚,成书一帙,名曰《官场现形记》。立体仿诸稗野,则无钩章棘句之嫌。纪事出以方言,则无诘屈聱牙之苦。开卷一过,凡神禹所不能铸之于鼎,温峤所不能烛之以犀者,无不毕备。……

作者虽自己有“以含蓄蕴酿存其忠厚”的评语,但这一层实在没有做到,他只做到了“酣畅淋漓”的一步。这部书是从头至尾诅咒官场的书。全书是官的丑史,故没有一个好官,没有一个好人。这也是当时的一种自然趋势。向来人民对于官,都是敢怒而不敢言;恰好到了这个时期,政府的纸老虎是戳穿的了,还加上一种傥来的言论自由——租界的保障——所以受了官祸的人,都敢明白地攻击官的种种荒谬、淫秽、贪赃、昏庸的事迹。虽然有过分的描写与溢恶的形容,虽然传闻有不实不尽之处,然而就大体上论,我们不能不承认这部《官场现形记》里大部分的材料可以代表当日官场的实在情形。那些有名姓可考的,如华中堂之为荣禄,黑大叔之为李莲英,都是历史上的人物,不用说了。那无数无名的小官,从钱典史到黄二麻子,从那做贼的鲁总爷到那把女儿献媚上司的冒得官,也都不能说是完全虚构的人物。故《官场现形记》可算是一部社会史料。

《官场现形记》写的官是无所不包的,从那最下级的典史到最高的军机大臣,从土匪出身的到孝廉方正出身的,文的武的,正途的,军功的,捐班的,顶冒的——只要是个“官”,都有他的份。

一部大书开卷便是一个训蒙私塾——制造官的工厂。那个傻小子王老三便是候补的赵温,赵温便是候补的王乡绅。王老三不争气,只会躲在赵家厨房里“伸着油晃晃的两只手在那里啃骨头”。赵温争气一点,能躺在钱典史的烟榻上捧着本《新科闱墨》用功揣摩。其实那哼八股的新科举人同那啃骨头的傻小子有什么分别?

所谓科举的“正途出身”，至多也不过是文章用浆子糊在桌子上，低着头死念的结果。工夫深了，运气来了，瞎猫碰到了死老鼠，啃骨头的王老三也会飞黄腾达地“中进士做官”去。

这便是正途出身的官。

钱典史便是捐班出身的官的好代表。他虽然只做得一任典史，却弄了不少的钱回来，造起新房子来，也可以使王乡绅睁着大眼睛流涎生羡，称赞他“这样做官才不算白做”。他的主义只是“千里为官只为财”。他的理想是：“也不想别的好处，只要早些选了出来，到了任，随你甚么苦缺，只要有本事，总可以生发的。”

这都是全书的“楔子”，以下便是“官国活动大写真”的正文了。

正文的第一幕是在江西，江西的藩台正在那里大开方便，出卖官缺。替他经手的是他的兄弟三荷包。请看三荷包报的清账：

> 玉山的王梦梅是个一万二；萍乡的周小辫子，八千；新昌胡子根，六千；上饶莫桂英，五千五；吉水陆子龄，五千；庐陵黄霑甫，六千四；新畲赵苓州，四千五；新建王尔梅，三千五；南昌蒋大化，三千；铅山孔庆辂，武陵卢子廷，都是二千。还有些一千八百的，一时也记不清，至少也有二三十注，我笔笔都有账的。……

这笔账很可以代表当日卖官的情形。无论经手的是江西的三荷包，或是两湖制台的十二姨太太，或是北京的黄胖姑，或是宫里的黑大叔，地域有不同，官缺有大小，神通有高低，然而走的都只是这一条路。这都是捐上的加捐。第一次捐的是“官”，加捐的是“缺”；第一次的钱，名分上是政府得的；第二次的钱是上司自己下腰包的。捐官的钱是有定额的,买缺的钱是没有定额而只有市价的。捐官的钱是史料,买缺的钱更是史料。

“千里为官只为财”,何况这班官又都是花了大本钱来的呢?他们到任之后,第一要捞回捐官的本钱,第二要捞回买缺的本钱,第三还要多弄点利钱。还有那班“带肚子”的帐房二爷们,他们也都不是来喝西风的,自然也都要捞几文回去,羊毛总出在羊身上,百姓与国家自然逃不了这班饿狼馋狗的侵害了。公开卖官之弊必至于此。李宝嘉信手拈来,都成材料;其间尽有不实不尽之处,但打个小折扣之后,《官场现形记》终可算是有社会史料的价值的。

《官场现形记》写大官的地方都不见出色,因为这种材料都是间接得来的,全靠来源如何:倘若说故事的人也不是根据亲身的观察,那故事经过几道传述,便成了乡下人说朝廷事,决不会亲切有味了。例如书中说山东抚院阅兵会外宾(第六—七回)等事,看了令人讨厌。又如书中写北京官场的情形(第二四—二九回),看了也令人起一种不自然的感觉。大概作者写北京社会的部分完全是摭拾一些很普通的“话柄”勉强串成的。其中如溥四爷认“崇”字(第二四回,页一二),如华中堂开古董铺(第二五,二六回),徐大军机论碰头的妙语(第二六回),都不过是当日喧传人口的“话柄”罢了。在这种地方,这部书的记载是很少文学兴趣的,至多不过是摭拾话柄,替一个时代的社会情形留一点史料罢了。

有人说,李宝嘉的家里有人做过佐杂小官。这话我们没有证据,不敢轻信。但读过《官场现形记》的人总都感觉这书写大官都不自然,写佐杂小官却都有声有色。大概作者当初确曾想用全副气力描写几个小官,后来抵抗不住别的“话柄”的引诱,方才改变方针,变成一部摭拾官场话柄的类书。这是作者的大不幸,也是文学史上的大不幸。倘使作者当日肯根据亲身的观察，或亲属的经验，决计用全力描写佐杂下僚的社会，他的文学成绩必定大有可观，中国近代小说史上也许添一部不朽的名著了。可惜他终于有点怕难为情，终不肯抛弃“官场”全部的拢统记载，终不甘用他的天才来做一小部分的具体描写。所以他几回想特别描写佐杂小官，几回都半途收缩回去。

你看此书开头就捧出一位了不得的钱典史，此人真是做官的高手。无论在什么地方，他总抱定“实事求是”的秘诀。他先巴结赵温，不但想赚他几个钱，还想借他走他的座师吴赞善的门路。后来因为吴赞善对赵温很冷淡，钱典史的热心也就淡了下来。那一天，

> 门生请主考，同年团拜。……赵温穿着衣帽，也混在里头。钱典史跟着溜了进去瞧热闹。只见吴赞善坐在上面看戏，赵温坐的地方离他还远着哩；一直等到散戏，没有看见吴赞善理他。
>
> 大家散了之后，钱典史不好明言，背地里说：“有现成的老师还不会巴结，叫我们这些赶门子拜老师的怎样呢？”从此以后，就把赵温不放在眼里。转念一想，读书人是包不定的，还怕他联捷上去，姑且再等他两天。（第二回。）

这种细密的心思岂是那死读《新科闱墨》的举人老爷们想得到的吗？

第三回写钱典史交结戴升，走黄知府的路子，谋得支应局的收支差使，这一段也写的很好。但第四回以下，钱典史便失踪了；作

者的眼界抬高了，遂叫一班大官把这些佐杂老爷们都赶跑了。第七回以下，一个候选通判陶子尧上了一个洋务条陈，居然阔了一阵子。

直到第四十三回，作者大概一时缺乏大官的话柄了，忽然又把笔锋收回来描写一大群佐杂小官的生活。第四十三、四十四、四十五回，这三回的"佐杂现形记"真可算是全书最有精采的部分。这部"佐杂现形记"共有好几幕，都细腻的很。第一幕是在首府（武昌府）的大堂门口——佐杂太爷们给首府"站班"的所在。那一天，首府把其中的一员，蕲州吏目随凤占，唤了进去，说了几句话。随凤占得此异常的荣遇，出来的时候，同班的二三十个穷佐杂都围了上来，打听消息。这一幕好看的很——

其时正是隆冬天气。有的穿件单外褂，有的竟其还是纱的，一个个都钉着黄线织的补子，有些黄线都已宕了下来。脚下的靴子多半是尖头上长了一对眼睛。有两个穿着"抓地虎"，还算是好的咧。至于头上戴的帽子，呢的也有，绒的也有，都是破旧不堪；间或有一两顶皮的，也是光板子，没有毛的了。

大堂底下敞豁豁的，一堆人站在那里都一个个冻的红眼睛，红鼻子。还有些一把胡子的人，眼泪鼻涕从胡子上直挂下来，拿着灰色布的手巾在那里擦抹。如今听说首府叫随凤占保举人，便认定了随凤占一定有什么大来头了，一齐围住了他，请问贵姓台甫。

当中有一个稍些漂亮点的，亲自走到大堂暖阁后面一看，瞥见有个万民伞的伞架子在那里，他就搬了出来，靠墙摆好，请他坐下谈天。（第四三回，页一七。）

底下便是几位佐杂太爷们——随凤占、申守尧、秦梅士等——的高论。后来，申守尧家的一个老妈子来替他拿衣服，无意之中说破了他家里没米下锅，申守尧生气了，打了她一个巴掌，老妈不伏气，倒在地上号咷起来。她这一闹，惊动了许多人，围住看热闹。申守尧又羞又急，拖她不起来。后来还亏本府的门政大爷出来骂了几句，要拿她送首县，她才住了哭，站了起来。

此时弄得个申守尧说不出的感激，意思想走到门政大爷跟前敷衍两句。谁知等到走上前去，还未开口，那门政大爷早把他看了两眼，回转身就进去了。申守尧更觉羞的无地自容，意思又想过来，趁势吆喝老妈两句，谁知老妈早已跑掉。靴子，帽子，衣包，都丢在地下，没有人拿。……（第四四回。）

幸亏那位"古道热肠"的秦梅士喊他的儿子小狗子来帮忙。

小狗子从怀里掏出一个小布包，把鞋取出，等他爸爸换好。老头子也一面把衣裳脱下折好，同靴子包在一处；又把申守尧的包裹、靴子、帽盒，也交代儿子拿着。……无奈小狗子两只手拿不了许多，幸亏他人还伶俐，便在大堂底下找到一根棍子，两头挑着；又把他爸爸的大帽子合在自己头上，然后挑了衣包，吁呀吁呀的一路喊了出去。

第一幕完了。第二幕是在申守尧的家里。申守尧同那秦小狗子回到家里，只见那挨打的老妈子在堂屋里哭骂。申守尧要撵她走，她要算清了工钱才走，还要讨送礼的脚钱。申守尧没有钱，她就哭骂不止，口口声声"老爷赖工钱，吃脚钱"！

太太正在楼上捉虱子，所以没有下来，后来听得不像样了，只得蓬着头下来解劝。

其时小狗子还未走，……一手拉，一面说道："申老伯，你不要去理那混帐东西。等他走了以后，老伯要送礼，等我来替你送。就是上衙门，也是我来替你拿衣帽。……"申守尧道："世兄！你是我们秦大哥的少爷，我怎么好常常的烦你送礼拿衣帽呢？"小狗子道："这些事，我都做惯的；况且送礼是你申老伯挑我赚钱，以后十个钱我也只要四个钱罢了。"

等到太太把老妈子的气平下来了，那位秦太爷的大少爷还不肯走。

申守尧留他吃茶也不要，留他吃饭也不要，……只是站着不肯走。申守尧问他有什么话说，他说："问申老伯要八个铜钱买糖山查吃。"

可怜申守尧……只得进去同太太商量。太太道："我前天当的当只剩了二十三个大钱，在褥子底下，买半升米还不够。今天又没有米下锅，横竖总要再当的了。你就数八个给他，余下的替我收好。"

一霎时，申守尧把钱拿了出来，小狗子爬在地下给申老伯磕了一个头，方才接过铜钱，一头走，一头数了出去。

秦太爷的做官秘诀,"该同人家争的地方,一点不可放松"(第四三回,页二〇),都完全被他的大少爷学去了!

第二幕完了。第三幕在制台衙门的客厅上(第四四回,页一一一六),第四幕在蕲州(第四四回,页一七—第四五回,页六),第五幕在蕲州河里档子班的船上(第四五回,页六—二二),——都是绝好的活动写真,我不必多引了。

这一长篇的"佐杂现形记"真可算是很有精采的描写,深刻之中有含蓄,嘲讽之中有诙谐,和《儒林外史》最接近。这一部分最有文学趣味,也最有社会史料的价值。倘使全书都能有这样的风味,《官场现形记》便成了第一流小说了。

但作者终想贪多骛远,又把随凤占、钱琼光一班佐杂太爷抛开,又去写钦差大臣童子良(铁良)的话柄了。从此以后,这部书又回到话柄小说的地位上去。不久作者也就死了。

*　　*　　*　　*　　*　　*

我在《五十年来的中国文学》里,曾说《官场现形记》是一部模仿《儒林外史》的讽刺小说(《胡适文存》二集,二,页一七三以下)。鲁迅先生在他的《中国小说史略》(页三二七以下)里另标出"谴责小说"的名目,把《官场现形记》、《二十年目睹之怪现状》、《老残游记》、《孽海花》等书都归入这一类。他这种区别是很有见地的。他说:

> 光绪庚子(1900)后,谴责小说之出特盛。盖嘉庆以来,虽屡平内乱(白莲教、太平天国、捻、回),亦屡挫于外敌(英、法、日本),细民暗昧,尚啜茗听平逆武功,有识者则已翻然思改革,凭敌忾之心,呼维新与爱国,而于"富强"尤致意焉。戊戌

> 变政既不成，越二年即庚子而有义和团之变，群乃知政府不足与图治，顿有掊击之意矣。其在小说，则揭发伏藏，显其弊恶，而于时政，严加纠弹，或更扩充，并及风俗。虽命意在于匡世，似与讽刺小说同伦，而辞气浮露，笔无藏锋，甚且过甚其辞，以合时人嗜好，则其度量技术之相去亦远矣，故别谓之谴责小说。

鲁迅先生最推崇《儒林外史》，曾说：

> 迨吴敬梓《儒林外史》出，乃秉持公心，指摘时弊，……其文又戚而能谐，婉而多讽，于是说部中乃始有足称讽刺之书。(《小说史略》，页二四五。)

他又说，

> 是后亦鲜以公心讽世之书如《儒林外史》者。(同书，页二五三。)

鲁迅先生这样推重《儒林外史》，故不愿把近代的谴责小说同《儒林外史》并列。这种主张是我很赞同的。吴敬梓是个有学问、有高尚人格的人，他又不曾梦想靠做小说吃饭，故他的小说是一部全神贯注的著作。他是个文学家，又受了颜习斋、李刚主、程绵庄一派的思想的影响，故他的讽刺能成为有见解的社会批评。他的人格高，故能用公心讽世；他的见解高，故能"哀而不愠，微而婉"。近世做谴责小说的人大都是失意的文人，在困穷之中，借骂人为糊口的方法。他们所谴责的往往都是当时公认的罪恶,正不用什么深刻的观察与高超的见解,只要有淋漓的刻画,过度的形容,便可以博一般人的欢迎了。故近世的谴责小说的意境都不高,其中如刘鹗《老残游记》之揭清官之恶,真可算是绝无而仅有的特别见解了。

鲁迅先生批评《官场现形记》的话也很公平,他说:

> 凡所叙述,皆迎合,钻营,朦混,罗掘,倾轧等故事,兼及士人之热心于作吏,及官吏闺中之隐情。头绪既繁,脚色复伙,其记事遂率与一人俱起,亦即与其人俱讫,若断若续,与《儒林外史》略同。然臆说颇多,难云实录,无自序所谓"含蓄蕴酿"之实,殊不足望文木老人后尘。况所搜罗,又仅"话柄",联缀此等,以成类书;官场伎俩,本小异大同,汇为长编,即千篇一律。特缘时势要求,得此为快,故《官场现形记》乃骤享大名;而袭用"现形"名目,描写他事,知商界学界女界者亦接踵也。(同书,页三二九。)

这部书确是联缀许多"话柄"做成的,既没有结构,又没有翦裁,是第一短处。作者自己很少官场的经验,所记大官的秽史多是间接听得来的"话柄";有时作者还肯加上一点组织点缀的工夫,有时连这一点最低限度的技术都免去了,便成了随笔记帐。这是第二短处。这样信手拈来的记录,目的在于铺叙"话柄",而不在于描摹人物,故此书中的人物几乎没有一个有一点个性的表现,读者只看见一群饿狗嚷进嚷出而已。唐二乱子乱了一会,忽然又不乱了;刘大侉子侉了一会,忽然又不侉了。贾筱芝(假孝子)假孝了一会,也就把老太太撇开了;甄守球(真守旧)似乎应该有点顽固的把戏,然而下文也就没有了。这是第三短处。此书里没有一个好官，也没有一个好人。作者描写这班人，只存谴责之心，毫没有哀矜之意；谴责之中，又很少诙谐的风趣，故不但不能引起人的同情心，有时竟不能使人开口一笑。这种风格，在文学上，是很低的。这是第四短处。

但我细读此书，看作者在第四十三回到四十五回里表现的技术，终觉得李宝嘉的成绩不应该这么坏，终觉他不曾充分用他的才力。他在开卷几回里，处处现出模仿《儒林外史》的痕迹。他似乎是想用心做一部讽刺小说的。假使此书用赵温与钱典史做全书的主人翁，用后来描写湖北佐杂小官的技术来叙述这两个人的宦途历史，假使作者当日肯这样做去，这部书未尝不可以成为一部有风趣的讽刺小说。但作者个人生计上的逼迫，浅人社会的要求，都不许作者如此做去。于是李宝嘉遂不得不牺牲他的艺术而迁就一时的社会心理，于是《官场现形记》遂不得不降作一部摭拾话柄的杂记小说了。

讽刺小说之降为谴责小说，固是文学史上大不幸的事。但当时中国屡败之后，政制社会的积弊都暴露出来了，有心的人都渐渐肯抛弃向来夸大狂的态度，渐渐肯回头来谴责中国本身的制度不良，政治腐败，社会龌龊。故谴责小说虽有浅薄、显露、溢恶种种短处，然他们确能表示当日社会的反省的态度，责己的态度。这种态度是社会改革的先声。人必须自己承认有病，方才肯延医服药。故谴责小说暴扬一国的种种黑暗，种种腐败，还不失为国家将兴，社会将改革的气象。但中国人终是一个夸大狂的民族，反省的心理不久就被夸大狂的心理赶跑了。到了今日，人人专会责人而不肯责己，把一切罪状都堆在洋鬼子的肩上；一面自己夸张中国的精神文明,礼义名教,一面骂人家都是资本主义,帝国主义,物质文明！在这一个“讳疾而忌医”的时代,我们回头看那班敢于指斥中国社会的罪恶的谴责小说家,真不能不脱下帽子来向他们表示十分敬意了。

1927,11,12,在上海。

《老残游记》序*

一　作者刘鹗的小传

《老残游记》的作者自己署名为"洪都百炼生";他的真姓名是刘鹗,字铁云。罗振玉先生的《五十日梦痕录》里有一篇《刘铁云传》,纪叙他的事实和人品都很详细;我们没有更好的材料,所以把这篇转录在这里:

罗振玉的《刘铁云传》

予之知有殷虚文字,实因丹徒刘君铁云。铁云,振奇人也,后流新疆以死。铁云交予久,其平生事实,不忍没之,附记其略于此。

君名鹗,生而敏异。年未逾冠,已能传其先德子恕观察(成忠)之学,精畴人术,尤长于治河。顾放旷不守绳墨,而不废读书。予与君同寓淮安;君长予数岁。予少时固已识君,然每于衢路闻君足音,辄逡巡避去,不欲与君接也。是时君所交

* 本文作于 1925 年 11 月 7 日,原载亚东图书馆出版汪原放标点《老残游记》中,后收入《胡适文存》三集卷六。

皆井里少年;君亦薄世所谓规行矩步者,不与近。已乃大悔,闭户敛迹者岁余。以岐黄术游上海,而门可罗爵。则又弃而习贾;尽倾其资,乃复归也。

光绪戊子(1888),河决郑州。君慨然欲有以自试,以同知往投效于吴恒轩中丞。中丞与语,奇之,颇用其说。君则短衣匹马,与徒役杂作;凡同僚所畏惮不能为之事,悉任之。声誉乃大起。河决既塞,中丞欲表其功绩,则让与其兄渭清观察(梦熊)而请归读书。中丞益异之。时方测绘三省黄河图,命君充提调官。河图成,时河患移山东,吾乡张勤果公(曜)方抚岱方。吴公为扬誉,勤果乃檄君往东河。

勤果故好客,幕中多文士,实无一能知河事者。群议方主贾让不与河争地之说,欲尽购滨河民地,以益河身。上海善士施少卿(善昌)和之,将移海内赈灾之款助官力购民地。君至则力争其不可,而主束水刷沙之说。草《治河七说》,上之。幕中文士力谋所以阻之,苦无以难其说。

时予方家居,与君不相闻也;忧当世之所以策治河者如是,乃著论五千余言,以明其利害,欲投诸施君,揭之报纸,以警当世。君之兄见而韪之,录副寄君。君见予文,则大喜,乃以所为《治河七说》者邮君之兄以诒予,且附书曰:“君之说与予合者十八九。群盲方竞,不意当世尚有明目如公者也!但尊论文章渊雅,非肉食者所能解。吾文直率如老妪与小儿语,中用王景名,幕僚且不知为何代人,乌能读扬、马之文哉?”时君之玩世不恭尚如此。

岁甲午(1894),中、东之役起,君方丁内艰归淮安,予与君相见,与君预测兵事。时诸军皆扼守山海关,以拱京师。予谓东人知我国事至熟，恐阳趋关门而阴捣旅、大以覆我海军，则我全局败矣。侪辈闻之，皆相非难。君之兄且引法、越之役法将语，谓旅、大难拔，以为之证。独君意与予合，忧旅、大且旦夕陷也。乃未久竟验。于是同侪皆举予与君齿，谓二人者智相等，狂亦相埒也。

君既服阕，勤果卒官，代之者福公(润)，以奇才荐。乃征试于京师，以知府用。君于是慨然欲有所树立。留都门者二年，谓扶衰振敝当从兴造铁路始，路成则实业可兴，实业兴而国富，国富然后庶政可得而理也。上书请筑津、镇铁路，当道颇为所动。事垂成，适张文襄公请修京、鄂线，乃罢京、镇之议。而君之志不少衰，投予书曰："蒿目时艰，当世之事百无一可为。近欲以开晋铁谋于晋抚，俾请于朝。晋铁开则民得养，而国可富也。国无素蓄，不如任欧人开之，我严定其制，令三十年而全矿路归我。如是，则彼之利在一时，而我之利在百世矣。"予答书曰："君请开晋铁，所以谋国者则是矣，而自谋则疏。万一幸成，而萋斐日集，利在国，害在君也。"君不之审。于是事成而君"汉奸"之名大噪于世。

庚子(1900)之乱，刚毅奏君通洋，请明正典刑。以在沪上，幸免。时君方受廪于欧人，服用豪侈。予亟以危行远害规君。君虽韪之，不能改也。联军入都城，两宫西幸。都人苦饥，道殣相望。君乃挟资入国门，议振恤。适太仓为俄军所据，欧人不食米，君请于俄军，以贱价尽得之，粜诸民，民赖以安。君平生之所以惠于人者实在此事，而数年后柄臣某乃以私售仓粟罪君，致流新疆死矣。

当君说晋抚胡中丞奏开晋铁时，君名佐欧人，而与订条约，凡有损我权利者，悉托政府之名以拒之，故久乃定约。及晋抚入奏，言官乃交劾，廷旨罢晋抚，由总署改约。欧人乘机重贿当道，凡求之晋抚不能得者，至是悉得之，而晋矿之开乃真为国病矣。

……至于君既受廪于欧人，虽顾惜国权，卒不能剖心自明于人，在君乌得无罪？而其所以致此者，则以豪侈不能自洁之故，亦才为之累也。噫，以天生才之难，有才而不能用，执政之过也。怀才而不善自养，致杀身而丧名，吾又焉能不为君疚哉？书毕，为之长叹。

我们读了这篇传，可以想象刘鹗先生的为人了。他是一个很有见识的学者，同时又是一个很有识力和胆力的政客。当河南初发现甲骨文字的时候，许多学者都不信龟甲兽骨能在地中保存几千年之久。刘先生是最早赏识甲骨文字的一位学者。他的一部《铁云藏龟》要算是近年研究甲骨文字的许多著作的开路先锋。罗振玉先生是甲骨文字之学的大师；他也是因为刘先生的介绍方才去研究这些古物的。只可惜近二十年来研究甲骨文字的大进步是刘先生不及见的了。

刘鹗先生最自信的是他对于治河的主张。罗先生说他在郑州河工上“短衣匹马，与徒役杂作”；我们读《老残游记》中描写黄河与河工的许多地方，也可以知道他的治河主张是从实地观察得来的。罗《传》中记刘先生在张曜幕府中辩论治河的两段也可以和《老残游记》相参证。张曜即是《游记》中的庄宫保。第三回中老残驳贾让“不与河争地”的主张，说：

贾让只是文章做得好,他也没有办过河工。

刘先生自己是曾在河工上“与徒役杂作”的,所以有驳贾让的资格了。当时张曜却已行过贾让的主张了。罗《传》中的施善昌大概即是《游记》第十四回的史观察。他的主旨载在第十四回里。这回试行“不与河争地”,“废了民埝,退守大堤”的结果是很可惨的。《游记》第十三回和第十四回在妓女翠环的口里极力描写那回的惨劫很能教人感动。老残的结论是:

然创此议之人却也不是坏心,并无一毫为己私见在内;只因但会读书,不谙世故,举手动足便错。……岂但河工为然?天下大事坏于奸臣者十之三四,坏于不通世故之君子者倒有十分之六七也!(十四回。)

刘先生自己主张王景的法子。老残说:

他(王景)治河的法子乃是从大禹一脉下来的,专主“禹抑洪水”的“抑”字。……他是从“播为九河,同为逆河”“同”、“播”两个字上悟出来的。(三回。)

这就是罗《传》说的“束水刷沙”的法子。刘鹗先生自信此法是有大功效的,所以他在《游记》第一回楔子里说一段黄瑞和浑身溃烂的寓言。黄瑞和即是黄河,“每年总要溃几个窟窿;今年治好这个,明年别处又溃几个窟窿。”老残“略施小技”;“说也奇怪,这年虽然小有溃烂,却是一个窟窿也没有出过。”他说:

> 别的病是神农、黄帝传下来的方法，只有此病是大禹传下来的方法；后来唐朝有个王景得了这个传授，以后就没有人知道此方法了。

这段话很可以看出他对于此法的信仰了。

我们拿罗振玉先生做的那篇传来和《老残游记》对照着看，可以知道这部小说里的老残即是刘鹗先生自己的影子。他号铁云，故老残姓铁。他是丹徒人，寄居淮安；老残是江南人，他的老家在江南徐州（三回）。罗《传》中说刘先生曾“以岐黄术游上海，而门可罗爵”；老残也会“摇个串铃，替人治病，奔走江湖近二十年”。最明显的是治河的主张；在这一方面老残完全是刘鹗，毫没有什么讳饰。

刘鹗先生一生有四件大事：一是河工，二是甲骨文字的承认，三是请开山西的矿，四是贱买太仓的米来赈济北京难民。为了后面的两件事，他得了许多毁谤。太仓米的案子竟叫他受充军到新疆的刑罚，然而知道此事的人都能原谅他，说他无罪。只有山西开矿造路的一案，当时的人很少能了解他的。他的计画是要“严定其制，令三十年而全矿路归我。如是则彼之利在一时，而我之利在百世矣”。这种办法本是很有远识的。但在那个昏愦的时代，远见的人都逃不了惑世误国的罪名，于是刘先生遂被人叫做“汉奸”了。他的老朋友罗振玉先生也不能不说：“君既受廪于欧人，虽顾惜国权，卒不能剖心自明于人，在君乌得无罪？”一个知己的朋友尚且说他乌得无罪，何况一般不相知的众人呢？

《老残游记》的第一回“楔子”便是刘先生“剖心自明于人”的供状。这一回可算得他的自叙或自传。老残同了他的两个至友德慧生与文章伯——他自己的智慧，道德，文章，——在蓬莱阁上眺望天风海水，忽然看见一只帆船“在那洪波巨浪之中，好不危险”。那只帆船便是中国。

> 船主坐在舵楼之上，楼下四人专管转舵的事。前后六枝桅杆，挂着六扇旧帆；又有两枝新桅，挂着一扇簇新的帆，一扇半新不旧的帆。

四个转舵的是军机大臣，六枝旧桅是旧有的六部，两枝新桅是新设的两部。

> 这船虽有二十三四丈长，却是破坏的地方不少：东边有一块，约有三丈长短，已经破坏，浪花直灌进去；那旁，仍在东边，又有一块，约长一丈，水波亦渐渐浸入；其余的地方，无一处没有伤痕。

二十三四丈便是二十三四个行省与藩属。东边那三丈便是东三省；还有那东边一丈便是山东。

> 那八个管帆的却是认真的在那里管，只是各人管各人的帆，仿佛在八只船上似的，彼此不相关照。那〔些〕水手只管在那坐船的男男女女队里乱窜，不知所做何事。用远镜仔细看去，方知道他〔们〕在那里搜他们男男女女所带的干粮，并剥那些人身上穿的衣服。

老残和他的朋友看见这种怪现状,气的不得了。德慧生和文章伯问老残怎样去救他们,老残说:

> 依我看来,驾驶的人并未曾错,只因两个缘故,所以把这船就弄得狼狈不堪了。怎么两个缘故呢?一则他们是走"太平洋"的,只会过太平日子,若遇风平浪静的时候,他驾驶的情状亦有操纵自如之妙,不意今日遇见这大的风浪,所以都毛了手脚。二则他们未曾预备方针,平常晴天的时候,照着老法子去走,又有日月星辰可看,所以南北东西尚还不大很错。这就叫做"靠天吃饭"。那知遇了这阴天,日月星辰都被云气遮了,所以他们就没了依傍。心里不是不想望好处去做,只是不知东南西北,所以越走越错。为今之计,依章兄法子驾只渔艇追将上去,他的船重,我们的船轻,一定追得上的。到了之后,送他一个罗盘,他有了方向,便会走了。再将这有风浪与无风浪时驾驶不同之处告知船主,他们依了我们的话,岂不立刻就登彼岸了吗?

这就是说,习惯的法子到了这种危险的时候就不中用了,须有个方针,认清了方向,作个计画,方才可行。老残提议要送给他们"一个最准的向盘,一个纪限仪,并几件行船要用的物件"。

但是他们赶到的时候,就听见船上有人在那里演说,要革那个掌舵的人的命。老残是不赞成革命的,尤其不赞成那些"英雄只管自己敛钱,叫别人流血的"。他们跳上船,把向盘、纪限仪等项送给大船上的人。

正在议论，那知那下等水手里面忽然起了咆哮，说道："船主！船主！千万不可为这人所惑！他们用的是外国向盘，一定是洋鬼子差遣来的汉奸！他们是天主教！他们将这只大船已经卖与洋鬼子了，所以才有这个向盘！请船主赶紧将这三人绑去杀了，以除后患；倘与他们多说几句话，再用了他的向盘，就算收了洋鬼子的定钱，他就要来拿我们的船了！"

谁知这一阵嘈嚷，满船的人俱为之震动。就是那演说的英雄豪杰也在那里喊道："这是卖船的汉奸！快杀！快杀！"

船主舵工听了，俱犹疑不定。内中有一个舵工，是船主的叔叔，说道："你们来意甚善，只是众怒难犯，赶快去罢。"

三人垂泪，赶忙回了小船。那知大船上人，余怒未息，看三人上了小船，忙用被浪打碎了的断桩破板打下船去。你想，一只小小渔船怎禁得几百个人用力乱砸？顷刻之间，将那渔船打得粉碎，看着沉下海中去了。

刘先生最伤心的是"汉奸"的喊声不但起于那些"下等水手"里面，并且出于那些"演说的英雄豪杰"之口！一班"英雄豪杰"只知道鼓吹革命是救国，而不知道献向盘与纪限仪也是救国，冒天下之大不韪来借债开矿造铁路也是救国！所以刘鹗"汉奸"的罪是决定不可改的了，他该充军了，该死在新疆了。

二 《老残游记》里的思想

《老残游记》有光绪丙午（1906）的自叙，作者自述这部书是一种哭泣，是一种“其力甚劲，其行弥远，不以哭泣为哭泣”的哭泣。他说：

> 吾人生今之时，有身世之感情，有家国之感情，有社会之感情，有种教之感情。其感情愈深者，其哭泣愈痛：此洪都百炼生所以有《老残游记》之作也。棋局已残，吾人将老，欲不哭泣也得乎？

这是很明显地说，这部小说是作者发表他对于身世、家国、种教的见解的书。一个倜傥不羁的才士，一个很勇于事功的政客，到头来却只好做一部小说来寄托他的感情见解，来代替他的哭泣：这是一种很可悲哀的境遇，我们对此自然都有无限的同情。所以我们读《老残游记》应该先注意这书里发挥的感情见解，然后去讨论这书的文学技术。

《老残游记》二十回只写了两个酷吏：前半写一个玉贤，后半写一个刚弼。此书与《官场现形记》不同：《现形记》只能摭拾官场的零星罪状，没有什么高明或慈祥的见解；《游记》写官吏的罪恶，始终认定一个中心的主张，就是要指出所谓“清官”之可怕。作者曾自己说：

> 赃官可恨，人人知之；清官尤可恨，人多不知。盖赃官自知有病，不敢公然为非；清官则自以为不要钱，何所不可，刚愎自用，小则杀人，大则误国。吾人亲目所见，不知凡几矣。试观徐桐、李秉衡，其显然者也。廿四史中，指不胜屈。作者苦心愿天下清官勿以不要钱便可任性妄为也。历来小说皆揭赃

官之恶；有揭清官之恶者，自《老残游记》始。（十六回原评。）

这段话是《老残游记》的中心思想。清儒戴东原曾指出，宋、明理学的影响养成一班愚陋无用的理学先生，高谈天理人欲之辨，自以为体认得天理，其实只是意见；自以为意见不出于自私自利便是天理，其实只是刚愎自用的我见。理是客观的事物的条理，须用虚心的态度和精密的方法，方才寻得出。不但科学家如此，侦探访案，老吏折狱，都是一样的。古来的“清官”，如包拯之流，所以要永久传诵人口，并不是因为他们清廉不要钱，乃是因为他们的头脑子清楚明白，能细心考查事实，能判断狱讼，替百姓伸冤理枉。如果“清官”只靠清廉，国家何不塑几个泥像，雕几个木偶，岂不更能绝对不要钱吗？一班迂腐的官吏自信不要钱便可以对上帝，质鬼神了，完全不讲求那些搜求证据，研究事实，判断是非的法子与手段，完全信任他们自己的意见，武断事情，固执成见，所以“小则杀人，大则误国”。刘鹗先生眼见毓贤、徐桐、李秉衡一班人，由清廉得名，后来都用他们的陋见来杀人误国，怪不得他要感慨发愤，著作这部书，大声指斥“清官”的可恨可怕了。

《老残游记》最称赞张曜（庄宫保），但作者对于治河一案，也很有不满意于张曜的话。张曜起初不肯牺牲那夹堤里面几万家的生产，十几万的百姓，但他后来终于听信了幕府中人的话，实行他们的治河法子。《游记》第十四回里老残评论此事道：

创此议之人却也不是坏心，并无一毫为己私见在内；只因但会读书，不谙世故，举手动足便错。……岂但河工为然？天下大事坏于奸臣者十之三四，坏于不通世故之君子者倒有十分之六七也！

这不是很严厉的批评吗？

他写毓贤（玉贤），更是毫无恕词了。毓贤是庚子拳匪案里的一个罪魁；但他做山东曹州知府时，名誉很好，有“清官”、“能吏”之称。刘先生偏要描写他在曹州的种种虐政，预备留作史料。他写于家被强盗移赃的一案，上堂时，

> 玉大人拿了失单交下来，说：“你们还有得说的吗？”于家父子方说得一声“冤枉”，只听堂上惊堂一拍，大嚷道：“人赃现获，还喊冤枉？把他站起来！去！”左右差人连拖带拽拉下去了。（四回）

“站”就是受“站笼”的死刑。

> 这边值日头儿就走到公案面前，跪了一条腿，回道：“禀大人的话：今日站笼没有空子，请大人示下。”那玉大人一听，怒道：“胡说！我这两天记得没有站甚么人，怎会没有空子呢？”值日差回道：“只有十二架站笼，三天已满。请大人查簿子看。”
>
> 玉大人一查簿子，用手在簿子上点着说：“一，二，三，昨儿是三个。一，二，三，四，五，前儿是五个。一，二，三，四，大前儿是四个。没有空，到也不错的。”差人又回道：“今儿可否将他们先行收监？明天定有几个死的，等站笼出了缺，将他们补上，好不好？请大人示下。”

玉大人凝了一凝神，说道："我最恨这些东西！若要将他们收监，岂不是又被他多活了一天去了吗？断乎不行。你们去把大前天站的四个放下，拉来我看。"差人去将那四人放下，拉上堂去。大人亲自下案，用手摸着四人鼻子，说道："是还有点游气。"复行坐上堂去，说："每人打二千板子，看他死不死！"那知每人不消得几十板子，那四个人就都死了。

这是一个"清官"的行为！

后来于家老头子先站死了，于学礼的妻子吴氏跪倒在府衙门口，对着于学礼大哭一场，拔刀自刎了。这件事感动了三班差役，他们请稿案师爷去求玉大人把她的丈夫放了，"以慰烈妇幽魂"。玉大人笑道：

你们倒好！忽然的慈悲起来了！你会慈悲于学礼，你就不会慈悲你主人吗？……况这吴氏尤其可恨：他一肚子觉得我冤枉了他一家子！若不是个女人，他虽死了，我还要打他二千板子出出气呢！

于是于家父子三人就都死在站笼里了。

刚弼似是一个假名，只借"刚愎"的字音，却不影射什么人。贾家的十三条命案也是臆造出来的。故出事的地方名叫齐东镇，"就是周朝齐东野人的老家"；而苦主两家，一贾，一魏，即是假伪的意思。这件命案太离奇了，有点"超自然"的色彩，可算是这部书的一个缺点。但其中描写那个"清廉得格登登的"刚弼，却有点深刻的观察。魏家不合请一位糊涂的胡举人去行贿，刚弼以为行贿便是有罪的证据，就严刑拷问贾魏氏。她熬刑不过，遂承认谋害了十三命。

白耆复审的一回（十八回）只是教人如何撇开成见，研究事实，考察证据。他对刚弼说：

> 老哥所见甚是。但是兄弟……此刻不敢先有成见。像老哥聪明正直，凡事先有成竹在胸，自然投无不利。兄弟资质甚鲁，只好就事论事，细意推求，不敢说无过，但能寡过已经是万幸了。

“凡事先有成竹在胸”，这是自命理学先生刚愎自用的态度。“就事论事，细意推求”，这是折狱老吏的态度，是侦探家的态度，也就是科学家寻求真理的态度。

覆审的详情，我们不用说了。定案之后，刚弼还不明白魏家既无罪何以肯花钱。他说：“卑职一生就没有送过人一个钱。”白公呵呵大笑道：

> 老哥没有送过人的钱，何以上台也会契重你？可见天下人不全是见钱眼开的哟。清廉人原是最令人佩服的，只有一个脾气不好，他总觉得天下人都是小人，只他一个人是君子。这个念头最害事的。把天下大事不知害了多少！老兄也犯这个毛病，莫怪兄弟直言。至于魏家花钱，是他乡下人没见识处，不足为怪也。

有人说：李伯元做的是《官场现形记》，刘铁云做的是做官教科书。其实“就事论事，细意推求”，这八个字何止是做官教科书？简直是做学问做人的教科书了。

* * * * * *

我的朋友钱玄同先生曾批评《老残游记》中间桃花山夜遇玙姑、黄龙子的一大段(八回至十二回)神秘里夹杂着不少旧迷信,他说刘鹗先生究竟是“老新党头脑不清楚”。钱先生的批评固然是很不错的。但这一大段之中却也有一部分有价值的见解,未可完全抹煞。就是那最荒谬的部分也可以考见一个老新党的头脑,也未尝没有史料的价值。我们研究思想史的人,一面要知道古人的思想高明到什么地步,一面也不可不知道古人的思想昏谬到什么地步。

《老残游记》里最可笑的是“北拳南革”的预言。一班昏乱糊涂的妄人推崇此书,说他“关心治乱,推算兴亡,秉史笔而参易象之长”(坊间伪造四十回本《老残游记》钱启猷序);说他“于笔记叙事之中,具有推测步算之妙,较《推背图》、《烧饼歌》诸数书尤见明晰”(同书胶州傅幼圃序)。这班妄人的妄言,本不值一笑。但这种“买椟还珠”的谬见未免太诬蔑这部书了,我们不能不说几句辨正的话。

此书作于庚子乱后,成于丙午年,上距拳匪之乱凡五年,下距辛亥革命也只五年。他说拳祸,只是追记,不是预言。他说革命,也只是根据当时的趋势,作一种推测,也算不得预言。不过刘鹗先生把这话放在黄龙子的口里,加上一点神秘的空气,不说是事理上的推测,却用干支来推算,所以装出预言的口气来了。若作预言看,黄龙子的推测完全是错的。第一,他只看见甲辰(1904)的变法,以为科举的废止和五大臣出洋等事可以做到一种立宪的君主政治,所以他预定甲寅(1914)还有一次大变法,就是宪政的实行。

“甲寅之后，文明大著，中外之猜嫌，满、汉之疑忌，尽皆销灭。”这一点他猜错了。第二，他猜想革命至庚戌（1910）而爆发，庚戌在辛亥革命前一年，这一点他几乎猜中。然而他推算庚戌以后革命的运动便“潜消”了，这又大错了。第三，他猜测“甲寅以后为文明华敷之世，……直至甲子（1924）为文明结实之世，可以自立矣”。这一点又大错了。

总之，《老残游记》的预言无一不错。这都是因为刘先生根本不赞成革命，“北拳南革都是阿修罗部下的妖魔鬼怪”，运动革命的人“不有人灾，必有鬼祸”——他存了这种成见，故推算全错了。然而还有许多妄人把这书当作一部最灵的预言书！妄人之妄，真是无药可医的！

然而桃花山中的一夕话也有可取之处。玙姑解说《论语》“攻乎异端”一句话，说“端”字当“起头”讲，执其两端是说执其两头；她批评“后世学儒的人，觉得孔、孟的道理太费事，不如弄两句辟佛、老的口头禅，就算是圣人之徒。……孔、孟的儒教被宋儒弄的小而又小，以至于绝了”（九回）。这话虽然表示作者缺乏历史眼光，却也可以表示作者怀疑的态度。后来

> 子平闻了，连连赞叹，说：“今日幸见姑娘，如对明师！但是宋儒错会圣人意旨的地方，也是有的，然其发明正教的功德，亦不可及。即如‘理’、‘欲’二字，‘主敬’、‘存诚’等字，虽皆是古圣之言，一经宋儒提出，后世实受惠不少。人心由此而正，风俗由此而醇。”
>
> 那女子嫣然一笑，秋波流媚，向子平睇了一眼。子平觉得翠眉含娇，丹唇启秀，又似有一阵幽香沁入肌骨，不禁神魂飘

荡。那女子伸出一双白如玉软如棉的手来,隔着炕桌子,握着子平的手,握住了之后,说道:"请问先生:这个时候比你少年在书房里贵业师握住你手'扑作教刑'的时候何如?"

子平默无以对。女子又道;"凭良心说,你此刻爱我的心,比爱贵业师何如?圣人说的,'所谓诚其意者,毋自欺也。如恶恶臭,如好好色。'孔子说:'好德如好色。'孟子说:'食色,性也。'子夏说:'贤贤易色。'这好色乃人之本性。宋儒要说好德不好色,非自欺而何?自欺欺人,不诚极矣!他偏要说'存诚',岂不可恨!圣人言情言礼,不言理欲,删诗以《关雎》为首。试问'窈窕淑女,君子好逑','求之不得',至于'转辗反侧',难道可以说这是天理,不是人欲吗?举此可见圣人决不欺人处。《关雎》序上说道:'发乎情,止乎礼义。'发乎情,是不期然而然的境界。即如今夕嘉宾惠临,我不能不喜,发乎情也。先生来时,甚为困惫,又历多时,宜更惫矣,乃精神焕发,可见是很喜欢,如此亦发乎情也。以少女中男,深夜对坐,不及乱言,止乎礼义矣。此正合圣人之道。若宋儒之种种欺人,口难罄述。然宋儒固多不是,然尚有是处;若今之学宋儒者,直乡愿而已,孔、孟所深恶而痛绝者也!"(九回。)

这是很大胆的批评。宋儒的理学是从中古的宗教里滚出来的。中古的宗教——尤其是佛教——排斥肉体,禁遏情欲,最反乎人情,不合人道。宋儒用人伦的儒教来代替出世的佛教,固然是一大进步。然而宋儒在不知不觉之中受了中古禁欲的宗教的影响,究竟脱不了那排斥情欲的根本态度,所以严辨"天理"、"人欲"的分别,所以有许多不人道的主张。戴东原说宋儒的流弊遂使后世儒者

“以理杀人”；近人也有“吃人的礼教”的名言，这都不算过当的判断。刘鹗先生作这部书，写两个“清官”自信意见不出于私欲，遂固执自己的私见，自以为得理之正，不惜杀人破家以执行他们心目中的天理：这就是“以理杀人”的具体描写。玙姑的一段话也只是从根本上否认宋儒的理欲之辨。她不惜现身说法，指出宋儒的自欺欺人，指出“宋儒之种种欺人，口难罄述”。这虽是一个“头脑不清楚”的老新党的话，然而在这一方面，这位老新党却确然远胜于今世恭维宋、明理学为“内心生活”、“精神修养”的许多名流学者了。

三　《老残游记》的文学技术

但是《老残游记》在中国文学史上的最大贡献却不在于作者的思想，而在于作者描写风景人物的能力。古来作小说的人在描写人物的方面还有很肯用气力的；但描写风景的能力在旧小说里简直没有。《水浒传》写宋江在浔阳楼题诗一段要算很能写人物的了；然而写江上风景却只有“江景非常，观之不足”八个字。《儒林外史》写西湖只说“真乃五步一楼，十步一阁；一处是金粉楼台，一处是竹篱茅舍；一处是桃柳争妍，一处是桑麻遍野”。《西游记》与《红楼梦》描写风景也都只是用几句烂调的四字句，全无深刻的描写。只有《儒林外史》第一回里有这么一段：

> 王冕放牛倦了，在绿草地上坐着。须臾，浓云密布，一阵大雨过了，那黑云边上镶着白云，渐渐散去，透出一派日光来，照耀得满湖通红。湖边上山，青一块，紫一块，绿一块。树枝

上都像水洗过一番的,尤其绿得可爱。湖里有十来枝荷花,苞子上清水滴滴,荷叶上水珠滚来滚去。

在旧小说里,这样的风景画可算是绝无而仅有的了。旧小说何以这样缺乏描写风景的技术呢?依我的愚见看来,有两个主要的原因。第一是由于旧日的文人多是不出远门的书生,缺乏实物实景的观察,所以写不出来,只好借现成的词藻充充数。这一层容易明白,不用详细说明了。第二,我以为这还是因为语言文字上的障碍。写一个人物,如鲁智深,如王凤姐,如成老爹,古文里的种种烂调套语都不适用,所以不能不用活的语言,新的词句,实地作描写的工夫。但一到了写景的地方,骈文诗词里的许多成语便自然涌上来,挤上来,摆脱也摆脱不开,赶也赶不去。人类的性情本来多是趋易避难,朝着那最没有抵抗的方向走的;既有这许多现成的语句,现成的字面,何必不用呢?何苦另去铸造新字面和新词句呢?我们试读《红楼梦》第十七回贾政父子们游大观园的一大段里,处处都是用这种现成的词藻,便可以明白这种心理了。

《老残游记》最擅长的是描写的技术;无论写人写景,作者都不肯用套语烂调,总想熔铸新词,作实地的描画。在这一点上,这部书可算是前无古人了。

刘鹗先生是个很有文学天才的人;他的文学见解也很超脱。《游记》第十三回里他借一个妓女的嘴骂那些烂调套语的诗人。翠环道:

我在二十里铺的时候,过往的客人见的很多,也常有题诗在墙上的。我最喜欢请他们讲给我听。听来听去,大约不过

> 这个意思。……因此我想，做诗这件事是很没有意思的，不过造些谣言罢了。

奉劝世间许多爱做诗的人们，千万不要为二十里铺的窑姐所笑！

刘鹗先生的诗文集，不幸我们没有见过。《游记》有他的三首诗。第八回里的一首绝句，嘲讽聊城杨氏海源阁（书中改称东昌府柳家）的藏书，虽不是好诗，却也不是造谣言的。第六回里的一首五言律诗，专咏玉贤的虐政，有"杀民如杀贼，太守是元戎"的话，可见他做旧律诗也还能发议论。第十二回里的一首五古，写冻河的情景，前六句云：

> 地裂北风号，长冰蔽河下。后冰逐前冰，相陵复相亚。河曲易为塞，嵯峨银桥架。……

这总算是有意写实了。但古诗体的拘束太严了，用来写这种不常见的景物是不会满人意的。试把这六句比较这一段散文的描写：

> 老残洗完了脸，把行李铺好，把房门锁上，也出来步到河堤上看，见那黄河从西南上下来，到此却正是〔河〕的湾子，过此便向正东去了，河面不甚宽，两岸相距不到二里。若以此刻河水而论，也不过百把丈宽的光景。只是面前的冰插的重重叠叠的，高出水面有七八寸厚。再望上游走了一二百步，只见那上流的冰还一块一块的漫漫价来，到此地被前头的拦住，走不动，就站住了。那后来的冰赶上他，只挤得嗤嗤价响。后冰被这溜水逼的紧了，就窜到前冰上头去。前冰被压就渐渐低

下去了。看那河身不过百十丈宽。当中大溜约莫不过二三十丈。两边俱是平水。这平水之上早已有冰结满。冰面却是平的,被吹来的尘土盖住,却像沙滩一般。中间的一道大溜却仍然奔腾澎湃,有声有势,将那走不过去的冰挤的两边乱窜。那两边平水上的冰被当中乱冰挤破了,往岸上跑。那冰能挤到岸上有五六尺远。许多碎冰被挤的站起来,像个小插屏似的。看了有点把钟功夫,这一截子的冰又挤死不动了。

这样的描写全靠有实地的观察作根据。刘鹗先生自己评这一段道:

止水结冰是何情状?流水结冰是何情状?小河结冰是何情状?大河结冰是何情状?河南黄河结冰是何情状?山东黄河结冰是何情状?须知前一卷所写是山东黄河结冰(十三回原评)

这就是说,不但人有个性的差别,景物也有个性的差别。我们若不能实地观察这种种个性的分别,只能有拢统浮泛的描写,决不能有深刻的描写。不但如此。知道了景物各有个性的差别,我们就应该明白:因袭的词章套语决不够用来描写景物,因为套语总是浮泛的,拢统的,不能表现某地某景的个别性质。我们能了解这段散文的描写何以远胜那六句五言诗,便可以明白白话文学的真正重要了。

《老残游记》里写景的部分也有偶然错误的。蔡孑民先生曾对我说,他的女儿在济南时,带了《老残游记》去游大明湖,看到第二回写铁公祠前千佛山的倒影映在明湖里，她不禁失笑。千佛山的倒影如何能映在大明湖里呢？即使三十年前明湖没有被芦田占满，这也是不可能的事。大概作者有点误记了罢？

第二回写王小玉唱书的一大段是《游记》中最用气力的描写：

王小玉便启朱唇，发皓齿，唱了几句书儿。声音初不甚大，只觉入耳有说不出来的妙境：五脏六腑里像熨斗熨过，无一处不伏贴；三万六千个毛孔，像吃了人参果，无一个毛孔不畅快。唱了十数句之后，渐渐的越唱越高，忽然拔了一个尖儿，像一线钢丝抛入天际，不禁暗暗叫绝。那知他于那极高的地方，尚能回环转折。几转之后，又高一层，接连有三四叠，节节高起，恍如由傲来峰西面攀登泰山的景象：初看傲来峰削壁千仞，以为上与天通，及至翻到傲来峰顶，才见扇子崖更在傲来峰上；及至翻到扇子崖，又见南天门更在扇子崖上：——愈翻愈险，愈险愈奇！那王小玉唱到极高的三四叠后，陡然一落，又极力骋其千回百折的精神，如一条飞蛇在黄山三十六峰半中腰里盘旋穿插，顷刻之间，周匝数遍。从此以后，愈唱愈低，愈低愈细，那声音渐渐的就听不见了。满园子的人都屏气凝神，不敢少动。约有两三分钟之久，仿佛有一点声音从地底下发出。这一出之后，忽又扬起，像放那东洋烟火，一个弹子上天，随化作千百道五色火光，纵横散乱。这一声飞起，即有无限声音俱来并发。那弹弦子的亦全用轮指，忽大忽小，同他那声音相和相合，有如花坞春晓，好鸟乱鸣。耳朵忙不过来，不晓得听那一声的为是。正在撩乱之际，忽听霍然一声，人弦俱寂。这时台下叫好之声轰然雷动。

这一段写唱书的音韵,是很大胆的尝试。音乐只能听,不容易用文字写出,所以不能不用许多具体的物事来作譬喻。白居易、欧阳修、苏轼都用过这个法子。刘鹗先生在这一段里连用七八种不同的譬喻,用新鲜的文字,明了的印象,使读者从这些逼人的印象里感觉那无形象的音乐的妙处。这一次的尝试总算是很有成功的了。

《老残游记》里写景的好文字很多,我最喜欢的是第十二回打冰之后的一段:

> 抬起头来看那南面的山,一条雪白,映着月光分外好看。一层一层的山岭却不大分辨得出。又有几片白云夹在里面,所以看不出是云是山,及至定神看去,方才看出那是云那是山来。虽然云也是白的,山也是白的,云也有亮光,山也有亮光,只因为月在云上,云在月下,所以云的亮光是从背面透过来的。那山却不然:山上的亮光是由月光照到山上,被那山上的雪反射过来,所以光是两样子的。然只就稍近的地方如此,那山往东去,越望越远,渐渐的天也是白的,山也是白的,云也是白的,就分辨不出甚么来了。

这种白描的工夫真不容易学。只有精细的观察能供给这种描写的底子;只有朴素新鲜的活文字能供给这种描写的工具。

* * * * * *

民国八年(1919)上海有一家书店忽然印出一部号称“全本”的《老残游记》,凡上下两卷,上卷即是原本二十回;下卷也是二十回,说是“照原稿本加批增注”的。书尾有“著述于清光绪丙申年山东旅次"一行小字。这便是作伪的证据。丙申(1896)在庚子前五年,而著者原序的年月是丙午之秋,岂不是有意提早十年,要使"北拳南革"都成预言吗?

四十回本之为伪作,绝对无可疑。别的证据且不用谈,单看后二十回写老残游历的许多地方,可有一处有像前二十回中的写景文章吗?看他写泰安道上

> 一路上柳绿桃红,春光旖旎;村姑野妇联袂踏青;红杏村中,风飘酒帜;绿杨烟里,人戏秋千;或有供麦饭于坟前,焚纸钱于陌上。……

列位看官在《老残游记》前二十回里可曾看见这样丑陋的写景文字吗?这样大胆妄为的作伪小人真未免太侮辱刘鹗先生了!真未免太侮辱社会上读小说的人们了!*

十四年,十一月七日,作于上海。

---

* 文末原有"尾声"一节,1953年胡适校订远东版时将其删去,为体现原作者意图,并保存文献原貌,兹将"尾声"附录于此:"今年我作《三侠五义序》的时候,前半篇已付排了,后半篇还未脱稿。上海有一位女士,从她的未婚夫那边看见前半篇的排样,写信来和我讨论《三侠五义》的标点。她提出许多关于标点及考证的问题;她的热诚和细心都使我十分敬仰。她的未婚夫——一位有志气的少年——投身在印刷局里做校对,所以她有机会先读亚东标点本的各种小说的校样。她给我作了许多校勘表。我们通了好几次的信。六月以后,她忽然没有信来了。我这回到了上海,就写信给她,问她什么时候我可以去看她和她的未婚夫。过了几天,她的未婚夫来看我,我才知道她已于七月八日病死了。这个消息使我好几天不愉快。我现在写这篇《老残游记序》,心里常常想到这篇序作成时那一位最热诚的读者早已不在人间了!所以我很诚敬地把这篇序贡献给这位不曾见过的死友——贡献给龚羡章女士!"——编者注

附　录

中国的小说（1926 年）*

谁如果从事中国古典文学研究，一定会在跟其它民族的比较中，为那些要求严格分章结构和自由创制的文类的缺失而感到吃惊。中国上古文学主要由抒情诗和短文章组成。早期的哲人们只留下了格言，后来的才作详细描述，其中有些包含着艺术性的小寓言和譬喻。但却没有故事诗，也没有戏剧和自由发明的散文体小说。民众——至少是智识阶层——以事实性和理智为导向的生活方式似乎压制了每一种描述性文学，也驱散了一切的民间传说——它们毫无疑问是存在的。

随着秦汉建立了最初的大帝国，同样不同地域和部落的宗教，以及他们的祭司阶层和拜神习惯，都有了紧密联系并渐渐混合成一个大的民族宗教，就是后来所称的道家。这个新宗教的文献里包括了许多神异故事，就像我们今天在《列仙传》和《神仙传》的集子里所得到的那些。所有这些显然表现着那些个时代观念世界的故事，都取了短篇传记的形式，但其中也没有什么因为文采或佳构值得注意的。

大概小说在古代中国不甚发达。在两汉、三国和六朝（公元前

* 此文作于 1926 年，是胡适在德国法兰克福的演讲辞，原以德文刊于德国《中国学刊》（*Sinica*）1927 年 11/12 月号上，题为“Die Chinesische Erzählkunst”，2005 年由范劲发现并译为中文，载《文学理论研究》2005 年第 3 期。此即据范译收录。

200 年至公元后 600 年）全部民间文学中只留存下两首故事形式的诗歌：《焦仲卿妻》和《木兰诗》。后者简要地叙述了木兰，一个假扮男装在军中征战十二年，然后载誉回到家中的女孩的事迹。另一首《焦仲卿妻》是中国文学中最长的诗歌，讲述一个妇女的悲剧故事，她被她的丈夫深爱，却为婆母所不容，只能回到娘家。她自家父母又将她许给了本地一个显贵之子；但她在第二次婚礼的当晚就自尽了，表示对她所爱夫君的忠贞。丈夫得悉了她的死讯，便也自杀了，以此回报她的爱情。故事是在生动多彩的描写中被叙出来的，可以同世界上这一类中最好的文学相并列。

诗歌《焦仲卿妻》历来被认为成于公元后三世纪初。但是今天的学者如梁启超都倾向于把它算到晚得多的时间去，而把它的故事性风格归于佛教文学的影响。即使我同意一个相对较晚的产生时间，说这首诗是在佛教影响下写成的，却不能让我信服。显然在悲剧女主人公和她丈夫的故事里面，并没有什么显示出哪怕最轻微的佛教信念的影响；所以这只能是在艺术形式中多少地表现出来。毫无疑问，佛教文学的输入对中国的叙事文学有着巨大影响，中国章回小说和中国故事诗应该感谢佛教影响的地方，比人们至今所确知的还要多得多。

从公元后四世纪到十一世纪，中国不折不扣地被佛经译文所充斥。印度人早就发展出了一种在幻想神魔故事上极富发明力，布局结构精巧的诗艺。在这方面，印度文学对于弥补古代中国经典的缺陷，正是必需的。中国精神为这种浩荡的卷帙、深邃的人性、诗性的伟力、幻想的发明以及这种构建——与它并列则儒家的干枯经典显得苍白而过份清醒——之宏伟所惊谔，所眩惑，所慑服。

众所周知,佛经(Sutra)也是一种故事诗,一种戏剧。它总是以一个戏剧性场景起头,然后发展成一个包含着主干故事的对话。在佛经外还有大量本生故事(Jataka)和佛陀的生平记述。两部最感人的,《普曜经》(Lalita Viskara)和一位圣者兼诗人 Aschvagosch(中译马鸣)的大型故事诗《佛所行赞经》(Buddha-Tscharita),被完整地译成了中文。如此绝妙的作品必然会影响到汉民族的诗学精神。一些高品位的戏剧作品很快就在中国读者中极受喜爱。最引人注目的例子是《维摩诘经》,处在故事中心的不是佛陀本人,而是大圣者 Vimalakiriti(中译为维摩诘),他的辩识法术胜过佛的其他大弟子。得知维摩诘生了病,佛派遣他的十个弟子去问疾,但每个弟子都不愿去,都推说不能胜任此项任务,每个人都叙述了自己同维摩诘打交道的经历。最后菩萨文殊师利被选为佛的使者,前去那生病的圣者的居室。故事余下部分讲述维摩诘驾驭法术的神通和他的神迹,以及让最大的菩萨也晕头转向的深邃智能。

佛经有多种译本,其中鸠摩罗什(Kumaradschiva)的译文因其简明的语言和优美文体甚至到今天还广受欢迎。它在中国的巨大影响,由文学中屡屡被引作典故,尤其是在以它为素材的大量古代佛教绘画可见出。唐代大诗人王维字摩诘,算是对维摩诘一缕温柔的追念。

从斯坦因和伯希和二十年前在敦煌发现的古代中国写本中,我们找到了一些残简,它们是民间流传极广的维摩诘故事的片断。这故事部分是用带韵的散文,部分是用民歌诗行转述出来。经常是一个一百字的段落被扩展成了五千字。整个故事如果以完整形式出现,一定是世界上最长的故事诗了。在巴黎的收藏中我发现了这部长篇故事诗的一个保存完好的断片(伯字2292号)被标为第19和第20卷，它含有下面这个奇特的卷尾跋："广政十年(947)八月九日在四川静真禅院写此第二十卷文书。恰遇抵黑书了。——不知如何到乡地去!"然后他在黏着的一张纸上写了一跋："年至四十八岁，于州中应明寺开讲；极是温热。"

在敦煌写本中我们还发现了叙佛陀生平的《法华经》(Saddharma Pundarika)或《莲华经》(Lotos-Sutra)的变文，以及目犍连下到冥间访母的故事。所有故事都被僧侣们以浅白文体转述出向民众宣唱。其中一些直到今天还为民众喜爱，在中国戏台上演出。

为了照顾不识字的信众而将佛教故事以俗语讲出，这在中国中古的寺院定然广为流行着。好像形成了一个职业讲经者群体，他们编写佛教内容的俗讲变文，把它宣演给不懂原文的虔诚热心的群众。因为在关于两宋的都城，开封和杭州生活的作品中，我们发现在职业说话人中有一个阶层被称为"谈(佛)经者"。

对于历史研究者就生出了这个问题：究竟佛经讲经者是所有世俗叙事艺术的鼻祖呢，还是他只是并存于中古中国——譬如在宋朝的都城——的众多讲故事人类别中的一种呢?

在敦煌写本中还有非佛教来源的残简，它们部分是韵文，部分是通俗散文。在佛经之外的世俗故事的存在引发我们认识到，本土的叙事艺术已经有了发展。这大致可追溯到《列仙传》和诗歌《焦仲卿妻》。这种发展在唐时似乎已呈现相当的进步，因为我们发现了大量享有名望的作家，他们时不时写出或多或少属于描述性质的故事来。其中有些相当不错。最了不起的故事里有一部《虬髯客传》，它被归到诗人张说(卒于730年)名下。它叙述一位豪侠的历险，此人想建立一个新帝国，但当他见到了后来唐朝的建立者李世民，就放弃了全部野心，因为他承认后者比他更强。这个故事中特别值得注意的是人物塑造的力量和运用历史人物和史事的手腕。诗人元稹写了一部爱情故事《会真记》,很可能是描画他自己的经历,它受到如此推许,以至于几个世纪后有了至少四个据它写出的,出自不同人手笔的剧本。这只是由知名作者写出的数量不菲的故事——很可能受到了当时无论在僧院或市井生活中都时兴着的说话伎艺影响——中的两例。

允许本土叙事艺术发展的说法成立,决不是要否定佛经文学,特别是通过民间说话人对中国故事诗和长篇小说演化施予的重要影响。这种影响在两个方向上发生着:一是印度文学无拘无束的自由创制对中国文学起着解放作用。它将中国人从严格依循事实的思维方式的禁锢中解脱出来,引他们到发明力的自由嬉戏中去。它赠给他们不只是一个上天,而是许许多多新的充满奇妙色彩和永恒福乐的天,不只是一个地狱,而是许许多多长时间地在民众心中保持真实存在的冥冥世界。它带给他们一个新的众神界。它引导他们,远远地,远远地越出我们本身生命的短暂区间,去思念重重世界和悠悠千年。事实上中国在精神上应归功于印度的,无论如何高估也不为过,当我们读到《西游记》或《封神榜》这类离开了佛教影响就根本不会存在的故事时,我们还仅是瞥见了一线微光。

佛教影响的踪迹其次表现在形式上。《天雨花》、《笔生花》等作品中的民间叙事文学是用七言韵文体写的;但在伴着音乐唱出的诗节间,插入了散文体的描写。这正是唐代佛经讲唱的样式——在《维摩诘经》的叙事体变文中有最好的表现——而且大可以追溯到传统上佛经惯用的形式,即散文体对话重复出现在散布的诗节或偈颂(Gathas)中。这种韵散夹杂的形式,同样清楚地表现在中国的小说传奇中。故事主要情节以散文写出,而开头结尾几乎总是一首或数首诗歌，而且在大多数情况下，都是那些描写豪侠性格、女子美色、事件发生地或战场紧要关头的片段用压韵的诗节来表现。这些段落让我们想到佛教的偈颂或早先的韵体民间小说。这当中的一个重要事实是，所有的世俗故事包括那些在敦煌废墟中发现的，要么全用散文（如《秋胡诗》，要么全用韵文（如《季布歌》），而没有用韵散混合的形式写成的。确实，唐代作家喜欢将大量的诗词插入他们的故事中去，特别是在《会真记》和《西游记》中。但这些诗歌要么是宣示隐秘爱情，要么就是文人雅趣的重要部分。这类事实似乎更进一步证实了叙事艺术在本土发展的存在，这种叙事艺术在其散文形式上可上推到《列仙传》，在韵文形式上则可溯及《焦仲卿妻》和《木兰诗》的时代，后来在佛教影响下发生了演变，最终采取了在散文说白中嵌入诗体段落的形式。

我们知道，小说艺术在九世纪时已渐渐发达起来。段成式谈到了835年左右一个街头说话人的存在，他明显是演说历史题材的，诗人李商隐在《骄儿诗》里讲到说书人嘲谑张飞的胡子，取笑邓艾的口吃。这两人都是三国故事中的英雄人物。在关于开封的集子（《东京梦华录》）里我们了解到，宋朝时在京城里住着许多类别的职业说话人，其中每一家处理一个专门的领域：或者是历史故事，或者是豪侠行迹的神异故事，或者是那些涉及社会、风俗和宗教问题的故事。

由这些职业说话人发展出来两种新的文学形式：话本和长篇小说。

话本只是长篇小说短的未及展开的形式，因此严格说来并不符合这个名字在今天的意思（“话本”的原文为“Novelle”（中篇小说）译者注）。总之中国的话本有它特别的自身形式，这种形式一直维持到了最近。它几乎总是两部分:一个引子和一个主要故事。引子给出“教训”。这个教训由一个非常简短的,同下面的故事有着内在关系(多数是通过相似性,有时通过对比)的故事显示出来。职业讲书人要吊起听众的胃口,他由经验知道,最有效的就是在较长的故事开始前用一个小故事使他们紧张起来。

留存给我们的这种话本有几百篇。它们中许多可以追溯到宋代,至少是南宋(12和13世纪),多数则属于明代。最有名的集子是:《京本通俗小说》、《今古奇观》、《拍案惊奇》、《醉醒石》、《西湖佳话》、《十二楼》。

其中一些话本中即使今天的读者读来也饶有兴味。语言浅近,常有精致的情节发展。上面列举的最后一个集子是一位著名戏曲家李渔所撰,它表现出大师手笔的痕迹;大体上可以说,这些话本显示了中国长篇小说的一个特定发展状态,它们本来是为娱乐听众而作的。它们通过演说来动人,但在人物塑造方面常常是不足的。更严重的,这一类叙事艺术受其自身形式所限,不能表现深刻的思想和错综繁复的构思,因为“教训”一成不变地居于真正的故事起首,后者实质上是它的一个说明。

真正的长篇小说是讲史的延续。因为古代中国人没有产生出那种要求凭空发明和结构严整的文类来。古代的故事主要叙述短的事件,它们只需稍许的,或根本就无需加工。大多数情况下,事件的逻辑进程就足够作为情节使用了。最早的长故事全都属于讲史性质。故事本身在不断地演讲,供给说话人在顺序性描绘中运用的最恰当材料。

那种有计划地建构文字作品的艺术的发展史是极具启发性的。开始我们只发现了没有内在布局意图的史事的随意排列。这一类中最好的例子是《宣和遗事》,一个北宋末年的民间话本。它讲述了徽宗皇帝的昏庸统治和北方中国所遭受的鞑靼女真人的毁灭性和屈辱的占领。有些事件是用口语写成的,显然出自当时已有的民间话本。另一些是用半文言文写成,多数是原文摘抄那个国仇家恨的灾难岁月的时事记录。没有一个贯穿的情节,甚至没有想过从语言和风格上将不同事件的叙述统一起来。

然后我们渐渐注意到,说话人希望找到一种手段,藉此使听众即使对于一个很长的故事也能保持注意力,而一个没有引人入胜的情节纠葛的史事铺陈是定然无法达到这一步的。就是佛经讲经者也要面临这一任务,要保证听众第二天还会到场。我们在敦煌写本中发现了一个长的文书,上面是用七言诗体写的伦理训导(伯字2305号)。在这个写本中,每日的讲经文总是以几行敦促听众第二天再来的韵文作结束。

更拟说,日西止。道理多般深奥义。明朝早到与君谈。且向阶前领取偈!

问题就是:为了这许多将要提供的奇妙道理的缘故,明天他们会再来吗?

职业说话人总要多少激发起好奇心。他编排素材和宣讲故事的方式,是要叫听众的心情绷紧到最高程度,然后突然中断叙述,在期望值被刺激到最高点的一刹间停下来。当一支毒箭正好射向恋爱中的男主角时,或者利剑插向美丽无辜的女主人公时,或者是勇敢的犯人孤注一掷想逃离监牢,而正要被捉住时,说话人突然间击响了鼓,用那个无情的程式结束了一天的讲述:"欲知后事如何,且听下回分解!”这是中国长篇小说章节划分的源起(每章叫“回”,意思是“时刻”、“时段”),是叙事艺术的合理的情节开展与谋篇布局的源起:中国长篇小说的开始。

毫无疑问在明代中期以前,也就是1500年前,没有真正意义上的中国长篇小说。只有以章节划分的中篇小说和大量有着相当长度的讲史故事。在民众中有一大批历史和神怪故事极受欢迎,就像三国的故事,玄奘和尚到佛教印度奇妙的取经经历,最后还有梁山一百单八条好汉的故事。它们家喻户晓,人人都耳熟能详。在民间戏剧的舞台上总是能看到它们的人物形象。它们的历险故事口口相传,从一村到一村,从一代到一代。每个人,无论男女都可以在它们之上加进些东西,这儿那儿添上去些本地色彩,时不时地作一点新的解释。那些民间传奇和故事的系列讲述就以这种方式,在文学最伟大的匠人:原初的人民精神的手中,历经了无数的变化完善。经过数百年这种无意识的发展后,它们猛然间握住了伟人诗人的发明力。由他们从民众那里接过,在艺术的精神中将其革新。传说保留着,可是情节被改造了,对话变更了,人物形象提炼过了,通篇计划被细细打磨。于是在16世纪时产生了首批伟大的散文文学作品:《水浒传》,《西游记》,还有《三国演义》也可算进去。

这三部小说的出现标志着中国长篇小说第一个伟大时代的里程碑,其中每一部都有一个漫长的历史,其最终形式是几百年未曾中断的发展的结果。三国故事耗费了800年,才达到它最终的形式。玄奘去印度朝圣的故事同样要回溯到唐时,我们至少知道有两种早期的散文稿本,其中一种(《大唐三藏取经诗话》)出于宋末,而另一种较小的《西游记》很可能作于14世纪。在这些散文本外我们还必须提到各式各样的剧本,其中一种(《唐三藏》)是在12世纪女真鞑靼人统治时撰写的。一直到16世纪中以后,才有一位大天才,吴承恩(卒于1580年),对旧的传说加工润饰,创造了他的杰作,即《西游记》今天的样式。

时间不允许我,进一步考究在所有这些伟大的长篇小说经典那里的漫长发展过程。我想挑出最了不起的那部《水浒传》,对其历史作一个简略的概述,以便说明这些伟大的长篇小说从它们低级粗陋的开始渐渐发展起来的特别方式。

《水浒传》,或者说梁山一百单八条好汉的故事要追溯到12世纪,那时宋江和他为腐败官吏暴虐所苦的三十六位结义兄弟,结成一支可怕的强盗团伙,打败了前来镇压他们的官军。在过了许多行侠施义的年头后,他们自愿投降官府,成为军官,在今天浙江和安徽南部的镇压方腊大起义的战争中发挥了重要作用;当宋朝由于女真鞑靼入侵而破亡时,这些早先的强盗又在同进逼外族战斗中冲锋陷阵。这种结合了忠诚与爱国心的侠义精神,赋予水浒传说以一种特有的高贵和特别的激情,这些品性将它塑造成了世界上最了不起的长篇小说之一。

在《宣和遗事》里,这个故事的最初版本只是个几千字的简短报道。但这个传奇很快就生长起来。由三十六位结义兄弟增加到一百单八位。他们不再被看作是无法无天,而是因为恶劣不公的待遇才被逼落草的无辜市民。他们是道义的真正维护者。当13世纪蒙古人占领了全国之时,人民的思想又步回到了作为民族侠义精神象征的水浒传奇。艺术家为这三十六人画像,著名作家为每幅画题赞颂诗。

这个故事给元杂剧提供了种种题材。戏曲家非常自由地对这一传说作出自己的解释和塑造不同人物。在明朝初年(1400)很可能有一种关于这个伟大传说的一百回本写成。文字稿本经过了许多变动。在1500年时有一位无名大师,一般被认为是施耐庵,作了一个估计有七十回的全新本子,它大大地胜过了原先的本子,以致在所有后续本中这七十回都几乎原封不动地保留着。

在16世纪中叶印出了一个由一百回组成的新本。17世纪初一些浅愚的批评家想保留早先的版本,又在新本子上加了大约20回。此后就有各种一百一十五回和一百二十四回的版本出现。17世纪中叶时产生了一个名叫金圣叹的大批评家,他摒弃了所有那些的后来的增补。而使七十回本成为公认最完善的版本。

《水浒传》其实是一部抗议的作品,它的主导思想是:官府的贪腐是盗寇的起因,一个好强盗要胜过一个腐败官员。《水浒传》成功地在每个读者心中唤起了对于强盗的同情和对官吏的憎恨,这是它了不起之处。由这个主导思想,这部书以真切的方式投射出了中国民众灵魂深处的看法,使异议和反抗的精神得以维持,万古常新。

这里我们看到一个几千字的故事在400年间演变为各种各样的传奇和戏剧,最终成为一部100回的长篇小说巨著。我们生在一个为成千上万长篇小说所淹没的时代,很容易忘记,那种我们称之为长篇小说的叙事艺术的特别样式,它的形成是多么漫长和艰难,但只有当我们认清了整个演进过程时,才能够正确地去理解中国长篇小说的特性。它们只有在历史演变的背景中才能被澄清。

文艺如同科学一样,在新形式的发明完善上步履维艰,可是对于一朝被完善者的运用却十分迅疾。中国的长篇小说需要1500年才臻于成熟。可是当一批伟大长篇小说问世,它们的影响就能马上感受到了,他们在100年里发展出了各种门类来。

在16世纪后半叶出现了一部罕见的忠实于现实的长篇小说——标题为《金瓶梅》。它描述一个有一妻、四妾以及其他婢女的男人的家庭生活。这部小说在过去400年里屡被官方所禁,因为它过多地涉及这家的性生活细节。它显然是世上最有伤风化的小说。但撇开它的放荡不羁,《金瓶梅》倒是极值得我们关注的,恰因为它对普通男女日常谋营的现实主义描画。它以一种率直的方式演绎出每个家庭成员由习惯和生活方式所限定的发展,直至最后不可避免的结局,这里它接近于今天的自然主义。

17世纪产生了第一部问题小说:《醒世姻缘传》。它单涉及婚姻问题。情节本身平常无奇,充斥着无聊的迷信;但是开始一节却值得一提。作者说:孟子说得对:君子一生中有三件至乐的事,它们比做皇帝还叫人快活。头一件乐事是,父母兄弟健康;第二件,在神和人面前都不用感到愧怍;第三件,能寻得和教育一个有出息的少年。可是,作者接下去说,孟子犯了一个大错误,因为他忘了提到第四件乐事,它是成就其他三乐的前提条件:如果你有个让你不得安宁的妻子,你如何才能做成一个好儿子和好兄长,一个君子和能干的老师呢?所以那第四件,那个最根本的福气是:有个好老婆。

这五部小说可算是16和17世纪,即中国长篇小说第一期的代表作。《三国演义》代表着数量众多的历史小说,其中许多都可在街头说书人尚粗糙的故事那里寻到源头;《水浒传》代表了英雄传说;《西游记》是那些神魔小说中最最出色的代表者,这类小说那几百年里出了许多;《金瓶梅》和《醒世姻缘传》严格说来倒并不代表它们的时代,而只是它们领域中的先行者,这些领域只有到了后来才得到充分的探索。

18世纪产生了大量长篇小说。其中有两部,《儒林外史》和《红楼梦》,作为最好的中国文学,显得尤为突出。

《红楼梦》之作者为曹霑,字雪芹。作者只完成了八十回就于1764年死了。小说就以它未成的形式流传开去,许多人尝试着将它续完。最后在1792年,也就是作者死后近三十年时,一位叫高鹗的人作了四十回的续文,发行了第一个"全本"。它一直是这部著名小说的标准版本,只有很少人曾注意到,这部作品出自两位生活时代相差30年的作者之手。曹霑出生于八旗汉人家庭。他的祖父母过着富贵奢华的生活,但到他父亲时家计已陷于贫困潦倒,作者由此放浪纵酒并且英年早逝。在其杰作《红楼梦》里,他成功地交与我们一幅满清盛世时上层家庭日常活动的生动画卷,为我们绘出众多美妙的女子图像,其中一些堪同世界文学中最好的作品中最好的妇女形象媲美。小说主人公对于女性有一件近乎宗教般的崇拜。在写作技巧上这部小说可以追溯到《金瓶梅》的自然主义,它真率地描绘出一个无可奈何地颓败下去的家庭的故事。拿作者自己的话来说,他描出了一个方向,它指向那无可避免的结局:"树倒猢狲散"。

18世纪的另一部伟大长篇小说《儒林外史》则在中国以外几乎无人知晓。作者吴敬梓(1701—1754)同样出于一个著名的儒生家庭。他是诗人兼锐利的思想者。他在其诗人生涯的早期就荡尽了资财,被迫出卖房屋田地,移居南京,在那儿极为潦倒的度日。但他作为落魄浪子和遍尝生活艰虞者的丰富经验,又使他获得了大胆地透视人生物态的能力,学会了独立地思索。当时文人教育中迂腐的文辞练习的一无所用令他深为不满。对于儒者生活的扭曲和无益的思考构成他伟大小说的主要题材。儒学者在人们想来，是要被培养来统治民众和领导国家的，《儒林外史》则是对于这些人的奔忙的锐利讽刺。他的书是针对那种单单传授给青年人关于经典的形式知识和炮制作文的机械技艺的教育的最严重控诉。作者指出，这整个计划就是根本错误的，因为它驯养成了一个阶级的人，这个阶级无知到了最最愚蠢的褊狭，比不识字的农夫小贩还要不如。这本书给出了一系列万花筒式的画卷，它们是这个于世无补的阶层惟妙惟肖的例子。其中最好的是些好心肠的腐儒，他们对于书本外的世界很少或了无所知；那帮迂阔贫乏到了极点的家伙。他的判决是尖锐的，但却充满了同情和幽默。甚至他的最可鄙的怪人物都是以友善的调侃写来。

在最近一百年里有两种长篇小说的方向。在中国北方的一股民间文学运动或多或少试图按《水浒传》的样式去写侠义小说，它们主要涉及豪爽的强盗首领的英雄事迹，由北京和其周边的职业说书人写成。对话简截明了，素材极有趣味，形式上却更多民间意味，而较少艺术性。缺少的是独特性、伟大的成就和思想深度。

另一方面中国南方在清朝末年产生了不少模仿《儒林外史》的讽刺小说。它们谴责社会人生，激烈抨击官僚集团的贪腐与无能。旧的社会秩序的一切弱点缺陷均遭到拷问，以至于15年前满清的崩溃至少要部分地归功于这些小说。这一南方中国的文学是由那些不满于当时社会形势的人所推动的。它包含着思想和某种个体性。但这些小说多数是急就章，更像是改革的宣传单而非永恒的艺术品。但不管怎样其中至少也有两到三部值得注意的文学杰作，其艺术价值能与以往的长篇小说经典的传统相称。

中国的小说(1941年)*

一

作为一种虚构的而又是着意结构的描述性文体的小说,在上古中国是不存在的。上古中国的最早期文学形式注重现实性、抒情和教育意义,却并不放纵地挥洒想象力。那时没有史诗,没有戏剧,没有小说,也没有任何形式精巧的神话传说。孔子曰:“辞达而已矣。”这样一个实用主义的语言概念导致了任何富于想象力的文学作品都被看作是无用且无需的而遭到排除。

确实,在成百上千种上古文学作品中,没有一部是在落笔前就已经计划好了的。大部分上古作品是言论集、文选、事件记录,散落着主题大多互不相关的最好的散文。精心计划的文学作品,例如古希腊悲剧或柏拉图的《对话录》,在上古中国并不存在。上古中国有两种发达的文学形式,即抒情诗和散文。在公元前4世纪,实质是为了阐明或争论观点的散文开始成型。中国的作者似乎认为不需要发展出更大的超越散文结构的文体形式。小说和戏剧这

---

* 此文作于1941年,是胡适在美国华盛顿的演讲辞,原为英文,曾收入《胡适全集》第38卷,安徽教育出版社2003年版。后由张扬翻译,原载《山东师范大学学报》2012年第2期。

样在剧情和悬而未决处需要想象力支撑的文体，在上古作者的手中没有发展起来。

但讲故事是人类压抑不住的天性。即使在孔子的年代，在民众中也自发产生了一种基于史实的、被称为“历史”的传奇故事，但显然这些故事之所以出名是因为它们那自由而富于想象力的细节，而不是它们的真实可信。孔子曰：“文胜质则史。”他可能指的是那些传说帝国、开国君王、贤臣名将的奇幻历史传说。传说包含了大量有趣的但不总是可信的细节，就像戏剧、神谕、预言以及想象出来的会话和演讲。

公元前4世纪的孟子不得不经常指责他的学生，因为他们引用那些流行的传说故事，就像那些传说故事是真实历史的某些部分一样。他也经常因为那些传说故事是“齐东野人之语”或“好事者为之”而嘲讽他们。

我们现在大致确定一些已经在历史上消逝的事件的记录，最初是属于被孔子和孟子定性为幻想历史故事的。比如说“晋文公（公元前628年去世）的逃难旅程”和“赵氏孤儿”这样的传说。后者经常被后世搬上舞台，并变成了伏尔泰的一部著名戏剧。

这样一来，中国的讲故事者们在这些上古历史传说中获得了最初的训练。这些历史传说故事不需要创作剧情，只需要搜集据说是传记和年代记的素材，并围绕其原始结构组织、渲染和细化。

二

然后，一种来自印度的伟大宗教，与它那大量的造像、精美动人的仪式和极具想象力的文字与哲思一起进入了中国。上古中国的传统宗教很快就被大乘佛教给击败超越了。这种新的宗教延续了2000年,从根本上影响甚至改变了中国人的宗教、哲学和艺术生活。

上古中国没有天国或天界的概念,而印度给了我们成百上千的天国。上古中国没有地狱的概念,而印度给了我们十八层地狱,这些地狱的恐怖和残虐还在不断加重。印度人无穷无尽、无休无止的想象力似乎不知疲倦地创造出新的哲学系统,以及结构形式精妙绝伦的文学和戏剧故事。每一本佛经就是一出释迦牟尼和他的信徒为角色的戏剧。某些佛经,例如《维摩诘经》,其戏剧和文学的结构是如此地令人印象深刻,以至于在后来的许多世纪它们的绘图说明和文学释义变成了最流行的主题。

印度人就这样教会了中国人无拘无束地使用想象力。许多道教经典被故意写成佛经的形式。在佛寺僧众努力教化开导大众的过程中,普及佛教故事的译本成了他们工作的一部分。在中古时期的中国,一种被称作"变"或"变文"的新文种出现了,"变文"的意思是"变形的经文或释义",即把原本的佛教故事用中国散文或诗歌的方式转述出来,部分用散文,部分用诗歌。往往《维摩诘经》中150字的原文,经过当众宣讲释义后就扩展到5000字。后来"变文"这个术语扩展到包括流行的非佛教故事的讲唱。在敦煌的中世纪手稿中,我们发现了一些非佛教的变文,例如两宋的传说、孝子董永、将军季布和有名的美女王昭君的故事等。显然,中古时期中国冗长而富于想象力的说唱文学艺术受到了佛教的启发。

在中古时期,说唱文学的普及确实对知识阶层的散文和诗歌作者造成了一些较大影响。一位评论家指出白居易著名的《长恨歌》很显然受到了佛教“变文”的影响。但关于这种影响的最有趣的证据是7至9世纪的古典作者们乐于创作一些结构发展得相当不错的短篇故事。这些短篇故事没有总称,但有时被称为“传奇”,意思是“怪异或新奇的故事”。这些故事描写浪漫爱情、英雄事迹、良善得报或怪异破案。

大概有上百种这些故事流传了下来,其中最早的一篇是张鹭的《游仙窟》。公元700年左右它在中国失传,却在日本得以保存。这个故事描述了作者是如何在一次去西北的奉使途中偶遇两位美女,夜宿其家,双方频频酬唱调情求欢之诗。据说在7世纪的日本这个故事极为流行,并影响了该国的宫廷生活和文学潮流。著名的日本首部长篇小说——也许是世界首部长篇小说——《源氏物语》就是有意识地模仿《游仙窟》的结果。

对这些唐代短篇故事的审视表明幻想作品的艺术取得了巨大进步。情节安排、人物描写和对微小细节的精心刻画都有了高度的发展。(一个最好的例子是白行简著、阿瑟·韦勒译的《李娃传》)几个世纪的宗教熏陶催生了对虚幻故事这一文学分支的需求,文人能够不再抵制在这种新形式的文学中一显身手的诱惑。艺术创造由于僵死古文的限制而受阻,但那些精心创作的唐代短篇故事和它们后来的成功,以其深奥的观念和高雅的品位,丰富并提升了中国的幻想艺术。

三

中国小说进一步的发展是由街头闹市的职业讲故事者承担

的。他有两个老师:上古历史传说和中古佛经释义。一位9世纪的诗人告诉我们他的孩子在听三国故事时的喜悦。两宋首都居民的生活和风俗记录告诉我们11至13世纪有几个彼此竞争的讲故事者(说话人)的流派,其中之一专讲佛经和宗教故事,另一个则专讲历史故事。但这些记录也告诉我们这些流派受到一个新生而又最强力的流派——"小说"流派——的威胁。"小说"家有他们自己的文本(话本),包括以下几种主要的类别:

灵怪故事

英雄冒险故事

"烟粉"故事,即爱情故事

"公案",即著名的犯罪和侦破案例

这包括了现代幻想作品的几乎所有领域。

"小说"这个术语的意思是"小故事"或"短篇记叙文"。似乎这个新流派善讲短故事,每个短故事自成一体,能在很短的一个或若干个时间段内讲完。从这个意义上讲,"小说"与尚未定型且冗长不堪的历史传说不同。这种新型幻想故事的男女说话人因其鲜明的描述和优美的发音而出名,被称为"银舌头"(银字儿)。据说由于他们更完美的表现让其他流派的说话人心存恐惧。

这些"小说"或中篇小说有自己被称为"引子"的独特形式。说话人在开场时先讲一个很短的故事,其中的道德意味能让听众轻易理解。然后他告诉听众他将讲述另一个故事,进一步阐明同样的道德训诫,或者就是开场故事之意蕴的反证。大量现存的故事遵从这种"引子"模式,甚至后世作者写的故事也模仿相同的模式。

与此同时,历史传奇也发展出一种在长篇小说各章开头引起注意的模式。在讲述各王朝兴衰的冗长故事时,关键问题是说话人如何让听众继续来听下一场。长期的专业经验教会了说话人他们必须在高潮和悬疑处结束当天的讲述。这样当我们喜爱的英雄人物将被刽子手处决,或者一支毒箭即将射中美丽的女英雄时,说话人一拍惊堂木,抑扬顿挫地说出那著名的两句:“欲知后事如何,且听下回分解。”

这种专业诀窍后来变成一种模式,出现在各种长度的故事中。因此每一章必然不仅讲述自己的部分,还必须通过这种心理悬疑联结自身和下一章。在这种模式变得矫揉造作而又机械呆板的同时,它却教给说话人一种将大量支离破碎的事件有机组成一个或长或短、一以贯之的故事的技术。无论如何,这种技术使中国所谓的“章回小说”的出现成为可能。

四

这些职业说话人自然会用民间的白话来讲故事。他们那师徒相传的话本可能只有部分是写下来的,如设定的故事框架、主要的断续处和必须的细节之类。但当那些“银舌头”说话人开讲的时候,他们的话本很可能是完善的。很多话本可能经过随意的口头传播,这样后续的增删、雕琢甚至推倒重来等工作可能更加自由。困难在于白话没有以标准的形式落到书面上。

但在公元8世纪很早的时期,印刷术出现了。11世纪中期活字印刷也投入了应用。这些故事的大流行很自然地产生了将其付梓的需要。几篇现存的13、14世纪的话本引起了迟来的疑问:精于那些故事的说话人不可能在让听众为他们洗耳恭听喜不自胜的同时把故事写下来。这些故事只有很粗略的框架,加上点很小的艺术修饰,而且大部分对话用的是形式老朽的古文。

那时,一些在经典传说上动脑筋的文人和作家,被那些市场上非常流行且富于娱乐性的故事深深打动,于是开始着手夺回小说的主导权。很显然他们对那些娱乐了千万人的质量低劣的口译本的手写本并不满意,于是这些知识阶层的作者着手把这些传说故事用尽可能精确的白话写下来,大量的词汇自然被从古文中接受过来,无论哪里缺少合适的字词,他们就会从古文中借用一个发音相似但意义不同的字词。当哪里都借不到这样的字词了,他们就造出一个新的。显然是用这种方法,大量 12、13 世纪的短篇小说变成了精彩的白话散文,呈现在我们面前。这些小说的结构是职业说话人定下来的,但其语言和风格显然经过了一些此道老手的再加工。

白话的应用意味着禅宗的佛法高人开始应用它精确记录哲学辩论和对话。这个做法被证明非常有效,以至于 11、12 世纪的新儒家也开始应用它。就是这些既有佛家也有儒家门派的辩论记录,让使用白话写作的学者为人所熟知。记下或改写职业说话人的故事或小说的作者所接受的就是这种风格。

随着时间的流逝,俗语作的流行故事和其他流行文学的印文逐渐成了白话作品形式的标准。更多个故事甚至长篇历史传奇为了印刷销售而被写下来。在 16 和 17 世纪,一些士大夫阶层的作者整理并改编这些故事,有时干脆从根上推翻重写。这些改编作品,如大名鼎鼎的《水浒传》(赛珍珠将其译为《四海之内皆兄弟》)、《三国志演义》(C. H. Brewitt-taylor 将其译为《三个王国的传奇》)和《西游记》(《西行朝圣》),几世纪来都是销售大热门。这些伟大的长篇小说在民众中的大流行进一步丰富了白话，也进一步规范了白话的书面形式。

在17世纪早期，冯梦龙和凌濛初两位短篇小说作家，共分别作了5部短篇小说集，每部40个故事，总共200篇短篇小说。其中的许多故事年代较早，有些可以追溯到公元12、13世纪，但其中不少的年代较晚，包括可能是无意于出名的编辑者自己写的几篇。这200篇短篇小说是在12年间(1620—1632)以较短的时间间隔印刷的，由出版中国幻想故事中最杰出作品的顶尖书店代理发行。它们也代表了中国文学中的短篇故事发展的巅峰期。

17世纪是一个短篇和章回小说首次得到当时开明的文学评论家充分承认的时代。负责将《水浒传》从一百回本和一百二十回本删改到现存的七十一回本的金圣叹曾声明，世界上没有超过《水浒传》的文学作品。

但是尽管有这些对小说的热烈赞颂，古文作家反对俗文学的偏见依然根深蒂固。许多小说作者或改编者对自己有用白话写作的冲动而羞愧，以至于他们不敢在自己的大作上签署真名。而且大部分阅读小说甚至喜爱小说的人往往拒绝承认自己曾读过它们。所以那些中国幻想小说的大师应该得到更多的荣誉和尊重，因为他们有着心灵上的勇气和对艺术的敏感，勇于对抗根深蒂固的偏见，给世界带来了这些伟大的小说。

五

中国的小说，宽泛地说能分为两大类：历史演进型和个人创作型。

许多历史传奇在民间经历了几个世纪的创新、精炼和修饰,最后由顶尖作家写下或改编成今天的名著。《水浒传》的底本在 12 世纪就有了,14 世纪由罗贯中改编,明代又有众多匿名作者的修订,直到金圣叹声称他基于一种旧手稿将其修订为七十一回本,这部作品才最终定型。我们现在知道并没有这样一部手稿,他的版本也只是众多版本或修订本之一。现存形式的《三国演义》的修订甚至更早。描写伟大僧人玄奘印度之旅的纯幻想作品《西游记》的原始文本在佛教经典中被发现了,经历了 9 个世纪的演变,最终被一位匿名作者修订完稿,我们现在确定这位作者是 16 世纪的吴承恩。以上这些和其他几部有文学价值的长篇历史小说属于历史演进型小说的第一档次。

这些故事的民间源头是不同地域和年代的宏大传奇。说话人和文学修订者的任务很大程度上在于把这些互不相关而且经常相互矛盾的改本和情节融汇成一个连贯的整体。举例来说《水浒传》的原始文本中有三十六位英雄,但在明代的某些改本中,这个数字增加到接近二百位。在标准的七十一回本中,仍然有一百单八位英雄。修订的工作是去除无趣的和非必需的部分,同时将必要的人物和事件变得更加精彩卓绝。一般来说,这些历史传奇的松散情节有些佛经的风格,即把那些若干内部联系不紧密的事件用一种刻意夸张的结构联成一体。个别人物和独立事件很重要。而且在给予中国人一些精彩的娱乐惊险故事、大量令人难忘的、让男女孩童都喜爱的角色方面,这些历史传奇是最成功的,从而在全国范围内被改成戏曲搬上大众戏台。这些传奇没有形成哲学论题,没有鼓吹社会变革,他们的目标就是职业说话人的目标——吸引并娱乐听众和读者。这么做的结果是,它们给了我们一些伟大的经典,这些经典不仅在此后的几百年里规范了白话,也塑造了民族性格。

16 世纪后,中国的作家开始写自己的原创小说。民间传奇教给他们讲故事和使用白话的艺术。许多这种类别的故事是写来娱乐的,它们通常追随当时的潮流、讴歌生命和情欲、颂扬优秀美丽的女性、崇拜科举高中的士子,而且登龙门者会在结尾有个美满婚姻,还不止一个漂亮坚贞的老婆。这些故事之一的《好逑传》(《完美伴侣的故事》)已经被译成了几乎每一种欧洲语言。35 年前我在上海读书的时候,这个故事还在舞台上演。

故事讲述了一个聪慧自立、美丽善良的女孩,成功保护自己,挫败了许多强横而最终铩羽而归的求婚者的阴谋。在一个阴谋中,她被一位有着高贵性格和伟大勇气的年轻男子所救,于是这位男子也成为她的敌人的攻击目标。这个故事最令人喜爱着迷之处便在于女英雄鼓足勇气、无视任何社会习俗和非难、走上从他们共同的敌人手中救出年轻男子的道路的事实。这个故事很自然地以皇帝赐予的幸福婚礼为结局。

但这个小说种类的几部大作没有成为成功的娱乐之作。它们通常不只是讲了一个故事。他们通过自认为是最有效的大众传播渠道将某信息传递给读者。这些小说中有四部特色鲜明的作品应当被特别提出来:

1.《醒世姻缘传》,17 世纪蒲松龄著。

2.《儒林外史》,18 世纪吴敬梓著。

3.《红楼梦》,18 世纪曹雪芹著。

4.《镜花缘》,19 世纪早期李汝珍著。

以上第一部小说《醒世姻缘传》,讲的是一个非常怕老婆的丈夫在一个令人无法忍受的女人手里遭到的几乎令人难以置信的折磨。这部小说约有 100 万字,通过这 100 万字描述了一个最不幸的婚姻,似乎没人想到以诉诸离婚作为解决手段。而且在本书末尾,当官方法律建议离婚时,由于宗教、道德和社会习俗的原因,这个主意被迅速抛弃了,所有的离婚企图都是徒劳。最终的结论是所有的苦难和虐待都是因果报应,是由于夫妻前世的宿怨,丈夫能做的最好的事就是认命,等待其自行结束。

作者蒲松龄是一位伟大的古典散文和诗歌作者。他用文言写了一部在士大夫阶级中广泛流行的、记载他搜集的短篇有趣故事的大作,其中一些已被 Herbert A. Giles 教授选出,以《从一个中国人的创作室中来的怪异故事》为标题翻译出来了。这位作者明显对婚姻——尤其是不幸的婚姻——中的问题很感兴趣。其中一篇几千字的短篇故事与那部伟大小说有相同的主题。他对用文言讲故事的手法很不满意,于是尝试着写了一篇七千字的韵文戏曲。他还是不满意,于是在晚年用同样的主题做了这样一部百万字的伟大小说。这种一个作者用三种不同文学手法的尝试对中国文学史家来说是最有趣的,因为这是白话小说中的杰作,是最有效的文学传播媒介的最好证据。

第二部伟大的小说《儒林外史》,我认为在中国所有小说中排名第一。这是一篇针对知识分子的讽刺作品。根据我的研究,本书作者是"颜李学派"哲学的信徒,该学派从哲学上反对正统儒家的主流派。在这部小说中,作者用轻松幽默的笔调,描绘了文人、科举士子、迂腐的学究和由古典教育与科举制度塑造出来的官员。他讲述他们的怪异、他们对现实事物那荒谬的无知、他们褊狭的气量、他们的吝啬,以及他们宦海生涯中由于忽视和极不胜任而导致的无意识的残忍。在这些讽刺之中作者也给了我们一些闪光的可爱人物,其中一些担任教职,但其他人则在社会最底层,且大字不识一个。像其他的幽默讽刺文一样,该文也是对社会和教育体系的严厉批判。

《红楼梦》经常被评价为中国最好的小说。我们现在知道作者年纪轻轻就去世了,留下这部未完的遗作。通行的版本有一百二十回,其中的后四十回是另一个人于作者去世后很久续作的,而且他并不了解作者的原计划。这部作品原有的部分是自传式幻想作品的首次认真尝试。在书的开头,作者宣称他要用虚构的姓名和事件讲述一个真实的故事,特别是想保留下关于几位他熟识的、行止见识都超越男子的值得敬重的女性的记忆。这是一个信息。这部书概述了一个大家族由于穷奢极侈、债务缠身、外逼内乱而逐步走向衰落的过程。"树倒猢狲散"。甚至在未完成的文本中,作者也显露出了最卓越的洞察和描摹能力,一些他笔下的女性角色脱颖而出,是现实主义描写中的最高成就。

这几部名著中的最后一部《镜花缘》,在18世纪的头10年中完成,出版于1828年,即维多利亚女皇登上皇位前的19年*。作者李汝珍生于北京,在江苏北部滨海的海州度过了一生中的主要阶段。可能他曾受过一些外国影响,也许是西方世界的,因为这部小说本质上是作为一部女权宣言来写的。作者很明显对他所处时代的一些社会风俗和制度不满,便在小说中直率批判之。但作者

* 此处有误,维多利亚女王于1837年继位,"19年"似应为"9年"之误。——译者注

似乎对两性间的不公平和对女性的不公正最感兴趣。他攻击性别伦理上的“双重标准”,即法定的一夫多妻制和对年轻寡妇再嫁的责难。他把这个故事设置在唐朝武氏女皇时期,武则天是中国历史上唯一一个宣称自己既非皇太后亦非女摄政王、而是持国15年的皇帝的女性。在我们的小说家的笔下,这位女皇建立了在教育和科举权力上两性完全平等的制度。整本书里他都反复鼓吹女性应受更好的教育,应性别平等地积极参与政府事务。

这部小说的部分情节是三个中国男子在许多奇异的土地上旅行的故事。他们游历的一个国家是“女儿国”,这里的男人要像中国女人那般穿裙子裹小脚,而女子则戴冠穿靴、经商从政。他们抵达的第一天,三人之一的林之洋便误入皇家的交易宅邸,遇到了国色天香而又非没有性别弱点的女王。她看上了林之洋,将其拘禁在宫中,并下旨让他做“女儿国”的“皇后”。

一个漫长费力的将男人女性化的过程就这样开始了。林之洋现在身穿衣裙,发抹香油,梳成女髻,首饰加身。四位“宫娥”把他扶紧,一位白须老“宫娥”用手指碾碾他的耳垂,然后立刻用一根针贯穿了过去。尽管“皇后”哭天喊地,他的另一只耳朵也遭了同样的噩运。

最困难的工作是裹脚,这通常要花上几年时间,但现在要在几个星期内加速完成。关于加速裹脚过程的痛苦、这位男子对那些女人的虐待的不断反抗、对这种反抗的惩罚和经过严厉处罚后的最终屈服的描写,是全书最可笑的部分。王室大婚的那天早上,他,或者更准确地说,现在是“她”,被涂脂抹粉、开面去毛,穿戴齐整,华贵至极,以符合“女儿国”第一夫人的身份。实际上“她”的脚还不够小,但靠着木制高底鞋的帮助,它们看起来尺寸还算过得去。“她”现在被送到婚礼殿堂，在盛大的婚仪和婚乐中，新“皇后”甚至要拉着袖子、深深鞠躬并跪倒叩拜，如同一位彬彬有礼的、举世无双的优雅美丽的女性。赞美吧，这位男子“女性化”的精彩过程现在终于完成了！

这就是中国小说演化的故事。最初它来自于民间、发展于民间，被保守的文人鄙视。但当它的流行程度和内在美感达到了足够的程度，它就要强迫自己引起知识阶级的强烈关注了。知识阶级从不识字的民众中获得了这些伟大的史诗般的传说，润饰之，修正之，某些情况下重构之，从而使之成为中国传奇中的伟大经典。这些起源于流行的、经过修订的名著变成了新艺术形式、新语言和新文学的老师，靠着它们的教导，中国的上流阶层专心学习创作他们的原创小说，不全是当作一种文学娱乐，也当作一种社会讽刺，当作一种社会批判和变革的工具。

胡适先生学术年表*

1891 年(光绪十七年)

12 月 17 日(阴历十一月十七日)生于上海。

1893 年(光绪十九年)

开始由父母教认汉字。

1895 年(光绪二十一年)

回祖籍安徽绩溪上庄,进家塾读书,此时已能认千字。开始读《四书》、《五经》。

1899 年(光绪二十五年)

在家塾读书。第一次看到《水浒传》,开始大量阅读中国古典小说,到十四岁时,已读了《三国演义》、《水浒传》、《儒林外史》、《红楼梦》等三十余部作品(包括弹词、传奇、笔记小说等)。

1901 年(光绪二十七年)

开始读《资治通鉴》,不仅由此开始了中国史的研究,而且也因其中引述范缜《神灭论》的片断而成为了无神论者。

1902 年(光绪二十八年)

开始读《聊斋志异》、《虞初新志》等书,并给本家姊妹讲聊斋

---

* 本年表据胡颂平《胡适之先生年谱长编初稿》(台湾联经事业出版公司 1984 年版)编制。因本丛书中《中国哲学史大纲》已有较全面之《胡适先生学术年表》,故本年表仅侧重作者在旧小说研究方面的成果。

故事。

1904 年(光绪三十年)

开春,与江冬秀订婚。

2 月,从三兄胡洪骍到上海,进梅溪学堂读书。

是年,读梁启超的著作及邹容的《革命军》,开始读《时报》。

1905 年(光绪三十一年)

改进澄衷学堂,读严复译《天演论》、《群己权界论》等书。

1906 年(光绪三十二年)

考取中国公学。加入竞业学会,并在《竞业旬报》上发表文章。其中有一部计划写四十回的章回小说《真如岛》,写至第六回后因《竞业旬报》停刊而止。

本年得脚气病,养病时偶然看到吴汝纶编《古文读本》,其第四册是古体诗,"发现了一个新世界","从此走上了文学史学的路"。

1908 年(光绪三十四年)

开始接管《竞业旬报》,并继续刊登《真如岛》,"续到第十一回,《旬报》停刊了,我的小说也从此停止了"。在《真如岛》中,因无神论思想而"痛骂《西游记》和《封神榜》"。

1910 年(宣统二年)

约于本年著《藏晖室笔记之一·小说丛话》。

5 月去北京备考,并以第五十五名考取清华庚子赔款留学美国官费生。"我在学校里用胡洪骍的名字;这回北上应考,我怕考不取为朋友学生所笑,所以临时改用胡适的名字。从此以后,我就叫胡适了。"

8 月 16 日,从上海坐船去美国;9 月,入康奈尔大学,因二哥胡绍之嘱,选读农科。

1912 年

民国建立。

在进行繁琐的苹果分类实习时，突然觉得“我学它有什么用处？自己的性情不相近，干么学这个？”于是转入康奈尔大学文学院读书。

1915 年

9 月，入哥伦比亚大学哲学系攻读。

1916 年

11 月，作《文学改良刍议》。

1917 年

5 月 10 日，作《再寄陈独秀答钱玄同》信，纵论中国古小说之艺术。

6 月，起程返国，7 月 10 日到达上海。

9 月，就任北京大学教授。

11 月 20 日，作《答钱玄同书》。

12 月，回安徽绩溪老家完婚。

是年参加《新青年》的编辑工作。

1918 年

3 月 15 日，在北京大学国文研究所作《论短篇小说》的讲演。

4 月，著《建设的文学革命论》。

11 月 23 日，到天津演讲，并拜访梁启超。

1919 年

5 月 4 日，发生了“五四”运动；7 日，参加上海的国民大会。

7 月，接办《每周评论》，发表《多研究些问题，少谈些主义》。

1920 年

4 月 8 日，作《吴敬梓传》，本拟作《儒林外史考证》，因病未果。

7 月 27 日，作《〈水浒传〉考证》。

1921 年

3 月 27 日，写成《〈红楼梦〉考证》初稿，11 月 12 日改定。

4 月至 9 月间，与顾颉刚有多封书信往还，讨论《红楼梦》的材料。

6 月 11 日，作《〈水浒传〉后考》。

11 月起，在国语讲习所讲《国语文学史》。是月，在上海亚东图书馆出版了《胡适文存》一集。

12 月，作《西游记序》。

1922 年

5 月 3 日至 10 日，作《跋〈红楼梦考证〉》。16 日，作《〈三国志演义〉序》。

11 月 3 日，作《吴敬梓年谱》。

1923 年

请病假一年。

2 月 4 日，将前所作《西游记序》改写扩充为《〈西游记〉考证》。2 月至 5 月，作《〈镜花缘〉的引论》。

12 月 20 日，作《〈水浒续集两种〉序》。

1924 年

《胡适文存》二集出版。

12 月 26 日，作《读吴承恩〈射阳文存〉》。

1925 年

3 月 15 日，作《〈三侠五义〉序》。

10 月 29 日，作《重印〈文木山房集〉序》。

11 月 7 日,作《〈老残游记〉序》。

12 月,作《〈儿女英雄传〉序》。

1926 年

6 月 30 日,作《〈海上花列传〉序》。

7 月,开始因中英庚款之事游欧。

10 月 27 日,在法兰克福作题为《中国的小说》的演讲,以德文刊载于《中国学刊》(*Sinica*)1927 年 11/12 月号。

1927 年

自欧至美,并经日本回国。

6 月,收购了《脂砚斋重评石头记》(甲戌本)。

11 月 12 日,作《〈官场现形记〉序》。11 月 14 日,作《重印乾隆壬子本〈红楼梦〉序》。

1928 年

2 月 12 日至 16 日,作《考证〈红楼梦〉的新材料》。

9 月 10 日,作《〈宋人话本八种〉序》。

11 月 21 日,作《关于〈镜花缘〉的通信》。

1929 年

4 月,就任上海吴淞中国公学校长。

6 月 23 日,作《百二十回本〈忠义水浒传〉序》。

1930 年

5 月 19 日,辞去中国公学校长之职。

7 月 30 日,作《读吴承恩〈射阳文存〉后记》。

9 月,《胡适文存》三集出版。

12 月 25 日,《胡适文选》出版。

1931 年

任北京大学文学院院长。

3 月 15 日，作《跋〈销释真空宝卷〉》，4 月 18 日改定。3 月 15 日，修改《跋〈四游记〉本的〈西游记传〉》。

9 月 5 日，作《辨伪举例——蒲松龄的生年考》。

12 月 13 日，作《〈醒世姻缘传〉考证》。

1932 年

7 月 24 日，作《〈日本东京所见中国小说书目提要〉序》。

1933 年

1 月 22 日，作《跋乾隆庚辰本〈脂砚斋重评石头记〉钞本》。

1934 年

7 月 1 日，作《西游记的第八十一难》，以补《西游记》原本第八十一难的"寒伧"。

1935 年

9 月 11 日，作《追忆曾孟朴先生》。

12 月，《胡适论学近著》出版。

1936 年

6 月 10 日作《复张政烺》信（又题《谈〈封神演义〉作者问题》）。

1937 年

7 月 7 日，卢沟桥事变，抗日战争全面爆发。

9 月 8 日，以非官方身份远赴欧美，为中国抗战进行宣传。

1938 年

9 月 17 日，正式就任中国驻美国大使。

1941 年

2 月 15 日，在美国演讲《中国的小说》（英文）。

1942 年

8 月 26 日,作《钟伯敬评本〈水浒传〉》。

9 月 8 日,辞去驻美大使职务。

1943 年

1 月,大连实业印书馆出版《中国章回小说考证》。

10 月 14 日,作《〈封神演义〉的作者陆西星》。

是年,作《韦利英译西游记序言》一文(英文)。

1945 年

7 月 13 日,作《记但明伦道光壬寅刻的〈聊斋志异〉新评》。

21 日,作《蒲松龄注意折狱》。

8 月 14 日,日本正式宣告无条件投降。

9 月 6 日,接到北京大学校长任命。

1946 年

9 月,就任北京大学校长。

1947 年

10 月 2 日,作《记金圣叹刻本〈水浒传〉里避讳的谨严》。

1948 年

1 月 24 日,作《冯梦龙之生年》。

12 月 1 日,作《脂砚斋评本〈石头记〉题记(一)》。

1949 年

5 月 8 日,作《脂砚斋评本〈石头记〉题记(二)》。

1950 年

1 月 22 日,作《脂砚斋评本〈石头记〉题记(三)》。

1951 年

9 月 7 日,作《致臧启芳》信(又题《对潘夏先生论〈红楼梦〉的一封信》)。

1957 年

7 月 23 日,作《俞平伯的〈红楼梦辨〉》。

从是年开始,用英文口述了《胡适口述自传》,由唐德刚录音、整理,其第十一章为《从旧小说到新红学》。

1959 年

5 月 9 日,作《"深沙神"在唐朝的盛行》。

12 月 30 日,作《谈〈红楼梦〉作者的背景》的演讲。

1960 年

4 月 24 日,作《〈永宪录〉里与〈红楼梦〉故事有关的事》。

11 月 22 日,作《所谓"曹雪芹小像"的谜》。

12 月 27 日,作《陆长庚(西星)的年岁》。

1961 年

2 月 4 日,作《〈豆棚闲话〉小序》。12 日,作《影印乾隆甲戌脂砚斋重评〈石头记〉的缘起》、《胡天猎先生影印乾隆壬子年木活字版百二十回〈红楼梦〉短序》。15 日,作《跋〈红楼梦书录〉》,17 日补记。

5 月 6 日作《跋毛子水藏的有正书局石印的戚蓼生序本〈红楼梦〉的小字本》。18 日至 20 日作《跋乾隆甲戌脂砚斋重评〈石头记〉影印本》。

11 月 3 日作《题刘铨福的〈竹楼藏书图〉》。

1962 年

2 月 14 日上午主持"中央研究院"第五次会议。下午六时半,在欢迎新院士酒会结束时,因心脏病猝发去世。

编后记

李小龙

胡适是中国文化史上划时代的伟人，他开启民智的功勋，辟疆拓土的学术建树，不激进亦不保守的人文主义理想，“谦谦君子，卑以自牧”的人格魅力……这一切在历史风云散去后都愈发显出璀璨夺目的光彩。如果没有胡适，中国的近代化历程将更为艰难。从某种程度上讲，他就是二十世纪前五十年中国社会的良心——虽然，他在最后十三年中没能像此前那样客观公允地评价新的历史形势，颇有激愤之情，但这并不影响他的存在对于中国历史与文化的深远意义，也并不影响他的伟大。

一、胡适在古代小说研究方面的成就

这样一位伟人，他一生的成就是多方面的，仅就学术而言，对于中国古典文化，他几乎无所不窥，而由于新文化运动以来小说地位的上升，他最为世人所知的却是其古代小说的研究。

他在古代小说研究方面的成就可以简单地从两个层面来理解。

一是从微观层面来看，他的研究大部分已经成为现在学界的共识乃至于常识，也就是说，他的众多成果是当代小说研究界的基石。比如《水浒传》的成书历程、对吴承恩生平的初步考证、《红楼梦》的作者与版本、蒲松龄的生卒年、包公故事的源流等，可以说，纵观中国古代小说研究，能有如此众多基础性研究成果的，也只有鲁迅与胡适两人。当然，他的研究成果还有一部分可能尚存争议，如《西游记》的作者、孙悟空的来源、《醒世姻缘传》的作者等，但我们也不得不承认，一方面这些争议还没有定论，另一方面有些问题（如孙悟空的来源）的提出本身便是一种学术贡献。再加上他的研究多用采铜于山的方式来挖掘资料——小说史研究中的许多基本资料都是由他首次使用的，所以这些文章直到现在仍有价值。另外，我们不得不承认，一般来说，一篇学术文章如果已被证误便结束了其学术生命，但胡适的文章却不蹈此辙，一方面固然是因为他挖掘出了新资料，但更重要的是因为作者的渊博与宏通使其文章真力内充左右逢源，那些论述中随处可见的真知灼见并不仅仅指向主要论点，所以其光芒也并不会因主论点的失效而黯淡。

二是从宏观层面来看，在中国古代小说的研究方面，他是开风气的大师，既为后人指示研究的路径（方法），又为中国古代小说研究开拓疆域（奠定学术格局），我们现在对古代小说的考证方法，其实正来自于胡适的示范与宣扬；而我们的研究领域，则大多不出他的牢笼。应该说，新文化运动以来，小说地位急剧上升，文化传承运行的轨迹需要有新的模式，以前的学者多把一生的精力放在皓首穷经之中，而现在，正如清人朱子美所谑称的，以红学为代表的小说学取代了经学的地位，但是小说一体在古代的文化体系中一直处于边缘地带，几无学术积累，这个时候，便需要大师级的学者来建立一种学术范式，而胡适便在风云际会之中与鲁迅一起完成了这一任务。（虽然时过境迁以后，我们也会逐渐发现，这种研究范式的理论基点是西方叙事文化，所以造成了对中国传统叙事智慧的轻视与隔膜，但那又是另一个层面的问题了）。

对于这样一位学术大师，我们自然应该将其相关著作作为学术积累、文化积累的重要资源加以保护和传承，使之成为学术界共同的财富与研究的基础文献，但不得不说，胡适古代小说研究著述的出版状况并不能令人满意。

二、《中国章回小说考证》是部伪书

最早对胡适古代小说研究方面的成果进行汇集的是1943年大连实业印书馆出版的《中国章回小说考证》一书。此书算是顺应了将胡适古代小说研究论著结集的要求，从而成为胡适学术著作中的“名著”，被反复出版并被研究中国古代小说的学者称引不绝，如有中国书店1980年影印本、安徽教育出版社1999年版，北京师范大学出版社2013年版，而中国台湾则有云风书局1976年版及里仁书局1982年新校本。但事实上此书却实在是一部有问题的书——因为此书并非胡适自编，更重要的是胡适对其也并不认可。

其书版权页是这样标识的：

昭和十七年十二月一日印刷，昭和十八年一月一日发行
编辑人：大连市尾上町四番地，郁鹏程
发行人：大连市尾上町四番地，薛吉纯
印刷人：大连市尾上町四番地，安立丰

印刷所：大连市尾上町四番地，实业印书馆印刷工场
发行所：大连市尾上町四番地，实业印书馆
总批发处：满洲书籍配给株式会社

可以看出，此书其实是由日本人控制下的出版社编辑印行的，如套用“伪军”一词，实可称其为“伪书”。

所谓的“昭和十七年”即1942年，中日交战正酣，胡适肩负寻求美援并向世界说明中国抗战情形的使命赴任驻美大使，并通过努力工作，取得了重大成效，如由胡适斡旋完成了五笔得自美国的借款，数额达一亿七千万美元；促成了美日商约的废除，并进一步促成美国对日本进行经济制裁，在某种意义上这也促成了太平洋战争的爆发——1941年11月15日日本举行御前会议，拟向美国不宣而战，会议中日本首相东条英机便谈到胡适在美国的外交影响。所以日人视胡适为大敌，而胡适亦对日人满怀仇恨之心，故胡适一生未提及此书，更不可能对此书有授权——翻检胡适著述，他只在日记中曾隐约提及一次，而且还只是在引用别人来信时所及，1950年9月8日载1948年4月30日丁瞉音之信，信云：

胡师母通信处及尊著《小说考证》并文摘两目，暨选稿，统交伯嘉，想已有书奉告。（《胡适全集》第三四册，第45页）

此信所提及“尊著《小说考证》”想来只能是实业印书馆所印此书，因除此之外，胡适著作再无“小说考证”之名目，可能胡适久居美国，先未知有此书，此次至南京参加国民党“行宪国大”，是丁瞉音将此书寄呈给他的。这样看来，他一定看到过这本书，但却从不齿

及,其不被胡适认可则可知矣。

所以,《中国章回小说考证》一书虽然选题甚当,亦适逢其时,但却并不能作为胡适古典小说研究方面可资引用的文本。

三、胡适编选《中国旧小说考证》的设想

不过,历史也有不可理喻的时候。有关胡适研究古代小说的文字后来亦有过数次重编(如长江文艺出版社1987年出版过易竹贤编《胡适论中国古典小说》,上海古籍出版社1988年出版过《胡适古典文学论集》与《胡适红楼梦研究论述全编》,中华书局1998年出版过《胡适学术文集·中国文学史》),但都未能完全取代《中国章回小说考证》这部伪书。究其原因,约有二端:一是学界及出版界并不了解实业印书馆所编此书与胡适之间究竟有何关系,多数人想当然地以此为胡适自编者,所以此书仍有市场;二是后人的重编并无作者自编之权威,只能被视为新的选集而非具有历史意义的文献。这两个原因互相作用,遂使此书成为近一个世纪以来胡适旧小说研究方面的标准引用版本。

事实上,历史为后人留出了一种可能:即为胡适编一册在很大程度上合于胡适本意的古代小说论文集,因为胡适自己曾经起意要编这样一本书,而且有明确的命名与编选范围。

1953年7月4日,他在《胡适文存四部合印本自序》中说:

> 大概在民国三十七年,亚东图书馆因为缺乏资金、缺乏纸张,不能重印《文存》,所以把三部《文存》的纸版同版权出卖给

> 商务印书馆。当时我本想从这四部书，一百五十多万字里，选出一些文字来，分类编印出版。例如《中国旧小说考证》可以成一部小书，《中国佛教史研究》也可以成一部小书，《中国文学革命运动的史料与理论》也可以成一部小书，《中国思想史杂论》也可以成一部小书。但不久……我当然没有心绪想到这些个人小问题了。（胡颂平：《胡适之先生年谱长编初稿》，台湾联经出版公司1984年版，第六册，第2341—2342页。）

这段话在他的日记中也能得到印证，在1947年6月30日记载："写信给孟邹，问亚东近年何以不印卖我的书，并问纸版现存否，如亚东不能印卖，可否将纸版借或卖与别家（如商务）印行？"（《胡适全集》，第三三册，第638页。）这些记载非常重要，可以看出他对当初以时间而非以主题来出版的《胡适文存》感到有些不便了（这种不便在当代学者引用时常常能感觉到。现在国内印行胡适著作，除以保存文献为目的者，多不再以《文存》为单位来印行了），很想按类重辑——而且这一想法是在"民国三十七年"，也应该就是接到丁瓒音的信或者呈上《中国章回小说考证》之后产生的想法，这也可以看出他对《中国章回小说考证》的不满，并想以自编之书取而代之的心情。只是因为国民党政权江河日下，使得胡适"没有心绪"来进行这一工作，最终《中国旧小说考证》也便成为泡影。

不过，据此我们可以知道，在1948年，胡适是想把四部《胡适文存》中有关中国旧小说的部分辑为《中国旧小说考证》一书的，这一题目其实也是胡适惯用的表达，如他早在1930年《胡适文存三集》自序中便说"第五第六卷都是考证旧小说的文字"。

那么，我们自然可以按作者本人的意愿为他辑录一册《中国旧小说考证》，来代替那本不被作者认可的《中国章回小说考证》。

四、本书的编选原则

本书的编选不同于其他论文选本，编者尽量不在编选中表现自己的意见，尽量复原胡适最初计划中的想法。因为胡适说得很明确，“想从这四部书，一百五十多万字里，选出一些文字来，分类编印出版”，所以，本书编选便严守其意，以四部《胡适文存》为核心来选文。

其实，《中国章回小说考证》也是以《胡适文存》为核心编的，但与胡适原意仍有歧异之处。一是其以“章回小说”自限，故有的文字未能录入，如《辨伪举例——蒲松龄的生年考》，因是考证文言小说者便未收；二是虽云“章回小说”，但《读吴承恩〈射阳文存〉》、《跋〈四游记〉本的〈西游记传〉》、《〈醒世姻缘传〉考证》、《吴敬梓年谱》甚至《〈老残游记〉序》亦均未选入：由此亦可见此书的编选实甚随意。

因此，本书本作者原意，将四部《胡适文存》中有关中国旧小说的考证文字全部辑入。需要说明的是，四部《胡适文存》中亦有五篇文字未收录进来，分别是《胡适文存》的《论短篇小说》，《胡适文存三集》的《吴敬梓传》、《〈宋人话本八种〉序》、《重印〈文木山房集〉序》，《胡适论学近著》（即《胡适文存四集》）的《〈日本东京所见中国小说书目提要〉序》。之所以未录，原因也很简单，胡适为其书命名为《中国旧小说考证》，则其重点在考证一途，事实上，胡适小说研究的功劳亦尽在考证,至于小说史的研究与艺术性的考量则未免相形见绌,这五篇皆与考证无关,故皆略而不录。

以胡适原意来编选从实际情况看也是合理的,因为除此四部文存以外,胡适还有一些关于中国旧小说考证的文字发表,但他后半生的学术精力已不在此,所以数量甚少,而且多数并未组织成文,仅为零星材料,亦少新意——应该说胡适关于中国旧小说考证的研究精华均在此四部书中,那么这种编选方案虽然看起来颇有限制,但实际上仍然全面清晰地展示了胡适在旧小说考证上的成就,几无遗珠之憾。

对于文存之外的篇目,本书仅增补一篇《跋乾隆甲戌本〈脂砚斋重评石头记〉影印本》,为了不违反前述编选原则,将其列为"《红楼梦》考证"部分的附录,以示区别。另外,胡适在其《〈醒世姻缘传〉考证》后有两条《后记》, 1951 年又在其所存《胡适论学近著》自校本上写了《后记三》,本书亦将此增补到《〈醒世姻缘传〉考证》一文之后,算是作者所作的新校订,自然也不算违反原则。

至于编选顺序,则分为两个层面。一方面,将其文章较多的《水浒传》、《西游记》、蒲松龄、《红楼梦》四个专题单列出来,此四部分以所研究的作品时代为序,而每部分内的文章则以论文的发表时间为序,以便把握其学术思想的变化。另一方面,是除上述四部分之外的其他旧小说考证文字,顺序则全依原文在《胡适文存》中的次序。

还需要说明的是,胡适旧小说考证范围甚广,内容甚杂,然一言以蔽之,作者之本意是想指出一种科学的态度,这些考证文字在作者心中只是指示此种科学方法的具体演示而已,所以,理应对作者的具体考证成果有一种方法论的认识,故将《胡适口述自传》中

第十一章《从旧小说到新红学》置于书前，聊作胡适自撰的导论。《胡适口述自传》是唐德刚先生笔录的，唐先生还做了许多有趣的注释，不过，如作全书导论，此注便不适宜，只好割爱删去，好在《胡适口述自传》并不难寻，有兴趣的读者不妨移樽而请益。

最后，胡适在旧小说研究方面有如此突出的成就，那么他对于整个旧小说发展历史的认识当亦弥足珍贵，遗憾的是，他的《白话文学史》及《国语文学史》均只完成上半部，因此很难了解他整体上对中国小说史的看法。幸运的是，华东师范大学范劲先生于2004年在德国发现了胡适的一篇题为“Die Chinesische Erzählkunst”的演讲稿，为胡适佚文。范先生考证其为1926年胡适于法兰克福所作演讲的讲稿，并将此德文稿回译为《中国的小说》发表，终于使学术界有机会看到胡适对中国小说史的宏观看法。此外，《胡适全集》还收录了胡适于1941年在华盛顿作的一个同名英文演讲“The Chinese Novel”，此文亦经张扬先生回译揭载。这两篇演讲的对象都是国外的听众，所以演讲者自然不可能讲太具体、太艰深的问题，只能进行描述性的通论，这反倒使我们有机会了解胡适对整个中国古代小说发展演变历史以及基本风貌的看法，从而成为本书极有益的补充。因此，经范劲、张扬二位先生惠允，编者将这两篇译稿附于全书之末，以便学界参考。

五、本书的校订

最后，还需要说明一下本书文字校订方面的问题。

首先，是确定底本。《胡适文存》前三集均在亚东图书馆出版

（分别为1921年、1924年、1930年），《胡适论学近著》改由商务印书馆出版(935年)。1953年，台湾远东出版公司印行了《胡适文存》全四集的合印本，对这个合印本，胡适作了一些校订，应该可以反映作者最新的看法，所以编者最初是选择这个版本作为底本的。

不过，在仔细将远东本与亚东本、商务本进行通校后，我们决定，还是以亚东本及商务本为底本。

原因有三。

一是远东本对原本基本上没有什么改动。胡适是一个对自己文章的原貌非常尊重的学者，他几乎不在著作重版时私下改掉此前的错误，哪怕那些错误是硬伤，他也会原封照印，以存历史之真，最多会在文后作一些说明。所以，远东本总体来说与亚东本、商务本在文字上没有什么差异。

二是远东本的校对不如亚东本、商务本精细，反而产生一些新的错误。比如，远东本在排印过程中产生了不少衍字、缺字、倒文、误字和漏标点的地方。而且，或因排版方便计，还删去了一些辅助性的标点符号，这些标点符号中有些是我们在竖排改横排时本当依例删去的，如专名号之类；但有些删去便很不妥当，如书名号、着重号等。

三是远东本对原文倒是有过一个系统的校改，那就是各篇文章中注明参见之处，胡适此前所注版本自然是亚东本与商务本，但这次全部改为远东本，因为这些参见之注细致到页码，所以所据版本的改变自然引起不小的变动。但是由于远东本其实流传较少，影响亦不大，若以其为注引依据，反倒会引起不便。

综合这些因素，我们还是以亚东本、商务本为底本，将远东本作为校本，后者也偶有胡适的校改，这些地方我们再据之校改。比如《〈红楼梦〉考证(改定稿)》一文最后下结论,估计成书年代时,初稿云"大概当雍正末年或乾隆初年",亚东本改为"大概当乾隆初年到乾隆三十年左右",而远东本则又改为"大概当乾隆三十年左右",可知作者对曹雪芹著书时间的看法随着资料的发现而有变化。不过,这样的例子并不多。

最后还需要说明的是,上世纪八十年代,台湾远流出版公司出版了规模甚大的《胡适作品集》,其中有部分文章据胡适自藏之书补入批注与按语,数量并不多,但这也可以反映出作者最后的看法,所以我们也据远流版将这些批注补入相应位置。

当然,也有各本均误者,如《〈水浒传〉考证》中叙《黑旋风双献功》剧情时说"又扮做衹候",各本均作"衹候",这种明显的误字就直接改正了。

从前文所引胡适的《胡适文存四部合印本自序》及1947年6月30日的日记可以知道,胡适当初非常倾向于把"分类编印"的《中国旧小说考证》交由商务印书馆出版,只是世事纷扰,最终未能如愿。现在,商务印书馆决定将《中国旧小说考证》纳入《中华现代学术名著丛书》,不但以此形式对胡适在旧小说研究方面做出的贡献表示认可与敬意,也为学界提供了更好的研究与引用版本,甚至可以说,也终于完成了胡适那个一直没有实现的愿望。

商务印书馆在本书选题立项时曾多方征求专家学者的意见。北京大学陈平原教授肯定了选题的必要性和可行性,同时指出,应站在学术史高度重编《中国旧小说考证》。北京师范大学郭英德教授说:"我仔细看了说明和选目,觉得这应该是最好的一种解决办法。后人为前人重新编撰一部论文集,这原本就是符合学术规范的一种工作，更不用说是为胡适编撰‘旧小说考证’的文集了。当然，编者的想法是将胡适主要的旧小说考证和研究的论文全部收入，以见其研究全貌，这就伴生出一个问题：有些论文从撰写者当时来说，写得比较随意；而从现在的角度看，又过于浅显。这样的文章都收入，反而有可能冲淡了胡适旧小说考证的真正意义和价值。所以，适当删除一些篇目，不求全，而求精，或许会更好。”上述意见对本书最终确立的选目标准和范围起到了重要的指导作用，在此，对二位先生深表谢忱。